btb

Buch

Nach dem tragischen Tod ihres Mannes hofft die Kinderbuchautorin Jo, in dem malerischen Dorf Shipcote zur Ruhe zu kommen. Zusammen mit ihrem einjährigen Sohn zieht sie in das Cottage ihrer verstorbenen Großmutter. Doch statt Frieden zu finden, stößt Jo auf gefährliche Geheimnisse aus der Vergangenheit: In dem Haus, in dem sie wohnt, wurde einst eine Frau ermordet, und das Verbrechen blieb unaufgeklärt. Jo findet heraus, daß der Mord in mysteriöser Beziehung zu einem Roman steht, den die Großmutter schrieb. Doch alle Exemplare des Buches wurden vernichtet. Kein Wunder, denn sein Inhalt könnte die Identität des Mörders enthüllen. Jo weiß schließlich nicht mehr, wem von ihren neuen Freunden sie noch trauen kann, nur eines weiß sie mit Sicherheit: Sie hat sich und ihr Baby mit ihren Nachforschungen in tödliche Gefahr gebracht.

Autorin

Caroline Llewellyn, Tochter einer Amerikanerin und eines Walisers, kam in Singapur auf die Welt und verbrachte ihre Kindheit und Jugend in Kanada. Nach längeren Aufenthalten in England, Italien und Deutschland lebt sie heute mit ihrem Mann und ihren Kindern in Princeton.

»Die verborgene Geschichte« ist Caroline Llewellyns drittes Buch. Ihre atmosphärisch dichten Kriminalromane werden von der amerikanischen Presse hochgelobt und in eine Reihe mit den Büchern von Elizabeth George gestellt.

Caroline Llewellyn

# Die verborgene Geschichte

Roman

*Deutsch von Birgit Moosmüller*
*und Anne Rademacher*

btb

Die Originalausgabe erschien 1993 unter dem Titel
»Life Blood« bei Charles Scribner's Sons, New York

Umwelthinweis:
Alle bedruckten Materialien dieses Taschenbuches
sind chlorfrei und umweltschonend.

btb Taschenbücher erscheinen im Goldmann Verlag,
einem Unternehmen der Verlagsgruppe Bertelsmann.

7. Auflage
Deutsche Erstveröffentlichung Mai 1996

Umschlaggestaltung: Design Team München
Umschlagmotiv: Camille Pissaro
Satz: IBV Satz- und Datentechnik GmbH, Berlin
RK · Herstellung: Ludwig Weidenbeck
Made in Germany
ISBN 3-442-72003-6

FÜR KIT

# PROLOG

Als Evelyn Allerton ermordet wurde, gab es einen Zeugen. Heute weiß ich, wer es gewesen sein muß, genauso, wie ich mir über die Identität des Mörders im klaren bin, aber in meinen Bildern sieht man immer nur das Gesicht des Opfers. Die beiden anderen Personen haben den Blick abgewandt oder sich im Hintergrund versteckt, denn ich habe keine Beweise.

Ich bin Buchillustratorin. Wenn ich die Wahl habe, illustriere ich am liebsten Bilderbücher für Kleinkinder. Manchmal schreibe ich auch die Texte zu den Bildern, aber eigentlich sehe ich mich nicht als Schriftstellerin, denn zuerst kommen die Bilder – und sie kommen leichter als die Worte.

Ich habe meine Alpträume immer gemalt, um sie zu verscheuchen. Als die Bilder von dem Mord an Evelyn Allerton mich zu verfolgen begannen, habe ich das Geschehen, so wie ich es mir vorstellte, aufgezeichnet. Anfangs wollte ich mich einfach nur von meinen Wahnvorstellungen befreien, um friedlich in dem Haus leben zu können, das ich mir für meinen kleinen Sohn Max und mich als Zuhause gewünscht hatte. Später zeichnete ich, um der Wahrheit näher zu kommen.

Es sind über ein Dutzend Bilder geworden, die meisten davon nur schnell hingeworfene Skizzen. Ich werde sie für keines meiner Bücher verwenden, denn für eine Kindergeschichte sind sie kaum geeignet. Wahrscheinlich wird sie sogar außer mir kein Mensch zu Gesicht bekommen. Aber ich will die Geschichte erzählen – meine Beweggründe werden in ihrem Verlauf deutlich werden –, und die Zeichnungen sollen als Eröffnung dienen.

Im Moment sind es noch einfach Entwürfe, Bleistift auf Papier. In der endgültigen Form werden es Holzschnitte sein, leuchtend weiße Linien auf tiefschwarzem Hintergrund. Für den Holzschnitt habe ich mich wegen seiner Schärfe und Kraft entschieden, und weil er an die alten Illustrationen in den ersten Büchern erinnert.

Denn in meiner Geschichte, die vordergründig von Mord und Liebe handelt, geht es in Wirklichkeit um ein Buch.

Und so fing es an – vor mehr als fünfzig Jahren. Dies sind meine Bilder, so wie ich sie in Worte gefaßt habe.

Shipcote, 1938.
Der Schnee fällt in dichten, alles zudeckenden Flocken auf die Cotswolds. Er erstickt das Licht, das sonst aus dem eine halbe Meile talabwärts gelegenen Dorf heraufleuchtet, und verleiht der Dunkelheit eine trügerische Friedlichkeit. Er verwischt alle Formen und verhüllt auch die Figur, die sich den Feldweg hoch zum Cottage vorkämpft. Die Fußabdrücke hinter ihr schneien sofort wieder zu. Der Schnee könnte ein Komplize sein.

Auf der Anhöhe, etwas von der Straße zurückgesetzt, steht das Cottage. In dem von einer Mauer umgebenen Grundstück biegen sich die Büsche und Äste unter der Last des Schnees. Die dicken Steinwände des Hauses halten Kälte und Feuchtigkeit fest und dämpfen jedes Geräusch. Alle Fensterflügel und die Haustür sind vor der Winternacht verschlossen. Trotzdem hält die Figur, die jetzt vor der Eingangstür steht und die behandschuhte Hand zum Klopfen erhoben hat, inne. Sie scheint etwas gehört zu haben, ein Geräusch aus dem Inneren des Hauses.

Die Hand sinkt wieder hinunter. Ein dünner Lichtstrahl in der milchigen Dunkelheit verrät, daß die Vorhänge eines Fensters im Erdgeschoß nicht vollständig geschlossen sind. Die Figur stapft durch den Schnee auf dieses Fenster zu. Im Lichtstrahl wirbeln die Schneeflocken wie vom Wind aufgeschäumte Gischt. Sie wehen der Person in das gesenkte Gesicht, bleiben auf dem Rand des breitkrempigen Huts und den Schultern ihres Mantels liegen, während sie durch einen schmalen Streifen des Sprossenfensters späht.

Ein großes Zimmer erstreckt sich über die ganze Breite des Hauses. Zwei Gaslampen und ein Kohlenfeuer, das in dem ausladenden Steinkamin an der linken Außenwand lodert, sind die einzigen Lichtquellen. Neben dem Rost steht ein Kohlenkasten mit einer Schaufel und einem Schürhaken. Im dämmrigen Licht des Feuers und der Gaslampen sind die Umrisse des Mobiliars zwischen den schäbigen Tapeten kaum zu erkennen: ein Lehnstuhl und ein Sofa, deren schlechtsitzende Bezüge an den Armlehnen abgewetzt und schmutzig sind, ein runder Klapptisch mit drei verschiedenen Stühlen und eine lädierte alte Kommode. Über einer Stuhllehne hängt ein unordentlicher Kleiderhaufen, der Tisch quillt von schmutzigem Geschirr und leeren Milchflaschen über. Das einzige, was den trübseligen und verwahrlosten Eindruck des Zimmers durchbricht, sind die Bücher, die dichtgedrängt auf den Brettern eines Regals stehen.

Jemand geht im Zimmer auf und ab, und der Schatten dieser Person huscht immer wieder über das Fenster. Es ist eine schwerfällige, grobknochige Frau in einem formlosen, schwarzen Kleid; eine Frau, in deren Gesicht Bitterkeit und Unglück geschrieben stehen. Ihr Alter ist schwer einzuschätzen, sie könnte fünfundzwanzig, aber genausogut auch vierzig Jahre alt sein. Sie hält etwas gegen ihre Brust gepreßt, und ihre Schultern sind wie unter Schmerzen vorgebeugt. Obwohl sie mit häßlich verzerrtem Mund etwas schreit, sind ihre Worte nicht zu verstehen. Bis zu dem Beobachter draußen vor dem Fenster dringt nur das Geräusch ihrer Wut. Wer immer bei ihr ist, die Person ist nicht zu sehen und muß sich irgendwo links vom Fenster befinden.

Vielleicht wirft diese Person jetzt etwas ein, denn die Frau hält abrupt vor dem Feuer an. Ihr Kopf sinkt nach vorn, und das schwarze Haar fällt ihr übers Gesicht. Einen Moment lang bleibt sie so stehen, als würde sie zuhören.

Doch was immer die andere Person gesagt hat, es läßt die Frau nur noch zorniger werden. Ihr Kopf fährt wieder hoch und die großen dunklen Augen in ihrem Gesicht lodern, was ihr für einen Augenblick eine schauerliche Schönheit gibt. Ihre Lippen bewegen sich in geräuschloser Wut. Plötzlich reißt sie den Gegenstand, den sie an die Brust gedrückt hält, hoch. Es ist ein Papierbündel, ein Manuskript, das von einem dunklen Band zusammengehalten wird. Im nächsten Moment hat sie es in einer schnellen, fast krampfartigen Bewegung, als würde sie ihre eigenen Dämonen austreiben, ins Feuer geschleudert.

»Nein!« schreit die Figur vorm Fenster, aber der Wind trägt den Schrei ungehört fort.

Dann rennt der Beobachter zur Haustür. Die taubgefrorenen Hände rütteln an dem Schnappschloß. Es gibt nicht nach, und die Handschuhe rutschen von dem eisigen Metall ab. Sie hämmern gegen die Tür, doch noch einmal läßt ein Geräusch aus dem Haus die Person innehalten. Wieder kämpft sie sich durch die Schneewehen zum Fenster, um ins Innere zu spähen.

Die Frau liegt vor dem Kamin am Boden, und eine dunkle Blutlache bedeckt die dem Betrachter zugewandte Seite ihres Gesichts. Ihre rechte Hand krampft sich um einen einzelnen, zerknüllten Papierbogen, der ebenfalls blutbefleckt ist. Im Kamin sieht man nur noch die brennenden Kohlen und den Schürhaken, der halb über der Feuerstelle liegt.

Scharf wie die Klinge eines Graveurs prägt die Angst diese Szene ins Gedächtnis des Beobachters – tief und unvergeßlich.

Plötzlich erscheint der Täter. Er beugt sich über die Frau und reißt das Papier aus ihren Fingern, dann verschwindet er wieder genauso schnell, wie er aufgetaucht ist. Fast im selben Moment öffnet sich die Haustür. Ein Schal bedeckt den Kopf und einen Großteil vom Gesicht des in einen weiten Mantel gehüllten Täters, der eilig aus dem Haus tritt. Ohne sich noch einmal umzublicken, eilt er über den Pfad auf die Gartenpforte zu und verschwindet im Schneegestöber.

Der Beobachter stolpert zur Tür. Auf der Schwelle zögert er einen Moment, als hätte er Angst, dann tritt er in den Flur und geht langsam auf das Wohnzimmer zu.

Im Zimmer befindet sich nur noch die Leiche. Das Manuskript ist verschwunden.

Blut verdeckt das linke Auge der Frau, aber das rechte quillt aus dem zertrümmerten Gesicht hervor. Es ist kein Puls mehr zu spüren, ihr Herz hat aufgehört zu schlagen. Unter dem gleichgültigen Fleisch glüht kein Funke Leben mehr. Der Beobachter verweigert dem starrenden Auge das letzte Ritual. Es bleibt offen und schaut anschuldigend auf das Ungesehene.

In der Nähe der Leiche liegt die blutverschmierte Kohlenschaufel. Schwer atmend zieht der Beobachter ein Taschentuch aus seinem Mantel und wischt mit zitternden Händen den Griff der Schaufel ab.

Nachdem er die zitternden Hände, die immer noch in Handschuhen stecken, über dem Feuer gewärmt und wieder unter Kontrolle gebracht hat, macht sich der Beobachter ans Werk und zerstört mutwillig alles im Zimmer: Er zerschlägt die schmutzigen Teller und Tassen, wirft die Stühle um und verstreut den Kleiderhaufen auf dem Fußboden. Vor dem Bücherregal verharrt er einen Moment lang, als würde der nächste Griff ihm schwerfallen. Dann räumt er alle Bücher von den Brettern und wirft sie ins Zimmer. Oben, im Schlafzimmer mit dem durchhängenden Doppelbett und den zerknüllten Laken, durchstöbert er den Kleiderschrank und leert die Kommodenschubladen auf den Fußboden. Er nimmt nur die wirklich wertvollen Gegenstände mit, unter ihnen eine goldene Taschenuhr, ein Medaillon und ein paar Münzen aus einer Geldbörse im Nachttisch. Er reißt den Leinenbezug von einem der Kissen auf dem ungemachten Bett und steckt alles hinein. Auf den Kissenbezug sind die Initialen EBA gestickt.

Dann geht der Komplize, denn zu nichts anderem ist der Beobachter geworden, in die Küche hinunter, zündet auf der Ablage neben dem Spülstein eine Kerze an und entfernt alle Vorräte, die er in den Regalen der eisigkalten Speisekammer findet. Brot, Käse, Karotten und ein paar Dosen mit Suppe verschwinden in dem Kissenbezug. Schließlich nimmt er eine kleine, gußeiserne Pfanne vom Herd, überprüft, ob die Hintertür verriegelt ist, und verläßt das Haus durch die Vordertür. Er geht um das Haus herum auf die Hinterseite und schlägt mit der Pfanne das Küchenfenster ein, dessen Scherben ins Innere des Hauses fallen. Eine behandschuhte Hand greift hinein und entriegelt das Fenster. Schnee und weitere Glassplitter rieseln zu Boden, als der Komplize durch das Fenster wieder ins Haus hineinklettert. Er wischt die Pfanne sorgfältig ab und stellt sie zurück auf den Herd.

Dann geht der Komplize zu der Leiche zurück, um den goldenen Ehering von ihrer rechten Hand abzuziehen. Der Ring will jedoch nicht über die aufgesprungene Haut des angeschwollenen Fingers gleiten. Schwitzend vor Anstrengung, schiebt der Komplize den Ring bis zum Knöchel, aber dann gibt er auf, schwingt den Kissenbezug über die Schulter und verläßt das Haus durch die Vordertür, die er einen Spalt weit offenstehen läßt. Auf dem Pfad, der zum Gartentor führt, sind die Fußabdrücke des Mörders bereits halb vom Schnee verdeckt und werden bald völlig zugeschneit sein.

Jetzt verschwindet auch der Komplize im Schneegestöber der Nacht.

# 1

Gut fünfzig Jahre nach dem Mord an Evelyn Allerton war ich in London, um einen Preis für »Das beste Kinderbilderbuch« entgegenzunehmen, den die Britische Gesellschaft der Buchillustratoren jedes Jahr an einen Illustrator aus den Ländern des Commonwealth vergab. Ich war zum ersten Mal in meinem Leben in England, und ich war zum ersten Mal von meinem Sohn Max getrennt. Fünf Tage Freiheit, in denen ich nicht ständig Windeln wechselte, Fläschchen aufwärmte und nachts aus dem Schlaf gerissen wurde. Eigentlich hätten sie mir wie der Himmel auf Erden vorkommen müssen, doch ich vermißte Max mit einer Sehnsucht, die mich selbst überraschte.

London war eine Ablenkung für mich – rauh, schmutzig, verstopft und einfach wunderbar. Alle Menschen, die ich traf, beteuerten mir, was für ein Glück ich hätte: Dies, so versicherten sie mir, sei nicht der typische englische Frühling. Herausgelockt von den unnatürlich warmen Sonnenstrahlen, verbrachten die Büroangestellten ihre Mittagspausen in den Parks und auf den Plätzen, wo sie zwischen all den Gänseblümchen wie blasse Pflänzchen wirkten. Einige optimistische Cafés hatten bereits Tische nach draußen gestellt, und die Märkte quollen über von Blumen: Tulpen, Freesien, Iris und kleine Töpfe mit leuchtenden Narzissen.

Alltägliche Dinge, Autos, Straßenlaternen, die Art, wie die Menschen sich kleideten – alles sah hier anders aus oder schien sich von dem mir Vertrauten zumindest auffällig zu unterscheiden. Die Farben, besonders das Grün, nahmen unter dem Blau des niedrigen englischen Himmels neue Töne an. Mich überkam die unstillbare Gier, jedes kleinste Detail, so unbedeutend und banal es auch sein mochte, festzuhalten. Ich fertigte Dutzende von Skizzen an, und wenn mir zum Zeichnen die Zeit fehlte, photographierte ich.

Mit dem Reiseführer in der Hand und dieser verrenkten Kopfhaltung, die sofort den Touristen verrät, schlenderte ich durch die Straßen. Ich genoß es, allein und ohne Angst vor dem, was mir begegnen könnte, herumzulaufen. Londons Geschichte war nicht meine Geschichte. Wenn ich um eine Ecke bog, erwarteten mich dahinter nicht Erinnerungen an meinen Mann. In Toronto waren sie überall.

Außer dem Festbankett zur Preisverleihung und einigen Treffen mit britischen Verlegern, die sich plötzlich sehr für meine Arbeit interessierten, hatte ich mir für meine Zeit in London nur eine einzige Pflicht auferlegt, nämlich mich mit einer älteren Dame namens May Armitage in Verbindung zu setzen, die eine alte Freundin meiner englischen Großmutter war.

Ich bin nach meiner Großmutter benannt; sie hieß Joanna Margaret Lorimer, und ich heiße Joanna Margaret Treleven. Keiner jedoch nannte Großmutter bei ihrem Namen; für alle war sie Nan, und mich rief man Jo. Nan wuchs als einziges Kind eines Landarztes und seiner Frau in der Nähe von Gloucester auf. Nachdem ihre Eltern während einer Grippe-Epidemie gestorben waren, ging sie mit achtzehn Jahren nach London, um sich zur Krankenschwester ausbilden zu lassen. Einige Jahre später, als sich so viele für die Ideen des Sozialismus begeisterten und deshalb nach Spanien gingen, um im Bürgerkrieg zu kämpfen, schloß sich auch meine Großmutter den Internationalen Brigaden an, um als Krankenschwester ihren Beitrag zu leisten. In der Brigade traf sie einen jungen Engländer, Charles Lorimer, der als Krankenwagenfahrer arbeitete, und verliebte sich in ihn.

Nach ihrer Rückkehr heirateten Nan und Charles und ließen sich in einem Cottage in der Nähe des Dorfs Shipcote in den Cotswolds nieder. Aber nur wenige Monate später verließ Charles, angeblich nach einem Streit, Nan und Longbarrow Cottage. Nan sah ihn nie wieder. Damals war sie im zweiten Monat schwanger. In ihrer Not wandte sie sich an die Dorflehrerin May Armitage. Die beiden Frauen wurden Freundinnen, und Nan lud May ein, zu ihr zu ziehen. Eines Nachts, bald nach der Geburt meiner Mutter, brach ein Feuer im Cottage aus. Nan, die von der schweren Geburt noch immer geschwächt war, schlief tief und fest, aber May wachte von dem Rauchgeruch auf, weckte Nan und das Baby und brachte sie nach draußen in Sicherheit. Dann ging sie wieder ins Haus und löschte das Feuer.

In den ersten Jahren des Zweiten Weltkriegs wanderten Nan und meine Mutter nach Kanada aus, während May in Longbarrow Cottage zurückblieb. Nan starb, als ich zehn Jahre alt war, und sie vererbte mir das Haus in England. Allerdings gab es in dem Testament eine Klausel, die es May erlaubte, so lange sie wollte im Cottage wohnen zu bleiben, wenn sie das Haus instand hielt und die Steuern zahlte. In den folgenden siebzehn Jahren hatte May von dieser Klausel Gebrauch gemacht.

Ich hatte weder May noch Longbarrow Cottage jemals gesehen. Jedes Jahr zu Weihnachten schrieb sie an meine Mutter und legte für mich etwas Selbstgestricktes bei, das meist untragbar war. Im Lauf der Jahre kam dann immer wieder mal ein Brief, in dem sie um unsere Zustimmung für irgendwelche Verbesserungen bat, die sie auf eigene Kosten durchführen lassen wollte. Die Änderungen, die sie vorschlug, waren immer vernünftig – neue Abflußrohre, eine neue Heizung, neue Stromkabel –, doch hätten meine Eltern sie nicht bezahlen können. Wir wußten, daß May neben ihrem Lehrergehalt über ein zusätzliches Einkommen verfügte. Geheiratet hatte sie nie.

Meine Eltern hatten sich nie negativ darüber geäußert, daß May von ihrem Recht Gebrauch machte. Sie sagten, daß wir bei ihr in einer Schuld stünden, die wir niemals wirklich würden begleichen können.

Eigentlich hatte ich May vor meiner Reise nach England schreiben wollen, um mich bei ihr anzukündigen, aber in der Hektik zwischen Reisevorbereitungen, Arbeit und Max war der Brief ungeschrieben geblieben. Am Tag vor meiner Abreise hatte ich zweimal versucht sie anzurufen, aber es hatte niemand abgenommen. Auch von London aus erreichte ich niemanden in Longbarrow Cottage. Erst als ich es am vierten Tag meines Aufenthalts noch einmal versuchte, teilte mir eine Tonbandstimme mit, daß die Nummer abgemeldet sei. Nein, eine neue Nummer gebe es nicht, beschied mir die Auskunft auf meine Nachfrage.

Beunruhigt und mit einem schlechten Gewissen wegen des ungeschriebenen Briefes, setzte ich mich in meinem Hotelzimmer auf die Bettkante und überlegte, was nun zu tun sei. Mir fiel ein, daß es eine Anwaltskanzlei gab, die sich um die rechtlichen Angelegenheiten kümmerte, die hin und wieder in Zusammenhang mit dem Cottage zu erledigen waren. Ihr Büro befand sich in Wychley, einem Städtchen in der Nähe Shipcotes. Dort mußten sie es eigentlich wissen, falls May etwas zugestoßen war. Nach kurzem Überlegen fiel mir der Name der Kanzlei wieder ein: Munnings & Wooley. Von der Auskunft erhielt ich die Telefonnummer.

Als ich ihr den Grund für meinen Anruf erklärte, stellte mich die Sekretärin sofort zu einem der Anwälte durch. »Tony Munnings. Wie schön, Miss Treleven, daß Sie anrufen. Ich wollte Ihnen gerade schreiben. Sie sind also in London?«

»Nur kurzfristig.« Ich erzählte ihm von meinen erfolglosen Versuchen, May zu erreichen.

»Sie hatte einen leichten Schlaganfall«, erklärte er und berichtete, daß sie aber schon wieder aus dem Krankenhaus entlassen sei und jetzt bei der Familie eines Neffen in einem Vorort von London lebe. »Das Cottage steht leer. Na ja, leer ist vielleicht das falsche Wort. Miss Armitage hat fast alle ihre

Möbel dort gelassen. Sie wollte sie Ihnen schenken. Vielleicht sollte ich hinzufügen, daß sie zwar alle recht hübsch und bequem sind, aber nichts wirklich Wertvolles dabei ist. Es könnte sein, daß Sie dieses Geschenk mehr als Last denn als Segen empfinden.«

»Glauben Sie nicht, daß sie wieder zurückkommen möchte, wenn es ihr bessergeht?«

»Ich kann mir nicht vorstellen, daß sie dazu in der Lage sein wird. Ihre linke Seite ist fast vollständig gelähmt, und anscheinend ist sie pflegebedürftig. Ich habe gehört, daß ihr Neffe und ihre Nichte sie gerne aufgenommen haben. Miss Armitage soll die Familie immer wieder finanziell unterstützt haben. Nein«, fuhr er fort, wobei seine Stimme einen beruhigenden Ton annahm, »Sie müssen sich keine Sorgen machen, das Cottage gehört jetzt in jeder Hinsicht Ihnen.«

Wenn ich mir Sorgen machte, dann eher um May, die sicher ihr Zuhause vermißte. Schon immer hatte Longbarrow Cottage mehr ihr als mir gehört. Nur in meiner Kindheit, als Nan noch lebte und mir Geschichten von diesem Haus erzählte, war es für mich wirklich existent gewesen. Nach Nans Tod hatte ich kaum mehr daran gedacht. Trotzdem war meine Sorge um May nicht ganz uneigennützig. Sah man einmal von der fehlenden Miete ab, hätte ich keine bessere Bewohnerin für mein Haus finden können, denn May hatte alle Pflichten einer Besitzerin für mich übernommen.

»Können Sie es einrichten, herunterzukommen und sich das Cottage anzuschauen?« fragte Tony Munnings.

»Das würde ich sehr gerne, aber leider fliege ich morgen früh heim.«

Als nächstes machte mich Tony Munnings darauf aufmerksam, daß im Zusammenhang mit dem Cottage demnächst einige Entscheidungen anstünden. In der Zwischenzeit würde jedoch ein Ehepaar namens Ebborn, das in der Nähe lebte, ein Auge darauf haben. Wir einigten uns, daß er mir wegen weiterer geschäftlicher Details schreiben würde.

»Da ist noch eine Sache, die ich erwähnen sollte.« Einen Moment lang zögerte die selbstbewußte Stimme am anderen Ende der Leitung. Ich hatte den Eindruck, daß er nach den richtigen Worten suchte. »Man hat mich gebeten, Sie zu fragen, ob Sie das Cottage vielleicht verkaufen wollen.«

Ich war überrascht. »Jetzt schon? Wie kann jemand auf die Idee kommen, mich so bald danach zu fragen?«

»Es ist ein Einheimischer. Sie können sich vorstellen, daß in einem Dorf wie Shipcote nichts ein Geheimnis bleibt.«

Ich zögerte einen Moment und sagte dann: »Ich bin bereit, mir sein Angebot anzuhören. Wenn er möchte, kann er mich hier anrufen, bevor ich England verlasse.« Ich gab ihm den Namen und die Telephonnummer des Hotels.

»Geht in Ordnung, ich werde es ihm ausrichten. Der Mann heißt übrigens David Cornelius.« Er sagte mir, welchen Preis das Cottage ungefähr erzielen könnte, und empfahl mir, ihn trotzdem richtig schätzen zu lassen.

Schnell rechnete ich die Pfund in Kanadische Dollar um. Die Summe verschlug mir den Atem. Als Nan noch lebte und auch als sie starb, war der Marktwert von Häusern in den Cotswolds nicht besonders hoch gewesen. Mir war klar, daß sich das zwischenzeitlich geändert hatte, besonders nachdem May all die Renovierungen hatte vornehmen lassen. Aber ich hatte nicht damit gerechnet, daß das Haus – Nans Geschenk an mich – so stark im Wert steigen würde.

Bevor wir uns verabschiedeten, bat ich Tony Munnings um die Adresse und die Telephonnummer von Mays Neffen. Als ich dort anrief, war die Frau des Neffens, eine Mrs. Mockridge, am Apparat. Ihre Stimme klang warm und fröhlich, und sie schien sich sehr darüber zu freuen, daß ich May besuchen wollte. Ja, versicherte sie mir, May sei durchaus in der Lage, Gäste zu empfangen.

»Ich möchte sie nicht überanstrengen...«

»O nein, das werden Sie nicht. Nicht, wenn Sie von den alten Zeiten reden. Es ist die Gegenwart, die für die Arme so anstrengend ist.« Sie erklärte mir, wie sie mit der U-Bahn zu erreichen seien.

Eine Stunde später klopfte ich an die Tür einer kleinen Doppelhaushälfte. Es war ein hübscher alter Backsteinbau mit Stuckverzierungen, der in einer langen geraden Reihe völlig identischer Häuser lag. Über jeder Haustür leuchtete ein rechteckiges buntes Glasfenster, und niedrige Mäuerchen mit eisernen Eingangspforten trennten die kleinen Vorgärten voneinander ab. Wenige Sekunden später öffnete mir eine ältere Frau in einer mehlbestäubten Schürze die Tür. Sie hatte ein rundes, freundliches Gesicht und sanfte braune Augen.

»Mrs. Treleven? Bitte kommen Sie rein.« Sie machte einen Schritt zurück, um mich in den engen Flur treten zu lassen. Zu meiner Linken war eine Treppe, die mit einem grellblauen Teppich ausgelegt war, und rechts sah ich durch eine offene Tür ins Wohnzimmer. Die meisten Möbel waren mit einer Schutzfolie bedeckt, weil der Raum gerade frisch gestrichen wurde.

Mrs. Mockridge entschuldigte sich für die Unordnung und nahm mir den Mantel ab. »Zum Glück sind wir mit Tante Mays Zimmer gerade noch fertig geworden, bevor sie zu uns kam.« Sie führte mich durch den Flur in eine kleine, vollgestopfte Küche. Eine Arbeitsfläche war übersät mit Rührschüsseln und den Zutaten für die Plätzchen, die bereits auf Gittern auskühlten. Eine halbgeöffnete Tür am anderen Ende der Küche führte in einen modernen Anbau, der fast den ganzen engen Hinterhof einnahm. Sie hätten ihn für ihre Mutter gebaut, erklärte mir Mrs. Mockridge. Sie hatte bis zu ihrem Tod im vergangenen Jahr bei ihnen gelebt. »Dort hat Tante May ihr eigenes Reich; ein Schlafzimmer und ein eigenes Bad. Sie macht uns deshalb kaum Umstände.«

Als wir durch die Tür in das kleine Schlafzimmer traten, sagte sie laut: »Hier kommt Miss Treleven, die dich besuchen will, Tante.« An mich gewandt, fügte sie leise hinzu: »Sie müssen laut sprechen, sie hört in letzter Zeit nicht mehr gut.«

May saß in einem Sessel am Fenster. Sie trug ein formloses, blaßgrünes Wollkleid und hatte eine Decke in einem dunkleren Grünton über ihren Schoß gebreitet. Sie sah aus wie eine alt gewordene Meerjungfrau, dünn und zerbrechlich wie ein ausgetrocknetes Seewesen, das an den Strand gespült worden war. Ihr Gesicht war das eines großen, gutmütigen Kindes, und sie saß auch da wie ein Kind, erwartungsvoll und mit im Schoß gefalteten Händen. Als sie mich erblickte, erhellte ein zitterndes Lächeln ihr Gesicht.

»Liebes, wie schön, daß ich dich doch noch kennenlerne.«

»Nehmen Sie bitte hier Platz«, sagte Mrs. Mockridge und rückte einen Stuhl mit hoher, gerader Lehne zurecht. »Schön nah bei der Tante. Ja, so. Ich gehe schnell und mache einen Tee.«

Das Schlafzimmer war sehr warm und roch wie das ganze Haus nach Gebackenem und Farbe, vermischt mit einem Hauch von Medizin. Es war ein geschmackvoll möbliertes, gemütliches Zimmer, dessen Fenster auf den kleinen Streifen Nachbargarten und eine Reihe enger Hinterhöfe hinausblickte, in denen kahle Bäume in die Luft ragten und trocknende Wäsche im Wind flatterte.

»Nans Enkelkind.« May beugte sich ein wenig vor, um mich durch ihre goldgerahmte Brille genauer betrachten zu können. Ihre blassen Augen waren vom Alter getrübt. »Ja, jetzt sieht man es. Ich glaube, es ist der Mund, und die Augen.« Sie lehnte sich wieder zurück, und die Falten in ihrem Gesicht zogen sich zu einem besorgten Blick zusammen. »Deine Mutter hat mir vor kurzem geschrieben. Sie hat mir von deinem Mann berichtet... Eine schreckliche Geschichte. Er ist nicht mehr wiedergekommen, oder?«

Diese Frage verschlug mir die Sprache. Peter, mein Mann, war vor zehn Monaten, zwei Monate nach Max' Geburt, bei einem Segelunfall ums Leben gekommen. Eines Abends war er mit seinem kleinen Segelboot trotz Sturmwarnung auf den See hinaus gefahren. Am nächsten Morgen hatte man das gekenterte Boot gefunden. Peters Leichnam wurde zwei Wochen später mehrere Meilen weiter südlich an den Strand gespült.

Während ich noch nach Worten suchte, sagte sie fast zu sich selbst: »Ach nein, wie dumm von mir. Bitte verzeih mir. Ich habe natürlich an Nans Mann gedacht.« Sie sah mich aus ihren umwölkten Augen an. »Sie hatten gestritten. Aber Nan hat niemals geglaubt, daß er deswegen gegangen ist.«

»Die Polizei hat gesagt, es sei Feigheit gewesen«, erwiderte ich. Einen Tag bevor er verschwand, hatte mein Großvater seine Einberufung zur Offiziersausbildung erhalten. Als Nan das Verschwinden ihres Mannes der Polizei meldete, hatte sie ihnen nicht nur von ihrem Streit erzählt, sondern auch, daß ihm seit seinen Erlebnissen im Spanischen Bürgerkrieg entsetzlich vor dem Krieg graute. Das mochte naiv gewesen sein, und nicht ganz zu Unrecht schlossen die Polizisten daraus, daß er sich abgesetzt hatte, um sich vor privaten Querelen und gleichzeitig vor dem Krieg zu drücken.

In Mays Gesicht zuckte es zornig. »Die Polizei hatte doch keine Ahnung von der ganzen Sache. Es war einfach eine Ausrede, damit sie nicht nach ihm suchen mußten, zumindest hat Nan das immer gesagt. Dein Großvater hätte seine Pflicht getan. Er war kein Feigling.«

Ich war mir da nicht so sicher. Wie sonst sollte man einen Mann bezeichnen, der seine schwangere Frau sitzenließ? Von Nan selbst hatte ich jedoch nie ein schlechtes Wort über ihn gehört; allerdings hatte sie auch nur selten über ihn geredet. Manchmal fragte ich mich, ob sie wohl immer noch hoffte, er würde eines Tages zu ihr zurückkommen. Vielleicht war das auch der Grund, weshalb sie May das Cottage überlassen hatte: So konnte ihm jemand sagen, wo sie war.

Neugierig fragte ich May, wie sie sich denn das Verschwinden meines Großvaters erklärte. »Nun ja«, sie hob die rechte Hand zu einer vagen Geste und ließ sie wieder in ihren Schoß fallen, »was soll ich dazu sagen? Männer sind solch unergründliche Wesen, nicht wahr?« Noch bevor ich darauf antworten konnte, fuhr sie fort: »Wie sind wir überhaupt auf dieses unglückselige Thema gekommen?«

Um sie abzulenken, überreichte ich ihr das Geschenk, das ich aus Kanada mitgebracht hatte. Es war eine kleine, gerahmte Federzeichnung von Longbarrow Cottage, die ich nach einem Schwarzweißphoto angefertigt hatte. Offensichtlich rührte sie diese Erinnerung an ihr ehemaliges Zuhause, denn sie bestand darauf, daß ich einen der Landschaftsdrucke von der Wand nahm und meine Zeichnung dorthin hängte. Ruhig und ohne Selbstmitleid sagte sie: »Ich werde den Garten im Frühling vermissen. Aber mir gefällt die Vorstellung, daß dein Kind darin spielen wird.«

Ich konnte mich nicht überwinden, ihr zu sagen, daß Max und ich wohl kaum jemals im Longbarrow Cottage leben würden.

»Rafe mag ihn sehr gerne«, fuhr sie fort. »Den Garten meine ich. Es war so nett, wie er mir die Läuse von den Rosen gelesen hat. Und was für ein Vergnügen ihm das machte! Jungen sind doch eigenartige Wesen. Weißt du, was Lewis Carroll gesagt hat? ›Ich mag Kinder, nur Jungen nicht.‹ Das war doch nicht nett von ihm, oder? Natürlich sind Jungen nicht auf die Art anziehend, wie Mädchen es sind. Aber wenn man sich die Mühe macht, die Läuse von ihnen abzulesen, haben sie genausoviel Charme.«

Zum ersten Mal flackerte so etwas wie Humor in ihrem Gesicht auf, aber er wich sofort wieder einem sorgenvollen Blick. »Das arme Kind. Ich glaube nicht, daß er sehr glücklich ist.«

Bevor ich noch weiter fragen konnte, wer denn der unglückliche Rafe sei, kam Mrs. Mockridge mit einem aufklappbaren Tablett-Tisch herein, auf dem zwei Teetassen und ein Teller mit Plätzchen standen. Während wir unseren Tee tranken, erkundigte sich May nach Max und meiner Familie, und ich zeigte ihr die Photos, die ich in meiner Handtasche bei mir trug. Wir sprachen über meine Mutter, die vor mehreren Jahren nach dem Tod meines Vaters wieder geheiratet hatte und mit meinem Stiefvater Graham in seine Heimat Neuseeland gezogen war. Dann erzählte May von Nan. Sie erinnerte sich mit unverhohlener Zuneigung an meine Großmutter.

»Sie war wirklich eine gute Freundin. Immer hat sie mir das Gefühl vermittelt, daß Longbarrow Cottage genauso mein Zuhause sei wie ihres. Ich benutzte das Wort ›Zuhause‹, aber ich glaube nicht, daß sie es selbst jemals so bezeichnet hat. Zum Schluß war sie sicher sehr froh, daß sie fortgehen konnte.«

»Nan hat mir viele Geschichten aus der Gegend erzählt«, sagte ich.

»Geschichten?« May blickte mich verwirrt an.

»Ja, Kindergeschichten. Eine Mischung aus lokalen Legenden, Märchen und dem, was die Dorfbewohner sich erzählten. Manche haben im Cottage gespielt, andere in der Umgebung. Das hat sie zumindest immer behauptet.«

Nans Erzählungen hatten mich durch meine Kindheit begleitet, aber am besten erinnerte ich mich an die Geschichten, die sie mir in den düsteren Wintertagen nach meiner Blinddarmoperation erzählt hatte. Damals war ich zehn Jahre alt gewesen und wußte noch nicht, daß Nan bereits an der Krebskrankheit litt, an der sie sechs Monate später sterben sollte. Stundenlang hatte sie an meinem Bett gesessen, eine kleine, immer grauer werdende Gestalt in einem alten Bademantel, die eine Zigarette nach der anderen rauchte – verbotene Früchte – und Geschichten erzählte. Und während sich das überheizte Schlafzimmer mit Rauch füllte, der zur Decke stieg und in der Lüftung zischte, lag ich in meinen Kissen und hörte zu. Die schmerzende Operationsnarbe, meine Freunde, mein ganzes Leben außerhalb dieses kleinen Zimmers – alles war vergessen.

Die Geschichten sprudelten nur so aus Nan. Sie waren düster und überwältigend, handelten von Gier und Haß, von

Geheimnissen und unnatürlichen Todesfällen. Und immer ging es um Verrat.

In ihrer Form glichen die Geschichten meist traditionellen Märchen. Nan wußte, daß ich Märchen am liebsten in ihrer Urgestalt hörte, ungeschönt und mit allen grausamen Details. Sie beflügelten meine Phantasie ganz anders, als es die blassen, bereinigten Versionen hätten tun können. Ich war ein blutrünstiges kleines Kind, und die grausame Gerechtigkeit der vor Hitze rot glühenden Tanzschuhe und des mit Nägeln ausgeschlagenen Fasses für böse Stiefmütter oder treulose Diener verschaffte mir eine tiefe Genugtuung. Mir gruselte nicht, sondern ich freute mich, wenn die bösen Figuren in Nans Märchen ihr verdientes schlimmes Ende fanden.

Nur eine Geschichte hatte mich in meinem Verlangen nach blutiger Rache enttäuscht. Nan hatte sie mehr als einmal erzählt, und jedesmal schien die Geschichte mit der Erzählerin zu verschmelzen, so leidenschaftlich und bewegt klang ihre Stimme. Es war, als würde sie ihr eigenes Leben vor mir ausbreiten.

Es lebten einmal drei Brüder, so erzählte sie, die mehr als nur das Blut verband: Sie hatten eine gemeinsame Vision und glaubten fest daran, daß alle Menschen miteinander verwandt seien. Miteinander wollten sie dafür kämpfen, daß diese Vision Wahrheit würde.

Der älteste Bruder war ein aufrechter, ernster Mann mit einem sehr guten Herzen. Der mittlere Bruder, hochgewachsen und mit goldenem Haar, war klug und ehrgeizig, und der jüngste von ihnen ein großer Künstler.

Dieser jüngste Bruder erschuf einen Schatz, und er gelobte, diesen Schatz mit allen Menschen zu teilen. Doch dann verliebte er sich in eine Frau, die in Wirklichkeit eine Hexe war. Er stand so sehr unter ihrem Einfluß, daß er ihr seinen Schatz schenkte, und daraufhin enthüllte sie ihm ihre wahre Natur. Voller Scham und Verzweiflung verließ der jüngste Bruder das Dorf, in dem sie alle lebten, und zog in die Welt hinaus.

Als der aufrechte älteste Bruder hörte, was geschehen war, machte er sich auf, den jüngsten Bruder zu suchen. Der mittlere Bruder schwor indessen, der Hexe den Schatz wieder zu entreißen. Anfangs versuchte er sie mit seinem Charme und seiner Schönheit dazu zu bewegen, aber sie verspottete ihn nur wegen seiner Eitelkeit. Dann drohte er, den anderen Dorfbewohnern ihre wahre Natur zu entdecken, denn diese fürchteten sich vor Hexen und würden sie verbrennen, wenn sie wüßten, mit wem sie es zu tun hatten. In ihrer Wut wollte die Hexe den Schatz zerstören, und um ihn zu retten, tötete der mittlere Bruder sie.

Der aufrechte ältere Bruder reiste auf der Suche nach dem jüngsten Bruder durch die ganze Welt. In einem Land, das jenseits des Meeres lag, sagte man ihm, sein Bruder sei in einem Krieg gegen einen Tyrannen gestorben. Voller Trauer im Herzen kehrte der ältere ins Dorf zurück. In seiner Abwesenheit jedoch hatte der Besitz des Schatzes den mittleren Bruder verdorben. Er tötete seinen älteren Bruder, weil er befürchtete, den Schatz mit ihm teilen zu müssen. Ihm selbst brachte er dann Ruhm und Reichtum und die Liebe einer Prinzessin.

An dieser Stelle hatte Nan angehalten und ihre Zigarette in dem bereits überquellenden Aschenbecher ausgedrückt, während ich mir ausmalte, welch fürchterliche Strafe diesen mittleren Bruder wohl ereilen würde. Zu meiner Überraschung sagte sie jedoch, daß dies das Ende der Geschichte sei. Als ich wütend protestierte, sagte Nan einfach nur: »Aber ich weiß nicht, was mit ihm geschehen ist.«

Nur ihre offensichtliche Müdigkeit und eine Trauer, die ich noch nie zuvor in ihrem Gesicht gesehen hatte, hielten mich davon ab, sie trotz dieser unbefriedigenden Antwort weiter mit Fragen zu bestürmen.

Mays Stimme unterbrach mich in meinen Erinnerungen. »Damals, als ich sie kannte, hat sie aber keine Kindergeschichten geschrieben«, sagte sie. »Allerdings war sie nicht sehr erfreut, als ich es entdeckte.« Mit schmerzverzerrtem

Gesicht, als täten ihr die Knochen weh, setzte sie sich in ihrem Sessel zurück.

Ich war verwirrt. »Was haben Sie entdeckt?«

»Nun, daß sie ein Buch schrieb. Sie hat ein großes Geheimnis daraus gemacht und nur im Bett geschrieben, während deine Mutter neben ihr in der Wiege schlief. Aber eines Nachts habe ich sie erwischt. Sie hatte mein Klopfen nicht gehört. Als ich ins Zimmer trat, saß sie über ihr Papier gebeugt und schrieb wie eine Besessene.«

»Ich wußte gar nicht, daß sie ein Buch geschrieben hat.«

»Es war ein Krimi. Ihr Buch, meine ich. Vielleicht hat sie deshalb so einen Kriminalfall daraus gemacht.« May mußte über ihren eigenen Witz kichern; es war ein dünnes Kichern, das wie ein Husten klang. »Damals schrieb ja jeder Krimis. Das ist doch heute noch so, oder? Ich lese nie Krimis.«

»Haben Sie Nans Buch gelesen?«

»Sie hat mich nicht gelassen. Sie sagte, ich könnte es lesen, wenn es veröffentlicht wäre.«

»Und wurde es veröffentlicht?«

»O ja, sie hat einen Verlag gefunden. Darauf war sie sehr stolz. Aber ich kann mich leider nicht mehr erinnern, welcher Verlag es war.«

»Komisch, daß sie das nie erwähnt hat.«

»Sicher, weil es zu schmerzhaft für sie war. Nach allem, was passiert ist...« Mays Stimme verlor sich, ihre Augen glitten von mir weg und richteten sich auf einen Punkt in der Ferne. »Die Arme«, murmelte sie, »sie hat immer nur Pech gehabt. Erst ihr Ehemann, der sie auf so furchtbare Art und Weise verlassen hat. Dann das Feuer im Cottage. Und dann natürlich der Krieg. Kein Wunder, daß sie diesem Land den Rücken kehren wollte.«

»Und das Buch?« fragte ich. »Ist es denn wirklich erschienen?«

Plötzlich sah mich May wieder mit festem Blick an. »Oh, ja. Obwohl sie nicht mehr viel davon hatte. Als die Bomben fielen, ist es zusammen mit all den anderen verbrannt.« Sie bemerkte meinen überraschten Gesichtsausdruck. »Aber wußtest du das nicht?«

Wieder schüttelte ich verwirrt den Kopf. »Soll das heißen, daß alle Exemplare ihres Buches verbrannt sind? Wie konnte das geschehen?«

»Nun, die Deutschen haben London bombardiert – war es der Neujahrsabend gewesen? Es war nach Weihnachten, 1941... nein, ich glaube, es muß 1940 gewesen sein. Die Bomben fielen auf die Paternoster Row, wo alle Verlage waren. Tausende von Büchern sind damals verbrannt. Im Vergleich zu Menschenleben bedeuten Bücher natürlich nichts, aber trotzdem...«

Einen Moment lang saß sie schweigend da und strich mit der rechten Hand die Fransen ihrer Decke glatt, während die linke unbeweglich in ihrem Schoß liegen blieb. Dann blickte sie auf, als erinnerte sie sich plötzlich wieder an meine Gegenwart, und blinzelte ein wenig hinter den dicken Brillengläsern. »Und so kommt es, daß ich Nans Buch nie gelesen habe. Es war unmöglich, ein Exemplar zu bekommen. Ein paar müßten das Feuer doch überlebt haben, aber in den Läden konnte ich keins finden. Vielleicht hätte ich in London Glück gehabt, aber in den Kriegsjahren bin ich nie nach London gekommen.«

Kein Wunder, daß Nan nie von dem Buch erzählt hat, dachte ich. Sie mußte am Boden zerstört gewesen sein. Ich versuchte mir vorzustellen, wie ich mich fühlen würde, wenn eines meiner Bücher einfach vom Erdboden verschwinden würde, aber ich konnte es nicht.

»Ich wüßte wirklich gern, worum es in dem Buch ging.«

Ich hatte eigentlich mehr mit mir selbst gesprochen, denn ich erwartete nicht, daß May es wußte, aber sie antwortete auf der Stelle: »Es ging um einen Mord. Darum geht es natürlich in fast allen Krimis, und mehr hat sie mir nicht verraten. Aber ich habe mich oft gefragt...«

»Ja?«

»Weißt du, es hat da diesen fürchterlichen Mordfall gegeben. Er ist nie aufgeklärt worden. Es war eine Frau, sie hieß Evelyn...« Sie zögerte und warf mir einen eigenartigen Blick zu. »Ach, vergessen wir es, Liebes. Man soll nicht an diesen Dingen rühren. Nan hatte schon recht, daß sie einfach weggegangen ist. Es war das Klügste, was sie machen konnte. Nan hatte viel zu viel Phantasie. Ich glaube, mit dieser Phantasie hat sie sich selbst unglücklich gemacht. Ich habe nie besonders viel Phantasie gehabt, und ich muß ehrlich sagen, daß ich froh darüber bin. Wenn man allein lebt, ist es so am besten.«

Als ich klein war, sagte meine Mutter oft, ich hätte Nans Phantasie geerbt. Meistens hatte dabei Stolz in ihrer Stimme mitgeschwungen, aber manchmal auch eine Spur Entsetzen. Wie die Gabe der guten Fee war dies ein zweifelhaftes Erbe. Es bescherte mir beides: Alpträume und viel Freude. Es war meine Phantasie, die es mir später ermöglichte, mit der Arbeit, die ich so sehr liebte, meinen Lebensunterhalt zu verdienen. Aber es war auch meine Phantasie gewesen, die mich zu der trügerischen Hoffnung verleitete, ich könnte meinen Mann glücklich machen.

»Können Sie sich an den Titel des Buchs erinnern?« fragte ich May.

Sie runzelte ihre ohnehin mit Falten übersäte Stirn. »Eigentlich müßte ich ihn wissen. Laß mich einen Moment nachdenken. Ich kann mich noch genau erinnern, wie sie ihn mir gesagt hat.« Mit leiser Stimme erzählte sie mir, daß Nan anfangs nicht wußte, welchen Titel sie ihrem Buch geben sollte. »Aber eines Tages kam sie zu mir. Sie hielt ihr Baby, deine Mutter, im Arm und sagte: ›May, jetzt weiß ich, wie mein Buch heißen soll.‹ Sie lachte, doch dabei strömten ihr Tränen übers Gesicht. Es hat mich fürchterlich mitgenommen, sie so zu sehen.«

Eine Zeitlang saßen wir schweigend da, und May kramte in

ihren Erinnerungen. Dann blickte sie mich mit einem triumphierenden Lächeln an und sagte: »*Herzblut.* Genau, das war der Titel. *Herzblut.*«

## 2

May sank in ihren Sessel zurück und schloß die Augen. Die vielen Erinnerungen waren wohl anstrengend gewesen, und sie war völlig erschöpft. »Nan«, stieß sie zaghaft hervor, aber als sie im nächsten Moment ihre trüben Augen wieder aufschlug, bemerkte sie ihren Fehler. »Nein, du bist ja gar nicht Nan, oder?«

»Ich bin Jo«, sagte ich sanft. »Nans Enkelin.«

»Ja, natürlich. Wie dumm von mir.« Mit zittriger Hand fegte sie ein paar Kekskrümel von der Decke auf ihren Knien. »Aber wir haben über sie geredet, nicht wahr?«

»Ja, über ihr Buch. *Herzblut.*«

Ihr Blick verwirrte sich. »Es muß dir wirklich sehr daran liegen, daß du so viel dafür bietest. Viel zu viel. Ich wünschte, ich könnte es dir schenken.« Noch bevor ich irgend etwas sagen konnte, wiederholte sie fast weinerlich: »Aber ich habe leider kein einziges Exemplar.«

»Ja, ich weiß. Es macht auch nichts.« Ich versuchte sie zu beruhigen. Unserer Unterhaltung lag eine innere Logik zugrunde, und wenn ich ihr nicht immer ganz folgen konnte, war das weder Mays noch mein Fehler. Es gab eine zweite Bedeutungsebene hinter den Wörtern; sie war ständig präsent, wurde aber nicht artikuliert. Ich hatte schon oft Bilder gemalt, mit denen die Lücken aufgefüllt wurden, die die Sprache hinterlassen hatte; diese Unterhaltung mit May forderte meine Vorstellungskraft auf ähnliche Art und Weise heraus.

»Irgend jemand hat gedacht, Sie besäßen ein Exemplar von *Herzblut* und wollte es Ihnen abkaufen«, sagte ich. »So war es doch, oder?«

Sie dachte einen Moment lang über meine Frage nach. »Es war dieser Mann... Wie hieß er gleich noch?« Hilflos blickte sie sich im Zimmer um, als läge dort die Antwort verborgen, aber diesmal verweigerte ihr das Gedächtnis seinen Dienst. »Es hat keinen Zweck. Es fällt mir nicht mehr ein.« Das war eine traurige Feststellung, aber aus ihrem Mund klang sie eher resigniert als erbost. »Ich habe ihm gesagt, daß ich nie ein Exemplar besessen habe, aber er hat mir wohl nicht geglaubt.«

»Wann war das?«

»Es ist noch nicht lange her. Kurz bevor ich hierhergekommen bin...« Sie gab es auf, weiter in ihrem Gedächtnis zu forschen, und ihre Stimme verlor sich. Ich sah, wie sie in sich zusammensank: sie wirkte unendlich zerbrechlich. Ich hatte zu viele Fragen gestellt.

Schuldbewußt erhob ich mich, um zu gehen. Zum Abschied nahm ich ihre rechte Hand und beugte mich zu ihr hinunter, um ihre Wange zu küssen. »Es macht mich sehr glücklich, Longbarrow Cottage in deinen Händen zu wissen«, sagte sie leise. Ihre Stimme klang jetzt ruhig und zuversichtlich, als wären alle Zweifel, die sie geplagt hatten, beseitigt worden.

Mrs. Mockridge, die ihre Backbleche verlassen hatte und neben mich getreten war, bekam diesen letzten Satz mit. Als sie mich zur Haustür führte, sagte sie mit einem verschwörerischen Lächeln: »Wir wollen sie einfach in dem Glauben lassen, nicht wahr? Es ist am besten so.« Sie reichte mir meinen Mantel. »Ich meine, Sie werden das Cottage doch sicher verkaufen, oder?«

»Ich denke schon«, erwiderte ich.

Als sich die Tür hinter mir schloß, fragte ich mich, ob ich das Cottage wirklich verkaufen wollte. Jetzt, wo ich May kennengelernt hatte und von Nans Buch wußte. Jetzt, wo ich mich an ihre Geschichten erinnerte und das Haus mir wieder wie ein realer Ort vorkam. Plötzlich war ich mir gar nicht mehr so sicher.

Auf der langen Rückfahrt mit der U-Bahn beschäftigte mich die seltsame Geschichte mit Nans Buch immer mehr. Es war Rush-hour, aber obwohl mich die Menschenmassen umbrandeten, stiegen die Bilder ganz deutlich und beunruhigend vor mir auf: Eine einsame Frau, die spät nachts in ihrem Bett kauert und »wie eine Besessene« schreibt, während ihr Baby neben ihr schläft. In den dunklen Tunneln der Untergrundbahn sah ich ihr Buch brennen. Es brannte zusammen mit all den anderen in einem riesigen Scheiterhaufen aus Wörtern, eine Opfergabe an den alles verschlingenden Kriegsgott.

Andere Bilder kamen dazu, es waren meine eigenen Erinnerungen an meine Großmutter. Hinter der liebevollen, melancholischen Geschichtenerzählerin meiner Kindheit verbarg sich eine andere Person, eine leidenschaftliche und geheimnisvolle junge Frau, die ihrer Familie nie ihre ganze Geschichte erzählt hatte. May hatte mit ihren Erinnerungen diese andere Person aus dem Schatten der älteren Frau hervortreten lassen. Aber noch war sie unvollständig und farblos, eine schnell mit dem Skizzenstift hingeworfene weibliche Figur, die versuchte, die graue Patina des Alters abzustreifen. Wenn ich die Einzelheiten ihrer Geschichte wüßte, könnte ich sie vielleicht wieder zum Leben erwecken.

Um kurz nach fünf erreichte ich mein Hotel, wo eine Nachricht für mich vorlag. Ein Mr. Cornelius habe angerufen, richtete mir der Mann an der Rezeption aus; er wollte es um halb sechs noch einmal versuchen. Es wunderte mich, daß ich dies mit einer Spur von Unwillen zur Kenntnis nahm. Jetzt, wo sich ein Fremder für meinen Besitz interessierte, wollte ich ihn instinktiv schützen. Außerdem hatte ich das unbehagliche, irrationale Gefühl, daß es ein Verrat an Nan und May wäre, wenn ich mir ein Angebot auch nur anhören würde.

Ich ging nach oben und begann meine Sachen für den Heimflug zu packen. In den wenigen Tagen, die ich allein und von meiner vertrauten Umgebung getrennt verbracht hatte, war es mir gelungen, einen Teil von mir wiederzuentdecken, der schon fast nicht mehr existiert hatte. Es war ein jüngerer und freierer Teil, weniger abhängig von den Rollen und Routinen, denen ich mich mehr oder weniger unbewußt unterworfen hatte – es war ein glücklicherer Teil. Für ein paar Tage hatte ich all meine Pflichten und Verantwortlichkeiten abgeschüttelt und manchmal sogar vergessen, daß ich Mutter war. Und ich hatte meinen unsichtbaren Witwenschleier abgelegt.

Ich beförderte gerade meine Kleider von den Kommodenschubladen in den Koffer, als das Telefon klingelte. Ich blickte auf meine Uhr – halb sechs – und ging zum Nachttisch, um abzuheben.

»Hallo?«

»Mrs. Treleven? Mein Name ist David Cornelius. Tony Munnings hat mich angesprochen und vorgeschlagen, daß ich mich bei Ihnen melde.« Die angenehme tiefe und ruhige Stimme am anderen Ende der Leitung gehörte zu meiner Überraschung einem Amerikaner. »Hätten Sie etwas dagegen, wenn ich bei Ihnen vorbeikäme, so daß wir über Longbarrow Cottage reden könnten?«

»Ich fliege morgen früh nach Kanada zurück, Mr. Cornelius. Wir werden es am Telephon besprechen müssen.«

»Ich bin zufällig gerade in London. Wäre es möglich, Sie jetzt im Hotel zu treffen? Oder vielleicht später am Abend?« Sein Ton war nicht aufdringlich; es war nichts als eine höfliche Anfrage.

Wohl weil ich mich in keiner Weise unter Druck gesetzt fühlte, antwortete ich ihm, daß es mir jetzt gleich am besten passen würde. Ich wußte, daß es hinter der Lobby noch einen Aufenthaltsraum gab; dort könnten wir uns unterhalten. Als ich ihm den Weg beschreiben wollte, sagte er, er wisse, wo das Hotel sei, und werde um sechs Uhr da sein.

Kurz vor sechs machte ich mich auf den Weg nach unten. Als ich aus dem Lift trat, kam gerade ein Mann in brauner Lederjacke und Jeans durch die Eingangstür. Er war etwa Mitte Dreißig, hochgewachsen und dunkelhaarig – sehr attraktiv.

Wenn das David Cornelius ist, dachte ich, wäre unserer Unterhaltung immerhin ein ästhetisches Vergnügen abzugewinnen.

Als er mich erblickte, zog er fragend eine Augenbraue hoch, und auf mein Lächeln hin steuerte er auf mich zu.

»Mrs. Treleven?« Er sah mich an, und seine Augen straften den unbeschwerten Tonfall seiner Stimme Lügen. Sie waren hellgrau mit braunen Sprenkeln und glänzten wie Sterne nach einem Regenschauer, unbeständig und kühl. Es waren Augen, denen nichts entging.

»Miss. Ich benutze meinen Mädchennamen.«

»Vielen Dank, daß Sie sich so kurzfristig zu einem Treffen bereit gefunden haben.« Wir schüttelten uns die Hand. Sein Händedruck war fest, die Haut rauh und etwas schwielig.

»Wir könnten uns dort drüben unterhalten«, sagte ich und deutete auf den offenen Durchgang zu dem kleinen Aufenthaltsraum. Dort hatten sich jedoch schon zwei furchterregende, in Tweed gekleidete Damen mit steifer Dauerwelle niedergelassen, die lautstark ihre Pläne für den nächsten Tag diskutierten.

»Ich kenne ein Pub gleich um die Ecke«, schlug David Cornelius mit der Andeutung eines Lächelns vor. »Dort wäre es sicher ruhiger.«

Auf dem kurzen Weg zum Pub konnten wir gerade ein paar höfliche Floskeln über das bemerkenswerte Wetter austauschen, als wir auch schon um die Ecke in eine kleine Seitenstraße bogen und davor standen. Der Name »The Scholar's Arms« bezog sich wohl auf die in der Nähe gelegene Universität; das Wappen überm Eingang zeigte ein schwarzes, von Bierkrügen umstelltes Barett.

Auch im Pub selbst deutete alles auf ein akademisches Publikum hin: Hinter der langen Holztheke hingen College-Krawatten und Schals, und auf den unzähligen Photos an den Wänden waren Bootsmannschaften und Cricket-Teams zu bewundern. Als wir eintraten, verließen gerade zwei Männer einen Tisch in der Nähe der Tür. David Cornelius besetzte ihn schnell und schob mir einen Stuhl zurecht. »Was kann ich Ihnen holen?«

Ich bat um ein kleines Lager. Das »Scholar's Arms« erinnerte mich an die Zeit, als ich selbst gern in Kneipen gegangen war. Obwohl der holzgetäfelte Raum mit der niedrigen Decke recht voll war – fast alle Tische waren besetzt, und mehrere Leute standen an der Bar –, mußte niemand seine Stimme erheben, um sich Gehör zu verschaffen. Offensichtlich waren den Stammgästen ihre Gespräche genauso wichtig wie ihre Getränke.

David Cornelius kehrte mit zwei Bierkrügen zurück. Er war gut gebaut. Und sein schlanker, durchtrainierter Körper hatte etwas Stählernes. Er bewegte sich mit der geschmeidigen Selbstsicherheit eines Menschen, der sich in seiner Haut wohl fühlt. Nachdem er mir mein Glas gereicht hatte, nahm er auf dem Stuhl mir gegenüber Platz, lehnte sich entspannt zurück und schlug ein Bein locker über das andere.

»Es wird Ihnen sicher etwas voreilig erscheinen«, begann er, und es klang fast wie eine Entschuldigung. »Schließlich haben Sie offiziell noch nicht verlauten lassen, daß das Cottage zu verkaufen ist. Aber Tony Munnings sagte, Sie wären bereit, sich mein Angebot anzuhören.«

»Offengestanden weiß ich noch nicht, was ich machen werde. Ich habe erst heute erfahren, daß May Armitage ausgezogen ist.« Ich fragte ihn, ob er May kenne.

»Nicht besonders gut. Mein Sohn hat sie immer gerne besucht. Ich glaube, Rafe und sie sind trotz des Altersunterschieds gute Freunde.«

Rafe war der Name des Jungen, den May am Nachmittag erwähnt hatte; der wilde Läusejäger, das Kind, das ihrer Meinung nach unglücklich war. Ich fragte David Cornelius, wie alt sein Sohn sei.

»Elf. In mancherlei Hinsicht ist er sehr erwachsen für seine elf Jahre, aber dann wieder überhaupt nicht.«

»Ist er auch Amerikaner? Vielleicht hat er einfach Heimweh.«

Er nickte. »Seit er hier lebt, fühlt er sich erst recht als Amerikaner. Aber vielleicht will er mit dieser Demonstration von Nationalstolz nur das Gefühl bekämpfen, seine Heimat verraten zu haben. Aber ich gehe jede Wette ein, daß auch in ihm ein wenig Anglophilie schlummert.« Er hatte ein gewinnendes Lächeln, und es machte ihn nur noch attraktiver; seine klassisch ebenmäßigen Züge öffneten sich ein wenig, so daß er nicht mehr ganz so unzugänglich wirkte.

»Mr. Munnings hat mir erzählt, Sie wären ein Einheimischer«, sagte ich.

»Und Sie fragen sich, wie man einen Amerikaner als Einheimischen bezeichnen kann. Vielleicht werde ich es einmal sein, in fünfzig Jahren etwa, falls ich so lange leben sollte.« Sein trockener Humor gefiel mir. »Das war ziemlich großzügig von Tony Munnings. Im Moment bin ich nur durch meine Freunde ein Einheimischer. Meine...« Er unterbrach sich. Offensichtlich hatte er seine Meinung über das, was er mir erzählen wollte, geändert. »Kennen Sie die Mallabys?«

Ich schüttelte den Kopf. Ich konnte mich nicht erinnern, daß meine Eltern jemals die Namen von irgendwelchen Leuten in Shipcote erwähnt hätten; wahrscheinlich kannten sie dort außer May auch niemanden.

»Sie sind eine echte einheimische Familie. Freunde von mir. Als ich vor fast einem Jahr nach Shipcote kam, haben sie mir eines ihrer Häuser überlassen. Aber ich suche schon seit längerem nach einem eigenen Haus.«

Mir fiel auf, daß er von »ich« und »mir« sprach, und nicht von »wir« und »uns«.

»Longbarrow Cottage würde mir aus verschiedenen Gründen sehr gut gefallen«, fuhr er fort. »Zunächst einmal mag Rafe das Haus sehr gern. Allerdings habe ich ihm gegenüber noch nicht erwähnt, daß es vielleicht eine Möglichkeit gibt, das Cottage zu kaufen – ich möchte keine falschen Hoffnungen wecken. Und dann natürlich wegen des Shipcote Farm Parks. Ich bin einer der Besitzer.« Er sah, daß dieser Name mir nichts sagte. »Ihr Land grenzt an das Farmland«, sagte er. »Ein paar hundert Meter lang haben wir einen gemeinsamen Zaun.«

Während er mit seinem Glas spielte, schaute ich mir seine Hände an. Wie der übrige Körper waren auch sie wohlgeformt, mit langen, spitz zulaufenden Fingern, doch die Haut war rauh und die Fingernägel zwar sauber, aber abgebrochen. Auf einem Knöchel war der Schorf einer alten Wunde zu sehen. Ganz offensichtlich war er es gewohnt, mit den Händen zu arbeiten. Trotzdem war er nicht der typische Bauer.

»Sie haben von einem Farm Park gesprochen«, sagte ich, »nicht einfach von einer Farm. Wo ist da der Unterschied?«

»Die Farm ist teilweise für die Öffentlichkeit zugänglich. Im Prinzip ist es zwar ein ganz normaler Bauernhof, aber er ist sozusagen Teil unserer Ausstellung. Unser Hauptanliegen ist die Erhaltung seltener Nutztierrassen. Die Menschen kommen, um sich unsere Tiere anzusehen, und mit etwas Glück erkennen sie, wie wichtig es ist, daß diese Tierarten nicht aussterben.«

Ich war überrascht. »Und das alles passiert direkt neben Longbarrow Cottage? Ich wußte nicht, daß…«

Er verstand mich falsch. »Es ist wirklich kein Problem. Die Farm selbst ist über vierhundert Hektar groß, und die gesamte Ausstellungsfläche nimmt nur fünfundzwanzig Hektar ein. Der Publikumseingang liegt mehrere Kilometer von Longbarrow Cottage entfernt an einer anderen Straße. Das Land, das an Ihres grenzt, ist Weideland.«

»Nein, nein, ich habe keine Probleme damit. Ganz im Gegenteil, ich finde, das klingt wunderbar.«

»Ist es auch. Ich bin sehr glücklich, dort zu arbeiten. Man bekommt nicht oft die Gelegenheit, ein Stückchen Vergangenheit wieder zu beleben und gleichzeitig – wenn Ihnen das nicht zu pathetisch klingt – die Zukunft zu sichern. Wir brauchen diese Tiere. Je größer und vielseitiger unser genetisches Erbe ist, um so größer ist unsere Chance zu überleben.« Alle Überheblichkeit und Kühle war von ihm abgefallen. Als David Cornelius sich jetzt vorbeugte, stand ihm die Begeisterung für seine Sache im Gesicht geschrieben. Einen Moment lang sah ich einen viel jüngeren Mann vor mir, sah seine weniger weltgewandte, spontane Seite. Wenn ich erwachsene Menschen zeichne, ist es dieses verlorene Kind, nach dem ich in den Gesichtszügen suche. Und wenn man nur genau genug schaut, findet man es auch, und zwar immer, egal, wie sehr die Jahre es verwischt oder überlagert haben.

Das Kind, das ich jetzt im Gesicht von David Cornelius entdeckte, gefiel mir. Und ich mußte mir eingestehen, daß mir auch der Mann zunehmend gefiel.

»Die Werbung für unser Anliegen ist ein Teil unserer Arbeit«, fügte er mit einem entschuldigenden Lächeln hinzu und lehnte sich wieder zurück. »Wir wollen die Leute sozusagen davon überzeugen, daß ein Schwein mehr als ein Stück Schinken ist.«

»Wissen Sie, Mr. Cornelius…«, begann ich.

»Bitte nennen Sie mich David.«

»Ich heiße Jo. Ich wollte gerade sagen, daß Sie es mir schwer machen, Ihr Angebot für das Cottage wohlwollend anzuhören. Ich glaube, ich sollte es mir erst anschauen, bevor ich entscheide, was ich damit mache.«

Er seufzte bedauernd. »Ich hatte gleich das Gefühl, daß ich mich um das Haus rede. Gibt es eine Möglichkeit, daß Sie Ihren Flug umbuchen? Sie könnten morgen nach Shipcote kommen und sich das Cottage anschauen.«

Ich schüttelte den Kopf. »Nein, ich muß nach Hause. Ich habe auch einen Sohn, nur ist meiner noch ein Baby.«

»Oh, ich verstehe.« Er lächelte. »Dann wird Ihr Mann sicher auch schon sehnsüchtig auf Sie warten. Wenn er auf das Kind aufpassen muß, meine ich. Aber das ist sicher nur einer der Gründe«, fügte er dann noch hinzu. Jetzt wirkte sein Lächeln ein wenig verlegen, als hätte er gerade bemerkt, wie sich das anhören mußte.

Ich wußte nicht, wie ich darauf antworten sollte, ohne meine ganze Situation zu erklären, was alles nur noch komplizierter machen würde. Deshalb reagierte ich nur mit einem Lächeln.

Gleichzeitig griffen wir nach unseren Bierkrügen. Ich trank mein Glas aus und stellte es wieder auf den Tisch. »Ich muß langsam gehen. Ich bin noch zum Abendessen verabredet.« Ein englischer Lektor, der sich für meine Arbeit interessierte, hatte dieses Treffen vor meiner Abreise vorgeschlagen. Jetzt war ich richtiggehend dankbar für den Vorwand, mit dem ich unsere Unterhaltung beenden konnte. Aus Gründen, die ich lieber nicht genauer hinterfragen wollte, beunruhigte mich die Gegenwart von David Cornelius.

Er erhob sich mit mir. »Ich werde Sie ins Hotel zurückbegleiten.«

»Das ist nicht nötig.«

»Ich habe mein Auto in der Nähe geparkt.« Er nahm seine Jacke. Als wir draußen waren, sagte er: »Eigentlich wollte ich Ihnen noch eine Zahl nennen. Aber ich habe das Gefühl, daß Sie die lieber nicht hören wollen. Oder irre ich da?«

»Offen gestanden würde mir das im Moment nicht viel sagen.« Das stimmte zwar nicht ganz, aber irgendwie wollte ich jede Versuchung von mir fernhalten. Auch wenn das vielleicht unrealistisch war, sollte das Geld mich in meiner Entscheidung nicht beeinflussen. »Wenn ich mich entschließen sollte zu verkaufen, werde ich Mr. Munnings bitten, Sie zu informieren. Ich kann Ihnen nur leider nicht sagen, wann das sein wird.«

»Ich habe es nicht eilig.«

Wir waren beim Hotel angekommen. »Vielen Dank für das Bier. Es tut mir leid, daß Sie unnötig Ihre Zeit mit mir verschwendet haben.«

»Das habe ich nicht.«

Auch wenn nichts in seiner Stimme oder Haltung dies nahelegte, klang diese Bemerkung trotzdem zweideutig. Dann verabschiedete er sich und eilte über den Platz davon. Bevor ich ins Hotel ging, drehte ich mich noch einmal um, aber er war bereits in den Schatten der Platanen verschwunden.

Am nächsten Tag flog ich nach Toronto zurück. Als ich unsere Maisonettewohnung betrat, weigerte sich Max zu meiner Enttäuschung, mich anzublicken. Ich wollte ihn auf den Arm nehmen, aber er klammerte sich an meine Freundin Kasia und drehte den Kopf von mir weg. Kasia, die fünf kleine Neffen und Nichten hatte, versicherte mir, daß dieses Benehmen völlig normal sei. Auch wenn er während meiner Abwesenheit bei ihr ganz zufrieden war, wollte er mich jetzt dafür bestrafen, daß ich ihn verlassen hatte.

Er erlaubte mir nicht, ihm sein Fläschchen zu geben, und nahm es nur von ihr. Während sie ihn auf dem Sofa fütterte, saß ich ein paar Meter von ihnen entfernt auf dem Boden und hielt Peter Rabbit, das Stoffkaninchen, das ich ihm mitgebracht hatte, im Schoß. Während Kasia mir erzählte, was sie alles mit Max unternommen hatte, und ich ihr von London berichtete, betrachtete Max interessiert das Spielzeug. Schließlich stieß er das Fläschchen weg, kletterte von Kasias Schoß und krabbelte über den Teppich auf mich zu, um sich den Hasen genauer anzuschauen. Fasziniert von den glänzenden Metallknöpfen an Peter Rabbits blauer Jacke, saß er eine ganze Zeitlang neben mir, ohne mich jedoch anzuschauen.

Dann wandte er sich plötzlich mit einem kleinen Grunzen an mich, umklammerte mich und lehnte sein Köpfchen gegen meinen Arm. Er hatte mir verziehen.

Als Kasia sich zum Gehen fertigmachte, fiel ihr noch etwas ein. »In der Post ist ein Brief aus London«, sagte sie. »Er ist erst heute morgen gekommen, sonst hätte ich dich in England angerufen und gefragt, ob ich ihn öffnen soll.« Ich dankte ihr noch einmal für alles, dann umarmten wir uns zum Abschied.

Mit Max auf der Hüfte ging ich zu meinem Schreibtisch. Der Luftpostbrief lag ganz oben auf einem kleinen Poststapel; mein Name und meine Adresse auf dem Umschlag waren getippt worden. Der gedruckte Absender nannte eine Adresse in der Sackville Street, Piccadilly, London.

Im Umschlag war ein einzelner weißer Briefbogen. Oben auf der Seite stand in Drucklettern »Goddard Grant Ltd., Antiquarische Bücher« und darunter die Adresse, die schon auf dem Umschlag gedruckt war. Darunter befanden sich zwei kurze getippte Absätze und eine unleserliche Unterschrift in schwarzer Tinte.

> Sehr geehrte Miss Treleven,
> im Auftrag eines Kunden suchen wir nach einem Exemplar des Romans *Herzblut* von J. M. Morrile, der 1940 im Verlag Cobbet & Stewart veröffentlicht wurde. Wir haben erfahren, daß Sie die Enkelin von J. M. Morrile sind, und schreiben Ihnen deshalb in der Hoffnung, daß sich ein Exemplar des Buches in Ihrem Besitz befindet.
> Wenn dem so sein sollte und Sie sich von dem Buch trennen können, würde unser Kunde es Ihnen gerne abkaufen. Uns ist bewußt, daß dieses Buch für Sie vor allem ein wertvolles Erinnerungsstück sein wird, deshalb bietet unser Kunde Ihnen fünfzig Pfund dafür. Über eine Antwort von Ihnen würden wir uns sehr freuen.

Meine Überraschung wich fast sofort einer unbezwingbaren Neugierde. Was hatte es mit diesem Buch auf sich?

Mein ganzes Leben lang hatte ich nichts davon gehört, und jetzt hatte ich innerhalb von zwei Tagen nicht nur aus verschiedenen Quellen erfahren, daß es überhaupt existierte, sondern auch, daß es zwei Menschen gab, die bereit waren, mehr dafür zu zahlen, als es wert war. Es sei denn, der Kunde von Goddard Grant und Mays »wie hieß er noch« waren ein und dieselbe Person. Außerdem hatte Großmutter das Buch unter einem Pseudonym veröffentlicht, denn Morrile war nicht ihr Mädchenname. Ich fragte mich, was sie dazu veranlaßt haben könnte.

Am stutzigsten jedoch machte mich, daß das Buch plötzlich so wertvoll sein sollte.

## 3

Wenn man mich bittet, meine Arbeit zu beschreiben, sage ich gern, daß ich Lücken fülle. Denn nichts anderes macht ein Kinderbuchillustrator. In den Geschichten suche ich nach Leerräumen, wo meine Bilder etwas sagen können, das mit Worten nicht auszudrücken ist.

Als kleines Kind habe ich diese Leerräume überall gesehen: einladend winkten sie mir von Mauern, glatten Asphaltstraßen und den Rändern der Buchseiten zu. Der Drang, diese freien Flächen zu füllen, war unwiderstehlich, und ich nahm alles, was mir in die Finger fiel, um ihn zu befriedigen: Stifte, Kreidestücke, die scharfe Kante eines Steins oder einen Lippenstift, den ich aus der Handtasche meiner Mutter gefischt hatte. Anfangs war es mir völlig egal, worauf oder womit ich malte; Hauptsache, ich konnte die verführerische Leere füllen. Später erkannte ich jedoch, daß auch leere Stellen wichtig waren. In den Monaten nach dem Tod meines Mannes hatte ich dies jedoch wieder vergessen. Meine Lektorin Paulina Osnak war die erste, die mich darauf aufmerksam machte.

Zwei Tage nach meiner Rückkehr aus London saßen wir in Paulinas Büro in Toronto. Sie war eine füllige, schöne Frau und sah mit ihrem vollen grauen Haar, das sie zu einem altmodischen Kranz gesteckt trug, Picassos Porträt von Gertrude Stein sehr ähnlich. Ihrem kritischen Auge entging kein überflüssiges Wort oder unbeholfener Strich, doch für die Produzenten dieser Wörter und Striche hegte sie eine tiefe Sympathie.

Ich hatte Paulina die fünfte Geschichte einer Serie über ein naseweises sechsjähriges Mädchen namens Geraldine gebracht. Diese Geschichten, die ich selbst schrieb und illustrierte, waren ein überraschender Erfolg geworden. Paulina schaute sich meinen »Dummy« an, den ersten provisorischen Entwurf des Buches in Miniaturform. Er hatte nur ein Viertel der Größe des Endprodukts und diente als Muster, in dem ich mich ohne Rücksicht auf Details auf die wichtigsten Elemente der Illustrationen und die genaue Plazierung des Textes konzentrieren konnte. Die Mappe mit den druckfertigen Federzeichnungen lag geöffnet zwischen uns. Ich hatte hart an den Illustrationen gearbeitet, und ich wußte, daß sie gut waren, aber trotzdem war ich nicht zufrieden damit. Jetzt hoffte ich darauf, daß Paulina mir sagen würde, wo das Problem lag.

Kommentarlos, wie es ihre Art war, blätterte sie in den winzigen Seiten des Dummys und sah sich dann die Originalzeichnungen an. Schließlich hob sie den Kopf und sagte: »Ich bin wirklich erstaunt, wie viel Sie geschafft haben, Jo. Mir war nicht klar, daß Sie in letzter Zeit so hart gearbeitet haben. Ich dachte, daß Sie vielleicht nach Peters Tod, nun ja, keine... Und dann haben Sie ja auch noch Max. Wann hatten Sie die Zeit, dies alles zu zeichnen?« Sie legte eine Hand auf die Zeichnungen.

»Ich arbeite, wenn Max schläft.«

»Und wann schlafen Sie?« Ihre dunklen Augen blickten mich sorgenvoll an. »Wenn ich mich richtig erinnere, schlafen Babys meist nicht besonders lang.«

Ich lächelte. »Bei Babys dauert nichts besonders lang.« In den letzten Wochen hatte ich beobachtet, wie Max sich fast täglich veränderte. Mal machten mir diese Veränderungen Freude, aber genausooft stimmten sie mich wehmütig. Um die vergängliche Schönheit seiner Kindheit festzuhalten, zeichnete ich ihn ständig. Noch einmal durchblätterte Paulina den Dummy. »Es gefällt mir sehr gut, Jo. Das Konzept scheint zu stimmen, und die Geschichte auch.«

Ich konnte das »aber« bereits hören, und da kam es auch schon, auf Paulinas sanfte Art. Sie schloß den Dummy und legte ihn neben die Mappe mit den Zeichnungen. »Aber auf dem Weg von hier«, sie klopfte erst auf den Dummy und dann auf den Stapel Zeichnungen, »nach da ist irgend etwas passiert. Es sind wundervolle Zeichnungen, und die Details sind wirklich faszinierend. Aber es sind nicht die richtigen Zeichnungen für das Geraldine-Buch. Es sind einfach zu viele Details. Das beste an Geraldine war doch immer ihre ungeheure Energie. Sie ist ein Kind, das fröhlich durchs Leben rast, und die Zeichnungen haben sich immer ihrem Tempo angepaßt. Das macht einen Großteil ihrer Anziehungskraft aus. In den anderen Büchern hat es nie sehr viele Details gegeben, oder? Es gab nichts, was sie aufhalten konnte.« Während sie auf meine Erwiderung wartete, nestelte sie an dem Schal, den sie um ihre breiten Schultern trug.

Ich griff über den Tisch nach der Mappe, nahm hintereinander jede einzelne Zeichnung in die Hand und starrte sie an. Ich sah sofort, was Paulina meinte. Ich hatte Myriaden winziger Details gezeichnet, um meinen eigenen Gedanken zu entkommen, aber diese Details machten Geraldine klein. Sie brauchte leere Flächen, über die sie rasen konnte, und viel Hintergrund nur für sich.

»Ich wußte, daß irgend etwas nicht stimmte«, sagte ich und schloß die Mappe, »aber ich wußte nicht, was es war. Im Moment scheint sich alles in meinem Leben so sehr zu verdichten, daß ich einfach nicht mehr durchsteige.«

Paulina sah mich schweigend an. Es war ein langer, eigenartiger Blick, nicht ohne Sympathie, aber Gott sei Dank ohne Mitleid. In ihrer knappen Art sagte sie: »Es dürfte kein Problem sein, die Bilder zu verbessern. An der Idee selbst muß nichts geändert werden, sie ist gut.« Sie beugte sich vor und verschränkte ihre Hände auf der Schreibtischplatte. »Jetzt verraten Sie mir bitte mal etwas. Sie kümmern sich um Max und Sie arbeiten. Und was machen Sie noch?«

»Für mehr bleibt kaum Zeit.«

»Heißt das, Sie gönnen sich überhaupt keine Freizeit?«

»Freizeit ist Zeit, die ich irgendwie ausfüllen muß. Das will ich im Moment nicht.« Seit Peters Tod hatte ich mich bemüht, jede Minute des Tages zu verplanen, um am Abend auch sicher erschöpft ins Bett zu sinken. »Außerdem«, erinnerte ich sie, »war ich gerade fünf Tage weg.« Paulina hatte sich über den Preis fast mehr gefreut als ich, und ich hatte ihr bis in alle Einzelheiten über den berufsbezogenen Teil meiner Reise nach London berichten müssen.

»Ich glaube, ein richtiger Tapetenwechsel würde Ihnen im Moment sehr guttun.«

Ich band die schwarzen Bänder der Mappe zusammen. »Eigenartig, daß Sie das gerade heute sagen. Erinnern Sie sich, daß ich Ihnen von meiner englischen Großmutter erzählt habe?«

»Natürlich. Die Ihnen immer Geschichten erzählt hat.«

»Ich glaube, ich habe nie erwähnt, daß sie mir ein Haus in England vererbt hat.« In kurzen Worten berichtete ich Paulina von Longbarrow Cottage und meinem Besuch bei May Armitage.

»Also können Sie jetzt endlich von Ihrem Erbe Gebrauch machen«, schloß Paulina, als ich fertig war.

Eigentlich wollte ich sagen, daß dieses Erbe zu spät kam, um für mich noch von Bedeutung zu sein. Früher einmal hätte das Geld aus dem Verkauf des Cottage Peters und mein Leben ändern können, aber jetzt spielte es keine Rolle mehr. Der Erfolg der Geraldine-Bücher und Peters Lebensversicherung gaben mir die Sicherheit, die ich für Max brauchte. Alles, was darüber hinausging, erschien mir fast wie eine Ironie des Schicksals.

Ich vertraute Paulina an, daß ich nicht so recht wußte, was ich mit dem Cottage anfangen sollte. »In gewisser Weise ist es fast ein Klotz am Bein.«

»Unsinn«, antwortete sie entschieden. »Es ist ein Geschenk

des Himmels. Sie bewundern doch die Arbeiten von Caldecott, Rackham und Beatrix Potter so sehr. Gehen Sie hin und finden Sie heraus, warum sie so und nicht anders gezeichnet haben. Sie brauchen dringend etwas Abstand – von einigen Details, sozusagen. Dies ist die Gelegenheit. Ein Ferienjahr.« Sie breitete die Arme aus und lächelte mich trocken an. »Bitte verzeihen Sie mir. Ich kann es einfach nicht lassen, anderen Leuten Ratschläge zu geben. Und Ratschläge haben Sie in den letzten Monaten wahrscheinlich mehr als genug gehört.«

Um das Thema zu wechseln und Paulina, die Krimis fast genauso sehr liebte wie Kinderbücher, ein wenig aufzuziehen, erzählte ich ihr, daß in den Geschichten meiner Großmutter sehr seltsame und unschöne Dinge in und um Longbarrow Cottage geschehen seien.

Paulina biß sofort an: »Was für Dinge?«

»Eine Hexe ist ermordet worden. Grabräuber wurden in riesige Steine verwandelt. In einem Feld hinter dem Cottage gibt es ein Hügelgrab, eine steinzeitliche Begräbnisstätte – so erklärt sich auch das ›barrow‹, Hügel oder Hügelgrab, in Longbarrow Cottage. Um diesen Hügel ranken viele der lokalen Legenden. Und manche sind wirklich schauerlich.«

»Aber das sind doch keine Kindergeschichten!«

»Einige schon.« Ich erzählte ihr die Geschichte von der Kirchenmaus mit der Vorliebe für Glockengeläute, der hungrigen Katze und dem verschwundenen Schatz. Sie gefielen Paulina, und schon diskutierten wir, ob ich sie für ein Buch illustrieren sollte.

»Haben Sie sonst noch was anzubieten?« fragte sie.

»Die meisten Geschichten, an die ich mich erinnere, waren für ältere Kinder. Abenteuergeschichten und so etwas.«

»Aha, à la Enid Blyton?«

»Mit einer ordentlichen Prise Roald Dahl.«

Während ich mit Paulina über diese Geschichten redete, mußte ich wieder daran denken, was sie mit dem Märchen von den drei Brüdern gemeinsam hatten: Wie ein roter Faden durchzog sie alle das Thema Verrat. Es war so auffällig, daß ich mich zu fragen begann, warum Nan wohl die gleiche Geschichte immer wieder neu erzählte, denn nichts anderes hatte sie getan.

Als ich meine letzte Geschichte beendete, stand in Paulinas Gesicht ein kindliches Vergnügen geschrieben, eine Art unschuldiger Gier nach mehr, die mir verriet, daß ich erfolgreich gewesen war.

»Sind diese Geschichten jemals veröffentlicht worden?«

»Nicht, daß ich wüßte. Meine Großmutter hat ein Buch geschrieben, aber es war ein Kinderbuch.« Ich blickte auf die Uhr; mir blieb keine Zeit mehr, Paulina von *Herzblut* zu erzählen. »Ich muß gehen. Ich habe dem Babysitter versprochen, um vier zu Hause zu sein.«

Während Paulina mich zur Tür begleitete, sagte ich noch, daß meine Großmutter Longbarrow Cottage wohl kaum als Geschenk des Himmels bezeichnet hätte, wie sie es gerade getan hatte.

»Aber warum hat sie Ihnen dann das Haus vererbt?«

»Um das herauszufinden, sollte ich es mir vielleicht wirklich anschauen.«

Als Max an diesem Abend eingeschlafen war, nahm ich mir die Zeichnungen für das neue Geraldine-Buch vor und reduzierte nach Paulinas Anweisungen die Details. Während ich arbeitete, dachte ich an all die guten Gründe, die für eine Reise nach Shipcote sprachen.

Zunächst einmal konnte ich feststellen, was ich aufgeben würde, wenn ich mich entschied, das Cottage zu verkaufen. Auch wenn Max und ich nur für ein paar Wochen fahren sollten, wäre es ein willkommener Tapetenwechsel. Dort konnte ich über die Zukunft nachdenken, ohne daß mich alles in meiner Umgebung an die unmittelbare Vergangenheit erinnerte. Und schließlich – und dies war für mich der verlockendste Grund – wollte ich sehr gerne das Haus sehen, um das so viele meiner Kinderphantasien gekreist waren.

Was mich letztendlich jedoch überzeugte, war etwas völlig anderes.

Bevor ich zu Bett ging, stieg ich in den Dachboden hinauf, um mir die Bilder meines Mannes anzuschauen. Nach Peters Tod hatte ich seine Leinwände sorgfältig gegen die Wände des Dachstudios gelehnt und mit Folien bedeckt. Seither hatte ich mich nicht mehr überwinden können, sie anzuschauen. Obwohl ich unterm Dach mehr Platz und gutes Nordlicht gehabt hätte, arbeitete ich wie schon vor Peters Tod immer noch im Wohnzimmer. Ich redete mir zu Recht ein, daß ich dort unten Max sehen und hören konnte, aber ich wußte, daß es noch einen anderen Grund gab, warum ich die Dachkammer nicht benutzen wollte. Auf gewisse Weise gehörte sie noch immer Peter; und wenn nicht ihm oder seinem Geist – denn an Geister glaubte ich nicht –, dann doch dem Geist seines Unglücks.

Als ich jetzt die Bilder nahm und eines nach dem anderen auf die Staffelei stellte, konnte ich die Wut und den Schmerz erkennen, die ich so hartnäckig ignoriert hatte, als Peter noch lebte. Damals waren mir seine Bilder nur gewaltig und düster vorgekommen; jetzt sah ich, daß das, was ich für seine besondere künstlerische Ausdruckskraft gehalten hatte, eine Kraft, die mir fehlte, nichts als Verzweiflung war.

Die meisten Bilder waren nicht gegenständlich. Es waren große Ölgemälde, in denen blaue und schwarze Töne dominierten, die von aggressiven, grellen Farbstrichen in Zinnoberrot, Orange und Chromgelb durchbrochen wurden. Sie wirkten wie Blitze an einem weiten, verhangenen Präriehimmel. Es gab auch ein Porträt seiner Eltern, das er nach einem Photo gemalt hatte, denn sie waren gestorben, als er noch ein Teenager war. Es zeigte zwei ernst blickende Menschen, die er in unterschiedlichem Stil gemalt hatte, so daß jeder einen eigenen Raum einzunehmen schien. Diese Ehe war nicht glücklich gewesen; soviel machte das Bild unmißverständlich klar.

Auch wenn Peter die abstrakte Kunst bevorzugt hatte, war er ein begabter Porträtmaler gewesen. Mit den Porträts finanzierte er sich luxuriöse Liebhabereien, wie zum Beispiel das Segelboot, aber da er die Porträtmalerei als zu langweilig und zeitlos empfand, nahm er nur wenige Aufträge an. Und obwohl er regelmäßig Bilder verkaufte, war sein Brotberuf doch sein Lehrauftrag an der Kunstakademie geblieben.

Dort hatten wir uns kennengelernt; ich war eine seiner Studentinnen gewesen. Er war ein guter Lehrer, scharfsichtig und motivierend, und obwohl er dem Wesen nach eher wortkarg war, was ihn nicht sehr diskussionsfreudig machte, konnte er alles Wesentliche über ein Bild in wenigen Worten zusammenfassen. Seine härtesten Kritiken reservierte er für sich selbst.

In seinem letzten Lebensjahr hatte er eine Serie von Selbstporträts gemalt, von denen jedes einzelne in einem anderen Stil gehalten war. In insgesamt sieben grausam genauen Charakterstudien hatte er rücksichtslos seine eigenen Schwächen und seine Verdrossenheit dargestellt. Niemals hätte er einen anderen Menschen mit solcher Unbarmherzigkeit gemalt. Das erste Porträt hatte mich so sehr bestürzt, daß er mir die anderen nicht mehr zeigte. Ich hatte sie erst nach seinem Tod entdeckt. Das siebte Bild dieser Serie empfand ich als das quälendste.

In diesem letzten Selbstporträt steht Peter in einem Drei-Viertel-Profil vor seiner Staffelei. Er schaut über das Bild und über die Schulter des Betrachters hinweg auf einen Punkt in weiter Ferne. Seine Augen wirken müde und abwesend, der Ausdruck in seinem hageren Gesicht ist resigniert, aber die Bitterkeit, die ich in den Monaten vor seinem Tod so oft darin gesehen hatte, fehlt. Es war eine Bitterkeit gewesen, die er kaum je in Worte gefaßt hatte, sondern in ein freudloses Lächeln, das ich unerträglich fand. Auf dem Bild schweben einzelne Vogelflügel wie bizarre Schneeflocken um ihn herum; sie waren mit solch sorgfältiger Detailtreue gemalt, daß jeder

Ornithologe die Vögel, von denen diese Flügel stammten, ohne weiteres hätte identifizieren können. An der Wand hinter Peter hängt ein großer Spiegel, in dem man die Umrisse einer schwangeren Frau erkennt. Sie hält den Kopf so gesenkt, daß ihr hellbraunes Haar ihr Gesicht bedeckt. Auch wenn diese Figur fast impressionistisch gehalten ist, wie ein Geist, der hinter den Flügeln kaum zu sehen ist, erkannte ich mich selbst darin. In diesem Gemälde gibt es nur Braun- und Grautöne, keine anderen Farben. Ein tiefes Schweigen durchzieht dieses Werk, aber es ist kein friedliches Schweigen.

Ohne diese Selbstporträts hätte ich vielleicht wie alle anderen glauben können, Peters Tod sei ein tragischer Unfall gewesen. Aber diese Bilder waren sein Abschiedsbrief an mich, und das letzte mit den Flügeln ein grausames Postskriptum. Zum Schluß hatte er mich für sein Unglück verantwortlich gemacht. Er hatte nie heiraten wollen, und er wollte keine Kinder. Eine Zeitlang hatte er versucht, sich selbst und auch mich davon zu überzeugen, daß ein Familienleben ihm vielleicht das Glück und die Zufriedenheit geben würde, die er sein ganzes Leben gesucht hatte. Als er bemerkte, daß es nicht funktionierte, gab er einfach auf.

Ich war der einzige Mensch, der die Selbstporträts gesehen hatte. Jemand anderes wäre vielleicht der Versuchung erlegen, sie zu zerstören. So schwach war ich zwar nicht, aber ich hatte auch nicht den Mut, sie irgendeinem Menschen zu zeigen.

Als ich das letzte Gemälde wieder von der Staffelei hob und zudeckte, überkam mich das verzweifelte Verlangen, alles Leid und alle Schuld einfach hinter mir zu lassen.

## 4

Eine Woche später kamen Max und ich in England an. Wegen eines Gepäckarbeiterstreiks hatte unser Flugzeug Verspätung, und der Nachmittag war schon fortgeschritten, als ich Max in seinem Buggy durch die Paßkontrolle schob, das Gepäck abholte und mich in die Schlange am Zoll einreihte. Nachdem ich Max dann gefüttert und gewickelt hatte, holte ich unseren Mietwagen ab und fuhr auf die Autobahn, auf der linken Seite, aber in die richtige Richtung. Doch das Triumphgefühl darüber, dies alles allein geschafft zu haben, ließ mich meine stetig wachsende Überzeugung, etwas völlig Verrücktes zu tun, nicht ganz vergessen.

In den nächsten beiden Stunden konzentrierte ich mich ganz aufs Fahren. Der Verkehr war gnadenlos; mit hoher Geschwindigkeit überholten uns Lastkraftwagen, Busse, andere Autos und sogar die Minis. Max zappelte müde und quengelig in seinem Autositz und lehnte sogar sein Fläschchen als Beruhigungsmittel ab. Ich beneidete ihn um seine Tränen und die Zuversicht, daß ich sie schon wieder trocknen würde. Um ihn kümmerte sich wenigstens jemand, auch wenn dies für Max vielleicht ein zweifelhaftes Vergnügen war.

Mitten in der Rush-hour erreichten wir die Außenbezirke von Oxford. Von verträumten Giebeln oder zerstreuten Gelehrten konnte hier nicht die Rede sein; auf der verstopften Umgehungsstraße waren die Geschäftsleute mit Autotelephon in der Überzahl. Als im Westen die A40 von der Umgehungsstraße abzweigte und es nur noch zwei Fahrspuren gab, benutzten sie die Mittelstreifen als dritte Fahrspur, ohne ihre Telephonhörer eine Sekunde vom Ohr zu nehmen. Der Adrenalinstoß, den mir diese unbekümmerte Nonchalance bei hundert Stundenkilometern versetzte, vertrieb auch die letzten Spuren meines Jet-lag. Max war mittlerweile endlich eingeschlafen.

Nachdem wir Oxford hinter uns gelassen hatten, breitete sich eine Landschaft mit weiten Feldern und Pappeln in jungem Grün vor uns aus, die sich weiter westlich zu den Hügeln der Cotswolds erhob. Dort änderte sich die Gegend abrupt.

Die Straße führte jetzt einen Höhenzug entlang. Zu meiner Rechten zogen sich kleine, gepflegte Farmhäuser den Hügel hinab bis ins breite Tal des Windrush, um auf der anderen Talseite wieder über sanfte, runde Hügel zu einem wolkenverhangenen Bergkamm in der Ferne hinaufzuklettern. Alle Häuser, Bauernhäuser und Scheunen, egal, ob alt oder neu, waren aus dem gleichen Stein gebaut, dessen Farbskala von einem samtenen Gold bis zu einem verwitterten Grau reichte. Überall sah man die niedrigen Steinmäuerchen; manche waren noch gut erhalten, aber viele waren bereits zerfallen oder von Brombeergestrüpp überwuchert. Neben den braunen, frischgepflügten Feldern leuchtete das Weideland in einem seidig schimmernden Grün und kündete in seiner saftigen, von einzelnen Sonnenstrahlen akzentuierten Fülle von Leben und Wachstum. Von der hektischen Autobahn aus gesehen, haftete dieser Landschaft eine Art verlorene Unschuld an, eine Vision von Frieden und Beschaulichkeit, an der uns der Verkehrsfluß unbarmherzig vorbeitrug.

Dann tauchte wie ein lockender Finger eine kleine weiße Hinweistafel auf. SHIPCOTE 4 MEILEN, las ich. Das war der Abzweig, auf den ich die ganze Zeit gewartet hatte.

Die Wegbeschreibung nach Longbarrow Cottage, die Tony Munnings mir geschickt hatte, war klar und unmißverständlich. »Zwanzig Meilen nach Oxford müssen Sie sich zwischen zwei Anfahrtsmöglichkeiten nach Shipcote entscheiden«, hatte er geschrieben. »Beide sind auf der beigelegten Landkarte eingezeichnet. Die erste, mit Rotstift markierte, führt die meiste Zeit über Hauptverkehrsstraßen und bringt Sie nach Longbarrow Cottage, ohne daß Sie durchs Dorf kommen. Wenn Sie diese Strecke wählen, passieren Sie Wychley, eine der hiesigen Attraktionen für Touristen und Tagesausflügler. Die Straße ist einfach zu finden und ziemlich gut ausgebaut, aber der Verkehr ist ziemlich dicht.

Die andere, gelb markierte Straße umgeht Wychley und führt am Windrush entlang. Sie ist zwar länger und wahrscheinlich dreckiger, aber der Ausblick und der nicht vorhandene Verkehr sind den Umweg wert. Auf dieser Strecke fahren Sie durchs Dorf auf das Cottage zu. Und das ist die richtige Einführung, falls Ihnen etwas an ersten Eindrücken liegen sollte.«

Aus unerklärlichen Gründen schien es Tony Munnings wichtig zu sein, daß Max und ich einen guten ersten Eindruck von Longbarrow Cottage bekamen. Und als zweites Argument für die längere Strecke war die Formulierung »nicht vorhandener Verkehr« entscheidend. Ich beschloß, diese Route zu nehmen, verließ die Autobahn und fuhr auf einer kurvenreichen Landstraße weiter, deren Böschung steil ins Tal des Windrush abfiel.

Vor fast zwanzig Jahren war mir dieses bunte Muster aus Feldern und Wäldern, Steinmäuerchen und dem Fluß so vertraut gewesen wie die heimatlichen Straßen Torontos mit ihren riesigen Wohnblöcken aus gelbem Ziegelstein. Nan hatte die Gegend mit Worten zum Leben erweckt, und ich hatte Bilder nach ihren Beschreibungen gemalt. Es waren meine ersten Versuche gewesen, das Gesprochene in Bilder umzusetzen; es waren Bilder, die ganz meine eigenen waren und sich trotzdem genau an die Worte hielten. Erst später habe ich gelernt, daß die besten Bilder einen Zauber haben, der über einfache Originaltreue hinausgeht.

Nach ungefähr einer Meile durchquerte die Straße einen kleinen Weiler namens Withyford. Es war nur eine Handvoll gelber Farmhäuser mit grauen, flechtenbedeckten Dächern. Ein quadratisches Farmhaus stand an der Ecke, von der eine matschige Spur nach links zu einer schmalen Brücke über den Fluß bog. Als ich die Brücke überquert hatte, kam mir aus der anderen Richtung ein großer, silberner Jaguar entgegen.

Der Fahrer lenkte den Jaguar in eine der sichelförmig in die Hecke geschnittenen Ausweichstellen, von denen die Straße in unregelmäßigen Intervallen gesäumt war. Dankend winkte ich ihm zu, worauf er eine behandschuhte Hand zu einer majestätischen, aber nicht unfreundlichen Geste erhob, aus der nicht hervorging, ob er nun grüßte oder nur meinen Dank entgegennahm. Es war ein älterer Mann, der sein schütter werdendes Haar zurückgekämmt und in silbernen Wellen bis über die Ohren trug. Die gesunde rosafarbene Haut und die gepflegte Erscheinung verrieten einen Mann mit Geld. Als unsere Augen sich für einen kurzen Moment trafen, wich der abwesende Gesichtsausdruck unvermittelt einer neugierigen Verwunderung; es schien fast so, als versuchte er mich irgendwie einzuordnen.

Kaum hatte ich Withyford hinter mir gelassen, erschien auch schon die winzige mittelalterliche Kirche, die Tony Munnings mir als letzte Orientierungsmarke vor Shipcote genannt hatte. Die Entwicklung der Geschichte hatte dieses Kirchlein völlig isoliert inmitten von Feldern stehen lassen; einsam lag es am anderen Ufer des Flusses, die Miniaturform eines Glockenturms erhob sich über der Mitte des langen, flachen Daches. Dahinter zog sich ein breiter Waldstreifen einen Bergkamm hinauf.

Langsam fuhr ich weiter und hielt nach den ersten Anzeichen des Dorfes Ausschau. Als auf der linken Seite die Hecke von einem Feldtor unterbrochen wurde, erhaschte ich einen ersten Blick auf eine Gruppe Giebel, die weiter flußabwärts lagen. Ich fuhr in die lehmige Feldeinfahrt, schaltete den Motor aus und legte einen Film in meine Kamera: Ich wollte unsere Ankunft in Shipcote genau festhalten.

Max seufzte leise und bewegte sich in seinem Autositz, aber er schlief weiter. Sein kleiner, runder Kopf war von mir abgewandt und tief in den Kragen seiner braungelben Jacke gesunken; mit seinem glänzenden rotbraunen Haar sah er aus wie eine Kastanie zwischen Herbstlaub.

Bevor ich aus dem Auto stieg, blieb ich einen Moment lang reglos sitzen, um auf die plötzliche, ungewohnte Stille zu lauschen: kein Verkehrslärm mehr, kein dumpfes Dröhnen von Flugzeugmotoren, keine menschlichen Stimmen. Zum ersten Mal seit Peters Tod hallten in mir nicht mehr die Stimmen, die mir sagten, wie leid es ihnen täte und daß das Leben weitergehen müsse. Ich hörte nur noch den Wind und die Vögel.

Eingerahmt von der einsamen Kirche, die eine Viertelmeile flußaufwärts zu meiner Linken lag, und dem ungefähr in gleicher Entfernung flußabwärts gelegenen Dorf, waren die Felder und Hügel ins goldene Licht des frühen Abends getaucht. Vom Ufer des Flusses kletterten die grauen Dächer von Shipcote in unregelmäßigen Stufen einen langen, flachen Hang hinauf und folgten in ihrer kreuzförmigen Anordnung einem System unsichtbarer Straßen. Mir gefiel es, wie sich der dahinschlängelnde Fluß und die weichen Wellen der grünen Hügel von den harten Umrissen des Dorfes abhoben und einen Kontrast zu dem kantigen Kirchturm und den eckigen Häusern mit ihren spitz zulaufenden Giebelwänden, steilen Dächern und länglichen Schornsteinen bildeten. Noch schöner fand ich, wie die Farben der Steinwände chamäleonartig im Sonnenlicht changierten. Es war dieses wechselnde Licht, das Shipcote einen Hauch des Phantastischen und Märchenhaften gab, obwohl es fest in seiner Umgebung verwurzelt wirkte und wie die Schafe, die auf den Weiden grasten, nicht mehr aus der Landschaft wegzudenken war.

Für mich erwachten in dieser Umgebung die Bilder aus den Geschichten meiner Kindheit zu neuem Leben. Es waren die Figuren aus Nans Erzählungen, die sie zu bevölkern schienen. Als ich plötzlich einen Hund sah, dachte ich erst, auch er sei meiner Phantasie entsprungen. Es war ein großes Tier mit einem goldbraunen Fell, wahrscheinlich ein Retriever. Er mußte vor der Kirchentür gelegen und auf jemanden gewartet haben, denn als sich die Tür öffnete, war er aufgesprungen, und diese plötzliche Bewegung war mir ins Auge gefallen.

Aus der Kirche trat eine Frau mit langen, blonden Haaren. Eilig lief sie über das Feld auf Shipcote zu. Ich erwartete, daß der Hund ihr folgen würde, aber er verharrte bei der Kirchentür, und die Frau drehte sich nicht um, um ihn zu rufen.

Ich konnte ihre Gesichtszüge nicht sehen, denn dafür war sie zu weit entfernt, aber sie bewegte sich mit der Selbstsicherheit einer schönen Frau. Bis auf einen langen, weißen Schal war sie ganz in Grün gekleidet, einschließlich eines knielangen, offenen, grünen Trenchcoats und hoher, grüner Gummistiefel. Der Wind fuhr durch ihr blondes Haar, blähte den Mantel auf und ließ den Schal wie eine Flagge vor ihr herflattern. Sie schwebte wie eine Tänzerin über die Wiesen, und nur der lange, schwarze Schatten, der vor ihr herraste, schien dem Erdboden verhaftet. Dieses Bild von federnder, windgetragener Energie stand in so starkem Kontrast zu der friedlichen Landschaft, daß ich ganz instinktiv auf den Auslöser meiner Kamera drückte.

Als ich den Photoapparat wieder senkte, kam ein Mann auf einem großen, schwarzen Pferd aus dem Wald hinter der Kirche. Er galoppierte den Hügel hinab und auf die Frau zu. Einen kurzen Moment lang hatte ich das eigenartige Gefühl, diese Szene schon einmal gesehen zu haben und den Reiter zu kennen. Ich schob es auf die Geschichte von dem berittenen Straßenräuber, eine der lokalen Legenden, die Nan für ihre Erzählungen geplündert hatte und an die ich mich jetzt vage erinnerte. Damals hatte ich die Geschichte nachgemalt und mich dabei sehr von Noyes' Bild eines Straßenräubers beeinflussen lassen. Wenn die Frau merkte, daß der Reiter sich ihr näherte, verriet sie es mit keiner Bewegung. Selbst als er sie eingeholt hatte, blickte sie sich nicht um oder verlangsamte ihren Schritt. Eine Zeitlang ritt er einfach neben ihr her, und die Neigung seines Körpers im Sattel und seines dunkelhaarigen Kopfes verriet, daß er mit ihr sprach. Schließlich blieb sie stehen. Er stieg ab, und die beiden standen sich gegenüber. Das Pferd senkte den Kopf und begann zu grasen.

Was mich an den beiden Figuren interessierte, waren vor allem die langen, schrägen Schatten, die sie auf das sich sanft neigende Feld warfen, wo sie sich wie schwarze Flecken von dem üppigen Grün des Grases abhoben. Ich hoffte, die Kamera würde diesen Kontrast zwischen schwarz und grün realistisch einfangen. Ich hob sie ans Auge und photographierte die Szene.

In dem Moment hob die Frau ihren angewinkelten Arm und führte ihn hinter den Kopf. Ich hielt die Luft an – sicher würde sie den Mann gleich schlagen. Aber sie hielt nur ihr Haar zusammen, das der Wind ihr ins Gesicht blies. Weil ich diese unschuldige Geste etwas voreilig als gewalttätig gedeutet hatte, fühlte ich mich plötzlich unbehaglich und schuldbewußt. Es war, als hätte ich sie unerlaubt beobachtet.

Und da war noch etwas. Jetzt wußte ich, warum der Reiter mir so bekannt vorgekommen war; ich erkannte ihn an der Art seiner Bewegungen. Es war David Cornelius.

Die Frau drehte sich jetzt abrupt um und ging weiter. Sie kam an eine niedrige Mauer zwischen zwei Feldern, kletterte hinauf und sprang auf der anderen Seite hinunter. Dabei mußte sie gestolpert sein oder das Gleichgewicht verloren haben, denn sie fiel auf die Knie. David Cornelius schrie ein Wort, das ihr Name sein konnte. Es klang wie »Mela«.

Ohne zurückzublicken oder zu antworten, stand die Frau auf und eilte weiter; sie rannte fast. David blieb einen Moment lang stehen und blickte ihr nach, dann stieg er aufs Pferd, galoppierte den Hügel hinauf und davon. Der Abendwind trug das rhythmische Donnern der Hufe bis zu mir herüber.

Erst als David über den Kamm des Hügels verschwunden war, trat noch eine Gestalt aus der Kirche. Es war ein Mann, eine hochgewachsene Figur im Tweedjackett. Im Kirchenportal verharrend, rückte er eine Schirmmütze auf seinem Kopf zurecht, während der Hund vor ihm hersprang. Dann wanderte er langsam von der Kirche weg, in die Shipcote entgegengesetzte Richtung, und der Hund trottete brav an seiner Seite.

Einen Moment lang dachte ich darüber nach, was ich gesehen hatte. Auf den ersten Blick sah es so aus, als habe die Frau sich heimlich mit dem Mann in der Kirche getroffen und dann mit David Cornelius irgendeinen Streit gehabt. Vielleicht war es der Streit eines Liebespaares gewesen, in dem es um ebendiesen anderen Mann ging.

Als mir aber klar wurde, daß es für dieses kleine Drama, dessen Zeugin ich geworden war, auch tausend andere Gründe geben konnte, und ich zudem merkte, wie spät es mittlerweile war, verließ ich meinen Beobachtungsposten an dem Feldgatter und kehrte in die Wärme des Autos zurück. Es war Zeit, den letzten Abschnitt unserer Reise anzutreten. Max würde bald aufwachen, und ich wollte, daß wir vor Einbruch der Dunkelheit unser Haus bezogen hatten.

## 5

Um zum Longbarrow Cottage zu gelangen, mußte ich erst ganz Shipcote durchqueren. Das Haus lag etwa eine Viertelmeile von der Ortschaft entfernt am Ende eines steilen, schmalen Feldwegs, dessen hohe Wegböschung von einem Dickicht aus Bäumen und Büschen überragt wurde. Das Licht des schwindenden Tages konnte diesen grünen Tunnel bereits nicht mehr durchdringen.

Eine verdreckte, steinige Auffahrt bog nach rechts zum Cottage ab. Die Spurrille war jedoch so ausgefahren, daß sich in den Furchen das Regenwasser gesammelt hatte, weshalb ich den Wagen im Feldweg parkte. Halbversteckt in einem dichten, von einer bröckelnden Mauer umgebenen Garten stand auf einem kleinen Hügel etwa fünfzig Meter vom Weg entfernt das Cottage. Die Dämmerung war inzwischen hereingebrochen, und das Grundstück lag bereits in tiefem

Schatten; trotzdem sah ich in den Umrissen des kleinen Hauses, das von der fließenden Landschaft seiner Umgebung geradezu umarmt wurde, die Verheißung von Schönheit.

»Wir sind da«, sagte ich laut zu Max. »Zu Hause. Vielleicht.« Erstmals spürte ich einen Schimmer von Hoffnung, ein Gefühl für die Zukunft, wie ich es schon lange nicht mehr empfunden hatte. Die Aussicht, daß ich mit diesem Haus ein wirklich greifbares Erbe für meinen Sohn hatte, etwas Solides und Dauerhaftes, das ich an ihn weitergeben konnte, verschaffte mir eine Ahnung von Glück.

Max blickte mich über sein erhobenes Fläschchen hinweg skeptisch an.

Als ich auf die andere Seite des Wagens ging, um ihn aus seinem Sitz zu schnallen, hörte ich ein Motorengeräusch, das sich aus der entgegengesetzten Richtung des Feldwegs näherte. Im nächsten Moment erschien ein Traktor, ein veritabler Klapperkasten, über dessen Lenkrad ein Mann gebeugt saß. Als er uns erblickte, verlangsamte er das Tempo und brachte sein Gefährt vor der Hofeinfahrt zum Stehen. Einen Ellbogen in das offene Fenster gelehnt, wünschte er uns einen guten Abend. Er schien um die Fünfzig zu sein, ein auf eine derbe Art schöner Mann mit aufgedunsenem Gesicht und grauen Locken, die unter einer Schirmmütze, die er sich tief in die Stirn gezogen hatte, hervorquollen.

»Sie müssen die junge Dame aus Amerika sein.« Es war eher eine Feststellung als eine Frage.

»Kanada«, antwortete ich automatisch.

»Genau«, sagte er, als gäbe es da keinen Unterschied. »Ich habe gehört, daß Sie kommen wollten.«

Max quengelte, weil er endlich aus seinem Autositz befreit werden wollte. Als ich mich mit ihm auf dem Arm wieder aufrichtete, war der Mann völlig geräuschlos von dem riesigen Fahrzeug heruntergeklettert und stand jetzt neben der geöffneten Tür – eine große, schwere Gestalt in heller Tweedjacke und farblich passender Hose. Er hatte die Daumen in den

Gürtel gehängt, die Arme in die Seiten gestemmt und demonstrierte große Selbstsicherheit, ja fast ein wenig Dreistigkeit.

»Sind Sie ein Nachbar?« fragte ich und bemühte mich, ein leichtes Gefühl von Unbehagen zu unterdrücken.

»So kann man es nennen. Haben Sie vor, hier zu wohnen?« Er hatte eine tiefe, kehlige Stimme und sprach mit einem Akzent, offensichtlich dem lokalen, in dem er die R's rollte, während er die G's und T's verschluckte.

»Ja, eine Zeitlang.«

»Etwa allein?«

»Oh, nein«, log ich instinktiv. »Mit Freunden zusammen.« Ich fing an, weder ihn noch seine Fragen zu mögen. »Sie müssen mich entschuldigen, wir sind sehr müde.« Ich öffnete den Kofferraum und zog Max' Babytrage heraus.

»Verstehe nicht, wie die alte Dame es so lange aushalten konnte.« Er ignorierte meine Worte. »So ganz allein in diesem Haus.«

»Was wollen Sie damit andeuten?« fragte ich kühl. Max begann zu zappeln, und ich wiegte ihn ein wenig in den Armen, wobei ich von einem Fuß auf den anderen wippte.

»Daß sie so zurückgezogen lebte. Trotz des Mords und all dieser Geschichten.« Neugierig musterten mich seine kleinen Augen. Der Blick gefiel mir nicht.

Ich wußte, er wartete nur darauf, daß ich ihn wegen des Mords ausfragte, aber diese Befriedigung gönnte ich ihm nicht. Außerdem hatte ich im Moment wirklich Besseres zu tun, als mir irgendwelche Schauergeschichten aus dem Dorf anzuhören, mit denen er mich wohl unbedingt erschrecken wollte. Aber noch bevor ich den Mund zu einem kurzangebundenen Abschiedsgruß öffnen konnte, sprach er schon mit düsterer Stimme weiter.

»Den Kopf hat man ihr eingeschlagen. Überall nur Blut. Haben den Täter nicht gefunden. Hat auch ganz allein hier oben gelebt, wie die alte Dame.« Er nickte zum Haus hin. »Deshalb mein' ich, wie sie das nur ausgehalten hat.« Diese

Andeutung über den Ort des Geschehens zerrte an meinen ohnehin strapazierten Nerven, und sein eigenartiger Umgang mit Pronomen und Syntax verwirrte mich. Ich wurde wütend. Außerdem spürte ich, daß der dramatische Unterton seiner Rede falsch war. »Wollen Sie etwa sagen, daß das hier in Longbarrow Cottage passiert ist?« fragte ich aufgebracht. »Vor kurzem?«

Er zuckte mit den Schultern, und ein verschlagener Ausdruck huschte über sein Gesicht. »Schon etwas länger her.« Und dann änderte sich plötzlich sein Ton, und er klang zuvorkommend und lächelte, wobei er überraschend weiße Zähne und eine Spur von Gold weiter hinten in seinem Mund zeigte. »Also, ich wünsche Ihnen alles Gute. Wenn Sie Hilfe bei irgendwelchen Handwerksarbeiten brauchen, sagen Sie einfach im Pub Bescheid. Jope heiße ich. Sie werden es an mich weitergeben.« Er kletterte wieder in seinen Traktor. Bevor er davonfuhr, fiel mir noch ein Aufkleber am hinteren Fenster auf: »Es ist ein herrlicher Tag«, las ich. »Man darf ihn sich nur nicht von irgendwelchen Idioten verderben lassen.«

Ein Nachhall von Jope und seiner unheilvollen Geschichte schien dort, wo er gestanden hatte, in der Dämmerung zu verweilen. Die Hoffnung, die ich bei unserer Ankunft fühlte, hatte sich in dumpfe Erschöpfung verwandelt.

Aus irgendeinem Grund mußte ich an die Szene in *Entführt* denken, in der David Balfour vor dem großen, düsteren Haus seines bösen Onkels das alte Weiblein trifft. »Aus Blut gebaut, und Blut wird auch sein Untergang sein«, sagte sie zu ihm. »Darauf lasse ich meinen Daumen knacken.« Als Kind hatte dieses Bild bei mir einen so nachhaltigen Eindruck hinterlassen, daß ich nach der Lektüre noch tagelang diese Worte vor mich hinmurmelte und meinen Daumen jedesmal knacken ließ, wenn mir etwas nicht gefiel. Irgendwann verbot es mir meine entnervte Mutter; sie sagte, das Knacken würde meinen Knöchel anschwellen lassen.

Jetzt aber ließ ich meinen Daumen hinter Jopes Rücken

knacken. Die lächerliche Reaktion tat mir gut; ich grinste. Der Mann war nicht ernst zu nehmen, beschloß ich, er war einfach albern. Und was den Mord anging, würde es bestimmt noch mehr Einheimische geben, die darauf brannten, mir die ganze Geschichte zu erzählen. Aber in der Zwischenzeit würde ich versuchen, nicht daran zu denken.

Erst nachdem Jopes Traktor endgültig den Feldweg hinunter verschwunden war, kam mir der Gedanke, daß ich ihn gleich zum Gepäcktragen hätte engagieren können. »Macht nichts«, sagte ich zu Max. »Eher ließe ich mir von Norman Bates die Koffer tragen.«

Mit Max auf dem Arm und der Babytrage auf den Schultern wanderte ich den holprigen Weg zum Haus hinauf, wobei ich geschickt die Pfützen zu umgehen versuchte. Der Duft von Flieder und Apfelblüten und der süße Geruch von Gras hingen in der regenklaren Luft. Am Ende des Wegs war unter den ausladenden Ästen einer Buche eine verriegelte Holzpforte halb aus ihren Angeln gehoben worden. Ein riesiger Ast war von der Buche abgebrochen und genau auf die Pforte gestürzt. Von hier hatte ich einen freien Blick auf Longbarrow Cottage, Nans Haus.

Es war aus gelbgrauem Stein gebaut, einer Farbe, wie man sie bei Tweedstoffen findet, und hatte die Eleganz, die allen kleinen, wohlproportionierten Häusern zu eigen ist. Ein Großteil der Schönheit dieses Hauses beruht auf der Harmonie von Stein und Landschaft und auf feinen Details, die ich erst später zu schätzen lernte. Auf den ersten Blick jedoch war es ein einfaches, zweistöckiges Haus mit schmuckloser Fassade, einem steilen Dach mit zwei Giebelfenstern und je einem riesigen Schornstein an jedem Ende. Im Erdgeschoß waren links und rechts von der hölzernen Eingangstür zwei weitere Fenster fast ganz von Buchs überwuchert. Von der Tür und den Fensterrahmen blätterte eine schmutzig braune Farbschicht ab.

Das Haus lag inmitten grüner Felder. Im Westen stiegen sie

zu einem Waldrand an, und im Osten fielen sie zu dem Tal ab, durch das die Hauptstraße nach Shipcote führte. Sie lag bereits im Dunkeln, aber durch die Bäume der Böschung konnte ich in der Ferne noch drei oder vier Dächer erkennen, aus deren Schornsteinen der Rauch in dünnen Schwaden aufstieg.

Auf der Eingangstreppe stand eine verloren wirkende Reihe von Blumentöpfen, deren abgestorbene Pflanzen über die Ränder hingen. Ich drehte den kleinsten der Töpfe um und fand den Schlüssel, den Tony Munnings dort hinterlegt hatte. Als ich ihn im Schloß der Haustür umdrehte, fühlte ich zum ersten Mal in meinem Leben so etwas wie Besitzerstolz.

Auf meinen Händedruck hin sprang die Tür auf. Draußen war das Tageslicht jetzt fast verschwunden, und drinnen war es bereits völlig dunkel. Ich stellte die Babytrage ab, um Max mit beiden Armen halten zu können, und schaute mich um. Auf einem kleinen Tischchen erblickte ich eine Lampe, und als ich sie einschaltete, erhellte ihr warmes Licht einen kurzen, schmalen Flur. Die Wände waren in einem blaßgelben Rosenmuster tapeziert, der Boden mit unebenen Steinplatten ausgelegt. Gegenüber der Haustür führte eine steile Treppe in den ersten Stock. Rechts von mir befand sich eine verschlossene Tür, und links ging man durch einen niedrigen Türstock eine Stufe hinab in das große Wohnzimmer. Dort standen die Möbel, die May Armitage mir hinterlassen hatte.

Es waren zwei Sessel und ein Sofa, die mit einem hübschen Chintzstoff bezogen waren, mehrere hölzerne Stehlampen mit Stoffschirmen und ein Bücherschrank mit Glastüren. Auf dem Boden lag ein großer Teppich mit einem verblichenen Blumenmuster – es waren einfache, einladend aussehende Möbel, in denen es sich gut leben ließ. Zwischen den beiden Fenstern an der Westfront befand sich ein großer Steinkamin, dessen Feuerstelle von einer dicken schwarzen Gußeisenplatte abgeschirmt wurde. Davor stand ein Korb, voll mit vergilbten Zeitungen und alten Zeitschriften.

Tony Munnings hatte versprochen, das Cottage putzen und

heizen zu lassen, und er hatte Wort gehalten. Mein erster Eindruck war der einer wohligen Wärme, die uns willkommen hieß. Aber da war noch etwas.

Longbarrow Cottage gehörte zu den Häusern, in denen die Präsenz ehemaliger Bewohner und vergangener Zeiten in der Luft hing – es lebte. Es war eine freundliche und friedvolle Atmosphäre, die mich jetzt mit offenen Armen zu empfangen schien. Die Anspannung der Reise fiel von mir ab, und während ich dem Haus erlaubte, mich in seinen Bann zu ziehen, vergaß ich alle Zweifel und meine Müdigkeit.

Plötzlich versteifte sich Max in meinen Armen und begann zu weinen. Er sei ja geduldig gewesen, schien mir sein wütendes Gesichtchen zu sagen, aber jetzt wäre es genug. Er wollte etwas zu essen und meine Aufmerksamkeit. Hastig befreite ich ihn aus seiner Jacke, die ich einfach auf den Steinboden fallen ließ, und machte mich auf die Suche nach der Küche.

Zuerst versuchte ich es bei der verschlossenen Tür, aber sie führte in einen kalten, leeren Raum, dessen abgestandene Luft verriet, daß er schon lange nicht mehr benutzt worden war. Die Küche fand ich hinter dem Wohnzimmer. Sie hätte das Herz eines begeisterten Kochs wohl kaum höher schlagen lassen: Die in einer wäßrigblauen Ölfarbe gestrichenen Wände waren von Feuchtigkeitsflecken übersät, und auf dem alten, rissigen Linoleumboden standen ein winziger Herd und ein noch kleinerer Kühlschrank. Aber da ich keine begeisterte Köchin war, freute ich mich einfach nur darüber, daß der Herd funktionierte, warmes Wasser aus der Leitung kam und im Kühlschrank Butter, Milch, sechs Eier in einer Glasschüssel und ein Stück Käse waren.

An einer Wand stand ein quadratischer Holztisch mit türkisfarbener Preßspanplatte, an den drei Stühle mit lederbespannter Lehne gerückt waren. Auf dem Tisch lag neben einem Brotlaib und einer Pastete ein Briefumschlag mit meinem Namen. Doch bevor ich den Brief lesen konnte, mußte ich Max erst sein Abendessen bereiten, denn sein Protestgeschrei war jetzt unerbittlich geworden. Auch wenn ich mir immer wieder einredete, daß er ja sicher und unversehrt in meinen Armen lag, verkrampften sich meine Magenmuskeln jedesmal aufs neue, wenn Max weinte oder schrie. Ich schnitt ihm eine Scheibe Brot ab und für mich selbst ein Stück von der Pastete. Dann schaute ich mich nach einem Gefäß um, in dem ich die Gläschen mit Babykost erhitzen konnte, die ich in die Trage gepackt hatte. Schließlich fand ich in einer winzigen, eiskalten Abstellkammer neben der Hintertür Töpfe und Pfannen.

Es gab keinen Platz, auf den ich Max zum Füttern setzen konnte – sein Buggy lag noch immer mit unserem restlichen Gepäck im Kofferraum –, deshalb ließ ich mich am Küchentisch nieder, nahm ihn auf den Schoß und schaufelte ihm seinen Gemüsebrei im Eiltempo in den Mund. Als er das Gemüse und eine Portion Apfelmus vertilgt hatte, stellte ich einen Teller mit Käsewürfeln, die er allein essen konnte, vor ihn und öffnete den Brief.

Liebe Mrs. Treleven,
willkommen im Longbarrow Cottage. Tony Munnings hat mich gebeten, das Haus für Sie und Ihren Sohn herzurichten. Ich habe in einem der Schlafzimmer ein Kinderbett für ihn aufgestellt. Im Kühlschrank und auf dem Tisch werden Sie ein paar Lebensmittel finden. Der Milchmann kommt immer sehr früh und wird Ihnen eine Liste mit allem, was er liefert, hinterlassen. Wenn Sie morgen früh Milch und ähnliches wollen, legen Sie ihm einfach heute abend einen Zettel auf die Vordertreppe. Wenn Sie noch etwas brauchen oder Fragen haben, kommen Sie bitte zu mir. Unsere Farm liegt rechter Hand am Ende des Feldwegs. In ein oder zwei Tagen werde ich vorbeikommen und Sie besuchen.

Unterzeichnet war der Brief mit »Pat Ebborn, Ashleaze Farm«. Sie und ihr Mann waren das Ehepaar, das sich seit

Mays Weggang um das Cottage gekümmert hatte. Die Vorstellung, daß wir als Ausgleich für Jope wenigstens einen netten Nachbarn hatten, heiterte mich auf.

Nach dem Essen trug ich Max, der an seinem Fläschchen nuckelte, nach oben. Im ersten Stock waren ein Bad und drei Zimmer. Das größte von ihnen war fast ganz von einem Doppelbett und einem Kinderbettchen ausgefüllt, die beide aufgeschlagen und mit frischen Decken und Laken versehen waren. Im stillen segnete ich Tony Munnings und Pat Ebborn. Dieses Zimmer und der kleinere Raum daneben, in dem ein Einzelbett und ein Kleiderschrank standen, lagen an der Frontseite des Hauses.

Das dritte Zimmer neben dem Bad ging nach hinten hinaus und war verschlossen.

Verwirrt stand ich vor der Tür, als ich plötzlich von der anderen Seite ein leises Kratzen zu hören glaubte. Mäuse – so klang es zumindest. Wenn wir länger blieben, würden wir uns wohl eine Katze anschaffen müssen. Ich rüttelte an der Türklinke, um sie zu verscheuchen, dann ging ich Max baden.

Das Bad war geheizt und relativ modern. In einem Schrank verbargen sich ein Boiler, der das ganze Haus mit Wärme und heißem Wasser versorgte, und ein Regal, in dem ein Stapel frischer Bettlaken und Handtücher lag. Während ich Max badete, ihn wickelte und ihm seinen Schlafanzug anzog, mußte ich an May und Nan und all die anderen Menschen denken, die in Longbarrow Cottage gelebt hatten, seit es irgendwann im achtzehnten Jahrhundert erbaut worden war.

May hatte hier fast fünfzig Jahre ihres Lebens verbracht – vielleicht hatte ich deshalb das Gefühl einer ständig gegenwärtigen Präsenz. In seinem Brief hatte Tony Munnings mir geschrieben, daß sie wenige Tage nach meinem Besuch an einem zweiten Schlaganfall gestorben sei. Es war also nicht völlig ausgeschlossen, daß ihr Geist an diesen Ort, den sie so sehr geliebt hatte, zurückgekehrt war. Mir gefiel die Vorstellung, daß dieses Haus von den Geistern aller ehemaligen Bewohner bevölkert war. Es war nicht nur aus Stein und Mörtel, sondern es hatte eine Geschichte.

Als ich ihm den Rest seines Fläschchens gab, fielen Max bereits die Augen zu. Eingelullt von der Wärme des Schlafzimmers, einem vollen Magen und der Milch, die von seinem Kinn auf die Speckfalten seines Halses tropfte, löste sich sein Griff. Die andere Hand schloß und öffnete sich noch einmal, ein letztes Zucken durchlief seinen Körper, und dann schlief er. Als ich ihn in sein Bettchen legte und zudeckte, suchte ich Peter in seinen Gesichtszügen, aber ich fand ihn nicht. Vielleicht gab es jetzt noch keine Ähnlichkeit, oder ich konnte mich einfach nicht mehr an Peters Gesicht erinnern. Es war in dem Moment vor meinem geistigen Auge verschwunden, als ich von seinem Tod erfuhr.

Leise ging ich nach unten, um selbst zu essen. Dann erinnerte ich mich mit einem Stöhnen daran, daß unser Gepäck noch immer im Kofferraum lag. Hatte ich ihn zugeschlossen? Ich wußte es nicht mehr. Ich konnte mir zwar nicht vorstellen, daß uns hier irgend jemand bestehlen würde, aber ich wollte kein Risiko eingehen.

Als ich die Haustür öffnete, war draußen pechschwarze Nacht, und es regnete. Die Wolken, die ich schon am Tage von Norden heraufziehen gesehen hatte, verdeckten den Mond. In der Abstellkammer fand ich eine Taschenlampe, die tatsächlich funktionierte, und an einem Haken an der Hintertür einen Regenmantel in fluoreszierendem Orange. Offensichtlich war er für jemand Kleineren gemacht, vielleicht May, denn um die Schultern war er mir ein wenig eng. Die Farbe war für eine ältere Dame jedoch äußerst ungewöhnlich.

Bevor ich ging, blieb ich einen Moment lang horchend stehen, doch oben war alles still. Es würde nicht lange dauern, bis ich das Gepäck hereingebracht hatte, höchstens ein paar Minuten. Ich zog die Tür hinter mir zu und ging in die Nacht hinaus.

# 6

Den Lichtstrahl meiner Taschenlampe auf die Pfützen gerichtet, suchte ich mir einen Weg zum Auto. Der Regen intensivierte den malzigen Geruch nach Erde und Gras. Es war ein anderer Regen, als ich ihn gewohnt war, ein Sprühnebel aus feinen Tropfen, der sich weiß auf mein Gesicht legte.

Und noch etwas war anders. Abgesehen von dem böigen Wind und dem knirschenden Geräusch, das meine Füße auf dem Kiesboden verursachten, herrschte absolute Stille. Nicht eines der vertrauten Geräusche der Großstadt war zu hören; keine Motoren, kein Hupen und auch nicht das ewige Hintergrundgeräusch vorbeizischender Räder auf Asphalt. Es war eine andere Art Nacht – unergründlich und voller Schatten. In der Großstadt schienen die Lichter nie auszugehen, sie leuchteten immer, aber hier war die Dunkelheit jenseits des Strahls meiner Taschenlampe undurchdringlich. Ich blickte zum Haus zurück, um mich der erleuchteten Fenster zu versichern. Erst als die windzerfetzten Wolken ein wenig aufbrachen und das Mondlicht durch sie fiel, gewöhnten sich meine Augen langsam an die Dunkelheit.

Der Wind fegte durch die Bäume. Im Licht des Mondes schienen sie lebendig zu werden. Ich mußte an Nan denken. Sie hatte die Schatten der Vergangenheit in ihre Geschichten gewoben, hatte längst vergessene Bewohner der Cotswolds in ihnen weiterleben lassen. Der Kern eines jeden Märchens und jeder Legende, hatte sie mir einmal gesagt, sei eine bittere Wahrheit, um den sich mit der Zeit immer neue Schichten aus Erfindung gelegt hatten.

Nans Figuren waren in ihrer Lebendigkeit unvergeßlich. Eine von ihnen, ein Straßenräuber namens »Dick ohne Hand«, hatte viele Jahre lang die Hauptrolle in meinen Alpträumen gespielt. Dieser Straßenräuber wollte einmal ins Haus eines Edelmanns einbrechen und schob seine Hand durch einen Fensterladen, um ihn zu entriegeln. Doch der Edelmann und seine Bediensteten waren gewarnt worden und warteten drinnen bereits auf ihn. Als die Hand sich durchs Fenster schob, stürzten sie sich auf sie und banden sie mit einer Vorhangkordel am Fensterriegel fest. Dann liefen sie nach draußen, um den Gefangenen abzuführen. Doch der war verschwunden. Sie rannten den davondonnernden Hufschlägen nach, bis diese sich in den Tiefen des nahegelegenen Waldes verloren hatten.

Als sie wieder ins Haus gingen, sahen der Edelmann und seine Diener, warum der Räuber auf so wundersame Weise entkommen konnte. Im Mondlicht, das in dünnen Strahlen durch den Fensterladen fiel, baumelte seine abgerissene Hand an der blutigen, gelben Vorhangkordel. Der Räuber wurde nie wieder gesehen, aber sein Geist soll noch bis zu Nans Lebzeiten auf dem Pferderücken durch die Cotswolds gespukt sein.

Das Bild der abgetrennten Hand hatte mich verfolgt, bis ich seinen Zauber bannte, indem ich es malte. Damals erkannte ich vielleicht zum ersten Mal, daß auch ich über Macht verfügte, obwohl ich noch ein Kind war.

Während ich den Kofferraum ausräumte, mußte ich die ganze Zeit an »Dick ohne Hand« denken. Deshalb war ich wohl unachtsam und setzte den Leinensack mit Max' Spielsachen an einer unebenen Stelle ab. Er fiel um, und ein Teil seines Inhalts rutschte in den Matsch. Fluchend ging ich in die Hocke und sammelte die Spielsachen wieder ein. Als ich den Strahl der Taschenlampe herumwandern ließ, um zu sehen, ob ich alles gefunden hatte, fiel das Licht auf Max' roten Ball, der mehrere Meter weit an den Rand des Feldwegs gerollt war. Dort schaukelte er rotleuchtend in einer Pfütze.

Wegen des enganliegenden Regenmantels war es leichter, mich in Hockstellung zu der Pfütze zu bewegen, als wieder aufzustehen. In dem Moment, als ich meine Hand nach dem Ball ausstrecken wollte, hörte ich das rhythmische Klipp-

Klopp von Pferdehufen über den Feldweg auf mich zukommen. Im nächsten Moment ragte auch schon der dunkle Schatten eines Pferdes über mir auf.

Ich war zu Tode erschrocken. Beim Versuch aufzustehen verlor ich voller Panik das Gleichgewicht. Verzweifelt streckte ich meine Hand aus, um den Sturz abzufangen, wobei die andere Hand mit der Taschenlampe hochfuhr und dem Pferd direkt in die Augen leuchtete. Ich sah ein kurzes, gelbes Funkeln, und im nächsten Moment bäumte das Tier sich schnaubend auf.

In das Wiehern des Pferdes mischte sich eine leise fluchende Männerstimme. Als ich mich aufsetzte, sah ich einen Schatten vom Pferd springen und auf mich zurennen.

»Rafe!« rief der Mann, und ich erkannte die Stimme sofort. »Alles in Ordnung?« Seine Hand schloß sich sanft um meinen Arm, und als ich mich aufrichtete und ihm ins Gesicht blickte, festigte sich der Griff. In seinen dunklen Augen stand Verzweiflung, und die nassen Haarsträhnen hingen ihm wirr ins kantige Gesicht. Von der ganzen Person ging eine solch wütende Niedergeschlagenheit aus, daß sie in mir ein Verlangen weckte, das mich fast mehr erschreckte als der Mann selbst – ganz instinktiv sehnte ich mich danach, ihn zu trösten. »Ich bin nicht Rafe«, platzte ich heraus.

Doch er hatte seinen Irrtum bereits bemerkt. »Sie! Ich wußte nicht… Sind Sie verletzt?«

Ich schüttelte den Kopf und wischte den Dreck und die nassen Blätter von meinen Händen. »Mir fehlt nichts. Aber Ihr Pferd…«

»Oh, zum Teufel. Thatcher!« Suchend blickte er sich nach dem Tier um, das fast unsichtbar im tiefen Schatten einer Baumgruppe weiter oben auf dem Weg stand. Als David zu ihm gehen wollte, scheute das Pferd und tänzelte mit schleifendem Zügel nervös weiter. Ich hob Max' Ball auf, schüttelte das brackige Wasser so gut wie möglich ab und steckte ihn in den Leinensack.

»Es war der Regenmantel, den Sie anhaben«, sagte David Cornelius, als er mit seinem Pferd am Zügel zu mir zurückkam. »Rafe hat genau den gleichen.« Seine Stimme klang jetzt wieder gelassen und beherrscht, als hätte der Umgang mit dem Pferd ihn auch selbst beruhigt. Mit einer Hand streichelte er dem Tier den Hals. Doch als er nahe genug herangekommen war, erkannte ich, daß er so erschöpft und angespannt war, wie ein Mann am Ende seiner Kräfte nur sein konnte. »Haben Sie ihn vielleicht gesehen? Einen elfjährigen Jungen mit braunem Haar und Brille?«

Jetzt verstand ich seine Verzweiflung. Leise sagte ich, daß ich seinen Sohn nicht gesehen hätte. »Ich bin gerade erst angekommen. Das Telephon ist noch nicht angeschlossen, deshalb kann ich Ihnen noch nicht einmal anbieten, es zu benutzen, um zu sehen…«

»Ja, natürlich«, unterbrach er mich und sah sich um, als würde er erst jetzt mein Auto und die Koffer, die daneben auf dem Boden standen, bemerken. »Ich hätte dran… Ich wußte, daß Sie heute ankommen. Verzeihen Sie, es war nicht meine Absicht, Sie so hart anzupacken. Ich hoffe…«

»Sie müssen sich große Sorgen um Ihren Sohn machen.«

Wie unbeholfen und unpassend das klingen mußte! Max hatte mich gelehrt, was es bedeutet, wenn der eigene Seelenfrieden völlig abhängig ist vom Wohlergehen und der Sicherheit eines anderen Menschen. David Cornelius' Sorge um sein Kind wirkte ansteckend, und ich hatte es plötzlich eilig, ins Haus zurückzukehren. »Ich wünschte, ich könnte Ihnen bei der Suche nach Rafe helfen«, sagte ich, »aber mein Sohn ist allein im Haus. Er schläft, aber ich habe Angst, daß er aufwachen könnte.« Ich bückte mich, um die Koffer hochzuheben.

»Warten Sie, ich helfe Ihnen.« Er wollte den Zügel des Pferds an einem Ast festbinden, aber ich unterbrach ihn und sagte, daß ich gut allein zurechtkäme.

»Suchen Sie lieber weiter nach Rafe. Ich hoffe, daß Sie ihn bald finden.«

Er drehte sich um und setzte seinen Fuß in den Steigbügel. Das Sattelleder knirschte, als er sich auf das Pferd schwang, und die dunklen Schatten von Roß und Reiter verschmolzen miteinander. »Rafe ist ein echter Wandervogel«, sagte er. »Und er hat absolut kein Zeitgefühl.« Es klang, als wolle er sich selbst beruhigen.

»Also, gute Nacht. Und viel Glück.« Ich glaubte, auch ihn grüßen zu hören, aber ich war den Weg zum Haus schon halb hochgestolpert, wobei mir die Koffer ständig gegen die Beine schlugen. Nach dem plötzlichen und erschreckenden Auftauchen eines Mannes, der in der Regennacht nach seinem Sohn suchte, bereute ich es, mein eigenes Kind auch nur eine Minute allein gelassen zu haben. Jetzt wollte ich dringend seinen kleinen festen Körper in meinen Armen spüren.

Als ich das Haus erreicht hatte, setzte ich die Koffer ab und öffnete die Tür. Leise trat ich ein und bemühte mich, trotz meines eigenen lauten Schnaufens noch etwas zu hören. Zunächst schien alles still – Max schlief noch.

Aber dann hörte ich ihn lachen. Max hatte ein komisches Lachen, es klang wie ein quietschendes Scharnier. In der Stille wirkte dieses leise Geräusch eigenartig, als hätte jemand im Schlaf aufgelacht. Trotzdem beruhigte es mich. Er war zwar wach, aber er schien zufrieden zu sein.

Ich schleppte die Koffer rein und stellte sie leise auf den Steinboden. Als ich mich wieder aufrichtete, hörte ich noch ein anderes Geräusch. Ein Geräusch, das mich die Luft anhalten ließ. Es war eine Stimme. Oben redete jemand.

Ohne lange zu überlegen, schlich ich in die Küche, wo ich das große Messer neben dem Brotlaib auf dem Tisch liegen sah. Die lange Klinge fühlte sich kühl in meiner Hand an. Ich zitterte am ganzen Körper, aber eine verzweifelte Entschlossenheit trieb mich leise durchs Haus und die Treppe hoch, hin zu dem Schlafzimmer von Max, aus dem leise Geräusche drangen. Als ich das obere Ende der Treppe erreicht hatte, war die Stimme verstummt.

Unser Schlafzimmer, das mit dem Doppelbett und dem Kinderbettchen, lag am weitesten von der Treppe entfernt am anderen Ende des Flurs. Die Tür des dritten Zimmers, das vorher verschlossen war, stand jetzt offen. Im Vorbeigehen verriet mir ein rascher Blick in den Raum, daß er bis auf zwei Schrankkoffer, die nebeneinander an die Wand gerückt standen, leer war. Ich schob mich weiter auf das Schlafzimmer zu und linste durch den kleinen Spalt der nicht ganz verschlossenen Tür. Ich konnte nur das Doppelbett erkennen. Max und wer immer bei ihm war, waren nicht zu sehen.

Jetzt begann Max wieder laut zu glucksen, und ich bewegte mich vorsichtig Zentimeter um Zentimeter nach links, bis ich in der Tür stand. Als ich sah, wer da bei meinem Sohn hockte, fiel alle Anspannung von mir ab, und ich fühlte mich plötzlich schlapp und schwach. Das hätte ich mir doch denken können, war alles, was mir einfiel.

Ich sah auf das Messer in meiner Hand, um dessen Griff sich meine Finger noch immer krampfhaft klammerten. Beim Anblick der scharfen Klinge wurde mir fast übel. Vorsichtig legte ich es auf die kleine Kommode im Flur ab und stieß die Tür dann weit auf.

Ein ungefähr elf Jahre alter Junge mit borstigem braunem Haar und Brille stand neben dem Gitterbettchen. In seinen Armen hielt er ein unruhig zappelndes Tier – es war ungefähr so groß wie eine Katze, hatte aber viel kürzere Beine. Mit seinem dichten grau-weißen Fell, das um die Augen herum wie bei einem Waschbären in schwarze Ringe überging, glich es eher einem Nerz. Der Junge trug Jeans und eine viel zu große Armeejacke, und von seiner rechten Schulter baumelte ein schmuddeliger Beutel aus Lammleder. Als er Max jetzt angrinste, sah ich eine Zahnspange aufblitzen.

Und Max, der aufrecht in seinem Bettchen stand und sich mit beiden Händen am Gitter festklammerte, war ganz offensichtlich entzückt über die Unterhaltung, die ihm diese beiden boten. Vergnügt krähte er vor sich hin.

Als er das Knarren der sich öffnenden Tür hörte, fuhr der Junge herum. Das Tier rannte ihm die Schulter hoch, wo es sich niederließ und ein schnelles, pfeifendes Geräusch ausstieß. Der Junge wirkte verlegen, aber nicht überrascht. »Er hat geweint«, beeilte er sich mit seinem amerikanischen Akzent zu sagen und deutete auf Max. »Ich konnte ihn doch nicht einfach weinen lassen.«

»Nein. Natürlich nicht.« Ich war zu erschöpft, um wütend zu sein. »Beißt das Tier?«

Er schüttelte den Kopf so heftig, daß ihm die Brille von der Nase rutschte. Dann führte er beide Hände an die Schläfen und rückte sie wieder zurecht.

»Gut«, sagte ich. »Und du bist sicher Rafe?«

Diesmal überraschte ich ihn. Erstaunt blinzelte er mit den Augen. »Woher wissen Sie, wie ich heiße?«

»Von deinem Vater. Er sucht dich.«

»Oh.« Jetzt blickte er von mir weg zu dem Tier auf seiner Schulter. Mit geübtem Griff löste er dessen Krallen von seiner Jacke und steckte es in den Beutel an seiner Seite. Die Vorderpfötchen auf den Rand des Lederbeutels gestützt, blickte es uns aus seinem runden, stupsnasigen Gesichtchen wach und neugierig an.

»Er hat mich gerade draußen mit dir verwechselt«, sagte ich. »Der gehört dir, nicht wahr?« Müde zog ich den Regenmantel aus und hielt ihn ihm hin.

Er murmelte ein Dankeschön, nahm den Mantel und drückte ihn zusammengerollt an seine Brust. Ich verkniff mir die Bemerkung, daß er sich so das Hemd naß machte. Schließlich war er nicht mein Kind. Ich unterdrückte auch den Impuls, ihn einfach anzuschreien, weil er mir gerade den schlimmsten Schreck meines Lebens eingejagt hatte. Wenn er robuster ausgesehen hätte, wäre es mir wahrscheinlich nicht gelungen, mich zurückzuhalten, aber er wirkte so verwundbar und zerbrechlich, daß ich meine Wut vergaß. Außerdem wartete zu Hause sicher schon eine Strafe auf ihn.

Nachdem der Junge seine Aufmerksamkeit von ihm abgewandt hatte, wurde Max unruhig. Er ließ sich auf seinen dikken Windelhintern plumpsen, jammerte und streckte seine Arme nach mir aus. Ich nahm Max hoch und fragte den Jungen, wie er überhaupt ins Haus gekommen sei.

»Ich habe einen Schlüssel. Miss Armitage hat ihn mir gegeben. Ich wollte nicht bei Ihnen einbrechen.« Ernst blickten mich seine braunen Augen durch die Brillengläser an. Mit ihren dichten, dunklen Wimpern wirkten sie viel zu groß für sein blasses, sommersprossiges Gesicht, genauso wie die riesige Hornbrille. »Ich wollte mir nur meinen Mantel holen. Ich habe ihn hier vergessen, als ich sie das letzte Mal besuchte. Aber… aber ich bin eingeschlafen, und als ich Sie kommen hörte, habe ich Angst gekriegt. Ich habe gedacht, daß Sie bestimmt wütend auf mich sind, und da habe ich mich versteckt.«

»Kannst du mir den Schlüssel bitte geben?« Er fischte ihn aus seiner Hosentasche und reichte ihn mir, wobei er murmelte, daß er sowieso vorgehabt hatte, ihn auf dem Küchentisch liegen zu lassen. »Du hast dich drüben in dem Zimmer eingesperrt, nicht wahr?« fragte ich. Das Geräusch, das ich gehört hatte, mußte von seinem Tier verursacht worden sein.

Er nickte. »Die Tür hat auf der Innenseite einen Riegel. Ich wollte gerade rauskommen, aber…« Er sprach nicht weiter.

Ich hätte ihm noch mehr Fragen stellen sollen, aber ich war zu müde, um mir seine Erklärungen anzuhören, von denen ich sowieso nicht wußte, ob sie der Wahrheit entsprachen. »Komm«, sagte ich. »Ich fahr' dich jetzt nach Hause. Eigentlich solltest du deinen Vater anrufen, aber das Telephon ist leider noch nicht angeschlossen.«

»Es ist nicht weit«, sagte er, während wir die Treppe hinuntergingen. »Ich kann auch zu Fuß gehen.«

Tatsächlich war ich sehr versucht, ihn einfach gehen zu lassen. Mittlerweile war ich so müde und hungrig, daß ich mich kaum noch in der Lage fühlte, Rafe Cornelius nach Hause zu fahren. Aber ich brauchte mir nur vorzustellen, er sei Max, oder mich an das Gesicht seines Vaters zu erinnern, um zu wissen, daß ich ihn sicher bis an seine Haustür bringen mußte.

Abgelenkt von dem Tier des Jungen, vergaß Max sich zu beschweren, als ich ihn in seine Jacke zwängte. Er drehte nur sein Köpfchen, um das Tier im Beutel besser sehen zu können. »Was für ein Tier ist denn dein Freund da?« fragte ich.

»Ein Frettchen. Er heißt Spike.«

»Ein Frettchen? Wie Sredni Vashtar?« Nervös musterte ich Spike. Sakis Fabel von dem bösen, tantenmordenden Frettchen hatte mich tief beeindruckt, obwohl jenes blutrünstige Ungeheuer mit diesem lebhaften kleinen Tier kaum etwas gemein zu haben schien. Das freche Gesichtchen, das über den Beutelrand lugte, hatte einen ganz eigenen Charme, und in seinen blitzenden Augen schien nur Neugierde, aber keine Bosheit zu stehen.

Rafe Cornelius warf mir einen finsteren Blick zu. »Ach, die Geschichte«, sagte er verächtlich. »Frettchen sind in Wirklichkeit ganz anders. Sie fressen keine Menschen oder so was.«

»Das beruhigt mich sehr.« Ich öffnete die Haustür und schob den Jungen vor mir her. Dann folgte ich mit Max auf dem Arm und verschloß die Tür hinter uns.

»Wie heißt denn Ihr Baby?« fragte er, während wir zusammen den Pfad zum Auto hinuntergingen. Als ich ihm den Namen sagte, antwortete er, seine Mutter habe auch ein Baby.

»Ein Mädchen oder einen Jungen?« Es wunderte mich, daß David Cornelius das andere Kind nicht erwähnt hatte.

»Ein Mädchen. Ich wünschte, es wäre ein Junge wie Max. Mit ihr kann man überhaupt nichts anfangen. Sie liegt einfach immer nur da.« Nach einem kurzen Moment der Beklommenheit fragte ich ihn, wie alt denn seine Schwester sei. »Halbschwester«, korrigierte er mich. »Meine Eltern sind geschieden. Meine Mutter hat wieder geheiratet und letzten Monat das Baby gekriegt.«

»Ach so.« Das erklärte, warum David Cornelius in der Einzahl gesprochen hatte, als er mir in London von seinen Plänen erzählte. Trotzdem fand ich es eigenartig, daß ich die Frau, mit der ich ihn an diesem Nachmittag gesehen hatte, nicht eine Minute lang für seine Frau oder ehemalige Frau gehalten hatte. Ich startete das Auto und fragte Rafe, wo denn seine Mutter sei, und er erzählte mir, daß sie in London lebe.

Also nicht seine Frau.

Rafes Anweisungen, mit denen er mir den Weg zum Haus seines Vaters beschrieb, klangen mechanisch, fast, als sänge er sie. »Die Blacksmith Lane runter, beim Hangman Stone nach rechts und bei der Shaking Charlotte nach links.«

»Immer schön langsam, du mußt mir schon genau zeigen, wo ich abbiegen soll. Schließlich bin ich fremd hier.«

»Entschuldigen Sie, das hab' ich ganz vergessen.« Die Blacksmith Lane, fügte er hinzu, sei die Straße, auf der wir gerade fuhren und die am Cottage vorbeiführte.

»Und was ist die ›Shaking Charlotte‹?«

»Die ›schwankende Charlotte‹ ist ein Baum bei der Kirche. Eine Eiche. Oder zumindest das, was von ihr übriggeblieben ist. Der größte Teil ist vor langer Zeit bei einem Schneesturm umgerissen worden. Die Leute hier haben geglaubt, sie wäre eine Hexe, die in einen Baum verwandelt worden war.« Spott und eine Spur von Sehnsucht vermischten sich in seiner Stimme, als hätte er diese Geschichte selbst gern geglaubt, wenn er sich für solche Albernheiten nur nicht zu alt gefühlt hätte.

»Hat hier alles seinen Namen?«

»Ja, alles. Sogar Sie.«

»Ich auch? Wie werde ich denn genannt?«

»Mays Kanadierin. So heißt es zumindest im Dorf.«

Das ging ja noch, dachte ich; man hatte mir schon schlimmere Namen gegeben. Ich fuhr langsam und sehr vorsichtig, denn ich hatte immer Angst zu vergessen, daß ich links fahren mußte. Weiter unten mündete der Feldweg in die breitere

Straße ein, die ins Dorf führte, und hier wies mich der Junge an, rechts abzubiegen. Er beugte sich vor und deutete auf ein riesiges Objekt neben einer kleinen Baumgruppe. »Das ist der ›Hangman's Stone‹, der ›Henkerstein‹. Wollen Sie wissen, warum der so heißt?«

»Darf ich raten?«

»Sicher, aber ich wette, daß Sie nicht draufkommen.«

»Nun, wie wär's damit: Ein Mann trug ein gestohlenes Schaf auf seinen Schultern. Er hatte die Vorder- und Hinterbeine des Tiers mit einem Seil vor seiner Brust zusammengebunden, aber das Schaf war schwer, und er wurde müde. Als er den Stein erblickte, legte er das Schaf auf ihm ab und setzte sich davor. Doch das Schaf rutschte auf der anderen Seite wieder herunter, und dann...«, ich mußte an mich halten, um nicht laut loszuprusten, »erhängte das Schaf den Mann.«

Einen kurzen Moment herrschte Schweigen auf dem Rücksitz. Dann hörte ich ein vorwurfsvolles »Sie kannten die Geschichte schon«.

Ich lachte. »Meine Großmutter hat sie mir vor vielen Jahren erzählt. Sie hat früher einmal in Longbarrow Cottage gelebt.«

»Ich weiß. Miss Armitage hat es mir erzählt.«

»May hat mir gesagt, daß du sie immer besucht hast.«

»Ja.« Er machte eine kleine Pause. »Ich vermisse sie.« Ich fragte mich, ob Rafes heutiger Besuch im Cottage etwas damit zu tun hatte, daß ihm seine Freundin fehlte. »Da ist die Kirche«, sagte er plötzlich. »Jetzt müssen Sie links abbiegen.«

Er lenkte mich in eine Auffahrt, über die sich ein dichtes Blätterdach wölbte. Sie zweigte zwischen der Kirche und einem Cottage an der Ecke ab und war von der Biegung einer hohen Steinmauer halb verdeckt. Die Auffahrt endete in einem großen Kiesplatz vor einem langen, niedrigen Haus mit Giebeldach. Alle Fenster waren noch hell erleuchtet. Selbst in der Dunkelheit konnte ich erkennen, daß dieses Haus sehr alt und sehr schön war.

»Aha, du bist also ein Gutsherr«, sagte ich, als ich das Auto vor einem Gehweg, der zum Haus führte, zum Stehen brachte.

»Das ist Summerhays. Das Haus von Benedict und Clarissa«, antwortete er. »Wir wohnen dahinter, im Oldbarn.«

»Oldbarn – in der Scheune?«

»Früher war es einmal eine Scheune, bis sie es hergerichtet haben. Jetzt ist es ein Haus.«

Ich war zu müde, um ihn zu fragen, wer denn Benedict und Clarissa seien. Er öffnete die Tür, verabschiedete sich von Max und richtete ein schuldbewußtes Danke an mich. Ich wollte ihm gerade sagen, daß ich vorhatte, ihn sicher bei seinem Vater abzuliefern, als sich die Haustür öffnete und eine Frau auf die Eingangsstufe trat. »Rafe«, rief sie, »bist du das?«

»Ja, ich komme«, schrie er zurück, und zu mir sagte er, während er aus dem Auto kletterte: »Alles in Ordnung. Das ist Mela.« Mit dem Frettchen und dem Regenmantel in den Armen ging er langsam auf die Frau zu, die am Nachmittag auf dem Feld bei der alten Kirche vor seinem Vater davongelaufen war.

## 7

Als ich endlich wieder daheim war und mit Max auf dem Arm den Buggy aus dem Kofferraum hievte, war ich so müde, daß der Boden unter meinen Füßen zu schwanken schien. Um mir den Rest meiner Energie für Max aufzuheben, öffnete ich die Koffer einfach unten im Flur, statt sie die Treppe hinaufzuschleppen, und durchwühlte meine Sachen nach einem Nachthemd und der Toilettentasche mit meiner Zahnbürste. Während Max auf der Badematte saß und seine Spielsachen durchs Badezimmer schleuderte, nahm ich ein kurzes heißes Bad. Dann wärmte ich ein weiteres Milchfläschchen auf. Mit einer Sammlung Plastikautos machten wir es uns im großen

Doppelbett gemütlich, und nachdem ich unzählige Massenkarambolagen für ihn inszeniert hatte, fielen Max endlich die Augen zu.

Trotz meiner Erschöpfung schreckte ich immer wieder aus dem Schlaf hoch. Es war nicht Max' Nähe, die mich störte – er ist ein sehr ruhiger Schläfer –, es war die Stille. Sie war so absolut, daß ich glaubte, sie mit Händen greifen zu können. Ich schob diese überspannte Empfindsamkeit auf meine zerrütteten Nerven und die Auswirkungen des Jet-lag und suchte Beruhigung in Max' regelmäßigen Atemzügen. Als der Schlaf endlich kam, war er unruhig und voller Träume von ermordeten Frauen und blutigen Händen; Bilder, die durcheinanderpurzelten wie eine in Unordnung geratene Mappe Zeichnungen.

Mit dem ersten Morgenlicht wachte Max quengelnd und mit knurrendem Magen auf. Ich ging in die Küche, um ihm etwas Milch warm zu machen. Während ich Max auf dem Arm wiegte und mit verschlafenen Augen aus dem Fenster starrte, spürte ich unter meinen nackten Füßen die Risse in dem kalten Linoleumboden.

Draußen fielen die ersten flachen Sonnenstrahlen in das hohe Gras und ließen es nach dem nächtlichen Regen glitzern. In der Mitte des großen Gartens erkannte ich die Überreste von Mays ehemaligem Gemüsebeet; ein hügeliges, von Unkraut überwuchertes Rechteck, aus dem eine Stange mit einer umgedrehten Plastikflasche ragte, die wohl als Vogelscheuche gedient hatte. Nahe der Hintertür grenzte ein kleiner Steinschuppen an das Haus, ein Anbau mit einem rostigen Wellblechdach, vor dessen Außenwand ein Haufen zerbrochener Blumentöpfe gestapelt stand. Der Garten ging in ein hügeliges Feld über, auf dem Schafe mit ihren blökenden Lämmern weideten. Kleine weiße Wollbäusche schwebten wie Wölkchen in der feucht-dunstigen Luft des frühen Morgens.

Jenseits des Feldes erhob sich das langgestreckte Hügelgrab. In der Nacht hatte ich es für eine niedrige Anhöhe gehalten, die in der Dunkelheit mit den Bäumen verschmolzen war. Bei Tageslicht sah der Hügel wie eine grüne Düne aus, ein sanft gerundeter Buckel, auf dem ein paar dürre Bäume Wurzeln geschlagen hatten. Weiter unten war er von dichtem Gebüsch umgeben.

Plötzlich registrierte ich im weichen blaßgrauen Licht des Morgens eine Bewegung auf dem Hügel; es hätte ein Mensch sein können, der auf allen vieren nach etwas suchte, oder ein Tier. Während ich noch angestrengt auf die Gestalt starrte, erinnerte mich Max mit entrüstetem Geschrei und ausgestrecktem Finger an sein Fläschchen.

Als er an seiner Milch nuckelte, wickelte ich ihn und legte ihn mitsamt der Flasche in sein Bettchen – mit schlechtem Gewissen, denn das war etwas, wovon in jedem Babybuch abgeraten wird. Dann flüchtete ich mich selber noch einmal unter die Decke. Diesmal sank ich auf der Stelle in einen tiefen, traumlosen Schlaf.

Ein dumpfes Geräusch drang bis in mein schlafumnebeltes Hirn. Erschrocken fuhr ich hoch. Ich brauchte einen Moment, bis ich begriff, daß unten laut und energisch an die Haustür geklopft wurde. Dem hellen Licht nach zu urteilen, das durch einen schmalen Streifen zwischen den Vorhängen ins Zimmer fiel, hatten Max und ich sehr lange geschlafen. Auf meinem Wecker war es halb zehn.

Als ich die Vorhänge aufzog, blendete mich die plötzliche Helligkeit. Ich öffnete einen Fensterflügel und rief hinunter, daß ich gleich käme. Eine helle, angenehme Frauenstimme erwiderte, ich solle mir ruhig Zeit lassen. Durch das offene Fenster sah ich in der Ferne unter einem hellgrünen Blätterhimmel die Dächer Shipcotes. Die Vögel sangen, und die süße, frische Luft des neuen Tages drang zu mir ins Zimmer.

Ich wickelte Max in seine Decke und ging nach unten, um die Tür zu öffnen. Vor mir stand, einen Korb in den Armen, die Frau, die Rafe Cornelius in der letzten Nacht beim Heimkommen begrüßt hatte. Sie war schlank, und im hellen Sonnenlicht leuchteten ihre Haare im silbernen Schimmer natürlicher Blondheit. Während Max seinen Kopf wegdrehte und in meiner Schulter begrub, blinzelte ich sie verwirrt an.

»Oh, bitte entschuldigen Sie. Ich habe Sie aufgeweckt«, sagte sie reumütig. »Ich wollte mich dafür bedanken, daß Sie Rafe gestern nacht nach Hause gebracht haben. Ich bin Mela Mallaby.«

Sie hatte die schmale Oberlippe und die kleine Nase eines bestimmten, zierlichen und sehr schönen englischen Frauentyps; ihre Augen leuchteten in einem klaren Kornblumenblau, und ihre zarte Haut wirkte fast transparent. Die glänzende Haarpracht hatte sie sich mit Kämmchen hinter den Ohren festgesteckt, von wo es in dichten Wellen auf ihre grüne Samtjacke fiel. Sie war wirklich ein wunderschöner Anblick; als wäre Arthur Rackhams Alice im Wunderland plötzlich erwachsen geworden und vor meiner Tür aufgetaucht.

Jetzt erst bemerkte ich, daß ich Mela anstarrte, und bat sie herein. Mit einem Fuß schleuderte ich eine Bluse zurück in den offenen Koffer, bevor sie darüber stolperte. Als Mela das Haus betrat, drang zusammen mit der frischen Luft auch ein Hauch ihres Parfüms in den Flur, eine raffinierte Mischung aus Veilchen und Maiglöckchen mit einer grünfarnigen Note.

Ich schob mir Max vor den Oberkörper, um mein zerknittertes Nachthemd zu verbergen, und fuhr mir mit der freien Hand durchs ungekämmte Haar. Dabei stieg mir noch ein anderer Geruch in die Nase – Max hatte eine nasse Windel. »Es war nett, Rafe kennenzulernen«, sagte ich, während ich sie ins Wohnzimmer führte, »auch wenn die Umstände vielleicht etwas ungewöhnlich waren.«

Sie lächelte ein bezauberndes Lächeln, das ihre kleinen weißen Zähne entblößte. »Sie sind sehr nachsichtig. Er hat uns erzählt, daß Sie ihn in Ihrem Haus erwischt haben. In der Beziehung ist Rafe wie Spike – am stärksten zieht es ihn dahin, wo er nichts zu suchen hat.«

»Wie bei jedem anständigen Jungen und jedem anständigen Frettchen.«

»Dann wissen Sie ja schon, was Sie erwartet. Mit dem Jungen, meine ich«, sagte sie und deutete auf Max. Er war noch immer ungewöhnlich schüchtern, schmiegte sich eng an mich und weigerte sich, Mela anzuschauen. »In diesem Alter sind sie so süß, nicht wahr? Zum Fressen. Apropos…«, fuhr sie fort, »ich habe Ihnen ein paar Lebensmittel mitgebracht. Für den Fall, daß Sie keine Zeit mehr zum Einkaufen hatten.« Sie hob den Deckel des Korbs, so daß ich einen Blick auf den Inhalt werfen konnte – Einmachgläser, in Folie gewickelte Päckchen und ein großes Blattgemüse, das aussah wie ein riesiger Spinat mit Dauerwelle.

Ich war gerührt, daß sie sich für eine Fremde solche Umstände machte, und bedankte mich.

»Eigentlich wollte Rafe die Sachen vorbeibringen. Aber ich dachte mir, daß Sie vielleicht erst einmal genug von ihm haben. Soll ich alles in die Küche stellen?«

»Ja, danke. Sie ist da drüben.« Ich wollte ihr gerade den Weg zeigen, als sie mir sagte, daß sie sich auskenne.

»May und ich waren Freundinnen«, erklärte sie und stellte den Korb mitten zwischen die schmutzigen Teller auf den Küchentisch. »In der Grundschule war sie meine Lehrerin. Die beste Lehrerin, die man sich vorstellen kann. Nie ist ein böses Wort über ihre Lippen gekommen.«

»Rafe scheint sie sehr zu vermissen«, sagte ich etwas trokken.

»Sie hatte eine ganz besondere Art mit Kindern. Sie sah immer nur ihre guten Seiten. Was wohl auch bedeutete, daß man sie um den Finger wickeln und ihr Sand in die Augen streuen konnte. Trotzdem – sie war ein Schatz.«

Manchmal unterbrach ein eigenartiges Stocken den Fluß von Mela Mallabys heller und melodischer Rede, ein kurzes, seufzerartiges Aufatmen zwischen den Worten, das den nächsten Satz dann mit einem kleinen Luftstoß ausstieß. Diese Art zu reden ließ das, was sie sagte, so vertraulich wirken, als teile sie ihrem Gesprächspartner gerade ein Geheimnis mit. Sie begann den Korb auszupacken. »David – Rafes Vater – wäre selbst vorbeigekommen, um sich zu bedanken, aber er mußte heute morgen zu unchristlich früher Stunde nach London fahren.«

In der vertrauten Selbstverständlichkeit, mit der sie seinen Namen aussprach, schwang so etwas wie Besitzerstolz mit; ein leiser, unmißverständlicher Wink, daß sie einen Anspruch auf ihn hatte. Während ich die schmutzigen Teller zum Spülbecken trug und den Teekessel mit Wasser füllte, machte ich mir Gedanken über die Art ihrer Beziehung. Ein Blick auf ihre linke Hand verriet nichts; ihr Ringfinger war nackt.

Als ich ihr eine Tasse Tee anbot, schüttelte sie den Kopf und nahm den leeren Korb in die Hand. »Sie sind wegen der Zeitverschiebung sicher noch viel zu müde für Gesellschaft. Außerdem habe ich heute morgen tausend Dinge zu erledigen. Aber morgen müssen Sie zum Sonntagslunch zu uns nach Summerhays kommen. Bringen Sie Ihren Sohn ruhig mit. Blackie – Mrs. Blackwell, unsere Haushälterin – ist ganz verrückt auf Babys. Sie wird während des Essens auf ihn aufpassen.« Diese letzten Worte warf sie mir schon über die Schulter zu, während sie durch das Wohnzimmer auf die Haustür zuging. Sie bewegte sich mit der behenden Grazie, die mir schon am Vortag aufgefallen war, geschmeidig und voller Energie. »Das ist wirklich sehr nett von Ihnen«, hob ich an, als sie die Tür öffnete.

»Oh, nein, das ist überhaupt nicht nett«, antwortete sie, noch bevor ich weiterreden konnte. »Cousinen sollten sich schließlich umeinander kümmern, oder was meinen Sie?«

Ich muß mindestens genauso verdutzt ausgesehen haben, wie ich mich fühlte, denn jetzt fügte sie mit etwas weniger Selbstverständlichkeit hinzu: »Wir sind doch Cousinen, oder? Ganz entfernte vielleicht, aber das spielt wohl keine Rolle.«

»Ich glaube, Sie verwechseln mich mit jemand.«

»Nein, ganz bestimmt nicht. Ihr Großvater war doch Charles Lorimer?«

»Ja, so hieß er.«

»Na also, da haben wir's schon. Er und Benedict waren Cousins ersten Grades, und Benedict ist mein Großvater.« Mit leicht zusammengekniffenen Augen neigte sie den Kopf zur Seite. »Wußten Sie das etwa nicht?«

»Nein, das ist mir völlig neu«, sagte ich langsam. »Eine echte Überraschung.«

Sie lächelte. »Eine angenehme, hoffe ich.«

»Ja, natürlich.« Ich versuchte Wärme in meine Stimme zu legen. »Ich bin nur einfach... na ja, überrascht eben«, brach ich etwas hilflos ab. »Heißt Ihr Großvater mit Nachnamen auch Mallaby?«

»Ja, sicher. Sie wußten es also wirklich nicht. Das ist schon erstaunlich, wir dachten nämlich die ganze Zeit...« Sie führte den Satz nicht zu Ende, aber einen kurzen Moment lang stand ihr eine fast hämische Freude im Gesicht geschrieben. »Soviel ich weiß, sind sie zusammen aufgewachsen und auch beide nach Oxford gegangen. Sie waren enge Freunde, bis Ihr Großvater sich plötzlich in Luft auflöste.«

Benedict Mallaby. In Gedanken sprach ich den Namen vor mich hin, aber er rief keinerlei Erinnerungen wach.

»Wenn Sie wollen, kann ich Ihnen ja irgendwann mal den Familienstammbaum aufdröseln«, sagte Mela Mallaby. »Im großen und ganzen ist er ganz ansehnlich. Aber es gibt ein paar ziemlich schwarze Schafe; Sie wissen schon, die Sorte Ungeheuer mit falschem Heiligenschein. Ich würde gern wissen, wie viele Menschen auswandern, um ihren fürchterlichen Verwandten zu entfliehen«, fuhr sie mit spöttischer Nachdenklichkeit fort. »Keine schreckliche Tante Agnes mehr, kein Großonkel Andrew mit seinen langweiligen Kriegsgeschichten. Vielleicht ist Ihre Großmutter ja deshalb von hier weggegangen.«

Ich lachte. »Ist das die Relativitätstheorie der Massenemigration? Vielleicht haben Sie ja recht. Obwohl ich mich nicht erinnern kann, daß sich Nan jemals über die Verwandtschaft, die sie hier zurückließ, beklagt hätte.« Oder überhaupt über sie geredet hätte, fügte ich in Gedanken hinzu.

»Nun, ich weiß nicht, warum man uns Ihnen vorenthalten hat, aber ich kann Ihnen versichern, daß Benedict und Clarissa alles andere als fürchterlich sind. Was man vom Rest der Familie nicht unbedingt behaupten kann. Auch wenn mein Bruder Robin sicher seine guten Momente hat. Kommen Sie einfach morgen vorbei, dann können Sie sich selbst ein Urteil bilden.«

Ich sagte, daß ich mich darauf freuen würde, was nicht ganz aufrichtig war.

»Wäre Ihnen halb eins recht? Schön. Bis dann, also.«

Ich beobachtete, wie sie mit ihrem Range Rover rückwärts auf die Straße setzte, und erinnerte mich dann an den kochenden Teekessel in der Küche. Während Max in seinem Kinderwagen hockte, richtete ich unser Frühstück und dachte über Mela Mallabys Enthüllungen nach.

Ich überlegte, warum Nan die Existenz von Verwandten meines Großvaters verschwiegen hatte, die in einem so kleinen Ort wie Shipcote in unmittelbarer Nachbarschaft von ihnen gelebt haben mußten. Vielleicht waren sie ja gegen die Heirat meiner Großeltern gewesen; oder sie hatten zu Nans Zeiten noch gar nicht im Dorf gewohnt und waren erst später zugezogen. Es konnte jedoch auch sein, daß sie seinen Cousin mit eingeschlossen hatte in ihre Verbitterung darüber, daß ihr Mann sie im Stich gelassen hatte. Es war sinnlos, darüber zu spekulieren. Morgen beim Lunch wollte ich Benedict Mallaby nach den Gründen fragen.

Ein Sonnenstrahl fiel durchs Küchenfenster auf das bauchige Marmeladenglas, das auf dem Tisch stand. Ein Papierstreifen auf dem Deckel zeichnete sie als »Ingwermarmelade, Summerhays« aus. Während ich Max etwas Marmelade auf ein Brot strich, dachte ich darüber nach, daß in diesem Dorf alles beschriftet oder ausgewiesen war – die Häuser, jedes Grundstück, sogar die Marmeladengläser.

So neugierig ich auch war, die Mallabys kennenzulernen, der Gedanke an die unverhoffte Verwandtschaft war mir eher unangenehm. Es war gerade die Sicherheit der Anonymität gewesen, die mich nach Shipcote gelockt hatte. Wenn die Fragen zu persönlich geworden wären, hätte ich meine jüngere Vergangenheit einfach neu erfinden können. Wem wäre es denn aufgefallen oder wem hätte es etwas ausgemacht, wenn ich meine Geschichte etwas umgedichtet hätte? Aber auch ich war schon bezeichnet worden: »Die Dame aus Amerika«, »Mays Kanadierin«, die Besitzerin von Longbarrow Cottage. Und jetzt war ich auch noch Mela Mallabys Cousine.

## 8

Am späten Vormittag schob ich Max in seinem Buggy den Weg zur Ashleaze Farm hoch. Ich wollte mich bei Pat Ebborn dafür bedanken, daß sie das Cottage hergerichtet hatte, und fragen, wo die Leute aus Shipcote ihre Lebensmittel kauften.

Das erste, was ich von der Farm sah, waren zwei runde Wellblechdächer, die grau und buckelig wie zwei Elefantenrücken über eine Allee aus jungen Pappelbäumen ragten, deren scharf-würziger Duft in der Luft hing. Die offenen Schuppen unter diesen Dächern beherbergten riesige, walzenförmige Heuballen, die von schwarzen Plastikfolien umhüllt waren. Jenseits der Schuppen, am anderen Ende eines sauber asphaltierten Hofes stand eine große Scheune. In ihre Wände waren mehrere schmale, schlitzartige Öffnungen eingelassen, die wie die Schießscharten einer Burgmauer wirkten und dem Gebäude das Aussehen einer altertümlichen Festung gaben. Die riesigen, hölzernen Scheunentore waren verschlossen, und aus dem Inneren drang das klagende Muhen einer Kuh.

Hinter den schützenden Flügeln einiger Nebengebäude ragte das Satteldach des aus honigfarbenem Stein gebauten Farmhauses auf. Es lag direkt gegenüber der Scheune auf der anderen Straßenseite, und der Winkel, in dem es auf die Nebengebäude traf, bewirkte, daß diese es wie ein vors Gesicht gehaltener Arm halb verdeckten. Hinter dieser Häusergruppe erhob sich ein niedriger, baumbestandener Hügel. Alles war so angelegt, daß der Eindruck einer doppelten Umarmung entstand; eingebettet in die weich abfallenden Hügelflanken, wurden Haus und Bewohner von den Nebenflügeln beschützt. Das Tor zum Grundstück stand offen, aber in dem angrenzenden Grasstreifen hatte man ein kleines Schild aufgestellt: »Vorsicht, Gänse!« war darauf zu lesen.

Während ich noch zögerte und überlegte, ob ich Max aus seinem Wagen heben und vor den frechen Gänseschnäbeln in Sicherheit bringen sollte oder nicht, trat eine Frau mit einem Eimer in der Hand aus der Tür. Dem Aussehen nach war sie um die Sechzig. Über einem Overall trug sie eine wasserdichte Jacke und grüne Gummistiefel. Die viel zu großen Lederfäustlinge an ihren Händen wirkten wie Panzerhandschuhe. Sie war groß und bewegte sich mit männlich wirkender Schlaksigkeit. Hätte sie nicht einen ausgesprochen modischen Haarschnitt gehabt, ich hätte sie sicher für einen Mann gehalten. Als sie uns erblickte, rief sie uns ein freundliches »Hallo« zu.

»Mrs. Ebborn?« fragte ich, als sie auf uns zukam. Sie nickte und zog sich die Lederhandschuhe aus. »Ich bin Jo Treleven. Und das ist Max.«

»Das hab' ich mir doch gedacht.« Ein freundliches Lächeln überzog das kluge, wettergegerbte Gesicht. »Wie war Ihre erste Nacht im Cottage?«

»Sehr angenehm, und das haben wir Ihnen zu verdanken.« Als ich ihr erzählen wollte, wie dankbar wir ihr waren, daß sie das Haus für unsere Ankunft hergerichtet hatte, tat sie dies mit einer wegwerfenden Handbewegung ab.

»Meine Zugehfrau, Mrs. Kyte, hat geputzt, und Tony Munnings hat sie dafür bezahlt«, sagte sie ohne Umschweife. »Die Lebensmittel fallen unter Nachbarschaftshilfe. Meistens koche ich für zehn Leute, meine Gefriertruhe ist also immer gut gefüllt. Da fällt so ein bißchen kaum auf. Aber jetzt kommen Sie doch bitte rein, und trinken Sie einen Tee mit mir.« Sie lächelte Max an: »Und du magst bestimmt einen Keks, mein Kleiner, oder?«

Während ich dankend die Einladung annahm, kam laut schimpfend eine große weiße Gans auf uns zugerannt. Schnell brachte ich Max in Sicherheit.

»Dem Kleinen passiert nichts«, sagte Pat Ebborn. »Stanley ist eine Art Alarmanlage, aber völlig ungefährlich. Er führt sich zwar gerne wild auf, aber er würde nie beißen.« Sie verscheuchte die Gans und rief liebevoll: »Kusch, fort mit dir, du alter Wichtigtuer!«

Die Gans zog sich ein paar Schritte zurück, watschelte dann aber in einigem Abstand schimpfend hinter uns her. Max war natürlich entzückt und zappelte in meinen Armen, um sie ja nicht aus den Augen zu verlieren. Pat Ebborn führte uns in den überdachten Vorbau des Farmhauses. Sie nahm uns unsere Mäntel ab und zog sich dann die Gummistiefel und den Overall aus. Unter ihrer Arbeitskleidung kamen eine fliederfarbene Tweedhose und ein Kaschmirpullover in einem blassen Lavendelton zum Vorschein. Als sie sich mit den Händen durch das kurze Haar fuhr, um es hinter die Ohren zu streichen, sah ich, daß sie kleine Perlenstecker trug. Die Verwandlung vom Farmarbeiter zur sportlich-elegant gekleideten Dame war perfekt und mit erstaunlicher Schnelligkeit vor sich gegangen.

Dann führte sie uns in die seltsamste Küche, die ich je gesehen hatte.

Eine lange, fliesengedeckte Anrichte stand mitten im Raum und teilte ihn in zwei völlig unterschiedliche Hälften. Linker Hand, mit einem Fenster zum Garten, war eine ultramoderne

Küche mit blitzenden, hotelküchengroßen Geräten – Herd, Kühlschrank, Geschirrspülmaschine, Mikrowellenherd eingebaut. Sie war in blankpoliertem Stahl und glänzender schokoladenbrauner Emaille gehalten; von den Drahtgittern an den Wänden hingen alle Küchenutensilien, die man sich nur vorstellen kann. Auf der anderen Seite, rechts von der Anrichte, war eine gemütliche, einfache Landküche, in der selbst die Katze nicht fehlte, die in einem Schaukelstuhl neben einem alten Ofen schlief. Um einen Holztisch standen sechs verschiedene Stühle, und ein deckenhoher, offener Geschirrschrank war von oben bis unten mit Nippes vollgestellt. Bis auf die Katze war alles auf dieser Seite mindestens fünfzig Jahre alt.

Anscheinend war Pat Ebborn es gewohnt, daß alle Menschen, die diesen Raum zum ersten Mal betraten, verblüfft reagierten: »Kochen wollte ich in einer neuen Küche, aber essen in einer alten«, erklärte sie gutgelaunt. »Die eine Hälfte habe ich zur Modernisierung freigegeben, aber an die andere habe ich niemanden rangelassen. Einfach ›Raus mit dem alten Zeug‹ zu sagen, dazu konnte ich mich nicht überwinden.«

»In so einer Küche kann man sicher gut für zehn Leute kochen«, sagte ich.

»Im Moment muß ich eigentlich nur für William und mich kochen. Aber seit unsere beiden Jungs erwachsen und aus dem Haus sind, nehme ich in der Saison Pensionsgäste auf.« Sie ging an einen der Schränke und holte eine Blechdose mit dem Porträt der Königinmutter herunter. »Magst du lieber einen Haferkeks oder einen Zwieback, mein Püppchen?« fragte sie Max und hielt ihm jeweils einen zur Auswahl hin. Max griff nach dem Zwieback und stopfte ihn in den Mund.

Während wir am Holztisch saßen und starken Tee mit Milch tranken, erklärte mir Pat Ebborn, wo man was einkaufen konnte. Windeln bekam man am besten im Drogeriemarkt in Wychley. Außerdem erfuhr ich, was ich tun mußte, um möglichst schnell mein Telephon angeschlossen zu bekommen. Sie bot mir jedoch an, in der Zwischenzeit ihres zu benutzen, und bestand darauf, daß ich für Max den Hochstuhl mitnahm, in dem schon ihre eigenen Kinder gesessen hatten. »William wird ihn nachher rüberbringen«, sagte sie in einem Ton, der keinen Widerspruch duldete. Es war ihr offensichtlich ein Vergnügen, praktische Ratschläge und Hilfe anzubieten, trotzdem war sie dabei alles andere als aufdringlich. Mir gefielen ihr trockener Humor und die Art, wie sie mit Max umging. Ohne sich bei ihm einzuschmeicheln, ging sie in kleinen Schritten auf ihn zu, bis er seine Schüchternheit vergaß und sie vergnügt anlächelte. Sie war offen und resolut, stellte aber keine persönlichen Fragen, sondern überließ es ganz mir, wieviel ich ihr erzählen wollte. Als ich meine Arbeit erwähnte, sagte sie, daß ich in Oxford oder Cirencester am ehesten die notwendigen Materialien finden würde.

Sie fragte nicht nach Max' Vater.

Max löste sich von meinem Schoß, weil er die Katze genauer besichtigen wollte. Als ich mich neben ihn hockte, um zu verhindern, daß er nach dem verlockenden Schwanz griff, fiel mir ein, daß ich Pat Ebborn nach Jope fragen wollte. Ich erzählte ihr, daß ich ihn am Vortag getroffen und er mir angeboten hatte, anfallende Arbeiten für mich zu erledigen. »Ist er zuverlässig?« fragte ich. Was ich jedoch wirklich wissen wollte, war: Ist er so undurchsichtig, wie er auf mich gewirkt hat?

Pat Ebborn wirkte überrascht. »Er will für Sie arbeiten? Das hat er Ihnen angeboten? Ich hätte wirklich gedacht, daß er zu Hause genug zu tun hat.« Sie hob den Deckel der Teekanne, warf einen Blick hinein und ging dann mit der Kanne in der Hand zum Herd hinüber. Es dauerte einen Augenblick, bis sie weiterredete, und dann sagte sie einfach nur: »William wird Ihnen jemanden für solche Aushilfsarbeiten schicken.«

Dies schien meine Bedenken zu bestätigen, doch noch bevor ich sie fragen konnte, was es denn mit Jopes Mordgeschichten auf sich habe, ging die Küchentür auf, und ein großer, rotgesichtiger Mann kam ins Zimmer gepoltert. Er war offensichtlich wütend.

»Irgendein verdammter Idiot hat schon wieder den Zaun durchgeschnitten!« schimpfte er. »Kannst du dir das vorstellen?« In seiner Wut schwang eine Spur Verblüfftheit mit. Max und ich hockten noch immer in der Ecke beim Ofen. Er hatte uns seinen breiten Rücken zugekehrt und in seinem Zorn noch gar nicht bemerkt.

»An derselben Stelle?« fragte ihn Pat Ebborn ruhig, während sie das kochende Teewasser in die Kanne goß.

Er schüttelte den Kopf. »Beim Tump.« So verstand ich es zumindest, aber es klang mehr wie ein geheimnisvoller Fluch. »Es war reines Glück, daß wir die Stelle entdeckt haben, bevor sich die Lämmer im Brombeergestrüpp verheddern konnten. Weißt du, ich zögere noch, Cornelius etwas zu sagen, solange ich keine Beweise habe, aber ich könnte schwören, daß es...«

»William«, unterbrach ihn Pat Ebborn schnell, »wir haben Besuch.« Sie blickte an ihm vorbei zu Max und mir.

»Oh«, sagte er und sah sich verwirrt um. Er hatte ein breites, rotes Gesicht und blaue Augen, über denen dichte sandfarbene Augenbrauen wuchsen. Sein Haar war blond und wurde wie das seiner Frau langsam grau. »Entschuldigen Sie, ich hab' Sie gar nicht gesehen.«

»Das sind Mrs. Treleven und ihr Baby. Sie ist die Dame, der Longbarrow Cottage gehört. Mein Mann William.«

Er begrüßte uns genauso freundlich, wie seine Frau es getan hatte, allerdings war er ein wenig schüchtern. Er sagte mir, er habe das Auto gesehen, als er am frühen Morgen an Longbarrow Cottage vorbeigefahren sei, und fragte, ob wir uns schon eingewöhnt hätten. Als ich ihm ungefähr die gleiche Antwort gab wie vorher seiner Frau, wirkte er erfreut und stimmte ein Loblied auf ihre Pasteten und ihre Großzügigkeit an. Beim Sprechen vermied er es, mich anzusehen, doch trotzdem fing ich gelegentlich einen neugierigen Blick auf, was verriet, daß er mich durchaus musterte. Er roch angenehm nach Bauernhof und einer Mischung aus frischer Luft und Tabak. Pat Ebborn reichte ihrem Mann eine Teetasse, die er in einem Zug leerte. »Jetzt geht's mir schon besser«, sagte er und hielt ihr die Tasse erneut hin. Dabei fiel sein Blick nach unten, und er bemerkte, daß er noch immer seine Stiefel anhatte, die mit einer dicken Schlammschicht bedeckt waren. »Entschuldige, Liebling«, sagte er mit sanfter Stimme zu seiner Frau. »Die Stiefel hab' ich ganz vergessen.« Seine Wut schien plötzlich verraucht. Schwer ließ er sich in einen Stuhl fallen und begann die Stiefel auszuziehen. Dann wischte er sich die Hände an einem Lappen ab, den sie ihm hinhielt.

Wir unterhielten uns über May Armitage. Wie schon Mela Mallaby sprachen auch William und Pat Ebborn nur in den höchsten Tönen von May, die sie nicht nur als Lehrerin ihrer Söhne, sondern auch als gute Nachbarin gekannt hatten. Mit Anerkennung in der Stimme sagte mir William Ebborn, daß sie das Cottage immer gut instand gehalten habe. »Sie werden sehen, daß alles in Ordnung ist. Außer vielleicht mal hier und da ein bißchen Farbe – sonst fehlt es an nichts. Der Garten ist natürlich längst nicht mehr das, was er einmal war. Früher, als die Arthritis sie noch nicht so geplagt hat, war es ein richtiger Bilderbuchgarten.«

»Schade um die Buche«, sagte Pat Ebborn. »Es waren die Stürme, die wir diesen Januar hatten, die ihr so zugesetzt haben. Viele Bäume in der Gegend sind ihnen zum Opfer gefallen. Wahrscheinlich sind die Stürme auch für das eigenartige Wetter verantwortlich, das wir gerade haben.« Die unnatürliche Wärme habe das Wachstum der Pflanzen völlig durcheinandergebracht, erklärte sie, und sicherlich werde es deshalb in diesem Jahr auch besonders viele Schädlinge geben. Ihr Mann nickte zustimmend. Ich war froh, daß ich nicht von der Schönheit dieses wunderbaren Frühlings geschwärmt hatte und mich damit noch deutlicher als landfremde Städterin zu erkennen gegeben hatte.

Pat erzählte weiter, daß May immer nur Gutes von meiner Großmutter berichtet habe. »Die Leute haben May für verrückt gehalten, weil sie so viel eigenes Geld in das Cottage gesteckt hat. Sie hat ordentliche Leitungen und eine Heizung einbauen lassen und vieles mehr. Ich fand das eigentlich völlig normal, denn so hatte sie es doch auch selbst viel bequemer. Aber einmal hat sie mir gesagt, daß sie Ihnen das Haus gut erhalten und ordentlich überlassen wolle, weil Ihre Großmutter so gut zu ihr gewesen sei.«

Ich fragte sie, ob sie meine Großmutter gekannt hätten.

Pat Ebborn schüttelte den Kopf. »Ich bin erst in den Fünfzigern nach Shipcote gekommen, nachdem wir geheiratet hatten. Aber du hast sie gekannt, William, nicht wahr?« Er nickte. »Ich kann mich nicht besonders gut an sie erinnern – ich war damals noch ein Kind, ungefähr zehn Jahre alt. Aber einmal habe ich meinen Vater zum Cottage begleitet, weil er dort etwas reparieren wollte, und da hat sie noch dort gelebt. Ich glaube, es hatte gebrannt, und eine Wand war beschädigt worden. Ich weiß noch, daß sie ganz genaue Vorstellungen hatte, wie die Steine wieder eingefügt werden mußten.«

»Williams Vater war Steinmetz«, verriet mir Pat. »Die Ebborns waren alle Steinmetze und haben sogar an der Kathedrale von St. Paul mitgebaut. Das Baumaterial stammte aus einem Steinbruch hier in der Gegend, der seiner Familie gehörte.«

William Ebborn lächelte. »Ich war das schwarze Schaf der Familie, weil ich Bauer geworden bin und nicht Steinmetz. Was Ihre Großmutter angeht – ich glaube, sie hat Shipcote bald nach dem Feuer verlassen. Sie muß eine sehr gute Frau gewesen sein, daß sie May Armitage das Haus einfach überlassen hat.« Er stellte seine Teetasse auf den Unterteller und wandte sich an seine Frau: »Ich muß Cornelius die Sache mit dem Zaun erzählen. Er wird sich bestimmt nicht freuen. Es könnte bedeuten, daß wir nachts Patrouillengänge machen müssen.«

Während er seine Stiefel anzog, sagte Pat Ebborn: »Mrs. Treleven hat mich über Carl Jope befragt. Er hat ihr seine Hilfe angeboten. Ich habe gesagt, daß du ihr vielleicht jemand anderen suchen könntest.« Ihre Stimme war ganz normal, ohne irgendeinen Unterton.

»Wie? Ja, natürlich.« Einen Moment lang blickte er seine Frau an, und dann wandte er sich an mich. »Brauchen Sie sofort jemanden?«

»Nein, ich glaube nicht. Es ist nur, weil Mr. Jope sich angeboten hat. Aber irgendwie gehört er zu der Sorte Menschen, bei denen ich mich immer etwas unbehaglich fühle.« Die beiden Ebborns warfen sich erneut einen Blick zu. »Er hat mir zum Beispiel erzählt, daß es in Longbarrow Cottage einen Mord gegeben hat. Aber er wollte mir nicht sagen…«

»Dieser Mann«, unterbrach mich Pat Ebborn mit angeekeltem Gesicht. »Er hat Sie also mit dieser alten Geschichte begrüßt? Sie dürfen dem, was er sagt, nicht zuviel Bedeutung beimessen. Er macht gerne ein bißchen Wind.«

»Außerdem ist es schon mehr als fünfzig Jahre her«, fiel William Ebborn ein. »Ihre Großmutter hat damals noch nicht hier gelebt. Die Frau, die damals in dem Cottage wohnte, wurde von einem Landstreicher umgebracht. Darüber müssen Sie sich heute nicht mehr den Kopf zerbrechen.« An seine Frau gewandt, sagte er: »Ich gehe jetzt zum Farm-Park und suche Cornelius.« Als er sich von mir verabschiedete, streckte er eine schwielige Hand nach Max aus und fuhr ihm liebevoll über den Kopf. In der Tür blieb er noch einmal stehen und drehte sich zu mir um. »Ihr Grundstück grenzt an unseres und auch an das des Farm-Parks. Vielleicht schauen Sie sich in der Gegend des Tumps auch mal Ihren Zaun an.«

»Des Tumps?«

»Der Grabhügel«, erklärte seine Frau. »So nennen ihn die Leute hier, Goody Ridler's Tump. Nach einer armen alten Seele, die von den Abergläubischen für eine Hexe gehalten wurde.«

»Heute morgen habe ich eine Person dort oben gesehen«, sagte ich.

»Tatsächlich?« fragte William Ebborn. Jetzt klang seine Stimme wieder verärgert: »Eigentlich sollte sich dort oben niemand aufhalten. Der ganze Hügel ist eingezäunt, damit keiner hinaufgeht. Konnten Sie jemanden erkennen?«

Ich schüttelte den Kopf. »Nein, die Entfernung war zu groß. Außerdem war es zu neblig. Es war einfach nur ein Schatten, der sich dort bewegte. Ich bin mir jedoch ziemlich sicher, daß es ein Mensch war und kein Tier.«

Er sah mich nachdenklich an, aber dann nickte er nur zum Abschied und ging.

»Die Mallabys werden wütend sein, wenn jemand auf dem Hügel rumgegraben hat«, sagte Pat Ebborn.

»Gehört er ihnen?« Ich lockte Max mit einem neuen Keks aus der Dose, die sie mir hinhielt, von der faszinierenden Katze weg. Sie erklärte mir, daß die Mallabys zusammen mit David Cornelius Teilbesitzer des Farm-Parks seien. Das Land jedoch, auf dem sich der lange Hügel erhob, hatten sie ganz für sich behalten. »Sie nehmen es mit der Erhaltung dieser Grabstätte sehr genau. Wahrscheinlich hat es in der Vergangenheit zu viele Amateurgoldgräber gegeben, die dort ihr Glück versuchten.«

»Und wonach haben sie gesucht?«

»Nach Schätzen«, erwiderte sie trocken. »Ganz verschiedenen, das hing immer vom jeweiligen Schatzsucher ab.«

Hexen und eine ermordete Frau, ein Grabhügel und ein Schatz – es war, als sei ich mit dem Einzug in Longbarrow Cottage mitten in eine von Nans Märchenwelten geraten.

»Der Himmel allein weiß, ob und weshalb sie uns in zweitausend Jahren einmal ausgraben werden. Vielleicht suchen sie dann nach Taschenrechnern.« Sie deutete auf die Teekanne, aber ich schüttelte den Kopf. An den unruhigen Geräuschen, die Max von sich gab, während er sich von mir loszureißen versuchte, erkannte ich, daß es Zeit war zu gehen.

Während wir uns erhoben, erzählte ich Pat Ebborn, daß ich morgens bereits Mela Mallaby kennengelernt und von ihr erfahren habe, daß wir entfernte Cousinen waren. »Und Sie haben nichts davon gewußt?« fragte sie und sah mich überrascht an. »Jetzt, wo ich drüber nachdenke, erinnere ich mich. May hat mir mal erzählt, es hätte irgendeinen Familienkrach gegeben.«

Vielleicht war das die Erklärung, warum Nan uns die Mallabys verschwiegen hatte. Während ich Max seine Jacke anzog, fragte ich: »Hat May Ihnen erzählt, worum es ging?«

»Wenn sie es getan hat, kann ich mich nicht mehr erinnern. Aber ich glaube nicht, daß sie es mir erzählt hat. May hat nicht viel für Klatsch übrig gehabt.« Sie hielt mir die Tür auf, und wir traten zusammen nach draußen. »Ich habe noch nie eine Frau getroffen, die so frei von aller Neugierde war. Wahrscheinlich haben die Kinder sie deshalb so geliebt. Sie hat ihnen zugehört, aber sie hat sie nie verhört.«

Zusammen mit Stanley, der bei gehenden Gästen nicht mehr ganz soviel Lärm veranstaltete, begleitete sie uns zum Tor, wo ich mich für ihre Gastfreundschaft bedankte. Sie erwiderte, daß sie sich sehr darüber freue, daß Max und ich nach Shipcote gekommen seien, und hoffe, wir würden bleiben. Es klang, als ob sie es auch so meinte.

Als ich den Buggy mit Max zurück zum Cottage schob, überkam mich ein eigenartiges Gefühl. Es war dieselbe Unruhe, die ich immer zu Beginn eines interessanten Projektes empfand, der Drang, mehr wissen und mehr sehen zu wollen. All die verschiedenen Details, die sich langsam um den Kern einer bislang unartikulierten Sache sammelten, ließen in mir die Überzeugung wachsen, daß es eine ganz bestimmte Geschichte gab, die darauf wartete, erzählt zu werden.

Aber welche Geschichte? Oder wessen Geschichte?

# 9

Als Max und ich in die Auffahrt zum Longbarrow Cottage einbogen, kam ein kleiner roter Sportwagen mit offenem Verdeck hinter uns hergefahren. Aus ihm schälte sich ein schlaksiger, blonder junger Mann, dessen schüchternes Lächeln gut zu seinem Schuljungencharme paßte. Vielleicht wirkte sein Lächeln aber auch nur im Kontrast zu dem selbstsicheren Auftritt mit Sportwagen und ausgesucht edler Kleidung – er war ganz in moosgrünen Tweed und Kaschmir gehüllt – so unsicher.

»Jo Treleven? Willkommen in Shipcote.« Er streckte seine Hand aus und stellte sich als Robin Mallaby vor. »Den ersten Schock mit unserer Familie haben Sie ja schon hinter sich. Ich habe gehört, daß meine Schwester Sie schon heute morgen überfallen hat.«

»Sehe ich etwa so aus, als hätte ich einen Schock erlitten?« fragte ich, während wir uns die Hände schüttelten. »Keine Sorge, es ist nur der Jet-lag.«

»Oh, so habe ich es nicht gemeint...« Er wurde rot und begann ein wenig zu stottern. »Ich wollte damit nur sagen... Ich meine... Sie sind doch sicher überrascht gewesen, plötzlich eine Cousine in Ihrem Haus stehen zu haben. Und was den Jet-lag angeht... Sie sehen wirklich erstaunlich gut aus für jemanden, der gerade frisch über den Atlantik gekommen ist.« Irgend etwas in meinem Gesicht brachte seinen unbeholfenen Redefluß zum Stillstand. Er lachte verlegen: »Lassen Sie mich noch mal von vorn anfangen. Wenn Sie nichts dagegen haben, würde ich gern kurz mit Ihnen reden. Oder ist es im Moment ganz ungünstig?«

Er tat mir leid. »Wie wär's mit einer Tasse Kaffee?«

»Danke, sehr gerne«, sagte er eifrig. »Ich verspreche, Sie nicht zu lange aufzuhalten.«

Sie dürfen so lange bleiben, wie Sie wollen, hätte ich am

liebsten gesagt. Die Leichtigkeit, mit der er errötete, ließ vermuten, daß er nicht besonders selbstsicher war; und Schüchternheit ist eine Eigenschaft, die bei so vorzeigbaren Männern wie Robin Mallaby nicht gerade oft vorkommt. Zumindest meinen Erfahrungen nach, und deshalb fand ich ihn interessant.

»Ich glaube, ich bin ein Onkel von dir«, sagte er zu Max, während wir zusammen den Weg zum Haus hinaufgingen. Max grinste zurück. »Schön, daß dich das erfreut. Ich finde es auch nett.« In der Küche bot er sich an, Max zu halten, während ich den Kessel aufsetzte. »Natürlich nur, wenn Sie nichts dagegen haben.«

»Nein, ganz bestimmt nicht. Das kann sowieso nur Max entscheiden, und er wird Ihnen seine Meinung schon mitteilen. Mich wundert nur, daß Sie das wollen.« Besonders, dachte ich im stillen, in diesen Klamotten. »Aber vielleicht haben Sie ja selbst Kinder«, fuhr ich fort. Dafür schien er mir allerdings zu jung; er war höchstens zweiundzwanzig oder dreiundzwanzig Jahre alt. Er ließ sich auf einem der Küchenstühle nieder und setzte Max, der keinerlei Einwände erhob, auf seine Knie. »Ich bin nicht verheiratet, aber ich mag Babys sehr gern. Sie haben so ein umwerfendes Lächeln.«

Auch nicht umwerfender als Ihres, hätte ich am liebsten gesagt, aber statt dessen reichte ich ihm ein Küchenhandtuch. »Passen Sie auf Ihre Kleidung auf.« Während ich Kaffee kochte, ließ er Max zu einer »Hoppe-Hoppe-Reiter«-Version auf seinen Knien reiten. So, wie er aussah, war er sicherlich selbst ein eleganter Reiter. Als der Kaffee fertig war, befreite ich ihn von Max und führte ihn ins Wohnzimmer. Dort setzte ich Max zusammen mit dem kleinen Sack voll Spielzeug, den ich aus Toronto mitgebracht hatte, auf den Teppich. Als ich mich wieder aufrichtete, bemerkte ich, daß Robin Mallabys Augen auf mir ruhten.

Wieder stieg das Blut in seine Wangen: »Entschuldigen Sie bitte. Ich habe Sie mir ganz anders vorgestellt.«

»Ganz anders?« Ich fragte mich, weshalb er sich überhaupt Gedanken über mein Aussehen gemacht hatte. »Wie meinen Sie das?«

»Na ja, mehr wie jemanden aus unserem Zweig der Familie, glaube ich.«

»Man hat mir immer gesagt, daß ich meiner Großmutter nachschlage. Und die gehört nicht zu Ihrem Zweig.«

»Ich fürchte, was die Familie angeht, bin ich nicht ganz auf dem laufenden. Meine Großmutter, Clarissa, setzt mir ständig deswegen zu und will mir alles erklären. Für sie ist die Familie sehr wichtig. Aber in ihrem Alter hat man wahrscheinlich auch nicht mehr viel anderes zu tun... So oder so, ich sollte Ihnen langsam verraten, weshalb ich hergekommen bin. Außer, um Ihnen guten Tag zu sagen, meine ich.« Er nahm einen Schluck Kaffee und setzte die Tasse dann so schwungvoll ab, daß der Kaffee auf den Tisch schwappte. Verlegen und hilflos blickte er sich um. Ich gab ihm ein Papiertaschentuch, und während er die Flüssigkeit aufwischte, sagte er, er habe gehört, daß ich Longbarrow Cottage vielleicht verkaufen würde.

»Das ist einer der Gründe, weshalb ich hier bin«, antwortete ich vorsichtig. »Ich bin in diesem Punkt noch zu keiner Entscheidung gelangt.«

»Ich verstehe. Ich fände es auch wirklich schade, Sie als Cousine zu verlieren. Wo wir uns doch gerade erst kennengelernt haben, aber«, fuhr er hastig fort, als ob er die nächsten Sätze möglichst schnell über die Lippen bringen wolle, »falls Sie sich entscheiden, nicht zu bleiben, hoffe ich, daß Sie *mir* das Cottage verkaufen. Ich weiß, es ist ein wenig unverschämt, Sie gleich am ersten Tag damit zu überfallen, aber in dieser Gegend werden nur sehr selten Häuser zum Verkauf angeboten, und ich hielt es für besser, nicht lange zu zögern. Außerdem«, fügte er in verschwörerischem Ton hinzu, »sagt man mir nach, daß ich manchmal ein wenig zu impulsiv bin.«

Wohl weil er so jung wirkte und mich in seiner verbalen

und auch körperlichen Unbeholfenheit ein wenig an Max erinnerte, war ich zwar ein wenig verwirrt, aber nicht direkt beleidigt. »Vielleicht haben Sie ja schon andere Angebote bekommen«, sagte er jetzt, wobei sein Tonfall sich immer höher schraubte, bis die Stimme überzukippen drohte.

Anscheinend wußte er nicht, daß sich David Cornelius für das Cottage interessierte. Angesichts der Tatsache, daß Cornelius ein Freund der Familie war, wunderte mich das. Doch wenn David Cornelius es ihm gegenüber nicht erwähnt hatte, sah ich keinen Grund, weshalb ich dies tun sollte. Ich sagte ihm nur, daß ich ihm ganz sicher die Möglichkeit geben würde, auf alle Angebote, die ich eventuell bekommen würde, zu reagieren.

»Ich bin bereit, Ihnen eine anständige Summe für das Cottage zu zahlen.« Er nannte eine Zahl, die wirklich enorm war. Sie bestätigte, was der Wagen und die Kleidung bereits vermuten ließen: Robin Mallaby war ein vermögender Mann. »Vielleicht ist es für Sie wichtig, daß ich statt in Pfund auch in Kanadischen Dollar zahlen kann. Außerdem könnte ich den Verkauf so arrangieren, daß nicht allzuviel englische Steuern für Sie anfallen. Über das Familienunternehmen, verstehen Sie?« Dies Gerede kam mir für einen Mann, der fast noch wie ein Junge aussah, ziemlich lächerlich vor. Da saß er, die Hände auf die Knie gestützt, den Oberkörper zu mir gebeugt und die Backen ein wenig eingesogen, und gab mir zu verstehen, daß er mir zu einem nicht ganz legalen, aber sehr lukrativen Geschäft verhelfen könne. Es war, als würde er eine ältere Person imitieren. Gleichzeitig machte es vielleicht gerade einen Teil seines Charmes aus, daß man immer den Eindruck hatte, er spiele nur einen Erwachsenen.

»Das Familienunternehmen?«

»Mallaby. Der Verlag. Haben Sie noch nie von uns gehört?« Ich schüttelte den Kopf. »Wir sind nur ein kleines Unternehmen, aber man kann sicher behaupten, daß unser Ruf fehlende Größe wettmacht. Wir sind eines der wenigen Verlagshäuser, die sich ihre Unabhängigkeit bewahrt haben. Benedict hat den Verlag vor dem Zweiten Weltkrieg gegründet. Gleich das erste Buch, das er herausbrachte, wurde ein riesiger Erfolg. Es war ein Roman, *Trauriges Zeremoniell.* Er ist eigentlich ziemlich berühmt.«

Ich sagte, daß ich ihn vor vielen Jahren in der High-School gelesen hätte, wo er zur Pflichtlektüre gehörte. Aber ich erzählte ihm nicht, daß ich diesem Buch über einen jungen Mann, der sich zwischen seinen sozialistischen Überzeugungen, einer konservativen Erziehung und einer katastrophalen Ehe aufrieb, nichts hatte abgewinnen können – auch wenn es als Klassiker galt und mit den typischen Lawrence-Verschnörkelungen aufwartete.

»Der Autor war mein Großonkel, Stephen Allerton, Clarissas Bruder. Ein erstaunlicher Bursche. Einer von den circa dreißig Schriftstellern, die wirklich nach Spanien gegangen sind und gekämpft haben, statt nur die ganze Zeit rumzuquatschen, daß sie es tun wollten. Ist als Held gestorben. Er hat eine Zeitlang hier gelebt.«

»Hier? Sie meinen, in Longbarrow Cottage?«

»Ja. Das ist einer der Gründe, warum ich das Cottage kaufen will.« Er beobachtete, wie sich Max vorsichtig von einem Sessel zur Lehne des Sofas hangelte. »Vielleicht waren Clarissas Bemühungen, mir die Familiengeschichte näherzubringen, doch nicht völlig umsonst«, fügte er mit einem Lachen hinzu. »Am wichtigsten ist für mich jedoch, ein eigenes Haus im Dorf zu haben. In der Regel komme ich jedes Wochenende von London hierher. In Summerhays gibt es zwar genügend Platz, aber man hat dort keine Privatsphäre. Wenn Sie verstehen, was ich meine.«

»Und es würde Ihnen nichts ausmachen, wenn das Haus unter der Woche leer stünde?«

Er blickte mich verwundert an: »Nein, warum sollte es?«

»Na ja, Tony Munnings hat mir erzählt, daß es bei einigen Wochenendhäusern hier in Shipcote Probleme gegeben hat.«

»Ach so, Sie meinen die Brandstiftung. Aber in dem Fall waren die Besitzer keine Einheimischen. Das ist schon ein Unterschied.«

»Ach, ist es das?« Ich fragte mich, weshalb er sich da so sicher war. Außerdem glaubte ich aus dieser Bemerkung eine unterschwellige Drohung herauszuhören; schließlich war auch ich keine Einheimische. Doch bevor ich weitere Fragen stellen konnte, verlor Max, der von seinem Beobachtungsposten hinter dem Sofa Robin Mallabys Kopf betrachtet hatte, das Gleichgewicht und stürzte mit einem schmerzerfüllten Aufschrei zu Boden. Während ich ihm zu Hilfe eilte, murmelte ich irgend etwas wegen eines Mittagessens, und Robin Mallaby verstand die Anspielung.

»Also, dann bis morgen«, sagte er und stand auf. »In Summerhays.«

»Ja, ich freue mich darauf.«

»Zumindest das Essen wird Ihnen gefallen. Benedict und Clarissa beschäftigen eine erstklassige Köchin.« Er blickte kurz weg und schaute mich dann wieder an. »Wegen morgen… Es wäre mir lieber, wenn meine Familie nichts von meinem Interesse an dem Cottage wüßte. Zumindest im Moment noch nicht. Würde es Ihnen etwas ausmachen, nichts davon zu erwähnen?« Ernst sah er mich aus seinen hellbraunen Augen an. »Ich kann Ihnen versichern, daß ich meine Gründe habe.«

Weil ich es nicht mag, Versprechungen zu machen, ohne zu wissen, worum es eigentlich geht, entschloß ich mich zu einem Kompromiß. »Wenn mich jemand direkt darauf anspricht, werde ich nicht lügen. Aber ich werde auch nicht damit hausieren gehen.«

Diese Antwort schien ihn zufriedenzustellen. »Das ist ein faires Angebot. Vielen Dank für Ihr Verständnis.« Als Max und ich ihn an der Haustür verabschiedeten, fragte er, ob wir Lust hätten, demnächst eine kleine Rundfahrt mit ihm zu machen. »Dann kann ich Ihnen die Gegend ein wenig zeigen.«

Als ich die Einladung annahm, schlug er gleich den nächsten Samstag vor. »Vielleicht haben Sie bis dahin über mein Angebot nachgedacht.« Aber da bemerkte er auch schon, daß er in seiner Beharrlichkeit zu weit gegangen war, und fügte hinzu: »Ich will Sie natürlich nicht drängen... Na ja, stimmt nicht, natürlich würde ich genau das am liebsten tun. Aber ich versichere Ihnen, es wird nicht wieder vorkommen.«

Noch eine Versicherung, dachte ich, Versprechen und Versicherungen schienen Robin Mallaby leicht über die Lippen zu kommen. Trotzdem verfehlte sein Charme auch bei mir seine Wirkung nicht, und ich lächelte zurück.

So ablehnend gegenüber Fremden, wie immer behauptet wird, sind sie in diesen englischen Dörfern doch gar nicht, dachte ich, während ich die Haustür hinter ihm schloß. In Shipcote zumindest hießen die Einwohner Neuankömmlinge äußerst freundlich willkommen.

Mit einer Ausnahme, verbesserte ich mich, als mir die Brandstiftung wieder einfiel.

## 10

Das kleine Marktstädtchen Wychley lag an einen steilen Hügel geschmiegt, säuberlich begrenzt vom Fluß und der Schnellstraße, die über die Hügelkuppe an der Stadt vorbeiführte. Von dieser Schnellstraße fiel die High Street, die Haupteinkaufsstraße, steil zum Stadtzentrum hin ab, um sich später zur einspurigen, buckeligen Brücke über den Windrush zu verengen und in den grünen Hügeln auf der anderen Seite des Flusses zu verschwinden. Im höhergelegenen Teil der Stadt flankierte eine Allee gekappter Lindenbäume die Straße, hinter deren Schutz sich die alten Häuser den Hügel hinab ins Tal erstreckten, wo sie in Geschäfte übergingen.

An diesem Samstag nachmittag herrschte in den Straßen ein lebhaftes Treiben. Durch die Hauptstraße schob sich in beiden Richtungen eine unendlich lange Schlange von Autos, Lastwagen und Bussen. Die schweren Fahrzeuge quälten sich mit laut aufheulenden Motoren und krachenden Gängen den Hügel hinauf und hinterließen in der Luft einen scharfen Geruch nach Diesel. Im tiefergelegenen Teil der Stadt, wo sich die Geschäfte befanden, wimmelte es auf den Bürgersteigen von Menschen.

Pat Ebborn hatte mich gewarnt, daß es schwer sein würde, einen Parkplatz zu finden, und den großen öffentlichen Platz hinter der Kirche empfohlen, von dem es nur wenige Gehminuten bis zur High Street waren. Der überfüllte Parkplatz lag direkt am Flußufer und wurde von der hohen Friedhofsmauer und einem mit Weiden gesäumten kleinen Nebenfluß begrenzt. Dort, wo die langen Äste der Bäume wie Spinnenbeine ins Wasser hingen, schwamm ein schwarz-weißer Wasservogel mit gelben Füßen.

In den ruhigen Hinterstraßen roch es nach Geräuchertem. Die Häuser standen dicht beieinander, und man konnte direkt in die Fenster der unteren Stockwerke sehen. Immer wieder führten enge Gassen auf kleine, holprig gepflasterte Plätze, an denen kleine, alte Steinhäuser standen. Mit Tulpen und Narzissen bepflanzte Kübel deuteten winzige Vorgärten an. In diesen grauen, engen Gassen herrschte eine ruhige, anheimelnde Atmosphäre.

Die Hauptstraße war ganz anders. Steil und kurvenreich wand sie sich durch das Städtchen und war mit ihrem altenglischen Charme der Traum eines jeden Schaufensterbummlers. In den mittelalterlichen Kaufmannshäusern waren Teestuben, Kunstgalerien, Antiquitäten- und Andenkenläden untergebracht. Die Geschäfte boten Strickwaren, Reitzubehör und Waschkörbe voller getrockneter Blumen an. Vor einigen Läden standen Postkartenständer. Bunte Porzellanteller schmückten die Ladenfronten, deren Türen und Zierleisten in frischem Olivgrün, Lavendelblau oder Dunkelrot gestrichen und mit Goldbuchstaben sorgfältig beschriftet waren.

Ich war zu müde und Max' Geduld zu unberechenbar, um mich mit einer Besichtigungstour oder einem größeren Einkaufsbummel aufzuhalten. Das hatte Zeit bis Montag. Das Abendessen konnte ich aus den Resten der Pastete bestreiten, und für das Mittagessen am Sonntag würden die Mallabys sorgen. Im Moment brauchte ich nur ein paar Lebensmittel und Windeln.

Auf halbem Weg zu dem kleinen Supermarkt, der weiter oben an der Straße lag, kamen wir an einem Geschäft für Gartenzubehör vorbei. Max jauchzte entzückt auf, als er ein paar lebensgroße Jagdhunde erblickte, die auf ihren Hinterbeinen zwischen den Gartenzwergen und Sonnenuhren saßen, mit denen der Gehweg vollgestellt war. Als ich mich vorbeugte, um ihm beim Streicheln der kalten Porzellannasen behilflich zu sein, stieß ich mit einem vorbeieilenden Mann zusammen. Es war David Cornelius.

»Entschuldigen Sie«, sagte er automatisch. Als er mich jedoch erkannte, lachte er und sagte, er sei froh, daß er mich dieses Mal wenigstens nicht umgerannt habe. »Ich weiß gar nicht, womit ich anfangen soll. Soll ich mich erst entschuldigen oder erst bedanken? Ich fürchte, in beiden Fällen bin ich Ihnen einiges schuldig«, fuhr er reumütig fort.

»Ganz und gar nicht. Immerhin haben Max und ich nicht alle Tage die Gelegenheit, Bekanntschaft mit einem Frettchen zu schließen. Und jetzt verstehe ich auch, warum May Armitage so von Rafe begeistert war.« Es überraschte mich, daß ich seinem Blick nur schwer standhalten konnte; normalerweise war ich im Umgang mit Männern nicht so befangen. Eine verlegene Pause trat ein, während die Menschenmenge sich um uns teilte und uns gelegentlich ein verärgerter Blick traf, weil wir den Gehsteig blockierten.

David Cornelius ging vor Max in die Hocke. »Rafe hat mir erzählt, daß du ein besonders netter Vertreter der Gattung Baby bist. Jetzt sehe ich, was er damit gemeint hat.« Max erwiderte sein Grinsen.

Wie Robin Mallaby konnte auch er gut mit Kindern umgehen, aber da hörten die Gemeinsamkeiten auch schon auf. Verglichen mit diesem Mann, war Robin Mallaby selbst kaum mehr als ein Kind. Als er sich wieder aufrichtete, wurde David aus einem vorbeifahrenden Landrover etwas zugerufen, und er hob seine Hand zum Gruß. »Bin gleich da«, rief er dem Wagen hinterher und wandte sich dann wieder an mich. »Ich muß leider weiter, aber ich würde gerne...« Er zögerte. »Ich wollte nur sagen, daß Sie wahrscheinlich denken müssen...« In dem Moment machte uns eine Dame, die einen kleinen Einkaufswagen hinter sich herzog, höflich darauf aufmerksam, daß wir ihr den Weg versperrten.

Was immer David Cornelius mir hatte erklären wollen, er gab es jetzt auf, und während ich den Kinderwagen an die Seite manövrierte, sagte er nur noch, daß er sich darauf freue, mich am nächsten Tag in Summerhays zu treffen. Wir verabschiedeten uns, und mir kam der Gedanke, daß das Sonntagessen bei den Mallabys durchaus seine Reize haben könnte.

Bevor wir den Supermarkt erreichten, kamen Max und ich noch an einem Erkerfenster vorbei, in dem Bücher und Broschüren über Wychley ausgestellt waren. »Informieren Sie sich über Ihre Vergangenheit«, las ich auf einer kleinen Tafel, die einen Bücherstapel krönte. Wir standen vor der Stadtbibliothek, und einem Impuls gehorchend, trat ich ein.

Die Bibliothek glich eher einem kleinen Verschlag. Sie bestand aus drei ungewöhnlich geschnittenen, niedrigen Räumen, die ineinander übergingen. Die Wände waren mit Regalen zugestellt, und in die Ecken hatte man ein paar Tische und Stühle gezwängt. Hinter einem kleinen Schreibtisch an der Eingangstür saß eine kleine, dunkelhaarige Frau mit Brille. Mit gewissenhafter Geschäftigkeit fertigte sie die Leute ab, die mit Büchern in den Armen in einer kurzen Schlange vor ihrem Schreibtisch warteten. Sie bediente sich eines langsamen und altmodischen Systems, bei dem kleine Pappkärtchen abgegeben oder herausgegeben wurden, aber keiner der Wartenden zeigte deshalb auch nur eine Spur von Ungeduld. Für jeden von ihnen fand die Bibliothekarin ein freundliches Wort. Sie erkundigte sich, wie ein Buch gefallen hatte, und empfahl der jeweiligen Antwort entsprechend etwas Ähnliches oder völlig anderes.

Während Max und ich warteten, suchte ich im Karteikartenkatalog nach Nans Roman. Auch wenn ich nicht wirklich erwartet hatte, ihn zu finden, war ich doch ein wenig enttäuscht.

Als die Bibliothekarin frei war, sagte ich ihr, daß ich auf der Suche nach einem Roman sei, der vor fünfzig Jahren in England erschienen war. »Ich habe bereits in Ihrem Katalog nachgeschaut, aber dort ist er nicht verzeichnet. Aber vielleicht gibt es ihn in einer anderen Bibliothek?«

»Ist es ein sehr bekanntes Buch?« fragte sie. Als ich den Kopf schüttelte und ihr die Umstände der Veröffentlichung erläuterte, blickte sie skeptisch. »Ich befürchte, daß Sie, wenn überhaupt, höchstens in den ganz großen Bibliotheken Glück haben werden. Wenn Sie Mitglied sind, könnte ich versuchen, es für Sie anzufordern.« Während ich den entsprechenden Antrag ausfüllte, fügte sie hinzu, daß es bestimmte Bibliotheken gebe, in denen sie das Buch sicher haben müßten. Das Copyright-Gesetz verpflichte nämlich jeden Verlag, ein Exemplar von jedem veröffentlichten Buch an diese Bibliotheken abzugeben. »Die nächste in Frage kommende Einrichtung ist die Bodleian, die Universitätsbibliothek in Oxford.«

»Gab es dieses Gesetz auch schon vor fünfzig Jahren?«

»Soviel ich weiß, ja. In der Bodleian könnten Sie am ehesten fündig werden. Leider geben sie die Bücher nicht in die Fernleihe. Sie müßten also selber bei der Bibliothek vorbeischauen.«

»Würde man mich dort hineinlassen?«

»Da müßten Sie vor Ort nachfragen.«

Nachdem die Bibliothekarin einen Blick auf meinen Aufnahmeantrag geworfen hatte, lächelte sie. »Longbarrow

Cottage. Das ist doch das Haus bei Goody Ridler's Tump, nicht wahr? Als ich ein Kind war, haben wir dort immer Picknicks veranstaltet, und dabei haben wir uns am liebsten Schauergeschichten erzählt, wer dort wohl begraben sein könnte. Eine alte Hexe, und zwar aufrecht stehend – das war die beliebteste Version. Und dann gab es noch die von all den armen, kleinen...« Plötzlich hielt sie inne. Offensichtlich war ihr gerade aufgegangen, daß jemand, der in unmittelbarer Nachbarschaft des Hügelgrabs wohnte, solche Dinge vielleicht nicht so gerne hörte. »Natürlich alles alte Ammenmärchen«, fügte sie schnell hinzu. »Sie müßten mal die Geschichten hören, die meine Oma immer erzählt hat. Danach hab' ich mich im Dunkeln nicht mehr vor die Tür gewagt.«

»Wo Sie gerade da sind«, wechselte sie nun das Thema, »sollten Sie sich unbedingt anschauen, was wir über die Geschichte dieser Gegend haben. Haben Sie unsere Ausstellung im Fenster gesehen? Es sind wirklich faszinierende Sachen dabei.« Als ich sie fragte, ob sie auch etwas speziell über Shipcote habe, wählte sie mehrere Bücher aus und reichte sie mir. »In jedem Buch gibt es ein oder zwei Kapitel über das Dorf.«

Max wurde langsam unruhig und begann in seinem Wagen zu schaukeln. Eilig bedankte ich mich bei der Bibliothekarin, nahm meine Bücher und machte mich endgültig auf den Weg zum Supermarkt. Danach gab ich noch in einem großen Drogeriemarkt meinen Film zum Entwickeln ab.

Mittlerweile war Max' Unruhe in wütendes Geheule übergegangen, und ich konnte ihn mit nichts mehr beruhigen. Meine verschiedenen Ablenkungsmanöver machten ihn höchstens noch wütender. Schließlich gab ich auf und schob den Wagen mit dem schreienden Kind auf dem schnellsten Weg zum Parkplatz zurück, wobei ich mich bemühte, die mitfühlenden, amüsierten oder mißbilligenden Blicke der Passanten zu ignorieren.

Neben einem Range Rover in der Nähe meines Autos standen ein Mann und eine Frau, die in ein Gespräch vertieft waren. Auf unseren geräuschvollen Anmarsch hin drehten sie ihre Köpfe in die Richtung, aus der wir kamen, und ich erkannte Mela Mallaby, aber nicht den Mann neben ihr. Der Anblick einer Frau mit schreiendem Baby schien ihn ganz und gar nicht zu erfreuen. Mela rief mir jedoch ein fröhliches »Hallo« zu. Lachend deutete sie auf den Friedhof, der jenseits der Mauer lag. »Er wird sie noch alle aufwecken.«

»Vielleicht wäre ja ein Babysitter für mich dabei«, erwiderte ich grimmig.

»Ist es so dringend?«

»Nur wenn er so schreit wie jetzt.« Während wir uns unterhielten, nahm ich Max aus seinem Kinderwagen und wiegte ihn sanft in meinen Armen. Diesmal funktionierte es, er hörte auf zu schreien. Der Mann neben Mela wirkte deutlich erleichtert.

Mela stellte uns vor. »Jo, dies ist Gerald Fenton, ein Nachbar von uns. Jo ist die verschollene Cousine, von der ich dir erzählt habe, Gerald.«

Gerald Fenton war Anfang Vierzig und hatte unangenehm helle Augen. Seine unterkühlte Attraktivität und das reservierte Auftreten verrieten einen Mann, der des öfteren Gelegenheit haben mußte, über seine lange, knöcherne Nase auf alles hinabzublicken. Vielleicht gefiel mir aber auch einfach nicht, wie er Max ansah.

»Mela hat mir erzählt, daß Sie hier das Revier sondieren wollen«, sagte er.

Ich verstand das als Anspielung auf meine Unentschiedenheit, ob ich nun bleiben wollte oder nicht. Gleichzeitig war mir aber bewußt, daß ich mit Mela über solche Dinge nicht gesprochen hatte, und ich fragte mich, wie sie davon erfahren haben könnte. Von ihrem Bruder sicher nicht.

»Gerald hofft, daß dir das Revier nicht gefällt«, sagte Mela. »Er hat nämlich ein Auge auf Longbarrow Cottage geworfen.«

»Mela, um Himmels willen.« Es klang eher schockiert als

wütend. »Ich bin nur immer auf der Suche nach günstigen Gelegenheiten, Mrs. Treleven.«

»Wenn man ihn ließe, würde Gerald ganz Shipcote aufkaufen. Dabei hat er natürlich nur das Allgemeinwohl im Auge – er will die verdammten Fremden draußen halten. Stimmt's, Gerald?« Sie hatte das Kinn auf die Brust gesenkt und imitierte mit tiefer Stimme perfekt seinen Tonfall: »Du und Carl Jope.«

»Mela übertreibt«, erwiderte er ungerührt. »Ich bin Mitglied im hiesigen Heimatpflegeverein. Ich kann Ihnen versichern, daß wir nichts dagegen haben, wenn sich Leute wie Sie in unserem Dorf niederlassen. Es sei denn, Sie haben vor, aus Longbarrow Cottage einen Nachtclub zu machen«, fügte er mit etwas bemüht klingender Jovialität hinzu.

»Es war doch nur eine Anlaufstelle für jugendliche Ausreißer, oder was hast du mir erzählt, Jo?« fragte Mela mit unschuldigem Gesichtsausdruck.

Fentons Miene verdüsterte sich. Einen Moment lang schien es so, als ob er ihr glaubte. Dann merkte er, daß er aufgezogen wurde: »Oh, ha, ha. Das war sehr gut.« Sein Lachen klang nicht sehr überzeugend.

»Im Moment weiß ich noch gar nicht, was ich mit dem Cottage machen werde, Mr. Fenton«, sagte ich. »Aber die Liste derer, die hoffen, daß ich verkaufe, scheint ständig zu wachsen.« Langsam begann mich das allgemeine Interesse an dem Haus, das ich erst seit kurzem mein eigen nannte, zu irritieren.

»Sie dürfen Mela nicht so ernst nehmen. Ich habe in jüngster Zeit ein oder zwei Immobilien in Shipcote erworben, aber ich versichere Ihnen, daß ich keinerlei Absichten auf Longbarrow Cottage habe, es sei denn…«

»Ja, ja, Gerald, Jo versteht dich schon.« Mela wandte sich an mich. »In letzter Zeit geht es in allen Unterhaltungen fast nur noch um Immobilien. Zumindest zwischen den Zeilen. Ein fürchterlich langweiliges Thema.« Dann erzählte sie Fenton, daß ich am nächsten Tag bei den Mallabys zum Mittagessen eingeladen sei. »Warum kommst du nicht auch, Gerald? Mit Susan, natürlich.«

Die Einladung klang völlig harmlos, aber aus irgendeinem Grund wirkte Fenton verärgert. »Leider nicht möglich. Susans Eltern kommen aus London zum Mittagessen her.«

»Ihr seid alle einen ganzen Tag lang zusammen? Na, das wird ein Vergnügen.«

»Du sagst es.« Fenton war jetzt recht kurz angebunden.

Sie zog ihn offensichtlich wieder auf, und es war ganz offensichtlich, daß ihm dies nicht gefiel. Doch zwischen ihren Sätzen schwang noch etwas mit, das sicher nichts mit Immobilien zu tun hatte. Bei mir verursachte es ein Gefühl von Unbehagen. Da außerdem Max an meiner Schulter eingeschlafen war, verabschiedete ich mich. An Mela gewandt, sagte ich noch, daß ich mich auf den morgigen Tag freuen würde.

Bald darauf mußten auch sie und Gerald Fenton sich getrennt haben, denn als ich meinen Wagen aus der Parklücke setzte, sah ich Fenton die Tür eines Kombis öffnen, der am Fluß geparkt war. Ein Hund sprang heraus, und als ich ihn sah, erkannte ich auch Gerald Fenton wieder. Ich war mir sicher, daß der Hund derselbe goldbraune Labrador war, der vor dem Portal der Kirche von Withyford auf sein Herrchen gewartet hatte.

Auf der Heimfahrt nach Shipcote dachte ich über Gerald Fenton und Mela Mallaby als Paar nach, denn daß sie ein solches waren, schien mir sicher. Zwischen ihnen knisterte es förmlich vor Spannung. Doch wenn diese beiden ein geheimes Liebespaar waren – anscheinend hatte Fenton eine Frau namens Susan –, welche Rolle spielte dann David Cornelius? Widerwillig gestand ich mir die Hoffnung ein, daß er im Zusammenhang mit Mela Mallaby vielleicht überhaupt keine Rolle spielte.

Beim Cottage angekommen, trug ich Max nach oben in sein Bettchen. Dann streckte ich mich selbst erschöpft auf dem

Wohnzimmersofa aus und blätterte in den Büchern, die mir die Bibliothekarin gegeben hatte. In einem der Kapitel über Shipcote blieb mein Auge an dem Namen »Goody Ridler's Tump« hängen. Der Abschnitt über den Grabhügel war in seiner Schauerlichkeit faszinierend.

Der lange Hügel stammte aus dem Neolithikum und war vor circa vier- bis fünftausend Jahren in der gleichen mörtellosen Schichttechnik errichtet worden, in der man noch heute in den Cotswolds Steinmauern baute. Von den Menschen, die ihn errichtet hatten, wußte man fast nichts, da sie keinerlei Schriftgut hinterlassen hatten. Das hielt aber Altertumsforscher und Archäologen keineswegs davon ab, Spekulationen über die Beweggründe der Bauherren anzustellen. Einigen Quellen zufolge soll der Hügel das Familiengrab frühzeitlicher Könige gewesen sein, andere sahen in ihm eine heidnische Opferstätte, an der auch Menschenopfer dargebracht wurden. Wieder andere glaubten, daß die Priester vergangener Zeiten diesen Ort zu astronomischen Zwecken nutzten, um die Mond- und Sonnenzyklen besser beobachten zu können. Manche vermischten auch alle drei Thesen.

Zahlreiche Legenden rankten sich um den Hügel. In den beliebtesten war er eine heilige Stätte, an der blutige Druidenriten praktiziert wurden; das Grab eines aufrecht stehend begrabenen Riesen oder die Wohnhöhle von Elfen, in der noch heute ungeheure Goldschätze verborgen liegen sollten. Der scheußlichsten Geschichte von allen verdankte dieser Ort seinen Namen.

Im siebzehnten Jahrhundert hatte in Shipcote eine Frau namens Goody Ridler gelebt, die als »Baby-Bäuerin« bekannt war. Sie nahm ledige schwangere Kaufmannstöchter und Dienstmädchen auf, die bei ihr den Tag ihrer Entbindung abwarteten. Nach der Geburt gaben die jungen Mütter der alten Frau Geld, damit sie ihre Kinder großzog und später in die Lehre nahm. Der Legende nach soll Goody Ridler das Geld angenommen und die Babys getötet haben. Die Leichen verscharrte sie in dem Hügel, den man nach der Aufdeckung der Greueltaten nach ihr benannte.

Ich hatte genug von den Schauergeschichten. Als ich das Buch zuklappte und zu den anderen auf den Stapel legte, klopfte es an der Haustür. Es war William Ebborn mit dem Kinderhochstuhl.

Er brachte mir eine echte Antiquität, den schönsten Kinderstuhl, den ich jemals gesehen hatte. Er war aus hellem Eichenholz, hatte gedrechselte Beine und Querstreben und einen in Bugholz gefaßten Sitz aus Korbgeflecht. William Ebborn erklärte mir, daß schon er als Kind in dem Stuhl gesessen habe, und vor ihm sein Vater und davor sein Großvater. »Unsere Jungs sind natürlich auch in ihm groß geworden, und ich denke, später werden dann ihre Kinder drin sitzen.«

Die Selbstverständlichkeit, mit der die Ebborns einer Fremden ein Besitzstück liehen, das für sie einen so großen ideellen Wert hatte, bewies erneut – falls ich überhaupt noch Beweise brauchte –, daß ich mit meinen Nachbarn wirklich das große Los gezogen hatte. Als nächstes zog William Ebborn einen kleinen Aluminiumbehälter aus seiner Manteltasche. »Meine Frau hat zum Abendessen Klöße gemacht. Sie hat mir ein paar für Sie zum Probieren mitgegeben. Seien Sie bitte vorsichtig, sie sind noch heiß.«

Ich sagte ihm, daß mich sein Besuch aufgeheitert habe, und erklärte, was ich vor seiner Ankunft gelesen hatte. Hinter dem Fenster über der Küchenspüle sahen wir im Abendlicht die langen, dunklen Umrisse des Grabhügels. »Am liebsten würde ich im Moment gar nicht mehr dort hinschauen«, gab ich zu.

Er machte sich über meine Ängste nicht lustig. »Ja, das ist eine schreckliche Geschichte. Aber natürlich ist auch viel Unsinn dabei. Es hat tatsächlich eine alte Witwe gegeben, die eine kleine Heimschule leitete. Ihre Tochter war in anderen Umständen, und einen Ehemann gab es nicht. Das Kind starb bei der Geburt, und die beiden Frauen beerdigten es in der

Nähe des Hügels. Wie üblich fingen die Leute an zu reden und schmückten die ganze Sache ordentlich aus. Wenn ich für jede Geschichte, die man sich hier in der Gegend erzählt, ein Pfund bekäme, wäre ich der reichste Mann in England.«

Sein nüchterner Ton war beruhigend – oder besser, er wäre es gewesen, hätte er mich nicht gleich im Anschluß gebeten, es ihm zu sagen, falls ich noch einmal jemanden auf dem Hügel bemerkte. »Wissen Sie, es gibt gerade fürchterlichen Ärger wegen der Zäune, und wir würden den Verantwortlichen nur zu gern schnappen.«

»Ja, natürlich. Allerdings ist mein Telefon noch nicht angeschlossen. Ich könnte also nur die vollbrachte Tat melden.«

»Egal. Lassen Sie es uns einfach so früh wie möglich wissen.« Als wir durchs Wohnzimmer zurückgingen, zeigte er mir die Stelle am Kamin, wo er und sein Vater die Wand ausgebessert hatten. »Eigentlich ist es eine Schande, den Kamin so zuzubauen. Ursprünglich war es mal eine echte offene Feuerstelle, wie sie für die Cotswolds typisch war. Man konnte sogar darin backen.«

»Meinen Sie, man könnte die Wand wieder rausbrechen? Es wäre doch schön, eine offene Feuerstelle zu haben, die man benutzen kann.«

Er strich sich mit der Hand übers Kinn und betrachtete den Kamin genau. »Hm, hängt ganz vom Zustand des Abzugs ab. Und der Schornstein müßte sicherlich auch gereinigt werden. Ich kenne jemanden, der sich die Sache einmal anschauen könnte. Soll ich ihn vorbeischicken?«

»Kann ich Ihnen das später noch sagen? Ich weiß noch gar nicht, wie lange wir überhaupt bleiben werden.«

»Lassen Sie sich ruhig Zeit. Es ist immer gut, wenn man sich eine Gegend erst mal richtig anschaut. Und das Landleben ist auch nicht jedermanns Sache, besonders wenn man allein ist.«

»Ich habe mein ganzes Leben lang in Städten gelebt. Immer waren viele Menschen um mich rum. Ich denke, es dauert eine Zeit, bis man sich an die Einsamkeit gewöhnt hat.« Ich hatte den Satz noch nicht ausgesprochen, da tat er mir auch schon leid. Es klang so fürchterlich selbstmitleidig. Es waren wohl die Auswirkungen des langen Tages, meine Müdigkeit und die Tatsache, daß William Ebborn ein so nettes, gutmütiges Gesicht hatte. »Ich meine damit nur, daß ich keine unmittelbaren Nachbarn habe.«

Aus dem Blick, den er mir zuwarf, sprach Weisheit. »In der Stadt kann man seine Nachbarn einfach ignorieren, selbst wenn man nur durch eine Wand von ihnen getrennt ist. Hier auf dem Land ist das anders.«

»Was die Nachbarschaft auf dem Lande angeht«, erwiderte ich, »haben Sie und Ihre Frau für mich bereits sehr hohe Maßstäbe gesetzt.« Aber wie schon seine Frau zuvor, lehnte auch er es bescheiden ab, in ihrer Hilfsbereitschaft etwas Besonderes zu sehen.

Als William Ebborn gegangen war, wachte Max wieder auf. Während er seinen neuen Hochstuhl ausprobierte, machte ich ihm eins der Babygläschen warm, die ich in Wychley gekauft hatte. Doch wie ich befürchtet hatte, probierte er nur argwöhnisch einen Löffel der neuen Breisorte und lehnte den Rest dann ab. Pat Ebborns Klöße waren jedoch eine andere Sache. Unter einem Mantel aus gerösteten Semmelbröseln saß eine lockere Masse, deren Herz aus zerlaufendem gelben Käse bestand. Einfach himmlisch! Max verschlang sie gierig, und als er alle gegessen hatte, verlangte er schreiend nach mehr.

»Na gut«, versprach ich mit zum Schwur erhobenen Fingern, »ich werde mir das Rezept besorgen. Vielleicht lerne ich hier sogar noch kochen.« Allerdings war dies nicht unbedingt eine Aussicht, die mir Vergnügen bereitete.

Als ich Max wieder ins Bett legte, fiel mir auf, wie still es geworden war, nachdem die Vögel aufgehört hatten zu singen. Das Dämmerlicht des Abends war in totale Dunkelheit übergegangen. Ein- oder zweimal kam ein Auto mit knatterndem Motor den Weg entlang, und ich sah das Licht der

Scheinwerfer kurz über die Vorhänge huschen. Danach war die Stille noch tiefer als zuvor, aber diesmal war ich zu müde, um mich davon irritieren zu lassen. Ich ging zusammen mit Max ins Bett und ließ mich von der Stille in den Schlaf wiegen.

Auch in dieser Nacht schreckte ich aus einem Alptraum hoch. Der Wind war stärker geworden. Es war ein meeresartiges Rauschen, wie Wellen, die auf den Strand liefen. Max schlief fest, und sein Atem war deutlich im Zimmer zu hören. Wie schon in der vorangegangenen Nacht hatte ich das beklemmende Gefühl, unter der schweren Bettdecke zu ersticken. Als ich den Quilt zurückschlug, fiel mir ein, daß ich am Abend vergessen hatte, die Heizung auszuschalten. Kein Wunder, daß es im Zimmer so stickig war.

Um Max nicht aufzuwecken, schwang ich so leise wie möglich die Füße aus dem Bett und hangelte nach meinen Pantoffeln. Als meine Zehen gegen etwas Weiches, Wabbeliges stießen, daß ein leises Quieken von sich gab, mußte ich mich zusammenreißen, um nicht laut aufzuschreien. Es war natürlich nur das Spielzeugschwein von Max. Schließlich hatte ich mich so weit beruhigt, daß mein Herz wieder normal schlug, und fand meine Pantoffeln.

Unten drehte ich den Thermostat runter und ging in die Küche, um ein Glas Wasser zu trinken. Mein Hals war wie ausgetrocknet. Schlaftrunken beugte ich mich über die Spüle, drehte den Wasserhahn auf und trank gierig. Nachdem ich das leere Glas aufs Abtropfbrett gestellt hatte, versuchte ich mir den Schlaf aus den Augen zu reiben, um besser sehen zu können. Einen kurzen Moment lang glühten hinter meinen Lidern ein paar Sternchen auf. Als ich meine Augen wieder öffnete und in die Dunkelheit hinausstarrte, sah ich einen dünnen Lichtstreifen. Er war winzig und flackerte auf wie das Glühen eines Glühwürmchens. Ich blinzelte, und schon war er wieder verschwunden.

Ich beschloß, daß meine Augen mir einen Streich gespielt

haben mußten. Das Licht war nur ein letzter Funken des Feuerwerks hinter meinen Lidern gewesen. Aber ich erinnerte mich an William Ebborns Bitte und blieb noch ein paar Minuten stehen, um in die Dunkelheit hinauszustarren. Das Licht flackerte nicht wieder auf.

## 11

Der Sonntag morgen war kühl und regenverhangen.

Nebelschleier lagen über Feldern und Wäldern, und die sanft geschwungenen Hügel glichen einem grünen Ozean, der unter dem niedrigen Himmel rollte. Hinter dem Cottage zeichnete sich Goody Ridler's Tump buckelig und geheimnisvoll wie der lange Rücken von Jonas' Wal gegen den Horizont ab. Bei seinem Anblick fiel mir wieder der flüchtige Lichtstrahl ein, den ich in der vergangenen Nacht gesehen hatte. Hatten mir meine müden Augen nur einen Streich gespielt, oder war wirklich jemand draußen auf dem Hügel gewesen?

Im Laufe des Vormittags brachen die Wolken auf und trieben über den immer blauer werdenden Himmel in Richtung Osten. Während Max spielte und später sein Vormittagsnikkerchen machte, packte ich unsere Sachen aus und räumte sie in die Schränke. Der fehlende Nachtschlaf begann seinen Tribut zu fordern, denn als Max hinter meinem Rücken eine ordentlich eingeräumte Schublade wieder ausleerte und sich mit Strumpfhosen und Büstenhaltern schmückte, war ich zu müde, um nach meinem Skizzenblock zu greifen. Mittlerweile verwünschte ich mich dafür, die Einladung der Mallabys angenommen zu haben. Ich fütterte Max und zog ihm seinen pflaumenfarbenen Overall an, in dem er aussah wie eine reife Zwetschge. Dann stopfte ich die Babytrage mit den unentbehrlichen Utensilien voll und verschloß die Tür des Cottages hinter mir. Beladen mit Max und all dem Babyzubehör, wankte ich zum Auto und versuchte mir dabei vorzustellen, wie es war, als ich noch mit freien Armen durch die Lande zog.

Shipcote lag in friedlichem Sonntagsschlummer. Es herrschte die ganz eigene Ruhe, wie sie nur alte Häuser und grüne Gärten ausstrahlen können. Eine kleine, rote Blumenstaude, die über eine Mauer wuchs und im Wind schwankend die welken Blüten einiger verdorrter Narzissen unter sich begrub, steuerte die einzige dramatische Note bei.

Ich fuhr durch eine Eibenallee, die Auffahrt von Summerhays, und parkte meinen Wagen auf einem großen, kiesbestreuten Platz, auf dem schon mehrere Autos standen. Mit seinen Giebeln und Dachgauben, die in scharfem Kontrast zu der glatten, schmucklosen Fassade und den länglichen Sprossenfenstern standen, schien das alte Haus innerhalb der unregelmäßigen und weichen Linien der Landschaft eine eigene geometrische Einheit zu bilden. Scharlachrote Tulpen flankierten den Weg zur Eingangstür.

Eine mollige, großmütterlich wirkende Frau öffnete mir die Tür. Mit ihrer Goldrandbrille, der kleinen Hakennase und dem stufig geschnittenen, graubraunen Wuschelhaar sah sie aus wie eine freundliche Eule. »Mrs. Treleven? Bitte treten Sie ein. Ist es nicht schön, die Sonne mal wieder zu sehen?« Sie trat in eine geräumige lichtdurchflutete Eingangshalle zurück, an deren Wänden zahlreiche Gemälde hingen. Rechter und linker Hand führten Flure ins Innere des Hauses, und weiter hinten führte eine breite Treppe zu einer Galerie, auf der ich eine Reihe großer Sprossenfenster und das lebensgroße Porträt eines korpulenten, backenbärtigen viktorianischen Edelmanns erblickte.

»Das ist der alte Josiah Allerton, der Großonkel von Mrs. Mallaby«, erklärte mir die Frau, als sie meinen Blick auffing. »Sieht wie ein echtes Ekel aus, nicht wahr?« Sie nahm mir die Babytrage ab und streckte ihre Arme nach Max aus. »Soll ich den kleinen Burschen übernehmen, während Sie Ihren Mantel ablegen? Hängen Sie ihn einfach über den Stuhl dort.«

Dies mußte die berühmte Mrs. Blackwell sein, die laut Mela völlig verrückt auf Babys war. Da Max sich ihren Annäherungsversuchen nicht zu widersetzen schien, reichte ich ihn zu ihr hinüber. Sie schlang einen ihrer runden Arme um ihn und fragte nach seinem Namen. Als ich ihn nannte, strahlte sie Max an: »Na, du bist aber ein hübscher Bengel, Max.« Max erkannte sofort ihre Gutmütigkeit und erwiderte ihr Lächeln.

»Die Familie ist im Salon«, sagte sie und führte mich durch einen der kurzen Flure. An den Wänden, die in der Farbe von Tomatencremesuppe gehalten waren, hingen kleine Landschaftsbilder, und auf dem Boden glänzten die breiten, blankpolierten Dielen. Am Ende des Flurs befand sich eine Flügeltür mit Messingklinken. Mrs. Blackwell öffnete einen der Türflügel und trat mit Max zur Seite, um mich vorzulassen. Ein Gewirr von Stimmen schlug uns entgegen.

Zunächst bemerkte uns niemand, und so hatte ich eine kurze Zeit die Gelegenheit, die anderen zu beobachten.

Der in strahlendes Sonnenlicht getauchte Salon der Mallabys war ein Fest für alle Sinne. Überall prangten prächtige Stoffe in kräftigen Farben, der Geruch von Apfelbaumholz und der scharfe, kalte Duft von Freesien hing in der Luft; das Geräusch von fröhlichem Geplauder machte das Zimmer lebendig. In diesem Raum vereinigten sich Gegenwart und Vergangenheit, Luxus und einfache Behaglichkeit mit einer ganz persönlichen Note zu großer Schönheit. Die in heller Eiche getäfelten Wände schmückten Seelandschaften, auf denen sich Wolkenberge türmten, und Porträts vollbusiger Damen in blauem Satin aus dem achtzehnten Jahrhundert. Die behäbigen, mit Quasten und Troddeln versehenen Sofas und Sessel waren mit schwerem gelbem Damast bezogen, dazu passende handbestickte Kissen waren großzügig verteilt. Über einen großen, mit elfenbeinfarbenem Brokatstoff bezogenen Sessel hatte man wie über die cremefarbenen Schultern einer Frau einen orientalischen Schal drapiert. Den Boden zierten wunderschöne persische Teppiche in Blau- und Rottönen, und eine üppige Stuckdecke krönte das Zimmer wie Zuckerguß einen Kuchen.

Am anderen Ende des Raums standen vier oder fünf Menschen in der Nähe einer Terrassentür. Sie war von schweren blauen Damastvorhängen umrahmt, die in breitem Faltenwurf bis zum Boden reichten. Die Aufmerksamkeit aller Anwesenden schien auf die Glastüren gerichtet zu sein, doch schauten sie nicht in den von einem Mäuerchen eingefaßten, prächtigen Blumengarten hinaus, sondern nach oben. Als auch ich meinen Blick in diese Richtung lenkte, sah ich, worauf sie alle starrten.

Wie ein grau-weißer, am Bändchen gezogener Spielzeugwurm schlängelte sich dort oben Rafe Cornelius' Frettchen Spike um die kupferne Vorhangstange.

Sie lachten oder bedachten Rafe, der auf einen Stuhl geklettert war und in der ausgestreckten Hand dem Frettchen etwas hinhielt, mit Ratschlägen. Mela Mallaby und David Cornelius hielten den Stuhl fest, auf dem Rafe stand. Wenige Schritte weiter setzte sich ein junger Mann mit lebhaftem, sympathischen Gesicht an den Flügel und begann mit übertrieben betontem Anschlag eine Melodie zu spielen, wie man sie aus den Verfolgungsjagden alter Polizeifilme kennt. Eine beleibte Dame mittleren Alters in einem zeltähnlichen Kleid aus bedrucktem indischen Tuch schob sich von einem Teller auf dem Flügel systematisch ein Kanapee nach dem anderen in den Mund. Auch ihre Augen waren auf Spike gerichtet, und ihr Gesichtsausdruck verriet, daß die Gesellschaft zum Schutz von Frettchen wohl keine Gönnerin in ihr finden würde.

In dem spannenden Moment, als das Frettchen rutschend über den runden Knauf am Ende der Vorhangstange balancierte, entdeckte ich weiter rechts von mir noch drei Menschen. Sie hatten sich um das Feuer versammelt, das in einem weißen Marmorkamin flackerte: Eine elegante, ältere Dame in einem Ohrensessel, an dessen Lehnen zwei ungefähr gleichaltrige Männer standen. Die in ein roséfarbenes Wollkostüm gekleidete Dame hielt sich so aufrecht, daß ihr Rükken die Lehne des Sessels nicht berührte. Ihr schlohweißes Haar trug sie in weichen Wellen aus dem markant geschnittenen Gesicht frisiert. Sie mochte Anfang Siebzig sein und die Männer vielleicht ein paar Jahre älter. Sie flankierten die Dame wie die beiden großen, braungefleckten Porzellanhunde, die in perfekter Symmetrie den Kamin einrahmten. Aber das war auch schon die einzige Gemeinsamkeit, die sie mit den Porzellanhunden hatten, denn anders als die identischen Figuren, hätten die beiden Männer nicht unterschiedlicher aussehen können. Auch sie verfolgten das Schauspiel am anderen Ende des Zimmers so gebannt, daß sie meine Ankunft nicht bemerkt hatten.

Ich sah mich weiter um, doch Robin Mallaby war nirgends zu sehen.

Plötzlich gelang es Rafe, Spike von seinem Ausguck herunterzulocken, und Max, der noch immer auf Mrs. Blackwells Arm saß, krähte vergnügt, als er seine beiden Freunde erkannte. Jetzt löste sich das Standbild auf, und alle Gesichter wandten sich mir zu. Der Mann am Klavier fuhr einmal mit der Hand über die gesamte Tastatur und schlug dann ein leises, klassisches Stück an.

Schnellen Schrittes durchquerte Mela den Raum, um uns zu begrüßen. Sie trug einen sehr kurzen und sehr engen leuchtendgrünen Wollrock und darunter Strumpfhosen in einem helleren Grünton, dazu eine grün-weiß gestreifte Seidenbluse mit aufgestelltem Kragen. Das helle Haar fiel ihr wie Goldlitze ums Gesicht, und aus ihren Augen strahlte eine solche Willkommensfreude, daß ich schuldbewußt jeden unfreundlichen Gedanken verbannte.

»Da seid ihr ja, Jo und Max«, rief sie mit heller, melodiöser Stimme in den Raum. Als sie mich unterhakte, fügte sie leise, damit die anderen es nicht hörten, hinzu: »Hast du das Gefühl, in einem Löwenkäfig gelandet zu sein? Keine Angst, nur einer von uns beißt.«

Ich täuschte einen Schrecken vor: »Und wer ist das?«

»Nun, Spike natürlich«, erwiderte sie mit weit aufgerissenen, kornblumenblauen Augen.

»Dann bin ich in Sicherheit. Wir haben uns bereits angefreundet.«

Mit einer Formalität, die ans Zeremonielle grenzte, führte uns Mela an den anderen vorbei zu der alten Dame im Ohrensessel. Ich lächelte Rafe zu, der mit seinem Vater neben Mrs. Blackwell getreten war und Max sein Frettchen zeigte. Er grüßte mit einem schüchternen Winken zurück.

»Großmutter«, sagte Mela, »dies ist Jo Treleven.«

Clarissa Mallaby mußte einmal sehr schön gewesen sein. Spuren dieser Schönheit waren noch immer in dem ovalen Gesicht mit der hohen Stirn und den faszinierend ausdrucksvollen Augen zu erkennen. Sie hatten die Farbe getrockneter Veilchen und lagen unter so schweren Wimpern, daß sie für eine Frau ihres Alters ausgesprochen sinnlich wirkten. Bemerkenswert war auch die Haltung Clarissa Mallabys – aufrecht und mit einer Spur von Arroganz in der Neigung ihres Kopfes, verriet sie ein Selbstbewußtsein, wie es nur jahrelanges Vertrauen in die eigene Macht vermitteln kann. Sie glich einer Lilie, die auf ihrem schlanken, grazilen Stengel langsam verblüht, während den welken Blättern noch immer ein betörender Duft entströmt.

»Willkommen in Summerhays, meine Liebe.« Ihre Stimme klang angenehm matt und hatte etwas Schleppendes. Irgendwie wollte sie nicht zu der aufrechten Haltung passen; es war, als könnte sie wegen der Anstrengung, die es kostete, sich so gerade zu halten, den Mund nicht mehr ganz kontrollieren. »Sie müssen einen schönen Eindruck von Ihren neuerworbenen Verwandten haben. Aber ich versichere Ihnen, daß wir in der Regel keine Frettchen zu unseren Gästen zählen.«

»Ich habe gehört, daß Frettchen über Tugenden verfügen,

von denen ich bislang nichts wußte«, antwortete ich. »Rafe hat mich vorgestern abend darüber aufgeklärt.«

»Das ist eine sehr nachsichtige Einstellung«, sagte sie trokken. »Mir sind diese Tiere leider immer noch etwas unheimlich.« Sie erhob eine lange, dünne, mit vielen Ringen geschmückte Hand von dem weißen Schal, der über der Armlehne ihres Sessels lag, und deutete auf den Mann rechts neben sich. »Dies ist mein Mann, Benedict.«

Der Cousin meines Großvaters war der Mann, den ich am Tag unserer Ankunft in dem Jaguar gesehen hatte. Auf seine Art war er genauso beeindruckend wie seine Frau; groß, schlank, mit selbstsicherem Auftreten und mit einer gesunden rosigen Gesichtsfarbe, die mir vorher entgangen war. Er trug einen gutgeschnittenen Tweedanzug und ein cremefarbenes Hemd im Deckkaromuster. Die Goldkette einer Taschenuhr lief in einem Bogen über seine Weste. Allerdings hielt er sich nicht ganz so gerade wie seine Frau, sondern stand leicht über sie gebeugt, fast als wolle er sie schützen. In seinen Gesichtszügen lag etwas Melancholisches, so daß er trotz seines imposanten Äußeren nicht ganz so einschüchternd wirkte.

»Mela hat mir erzählt, daß Sie ziemlich überrascht waren«, sagte er, während wir uns die Hand schüttelten. Seine Stimme klang so frisch und herzlich, als würde sie einem wesentlich jüngeren Mann gehören. »Es muß ein ziemlicher Schock gewesen sein, aus heiterem Himmel mit so einer Verwandtenschar konfrontiert zu werden.«

Ich murmelte irgendeine abgedroschene Phrase, wie erfreut ich sei, sie alle kennenzulernen.

»Oh, ich muß Ihnen leider gestehen, daß dies noch längst nicht alle sind«, antwortete er mit einem vergnügten Lächeln. »Irgendwo lauern noch ein oder zwei Familienmitglieder im Gebüsch. Aber wir wollen Sie im Moment damit verschonen.«

»Meine Güte, Benedict«, mischte sich die betont schleppende Stimme seiner Frau ein, »das klingt ja, als hätten wir

Mrs. Rochester oder einen ähnlichen Drachen auf dem Dachboden versteckt. Wir sind alle ganz harmlos, meine Liebe«, fügte sie dann, an mich gewandt, hinzu. »Sogar der gute alte Willoughby ist mit den Jahren milder geworden.« Sie drehte den Kopf ein wenig, um zu dem anderen Mann neben ihr hinaufzublicken. Er lächelte ihr zu, wobei auf seinem Gesicht plötzlich zwei rote Flecken aufblühten. Sie stellte ihn als den alten Familienfreund Willoughby Webb Springer vor und erklärte mir, daß er als emeritierter Professor in Oxford lebte.

Im Unterschied zu Benedict Mallaby wirkte Willoughby Webb Springer auf den ersten Blick eher unscheinbar. Er war ein drahtiger, kleiner Mann in gutgeschnittenem Anzug und hatte das blasse, langnasige Gesicht eines klugen alten Schafes. Während Clarissa Mallaby mit mir redete, hatte er sich in ein Stofftaschentuch geschneuzt, und auch jetzt unterbrach ein plötzlicher Niesanfall die Begrüßung, die er mir zugedacht hatte.

»Armer Willoughby. So eine fürchterliche Erkältung«, sagte Mela mitfühlend. Während die anderen darauf warteten, daß die laute Nieserei ein Ende fand, flüsterte sie mir mit gesenkter Stimme zu: »Und arme Großmutter. Er läßt es sich nämlich nicht nehmen, ihr nach wie vor wie ein mittelalterlicher Höfling aufzuwarten. Wir nennen ihn den ›Ewigen Faun‹.« Ihre Augen leuchteten boshaft auf.

»Ich habe doch gesagt, daß es keine Erkältung ist«, protestierte Willoughby Webb Springer mit hoher Stimme zwischen zwei Niesern, »ich bin überzeugt, daß ich allergisch auf diese elendige Kreatur reagiere.« Er warf einen vorwurfsvollen Blick in Richtung Spike, den Rafe jetzt zum Vergnügen von Max in seinen Armen hielt.

Die älteren Mallabys hatten sich inzwischen ebenfalls Max zugewandt und begrüßten ihn. Sie schmeichelten mir, daß er den meisten Babys seines Alters weit voraus sei, und erzählten, daß Mrs. Blackwell für ihn ein paar alte Babyspielsachen zusammengesucht und im Wintergarten bereitgestellt habe.

»Dort ist es sehr nett und warm«, versicherte mir Clarissa Mallaby. »Er wird sich dort sicher nicht erkälten. Und Mrs. Blackwell wird aufpassen, daß ihm nichts passiert.«

Also wurde Max in den Armen von Mrs. Blackwell fortgetragen, wobei er immer noch recht fröhlich um sich schaute. Als Rafe Spike in seinem Schulterbeutel verstauen wollte, beugte sich David Cornelius zu seinem Sohn hinab und flüsterte ihm etwas ins Ohr. Der Junge drehte sich um und schlüpfte durch die Terrassentür hinaus in den Garten. Willoughby Webb Springer murmelte unterdessen irgend etwas über den Unterschied zwischen Haustieren und Wildtieren.

Mela berührte meinen Arm. »Jo, darf ich dir meine Tante vorstellen? Cecilia Breakspear, aber wir nennen sie alle Cece.« Für die dicke, matronenhafte Frau im Indienkleid schien dieser Spitzname eher unpassend. Cece Breakspear war stark übergewichtig und hatte ein konturloses, breites Gesicht. Ihre Haut jedoch war glatt und rosig, und in gewisser Weise wirkte all dies viele feste Fleisch sogar beeindrukkend. Ihr flachsfarbenes Haar wurde langsam grau, sie hatte eine Stupsnase und die veilchenfarbenen Augen ihrer Mutter, auch wenn sie bei ihr kleiner und nicht ganz so ausdrucksvoll geraten waren. Ihre fast kindlichen Gesichtszüge ließen sie im Kontrast zu ihrem übrigen, eher handfesten Aussehen wie eine mit Hormonen vollgepumpte Puppe wirken. Sie nickte mir zu und ging dann zu ihrer Mutter hinüber; in der einen Hand hielt sie ein Glas mit Sherry und in der anderen ein Kanapee.

»Tante Cece ist mit einem Philosophen in Oxford verheiratet«, erläuterte mir Mela. So, wie sie es sagte, schien dies eine eher zweifelhafte Auszeichnung zu sein. »Onkel George ist wirklich fürchterlich klug.« Und wieder fügte sie mit leiser Stimme nur für mich hinzu: »Das wird zumindest behauptet. Er ist der schweigsamste Mann in ganz England. Und wenn er einmal den Mund aufmacht, verstehe ich kein Wort von dem, was er sagt.«

Mela unterbrach sich, um dem Mann am Klavier, der am Ende seines Stücks angelangt war, etwas zuzurufen. Während sie darüber debattierten, was er als nächstes spielen sollte, schaute ich mich um. Ich fragte mich, ob Cece Breakspear Melas Kommentar über ihren Ehemann mitgekriegt hatte. Cece sprach jedoch mit Clarissa Mallaby und schien uns keine Beachtung mehr zu schenken. Die beiden Frauen, Mutter und Tochter, hatten zwar dieselbe schöne Augenfarbe, aber ansonsten hätten sie nicht unterschiedlicher sein können. Neben ihrer zierlichen Mutter wirkte die voluminöse Cece Breakspear wie ein Kuckucksküken im Lerchennest. Jetzt überzog ein Schmollen ihr breites Gesicht, und ich hörte sie laut sagen: »Es ist wirklich Zeit, daß es zu einer Entscheidung kommt.«

Clarissa Mallaby senkte den Kopf und strich die Fransen ihres Schals glatt. Ich glaubte zu hören, wie sie den Namen ihres Mannes murmelte.

Benedict Mallaby reagierte sofort und unmißverständlich: »Wir werden ein anderes Mal darüber reden, Cece, ja? Willoughby hat mir gerade erzählt, daß...«

Den Rest konnte ich nicht mehr verstehen, denn Mela hatte sich wieder mir zugewandt. »David wartet dort drüben schon die ganze Zeit darauf, dich endlich begrüßen zu können, Jo«, sagte sie.

Als wir auf ihn zusteuerten, legte David Cornelius gerade ein neues Holzscheit ins Feuer. Als er sich wieder aufrichtete, legte Mela eine Hand auf seinen Arm. Dies schien eine ganz bewußte Geste zu sein – sie hatte keinen der anderen berührt –, mit der sie mir wohl zeigen wollte, daß er ihr gehörte. Mela und David gaben ein sehr schönes Paar ab; vor dem Hintergrund seiner dunklen Attraktivität strahlte ihre silberhelle Schönheit noch stärker. Beide verfügten sie über eine gewisse langgliedrige und ungeheuer beeindruckende Eleganz. Allerdings wirkte sie bei ihm eher handfest und fast ein wenig derb, während sie bei Mela ganz Bewegung und von sprühender Lebhaftigkeit war. »Ihr habt euch natürlich schon kennengelernt«, sagte Mela zu mir.

Als wir uns begrüßten, lächelte David frech: »Ich glaube nicht, daß Sie sich besonders gern daran erinnern, wie ich Sie in Shipcote empfangen habe.« Für die anderen fügte er erklärend hinzu: »Thatcher und ich haben sie am Tag ihrer Ankunft in der Dunkelheit fast über den Haufen gerannt.«

Ich erwiderte, daß dieser Empfang zumindest unvergeßlich gewesen sei, worauf es amüsiert um seine Mundwinkel zuckte. »Und da Max und ich auf diese Weise immerhin Rafe und Spike kennengelernt haben, erinnere ich mich durchaus gern daran.«

Dieser letzte Satz war auch für Rafe bestimmt, der ohne Spike ins Zimmer zurückgekommen war und sich neben David Cornelius gestellt hatte. Dankbar sah er mich an. Zwar hatte ihn niemand wegen des Benehmens seines Frettchens getadelt, aber seine eingezogenen Schultern verrieten, daß er das Gefühl hatte, in Ungnade gefallen zu sein. Er zog seinen Vater am Ärmel und fragte ihn leise, ob er denn unbedingt mit uns zusammen essen müsse. Sein Vater nickte mit strengem Gesicht. »Aber dann möchte ich neben ihr sitzen«, sagte Rafe entschlossen und deutete mit dem Kopf in meine Richtung.

»Selbst wenn Miss Treleven gutmütig genug wäre, ja zu sagen, entscheidet immer noch Clarissa, wer wo sitzt«, erwiderte David Cornelius und warf mir einen amüsierten Seitenblick zu. »Warum gehst du nicht und hilfst Mrs. Blackwell, auf Max aufzupassen? Als kleine Wiedergutmachung für deine Untaten.«

Rafe wirkte gekränkt. »Dazu mußt du mich nicht erst auffordern. Ich mag Max. Er ist nicht so eine Nervensäge wie Christine.« Die letzten Worte murmelte er nur noch vor sich hin, während er sich entfernte. Christine mußte seine kleine Schwester sein.

David und Mela wechselten einen Blick. »Das kann nur

Spikes Einfluß sein«, sagte sie mit einem resignierten Schulterzucken.

»Sie haben Rafe im Sturm erobert«, sagte David Cornelius zu mir. »Er hat mir erzählt, daß Sie nicht gekreischt haben, als Sie Spike zum ersten Mal sahen. Das ist für Rafe der endgültige Charaktertest.«

»Ich fühle mich sehr geschmeichelt. Aber ehrlich gesagt war es nur der Jet-lag, und nicht Charakterstärke. Ich war einfach zu müde, um zu schreien.«

»Sie sind sehr bescheiden. Ich kann mich auch nicht erinnern, daß Sie geschrien hätten, als ich Sie umgeworfen habe.«

»Aber, David«, sagte Mela in neckendem Ton, »eure Begegnung klingt ja viel aufregender, als du sie mir letzte Nacht geschildert hast.« Sie hakte ihn unter, wobei er sie mit einem Blick bedachte, der eher fragend als liebevoll war. »Ich wundere mich nur, daß du dich heute überhaupt hierher getraut hast, Jo. Nach Davids rauhem Empfang! Du scheinst das Abenteuer zu lieben.«

»Sind Abenteuer nicht das, was man auf allen Reisen sucht? Eigentlich sollte ich dankbar sein, daß ich so schnell eins erlebt habe.«

Das war als Witz gemeint, aber Mela schien meine Worte ernst zu nehmen. »Deshalb bist du hierhergekommen? Um Abenteuer zu suchen? Da wirst du wahrscheinlich enttäuscht werden, Shipcote ist nämlich ein fürchterlich langweiliges Nest.«

»Das kann ich gar nicht glauben. Ich habe schon von mindestens vier Kriminalfällen gehört, die sich alle im Dorf zugetragen haben sollen.« Ich dachte dabei an den Mord im Cottage, an das Hügelgrab und all die Legenden, die sich darum rankten, an den Menschen, der Ebborns Zäune durchschnitt und vor allem an die mysteriöse Geschichte um Nans Buch. Ich hätte noch einen Fall in meine Liste aufnehmen können: die eigenartige kleine Szene bei der alten Kirche, deren Zeugin ich am Tag meiner Ankunft geworden war und in der sowohl Mela als auch David Cornelius eine Rolle gespielt hatten.

Mela starrte mich an. Mit schleppender Stimme, die sie plötzlich wie ihre Großmutter klingen ließ, sagte sie: »Ich glaube, ich mag Kriminalfälle nicht besonders. Ich bin der Ansicht, daß man schlafende Hunde nicht wecken sollte. Das ist sicherer. David, Liebster, was sind wir für Gastgeber? Jo hat ja gar nichts zu trinken. Was hättest du gerne, Jo? Einen Sherry, Whiskey?«

»Einen Sherry, bitte.« Eigentlich trank ich nie Sherry, aber in dieser Umgebung schien es angemessen zu sein. Waren es nun Melas Randbemerkungen und ihr spröder, auf Effekt bedachter Humor oder die etwas verkrampfte Förmlichkeit, in der alle seit meiner Ankunft erstarrt schienen – irgend etwas gab mir das Gefühl, mitten in eine Salonkomödie geraten zu sein. Und außer Rafe war ich die einzige, die ihren Text nicht gelernt hatte.

»Es gibt doch noch einen Grund, warum die Menschen reisen, oder?« fuhr Mela fort, nachdem David Cornelius gegangen war, um uns ein paar Drinks zu holen. Ihre Stimme war jetzt ernst geworden. Wir standen allein vor einem der Fenster und schauten in den wunderschönen Garten hinaus. »Sie reisen, weil sie auf der Flucht sind, weil sie vor irgend etwas weglaufen.«

Ich wählte meine Antwort sehr vorsichtig. »Ja, in einigen Fällen mag das zutreffen.«

Mela spielte mit dem schweren, breiten Silberreifen, der ihr schmales Handgelenk wie eine Schelle umfing. Sie schob ihn vor und zurück, als bereite sein Gewicht ihr Schmerzen. »In meinem Fall war es so. Als letztes Jahr mein älterer Bruder starb, hatte ich das Gefühl wegzumüssen. Also fuhr ich nach Afrika, wo ich drei Monate lang jeden Gedanken an Phil verbannte. Und in deinem Fall«, fuhr sie fort, noch bevor ich etwas erwidern konnte, »ist es Max' Vater, vor dem du weggelaufen bist.«

Das war unverschämt, aber die Art, in der sie es sagte, bedächtig und ganz ohne Bosheit, bewirkte, daß ich mich weder angegriffen noch beleidigt fühlte. Trotzdem war ich verwirrt. Ich hatte ihre Aufforderung, auf ihre Enthüllung hin auch etwas von mir preiszugeben, durchaus verstanden. Ich empfand es als Herausforderung, ja fast, als wolle sie mich einer Art Prüfung unterziehen.

Während sie weiter mit ihrem Armband spielte, beobachtete mich Mela aus verschleierten blauen Augen. Plötzlich ging mir auf, daß es ihre ganz besondere Eigenart war, kindliche Spontaneität mit ebensolcher Verschlagenheit zu kombinieren. Es mochte sogar einen Teil ihrer Anziehungskraft ausmachen.

»Vielleicht reise ich nur einfach gern mit leichtem Gepäck«, erwiderte ich und war mir im selben Moment bewußt, wie lahm diese Antwort klingen mußte. Trotzdem ging es sie nichts an, was mit meinem Mann los war. Der Tropfen gemeinsamen Familienblutes gab ihr noch lange nicht das Recht, in meinem Privatleben herumzustöbern.

»Männer können ganz schön anstrengend sein, nicht wahr? All die unausgesprochenen Gefühle, die sie mit sich herumschleppen. Das kann einen ziemlich zermürben.« Jetzt spottete sie wieder und scherte mich über einen Kamm mit irgendwelchen verschlossenen Männern, die niemals etwas von sich verrieten.

Auf einmal schien es mir wichtig, ihr gegenüber aufrichtig zu sein. Fast gegen meinen Willen hörte ich mich mit tonloser Stimme sagen: »Mein Mann ist bei einem Segelunfall ums Leben gekommen. Ich will daraus kein Geheimnis machen, aber es fällt mir noch sehr schwer, darüber zu reden.«

Sie reagierte mit keiner der in solchen Fällen üblichen Formeln, sondern sagte einfach nur: »Dann weißt du, was es bedeutet, einen Menschen zu verlieren.«

Dabei stieß sie wieder in der für sie charakteristischen Weise vor dem vorletzten Wort die Luft aus, und ich hätte schwören können, daß ihre Stimme erleichtert klang. Ich glaubte, zum erstenmal die wirkliche Mela zu hören. In diesem Moment wurde zwischen uns beiden ein Band geknüpft und eine gewisse Intimität geschaffen. Ich war mir jedoch nicht sicher, ob ich diese Entwicklung begrüßen sollte.

Noch bevor ich die neue Wendung in unserer Beziehung richtig einordnen konnte, gesellte sich der Klavierspieler zu uns. Er schien ungefähr fünfundzwanzig oder sechsundzwanzig Jahre alt zu sein. Sein jungenhaftes Stupsnasengesicht war von Sommersprossen übersät, und das dichte braune Haar fiel ihm in einer schweren Tolle in die Stirn. Sein Lächeln war entwaffnend und erhellte seine ansonsten eher durchschnittlichen Gesichtszüge. »Ich bin Val Lenthall«, stellte er sich vor. »Später werden wir noch ein Quiz spielen. Wenn Sie es nicht schaffen, sich an alle Namen zu erinnern, gewinnen Sie Spike.«

Ich lachte. »Ich werde sofort anfangen zu üben.«

»Ich bin sicher, du hast sie schon alle behalten«, sagte Mela. Sie hatte wieder ihre ausgelassene, leicht affektierte Art angenommen. »Ihr Nordamerikaner seid in so etwas doch unschlagbar. Wir Engländer hingegen sind, was Namen anbelangt, völlig hoffnungslos. Wir mögen es nicht, unsere eigenen zu verraten, und erinnern uns auch nicht an die von anderen Leuten. Deshalb versuchen wir, Namen überhaupt möglichst zu vermeiden. Alter Freund, meine Liebe, mein Guter…«

Das war der Beginn einer Diskussion über Namen und Totems und die verschiedenen Bedeutungen und Wirkungen, die sie hatten. Jeder von uns hatte eine Liste mit Lieblingsnamen, meistgehaßten und lächerlichen Namen. Es war unvermeidlich, daß wir auch auf den großzügigen amerikanischen Umgang mit Vornamen zu sprechen kamen.

Auch die älteren Mallabys und Willoughby Webb Springer mischten sich in die Unterhaltung ein, nur Cece Breakspear nahm nicht daran teil. Mittlerweile hatte sie den Teller mit den Kanapees leer gegessen und war bei ihrem zweiten Glas Sherry angelangt. Sie leerte es und stellte das Glas mit solchem Schwung ab, daß es nur wie durch ein Wunder nicht zerbrach. Dann bewegte sie sich mit elefantengleicher Behäbigkeit durchs Zimmer. Sie nahm die Sonntagszeitung von einem Couchtisch und ließ sich schwer ins nächste Sofa plumpsen. Betroffen registrierte ich ihre offensichtliche Übellaunigkeit, aber die anderen schienen sie nicht zu bemerken. Oder sie waren ihr Benehmen einfach gewohnt.

Als es um den Umgang der Amerikaner mit Vornamen ging, teilte sich die Gruppe in zwei Lager, wobei auf beiden Seiten die verschiedenen Generationen und nicht die Nationen standen. »Auch wenn ich vieles an Amerika bewundere«, sagte Willoughby Webb Springer in gesetztem Tonfall, wobei er David Cornelius mit einem kurzen Kopfnicken bedachte, »muß ich bei diesem Import eine Ausnahme machen. Heutzutage benutzen die Leute Vornamen wie Keulen. Sie versuchen, den anderen in eine Freundschaft hineinzuknüppeln, indem sie ständig seinen Vornamen wiederholen. Meiner Meinung nach gebührt dem Namen einer Person der gleiche Respekt wie ihren sonstigen Besitztümern.«

Unbemerkt von Webb Springer, rollte Mela mit den Augen, und ich mußte ein Kichern unterdrücken. Ein Name wie Willoughby, dachte ich mir, wäre eine wahrhaft schlagkräftige Keule. So klar er auch seine Meinung geäußert hatte, sie rief bei mir doch genau den gegenteiligen Effekt hervor, denn von dem Moment an dachte ich nur mit seinem Vornamen an ihn.

»Aber einem Mann muß es doch erlaubt sein, sich den Namen einer Frau einzuverleiben«, warf Val Lenthall tapfer ein.

Das gefiel Willoughby nun ganz und gar nicht. »Ich hatte den Eindruck, daß wir über den Gebrauch von Vornamen debattieren«, erwiderte er in schneidendem Tonfall.

»Vals Name hat in dieser Gegend einen hervorragenden Klang«, fiel ihm Clarissa gewandt ins Wort. Sie hob den Kopf, so daß ihr graziöser langer Hals sichtbar wurde, und blickte zu Val auf, um ihn anzulächeln. Er schien sehr erfreut über diese Aufmerksamkeit. Clarissa war offensichtlich eine Frau, die noch immer Macht über die Männer hatte. »Die Lenthalls gibt es schon seit über dreihundert Jahren in Wychley, nicht wahr, Val?«

»Ja. Ich befürchte, die Stadt ist völlig von unserer Familie durchsetzt.« Er lächelte selbstironisch. »Mein berühmtester Vorfahre war unter dem Namen ›Der Große Prahlhans‹ oder ›Der Jahrhundertlügner‹ bekannt. Einige von uns bemühen sich noch immer, das durch einen besonders tadellosen Lebenswandel wiedergutzumachen.«

»Soll das etwa heißen, daß du immer die Wahrheit sagst?« fragte ihn Mela.

»Aber natürlich. Obwohl – wenn ich ein Lügner wäre, würde ich genau dasselbe behaupten, stimmt's?«

»Ach, so ist das. Das läßt natürlich all die Komplimente, die du mir im Lauf der Jahre gemacht hast, in völlig neuem Licht erscheinen.«

Val Lenthall errötete. Wie eine Flutwelle überrollte die Farbe sein Gesicht, bis auch die letzte Sommersprosse verdeckt war. Während er verlegen mit den Füßen scharrte, warf er einen schnellen Seitenblick auf David Cornelius, der neben ihm stand. Mela lachte. »Oh, Val, keine Angst. David weiß doch, daß ich dich nur aufziehe. Außerdem kenne ich keinen Mann, der weniger eifersüchtig wäre. So ist es doch, mein Liebster?«

David Cornelius ging nicht direkt auf ihre Frage ein. Stattdessen sah er sie nur an und sagte leise: »Schützt Euch vor Eifersucht! Sie ist das grünäugige Ungeheuer, das unser Fleisch verhöhnt, eh es uns frißt.«

»Welch köstlicher Rat, habe ich immer gedacht, und das ausgerechnet aus dem Munde Jagos.« Willoughby unterstrich diese Bemerkung mit drei schnellen Niesern in sein Taschentuch. Clarissa Mallaby hob ihre Hand und strich ihm sanft über den Arm.

»Wie belesen du doch bist, David«, übertönte Melas Stimme das Geniese, »daß du sogar Shakespeare zitieren kannst!« Ihr Tonfall war ganz unschuldig und ohne jede Spur von Sarkasmus, aber trotzdem wirkte der Kommentar feindselig. Vielleicht, weil zwischen den beiden ganz deutlich eine gewisse unterschwellige Spannung herrschte. Wie das leise Summen einer Mücke, das man erst hört, wenn sie sich dem Ohr nähert, vibrierte sie in einer Tonhöhe, die nur zeitweise zu vernehmen war.

Benedict Mallaby bemerkte, der Name Treleven ließe vermuten, daß in meinen Adern kornisches Blut fließe. Ich nickte. »Mein Vater kommt aus einer Bergarbeiterfamilie, die von Cornwall nach Kanada ausgewandert ist, um in den Minen in der Nähe von Sudbury zu arbeiten. Doch selbst diese englischen Bergarbeiter haben die harten Winter im Norden nicht ausgehalten. Darum sind sie weiter nach Toronto gezogen und haben dort im Kanalbau gearbeitet. Mein Vater war der Rebell in der Familie, er war der erste, der über der Erde gearbeitet hat.«

»Was hat er denn gemacht?« wollte David Cornelius wissen. In seinem Gesicht las ich amüsiertes Interesse.

»Er war Lehrer.«

»Und von welchem Namen ist Jo die Abkürzung?« fragte er weiter. »Josepha, Jocanda, Joelly?«

»Nein, gar nichts Exotisches. Joanna. Ich bin nach meiner Großmutter benannt.« Ich war ihm dankbar für diese Möglichkeit, Nan zu erwähnen, und wandte mich an Clarissa und Benedict Mallaby. »Sie haben sie gekannt, nicht wahr?« Ich dachte an Pat Ebborns Bemerkung, es hätte irgendeinen Familienstreit gegeben, und war deshalb gespannt, wie sie reagieren würden.

»Ich fürchte, nicht besonders gut«, antwortete Benedict, wobei er an der Kette seiner Taschenuhr nestelte und mich höflich bedauernd anblickte. »Charles und sie waren ja nicht sehr lange zusammen. Und als sie hier im Dorf lebten, waren wir in London. Wir hatten also kaum Gelegenheit, uns zu sehen.«

»Ich würde mich freuen, wenn Sie irgendwann einmal Zeit hätten, mir ein wenig von meinem Großvater zu erzählen. Ich habe ihn leider ja nicht gekannt.«

Er nickte nur und wich meinem Blick aus, um ein stimmloses, zischendes Pfeifen anzustimmen.

Mit wunderschön schleppender Stimme antwortete Clarissa Mallaby für ihren Mann. »Wir werden Ihnen alles erzählen, was wir wissen. Aber glauben Sie mir, meine Liebe, Ihr Großvater war ein Rätsel. Benedict und ich dachten immer, ihn gut zu kennen. Ihr wart doch mehr Brüder als Cousins, nicht wahr, Liebling?« Ihr Mann grunzte zustimmend, wobei sein Gesicht undurchsichtig blieb. »Und dann mußten wir später entdecken, daß wir ihn ganz und gar nicht kannten.«

»Aber jetzt«, sagte sie, während sie sich aus ihrem Sessel erhob, »wollen wir zu Tisch gehen.«

## 12

Eine Hand auf den Arm ihres Mannes gestützt, erhob sich Clarissa langsam aus ihrem Sessel. Willoughby Webb Springer nahm ihren Schal von der Armlehne, faltete ihn ordentlich zusammen und legte ihn sich mit einer fast zärtlichen Geste über den Arm. Dann reichte er Clarissa den Stock mit dem Elfenbeinknauf, der unter dem Schal verdeckt gewesen war. Auch stehend hielt sich Clarissa sehr aufrecht, doch sie schritt mit einer gebrechlich wirkenden Bedächtigkeit voran, die uns allen dasselbe langsame Tempo aufzwang.

Willoughby bot Cece Breakspear seinen freien Arm an. Die Zeitung fiel raschelnd zusammen, als sie sich aus dem Sofa hochstemmte. Cece und Willoughby gaben ein eigenartiges Paar ab: er ein ausgesprochen korrekter, kleiner Mann und sie so schlampig und fett. Aber in dem Blick, den sie wechselten, lag echte Sympathie. Er flüsterte ihr etwas ins Ohr, worauf sie mit laut bellendem Gelächter reagierte.

David Cornelius und Val Lenthall verließen ihren Platz am Kamin, um sich der kleinen Prozession anzuschließen, die sich langsam auf die große Flügeltür zubewegte. Sie redeten über den Shipcote Farm-Park. Es ging um die Vorteile einer bestimmten Schafrasse, die sie vor kurzem erworben hatten. Aus ihrer Unterhaltung ging deutlich hervor, daß Val Lenthall der Verwalter oder Vorarbeiter der Farm war.

Benedict Mallaby drehte sich zu den beiden Männern um. »Habt ihr schon eine Spur von dem Schurken, der die Zäune durchschneidet?«

David Cornelius schüttelte den Kopf. »Heute haben wir nirgendwo Schäden entdeckt. Zumindest bis jetzt noch nicht. Aber wir schicken neuerdings auch jede Nacht einen Mann auf Patrouille.« Vielleicht war das die Erklärung für das Licht, das ich in der vergangenen Nacht gesehen hatte, dachte ich.

»Es ist schon seltsam, daß bei niemandem sonst die Zäune durchgeschnitten wurden«, sagte Clarissa. »Es muß wohl jemand sein, der einen besonderen Haß auf den Farm-Park hat.«

Sie blieben stehen, um die Sache zu diskutieren. Ich nutzte die Gelegenheit und flüsterte Mela zu, daß ich schnell nach Max sehen wolle, bevor wir uns zum Essen setzten. Als ich sie fragte, wie ich zum Wintergarten käme, bot sie mir an, mich dorthin zu führen. Nach einem erklärenden Wort an ihre Großeltern verließen wir zusammen den Salon.

Als wir durch die Eingangshalle schritten, klingelte das Telephon, das auf einem kleinen Tisch neben der Haustür stand. Mela ging hinüber und nahm den Hörer ab. »Summerhays.« Sie hörte der Stimme am anderen Ende der Leitung zu und runzelte die Stirn. »Oh, Robin, du bist einfach unmöglich.« Dabei schüttelte sie ihren Blusenärmel vom Handgelenk und blickte auf ihre Armbanduhr. »Das Flugzeug geht in zwei

Stunden. Du wirst es nie im Leben schaffen, wenn du dich nicht sofort in Bewegung setzt.«

Robin Mallaby würde also sicher nicht zum Mittagessen erscheinen. Im Prinzip war ich erleichtert, daß ich nicht so tun mußte, als hätten wir uns noch nie zuvor gesehen.

»Jo«, rief Mela mir zur. »Es wird noch einen Moment dauern. Glaubst du, du findest den Wintergarten allein? Geh dort lang«, sie zeigte auf den Flur, der von der anderen Seite der Eingangshalle abzweigte, »und dann um die Ecke. Du kannst es gar nicht verfehlen.« Ich nickte, und als ich weiterging, sprach sie wieder ins Telephon. »Und außerdem hast du keine andere Wahl, oder?«

Der Wintergarten war ein achteckiger viktorianischer Anbau aus Glas und Eisen an der Südseite des Hauses. Unter den Augen von Mrs. Blackwell, die häkelnd in einem Schaukelstuhl saß, spielten Rafe und Max auf dem mit Rupfenteppich ausgelegten Fußboden. Als ich neben ihm niederkniete, freute sich Max deutlich, mich zu sehen. Er griff nach meinem Arm und zog sich hoch, um sein Köpfchen in meine Halsbeuge zu legen. Doch nachdem er sich mit diesem Körperkontakt meiner versichert hatte, ließ er mich wieder los und plumpste auf den Boden zurück, wo ein Haufen verstreuter Spielzeuge lag. Es gab einen Zoo mit Dutzenden angemalter Holztiere, die Rafe zu Paaren aufgestellt hatte, eine dreiköpfige Teddybärenfamilie und eine goldgelockte Puppe mit Pferdeschwanz, außerdem handgemachte Bauklötze, in die verschiedene Insekten geschnitzt waren. Alle Sachen hatten das etwas angeschlagene Aussehen, das heißgeliebte Spielsachen rasch anzunehmen pflegen – verblaßte Farben, fehlende Knopfaugen und abgebrochene Ecken.

Während ich diese Schätze bewunderte, erzählte mir Mrs. Blackwell, daß sie einmal Mela und ihren Brüdern gehört hätten und davor den Mallaby-Kindern der älteren Generation. Mela und Robin, so fuhr sie fort, seien wüst mit ihren Spielsachen umgegangen. »Am liebsten haben sie sie durch die Gegend geschmissen. Wie alle Kinder, natürlich. Die Puppe dort hat Mela wirklich schlimm behandelt. Ich habe sie unzählige Male reparieren müssen. Nur Philip hat immer sehr schön gespielt. Selbst als er noch ein ganz kleiner Junge war, wie Ihr Max.«

»War Philip der Älteste?«

»Ja, zwischen ihm und Mela lagen fünf Jahre. Aber er wirkte immer wesentlich älter als die anderen beiden. Er war ein ernsthafter kleiner Bursche mit einem Lächeln, das ihm alle Herzen zufliegen ließ.« Ihr eigenes Lächeln verblaßte, als sie mir erzählte, daß er im vergangenen Jahr gestorben war.

»War es ein Unfall?«

»Krebs.« Bei diesem Wort verdüsterte sich ihr Gesicht, und die Häkelnadel stand einen Moment lang still. Sie beugte sich über ihre Arbeit und wickelte mehr Wolle vom Knäuel, bevor sie fortfuhr: »Mela ist nur schwer damit fertig geworden, das arme Mädchen. Er war für sie und Robin mehr ein Vater als ein Bruder. Ihr Vater starb bereits, als sie noch ganz klein waren.«

Ich fragte, ob ihre Mutter denn auch gestorben sei.

»Das würde wohl kaum einen Unterschied machen.«

Als Max den veränderten Tonfall in der Stimme der Haushälterin hörte, blickte er neugierig auf. Dann krabbelte er zu Rafe hinüber.

»Die junge Mrs. Mallaby ist kurz nach Robins Geburt mit einem Italiener durchgebrannt. Mit ihm hat sie noch zwei Kinder gekriegt und sich seither nie mehr hier blicken lassen.« Plötzlich hörten wir ein klapperndes Geräusch. Es war Rafe, der die aufgereihten Tiere mit einem Handstreich wie Dominosteine zu Fall brachte.

Es waren also Tod und Familienflucht, die die Kluft zwischen den Generationen im Salon der Mallabys erklärten, wo Cece Breakspear als einzige das mittlere Alter repräsentiert hatte. Mrs. Blackwell erzählte weiter, daß Clarissa und Benedict die Kinder nach dem Tod ihres Vaters bei sich aufgenommen hätten. »Sie sind alle hier aufgewachsen, aber nur Philip ist später auch geblieben. Mela und Robin hatten immer nur London im Kopf. Erst seit Mr. Cornelius hier ist, sehen wir Mela wieder öfter. Er liebt das Leben auf dem Land, genau wie Philip damals.«

»Wird da etwa über mich gelästert, Mrs. Blackwell?« Unbemerkt war David Cornelius während unserer Unterhaltung in den Wintergarten getreten. Er lächelte die Haushälterin an und ging durch den Raum auf seinen Sohn zu. »Rafe, essen kommen.« Rafe nickte und hob schnell die umgestoßenen Tiere auf, um sie ordentlich in ihre Schachtel zu legen. Als ich Max' Fläschchen aus dem Windelbeutel zog, wandte David sich an mich. »Sie soll ich auch holen. Clarissa ist soeben im Eßzimmer eingetroffen.« Gekonnt imitierte er einen Zeremonienmeister, der die Ankunft eines Mitglieds des Königshauses verkündet. »Zusammen mit dem Roastbeef.«

Als ich Mrs. Blackwell fragte, ob sie noch ein wenig länger auf Max aufpassen könne, tat sie so, als würde ich ihr damit einen Gefallen tun. »Gehen Sie ruhig essen. Ich gebe ihm erst seine Milch, und dann werden wir einen kleinen Spaziergang durchs Haus machen.« Während wir den Wintergarten verließen, sagte ich zu David Cornelius, daß ich Mrs. Blackwell am liebsten mit heimnehmen würde.

»Dann würden Sie wahrscheinlich mehr über die Mallabys zu hören bekommen, als selbst einem Verwandten zugemutet werden kann«, warnte er. »Mela nennt sie immer ›Mrs. Boswell‹. Die Mallabys können sich glücklich schätzen, daß sie sich nicht als Biographin versucht.«

»Glauben Sie denn, das würde ein Enthüllungsbuch?«

Er lachte. »Wenn ein Mensch die Geheimnisse der Mallabys kennt, dann sie. Aber nein, sie ist wirklich loyal. Ich sage das nur, weil sie keinerlei Unterschiede macht. Alles, was auch nur im entferntesten mit den Mallabys zu tun hat, ist für sie interessant.« Für ihn also nicht, oder was sollte das heißen?

Rafe, der uns die ganze Zeit zugehört hatte, wollte jetzt wissen, ob eine Geschichte, die Mrs. Blackwell ihm erzählt hatte, wahr sei. »Sie hat gesagt, daß Clarissas Familie so arm gewesen ist, daß sie Summerhays verkaufen mußten, als sie noch ein kleines Mädchen war. Und dann hat Benedict sehr viel Geld verdient und es für sie zurückgekauft, als sie heirateten. Mrs. Blackwell sagt, es sei sein Hochzeitsgeschenk gewesen.«

Sein Vater bestätigte, daß die Geschichte wahr sei. »Die Allertons waren Großgrundbesitzer, die schon seit Jahrhunderten in Shipcote lebten. Sie haben in Summerhays gewohnt, seit es im frühen achtzehnten Jahrhundert erbaut wurde. Deshalb war es sehr schlimm für Clarissa und ihre Familie, daß sie sich den Unterhalt dieses Hauses nicht länger leisten konnten.«

»Kein schlechtes Geschenk. Ich glaube, wenn man seiner Frau so etwas schenkt, wird sie einen nie verlassen.« Rafe warf seinem Vater einen flüchtigen Seitenblick zu. »Vielleicht war das Geschenk, das du Mom gemacht hast, ja zu klein«, sagte er mit tonloser Stimme.

»Das ist nicht sehr fair deiner Mutter gegenüber. Und mir gegenüber auch nicht«, erwiderte David Cornelius mit ruhiger Stimme.

Vor uns lag jetzt eine offene Tür. Ohne ein weiteres Wort verschwand Rafe durch sie. David Cornelius blickte mich kurz an und zuckte mit den Schultern, dann trat er zurück, um mich ebenfalls ins Eßzimmer vorzulassen.

Der Geruch von Roastbeef und Soße hing in der Luft. Daß Eßzimmer war ein länglicher, in dunklem Holz getäfelter Raum mit niedriger Decke, erhellt vom Sonnenlicht, das durch die Gitterfenster hereinfiel, und elektrischen Wandleuchtern. Mit dem Steinboden, der halb von einem weinroten Teppich verdeckt war, und den tief in die dicken Wände eingelassenen, kleinen Flügelfenstern wirkte dieses Zimmer älter als der Salon.

Clarissa Mallaby und Cece Breakspear hatten bereits Platz genommen, aber die Männer standen noch und warteten auf uns. Von ihrem Platz am Ende des Tisches rief Clarissa Rafe zu, er solle kommen und sich links neben sie setzen. »Ich möchte, daß du mir von deiner neuen Schule erzählst«, sagte sie. Offensichtlich interpretierte Rafe dies als Zeichen der Versöhnung, denn er warf seinem Vater ein erleichtertes Lächeln zu, bevor er an ihre Seite eilte. Dann winkte sie Willoughby auf den Platz zu ihrer Rechten und wies Cece den Stuhl daneben an. Mela und ich saßen zu beiden Seiten von Benedict Mallaby, worauf David Cornelius neben Mela und Val Lenthall zwischen Rafe und mir Platz nahm.

Während wir unsere Stühle zurechtrückten, fragte mich Clarissa, ob Max bei Mrs. Blackwell zufrieden sei. Als ich erwiderte, daß ihm gar nichts anderes übrig bleibe, lachte Mela und sagte: »Weil er ein Junge ist. Blackie hat es einfach mit den Männern.«

»Aber Mela«, sagte Clarissa, »sie war doch sehr gut zu dir, als du klein warst.«

»Ja, aber die Jungs hat sie immer vorgezogen. Mich hat sie nie richtig gemocht – ich war ihr zu frech. Aber dank David habe ich jetzt wieder gute Karten bei ihr. Sie glaubt fest an seinen guten Einfluß.« Der Blick, den sie ihm dabei zuwarf, war zweideutig; zwar mehr als nur kokett, aber auch nicht richtig vertraulich. Er hob nur eine Augenbraue und sparte sich jeden Kommentar.

»Ich wüßte nicht, welchen Unterschied das machen sollte«, bemerkte Melas Tante, was nicht besonders freundlich klang.

»Nun, David war Phils Freund«, sagte Mela nur. Zum erstenmal klang ihre Stimme wirklich liebevoll. »Für Blackie ist das die Qualifikation zum Apostel.«

Benedict Mallaby richtete jetzt das Wort an mich und erkundigte sich, ob wir, Max und ich, uns gut eingelebt hätten. Nachdem ich dies bejaht hatte, wollte er wissen, ob ich schon Leute aus dem Dorf getroffen hätte.

»Nur die Ebborns, die sehr nett zu mir waren. Und einen Mann namens Jope.«

»Dann«, antwortete er mit der Andeutung eines Lächelns, »haben Sie das Beste und das Schlechteste, was dieses Dorf zu bieten hat, kennengelernt.« Er begann das Roastbeef zu tranchieren und legte jedem von uns zwei Scheiben auf den Teller. Dann gab er einen kleinen goldenen Yorkshire Pudding und etwas Bratensauce hinzu und reichte die Teller an Mela weiter.

»Pat und William sind wirklich wunderbare Menschen«, sagte Mela zu mir. Sie hob die Hauben von zwei silbernen Servierplatten vor ihr und brachte jungen Brokkoli und Röstkartoffeln zum Vorschein. »Aber Carl Jope…« Angeekelt zog sie die Nase kraus. »Gerald Fenton behauptet, Jope könne den Wert eines Hauses senken, einfach indem er davor steht.«

»Oder er treibt den Beitrag für die Feuerversicherung in die Höhe«, sagte Val Lenthall trocken.

Benedict hielt im Tranchieren inne und blickte ihn mit gespielter Strenge an. »Willst du damit etwa andeuten, daß Carl Jope irgend etwas mit diesen Bränden zu tun hatte, Val?«

»Man kommt fast nicht umhin, bestimmte Schlüsse zu ziehen, wenn man Jopes Einstellung zu Fremden, die hier Häuser kaufen, kennt und weiß, daß er mit den Besitzern beider Häuser, an denen Feuer gelegt wurde, Krach hatte.«

»Sicher weißt du auch, daß die leidgeplagte Mrs. Jope schwört, er sei bei ihr daheim gewesen, als die Brände gelegt wurden?« Benedicts Ton war jetzt deutlich ironisch.

»Die arme Frau«, sagte Clarissa. »Mir ist völlig unbegreiflich, wie sie diesen Mann nur heiraten konnte. Ihr erster Mann war nämlich ganz reizend.«

»Und wie so viele reizende Männer völlig unfähig, wenn es ums Geld ging«, bemerkte Benedict trocken. »Vielleicht glaubte sie sich glücklich schätzen zu können, daß Jope eine Witwe mit Schulden und einem Kind nahm. Sollte die Frage nicht eher lauten: Warum hat Jope *sie* geheiratet?«

»Das dürfte wohl nicht schwer zu erraten sein«, sagte Cece Breakspear. »Man muß sich nur die Tochter anschauen, dann weiß man, warum Carl Jope bereit war, sie aufzunehmen.«

»Also Cece, wirklich«, sagte Clarissa mißbilligend. »Es hat niemals einen Hinweis auf irgendwelche Unschicklichkeiten in dieser Familie gegeben. Wenn es überhaupt niedere Beweggründe gab, dann war es die Farm, die ihn lockte. Und man muß ihm zugute halten, daß er sie vor dem Ruin bewahrt hat.«

Ein wenig überzeugtes »Umpf« war Cece Breakspears einzige Antwort.

Willoughby erzählte, daß die Tochter vor einigen Jahren an seinem College studiert hätte. Mit süffisantem Lächeln blickte er in die Runde: »Eine vielversprechende Studentin, hieß es. Bis sie…«

»Ja. Genau.« Benedict schnitt ihm das Wort ab. Was immer Jopes Stieftochter getan haben mochte, es blieb unerzählt. Während Benedict Mela den nächsten Teller reichte, fragte er mich, wo ich Jope denn getroffen hätte.

»Er fuhr gerade an unserem Haus vorbei, als Max und ich ankamen. Er hat mich mit einer Schauergeschichte über eine arme Frau empfangen, die in Longbarrow Cottage ermordet wurde.«

Eine kurze Stille trat ein. Sie war gerade lang genug, um mir das unbehagliche Gefühl zu geben, daß ich etwas Falsches gesagt hatte. Mela und Benedict tauschten Blicke aus, während mich Cece Breakspear über den Tisch hinweg anstarrte, als hätte ich mich plötzlich in Spike verwandelt. Clarissas schleppende Stimme durchbrach das Schweigen: »Die arme Frau war meine Schwägerin. Die Witwe meines Bruders Stephen. Vor Ihrer Großmutter hat das Cottage Stephen und Evelyn gehört.«

Ich spürte, wie ich rot wurde. »Oh, das tut mir leid. Ich wußte nicht…«

Sie machte eine wegwerfende Handbewegung. »Wie hätten

Sie das auch wissen sollen? Außerdem war sie eine unmögliche Frau, nicht wahr, Willoughby?«

»O ja, völlig unmöglich. Wenn jemand es verdient hat, ermordet zu werden, dann sie.« Er war gerade dabei, sich Soße übers Fleisch zu gießen, und hielt jetzt mit gequältem Gesichtsausdruck inne, als könne ihn allein die Erinnerung an die Tote aus der Fassung bringen. »Ich weiß noch, daß sie fürchterlich launisch war. Sie hat dem armen Stephen wirklich das Leben verleidet. Manchmal habe ich gedacht, daß ihm der Krieg nach dem Zusammenleben mit Evelyn wie ein wunderbarer Erholungsurlaub vorgekommen sein muß.« Er steuerte noch eine Erklärung für mich bei. »Clarissas Bruder hat im Spanischen Bürgerkrieg gekämpft. Natürlich auf Seiten der Republikaner.«

»Evelyns Tod ist schon lange Geschichte, meine Liebe«, sagte Clarissa zu mir. »Es hat nichts mehr zu bedeuten.«

Ihr schockierend fröhlicher und gefühlloser Umgang mit der ganzen Sache machte es Rafe leicht, seine Neugierde weiter zu befriedigen: »Und wer hat sie umgebracht?«

»Ein Landstreicher«, erwiderte Benedict so kurz angebunden, als wolle er das Thema endgültig beenden. »Das hat zumindest die Polizei behauptet. So, hat jetzt jeder einen Teller? Dann können wir beten.«

Während wir unsere Köpfe senkten, erinnerte ich mich an die Worte von May Armitage. Damals, als wir uns über die mögliche Handlung von *Herzblut* Gedanken machten, hatte sie gesagt: »Es gab da diesen fürchterlichen Mord, von dem wir gehört hatten. Eine Frau namens Evelyn…« May dachte anscheinend, daß es der gewaltsame Tod von Evelyn Allerton gewesen war, der Nan zu ihrem Kriminalroman inspiriert hatte.

»Und haben sie den Mörder jemals geschnappt?« fragte Rafe beharrlich weiter, als wir zu essen begannen.

»Nein.« Clarissa nippte an ihrem Weinglas. »Ich wünschte, ich könnte das bedauern, aber ich kann es nicht.« Einen Moment lang umwölkte ein dunkles Gefühl ihre veilchenblauen Augen, was gar nicht zu ihrer ruhigen Stimme und ihrem beherrschten Betragen paßte. Die schweren Lider schlossen sich, als ob sie müde wäre. Als sie die Augen wieder öffnete, war die alte heitere Gelassenheit in sie zurückgekehrt.

Loyal sprang ihr Willoughby zur Seite: »Man wird wohl außerhalb der Polizei kaum jemanden finden, der das Entkommen von Evelyns Mörder beklagt. Ich bin der Meinung, daß man einige Verbrechen am besten unaufgeklärt läßt. Nämlich dann, wenn es zum Besten der Allgemeinheit ist.«

Ich überlegte, was Evelyn Allerton wohl getan haben mochte, daß sie von allen so verabscheut wurde.

Rafe fragte unbeirrt weiter: »Aber woher wußten sie, daß es ein Landstreicher war?«

»Das Ergebnis verschiedener Schlußfolgerungen«, antwortete Willoughby. »Eins von Evelyns Schmuckstücken tauchte plötzlich bei einem Pfandleiher in Liverpool auf. Es war von einem Mann gebracht worden, der wie ein Landstreicher aussah. Das behauptet zumindest der Pfandleiher.«

»Aber das ist doch kein ausreichender Beweis«, sagte Rafe ganz vernünftig. »Es hätte doch auch jemand sein können, der sich nur als Landstreicher ausgab.«

Mit ruhiger Stimme bat ihn sein Vater, endlich Ruhe zu geben. »Ungelöste Kriminalfälle sind im Moment Rafes Lieblingslektüre«, sagte er dann in die Runde. »Und natürlich Bücher über prähistorische Grabstätten.« Er sah zu mir hinüber und hob halb entschuldigend, halb belustigt eine Augenbraue. »Ich befürchte, jetzt wird er Longbarrow Cottage nur noch anziehender finden. Ein Grabhügel im Garten und ein Mord im Haus.«

Ich erwiderte, daß ich Rafe sehr gut verstehen könne. An Rafe gewandt, sagte ich, daß er mir bei seinem nächsten Besuch hoffentlich etwas über alte Grabstätten erzählen würde. »Ich möchte gern mehr darüber erfahren und nicht nur immer diese fürchterlichen Legenden hören.« Da er den Mund gerade voll hatte, konnte er mir seine Zustimmung nur begeistert zunicken.

»Sie haben also schon von der bezaubernden Goody Ridler und ihren mörderischen kleinen Gewohnheiten gehört?« fragte mich Val Lenthall.

Mela verzog angewidert das Gesicht. Mit schlanken Fingern hielt sie Messer und Gabel ganz am oberen Ende fest und zerlegte grazil ihr Essen. Sie hatte sich selbst die kleinsten Portionen gegeben. »Rafe ist davon überzeugt, daß in dem Hügel ein Schatz vergraben ist, keine Babyleichen. Er würde sofort anfangen, danach zu graben, wenn wir ihn nur ließen.«

Rafe warf ihr einen Seitenblick zu, der nicht gerade freundlich war. Mir war nicht entgangen, daß er sich ihr gegenüber sehr zurückhaltend gab. Er wirkte sogar fast ein wenig feindselig und vermied es jedesmal, ihr in die Augen zu sehen, wenn sie mit ihm sprach.

»Als ich ein Junge war«, sagte jetzt Val Lenthall, »hat man erzählt, der Hügel sei so voll von Gold, daß das Fell der Schafe, die sich auf ihm niederlegten, gelb würde.«

Willoughby tupfte sich den Mund sorgfältig mit seiner Serviette ab. »Ich finde dieses Interesse von Amateuren an unseren prähistorischen Denkmälern wirklich beklagenswert. Die meisten von ihnen sind nichts anderes als Grabräuber. Über unseren Grabhügel sind so viele hergefallen, daß es dort wohl nichts Interessantes mehr zu finden gibt, nicht einmal für richtige Archäologen. Von einem kleinen Jungen mit Spaten ganz zu schweigen.«

Benedict, der mir gerade Wein nachschenkte, sagte: »Wenn ich diesen langen Hügel sehe, muß ich immer an einen Vers von Ossian denken. Du wirst ihn sicherlich kennen, Willoughby.« Seine Augen fixierten einen unsichtbaren Punkt über unseren Köpfen, während er langsam zu rezitieren begann. »›Wir sind vergänglich wie die Träume. Unsere Gräber werden in der Heide versinken und die Jäger unsere Ruhestätten nicht mehr kennen. Hört das Lied aus anderen Jahren. Laßt uns über seinem Klang die Nacht vergessen und den Morgen voll Freude begrüßen.‹« Er verlieh den Worten eine melancholische Schönheit, und in der Stille, die auf sie folgte, blickte er über den Tisch zu seiner Frau hinüber. In seinem Lächeln verbarg sich eine Spur von Mitgefühl. Clarissa erwiderte seinen Blick – ohne zu lächeln, aus trauerumflorten Augen.

Im nächsten Moment hatte sich Benedict schon wieder Willoughby zugewandt und erzählte ihm von einem Buch, das der Mallaby Verlag herausbringen wollte. Es war ein Roman, der im prähistorischen England spielte. »Nicht gerade das, was wir gewöhnlich machen. Aber der Bursche, der ihn geschrieben hat, hat wirklich Talent. Eine Entdeckung Melas. Erzähle Willoughby doch, warum du ihn für einen vielversprechenden Autoren hältst, Mela.«

Während Mela antwortete und selbstbewußt und in beiläufig autoritärem Ton ihre Gründe anführte, begriff ich, daß sie an der Leitung des Familienunternehmens beteiligt sein mußte. Sie hatte ihre spöttische, provokative Art abgelegt und sprach jetzt mit einer Sachlichkeit, die nichts mehr mit der kalkulierten Intimität zu tun hatte, die sie mir aufgezwungen hatte, als sie mir vom Tod ihres Bruders erzählte. Sie war wirklich eine schillernde Persönlichkeit, die unter anderen auch eine ausgesprochen intelligente Seite zu haben schien. Von einem Moment zum anderen wirkte sie älter und reifer.

Trotzdem war es mir unmöglich, Mela Mallaby in irgendeiner Weise einzuordnen. Warum jedoch David Cornelius oder Männer generell sie so attraktiv fanden, war leicht zu sehen. Sie hatte den Zauber eines wunderschönen, unergründlichen Wesens.

Als ich meinen Blick von ihr abwandte, merkte ich, daß David Cornelius' Augen auf mir ruhten. Er sah nachdenklich aus, als hätte er gerade versucht, mich einzuschätzen. Der Blick, den er mir jetzt zuwarf, war nicht unfreundlich, aber irgendwie wirkte er verwirrt und fast ein wenig hilflos. Wenn es ihm peinlich war, daß ich ihn erwischt hatte, wie er mich anstarrte, so zeigte er es nicht. Ich jedoch konnte nicht anders, als seinem Blick erneut auszuweichen.

»Ich denke, wir können das Risiko eingehen«, sagte Mela. »Einige Leute sind zwar der Ansicht, wir sollten besser auf Nummer Sicher gehen und warten, bis sich die wirtschaftliche Lage etwas beruhigt hat. Und es stimmt ja auch, daß selbst größere Verlage Schwierigkeiten haben.«

»Aber auf Melas Urteil haben wir uns immer verlassen können«, sagte Benedict in die Runde, wobei er seine Enkelin liebevoll anblickte. »Ich liebe das Risiko, solange ich weiß, daß es eine sichere Geschichte ist.« Während sie über diesen Widerspruch lächelte, schob sich ein leiser Hauch von Selbstgefälligkeit in ihr Gesicht.

»Ich erinnere mich, daß Philip immer gesagt hat, Mela sei diejenige, die deine Verlegergene geerbt hat«, bemerkte Willoughby. Sie sah ihn wohlwollend an. »Ich bin davon überzeugt, daß der Mallaby Verlag so lange sicher durch diese schweren Zeiten segeln wird, so lange du mit deinem Großvater am Steuer stehst, meine Liebe. Und bestimmt hast du auch mit diesem Buch recht. Es klingt wirklich faszinierend.«

Sie dankte ihm und fügte hinzu: »Ich werde dich an deine Worte erinnern und dich bitten, es zu besprechen, sobald es erschienen ist.«

»Die Zeiten, in denen ich Bücher besprochen habe, sind leider vorbei, meine Liebe. Vielleicht ist dies der geeignete Moment, um euch allen zu sagen...« Er legte eine Kunstpause ein und blickte in die Runde. Dann sprach er mit dem Ausdruck eines Menschen weiter, der weiß, daß er gerade eine kleine, aber äußerst wirkungsvolle Bombe hochgehen läßt. »Es ist nämlich so, daß ich mich entschlossen habe, meine Memoiren zu schreiben.«

»Um sie zu veröffentlichen?« fragte Cece Breakspear, nachdem die allgemeinen Ausrufe der Überraschung verklungen waren. »Na, das wird ja einigen Staub aufwirbeln.«

»Genau das ist der Zweck der Übung.« Obwohl Willoughby bescheiden den Kopf einzog, ließ sich ein Ausdruck verstohlener Selbstzufriedenheit auf seinem Gesicht nicht verleugnen. Dann bemerkte er einen Soßenfleck auf seiner Seidenkrawatte. Verärgert griff er nach seiner Serviette.

Doch noch bevor er den lästigen Fleck angehen konnte, hatte Clarissa einen Zipfel ihrer eigenen Serviette in ihr Wasserglas getaucht und sich vorgebeugt, um sanft über seine Krawatte zu reiben. Dabei zitterte ihre Hand leicht.

»Natürlich wird das Buch im Mallaby Verlag erscheinen«, fuhr Cece fort, wobei sie sich an ihren Vater wandte. Sie besaß die bemerkenswerte Gabe, alles, was sie sagte, kämpferisch klingen zu lassen.

»Natürlich«, antwortete Benedict gewandt. »Ich würde es als persönliche Beleidigung betrachten, wenn Willoughby seine Memoiren einem anderen Verlag anböte.«

»Wir werden auch dafür sorgen, daß du ein anständiges Werbebudget kriegst«, sagte Mela zu Willoughby. »Schließlich steht dir das nur zu.« An mich gewandt, erklärte sie: »Weißt du, eigentlich hat Willoughby den Grundstein zu unserem Familienvermögen gelegt. Mein Großonkel Stephen hatte einen Roman geschrieben – du kennst ihn vielleicht: ›Trauriges Zeremoniell‹.«

Ich wiederholte, was ich schon Robin Mallaby gesagt hatte, als er mir dieselbe Frage stellte, nämlich daß das Buch in meiner Schule zur Pflichtlektüre gehörte.

»Nun, es war Willoughbys Besprechung, die das Buch berühmt gemacht hat«, fuhr Mela fort. »Und diesem Erfolg verdankt auch Benedicts neuer Verlag seinen Erfolg. Wir sind Willoughby also in jeder Hinsicht zu Dank verpflichtet.«

Der Ton, in dem sie das sagte, war ganz ernst, aber als ich in ihre blauen Augen sah, blitzte in ihnen der Schalk auf. Es war, als wolle sie mich in einen Witz einweihen, der zwischen den Worten mitschwang, und zwar einen Witz, der auf Willoughbys Kosten ging.

»Aber Mela, du übertreibst! Du machst mich ganz verlegen.« Doch er fühlte sich offensichtlich geschmeichelt und rückte zufrieden seine Seidenkrawatte zurecht.

»Unsinn, Willoughby. Mela hat völlig recht. Auf dich und deine Memoiren.« Während Benedict sein Glas erhob, murmelte Clarissa: »Der gute Willoughby. Er ist all die Jahre so ein treuer Freund gewesen.«

Willoughby ergriff ihre Hand und setzte zu einer anmutigen kleinen Rede an, wieviel ihm ihre Freundschaft immer bedeutet habe.

Während sich alle Augen auf Willoughby und Clarissa richteten, fiel mein Blick zufällig auf Benedict. Auch er starrte seine Frau und seinen Freund an, aber der kultivierte Humor war aus seinem Gesicht verschwunden und hatte einem anderen Gefühl Platz gemacht. Wenn es nicht so völlig absurd gewesen wäre, hätte ich behauptet, daß es Angst war.

Während der Nachspeise, einem Applepie mit Vanillesauce, wechselte das Gesprächsthema an meinem Tischende auf den Shipcote Farm Park, den man in Kürze für die Öffentlichkeit zugänglich machen wollte. David Cornelius meinte, man müsse wohl neue Arbeitskräfte einstellen, wenn es mit dem Vandalismus so weiterginge. »Wir sind sowieso schon äußerst knapp besetzt. Und jetzt müssen wir auch noch einen Mann zur Nachtwache abstellen.«

Rafe hielt mit vollem Löffel vor dem Mund inne: »Ihr habt eine Wache aufgestellt? Hat er ein Gewehr dabei?«

Val Lenthall lachte. »Wir sind hinter dem Mann her, der mutwillig unsere Zäune zerstört, Rafe, nicht hinter einem Mörder. Wenn wir ihn erwischen, werden wir ihm nur die Beine brechen, um ihm eine Lektion zu erteilen.« Als er Rafes entsetzten Blick bemerkte, wurde er wieder ernst. »Nur ein Witz, Rafe. Wir brauchen weder Gewehre noch Gewalt. Wir sind friedliebende Menschen und wollen den Täter nur abschrecken.«

Cece Breakspear, die ganz auf ihr Essen konzentriert war,

das sie unermüdlich in sich hineinschaufelte, sah von ihrem Teller auf. »Ich habe gehört, daß Gerald Fenton ein Angebot für den Farm Park gemacht hat. Wäre es nicht vernünftig, darauf einzugehen? Schließlich war der Farm Park Phils Projekt, und nicht unseres. Jetzt, wo er von uns gegangen ist, gibt es eigentlich keinen Grund mehr, damit weiterzumachen. Noch dazu, wo das Land so viel wert ist.« Sie schaute über den Tisch, und in ihren Augen stand die Frage nach einer zweiten Portion Nachtisch.

»Du vergißt, daß es jetzt Davids Projekt ist«, sagte Mela, während sie ihrer Tante noch ein großes Stück Applepie abschnitt und so viel Vanillesauce darübergoß, daß die gezukkerte Kruste in einem dicken gelben Saucensee versank. Es war so offenkundig zu viel, daß es schon fast eine Beleidigung war, aber Cece Breakspear nahm den Teller kommentarlos entgegen und begann sofort wieder zu essen.

»Das habe ich nicht vergessen«, antwortete sie zwischen zwei Bissen. »Aber uns gehören Anteile daran. Und ich für meinen Teil habe nicht länger Lust, ein schlafender Teilhaber zu sein.«

»Stiller Teilhaber, Tante Cece«, korrigierte Mela ihre Tante, wobei sie sich ein Grinsen abrang. »Das ist zumindest der amerikanische Sprachgebrauch. Du willst doch nicht, daß man dich mißversteht, oder?«

Cece warf ihrer Nichte einen vernichtenden Blick zu, doch bevor sie eine passende Antwort fand, sagte Clarissa mit aller Entschiedenheit: »Ich sehe wirklich nicht ein, warum wir dieses Thema bei Tisch diskutieren müssen.« Cece widmete sich leise knurrend wieder ganz ihrem Essen und sagte für den Rest der Mahlzeit kein einziges Wort mehr.

Val Lenthall wandte sich an mich. »Es ist immer eine heikle Frage, und ich weiß nie, wie ich es anstellen soll, daß ich eine Frau mit Kindern damit nicht beleidige, aber...«

»Was mache ich eigentlich beruflich?« beendete ich den Satz für ihn.

»Ja, genau. Obwohl ich eigentlich eher fragen wollte, ob Sie irgendwelche besonderen Interessen haben. Neben Ihrem Kind, meine ich. Das ja allein schon eine tagesfüllende Beschäftigung ist.« Er errötete und sah mich verunsichert an. »Ich habe Sie doch hoffentlich nicht beleidigt?«

»Nein, nein«, beruhigte ich ihn. »Ich illustriere Kinderbücher. Und manchmal schreibe ich sie auch.«

Rafe, der uns zugehört hatte, wollte die Titel meiner Bücher wissen. Ich nannte ihm zwei der Bücher für größere Kinder, die ich illustriert hatte, weil ich mir dachte, er könne vielleicht davon gehört haben. »Die kenne ich!« rief er begeistert. »Sie sind toll. Vor allen Dingen der ›Verwandlungskünstler‹. Erinnerst du dich, Dad? Das Buch über den Indianerjungen und den Schamanen.«

»Ja, ich erinnere mich.« David Cornelius lächelte. »Es war tatsächlich eins von Rafes Lieblingsbüchern«, bestätigte er. »Er wollte es immer wieder vorgelesen bekommen, womit ich ganz einverstanden war, denn Ihre Illustrationen waren wirklich sehr interessant...«

»Sie waren einfach unglaublich!« unterbrach ihn Rafe. »Auf einem Bild konnte man den Schamanen in drei verschiedenen Gestalten sehen. Sie waren übereinandergezeichnet, und je nachdem, wie man das Buch hielt, sah man die eine oder die andere«, erklärte er den anderen. »Er fängt als Schlange an, dann wird er ein Lachs, und zum Schluß ist er ein Adler. Es war mein absolutes Lieblingsbild.«

»Meins auch«, sagte ich zu ihm. Rein theoretisch hatte mir diese Figur größte Schwierigkeiten bereitet. Stundenlang hatte ich die Durchschläge der Bilder immer wieder neu übereinandergelegt, bis ich eine Möglichkeit gefunden hatte, die Schlange in dem gebogenen Fischschwanz zu verstecken, der wiederum in die Schwingen des Adlers überging. Als ich die drei Tiere dann richtig übereinanderliegen hatte, konnte ich die Übergänge mit verschiedenen Farbschichten andeuten.

»Sind Ihre Bücher auch hier in England erschienen?« fragte

mich Benedict. Als ich verneinte, fragte er, ob ich denn ein paar Exemplare meiner Bücher mitgebracht hätte. Zwei oder drei, gab ich ihm zur Antwort. »Dann müssen Sie sie mir vorbeibringen«, sagte er. »Ich würde sie mir sehr gern einmal anschauen.«

Erfreut versprach ich, dies bald zu tun.

»Wenn ich mich richtig erinnere, hatte auch Ihr Großvater eine künstlerische Ader«, sagte Clarissa zu mir. Fragend sah sie zu ihrem Mann hinüber: »Das stimmt doch, mein Lieber, oder?«

Er nickte. »Auf unseren gemeinsamen Wanderungen hatte Charles immer ein Skizzenbuch dabei. Soweit ich mich entsinne, war er ziemlich gut.« Aus irgendeinem Grund schienen diese Erinnerungen ihm Unbehagen zu bereiten. Er schob seinen Dessertteller beiseite. »Wo sollen wir unseren Kaffee trinken, Clarissa?«

»Ich denke, in der Bibliothek. Dann kann Max sich wieder zu uns gesellen«, sagte sie in meine Richtung, als wir uns vom Tisch erhoben. »Dort gibt es kaum etwas, mit dem er sich verletzen könnte, er kann gefahrlos überall herumkrabbeln.« Sie bat Mela, Max und Mrs. Blackwell zu suchen.

Die Bibliothek lag auf der anderen Seite des Flurs, dem Eßzimmer direkt gegenüber. Die mit Glastüren versehenen Bücherregale, der Schreibtisch mit seiner ledernen Oberfläche und der Geruch nach Tabak, Holzfeuer und Hund – ein nobler irischer Setter lag lang ausgestreckt auf einem der Teppiche – ließen diesen Raum wie ein typisches Männerzimmer wirken. Dominiert wurde es jedoch von einer Frau. Ihr Bild hing an der Wand am anderen Ende des Raums. Es war ein lebensgroßes Ölgemälde, gemalt von einem Künstler, den ich sofort an der überschäumenden Virtuosität erkannte, mit der er in der Mitte unseres Jahrhunderts die Damen aus der feinen Gesellschaft malte.

Während die anderen sich alle um Clarissa versammelten, die den Kaffee ausschenkte, ging ich zu dem Bild hinüber.

Es war in hellen Gelbtönen gehalten, die von blauen und lavendelfarbenen Schattierungen abgemildert wurden, und zeigte eine sehr schöne Frau, die mit einem Korb voller Blumen im Arm in einem Garten stand. Sie war der ruhende Pol inmitten eines quirligen Gewusels von Kindern und Haustieren, die Stille im Auge des Sturms. Auf dem Rasen rangelten drei Jungen miteinander, und ein pummeliges kleines Mädchen versuchte mit ausgestreckten Armen eine Taube von ihrem sicheren Sitz auf einem Ast herunterzulocken. Im Hintergrund sprangen zwei Spaniels an einer Mauer hoch, auf der eine Katze einen Buckel machte. Auf den ersten Blick wollte man der zierlichen, blaßblonden Frau kaum zutrauen, der Ursprung soviel ausgelassenen, wilden Lebens zu sein, und doch gehörte sie ohne Zweifel dazu. Sie war der Dreh- und Angelpunkt, um den sich alles bewegte. Der Blick aus den klaren, veilchenblauen Augen verriet sofort, daß es die junge Clarissa war.

David Cornelius trat an meine Seite. »Considine hat es 1949 gemalt, kurz vor seinem Tod. Er starb an einem Schlaganfall. Benedict behauptet immer, er hätte ihn gekriegt, weil er die ganze Zeit die Kinder angeschrien hat, sie sollten still sein.«

»Sind das alles Kinder von Clarissa und Benedict?«

»Sie waren es. Heute lebt nur noch Cece. Die beiden mittleren Jungen sind als Teenager bei einem Segelunglück ums Leben gekommen. Der älteste – Melas Vater – ist auch sehr jung gestorben; – er war noch keine dreißig.«

»Es muß schrecklich sein, seine eigenen Kinder zu überleben.«

»Und ein Enkelkind. In mancherlei Hinsicht war Phils Tod noch schlimmer für sie. Es war so klar, daß er derjenige war, der später einmal alles übernehmen würde: den Familienbetrieb, Summerhays, den Shipcote Farm Park. Clarissa hatte kurz nach seinem Tod einen Herzanfall. Und auch Benedict ist danach sehr gealtert.«

Ich wollte ihn gerade fragen, wie er als Amerikaner zum Shipcote Farm Park gekommen sei, als Mela zusammen mit Mrs. Blackwell, die Max auf dem Arm trug, in die Bibliothek zurückkam.

»Er hat ein Riesentheater gemacht, als ich versucht habe, ihn Blacky abzunehmen«, sagte Mela, während ich Max in die Arme schloß. »Ich habe dir ja gesagt, daß ihr alle jungen Männer verfallen sind.«

Nachdem ich mich bei Mrs. Blackwell bedankt hatte, die mir nochmals versicherte, daß es ihr ein Vergnügen gewesen sei, setzte ich mich mit Max in die Ecke des Sofas, die am weitesten vom Kamin entfernt war und von der er den Hund am besten sehen konnte. Rafe hatte sich neben dem Hund auf dem Fußboden niedergelassen. Mit einer Kaffeetasse in der Hand steuerte Benedict Mallaby auf uns zu. Der sei für mich, sagte er, und stellte den Kaffee auf dem Tischchen an meinem Sofaende ab. Dann nahm er auf der anderen Sofaseite Platz.

»Familienfeste können recht ermüdend sein, nicht wahr?« sagte er, als hätte er meine Gedanken gelesen – oder auch nur in meinem Gesicht. Ich war erschöpft, und mein Kopf dröhnte von all den Dingen, die ich heute gehört hatte. »Ich hoffe, es war nicht zu anstrengend für Sie, so viele Menschen auf einmal kennenzulernen.«

»Nein, ganz und gar nicht. Sie haben mich so herzlich aufgenommen! Wenn ich müde aussehe, dann ist das nur der Jetlag.«

»Stimmt es, daß Ihre Großmutter Ihnen nie von uns erzählt hat?«

»Sie hatte nicht lange Gelegenheit dazu. Ich war erst zehn Jahre alt, als sie starb.«

»Ach so.«

Max versuchte sich an der Sofalehne hochzuziehen, aber da das Leder zu glatt war, rutschte er immer wieder ab. Benedict legte eine Hand stützend unter seinen Po und drückte ihn hoch.

Während wir unseren Kaffee tranken und uns bemühten, trotz des Gehopses von Max nichts zu verschütten, trat eine kleine Gesprächspause ein. Benedict begann tonlos und fast unhörbar zwischen den Zähnen zu pfeifen. Max, der die Goldkette, die aus Benedicts Weste hing, schon eine Weile fasziniert betrachtet hatte, griff jetzt nach ihr.

»Die gefällt dir, mein kleiner Bursche, nicht?« Benedict löste die Kette und ließ die Taschenuhr vor Max hin- und herbaumeln, der die Bewegungen der goldenen Scheibe, die verlockend im Licht des Feuers funkelte, mit begehrlichem Blick verfolgte. Im nächsten Moment gelang es ihm mit einer glücklichen Handbewegung, die Kette in den Griff zu bekommen, an der er die Uhr zu sich heranzog. Benedict lachte über die Kraft des kleinen Kerlchens und überließ sie ihm.

In diesem Moment rief Willoughby Benedict etwas zu. Es ging um ein Buch, das er aus dem Regal gezogen hatte. Max nutzte den kurzen Moment, in dem Benedicts Aufmerksamkeit auf etwas anderes gerichtet war, um das Objekt seiner Begierde in Richtung Mund zu führen. Kurz bevor sich die kleinen Zähne über dem glänzenden Goldgehäuse schließen konnten, nahm ich ihm die Uhr ab und tauschte sie gegen einen Schnuller aus.

Die Taschenuhr hatte einen mechanischen Golddeckel, der schützend über dem Glas des Zifferblatts lag. Er war nicht ganz geschlossen, weshalb ich ihn neugierig öffnete. Auf der Innenseite war in geschwungenen, zierlichen Buchstaben ein Satz eingraviert: »Ein gutes Buch ist das teure Herzblut eines großen Geistes.« Für die Uhr eines Verlegers war es ein passender Spruch, aber nicht deshalb starrte ich die Gravur ungläubig an. Es war ein einzelnes Wort, das mir in die Augen sprang.

Herzblut.

# 13

Benedict Mallaby wandte sich auf dem Sofa wieder zu mir und sah, daß ich seine Taschenuhr in der Hand hielt. In seinem Gesicht zuckte es auf, eine Mischung aus Schrecken und Wut. Ich dachte, er hätte Angst um seine Uhr, und hielt sie ihm hin. »Max wollte sie gerade verspeisen, ich habe sie in letzter Sekunde gerettet.«

Willoughby Webb Springer klappte das Buch zu, in dem er gerade geblättert hatte, und lachte trocken auf. Es klang halb glucksend, halb hustend. »›Die Zeit verschlingt alles‹, hat Ovid geschrieben. Vielleicht hätte er besser sagen sollen, daß Babys alles verschlingen, Zeit inklusive.«

»Vor allen Dingen Zeit«, sagte ich. Wir lächelten uns an. Trotz seiner pedantischen Art und dem leicht boshaften Unterton seines Humors begann ich ihn zu mögen. Allerdings hatte er während des Essens auch Interesse an meiner Arbeit gezeigt, intelligent gefragt und genau zugehört. Und trotzdem war mir ein- oder zweimal ein neugieriges Starren an ihm aufgefallen, unter dem ich mich sehr unbehaglich gefühlt hatte.

Auf der anderen Seite des Sofas fummelte Benedict an seiner Uhrkette herum und versuchte, den kleinen Goldriegel am Kettenende durch das enge Knopfloch seiner Weste zu schieben. Als ich ihn fragte, ob es sich bei der Gravur um ein Zitat handele, starrte er mich ausdruckslos an, als hätte er meine Frage nicht gehört.

Neben mir gab Willoughby ein eigenartiges Schnauben von sich, als müsse er gegen einen Lachanfall ankämpfen. Amüsiert schaute er zu seinem Freund hinüber und vermittelte den Eindruck, daß es zwischen ihnen irgendeinen geheimen Witz gab.

»Ein Zitat?« antwortete Benedict langsam. Seine blaßblauen Augen wanderten von Willoughby zu mir. Er schien erst nachdenken zu müssen: »O ja, genau. Sogar ein recht wichtiges für uns im Buchgeschäft. Es entstammt einer berühmten Streitschrift aus dem siebzehnten Jahrhundert, in der es um die Freiheit des Druckgewerbes ging.«

»Welch tröstende Worte...«, wollte Willoughby gerade anheben.

»Das ist wirklich ein Zufall«, begann ich gleichzeitig und wollte ihnen von Nans Buch erzählen.

Willoughby und ich hielten beide inne, um dem anderen mit höflichen Floskeln den Vortritt zu lassen, aber noch bevor einer von uns weiterreden konnte, verlor Max das Gleichgewicht und rutschte von den glatten Lederkissen auf den Boden. Er jaulte laut auf, aber mehr vor Schreck und Müdigkeit als vor Schmerz, denn der Teppich und die Windel hatten seinen Sturz abgefangen. Ich sagte, daß es an der Zeit sei, ihn zu seinem Mittagsschlaf nach Hause zu bringen.

Plötzlich legte Willoughby eine fast beunruhigende Herzlichkeit an den Tag. Ich müsse wirklich bald nach Oxford kommen und ihn besuchen, sagte er, während ich mich mit Max auf dem Arm erhob. »Ein Freund von mir schreibt Kinderbücher. Es wäre sicher nett für Sie, ihn kennenzulernen.« Er nannte den Namen eines berühmten Kinderbuchautors. Als ich erwiderte, daß ich ihn tatsächlich sehr gern kennenlernen würde, zog Willoughby ein ledergebundenes Notizbuch mit Miniaturfüller aus der Brusttasche seines Jacketts. »Ich werde Sie in ein oder zwei Tagen anrufen«, sagte er und öffnete das Notizbuch. »Vielleicht können wir zusammen zu Mittag essen.«

Ich gab ihm meine Telephonnummer und fügte hinzu, daß der Apparat wohl nicht vor Ende der Woche angeschlossen sein würde.

»Macht dich das nachts nicht nervös?« fragte Mela. »Ganz allein in einem so abgelegenen Haus ohne Telephon? Ich hätte fürchterliche Angst.«

Noch bevor ich antworten konnte, sagte Clarissa bestimmt: »So ein Unsinn, Mela. Warum sollte sie denn Angst haben?

Wir sind doch nicht in London. Bei uns ist eine alleinstehende Frau durchaus sicher. Aber wenn ich an dich und deine Londoner Wohnung denke…«

Mela schlang einen Arm um die Taille ihrer Großmutter. »Knightsbridge kann man nun nicht gerade als Krisengebiet bezeichnen, Liebste. Außerdem habe ich nur gemeint, daß man sich mit einem Kleinkind doch ständig Gedanken wegen Krankheiten oder Unfällen macht.«

»Wenn so etwas passiert, Jo, mußt du dich natürlich an uns wenden.« Clarissa nahm meine Hand und drückte sie sanft. Unter ihrer papierdünnen Haut besaß sie eine erstaunliche Kraft. »Ich freue mich sehr, daß wir dich als Familienmitglied dazugewonnen haben, meine Liebe.«

In Cece Breakspears Gesicht, die hinter ihr stand, war zu lesen, daß sie zu diesem Thema ihre eigene Meinung hatte.

In diesem Moment erschien Mrs. Blackwell in der Tür und verkündete, Mela werde am Telephon verlangt. Bevor sie aus dem Zimmer ging, sagte Mela zu mir, daß sie die Woche über die meiste Zeit in London sei, aber bei mir vorbeischauen würde, wenn sie nächsten Freitag zurückkäme. »Aber laß es mich wissen, falls du nach London kommst. Dann gehen wir zusammen essen.«

Val Lenthall, David Cornelius und Rafe begleiteten mich zu meinem Mietwagen. Sie wollten von dort weiter zum Farm Park gehen. »Kommen Sie diese Woche doch mal vorbei und schauen sich alles an«, lud mich Val Lenthall ein. »Dann kommen Sie der offiziellen Eröffnung zuvor und kriegen eine Privatführung.« David Cornelius unterstützte ihn und fügte hinzu, daß es Max bestimmt gut gefallen würde. Wir einigten uns auf den Dienstag morgen.

Rafe schnitt für Max, der bereits in seinem Autositz saß, Grimassen durch das Fenster. Max lachte eine Zeitlang begeistert, aber dann war er so erschöpft, daß er seinen Kopf wegdrehte. Ich lud Rafe ein, am nächsten Tag nach der Schule bei uns vorbeizuschauen. »Und bring Spike mit.«

»Darf ich?« fragte er seinen Vater.

»Wenn du deine Hausaufgaben gemacht hast«, antwortete David Cornelius, »und wenn du diesmal um sechs Uhr zu Hause bist.« Rafe versprach es und winkte uns zum Abschied nach. Dann entfernte er sich mit den beiden Männern. Im Gehen legte David den Arm um die Schultern seines Sohnes.

Ich stieg ins Auto und kurbelte das Fenster runter, um die milde Nachmittagsluft hereinzulassen. Dann suchte ich in meiner Handtasche nach den Autoschlüsseln. Plötzlich hörte ich hinter mir das Knirschen von Schritten im Kies. Ich legte meine Hand ins offene Fenster und drehte mich um. Im gleichen Moment beugte sich David Cornelius herab und legte seine Hand ebenfalls ins Fenster. Einen kurzen Moment lang ruhte sie auf meiner Hand.

Die Berührung mit seiner warmen Haut und die unerwartete Nähe zu seinem Gesicht, die für jeden Zuschauer so aussehen mußte, als würden wir uns im nächsten Moment küssen, ließ mich erschreckt zusammenfahren. Instinktiv zuckte ich zurück und zog meine Hand weg. Da mir sofort klar war, daß ich übertrieben stark reagiert hatte, sagte ich unbeholfen, er habe mich völlig überrascht.

»Eine schlechte Angewohnheit von mir.« Es klang eher zerknirscht als beleidigt. »Ich wollte Ihnen nur sagen, daß ich den Mann, der auf Nachtpatrouille geht, bitten kann, auch ein Auge auf Ihr Haus zu werfen.«

»Das wird nicht nötig sein.«

»Nein, natürlich ist es nicht nötig. Aber da es sowieso auf seinem Weg liegt, habe ich gedacht...«

»In Ordnung.« Vor Verlegenheit war ich sehr kurz angebunden, und meine Antwort klang selbst in meinen Ohren plump. »Danke.«

Er schien noch etwas sagen zu wollen, überlegte es sich aber anders und verabschiedete sich mit einem Kopfnicken.

Jetzt fiel mir ein, daß ich die Autoschlüssel in meine Manteltasche gesteckt hatte.

Als wir wieder im Cottage waren, war es schon nach drei. Ich war erschöpft. Die Mallabys waren bei allem Charme eine ausgesprochen anstrengende Familie. Ihre Gesellschaft verlangte Aufmerksamkeit, Mela forderte sie sogar direkt heraus. Die vielen unterschwelligen Anspielungen unter der relativ glatten Oberfläche ihres Geplauders hatten bewirkt, daß ich mich in ihrer Gesellschaft eher unwohl fühlte und ständig das Gefühl hatte, aus der Reserve gelockt zu werden.

Als ich das Fläschchen für Max machte, schüttete ich mir Milch übers Kleid. Ich wusch den Flecken aus und hängte das Kleid zum Trocknen auf die Wäscheleine, die von einem Haken neben der Hintertür zu einem Pfosten lief. Dann schliefen Max und ich zusammen in meinem Bett ein. Um kurz nach halb fünf wachten wir wieder auf. Ich setzte Max in seinen Kinderwagen, und wir machten einen Spaziergang den Feldweg hinauf. Ich wollte den Schlaf und die dumpfe Schwere, die einen nach einem zu reichhaltigen Essen zuweilen überfällt, aus meinem Kopf vertreiben.

Grün leuchteten die Felder im goldenen Licht des Spätnachmittags. Es roch nach Apfelblüten und sonnenwarmem Wiesenboden. Die kranke Rotbuche am Grundstückstor zeigte ihre ersten winzigen Blätter, die sich wie kleine braune Sterne gegen den Frühlingshimmel abhoben. Jedes war mit einem pelzigen Flaum überzogen, der wie eine dünne Membran schimmerte und sich unter meinen Fingern weich und fast gummiartig anfühlte.

Seit meinem Besuch in Summerhays war mein Wahrnehmungsvermögen aufs äußerste sensibilisiert; nichts mehr wirkte vertraut, und deshalb nahm ich alles voller Interesse auf. Als ich mit Max den Weg hinaufspazierte, gingen mir einige Fetzen der Tischunterhaltung durch den Kopf. Über scheinbar zusammenhanglose Themen hatte sich ein unentwirrbares Netz von Emotionen gelegt. Einerseits waren sie mir völlig willkürlich erschienen, dann aber auch wieder bedeutungsschwanger.

Auf irgendeine Weise hatten Melas sprunghafte Stimmungsschwankungen, die unverständliche Reserviertheit David Cornelius' und die Gereiztheit, die in Cece Breakspear kochte, miteinander zu tun. Auch wenn Clarissa Mallaby sich bemüht hatte, den Mord an Evelyn Allerton möglichst unbekümmert abzutun, schien er sie alle zu beschäftigen. Dasselbe galt für Willoughby Webb Springers Memoiren und die Worte, die in Benedict Mallabys Taschenuhr eingraviert waren. Alles hing zusammen. Aber wie?

Die meiste Zeit hatte ein eigenartiger, dunkler Schatten über unserer Unterhaltung gelegen. Immer wieder wurde das Thema Tod gestreift: Mord, Kindsmord, Krebstod, Unfalltod, natürlicher Tod – die Begriffe schienen ihnen wie selbstverständlich über die Lippen zu kommen. Auch Hinweise auf andere, kaum weniger angenehme Dinge wie Ehebruch, Inzest, Brandstiftung und Grabräuberei hatten sich wie ein dünner roter Faden durch unsere Gespräche gezogen. Doch um mir ein klares Bild von all diesen Eindrücken beim Mittagessen zu machen, waren es zu viele und zu lebhafte gewesen.

Wir kamen an der Ashleaze Farm vorbei. Aus einem Schornstein stieg eine behäbige Rauchspirale, aber nicht einmal die Wachgans Stanley war zu sehen. Jenseits der Farm und des benachbarten Wäldchens stieg der Weg in die Hügel der Cotswolds an, die im warmen Westlicht des späten Nachmittags lagen. Durchzogen von Steinmäuerchen und Ackerfurchen, erstreckten sie sich in grünen und braunen Wogen bis zum Horizont. Lediglich ein paar vereinzelte Baumgruppen und Häuserdächer ragten wie Inseln aus dem weiten Hügelmeer. Eine schmale Wolkenlinie im Südwesten glühte apricotfarben, während der Himmel darüber klar und tiefblau war. Die Vögel sangen, und als ich den frischen und trotzdem milden Wind auf meiner Haut spürte, überkam mich plötzlich ein berauschendes Gefühl von Freiheit.

Hier im Hügelland gingen die steilen Hecken, die bisher den Weg gesäumt hatten, in kleine, lose zusammengefügte

Steinmäuerchen über. Zu meiner Rechten wurde die Mauer von einer breiten Traktorspur unterbrochen. Sie lag in einer flachen Senke zwischen einer blühenden Weißdornhecke und einer Feldsteinmauer, die mir bis zur Taille reichte. Ein paar hundert Meter weiter vorne verschwand die Spur hinter den dichten weißen Blüten der Hecke. Neugierig geworden, bog ich von der Straße auf den Weg ab. So lange ich nicht zu schnell ging, schien Max das Stoßen der Räder auf dem holprigen Boden nicht weiter zu stören.

Wenige Minuten später erreichten wir den Kamm eines kleinen Hügels. Hier teilte sich der Weg. Die Hauptspur verlief in sanftem Gefälle zu ein paar Dächern in der Ferne, die wohl zu einer Farm gehörten. Rechts von mir führte ein schmaler Fußpfad zu einem Holztritt über die Mauer und dann den Hügelkamm entlang. Ein Schild mit einem Wandersymbol wies diesen Pfad als öffentlichen Wanderweg aus und zeigte über ein großes, brachliegendes Feld mit kurzgeschorenem Gras in Richtung Osten. Mehrere hundert Meter weiter südlich grenzte das Feld an das Wäldchen, das sich hinter der Ashleaze Farm erhob.

Ich zögerte einen Moment und überlegte, ob es die Sache wert sei, Max und seinen Kinderwagen über die Mauer zu befördern. Der Anblick einer Lerche, die singend hoch über dem Feld aufstieg, gab den Ausschlag.

Mit Max auf dem Arm kletterte ich über den Tritt, und während er die winzigen blauen und gelben Wildblumen probierte, die überall in der Wiese wucherten, kletterte ich zurück und holte seinen Buggy. Einmal hatte ich für ein Buch mit Kinderversen die Geschichte von einer alten Frau illustriert, die mit ihrem Schwein über einen Zauntritt steigen wollte. Als ich Max jetzt den Wildblumensalat aus dem Mund räumte, fühlte ich mich ihr verwandt.

Der steile Hügelkamm, über den der Weg weiterlief, erhob sich über einem kleinen Tal, in dem vor allem Brombeersträucher wuchsen. Plötzlich bemerkte ich dort unten eine Bewegung. Und dann noch eine und noch eine. Im Brombeergestrüpp wimmelte es nur so von Kaninchen. Ich hockte mich neben Max und zeigte ihm die Tiere, die im schräg einfallenden Sonnenlicht fröhlich herumhoppelten. Die Sonnenstrahlen ließen auch die Erdhäufchen stärker hervortreten, von denen die flachere Hügelflanke auf der gegenüberliegenden Seite des Tales übersät war. Das mußten die Eingänge zu den Kaninchenhöhlen sein. Es waren Hunderte, ein ganzes Kaninchengehege.

Max begann in seinem Kinderwagen nach vorn zu schaukeln, ein Zeichen, daß er weiterwollte. In der Ferne hatte er etwas erblickt, das interessanter war als die Kaninchen – eine Schafherde mit kleinen Lämmern.

Über die zerfallenen Reste einer Steinmauer, die das Feld vom Wald abgrenzte, hatte man einen Stacheldrahtzaun gezogen. Ein einsamer Wildapfelbaum wuchs aus einer Lücke in der Mauer durch den Stacheldraht, und die schneeweißen Blüten hingen wie winzige Wattebäusche an seinen Ästen. Dieser einzelne weiße Fleck vor dem dichten grünen Gehölz ließ den Wald nur noch geheimnisvoller und undurchdringlicher erscheinen. Die Sonne war bereits dahinter versunken, und so lagen die Bäume des Waldes wie eine einzige Wand aus dunklen Schatten da.

Ich hoffte auf einen guten Ausblick auf Longbarrow Cottage, wenn wir den Wald erst hinter uns gelassen hätten, doch ich hatte Goody Ridler's Tump vergessen. Grün und massig erhob er sich vor uns und verhinderte jeden Blick auf das Cottage. Von dieser Seite sah der Hügel wie eine bauchige, aus Erde gebaute Arche aus, die in dem grünen Buschwerk, das sie an den Seiten umwucherte, schwamm.

Der Fußweg machte jetzt eine Biegung nach rechts und fiel zum Tal hin ab. Mit dem Kinderwagen konnte ich hier unmöglich weitergehen, und da uns der Stacheldrahtzaun von dem Feld mit dem Grabhügel trennte, konnte ich auch nicht um Goody Ridler's Tump herum zum Cottage hinabgehen.

Wir mußten also denselben Weg zurück, den wir gekommen waren.

Bevor wir den Rückmarsch antraten, nahm ich Max aus dem Kinderwagen, damit er seine Beine ein wenig strecken konnte. Während er wonnevoll auf dem weichen Wiesenboden herumkugelte und mit den Händen am Kinderwagen Aufstehen übte, setzte ich mich auf meine zusammengefaltete Jacke und zog meinen Skizzenblock hervor, um den Grabhügel zu zeichnen.

Vor über viertausend Jahren hatten die Männer und Frauen des Neolithikums mit Hacken aus Hirschgeweih und hölzernen Schaufeln unter großen Mühen dieses Grabmal für ihre Toten errichtet. Doch im Lauf der Zeit waren längst alle Unterschiede zwischen Menschenwerk und dem der Natur verwischt. Jetzt ragte der langgestreckte Hügel wie eine Art Zwitter auf; er war Teil des Bodens, auf dem er stand, und doch war er ihm fremd.

In der Sonne sitzend, bevölkerte ich den Hügel auf meinem Skizzenblock mit den Geistern prähistorischer Zeiten. Ich blinzelte nur einmal mit den Augen, und schon war der Stacheldraht, der an die Gegenwart erinnerte, verschwunden. Es war auch kein Problem, dort, wo sich wahrscheinlich einmal der Eingang zum Grab befunden hatte, eine Frau einzuzeichnen. Sie hielt ein Baby im Arm und sah zu, wie der Mann, der ihr Kind gezeugt hatte, zu Grabe getragen wurde.

So mühelos ich diese Szene auch entworfen hatte, war mir doch klar, daß es mir niemals gelingen würde, mich wirklich in diese Frau hineinzuversetzen und zu verstehen, was sie damals gefühlt haben mußte.

Peter und ich hatten nie über den Tod geredet, auch nicht, als er sicher schon längst an nichts anderes mehr dachte. Da ich nicht wußte, was er sich selbst gewünscht hätte, war ich in dem Segelboot eines Freundes auf den See hinausgefahren und hatte seine Asche über das Wasser verstreut. Als der Wind die Asche forttrug, war ein eigenartiges Schuldgefühl über mich gekommen, als wäre dieser letzte Ritus einer trauernden Witwe in Wirklichkeit ein verschleierter Versuch, mich von den letzten Spuren seiner körperlichen Präsenz zu befreien. Weil es kein Grab gab, gab es auch kein Symbol, das mich ständig an mein Versagen erinnern konnte. Aber würde Max es mir nicht eines Tages zum Vorwurf machen, daß es keinen Ort gab, an den er gehen und um seinen Vater trauern konnte?

Eine Wolke schob sich vor die Sonne. Die Schafe hoben witternd die Köpfe in die Höhe, um dann eilig den Hügel hinunterzutrotten und nach ihren Lämmern zu blöken. Irgend etwas hatte sie aufgeschreckt. Ein Schwarm Krähen brach wild flatternd aus dem Wald hervor und kreiste mit aufgeregtem Gekrächze über dem Hügel. Plötzlich war die Luft kühler und der Wind schärfer; von einem Moment zum anderen fühlte ich mich auf meinem einsamen Posten auf dem Hügel unbehaglich. Der Grabhügel, der eben noch im hellen Sonnenlicht gelegen hatte, ragte jetzt düster im Schatten des Waldes auf. Vielleicht war es dieses uralte Mahnmal unserer Vergänglichkeit oder einfach die veränderte Atmosphäre und das Sinken der Temperatur, die in mir die Sehnsucht nach der Wärme eines anderen Menschen auslösten. Ich fühlte mich isoliert, aller Hoffnung beraubt. Die Parallelen, die ich zwischen meinem Leben und dem meiner Großmutter erkannte, schockierten mich. Es war, als prophezeiten sie mir ein vergleichbares Schicksal, eine ewig schwärende Wunde aus Verlust und Leid, die ein Leben voll Bitterkeit nicht schließen konnte. Trostsuchend beugte ich mich zu Max hinab und berührte seine weiche, runde Wange.

Ich wußte, daß ich mein Kind vor meiner eigenen Einsamkeit beschützen mußte.

Plötzlich hörte ich aus dem Wald einen schrillen Schrei. Er war so durchdringend, daß ich erschrocken aufsprang und in die Bäume starrte. Das entsetzliche Geräusch kam sicher von einem Vogel oder irgendeinem anderen Tier, aber noch nie zuvor hatte ich ein so grauenvolles, abgehacktes Kreischen gehört. Während ich den Wald nach einer Bewegung oder einem Tier absuchte, hatte ich das unheimliche Gefühl, daß jemand zu mir herüberstarrte. Schnell verstaute ich den Skizzenblock in meiner Schultertasche, schnallte Max in seinem Kinderwagen fest und hastete den Weg zurück.

Max begann zu quengeln, und als ich den Wagen noch schneller schob, protestierte er laut weinend gegen das Gerüttele. Ich hielt an und nahm ihn auf den Arm. Unter dieser Last keuchend, eilte ich halb rennend weiter und stieß den Kinderwagen vor mir über Furchen und Steine. Max, der über dieses neue Spiel entzückt war, begann auf meinem Arm zu lachen.

Als wir am Waldrand entlanghasteten, brannte mir der wachsame und feindselige Blick förmlich im Rücken. Es war, als hätte sich ein fürchterliches Wesen auf meinen Schultern niedergelassen und meinen Hals umschlungen. Der Drang, es abzuschütteln, war überwältigend.

Schwitzend und völlig erschöpft erreichte ich endlich den Holztritt.

Ich mußte stehenbleiben, um wieder zu Atem zu kommen. Gegen einen Holzpfahl gelehnt, blickte ich den Weg zurück, den wir gekommen waren. Der Wind strich durch die weißen Apfelblüten. Die Krähen ließen sich wieder in den Bäumen nieder; in der dunkelgrünen Blättermasse wirkten sie wie Rußflecken. Ein einzelnes Lamm kam gemächlich den Hügel heraufgetrottet, und sein Wollfell leuchtete in einem Sonnenstrahl silbern auf.

Welches Raubtier es auch gewesen sein mochte, das dieses grauenvolle Kreischen verursacht hatte – ein Fuchs, ein Habicht oder vielleicht einer von Spikes ungezähmten Verwandten –, es war verschwunden. Ich war meiner eigenen Phantasie zum Opfer gefallen, und ich hatte genauso reagiert wie die dummen, aufgescheuchten Schafe. All das Gerede von Mord beim Mittagessen, all die Gedanken an den Tod und die schlaflosen Nächte – ich war einfach nicht mehr ich selbst.

Als Max und ich heimkamen, lag Longbarrow Cottage anheimelnd im späten Licht des Nachmittags und grüßte uns einladend. Die Steinwände glühten golden, als wollten sie die letzten Sonnenstrahlen in ihrem Gemäuer festhalten. Wieder einmal hatte ich das Gefühl, zu Hause anzukommen. Die dikken Wände schienen mir Zuflucht vor allen Ängsten zu bieten. Das Haus war warm, sicher und hatte die unerschütterliche Stabilität eines Gebäudes, das nicht nur Jahrzehnte, sondern Jahrhunderte überdauern sollte.

Während Max spielte, steckte ich ein paar Apfel- und Fliederzweige aus dem Garten in eine Porzellankanne, die mir im Vorratsraum in die Hände gefallen war. Als nächstes klebte ich die Zeichnungen und skizzierten Entwürfe, die ich aus Toronto mitgebracht hatte, an die Wohnzimmerwände. Die meisten Zeichnungen zeigten Max, dann gab es noch ein paar Mäusestudien, erste Versuche, Nans Geschichte von den Kirchenmäusen in Bilder zu fassen. Ich hatte sie meiner Lektorin Paulina versprochen. Mit den Zeichnungen, den Blumen und Max' Spielzeug wirkte das Zimmer mehr wie unser eigenes.

Trotzdem wurde ich die Angst nicht los. Ich hatte sie wie eine Erkältung aufgeschnappt und konnte sie nun nicht einfach wieder abschütteln. Wir aßen zu Abend, ich badete Max und erzählte ihm eine Gute-Nacht-Geschichte, aber der immer dunkler werdende Abend vor den Fenstern ließ mich nicht vergessen, daß ich eine weitere Nacht allein mit meinem Kind in einem Haus verbringen mußte, in dem mich niemand hören würde, wenn ich um Hilfe schrie. Melas Frage ging mir wieder durch den Kopf: »Hast du keine Angst, so ganz allein…?« Bevor ich zu Bett ging, prüfte ich, ob alle Türen und Fenster sicher verriegelt waren. Dann stieg ich noch einmal aus dem Bett, um sie erneut zu überprüfen.

Irgendwann jedoch war ich so müde, daß ich meine Ängste vergaß und im Schein der Nachttischlampe einschlief. Kurz bevor der Schlaf mich übermannte, fiel mir ein, daß mein Kleid noch auf der Wäscheleine hing. Zu spät.

## 14

Der Traum, aus dem ich hochschreckte, war ein Alptraum gewesen.

Ich hatte beobachtend im Wald gestanden. Es war Nacht, und der lange Grabhügel lag ins kalte Licht des Vollmonds getaucht. Es gab keine Farben, nur verschiedene Schwarz- und Grautöne, die im weißen Mondlicht einen metallischen Schimmer angenommen hatten. Um den hohen Erdwall des Grabes bewegte sich eine Prozession dunkler Schatten; es waren menschliche Schatten, formlos, vornübergebeugt und ohne Geschlecht. Allmählich lösten sie sich auf; der Hügel schien sie zu schlucken.

Nur eine einzelne Figur blieb im Mondlicht stehen. Auch wenn ihr Gesicht von mir abgewandt war, erkannte ich in ihr die Frau aus meiner Zeichnung. Aber ihre Arme waren jetzt leer, ihr Kind verschwunden. Plötzlich verkrampfte sie sich und warf sich zu Boden. Sie krallte sich in der Erde fest, scharrte mit einem Knochen herum und riß das Gras aus. Ihr keuchender Atem durchdrang die tiefe Stille der Nacht. Es klang fast wie das Pfeifen des Windes. Schließlich schleuderte die Frau den Knochen fort und drückte ihr Gesicht mit verzweifelt ausgestreckten Armen in die Erde.

Das Mitgefühl für ihr Leid ließ mich einen stechenden Schmerz in der Seite fühlen. Ich wollte zu ihr gehen, doch ich konnte den Wald nicht verlassen. Plötzlich erhob sich die Frau wie ein Tier auf alle viere, legte ihren Kopf in den Nakken und stimmte ein lautes Heulen an. Es war der gleiche trostlose Schreckensschrei, den ich am Nachmittag gehört hatte. Auch ich öffnete den Mund, aber kein Laut kam über meine Lippen.

Noch immer am Boden kauernd, drehte sich die Frau zu mir um. Im harten Licht des Mondes konnte ich jeden einzelnen Zug ihres weißen, schreckerfüllten Gesichts erkennen.

Es war mein Gesicht.

Mein Herz raste vor Entsetzen, und ich fuhr im Bett hoch. Die Vision von der Frau auf dem Grabhügel verwischte anfangs noch die Umrisse des Zimmers; es war, als hätte man die Szene auf eine Folie gemalt und über die Realität gelegt. Langsam löste sie sich auf. Vor mir stand nur noch das fürchterliche, körperlose weiße Gesicht, und in meinem Kopf hallte das Echo des Schreis nach. Dann war ich in dem stillen Schlafzimmer endlich allein mit Max.

Im Licht der Nachttischlampe konnte ich die Umrisse seines Körpers unter den Decken des Kinderbetts sehen. Ich hörte seinen schweren, rhythmischen Atem. Trotzdem stand ich auf und ging zum Kinderbett hinüber. Ich legte meine Hand auf ihn, um das regelmäßige Steigen und Fallen seines Brustkorbs zu spüren. Jetzt war ich sicher, daß er nur schlief.

Sein Kopf lag seitlich auf dem Laken. Im Profil waren die weiche Wölbung seiner Stirn und die kleine runde Stupsnase besonders betont. Ein malvenfarbener Schatten lag auf dem Augenlid über dem feinen Flaum seiner dunklen Wimpern, und seine makellose Haut wirkte im Licht fast durchscheinend. Es gab nichts Schöneres, kein anderes Wesen, das mich so bewegen konnte. Während ich ihn betrachtete, spürte ich, wie der Eindruck des Traums langsam schwächer wurde. Max' Fleisch und Blut genügten als Talisman gegen die Trostlosigkeit.

Ich drehte mich von dem Kinderbett weg, um auf meinen Wecker zu blicken. Es war erst halb zwölf. An Schlaf war zunächst nicht mehr zu denken. Ich zog meinen Bademantel und Hausschuhe an und ging in die Küche hinunter. Unterwegs machte ich alle Lichter an.

Der Wind war in der Nacht stärker geworden. Er raunte ums Haus, Büsche und Äste strichen mit einem leisen Kratzen über die Wände. Ich ließ Wasser in den Teekessel laufen und löffelte Kaffeepulver in den Filter. Mit dem Rücken zum vorhanglosen Küchenfenster stehend, sah ich den Flammen zu, die blau und gelb unter dem Kessel flackerten. Dieser Anblick gab mir ein heimeliges Gefühl von Geborgenheit.

Während der Kaffee durch den Filter in die Tasse tropfte, machte ich mir in einem kleinen Topf etwas Milch warm. Ich goß gerade die heiße Milch in den Kaffee, als es laut hämmernd an der Haustür klopfte. Meine Hand zuckte, und ich verschüttete die heiße Milch. Fluchend griff ich nach einem Wischtuch und warf es auf den Milchfleck. Dann ging ich zur Tür.

»Wer ist da?« rief ich durch das Holz. Ich konnte meine eigene Stimme hören. Sie zitterte.

»David Cornelius.«

Überrascht entriegelte ich die Tür und öffnete sie. Er stand ein paar Schritte vom Eingang entfernt und hatte das Gesicht von mir abgewandt, als würde er in der Nacht nach etwas oder jemandem hinter sich Ausschau halten. Einen Moment lang konnte ich ihn nicht deutlich erkennen, da er sich ganz im Schatten befand. Als er dann zu mir schaute, fiel das Licht aus dem Flur auf sein Gesicht – es war wie eine Offenbarung.

»Alles in Ordnung?« fragte er. Er atmete schwer, als wäre er gerannt, und sein Gesicht und der Hals über dem Rollkragen seines dicken weißen Pullovers leuchteten rot. In der einen Hand hielt er eine große Taschenlampe, deren Strahl auf den Boden fiel.

»Ja, natürlich. Warum? Stimmt was nicht?«

»Ich bin beim Grabhügel am Zaun entlanggegangen und habe gesehen, wie bei Ihnen die Lichter angingen.« Er zögerte einen Moment, dann sagte er langsam und unsicher: »Ich hätte schwören können, jemand in Ihrem Garten gesehen zu haben. Ich bin gerannt, so schnell ich konnte, aber als ich ankam, war er verschwunden. Haben Sie jemanden gehört oder gesehen? Haben Sie deshalb überall Licht gemacht?«

»Nein, nein. Ich habe nichts gehört, bis Sie geklopft haben. Ich... ich konnte nur nicht schlafen, deshalb bin ich nach unten gegangen.« Beklommen starrte ich an ihm vorbei auf die dichte Wand aus Bäumen und Büschen, die vor der dunklen Linie der Gartenmauer aufragte. Es wäre kein Problem, sich dort als Schatten unter Schatten zu verstecken. Jenseits der Mauer war die Dunkelheit nur durch die nadelfeinen Lichtpunkte einiger erhellter Fenster in Shipcote unterbrochen.

Als wolle er mich beruhigen, sagte David schnell: »Jetzt ist dort niemand mehr. Ich habe genau nachgesehen. Vielleicht war auch die ganze Zeit niemand da, und ich habe mich nur getäuscht.«

Die Nachtluft umwehte uns, und der Wind drang in kalten Stößen an mir vorbei in den Flur. Fröstelnd bat ich ihn herein. »Ich war gerade dabei, Kaffee zu kochen. Mögen Sie eine Tasse?«

»Das klingt wunderbar.« Er lächelte, und einen Moment lang wirkte er jünger, nicht ganz so maskulin und beeindrukkend, sondern eher wie Rafe. Er lehnte sich gegen den Türrahmen, um seine verdreckten Stiefel auszuziehen, und folgte mir dann in die Küche.

»Warum patrouillieren Sie denn selbst?« fragte ich ihn, während ich den Kessel noch einmal aufsetzte und eine zweite Tasse vom Regal nahm. »Ich dachte, das würde heute nacht ein anderer machen?«

»Seine Frau ist krank geworden. Er konnte sie nicht allein lassen.« Er stand gegen die Küchenanrichte gelehnt und hielt seine Jacke in der Hand. Als er sah, wie ich mich anschickte, die verschüttete Milch aufzuwischen, kam er sofort auf mich zu. »Lassen Sie mich das machen.«

»Nein, aber Sie können sich selbst den Kaffee abmessen. Dort ist der Filter, neben Ihrer Tasse.«

Er legte seine Jacke über einen Stuhl; es war eine grobe Arbeitsjacke in einem dumpfen, wächsernen Grünton. William Ebborn hatte gestern abend bei seinem Besuch im Cottage eine ähnliche Jacke getragen. Und genau wie bei William Ebborn empfand ich auch die Gegenwart von David Cornelius als beruhigend. Trotzdem hätte meine Reaktion auf die beiden Männer nicht unterschiedlicher sein können; was immer ich für David Cornelius empfinden mochte, es war nicht die einfache und unkomplizierte Zuneigung, die der ältere Mann spontan in mir geweckt hatte.

Wir nahmen unseren Kaffee mit ins Wohnzimmer. Als er auf dem Sofa gegenüber der zugebauten Feuerstelle Platz genommen hatte, erzählte mir David Cornelius, daß er schon einmal mit Rafe im Cottage gewesen sei, um May Armitage zu besuchen. »Es ist ein schönes Haus, und man hat es nicht durch zu viel Lieblichkeit verdorben.«

Ich wußte, was er damit meinte. Einige Häuser im Dorf sahen aus, als seien sie von einem Landhausfanatiker ganz im Stil von Kate Greenaway renoviert worden. Sie hatten den statischen Charme ihrer Bilder, eine unnatürlich wirkende Perfektion und Genauigkeit, die sich bis auf den Standort des letzten Rosenstrauchs erstreckte. Für einen Mann, der etwas mit Mela Mallaby zu tun hatte, war dies trotzdem eine ungewöhnliche Bemerkung.

Wir schwiegen eine Weile. »Sie haben heute lang zu arbeiten«, sagte ich, um das Gespräch wieder in Gang zu bringen.

Er zuckte mit den Schultern. »Ich bin es gewohnt. In der letzten Zeit haben die Schafe geworfen. In den schlimmsten Nächten kommt man sich vor wie ein Polygamist mit zwölf Frauen, die alle zur selben Zeit ihre Kinder kriegen. Erst muß man bei einigen Hebamme spielen, dann muß man die Babys, die von ihren Müttern nicht angenommen werden, mit der Flasche füttern.«

»Damit haben Sie mich von dem Wunsch, Schafe zu züchten, geheilt. Aber wie sind Sie eigentlich zum Shipcote Farm Park gekommen? Waren Sei in Amerika auch Bauer?«

»Ich war Broker an der Wall Street. Aber ich bin auf einer Farm in Connecticut aufgewachsen.« Er nahm ein paar Schluck Kaffee. »Phil, Melas Bruder, war ein Freund von mir. Er wußte, daß ich auf der Suche nach einem interessanten Investitionsobjekt war, und schlug den Farm Park vor. Ich habe eine Menge von Phil und Val Lenthall, dem wirklichen Experten, gelernt. Nach Phils Tod habe ich mich immer mehr um die Farm gekümmert.« Dann erzählte er, daß er nach England gekommen sei, um in der Nähe von Rafe zu sein. »Nach der Scheidung vor zwei Jahren hat Rafes Mutter einen Engländer geheiratet.«

»Hat sie das Sorgerecht?«

»Wir haben es gemeinsam. Die Scheidung ist einigermaßen freundlich über die Bühne gegangen.« Er beugte sich vor und stützte die Ellbogen auf die Knie, während er die Tasse in beiden Händen hielt. Nach einer kurzen Pause, in der er zu überlegen schien, wieviel er mir erzählen sollte, sagte er: »Ich war schuld an dem Bruch, nicht Jennifer. Ich war damals ein Workaholic, und sie war's irgendwann einfach leid. Als sie wieder heiratete, hätte ich auch darauf bestehen können, daß Rafe in Amerika bleibt, aber inzwischen hatte ich schon ein bißchen dazugelernt.« Er lächelte ironisch. »Zum Glück hatte ich genug Geld verdient, um dem gemeinsamen Sorgerecht entsprechend zu handeln.«

»Rafe hat eine kleine Schwester erwähnt…«

»Darum lebt er im Moment bei mir und macht in London nur Besuche. Er hat es so gewollt. Jennifer ist darüber nicht sehr glücklich, aber so kann sie sich wenigstens ganz auf das Baby konzentrieren, ohne sich ständig Gedanken machen zu müssen, welche Auswirkungen das auf Rafe hat. Ich fürchte, er ist ziemlich eifersüchtig. Die Scheidung war sehr schlimm für ihn. Das ist das, was ich an der ganzen Sache am meisten bedauere.« Während er sprach, blickte er in seine Tasse und schwenkte die Flüssigkeit langsam herum. Seine Augen waren nicht zu sehen, und die Stimme klang eher nüchtern. Nur die Wahl seiner Worte verriet, wie bewegt er war.

»Und was ist mit Ihnen?« fuhr er fort. Jetzt blickte er mich aus seinen kühlen, graubraunen Augen an, und der Unterton in seiner Stimme machte klar, daß dies mehr war als eine höfliche Rückfrage. »Werden Sie hierbleiben?«

»Im Moment bin ich mir eigentlich sicher, daß ich verkaufen und zurückgehen werde.« Wenn er erfreut war, daß seine Chancen, Longbarrow Cottage zu erwerben, gestiegen waren, verriet sein Gesicht das nicht. »Wenn Max ein wenig älter wäre«, fuhr ich langsam fort, »oder es noch ein paar Häuser in der Nachbarschaft gäbe, wäre ich vielleicht versucht zu bleiben. Aber im Prinzip habe ich Toronto nur verlassen, um eine Zeitlang dem Alltag zu entfliehen.« Ich erzählte ihm, daß mein Mann im vergangenen Jahr gestorben war.

»Das wußte ich nicht. Es tut mir leid.« Er sagte dies mit ruhigem Mitgefühl. Die Neugier, die ich bei anderen so oft gehört oder in den Gesichtern gesehen hatte, fehlte ihm ganz.

»Ich hatte gehofft, hier meinem Leben eine neue Richtung geben zu können. Nicht daß ich unzufrieden gewesen wäre. Ich hatte mich einfach zu sehr in mich selbst zurückgezogen und dachte, es wäre an der Zeit, die Scheuklappen abzunehmen.«

»In gewisser Weise könnte man sagen, daß dies auch meine Gründe waren, mich auf den Farm Park einzulassen. Und dann ist da noch etwas. Es gibt einen Spruch, der mir all die Jahre, in denen ich in der Wall Street gearbeitet habe, nicht aus dem Kopf ging. Vielleicht, weil er auf den Punkt brachte, was mir in meinem Leben fehlte. ›Ein grüner Gedanke im grünen Schatten.‹« Er deutete ein schwaches, verlegenes Lächeln an, als würde er sich zu einer völlig verrückten Marotte bekennen. »Als ich die Farm in Shipcote zum ersten Mal sah, mußte ich an diesen Satz denken. Wenn heutzutage grüne Gedanken überhaupt noch möglich sind, dann hier.« Er lehnte sich vor, um seine Tasse auf dem Tisch zwischen Sofa und Sessel abzustellen. Dabei tauchte er ganz ins Licht der Stehlampe.

Ich studierte sein Gesicht, als wäre er ein Modell, das ich porträtieren sollte. Die Elemente, denen er sein gutes Aussehen verdankte, traten klar hervor: ein klassisch geformter Kopf und eine lange, glatte Kinnpartie. Aber es war eine gewisse Asymmetrie in der Gesichtsfläche, eine Unebenheit, die seinem Aussehen die besondere Note gab. Das, und die selbstverständliche, unaggressive Männlichkeit, mit der er seinen Körper bewegte. Sie wirkte beruhigend und alarmierend zugleich. Er fing meinen Blick auf und hob eine Augenbraue. Ich errötete. »Es ist eine fürchterlich schlechte Angewohnheit von mir, daß ich die Leute immer anstarre. Bitte verstehen Sie mich nicht falsch, aber ich versuche nur herauszufinden, was einem Gesicht seine Individualität gibt. Ich habe schon reihenweise Skizzenbücher mit Gesichtern. Sie faszinieren mich einfach.« Ich wußte, daß ich schon viel zu viel erklärt hatte.

Seine Reaktion überraschte mich. »Heute beim Mittagessen habe ich mich gefragt, was Sie wohl denken. Sie wirkten so distanziert, als würden Sie uns alle beobachten.« Er lächelte, um seinen Worten die Schärfe zu nehmen, und betrachtete die Zeichnungen an den Wänden. »Aber als Sie uns von Ihrer Arbeit erzählten, war mir klar, daß Sie alles, einschließlich uns, mit anderen Augen sehen müssen.«

»Meistens versuche ich, die Leute unbemerkt zu beobachten. Wenn sie posieren, erfriert etwas in ihnen – und in mir.«

Er blickte mich ernst und nachdenklich an. »Sie sind sehr gut darin, anderen Ihre ganze Aufmerksamkeit zu schenken. Aber ich glaube, Sie mögen es gar nicht, wenn man Ihnen selbst zuviel Aufmerksamkeit widmet. Zumindest die der visuellen Art.«

Dies war eine scharfsinnige Bemerkung, und ich fragte mich, woher er dieses Wissen hatte. »Für meine Arbeit ist es das beste, wenn ich mich selbst völlig zurücknehme. Das gilt besonders für das Zeichnen von Kindern. Sie sollten ganz vergessen, daß ich da bin.«

»Und Erwachsene? Wie schaffen Sie es, daß die Ihre Gegenwart vergessen?« Jetzt lächelte er wieder, doch hinter dem Lächeln verbarg sich noch immer eine Ernsthaftigkeit, die ich nicht richtig einordnen konnte.

Ich versuchte unbefangen zu klingen. »Man läßt sie einfach irgend etwas tun. Wenn sie sich auf eine Arbeit konzentrieren, sehen sie einen nicht mehr. Es ist gar nicht so schwierig.«

Wieder konnte ich seinem Blick nicht standhalten und blickte auf meine Hände, die in meinem Schoß ruhten. Draußen und im Zimmer herrschte jetzt die tiefe Stille der Nacht. Ebenso in mir. Ich hatte das Gefühl, angestrengt auf ein paar geflüsterte Worte zu lauschen, Worte, die wichtig für mich waren.

Diesmal dauerte unser Schweigen ein wenig zu lange.

»Ich glaube, es ist Zeit, daß ich mich wieder auf den Weg mache«, sagte er. Es klang fast unbeholfen. Er stand auf. Bevor ich ihm sagen konnte, er solle seine Tasse einfach auf dem Tisch stehen lassen, hatte er sie schon in die Küche getragen, wo er sie im Spülstein abstellte. Er schaute auf die Tür zur Vorratskammer und sagte dann etwas zu beiläufig: »Da ich schon einmal hier bin, könnte ich doch rasch einen Blick in den Garten werfen.« Als ich zustimmte, schloß er erst die Tür zur Vorratskammer und dann die zum Garten auf. Einen Moment lang blieb er auf der Hintertreppe stehen. Dann fing er zu meiner Überraschung an zu lachen.

»Ich glaube, ich habe den Dieb in der Nacht entdeckt. Kommen Sie, und schauen Sie sich das an.«

Es war mein vergessenes Kleid, das noch immer an der Wäscheleine hing. Als der Wind den Bügel drehte und die langen Ärmel hochwehte, flatterte und tanzte es im Licht, das aus dem Fenster fiel. Dann schob eine Böe den Bügel in die Dunkelheit am anderen Ende der Leine, und das Kleid wurde unsichtbar. Im nächsten Moment beförderte ein weiterer Windstoß das Kleid wieder nach vorne ins Licht. Als es auf mich zukam, fing ich es auf und nahm es von der Leine. Der Wollstoff fühlte sich kalt und klamm an.

»Ich glaube, die Erleichterung siegt über die Verlegenheit«, sagte er mit betretenem Gesicht, als er die Hintertür wieder verschloß. »Aber nur knapp.«

»Aber es *hätte* ein Mensch sein können. Ich bin froh, daß Sie hier waren. Wirklich.«

Er murmelte ungläubig vor sich hin. »Sicher haben Sie langsam die Nase voll von Cornelius-Männern, die in Ihre Privatsphäre eindringen.«

Natürlich bestritt ich dies und versicherte ihm, wie dankbar ich ihm wäre, daß er das Cottage im Auge behielt. Und das stimmte auch. Trotzdem hatte er recht, allerdings in anderer Hinsicht. Aus irgendeinem Grund schien auch er sich jetzt unbehaglich zu fühlen, und die wenigen Worte, die wir wechselten, während wir zur Haustür gingen, klangen verkrampft. Als ich zusah, wie er seine Stiefel anzog, konnte ich es plötzlich nicht mehr abwarten, daß er endlich verschwand.

Später, als ich wieder zu Bett ging, gestand ich mir ein, daß ich David Cornelius gegenüber nicht ganz aufrichtig gewesen war. Ich war nach Shipcote gekommen, um dem Alltag zu entfliehen und meinem Leben eine Wende zu geben, das stimmte schon. Aber ich suchte noch etwas anderes, einen Frieden, der die Wunden des vergangenen Jahres heilen konnte. Doch trotz seiner unaufdringlichen Schönheit schien Longbarrow Cottage nicht der Ort zu sein, der mir diesen Frieden bieten konnte. Für mich war es hier zu einsam. Oder vielleicht war ich es auch, die zu einsam war und immer wieder der eigenen Phantasie zum Opfer fiel.

Sie begann schon wieder zu arbeiten: Es ging um die Mallabys, David Cornelius und das Cottage selbst. Ich spürte die starke Versuchung, aus all diesem etwas zu machen, Geschichten zu erfinden und Bilder, die nichts mit der Realität zu tun hatten.

## 15

Das Blöken von Lämmern riß mich aus dem Schlaf. Im gleichen gebieterischen Ton wie Max, der sich gerade in seinem Bettchen hochzog und sein Frühstück verlangte, riefen sie nach ihren Müttern. Das Sonnenlicht fiel auf mein Bett, wo ich Max wickelte und anzog. Vergnügt strampelte er mit den Beinen in der Wärme und lachte vor Lebensfreude, wie man sie nach einem erholsamen Nachtschlaf empfindet.

Der Milchmann war vorbeigekommen und hatte drei Flaschen an der Türschwelle abgestellt. In dem mit Silberfolie verschlossenen Glas stand der Rahm zentimeterdick über der Milch. Die Flaschen klimperten aneinander, als ich sie in die Küche trug, wo Max zum Frühstück ein Rührei und Toaststreifen mit Marmelade verputzte. »Schau mal, Max«, sagte ich und hielt ihm eine Flasche hin. »Milch, wie die Kühe sie gemacht haben.« Im Licht des Morgens schienen die Träume, Ängste und Gefühle der vergangenen Nacht nur noch ein Produkt meiner Schlaflosigkeit und einer zu lebhaften Phantasie zu sein. Alles, was davon übriggeblieben war, waren die beiden schmutzigen Kaffeetassen im Spülbecken. Und die Erinnerung an das Gesicht von David Cornelius, als er von seinem Sohn erzählte.

Als Max mit dem Frühstück fertig war, setzte ich ihn mit seinen Spielsachen und Büchern auf den Wohnzimmerteppich und ließ mich mit einer Tasse Kaffee und einem Omelett, in das ich den letzten Rest Käse gerieben hatte, neben ihm nieder. Während ich aß und mich im Zimmer umblickte, spürte ich wieder den Besitzerstolz in mir aufsteigen. Ich wußte, daß ich dagegen ankämpfen mußte, wenn ich es schaffen wollte, das Cottage zu verkaufen. Doch neben den Fenstern hingen die dottergelben Vorhänge wie Banner, die mir einladend zuwinkten, die Aussicht auf das sanfte Grün unter dem blauen Himmel zu genießen.

Trotz der Eisenplatte, die den alten offenen Herd verbarg, gingen von dem ausladenden Steinkamin Kraft und Stabilität aus. Er schien die Festigkeit des Hauses selbst widerzuspiegeln. Vor meinem Auge stiegen verführerische Bilder von Häuslichkeit auf: altes Apfelholz aus dem Obstgarten prasselte im Kamin, die Holztäfelung glänzte im frischen Farbmantel, und die breiten Bodendielen waren neu geschliffen und poliert. Plötzlich ertappte ich mich bei der Überlegung, ob das Nordschlafzimmer wohl ein gutes Arbeitszimmer abgeben würde und wieviel Arbeit es kosten mochte, Mays Garten wieder zu beleben. Wenn ich ein Radio oder einen Fernseher hätte, dachte ich weiter, wären die langen Abende nicht mehr ganz so einsam, und mit einem Hund würde ich mich sicherer fühlen.

Doch dann schoß mir, wie ein Fragment aus meinem Traum, ein Bild durch den Kopf. Es war eine auf dem Boden hingestreckte Frau, ähnlich der Gestalt auf dem Grabhügel. Doch diese Frau trauerte nicht, sie war tot. Neben all den Menschen, die zufrieden in diesem Haus gelebt hatten, gab es eine Person, die nicht glücklich gewesen und eines gewaltsamen Todes gestorben war. Auch Evelyn Allerton hatte ihre Spur in diesem Haus hinterlassen.

Später am Vormittag fuhren wir nach Wychley. Ich hatte einen Termin bei Tony Munnings. Auch wenn ich nicht mehr ganz so entschlossen war, das Cottage zu verkaufen, wollte ich mit ihm besprechen, welche Möglichkeiten mir offenstanden.

Auch am Montag vormittag herrschte in der kleinen Stadt reger Betrieb, doch es gelang mir, vor einer Bäckerei in der Hauptstraße einen Parkplatz zu finden. Die Büros von Munnings und Wooley befanden sich in der Sheep Street, die auf halbem Weg den Hügel hinauf in Richtung Westen von der High Street abzweigte. An der Ecke, wo sich die beiden Straßen trafen, gab es einen winzigen Markt. Unter den Arkaden eines zur Hälfte aus Fachwerk gebauten Hauses gab es gerade genug Platz für einen Obst- und Gemüsestand. Ich hielt an, um ein paar Äpfel zu kaufen. Eine der Kundinnen war ein Mädchen mit dunklem Stachelhaar, die Spitzen leicht hennagerötet. Sie trug einen schwer aussehenden Rucksack, und in einem Buggy neben ihr saß ein kleines Kind von ungefähr zwei Jahren, das aber kaum größer als Max war.

Die Apfelsorten im Angebot waren mir alle unbekannt. Ich deutete auf einen Berg gelblicher Äpfel mit blaßroten Backen und fragte die Frau hinter dem Stand nach dem Namen: »Cox Orange Pippins«, sagte sie. »Sie schmecken wunderbar.« Ich nahm mir eine Tüte und begann sie zu füllen.

»Moment mal, das willst du doch sicher nicht essen!« Das Mädchen mit dem Stachelhaar beugte sich zu Max hinunter und klaubte vorsichtig einen kleinen grünen Wurm aus seinen Fingern, den er sich gerade in den Mund stecken wollte. Sie grinste mich von unten an. Ihre Augen waren stark mit Kajal umrandet, und ihr spitz zulaufendes Gesicht erinnerte mich an einen Fuchs. Sie war vielleicht einundzwanzig oder zweiundzwanzig Jahre alt; älter, als ich zunächst vermutet hatte. »Und ich dachte immer, Kinder mögen kein Grünzeug«, sagte sie schmunzelnd.

»Max ißt alles – Hauptsache, es bewegt sich! Die Farbe ist ihm völlig egal.« Ich dankte ihr, daß sie ihn diesmal daran gehindert hatte.

»Er wird von diesen Kohlköpfen herabgefallen sein.« Sie richtete sich wieder auf und schüttelte ihren langen, schwarzen Mantel aus. Er war ihr mehrere Nummern zu groß und hatte sehr weit geschnittene Ärmel, so daß er formlos an ihrem zierlichen Körper hing und sie etwas verwahrlost aussehen ließ. Die großen, betonten Augen verstärkten diesen Eindruck noch. An ihrem rechten Ohr baumelte ein einzelner, ungewöhnlicher Ohrring: eine grüne Galeone unter vollen Segeln.

Die Standfrau nahm einen Apfel und rieb ihn gründlich an ihrer Schürze ab. »Hier, mein Kleiner, versuch's mal damit.«

Sie hielt ihn Max hin. »Den Wurm und den Apfel kriegen Sie umsonst«, sagte sie mit einem Grinsen. Sie nahm einen zweiten Apfel und gab ihn dem Kind in dem anderen Kinderwagen.

»Sag danke, Annie«, ermahnte die junge Frau das kleine Mädchen, während ich Max ähnliche Anweisungen gab. Schweigend und mit ernstem Blick starrten die beiden Kinder die Obstverkäuferin an. Dann drehten sie sich um und musterten einander mit dem gleichen komischen Ausdruck von Skepsis.

Tony Munnings hatte mir gesagt, ich solle nach einem alten Hotel, dem »Pear Tree«, Ausschau halten. Vier Türen weiter war an der Hausmauer eine glänzend polierte Kupfertafel angebracht, die diskret darauf hinwies, daß hier schon seit 1886 die Kanzlei Munnings und Wooley residierte. Das kleine, zweistöckige Gebäude war noch wesentlich älter als die Kanzlei; über der Tür war das Jahr 1743 verzeichnet. Bei der Ausstattung des Empfangsraums im Erdgeschoß hatte man sich alle Mühe gegeben, jeden Hinweis auf das zwanzigste Jahrhundert zu vermeiden. Lediglich die notwendigsten Errungenschaften moderner Technologie – ein Telephon, ein Computer und ein Faxgerät – waren vorhanden. Ansonsten war der Raum ganz im Stil der Zeit König Edwards gehalten, und die Porträts der beiden ersten Kanzleipartner grüßten von den Wänden. Nur die junge Frau, die tippend vorm Computer saß, erinnerte an die Gegenwart. Als Max und ich den Raum betraten, blickte sie lächelnd auf.

»Oh, ja«, sagte sie, als ich ihr meinen Namen nannte. »Mr. Munnings erwartet Sie bereits.« Ich nahm Max auf den Arm und folgte ihr einen kurzen, holzgetäfelten Flur entlang zu einer verschlossenen Tür. Sie klopfte leise und öffnete sie. »Miss Treleven ist da.«

»Hereinspaziert«, sagte eine fröhliche Stimme.

Tony Munnings war älter, als ich ihn seiner Telephonstimme nach eingeschätzt hatte. Er war sicher schon Mitte

Vierzig; ein großer Mann mit bereits schütter gewordenem, dunklem Haar und weichen, sympathischen Gesichtszügen. Er trug eine Lesebrille, die er jetzt absetzte und auf den Schreibtisch legte. Zwischen seinen Augenbrauen stieg eine steile Furche auf. Es war die einzige Falte in seinem Gesicht, und sie ließ ihn stets leicht besorgt aussehen. Sein Büro war im selben Stil wie der Empfangsraum eingerichtet; zusätzlich gab es einen winzigen, eleganten Kamin und einen breiten Schreibtisch, auf dem sich Papiere und Akten häuften. Das Fenster hinter dem Schreibtisch ging auf die Straße hinaus, hatte aber trotzdem nur Netzvorhänge.

Obwohl er uns sehr nett und zuvorkommend begrüßte – er bot mir einen Tee an, den ich ablehnte, und Max einen Keks, den dieser annahm –, kam er mir etwas verkrampft vor. Es war, als wüßte er nicht genau, was er von mir halten sollte.

Nachdem ich ihm für seine Bemühungen gedankt hatte, sprachen wir über geschäftliche Dinge: die Steuern für das Cottage und meine Verpflichtungen als Grundbesitzerin. Schließlich stellte er die Frage, ob ich darüber nachgedacht hätte, was ich mit dem Haus anfangen wolle. Ich antwortete, daß ich zwar immer noch unentschlossen sei, wahrscheinlich aber doch verkaufen würde. »Nachts fühle ich mich dort nicht besonders wohl.«

»Ja, das kann ich verstehen. Trotzdem gibt es Zeiten, in denen ein eigenes Haus, das man mit niemandem teilen muß, etwas sehr Anziehendes haben kann. Egal, wie einsam es liegt.« Er lächelte wehmütig. »Die Eltern meiner Frau leben bei uns, und das ist kein reiner Segen.« Dann sagte er in ernstem Ton, er hoffe, daß ich mir wegen der beiden Fälle von Brandstiftung im Dorf keine Sorgen machte. »In beiden Fällen könnten die Feuer auch zufällig entstanden sein.« Das klang anders als das, was die Mallabys gestern beim Mittagessen angedeutet hatten.

Ich fragte ihn, ob er es für möglich hielte, das Cottage zu vermieten. »Ja, das könnten Sie schon machen. Aber wenn Sie später dann doch verkaufen wollen, könnte es Schwierigkeiten mit dem Mieter geben. Er könnte sich weigern auszuziehen, und das Gesetz steht ziemlich deutlich auf seiten der Mieter.«

Als nächstes bat ich ihn, mir die Auslagen zu nennen, die er neben seinem normalen Honorar für mich hatte. Während ich die Rechnung beglich, sagte ich: »Ihre Kanzlei hat doch damals, als meine Großmutter das Cottage erwarb, den Vertrag ausgearbeitet, nicht wahr?«

»Es war Ihr Großvater, der das Cottage gekauft hat, nicht Ihre Großmutter. Mein eigener Großvater hat den Handel abgewickelt.«

Ich war überrascht. Aus irgendeinem Grund hatte ich immer angenommen, daß Nan das Haus gekauft hatte. »Haben Sie noch den Originalvertrag?«

Er nickte. Eine leichte Röte überzog die dünne Haut über seinen Wangenknochen.

»Vielleicht haben Munnings und Wooley meine Großmutter ja auch in anderen Angelegenheiten vertreten? Haben Sie sonst noch irgendwelche Papiere von ihr? Oder von ihm?«

Er zögerte einen kurzen Moment, denn was er jetzt zu sagen hatte, schien ihm gegen den Strich zu gehen: »Das ist mir jetzt alles sehr peinlich, Miss Treleven. Nach unserem Telephongespräch ist mir nämlich der gleiche Gedanke gekommen. Dies ist ein Familienunternehmen, und wir haben alle alten Akten archiviert. Bis vor ein paar Jahren, als wir auf Computer umstellten, war dieses Archiv ziemlich unübersichtlich. Damals haben wir die Akten, die wir nicht in Datenbanken speicherten, ausgelagert.

Als ich unsere Sekretärin Gail bat, in den Akten im Lager nachzuschauen, fand sie eine unter dem Namen Ihres Großvaters.« Er nahm seine Lesebrille in die Hand und spielte mit den Bügeln herum. »Gail hat sie mir zusammen mit ein paar anderen, die ich an diesem Tag angefordert hatte, hereingereicht. In der Akte befanden sich zwei oder drei Schriftstücke, aber ich habe mir nur die Kopie des Kaufvertrags angeschaut. Ich wollte mir die anderen Sachen später vornehmen, um zu sehen, ob es darin irgend etwas von Interesse für Sie gäbe. Aber irgendwie muß die Akte verloren gegangen sein...« Mit einem verlegenen Lächeln deutete er auf seinen überladenen Schreibtisch. »Als ich mich heute morgen wieder an sie erinnerte, weil ich wußte, daß Sie kommen würden, konnte ich sie nicht mehr finden.

Gail hat bereits nachgeschaut, ob sie den Vorgang schon wieder abgelegt oder gar falsch abgelegt hatte. Leider konnte sie ihn noch nicht finden.« Die steile Furche zwischen seinen Augenbrauen vertiefte sich. »Es tut mir außerordentlich leid, Miss Treleven. In der Regel sind wir sehr bemüht, die Papiere unserer Mandanten mit äußerster Sorgfalt zu behandeln. Ich kann nur hoffen, daß die Akte wieder auftaucht. Vielleicht ist sie irgendwie unter einen anderen Vorgang geraten.« Er schien jedoch von keiner dieser Möglichkeiten sehr überzeugt.

»Hat Ihre Sekretärin gesehen, was sich sonst noch in der Akte befand?«

»Das habe ich sie auch gefragt. Sie hat den Ordner nie geöffnet.« Er beugte sich über den Schreibtisch vor, und seine Hände umklammerten das Brillengestell. »Ich mache mir wirklich die größten Vorwürfe. Wir werden alles tun, um sie wiederzufinden.« Seine Zerknirschtheit wirkte echt, und der Verlust der Akte schien ihn fast mehr zu beunruhigen als mich. Ich versuchte meine Verärgerung zu verbergen und sagte, daß ich sicher sei, die Akte würde schon wieder auftauchen.

Ich nahm Max von meinem Schoß hoch und erhob mich. Mit Tony Munnings vereinbarte ich, ihn zu informieren, sobald ich zu einer Entscheidung wegen des Hauses gekommen wäre. Als ich den Kinderwagen wieder in Richtung High Street schob, fragte ich mich, ob der Anwalt mir wohl von sich aus den Verlust der Akte gestanden hätte. Ich war eigentlich geneigt, es zu glauben; wenn nicht jetzt, dann bestimmt später, wenn er sicher sein konnte, daß sie nicht mehr aufzufinden war. Ich hielt ihn für einen ehrlichen Menschen, auch wenn diese Einschätzung lediglich auf meinem Instinkt beruhte. Und was seine Verkrampftheit anging, war diese vermutlich damit zu erklären, daß ihm der ganze Vorfall äußerst peinlich war.

Vor dem Supermarkt in der High Street befand sich eine Telephonzelle. In ihr stand mit zusammengesunkenen Schultern die junge Frau in dem langen schwarzen Mantel und redete eindringlich in den Hörer. Neben der Telephonzelle stand der Kinderwagen mit dem kleinen Mädchen, das bitterlich weinte und die Ärmchen nach ihrem Apfel ausstreckte, der auf den Bürgersteig gerollt war.

Ich schob Max zu ihr hin und hob den Apfel auf. Dabei schnappte ich auf, wie die junge Frau laut sagte: »Hör mal, ich bin nicht gekommen, weil ich Geld brauche!« Eine Pause folgte. »Dann richte ihm bitte von mir aus, daß er ein elender Feigling ist! Und du bist eine alte Hexe.« Die letzten Worte hatte sie etwas leiser gesagt. Jetzt knallte sie den Hörer auf die Gabel und drehte sich um. Wut loderte in ihren schwarzen Augen.

Mir war es peinlich, so viel gehört zu haben, und ich sagte: »Ihre Kleine hat geweint.« Erklärend hielt ich den Apfel hoch. »Darf ich ihr einen neuen geben?«

»Danke.« Ihre Wut verrauchte langsam, aber etwas blieb in ihrem Gesicht hängen, eine Spur von Überdruß und Ekel, die sie älter aussehen ließ als ihre knapp zwanzig Jahre.

»Ach, Annie, stell dich nicht so an«, sagte sie zu dem Kind. Ihre Stimme klang dabei nicht wütend oder ungeduldig, sondern einfach müde. Sie zog ein zerknülltes Taschentuch aus ihrer Manteltasche und putzte dem kleinen Mädchen zärtlich die Nase. Ich hielt ihr den frischen Apfel hin, den das Mädchen mit einem schüchternen Lächeln annahm. Sie hatte helles Haar und ein hübsches, zartes Gesichtchen, dessen milchweiße Haut so blaß war, daß die blauen Adern durchschimmerten.

Die junge Frau nahm ihren Rucksack vom Bordstein und schwang ihn sich auf den Rücken. Sie blinzelte Max zu und verabschiedete sich von mir mit einem Winken. Dann nutzte sie eine Lücke im Verkehr und schob den Kinderwagen schnell auf die andere Straßenseite.

Max und ich setzten unseren Weg fort. Als wir an der Bibliothek vorbeikamen, stellte die Bibliothekarin gerade ein paar Bücher ins Fenster. Als sie aufblickte und uns sah, winkte ich ihr zu. Mit einem Lächeln forderte sie mich auf hereinzukommen.

»Ich dachte, es würde Sie vielleicht interessieren, daß nächstes Wochenende in Oxford eine Messe für antiquarische Bücher stattfindet«, sagte sie, während sie die Tür für den Kinderwagen aufhielt. »Im Randolph Hotel. Vielleicht haben Sie Glück und finden das Buch, nach dem Sie suchen.« Sie gab mir einen Zettel mit allen wichtigen Informationen.

Mir kam der Gedanke, nach Stephen Allertons Roman »Trauriges Zeremoniell« zu schauen. Nach allem, was ich über den Autor erfahren hatte, wollte ich das Buch noch einmal lesen. Vielleicht gefiel es mir jetzt, wo ich älter war, besser. Im Regal fand ich ein Exemplar mit dem eselsohrigen, abgegriffenen Aussehen eines oft entliehenen Buches. Als ich es der Bibliothekarin zum Registrieren hinhielt, bemerkte sie, daß der Autor aus der Gegend stammte. »Oder wissen Sie das schon?« fragte sie weiter. Ich antwortete, jemand habe mir erzählt, daß Allerton einmal im Longbarrow Cottage gelebt hätte. »Dann müssen Sie auch seine Biographie lesen«, sagte sie. »Wir haben sie hier. Ich schaue schnell nach, ob sie nicht entliehen ist.« Sie kehrte mit einem Buch in der Hand zurück. Als sie es mir reichte, sah ich zu meiner Überraschung, daß der Autor Willoughby Webb Springer war. Der Verlag überraschte mich dann nicht mehr: Wie Allertons Roman war auch die Biographie bei Mallaby erschienen.

»Es ist ein eher trauriges Leben, wenn man sein außergewöhnliches Talent bedenkt«, sagte die Bibliothekarin. »Natürlich ist er viel zu früh gestorben. Und er muß eine fürchterliche Frau gehabt haben, der arme Mann. Sie ist ermordet worden...« Sie brach ab und blickte verwirrt drein. Offensichtlich war ihr gerade eingefallen, wo ich wohnte.

»Ja, ich weiß. In Longbarrow Cottage.« Ich lächelte, um zu demonstrieren, wie wenig mir diese grausige Geschichte ausmachte. »Aber ich bin ihrem Geist bis jetzt noch nicht begegnet.«

Auf dem Weg zum Fluß, wo ich Max die Enten zeigen wollte, hielt ich am Auto an, um die Bücher und die Äpfel hineinzulegen. Als mir aus der Bäckerei, vor der wir geparkt hatten, der Geruch von frischem Brot in die Nase stieg, überlegte ich es mir anders. Ein Schild an der Tür machte darauf aufmerksam, daß sich im Obergeschoß der Bäckerei ein kleines Café befand. Der Anblick der Kuchen in der Fensterauslage und meine Neugierde auf die Biographie überzeugten mich, daß es an der Zeit war, mich einer alten englischen Tradition anzupassen. Ich ließ den Kinderwagen im Auto und betrat mit Max auf dem Arm das Geschäft.

Das Café war ein langer, lichtdurchfluteter Raum, an dessen Stirnseiten jeweils ein großer Steinkamin stand, während eine Fensterreihe an der Längsseite auf die Straße hinausging. An der Decke sah man die unverkleideten Holzbalken, die Tische waren mit Blumen geschmückt, und ein Zeitungsständer neben der Theke lud die Besucher des Cafés zur Lektüre ein. Mitten im Raum stand ein Servierwagen, beladen mit Tabletts voller Baisers, Schokoladeneclairs, Kuchen und Scones, den leckeren, süßen Brötchen. Ich setzte mich an einen kleinen Tisch beim Fenster.

Die Kellnerin brachte einen Hochstuhl für Max, und ich bestellte eine Kanne Tee und eine Portion Scones. Während Max an seinem Apfel knabberte, schlug ich die Biographie von Stephen Allerton auf.

Der Klappentext, den man aus dem ehemaligen Schutzumschlag ausgeschnitten und in den inneren Buchdeckel geklebt hatte, beschrieb Willoughby Webb Springer als »den anerkannten Literaturkritiker und Oxfordgelehrten« und führte eine Liste seiner Veröffentlichungen an. Meist waren es Essaysammlungen und Werke der Fachliteratur. Die 1958 veröffentlichte Biographie hatte ein Vorwort, ein Register und ein Literaturverzeichnis. In der Mitte gab es zwei Seiten mit Schwarzweißphotographien, die meisten von ihnen zeigten Stephen Allerton in verschiedenen Stadien seines relativ kurzen Lebens.

Das erste Bild war ein Familienphoto aus der Zeit, als Stephen und Clarissa Allerton noch Kinder waren. Es war eine typisch edwardianische Sommerszene, in der sie auf dem Rasen vor Summerhays posierten. Zwei ernste und sehr schöne Kinder in Schürzenkleidern, die sich an der Hand hielten. Ihre Mutter trug einen breitkrempigen Hut und ein fließendes weißes Kleid. Sie hatte ein kluges, ernsthaftes Gesicht. Ihr Vater war ein hübscher Mann mit markanten Gesichtszügen, einem langen Schnauzbart, zierlichem Körperbau und einer nachlässig trägen Haltung.

Spätere Bilder zeigten Stephen Allerton als ebenfalls sehr schönen Mann, der die Gesichtszüge seines Vaters und den gesetzten, intelligenten Ausdruck seiner Mutter geerbt hatte. Auf dem letzten, in Spanien gemachten Photo gestikulierte er mit einer Zigarette zwischen den Fingern. Man hatte ihn offensichtlich mitten in einem Satz abgelichtet. Es war das einzige Photo, auf dem er lächelte.

Es gab auch ein Photo von Evelyn Allerton. Fast ausdruckslos lehnte sie mit verschränkten Armen in einer Tür. Das glatt herabfallende, kurze schwarze Haar umrahmte eine hohe, runde Stirn, die hochangesetzte Nase und große, starrende, beinah hervorquellende Augen. Es war eher ein interessantes als ein schönes Gesicht, um dessen Mund ein unzufriedener Zug lag.

Auf einem anderen Photo saßen sechs junge Leute auf den Stufen einer Terrasse, von denen nur Allerton, Clarissa und Benedict zu identifizieren waren. Neugierig schaute ich es mir genauer an. Halb versteckt hinter Benedict stand ein dunkelhaariger junger Mann mit leicht verwischten Gesichtszügen. Er war kaum zu erkennen. Die meisten Betrachter dieses Bildes konzentrierten sich wahrscheinlich auf Bruder und Schwester, die auffallend attraktiv waren und mit dem gleichen Ausdruck selbstbewußter Unbefangenheit in die Kamera blickten. Aber ich war mir sicher, daß der junge Mann im Hintergrund Charles Lorimer war, mein Großvater. Ich kannte sein Gesicht von einem Photo, das meine Mutter besaß.

Ich schlug das Register auf. Es gab Eintragungen zu Clarissa und Benedict Mallaby, zu Evelyn Allerton und zu Longbarrow Cottage, aber keine zu Charles Lorimer.

Ich überflog das kurze Vorwort. Willoughby beschrieb darin, wie er als achtzehnjähriger Student in Oxford Stephen Allerton und Benedict Mallaby bei einer Ausstellung alter Druckpressen kennengelernt hatte. Stephen Allerton, der ein begeisterter Amateurdrucker war, hatte in Longbarrow Cottage eine eigene kleine Druckpresse betrieben. Mitte der dreißiger Jahre war Willoughby an den Wochenenden gelegentlich nach Shipcote gekommen und hatte Stephen bei den verschiedenen Projekten, an denen er und Benedict gerade arbeiteten, geholfen. Meist druckten sie Gedichte aus ihrem Freundeskreis, oft auch welche von Stephen selbst. 1937 verließ Allerton England, um im Spanischen Bürgerkrieg zu kämpfen.

Aus Willoughbys Einleitung ging hervor, daß Stephen Allerton zu den »Goldjungen« der dreißiger Jahre gehörte: Er war Dichter, Romanautor, Idealist, Soldat und wurde schließlich, ganz tragisch, zu Staub. Willoughby konnte die Bewunderung, die er für das Subjekt seiner Biographie empfand, nicht verbergen und beschrieb Stephens Genialität, seine Schönheit und heroische Hingabe an seine Ideale in den glühendsten Farben. Von dem trockenen, verbitterten Mann, als den ich Willoughby in Summerhays kennengelernt hatte, fehlte in dieser Einführung jede Spur.

Während ich zwischen den verschiedenen Stellen, in denen laut Register Longbarrow Cottage vorkam, herumblätterte, stieß ich auf eine Beschreibung des Mordes an Evelyn Allerton. Genaugenommen war es lediglich eine Nacherzählung des Polizeiberichts über den gewaltsamen Tod der Evelyn Allerton.

Während eines Schneesturms war jemand in das Cottage eingebrochen, hatte sie mit einem Schürhaken erschlagen und dann das Haus ausgeraubt. Wegen des Schnees war die Leiche mehrere Tage unentdeckt geblieben. Die Passage über Evelyns Tod stand in einem eigenartigen Kontrast zum sonstigen Stil des Buches, der sehr seriös und manchmal regelrecht akademisch war. Dieser Abschnitt erinnerte fast an einen Schauerroman, in dem kein einziges grausiges Detail über Aussehen und Zustand der Leiche ausgelassen war.

Ich las weiter, und der Tee in meiner Tasse wurde langsam kalt. Schließlich wurde Max unruhig. Ich nahm ihn auf den Schoß, damit er die Menschen und den Verkehr unten vor dem Fenster betrachten konnte. So gewann ich fünf weitere Minuten zum Lesen, bis er es endgültig ablehnte, sich weiter ablenken zu lassen. Ich trank den kalten Tee, wickelte das süße Brötchen in eine Papierserviette und zahlte. Als Belohnung für sein gutes Benehmen ging ich mit Max zum Fluß hinunter, wo er sich eine Viertelstunde mit den Enten unterhielt. Dann ging ich noch einmal zu Munnings und Wooley zurück. Es gab noch eine Frage, die ich Tony Munnings stellen wollte: Wußte er, *wann* mein Großvater Longbarrow Cottage gekauft hatte?

Als ich mich dem Gebäude, in dem die Kanzlei untergebracht war, näherte, trat ein Mann aus dem Eingang. Es war Benedict Mallaby. Er schien in Gedanken vertieft zu sein und runzelte über irgend etwas die Stirn, aber als er aufblickte und uns erkannte, wechselte sein Ausdruck zu echter Herzlichkeit. »Tony Munnings hat mir erzählt, daß Sie gerade bei ihm waren«, sagte er, nachdem wir uns begrüßt hatten.

»Sind Sie ein Mandant von ihm?«

»Von ihm, und vorher von seinem Vater. Wir haben die Kanzlei sozusagen geerbt, von den Allertons, Clarissas Familie.«

»Meine Großmutter war ebenfalls Mandantin von ihm. Und mein Großvater. Wissen Sie, ich habe gerade in einem Buch über Mrs. Mallabys Bruder gelesen...«

»Bitte seien Sie doch nicht so förmlich«, unterbrach er mich mit mildem Spott in der Stimme, »immerhin gehören Sie zur Familie. Trotz unserer kleinen Diskussion über Namen gestern sind wir nicht ganz so spießig, wie es scheinen mag.«

Ich lächelte und sagte, daß man Leute, die Babys und Frettchen zu ihren Gästen zählten, wohl kaum spießig nennen könne. Entschlossen, mit ihm über das Buch zu reden, fuhr ich fort: »Aus der Biographie von Mr. Webb Springer – ich meine, Willoughby – geht hervor, daß Longbarrow Cottage einmal Ihrem Schwager gehört hat. Jetzt frage ich mich natürlich, wann und aus welchen Gründen mein Großvater das Haus gekauft hat.«

Benedict rieb sich die Nasenwurzel und blickte über mich hinweg in die Ferne. »Ah, ja. Nun, eigentlich hat das Haus Charles gehört. Es war eine ziemlich komplizierte Angelegenheit. Leider bin ich jetzt gleich verabredet, sonst...« Er brach den Satz ab und hoffte, daß ich ihn mit einer höflichen Floskel beenden würde.

Doch diesmal war ich hartnäckig. Meinetwegen sollte er meine Unverfrorenheit als fehlendes nordamerikanisches Feingefühl interpretieren. »In der Biographie schien er aber gar nicht erwähnt zu sein. Ist das nicht eigenartig?«

Jetzt sah er mich wieder direkt an. Er zögerte einen Moment und sagte dann schnell, als hätte er sich gerade zu etwas durchgerungen: »Schauen Sie, dort drüben ist ein Pub. Ich habe nur ein paar Minuten Zeit, aber wenn Sie wollen, erzähle ich Ihnen die ganze Geschichte.«

Ich blickte hinunter und sah, daß Max in seinem Kinderwagen eingeschlafen war. Da es fast schon Zeit für seinen Mittagsschlaf war, konnte ich davon ausgehen, daß er noch länger schlafen würde und ich mir ungestört anhören konnte, was Benedict zu sagen hatte. Wir gingen zu dem Pub mit dem Namen »The Bull«. Es war ein altes, verschachteltes Haus, an dessen niedriger Decke schwarze Balken entlangliefen. Drinnen herrschte eine behagliche, fast schon luxuriöse Atmosphäre, geprägt von einem offenen Holzfeuer, blankpoliertem Messing und Plüschkissen.

Wir fanden einen kleinen runden Tisch in der Nähe des Kamins und nahmen mit unseren Gläsern Platz. Benedict schlug ein tweedbedecktes Bein über das andere und wippte mit seinem in elegantes Leder gehüllten Fuß auf und ab. Er pfiff lautlos durch die Zähne, was eine Angewohnheit von ihm zu sein schien. Ich wartete. Nach einer Weile sagte er: »Ich weiß nicht, wo ich anfangen soll. Das traurige Ende kennen Sie sicher schon, oder? Ich meine Charles' Verschwinden.«

Ich nickte. »Aber das ist auch alles, was ich weiß.«

»Wirklich? Das ist ja seltsam. Ich hätte gedacht...« Er beendete den Satz nicht. Irgend etwas hatte ihn in Erstaunen versetzt, und er zögerte einen Moment, bevor er weitersprach. »Ja natürlich, Sie haben ja erst vorgestern von unserer Existenz erfahren. Ist das nicht eigenartig? Was glauben Sie, warum Ihre Großmutter nie über dieses Thema gesprochen hat?« Er trank einen Schluck Bier und blickte mich über den Glasrand aus seinen blaßblauen Augen fragend an.

»Ich weiß es nicht. Ich hatte gehofft, Sie könnten mir da weiterhelfen.«

»Aha.« Er setzte sein Glas auf dem Tisch ab. Erneut trat ein kurzes Schweigen ein.

Als ich merkte, daß wir so nicht weiterkamen, bat ich ihn, mir doch etwas von meinem Großvater zu erzählen. In einer

Geste der Zustimmung neigte er den Kopf. Was er jedoch als nächstes sagte, überraschte mich. »Sie müssen wissen, daß die dreißiger Jahre eine ganz besondere Zeit waren«, hob er nachdenklich an. »In mancherlei Hinsicht kann man sie durchaus mit den Sechzigern vergleichen. Dasselbe Gemeinschaftsgefühl, derselbe naive Glaube an Brüderlichkeit.

Charles und ich hatten Stephen in Oxford kennengelernt. Wir waren uns sicher, daß wir zusammen die Welt verändern konnten. Durch die Literatur zum Beispiel, so naiv waren wir. Wir wollten alle zusammenziehen, ein großes Werk veröffentlichen und so eine neue Gesellschaftsordnung schaffen. Ich muß Ihnen nicht sagen, daß wir damals noch sehr jung waren.« Er lachte kurz auf, es klang eher mitleidig als verächtlich. »Charles war gerade zu einem kleinen Erbe gekommen. Davon kaufte er Longbarrow Cottage und die Druckpresse. Eine Albion, ein wunderschönes Stück. Charles hatte immer ein besonderes Auge für Schönheit.« Er nippte erneut an seinem Bier. »William Morris hat einmal gesagt, die Arbeit werde durch die Kunst geheiligt. Das war auch unser Credo. Wir haben zu dritt im Cottage gelebt und gearbeitet. Und ungefähr sechs Monate lang sah es tatsächlich so aus, als würden wir etwas bewerkstelligen.

Aber dann kam Evelyn.« Das Lächeln, das seine Reise in die Vergangenheit begleitet hatte, wich jetzt einem düsteren Gesichtsausdruck. »Sie war Kellnerin in einem Café in Oxford gewesen und hatte bereits ein sehr unglückliches Leben hinter sich. Stephen fand das ausgesprochen anziehend. Er hat sich selbst immer gern als eine Art Sir Galahad gesehen, eine kleine Schwäche von ihm.« Benedicts Stimme klang jetzt sehr trocken. »Sie haben ja gestern schon gehört, daß Evelyn eine sehr schwierige Frau war. Charles konnte sie nicht ausstehen. Ich übrigens auch nicht. Das hat sie für Stephen nur noch anziehender gemacht. Als er sie heiratete, hat Charles ihm einfach das Cottage überlassen und ist verschwunden. Sie hatten vereinbart, daß sich Stephen und Evelyn nach einem geeigneten Haus umschauen würden. Aber dann ging Stephen nach Spanien, und unter diesen Umständen konnte Ihr Großvater Evelyn nicht auffordern, das Haus zu räumen. Er hätte damit sowieso keinen Erfolg gehabt, denn sie war eine sehr dickköpfige Frau. Wenn man sie nicht ermordet hätte, würde sie wahrscheinlich noch heute dort wohnen«, fügte er mit trockenem Humor hinzu.

Das war alles sehr interessant, aber vor diesem Hintergrund wurde meine Ausgangsfrage nur noch spannender. »Wenn mein Großvater Ihnen allen so nahe stand«, sagte ich, »warum wird er dann in der Biographie überhaupt nicht erwähnt?«

Benedict sah sich mit geistesabwesendem Blick in der Gaststube um. »Ich glaube schon, daß Charles ein- oder zweimal erwähnt wurde. Aber es stimmt, er wurde ein wenig vernachlässigt. Sie müssen das verstehen, er hat uns einfach hängenlassen. Und als Willoughby die Biographie schrieb, waren die Gefühle wohl noch zu stark.«

»Weil er einfach verschwunden ist, meinen Sie? Ohne irgend jemand etwas zu sagen?«

»Hhmm. Unter anderem.«

Ich wartete, aber er fügte dieser Bemerkung nichts mehr hinzu. Also entschloß ich mich, ihn nach dem Titel von Nans Buch zu fragen. Vielleicht wußte er, warum sie die gleichen Worte gewählt hatte, die in seine Uhr graviert waren.

Er blickte mich fast mißtrauisch an. Zum ersten Mal hörte ich in seiner Stimme eine Spur von Verärgerung. »Die Uhr hat Stephen gehört. Charles hatte sie ihm geschenkt. Das Zitat spielt auf Stephens Roman ›Trauriges Zeremoniell‹ an. Es war vielleicht ein wenig überspannt, aber Charles konnte sehr großzügig sein, besonders mit Lob.« Er schien sich seines barschen Tons bewußt zu werden und milderte ihn ein wenig. »Ihre Großmutter hat vieles an der Beziehung zwischen Charles, Stephen und mir nicht richtig verstanden. Es ist wohl nicht weiter ungewöhnlich, daß eine Frau auf die alten Freunde ihres Mannes eifersüchtig ist und deren Einfluß auf ihn nicht besonders schätzt. Ich kann jetzt nur spekulieren, aber ich glaube, die Titelwahl war ironisch gemeint. Charles glaubte fest an Stephens Genie – manchmal bis zur Verblendung. Vielleicht hatte Ihre Großmutter es einfach satt, ihn immer nur von diesem Buch reden zu hören.«

Ich war überrascht. »Ging es in *ihrem* Roman etwa *um seinen* Roman?«

Diesmal traf mich ein durchdringender Blick, der die freundliche Unbestimmtheit seiner Worte Lügen strafte. »Aber Sie haben ihr Buch doch sicher gelesen?« fragte er mit unverhohlenem Argwohn.

Ich schüttelte den Kopf. »Ich weiß erst seit kurzem von diesem Buch. Allmählich wird mir klar, daß es noch sehr viel gibt, was ich nicht weiß.«

Dieses Geständnis schien ihn zu verwirren, und er schüttelte langsam den Kopf. »Das wird ja immer kurioser.«

Das müßte ich eigentlich sagen, hätte ich am liebsten erwidert. Statt dessen drehte ich seine letzte Frage um und richtete sie an ihn. Nein, antwortete er, er habe »Herzblut« nie gelesen. Das klang so bestimmt und jeden weiteren Kommentar unterbindend, daß ich zögerte zu fragen, ob er denn wenigstens wisse, was in dem Buch stand. Er stellte sein leeres Glas auf den Tisch und blickte auf seine Taschenuhr. »Es wird wirklich höchste Zeit, daß ich gehe. Wenn Sie fertig sind …?«

Als wir uns draußen voneinander verabschiedeten, sagte Benedict in liebenswürdigem, aber etwas distanziertem Tonfall, er hoffe, die Komplikationen der Vergangenheit würden meinen eigenen Aufenthalt hier nicht weiter beeinflussen. Einen kurzen Moment lang ruhte ein wohlwollender Blick auf mir, dann grüßte er noch einmal und ging.

## 16

Bevor ich mich mit Max auf den Heimweg machte, holte ich noch den Film ab, den ich bei Boots, dem großen Drogeriemarkt, zum Entwickeln gegeben hatte. Die Photos waren sehr gut geworden; vor allem die von Shipcote und der Kirche in Withyford leuchteten in klaren, scharfen Farben. Während ich schnell die Bilder durchschaute, blieb mein Blick an einem hängen. Es war das Photo von David Cornelius und Mela Mallaby, das ich wegen der Schatten, die sie auf die Wiese warfen, gemacht hatte. Jetzt waren es jedoch nicht die Schatten, die mich in Erstaunen versetzten, sondern eine kleine Figur, die auf dem der Kirche gegenüberliegenden Hügel am Waldrand stand. Es waren die Umrisse eines Jungen.

Wenn Rafe Cornelius Zeuge der Szene zwischen seinem Vater und Mela geworden war, konnte ich mir auch seine offensichtliche Feindseligkeit ihr gegenüber erklären. Und wenn er sie noch dazu wie ich verdächtigte, sich heimlich mit Gerald Fenton zu treffen, hätte er einen zusätzlichen Grund, ihr zu mißtrauen.

Rafe hatte doch erzählt, daß er den Nachmittag schlafend in Longbarrow Cottage verbracht hatte und erst aufgewacht war, als Max und ich dort eintrafen. In Wirklichkeit war er vielleicht zum Cottage gelaufen, um dort über das, was er gesehen hatte, nachzudenken. Er war noch nicht in der Lage, Mela oder seinem Vater unter die Augen zu treten; schließlich war das Cottage zu Mays Lebzeiten immer ein Zufluchtsort für ihn gewesen.

Als Max und ich die Straße am Fluß entlang nach Shipcote zurückfuhren, erblickte ich bei Withyford eine vertraute Figur mit Rucksack, die einen Kinderwagen vor sich herschob. Es war die junge Frau aus Wychley mit ihrem Kind.

Als sie das Auto herankommen hörte, schob sie den Wagen näher an den Straßenrand, aber sie blickte sich nicht um. Ich drosselte das Tempo und hielt ein paar Meter vor ihr an. Während sie weiter auf uns zuging, lagen Skepsis und Vorsicht in ihrem Blick, der sich erst aufhellte, als sie mich erkannte.

»Kann ich Sie irgendwohin mitnehmen?«

Sie nickte. »Wir wollen zum Pub in Shipcote. Kennen Sie es?«

»Das ›Mason's Arms‹? Bei der Brücke?«

»Genau.«

Während sie den Kinderwagen zusammenklappte und ihn mit dem Rucksack im Kofferraum verstaute, hielt ich ihre kleine Tochter auf dem Arm. Verglichen mit Max' kräftiger Kompaktheit hatte sie ein Fliegengewicht. Ihr feines, hellblondes Haar floß seidig um die weichen, rosafarbenen Rundungen ihrer Ohren. Sie schaute mich aus großen, ernsten Augen unerschrocken an.

Die junge Frau kletterte auf den Rücksitz und nahm das Kind auf ihren Schoß. Dann beugte sie sich vor, um Max zu begrüßen, der sich in seinem Autositz drehte und wendete, um einen Blick auf unsere Mitfahrer erhaschen zu können.

Wir stellten uns einander vor. Sie hieß Sophie Dymock und ihre Tochter Anna. Anna war zwei Jahre alt, doppelt so alt wie Max, obwohl sie sicherlich nur halb soviel auf die Waage brachte. Dann fragte sie mich, ob ich hier in der Gegend wohnte.

»In Longbarrow Cottage. Kennen Sie es?«

»Sicher. Und wo ist Mrs. Armitage geblieben?«

Auf meine Erklärung hin erwiderte sie: »Das wußte ich nicht. Ich bin schon ein paar Jahre nicht mehr in Shipcote gewesen.«

»Stammen Sie aus Shipcote?«

»Ja, leider.« In ihrer Stimme schwang eine fast belustigte Ergebenheit mit, die eher resigniert als bitter klang. Ich schaute in den Rückspiegel, aber sie hatte den Kopf über ihr Kind gebeugt, dem sie einen Schwan zeigte, der draußen auf dem Fluß schwamm. Die Mittagssonne strahlte auf die laublosen Weiden, die in sanft gebogener Linie das Flußufer säumten, auf weich geschwungene grüne Felder und die vereinzelten beigefarbenen Würfel der Häuser in den Hügeln. Es war ein hübsches Bild, und mir war unerklärlich, weshalb Sophie Dymock diese Gegend nicht mochte.

Auf der anderen Seite der Brücke hielt ich vor dem Pub an. Ich streckte meinen Arm über die Lehne des Beifahrersitzes und fragte sie, ob sie tatsächlich hier abgesetzt werden wolle. »Es macht mir wirklich nichts aus, Sie dorthin zu bringen, wo Sie hin wollen.«

»Ich will meine Mutter besuchen. Auf der Crookfield Farm. Kennen Sie die?« Ich sagte ihr, daß ich noch nicht lange genug in Shipcote sei, um Namen wiederzuerkennen, und sie erklärte, die Farm läge am östlichen Ortsrand. »Es ist nicht sehr weit von hier. Ich wollte nur erst vom Pub aus anrufen, um zu sehen, ob sie daheim ist. Wenn sie nicht da ist, werden Anna und ich im Pub essen, während wir auf sie warten.«

»Warum kommen Sie nicht mit und essen mit Max und mir zu Mittag?« Ein Gefühl von Sympathie für diese ungewöhnliche junge Frau und auch ein wenig Neugierde veranlaßten mich zu dieser spontanen Einladung. Sophie war ein interessanter Mensch, sowohl was ihr Äußeres anging als auch ihre Persönlichkeit. Man konnte sie nicht unbedingt schön nennen, nicht einmal hübsch, aber ihr Gesicht hatte eine Beweglichkeit, ein ständiges, kontrastreiches Schwanken zwischen süß und bitter, das ihm eine Attraktivität verlieh, die manch hübscherem Gesicht fehlte.

Und es gab noch einen Grund für meine Gastfreundschaft, den ich mir allerdings selbst kaum eingestand: In Gesellschaft würde es mir leichter fallen, nach Longbarrow Cottage zurückzukehren.

Willoughby Webb Springers Beschreibung des Mords an Evelyn Allerton hatte einen nachhaltigen, beunruhigenden Eindruck bei mir hinterlassen. Die Szenen, die er entworfen hatte, geisterten durch meinen Kopf. Es war, als hätte ich zu lange auf die Worte gestarrt, so daß die Bilder sich wie eine optische Illusion in die Netzhaut meines Gedächtnisses eingeprägt hatten. Was mich besonders irritierte, war der Umstand, daß diese blutige Gewalt überhaupt nicht zu dem friedlichen Cottage paßte. Der Mörder hatte nicht nur ein Verbrechen an seinem Opfer begangen, sondern auch an diesem Haus.

»Ich habe genug zu essen«, ermunterte ich Sophie Dymock, als ich merkte, daß sie noch zögerte. »Ich war gerade einkaufen.«

»In dem Fall nehme ich die Einladung dankend an. Aber ich werde trotzdem von hier aus anrufen. Das ist bequemer, als extra zur Farm hochzugehen.« Das mochte zwar stimmen, aber als sie mit Anna auf dem Arm im Pub verschwand, fragte ich mich, ob sie nicht auch vermeiden wollte, ihrer Mutter vor Zuschauern gegenüberzutreten. Wenn es ihre Mutter gewesen war, mit der sie sich aus der Telephonzelle in Wychley unterhalten hatte, würde ihr Wiedersehen sicherlich stürmisch werden.

Wenige Minuten später kamen Anna und sie zum Auto zurück. Während sie einstieg, sagte sie, daß niemand ans Telephon gegangen sei. »Es ist eigenartig. Um die Mittagszeit ist sie normalerweise immer zu Hause und kocht.«

Amüsiert erkannte ich mich in ihren Worten selbst wieder. Damals, als ich noch zu Hause lebte, war ich mit der gleichen Selbstverständlichkeit davon ausgegangen, daß meine Mutter immer für mich verfügbar war. »Erwartet Ihre Mutter Sie nicht?«

»Nein. Ich habe meinen Besuch nicht angekündigt.« Jetzt klang sie plötzlich wieder kühl und verschlossen. Es mußte also eine andere Frau gewesen sein, die sie in der Telephonzelle zu den wüsten Beschimpfungen provoziert hatte.

Als wir beim Cottage ankamen, wollte Max unbedingt im Gras herumkrabbeln, deshalb paßte Sophie auf die Kinder auf, während ich die Lebensmittel aus dem Wagen lud und ins Haus trug. Zögernd blieb ich mit den Einkäufen auf der Türschwelle stehen; irgend etwas, eine Art unerklärlicher Unruhe, zwang mich, innezuhalten und im übertragenen Sinn tief durchzuatmen, bevor ich eintrat.

Als ich fünf oder sechs Jahre alt war, hatte mir jemand eine von Arthur Rackham illustrierte Ausgabe der Grimmschen Märchen geschenkt. Ich fand seine Bilder so grauenerregend, daß es all meinen Mut erforderte, das Buch aufzuschlagen und darin zu blättern. Oft hatte ich es im nächsten Moment schon wieder zugeklappt, weil mich irgendein Riese oder ein paar kämpfende Zwerge erschreckt hatten. Gleichzeitig aber übten diese Illustrationen eine derartige Anziehungskraft auf mich aus, daß ich das Buch immer wieder aufschlagen mußte. Als ich mich jetzt nicht entschließen konnte, mein eigenes Wohnzimmer zu betreten, fielen mir diese kindlichen Ängste und unwiderstehlichen Lockungen ein.

Schnell ging ich durch das Wohnzimmer in die Küche und lud meine Einkäufe auf dem Tisch ab.

Unglücklich blickte ich hinüber auf die längliche Kaminplatte, auf die Evelyn Allertons Blut gespritzt war. Ein alter Aberglaube, hatte mir Nan erzählt, behauptete, daß man Blut, das gewaltsam vergossen worden war, nie mehr wegwischen könne. Irgendeine Spur würde zurückbleiben und an die Tat erinnern. Gott sei Dank waren die Kaminsteine so von Fett-, Rauch- und anderen, unidentifizierbaren Flecken übersät, daß man dieses seltsame Mahnmal, wenn es denn da war, unter all den anderen nicht mehr erkennen konnte.

»Hallo?« Es war Sophie, die von draußen nach mir rief. Ich ging und half ihr mit den Kindern. Während wir ihnen die Anoraks auszogen, erzählte mir Sophie, daß sie als kleines Mädchen bei May Armitage in die Schule gegangen sei. Wie Mela erinnerte auch sie sich mit Zuneigung an die alte Dame. »Sie war ein wenig zu gutmütig. Disziplin war für sie ein Fremdwort.«

Als sie aus ihrem Mantel schlüpfte, verfing sich der baumelnde Ohrring in ihrem Kragen. Ich half ihr, ihn freizubekommen, und bewunderte die Details des winzigen Schiffes aus Papiermaché, die vergoldeten Seile und gebauschten Segel. Ohrringe seien ihre Totems, sagte Sophie. »Ohne sie fühle ich mich irgendwie nackt.«

Sophie trug verschiedene Kleiderschichten übereinander, die alle schwarz waren: über einem langen Baumwollhemd, das ihr bis auf die Oberschenkel reichte und dessen Ärmel weit über ihre Hände fielen, trug sie eine Herrenweste im Nadelstreifenmuster, dazu einen knielangen Rock, dicke Wollstrumpfhosen, durch die ein Silberfaden gewebt war, und Stiefeletten mit heruntergerollten Schäften. Anna hatte sie ganz konventionell in einen blaßgelben Pullover mit aufgestickten Schmetterlingen und ein grasgrünes Schürzenkleid gesteckt. Das kleine Mädchen mochte zwar blaß und zerbrechlich wirken, aber trotzdem sah sie aus wie ein Kind, für das gut gesorgt wurde. Ich tendierte eher dazu, Max wie ein gut gepolstertes Kissen durch die Gegend zu schleifen, wohingegen Sophie mit Anna sehr behutsam umging, als wäre sie etwas sehr Kostbares und Zerbrechliches.

Sophie sah sich die Zeichnungen an der Wohnzimmerwand an und fragte, ob ich die Künstlerin sei. Als ich ihr erzählte, womit ich meinen Lebensunterhalt verdiente, erwiderte sie, sie hätte einmal einen Kinderbuchillustrator gekannt. »Ein Walise. Wir haben zusammen an einem Projekt gearbeitet. Das war sein Beitrag.« Der Schalk stand ihr in den Augen, als sie ihren schwarzen Hemdärmel hochkrempelte. Um ihren Unterarm schlängelte sich ein roter tätowierter Drache, dessen Schwanz sich wie ein Armband um ihr Handgelenk legte.

Es war eine schöne, außergewöhnliche Arbeit. Die wilde Ausdruckskraft des Drachenkopfes war mit dünnen Rauchlinien unterlegt, jede einzelne Schuppe seines sich windenden Körpers war genau herausgearbeitet. Jedesmal, wenn Sophie den Arm bewegte, erinnerten die Zuckungen des Monsters an das Medium, auf dem der Künstler gearbeitet hatte. Der Effekt war makaber, und das sollte er wohl auch sein.

Nachdem ich das Kunstwerk ausgiebig bewundert hatte, sagte ich, ihr Anteil an dem Projekt sei hoffentlich nicht nur gewesen, sich als lebendige Leinwand zur Verfügung zu stellen.

Sie wirkte ein wenig beleidigt. »Natürlich nicht. Erst kommt das Wort und dann das Bild, oder? Und ich habe die Worte beigesteuert.« Sie erklärte mir, daß die Geschichte aus der Zeit stamme, in der sie noch studiert hatte. »Unsere Dozentin hatte uns ermuntert, uns selbst als Schriftsteller zu versuchen und ein episches Gedicht zu schreiben. Mein Freund hatte dann die verrückte Idee, mein Werk zu illustrieren.«

Wir gingen in die Küche, wo Sophie mir dabei half, das Essen für die Kinder zu machen. Während wir die Würstchen im Teig aufbackten, Käse in kleine Würfel schnitten und einen gemischten Salat für uns selbst machten, sagte ich: »Ich glaube, ich wäre gern dabeigewesen, als Sie Ihre Arbeit ablieferten.«

»Meine Dozentin fand sie hervorragend. Allerdings nicht so sehr mein Gedicht – das war auch wirklich nicht besonders –, sondern die Illustration. Sie hat mich um die Adresse meines Freundes gebeten. Später hat er mir erzählt, daß sie ihn gefragt habe, ob er ihr Grendel, das Monster aus *Beowulf*, auf die linke Schulter tätowieren könne.«

»Hat es weh getan? Die Tätowierung, meine ich.«

Sie blickte von den Orangen, die sie gerade zerteilte, auf und verzog das Gesicht zu einer Grimasse: »Ja, schon. So sehr, daß ich behaupten kann, für die Literatur gelitten zu haben. Aber es ist sehr hilfreich, wenn man Männer aufreißen will. Sie fragen mich dann immer, ob ich an interessanteren Stellen auch Tätowierungen habe.«

»Das werde ich mir merken.«

»Leben Sie auch allein?« Als ich nickte, sagte sie: »Da können wir uns ja gegenseitig beglückwünschen. Männer sind manchmal solche Scheißkerle, nicht wahr?« Sie schwieg einen Moment, als würde sie über ihren Kommentar nachdenken, und fügte dann hinzu: »Einige Männer.« Lächelnd verbesserte sie sich ein drittes Mal: »Na ja, ein oder zwei Männer ganz bestimmt.«

Mit der Zeit fand ich es immer schwieriger, ihr Alter oder sie selbst richtig einzuschätzen. Manchmal sprach sie im nachlässigen Slang eines Teenagers und verschluckte in leicht übertriebener Sprechweise ganze Silben, was gut zu ihrem ungewöhnlichen Äußeren paßte. Dann wieder gewann ihre Universitätsausbildung die Oberhand, und sie wechselte in eine sehr präzise, fast schon elegante Ausdrucksweise über. Plötzlich sprach sie mit der Stimme einer wesentlich älteren oder zumindest recht welterfahrenen Frau. Ihr Verhalten war genauso widersprüchlich wie ihre Sprechweise. Es schwankte ständig zwischen spontaner Warmherzigkeit und kühler Distanziertheit, als wäre sie immer auf der Hut, nicht zuviel von sich zu verraten.

Max thronte auf seinem Hochstuhl und Anna auf mehreren Kissen, die wir auf einem Küchenstuhl übereinandergestapelt hatten. Er stopfte sich die Käsewürfel gleich händeweise in den Mund, während Anna jedes einzelne Stück zierlich zwischen Daumen und Zeigefinger nahm. Von Zeit zu Zeit warfen sie sich beobachtende Blicke zu; sie waren deutlich voneinander fasziniert. Als Sophie und ich Würstchen und Salat aßen, fragte ich sie, ob sie etwas dagegen hätte, wenn ich Anna zeichnete. »Nur zu«, lautete ihre Antwort. Noch viel lieber hätte ich Sophie gezeichnet, aber aus irgendeinem Grund, vielleicht wegen ihrer anfallsweise auftretenden Reserviertheit, traute ich mich nicht, sie zu fragen.

Während ich mit dem Zeichenblock auf meinen Knien arbeitete, fragte ich, ob sie länger in Shipcote bleiben würde. Sie schüttelte den Kopf. »Nur eine Nacht. Ich habe meinen Job geschmissen, deshalb dachte ich, es wäre der richtige Zeitpunkt für einen kleinen Heimatbesuch.« Sie erzählte mir, daß sie für eine englische Familie in Paris als Kindermädchen gearbeitet habe, aber daß der Vater des Babys, auf das sie aufgepaßt habe, ihr ständig Avancen machte. »Ich hab' versucht, ihn mir vom Leib zu halten. Ich muß auch an Anna denken; deshalb wollte ich die Familie nicht gleich verlassen. Die meisten Leute wollen kein Kindermädchen mit einem eigenen Kind. Die Frau habe ich auch gemocht, und das Baby war einfach süß. Aber irgendwann hat sie dann gemerkt, was vor sich ging. Am Samstag hat es einen großen Streit gegeben, und ich habe mich aus dem Staub gemacht.«

Ich sah von meiner Zeichnung auf und blickte sie an. Ihre Miene war so gleichgültig wie ihre Stimme. Sie war weder wütend noch verärgert; sie klang so, als wäre ihr Fortlaufen die unvermeidliche Konsequenz aus den Umständen, die sie nicht mehr hatte kontrollieren können.

»Was wollen Sie jetzt tun?«

»Mir eine Arbeit suchen. Ich habe ein wenig Geld gespart. In London haben Anna und ich eine Adresse, wo wir für ein paar Tage unterkommen können, bis ich was gefunden habe.« Sie schien sich um ihre Zukunft nicht sonderlich zu sorgen.

Über meine Schulter blickte sie auf die Zeichnung von Anna. Das kleine Mädchen hatte einen sehr charakteristischen Gesichtsausdruck, eine scheue Ernsthaftigkeit, die sie zusammen mit ihrer zierlichen Anmut wie ein Kind aus einem vergangenen Zeitalter erscheinen ließ. Es war diese Eigenart, die ich einzufangen versucht hatte. Sophie war so begeistert, daß ich das Papier ordentlich aufrollte, ein Gummi darüber zog und es ihr reichte. »Als Dank dafür, daß Sie Max vor dem Wurm gerettet haben.«

Sie bedankte sich nicht, sondern griff an ihr rechtes Ohr und hängte die grüne Galeone aus. »Tauschen wir«, sagte sie entschieden, als sie mir den Ohrring ohne Rücksicht auf meine Einwände in die Hand drückte. »Er paßt gut zu Ihren Augen.« Dann nahm sie Anna auf den Arm und sagte, es sei Zeit, daß sie sich auf den Weg machten. Sie lehnte meine Einladung, sie zum Haus ihrer Mutter zu fahren, ab und behauptete, lieber einen Spaziergang durchs Dorf machen zu wollen. »Es ist doch gut, ab und zu einen Blick auf die eigenen Wurzeln zu werfen, oder? Dann weiß man gleich wieder, warum man eigentlich abgehauen ist.«

Wir verabschiedeten uns. Sie versprach, bei mir vorbeizuschauen, falls Anna und sie noch mal nach Shipcote kommen sollten. Wir hatten nicht darüber geredet, wie lange Max und ich bleiben würden, und weil es mir sinnlos erschien, jetzt damit anzufangen, sagte ich einfach, daß ich hoffte, sie bald wiederzusehen. Als sie aber mit Anna vor sich im Kinderwagen die Auffahrt hinunter zur Straße ging, hätte ich sie am liebsten zurückgerufen.

Ich trug Max zu einem zweiten Mittagsschlaf nach oben. Als er eingeschlafen war, nahm ich Willoughbys Biographie über Stephen Allerton und streckte mich damit auf meinem Bett aus.

Obwohl der Name meines Großvaters im Register nicht vorkam, erinnerte ich mich an Benedicts Versicherung, daß er ein- oder zweimal erwähnt sei. Ich durchforstete das Buch nach vielversprechenden Passagen, und während ich die Seiten überflog, begann Stephen Allertons Leben für mich Gestalt anzunehmen. Außerdem erfuhr ich einiges über Benedict Mallaby. Der junge Mann im Buch schien nicht besonders viel mit dem wohlhabenden Geschäftsmann im silbernen Jaguar gemein zu haben.

Stephen und Benedict waren überzeugte Sozialisten gewesen, die sich wie viele andere in den dreißiger Jahren für die linke Sache engagiert hatten. 1936 gründeten sie die Longbarrow Press, um die Schriften eines kleinen Kreises »gleichgesinnter Freunde« zu veröffentlichen, vor allem die Gedichte und später dann den Roman von Stephen. Sie hatten beide nicht viel Geld, und das, was sie hatten, steckten sie in den Verlag. Mir fiel wieder ein, daß Benedict im Pub erzählt hatte, Charles habe damals die Druckpresse gekauft.

Doch Charles Lorimer schien aus dem Text mit ebensolcher Absolutheit verbannt zu sein wie aus dem Leben. Seine Spur war einfach verschwunden, verschwunden aus dem Leben und den Erinnerungen der anderen. Er war nur noch ein Geist, ein blasser Schatten, den man irgendwo zwischen den Zeilen finden konnte, wenn man wußte, wo man suchen mußte. Zum ersten Mal in meinem Leben spürte ich Mitleid mit ihm.

1938 war Stephen nach Spanien gegangen, um in einem internationalen Freiwilligenkorps gegen Francos Truppen zu kämpfen. Man nahm an, daß er gefallen war, aber seine Leiche war niemals gefunden worden. Unter den persönlichen Besitztümern, die man an die Witwe schickte, hatte sich das Manuskript von *Trauriges Zeremoniell* befunden. Evelyn, die immer noch in Longbarrow Cottage lebte, verweigerte ihre Zustimmung zu einer Veröffentlichung des Buchs. Kurz vor ihrem Tod hatte sie jedoch ihrem Herzen einen Stoß gegeben und das Manuskript an Benedict geschickt. *Trauriges Zeremoniell* war das erste Buch, das in Benedicts neu gegründetem Verlag Mallaby & Co. erschien. Es wurde sofort ein vielgepriesener und auch finanzieller Erfolg.

Willoughby beschrieb Evelyn sehr vorsichtig. Doch daß Stephens Gattin eine schwierige Frau gewesen war, die ihrem Mann weder seine Schriftstellerei noch seine Freunde gönnte, wurde trotzdem unmißverständlich klar. Obwohl Willoughby die sexuelle Beziehung der Allertons nur oberflächlich streifte, beschrieb er sie als »problematisch« und implizierte, daß ihre Kinderlosigkeit Evelyn nur noch mehr verbittert habe.

Als die beiden sich kennenlernten, waren sie noch sehr jung gewesen, und sie hatten zu schnell geheiratet, um rechtzeitig zu erkennen, daß sie eigentlich gar nicht zueinander paßten. Willoughby deutete an, daß es sich bei Stephen wohl eher um Mitleid als um Liebe gehandelt habe; vielleicht wollte er auch sein Ideal von universeller Brüderlichkeit in die Tat umsetzen.

Evelyn teilte weder seine Ideale noch sein Interesse für die Literatur. Alles, was sie verband, so drückte es Willoughby in einer Passage aus, war ihr Unglück und sein anfängliches Bedürfnis, es zu lindern.

An einer Stelle, als es um Stephens selbstquälerische Beziehung zu Evelyn und sein aufopferndes Engagement im Spanischen Bürgerkrieg ging, schrieb Willoughby: »Allertons Leben wurde vom Mythos des Prometheus beherrscht. Um etwas zu schaffen, muß dem Künstler großes Leid widerfahren; nur aus diesem Leid können unsterbliche Werke entstehen.« Das ist ein interessanter Gedanke, dachte ich mit einem bitteren Lächeln: die bewußte Wahl des falschen Partners in der Hoffnung, daß sich dieses Elend in Produktivität niederschlagen würde.

Durch seine subtile Beschreibung der Ideale, für die die Gründer von Longbarrow Press eingetreten waren, und deren allmählicher Zerstörung durch Evelyn Allertons Eifersucht und Launenhaftigkeit gelang es Willoughby, mir den Eindruck zu vermitteln, daß es nicht so sehr der Mord war, der den Frieden von Longbarrow Cottage zerstört hatte, sondern Evelyn Allerton selbst. Zum Schluß war auch ich der Meinung, daß sie nur bekommen hatte, was sie verdiente.

Während ich weiter erfolglos nach Charles Lorimers Namen suchte, sprang mir ein anderer Absatz ins Auge:

> *Nachdem Stephen nach Spanien gegangen war, verschlechterte sich Evelyns Ansehen unter den Bewohnern auf dem Land zusehends. Mit ihrer äußeren Erscheinung, die immer schlampiger wurde, ihrem Verhalten, das sich von anfänglicher Distanziertheit zu völliger Zurückgezogenheit entwickelt hatte, stieß sie allseits auf Befremden. Ihre willkürlichen und völlig irrationalen Wutausbrüche erschreckten die Leute. Manche bezeichneten sie sogar als Hexe.*

Eine Hexe.

In Nans Geschichte war eine Hexe wegen des Schatzes, der sich in ihrem Besitz befand, umgebracht worden. Es war der Schatz, den der idealistische jüngste Bruder erworben hatte. Als ich zehn Jahre alt war, hatte ich den Schatz gezeichnet und dabei den heiligen Gral im Kopf gehabt, einen goldenen, mit funkelnden Juwelen besetzten Pokal, aber Nan hatte ihn eigentlich nie näher beschrieben. Sie sagte nur, daß es etwas sehr Wertvolles wäre. Der Schatz konnte also auch ein Buch gewesen sein.

Ich versuchte, Parallelen zwischen dieser Geschichte und der Realität zu ziehen. Wenn Nan das, was sie über die Allertons wußte, in ihrer Geschichte verarbeitet hatte, war die Hexe sicherlich Evelyn, der Künstler, der sich für seine Überzeugungen aufopferte, Stephen, und der Schatz sein Roman. Aber wer war der mittlere Bruder mit goldenem Haar, der die Hexe getötet hatte, um den Schatz zu retten? Der Bruder, der dann, durch den Besitz des Schatzes verdorben, auch den »beständigen« älteren Bruder umbrachte? Und wer war dieser ältere Bruder?

Ich blätterte noch einmal zu dem Gruppenphoto, das in Longbarrow Cottage aufgenommen worden war. Da saß Benedict, blond und attraktiv, und verdeckte seinen Cousin Charles fast ganz. Zwei Männer, die sich nach Clarissas Worten »so nahe wie Brüder« gestanden hatten. Ich schloß die Biographie und ließ sie neben mich aufs Bett fallen.

Die Antworten auf meine Fragen drängten sich förmlich auf. Der Mörder und mittlere Bruder war Benedict Mallaby. Der älteste Bruder war mein Großvater, Charles Lorimer. Unter der Vorgabe, ein Märchen zu erzählen, behauptete Nan, daß Benedict Evelyn umgebracht hatte, um an Stephens Manuskript zu kommen, und später dann Charles, um es behalten zu können.

Aber Nan konnte viel behaupten, ermahnte ich mich streng, deswegen mußte ihre Geschichte noch lange nicht wahr sein. Fast unbewußt griff ich nach meinem Skizzenblock auf dem Nachttisch, um meine Finger zu beschäftigen, während ich nachdachte. Ich begann zu zeichnen.

Nans Geschichten waren nichts als Geschichten, versuchte ich mir einzureden. Sie waren Produkte der Phantasie, in die einzelne Versatzstücke aus der Realität eingegangen waren. Evelyn Allertons Tod mochte sie zu ihren Erzählungen und vielleicht auch zu ihrem Roman bewegt haben, aber das mußte nicht heißen, daß diese in irgendeiner Weise realistischer waren als die Geschichten, die sie den alten Legenden aus der Gegend um Shipcote nachempfunden hatte. Die Parallelen zu den Ereignissen in der Realität ließen ihre Geschichten biographisch, ja sogar autobiographisch wirken, aber war nicht alle Literatur geprägt von subjektiven Erfahrungen und Erlebnissen? Die Schlußfolgerungen über deren literarische Wahrheit blieben allein den Lesern überlassen.

Eine Geschichte machte Benedict genausowenig zum Mörder, wie sie Charles von der Schuld freisprach, seine schwangere Frau verlassen zu haben. Laut Willoughby hatte Evelyn das Manuskript aus freien Stücken an Benedict geschickt; es gab also absolut keinen Grund, sie deshalb umzubringen. Benedict hatte sie genausowenig getötet wie seinen Cousin Charles. Aber vielleicht war es für Nan wichtig gewesen zu glauben, daß Charles ermordet worden war. Die Alternativen wären gewesen, daß er ein Feigling war, daß sie ihn aus irgendeinem Grund enttäuscht, daß er sie wegen einer anderen Frau verlassen hatte oder einfach nicht mehr mit ihr zusammenleben wollte; das alles war für sie nur sehr schwer zu akzeptieren. Charles hatte sie nicht nur mit einem Baby sitzengelassen; er hatte ihr auch einen Wust von Verzweiflung, Wut und sogar Schuldgefühlen hinterlassen. Mit der Vorstellung, er sei tot, konnte sie vielleicht leichter leben. Aber ermordet? Von jemandem, der wie ein Bruder zu ihm stand? Warum hatte sie sich einen gewaltsamen Tod für ihn ausgedacht, einen Tod aus Benedicts Händen?

Ich erinnerte mich wieder an Mays Worte, Nan habe wie »eine Besessene« geschrieben. Wenn ich auch niemals verstehen würde, warum sie aus Benedict einen Mörder und aus meinem Großvater sein Opfer machen mußte, konnte ich die zwanghafte Besessenheit, mit der sie *Herzblut* schrieb, durchaus nachvollziehen. Sie war von Schmerz und Wut überwältigt gewesen. Wenn sie diese Gefühle nicht in irgendeiner Form verarbeitet und etwas Konkretes aus ihnen geschaffen hätte, hätten sie sie umgebracht und ihrem Kind geschadet. Das Schreiben von *Herzblut* war eine Art Katharsis für sie gewesen, und sie hatte meine Mutter damit geschützt. Ich würde jede Wette eingehen, daß es in ihrem Roman nicht nur um den Mord an Evelyn ging, sondern auch um das Verschwinden meines Großvaters, für das sie hier eine Erklärung fand. Und als das Buch geschrieben war, hatte Nan nie wieder das Bedürfnis verspürt, die Geschichte noch einmal zu erzählen.

Bis sie wußte, daß sie bald sterben würde.

Gegen Ende ihres Lebens wurde sie noch einmal von der ganzen Sache überwältigt. Die Geschichten, die sie mir so gerne erzählt hatte, waren allesamt Variationen auf die Themen gewesen, die sie über dreißig Jahre lang nicht losgelassen hatten: Diebstahl, Betrug und Mord. Diese Besessenheit – anders konnte man es nicht bezeichnen – ließ sich nur als eine Reaktion auf Charles' Verschwinden erklären.

Ich betrachtete meine Zeichnung. Ausgehend von Willoughbys Beschreibungen, hatte ich das Wohnzimmer des Cottages gezeichnet, so wie es am Abend des Mordes ausgesehen haben mußte. Alle Details befanden sich an ihrem Platz: der offene Kamin, in dem ein Feuer loderte; die traurigen Stapel aus alten Zeitungen und schmutzigem Geschirr; der Schnee, der vor den vorhanglosen Fenstern fiel. Aber es wirkte wie ein leeres Bühnenbild, das noch auf die Schauspieler wartete: Evelyn Allerton und ihren Mörder.

# 17

Später am Nachmittag, nach Schulschluß, kam Rafe mit Spike vorbei. In der Hand hielt er das Ende einer automatisch aufrollbaren Nylonhundeleine, an der er das Frettchen führte. Spike schnüffelte im Wohnzimmer herum und versuchte sich durch jeden kleinen Ritz, den er entdeckte, zu zwängen, egal, wie schmal er war. Wie eine riesige Raupe schnellte er durch den Raum; man hatte den Eindruck, daß er durch die Bewegungen seines langen, gebogenen Rückens vorwärts kam und nicht mit Hilfe seiner kurzen Beine.

Aus irgendeinem Grund übte der Kamin eine besondere Anziehungskraft auf das Frettchen aus. »Er weiß, daß sich dahinter ein leerer Raum befindet«, sagte Rafe und deutete auf die Verkleidung. Auf der rechten Kaminseite bröckelte das Mauerwerk bereits ein wenig ab, und die Steine schienen nur noch locker zu sitzen. Das Frettchen hatte sich auf die Hinterbeine gestellt und schnupperte an ein paar losen Mörtelresten herum, die daraufhin auf die Kaminplatte hinabrieselten.

»Hör auf damit!« schimpfte Rafe das Tier und nahm es auf den Arm. »Wenn du hier was kaputtmachst, werden wir nie wieder eingeladen.« Er nahm Spike die Leine ab und steckte ihn in seinen Schulterbeutel. Dann zog er etwas aus seiner Hosentasche.

»Ich wollte Ihnen etwas zeigen«, sagte er und streckte seine Hand aus. In ihr lag ein dreieckiger weißer Stein. »Nehmen Sie ihn. Man kann ihn ruhig anfassen.«

Ich setzte Max auf den Teppich, wo er sich mit seinen Spielsachen beschäftigte, und nahm den Stein aus Rafes Hand. Er paßte genau auf meine Handfläche. Es war eine glatte Scheibe, wahrscheinlich aus Kalkstein, die wie eine Karte Afrikas geformt war; auf der linken Seite stark gewölbt und rechts unter einem spitzen Vorsprung, der wie das Horn von Afrika aussah, tief eingeschnitten. Die weiche Rundung unten symbolisierte das Kap der Guten Hoffnung. Über das obere Drittel verlief ein rauher Steinwulst. Ich drehte den Stein um. Die Rückseite war flach und völlig glatt, und genau in der Mitte war die Versteinerung einer vollständigen, winzigkleinen Muschelschale eingeprägt.

Rafe beobachtete mich. Seine Augen waren hinter der Brille weit aufgerissen. »Wissen Sie, was das ist?« Ich schüttelte den Kopf. »Ein Werkzeug. Aus dem Neolithikum. Vielleicht viertausend Jahre alt. Schauen Sie«, sagte er und griff nach dem Stein. »Ich zeige Ihnen, wie man ihn benutzt hat.«

Er legte den Daumen in die Einbuchtung auf der rechten Seite, genau unterhalb des Horns, umfing mit dem Zeigefinger die breite obere Hälfte und mit den anderen drei Fingern den schmaleren unteren Teil. »Wenn man ihn so hält, kann man ihn als Hammer benutzen. Sehen Sie, daß er hier ganz flachgeschliffen wurde?« Er zeigte auf den dicksten Teil der linken Seite, wo der Rand völlig glatt und eben war. »Und wenn man ihn umdreht, kann man ihn zum Auskratzen von Tierfellen oder ähnlichen Arbeiten benutzen. Dieses Ende ist schon ganz rund und abgewetzt.« Er deutete auf die Steinspitze. »Hier, versuchen Sie's selbst.«

Ich nahm den Stein so in die Hand, wie er es mir gezeigt hatte. Rafe hatte recht, denn egal wie ich ihn hielt, meine Finger paßten immer genau in die verschiedenen Einbuchtungen. Mein Daumen lag in der konkaven Furche, wo vor Jahrtausenden der regelmäßige Druck eines anderen Daumens seine Spur im Stein hinterlassen hatte, als hätte ein Künstler ihn mit einer Prägung versehen. Ich drehte den Stein noch einmal um und fuhr mit der Spitze meines Zeigefingers die feinen Rippen des Muschelfächers nach. Jede einzelne trat vor dem Hintergrund des weißen Kalksteins als dunkle Linie deutlich hervor.

Ich war mir sicher, daß der Mensch, der sich diesen Stein ausgesucht hatte, nicht nur auf die für seinen Zweck geeignete Form, sondern auch auf die kleine Muschel geachtet hatte. Er hatte eine Wahl getroffen, die von mehr als offensichtlichem Pragmatismus bestimmt war, denn bei seiner Entscheidung hatten auch ästhetische Prinzipien eine Rolle gespielt. Vor viertausend Jahren hatte ein Mensch diesen Stein entdeckt, in dessen Mitte das Fossil wie ein Juwel saß, und ihn schön gefunden.

Ich hatte das Gefühl, ein Leben in der Hand zu halten, ein Leben, das sich in den kühlen Stein geprägt hatte und das irgendwie mit meinem Leben verbunden war. Einen Moment lang schien mir diese Vergangenheit, die mehrere Jahrtausende zurücklag, ganz wirklich und greifbar, und ich empfand ein eigenartiges Sehnen nach ihr. Es war die jüngere, in Monaten meßbare Vergangenheit, von der ich mich abwandte, weil ich nicht mit ihr fertig wurde.

Rafe begann über das Muschelfossil zu reden. »Vielleicht wurde der Stein deswegen als Totem benutzt, und sie haben ihm magische Kräfte zugeschrieben.« Die Augen hinter den Brillengläsern leuchteten begeistert. »Das macht doch Sinn, oder? Vor allem, wenn man bedenkt, wo ich ihn gefunden habe. Es ist, als hätten sie ihn extra dorthin gebracht, weil er etwas Besonderes war, eine Art Schatz...« Plötzlich hielt er abrupt inne, errötete und wich meinem Blick aus.

»Wo hast du ihn denn gefunden?« fragte ich, obwohl ich es eigentlich schon wußte. Das schuldbewußte Erröten verriet, daß er irgendein Grundstück unerlaubt betreten hatte, und nach dem, was er gerade über den Schatz gesagt hatte, handelte es sich sicher um Goody Ridler's Tump. Rafe blickte zu Boden. Das Gesicht des Jungen war unter der langen braunen Haartolle, die ihm tief in die Stirn fiel, fast nicht mehr zu sehen. Wenige Augenblicke später sah er mich wieder an. »Versprechen Sie mir, es keinem Menschen zu erzählen?«

»Versprechen kann ich das nicht. Vielleicht solltest du es mir deshalb besser nicht sagen.«

»Wahrscheinlich haben Sie es sowieso schon längst erraten.«

»Das könnte sein.«

»Verstehen Sie nicht? Dort, wo ich ihn gefunden habe, gibt es vielleicht noch mehr von dem Zeug!« Jetzt flehte er mich regelrecht an. »Wir sollten nachsehen.«

»Das würde ich sicher machen, wenn es mein Grundstück wäre.« Bei aller Sympathie konnte ich seiner Bitte nicht nachkommen.

Er sah wieder weg und nickte als Zeichen seines Verständnisses. Doch in der Art, wie er sein Kinn hielt, war stiller Widerstand zu lesen.

Ich gab ihm das Werkzeug zurück und sagte, daß es ein echter Fund sei, ein Schatz. »Genausogut, als ob du Gold gefunden hättest.«

Er nickte ernst und verstaute den Stein wieder in seiner Hosentasche. »Ich habe mir gedacht, daß er Ihnen gefällt.« Er murmelte irgend etwas, das wie eine Art Geständnis klang, und fügte dann hinzu: »Ich werde ihn keinem anderen Menschen zeigen.«

»Nicht einmal deinem Vater?«

»Der würde nur fragen, wo ich ihn gefunden habe. Und ich will ihn nicht anlügen müssen.«

Max wurde jetzt unruhig, weil er Spike nicht mehr sehen konnte. Er krabbelte zu uns herüber und zog sich an meinem Hosenbein hoch. Als ich einen gemeinsamen Spaziergang vorschlug, stimmte Rafe freudig zu. Wenn ich Lust hätte, könnten wir einen alten Pfad entlangwandern, schlug er vor. Er sei noch älter als das Steinwerkzeug und von den ersten Bewohnern der Cotswolds, einem Nomadenvolk von Jägern und Sammlern, angelegt worden. Seither war er von allen Menschen, die hier lebten, weiter benutzt worden.

»Warten Sie, ich zeige es Ihnen.« Er zog eine Landkarte aus der Seitentasche seines Schulterbeutels. Sein Vater bestehe darauf, daß er sie immer dabei habe, erklärte er mir, damit er bei seinen Wanderungen in der Gegend um Shipcote auch wieder nach Hause fände.

Er breitete die Karte auf dem Fußboden aus und zeigte mir Shipcote, ein kleines blaßrosa Rechteck an der sich windenden gelben Straßenlinie. Die Kirche war durch ein Kreuz hervorgehoben, und sogar auf das Mason's Arms wurde in winzigen Buchstaben neben dem blauen Band des Windrush verwiesen.

»Hier ist Longbarrow Cottage, und das ist Goody Ridler's Tump.« Er deutete auf ein winziges rötliches Quadrat im Nordwesten des Dorfes. Nördlich davon befand sich der Grabhügel, auf den ein Stern und das in altertümlicher Schrift gedruckte Wort »Langer Grabhügel« hinwiesen.

»Und hier ist der Pfad.« Rafe fuhr mit seinem Finger eine blasse, rotgepunktete Linie entlang. Von Norden kommend, führte er an dem Hügelgrab vorbei, bog dann in Richtung Westen und verlief ein kurzes Stück neben der Blacksmith Lane, um sich schließlich zwischen zwei blaßgrünen Streifen, die Wäldchen symbolisierten, durch ein Tal in Richtung Süden zu schlängeln und in einer Furt bei der Kirche von Withyford den Windrush zu überqueren. Am anderen Flußufer bog er wieder nach Westen und folgte der alten Straße nach Wychley, welche vor dem Bau der modernen Straße die Hauptstraße gewesen war, über einen Hügelkamm.

Ich erzählte Rafe, daß ich mit Max am vergangenen Nachmittag bereits einen Teil des Weges gewandert sei, und zwar den Abschnitt, der am Hügelgrab vorbeiführte. »Aber ich würde gern den Teil sehen, der zur Kirche von Withyford hinunter geht.« Er sagte, daß einige Abschnitte für den Kinderwagen zu holperig sein könnten, also steckte ich Max in seine Rückentrage. So gingen wir die Blacksmith Lane hoch: Rafe mit Spike, dessen Kopf hoch oben aus dem Beutel herausschaute, und ich mit Max, der hoch auf meinem Rücken thronte. Die beiden wirkten wie zwei wachsame kleine Beobachtungsposten, und mir war klar, daß wir einen lustigen Anblick abgeben mußten.

Der Weg leuchtete von Bärenklau und den sternenförmigen

Köpfen der Wildblumen, die aus der dicht bewachsenen Wegböschung hervorlugten. Rafe erläuterte mir ausführlich seine Theorie über den Grabhügel und den alten Pfad. Die Selbstverständlichkeit, mit der er sich mit einem Erwachsenen unterhielt, war typisch für ein Einzelkind. Er sprach in dem leicht pedantischen Ton eines Kindes, das sein Thema nur zu gut kennt und davon überzeugt ist, daß das, was es zu sagen hat, für den Zuhörer mindestens genauso faszinierend ist wie für es selbst.

In seiner Theorie kam auch »Dick ohne Hand« vor. Er erzählte mir, daß der Straßenräuber den alten Pfad benutzt habe, um zur Straße nach Wychley zu kommen, wo er den Kutschen auflauerte. Später zog er sich dann mit seiner Beute über den Pfad wieder zurück in die Sicherheit der Wälder von Wychwood, einem riesigen Waldgebiet, das früher einen Großteil der Cotswolds bedeckte. Der Legende nach hielten sich einige der Bandenmitglieder nach dem Tod ihres Anführers weiterhin dort versteckt.

»Ich glaube, er hat seine Sachen im Hügel vergraben«, sagte Rafe. »Das ist doch logisch. Die Leute waren abergläubisch und hatten Angst vor dem Hügel, deshalb kamen sie nie hierher. Somit war er ein sicheres Versteck. Außerdem war er gut über den Pfad zu erreichen. Und in jenen Tagen hat der Wald von Wychwood bis nach Shipcote gereicht, so daß der Hügel vielleicht sogar im Schutz der Bäume lag.«

»Hat es denn keine Ausgrabungen gegeben?«

»Sicher, vor hundert Jahren. Aber sie haben nicht im ganzen Hügel gegraben. Nur dort, wo sie den Eingang und eine Grabkammer fanden. Es gab jedoch auch Hügel, die mehrere Eingänge hatten. Einige davon waren falsch, um die Grabräuber auszutricksen. Vielleicht hat er so einen Eingang gefunden und benutzt.«

»Ich finde es seltsam, daß die Mallabys gar nicht neugierig sind, was sich unter dem Hügel befindet. Warum lassen sie die Archäologen dort nicht graben?«

»Vielleicht nur, weil er ihnen gehört.« Plötzlich war Rafes Ton scharf geworden. »Ich glaube, sie wollen ihre Sachen einfach für sich behalten. Ständig reden sie über Fremde und Außenseiter und daß die Familie zusammenhalten muß. Dabei ist mir wirklich nicht klar, weshalb sich irgend jemand wünschen sollte, in diese dumme Familie aufgenommen zu werden.«

Dieser Ausbruch überraschte mich, genauso wie er Rafe selbst überraschte, der jetzt beschämt dreinblickte. »Na ja, Clarissa ist ganz in Ordnung. Sie versteht das mit dem Grabhügel. Sie hat mir gesagt, daß sie früher selbst Schätze gefunden hat und als Kind sogar dort begraben werden wollte.« Er hielt an, um sich einen langen Grashalm vom Wegrand zu pflücken, auf dem er herumkaute, während wir weitergingen. »Aber dann ist sie plötzlich wieder ganz anders«, murmelte er nachdenklich, »wie ein völlig anderer Mensch. Oder vielleicht einfach nur wie der Rest von ihnen.«

Ich war mir nicht sicher, wie ich darauf reagieren oder ob ich überhaupt etwas sagen sollte. Ich hatte keinen Grund, die Mallabys ihm gegenüber zu verteidigen, zumal er sowieso mehr über sie wußte als ich. Trotzdem hatte ich den Verdacht, daß sein Urteil über die Familie beeinflußt war von der Tatsache, daß sein Vater etwas mit Mela hatte.

Als wir an der Ashleaze Farm vorbeikamen, stand Pat Ebborn im Hof und pflanzte Geranien in ein großes Holzfaß neben dem Tor. Sie rief uns ein fröhliches Hallo zu, und Rafe und ich hielten an, um mit ihr zu plaudern. Als er uns erblickte, kam Stanley, der sich gerade auf einem Kontrollgang befand, schnatternd herbeigelaufen, um sein Revier zu verteidigen. Nachdem Pat die Gans vertrieben hatte, bedankte ich mich für den Hochstuhl.

»Bitte denken Sie daran, den Kleinen immer gut festzuschnallen«, sagte sie, während sie die Erde um die Geranien festdrückte. »Mein Ältester ist dauernd herausgerutscht.« Mit ehrlichem Interesse erkundigte sie sich nach Spike, was Rafe sehr erfreute. Als wir uns verabschiedet hatten und unseren Weg fortsetzten, bemerkte er, sie sei wirklich eine nette Frau. »Sie hat mir erlaubt, mich auf der Farm frei zu bewegen, so lange ich die Tiere nicht störe.«

»Warst du schon dort drin?« Ich deutete mit meinem Kopf auf das Dickicht, das sich rechts von uns hinter der Farm erhob. Als er antwortete, daß man in dem Wäldchen hervorragend Salamander und Käfer finden konnte, wenn man nur genügend Steine umdrehte, kam ich mir albern vor, weil ich gestern nachmittag dort so entsetzt entlanggehastet war. Vielleicht war im Wald ja nur ein Junge gewesen, der nach Salamandern gesucht hatte.

Nach wenigen Minuten hatten wir den Pfad zum Hügelgrab erreicht und waren in ein kleines Gehölz aus Lärchen und Tannen gekommen. Von hier führte der Feldweg steil in ein kleines Tal hinab, bevor er durch ein weiteres Wäldchen wieder in die Hügel anstieg. Im Tal befand sich ein Tor, das zu einer brachliegenden Weide führte, die sich wie ein grüner Fluß zwischen den bewaldeten Hügeln hindurchschlängelte. Dort, wo der Pfad durch die Weide lief, war das Gras flachgetreten.

Eine Tafel wies den Pfad als Reit- und Wanderweg aus. Eine weitere Tafel machte klar, daß diese Weide Privateigentum sei und alle Besucher sich deshalb streng an den Pfad zu halten hätten. Als ich Rafe fragte, wem das Land gehöre, knurrte er seine Antwort: »Mr. Fenton. Er lebt auf Withyford Manor. Wenn es nach ihm ginge, dürfte hier überhaupt niemand wandern. Hoffentlich treffen wir ihn unterwegs nicht.«

Gerald Fenton war ein Mann, der nicht genug Land sein eigen nennen konnte; Mela hatte so etwas angedeutet, als ich die beiden in Wychley traf. Und er mochte es nicht, wenn sich Fremde im Dorf niederließen. Es überraschte mich deshalb nicht, daß er auch etwas dagegen hatte, wenn die Leute über seinen Grund und Boden wanderten.

Rafe schloß das Tor wieder hinter uns, wobei er die Seilschlinge sorgfältig über den Pfosten legte. Dann wanderten wir durch saftiges, mit Butterblumen durchsetztes Gras den sanft abfallenden Pfad hinunter. Bald war der Feldweg nicht mehr zu sehen. Es war, als hätten wir eine andere, liebliche und unberührte Welt betreten, in der nur noch das klare Vogelgezwitscher, das aus dem Wald drang, zu hören war. Und doch schien hier die Vergangenheit überall gegenwärtig zu sein, als würde sie durch eine grüne Ader unter unseren Füßen pulsieren. Die ersten vorzeitlichen Passanten und alle anderen, die ihnen gefolgt waren, Bauern aus dem Neolithikum, römische Soldaten, mittelalterliche Schäfer und moderne Wanderer, schienen hier ihre Spuren hinterlassen zu haben.

»Bei uns zu Hause war ich einmal in einer ähnlichen Gegend wie dieser«, sagte Rafe. »Ich bin zusammen mit meiner Mom und meinem Dad einen Indianerpfad entlanggegangen, der zu einer Begräbnisstätte führte. Damals.«

Ich fragte Rafe, ob er Amerika vermisse. Manchmal, war die Antwort. Dann gab er fast widerstrebend zu, daß er England mochte, weil es hier viel interessantere Dinge gab, über die man sich Gedanken machen konnte, wie zum Beispiel die Grabhügel. »Es sind nicht so sehr die Staaten, nach denen ich mich sehne«, fuhr er nach einer kurzen Pause fort, »sondern nach der Zeit, als wir noch zusammen waren.«

Vorsichtig sagte ich: »Mein Vater ist vor ein paar Jahren gestorben, und dann hat meine Mutter wieder geheiratet und ist nach Neuseeland gezogen. Sie ist dort sehr glücklich, das weiß ich, aber trotzdem ...«

Er blickte zu mir auf. »Machen solche Sachen Erwachsenen auch etwas aus?«

»Manchmal schon. Ich mag Graham, meinen Stiefvater, sehr, aber trotzdem vermisse ich meinen Vater. Und ich fände es besser, wenn meine Mutter nicht so weit weggegangen wäre.«

»Wenigstens haben Sie keine neue Schwester gekriegt.«

»Nein, aber vier Stiefbrüder und vier Stiefschwägerinnen, wenn man sie so bezeichnen kann. Und so viele Stiefnichten und -neffen, daß ich nicht mal alle Namen kenne. Im Prinzip bin ich froh, plötzlich eine so große Familie zu haben, auch wenn sie am anderen Ende der Welt lebt. Ich war ein Einzelkind, und das war auch nicht immer einfach.«

»Mir hat das nichts ausgemacht«, sagte er trotzig. »Es hat doch jede Menge Vorteile, der einzige zu sein.«

Ich lächelte ihn an. »Ja, das kann schon stimmen. Trotzdem hoffe ich, daß Max eines Tages Brüder und Schwestern haben wird.«

»Heißt das, daß Sie wieder heiraten wollen?« Er blickte mich nachdenklich an. Vielleicht konnte er sich nur schwer vorstellen, daß überhaupt jemand heiraten wollte.

»Irgendwann einmal.«

Wir wanderten schweigend weiter. Einmal ging er in die Hocke, um einen riesigen Käfer zu untersuchen, der rücklings mitten auf dem Pfad lag und sich mit wirbelnden Beinen aufzurichten versuchte. Mit sorgengefurchter Stirn hielt Rafe ihm einen Grashalm hin und beobachtete, wie der Käfer schnell im Gras verschwand. Er richtete sich wieder auf und sagte: »Die Erwachsenen sagen immer, daß Kinder in meinem Alter zu jung sind, um wichtige Entscheidungen allein zu treffen. Aber dann sehe ich ständig Erwachsene, die dümmere Sachen machen als jedes Kind. Sie würden nicht einmal auf ein Kind hören, wenn es versuchen würde, sie davon abzubringen.«

»Bist du dir da sicher?«

»Manchmal läßt sich die Wahrheit nur schwer aussprechen«, sagte er bedächtig. »Die Erwachsenen hören nicht zu, weil sie über Leute, die sie gerne mögen, nichts Schlechtes wissen wollen.«

Ich fragte mich, ob sich diese Anspielung auf die Mallabys im allgemeinen oder auf Mela allein bezog. Ich war geneigt, das letztere anzunehmen. Aber was konnte Rafe Mela »Schlechtes« vorwerfen? Eine Affäre mit Gerald Fenton? Vielleicht erklärte sich so Rafes Wut und Verwirrtheit. Einerseits glaubte er, seinem Vater aus Loyalität die Wahrheit sagen zu müssen, andererseits wollte er ihn mit dieser Wahrheit nicht verletzen.

Zwei blaue Schmetterlinge flatterten knapp über dem Gras an uns vorbei. Im ältesten aller Tänze ließen sie sich auf einer großen weißen Blüte nieder. Nur das fast unsichtbare Beben ihrer Flügel gab Kunde von dem, was sie vielleicht fühlten. Nach ihrer kurzen Vereinigung flatterten sie in verschiedenen Luftströmen weiter, jeder ein zarter blauer Hauch vor der grünen Wiesenfläche.

»Ich glaube, die meisten Eltern würden es gerne wissen, wenn ihren Kindern etwas Sorgen macht«, hob ich vorsichtig an. »Aber eigentlich sind Erwachsene für ihr Glück oder Unglück selbst verantwortlich. Es tut weh, zusehen zu müssen, wie jemand, den man liebt, Fehler macht, aber manchmal muß man den anderen einfach seine eigenen Erfahrungen machen lassen. Alles, was man tun kann, ist, ihn weiterzulieben.« Als mir einfiel, wie sehr ich selbst auf diesem Gebiet versagt hatte, fügte ich hinzu: »Aber es stimmt, ich finde es auch schwierig, dem anderen nicht sagen zu dürfen, wie er handeln soll.«

Rafe wollte gerade etwas erwidern, als wir hinter uns das Donnern von Hufen hörten. Als wir uns umschauten, sahen wir David Cornelius, der auf Thatcher durch das kleine Tal auf uns zugaloppiert kam. »Bitte verraten Sie ihm nicht, worüber wir geredet haben«, flehte mich Rafe fast ängstlich an.

»Natürlich nicht.«

Beruhigt rannte er den Pfad zurück auf seinen Vater zu.

## 18

David Cornelius schwang sich aus dem Sattel und begrüßte Rafe. Zusammen kamen sie auf mich zu, während Thatcher am Zügel hinter ihnen hertrottete. David trug Jeans und Reitstiefel, ein Flanellhemd mit offenem Kragen und bis zum Ellbogen aufgerollten Ärmeln. Seine Lederjacke hing am Sattelknauf. Er sah aus wie ein Mann, der den ganzen Tag an der frischen Luft verbrachte. Sein Gesicht glühte von der Sonne und vom Wind. Ähnlich wie sein Pferd strahlte auch David eine elegante, muskelstrotzende Energie aus, eine von Kraft geprägte Körperlichkeit.

»Ich habe Pat Ebborn unten auf dem Feldweg getroffen«, rief er mir zu. »Sie hat mir gesagt, daß ihr in diese Richtung gelaufen seid. Haben Sie was dagegen, wenn ich mich anschließe?«

»Natürlich nicht.« Doch die Erinnerung an seinen nächtlichen Besuch in Longbarrow Cottage lastete stark genug auf mir, um mir ein Gefühl von Befangenheit zu geben.

In Gesellschaft seines Vaters schienen sich Rafes Sorgen in Luft aufzulösen. Redselig hüpfte er um uns herum und machte mich darauf aufmerksam, daß die Hügel wie bei einem Stück grüner Wellpappe in parallelen Kammlinien verliefen. »Das Ergebnis mittelalterlicher Pflugarbeiten«, erklärte er. Ein paar Ochsen, die Jahr für Jahr vor einen schweren Pflug gespannt worden waren und immer wieder dasselbe Stück Erde umgruben, hatten im Boden dauerhafte Markierungen hinterlassen. »Später wurde dieses Land zu Weideland und ist nicht mehr bestellt worden. Darum sieht es noch heute so aus.«

In diesem Moment streckte das Frettchen seinen Kopf aus Rafes Beutel, und Thatcher scheute mit einem erschreckten Wiehern zurück. »Spike macht sie nervös«, sagte David zu Rafe. »Es ist wohl besser, wenn du ein paar Schritte vor uns gehst.« Rafe gehorchte und rannte auf dem Pfad einige Meter vor. Sobald es das Frettchen nicht mehr riechen konnte, trottete das Pferd wieder ruhig neben David her. Als Rafe außer Hörweite war, sagte David: »Schon bei seiner Geburt hat Rafe dem Arzt die verschiedenen Techniken zum Durchtrennen der Nabelschnur erklärt. Und seither hat er nicht mehr aufgehört zu reden.«

»Mein Vater hat immer gesagt: ›Schweigen ist die Tugend des Dummen.‹ Und Rafe ist bestimmt nicht dumm. Ich höre ihm gern zu.«

Amüsiert blickte er mich an und streichelte dann Max über die Wange. »Dann wissen Sie ja, was Sie erwartet, wenn der hier anfängt zu reden.«

Ohne Rafe drohte sich zwischen uns ein befangenes Schweigen einzustellen. Mir fiel nichts Besseres ein, und so fragte ich ihn, warum sein Pferd eigentlich Thatcher heiße.

»Weil sie ständig über alle Zäune springt. Und weil sie verdammt dickköpfig sein kann.« Er lächelte. »Der Name und die Erklärung stammen allerdings von Benedict, nicht von mir. Er hat mir Thatcher verkauft, als er mit dem Reiten aufgehört hat.«

»Dann war er also ein Anhänger von Mrs. Thatcher?«

David nickte. »Und ein treues Parteimitglied. Ich habe mich immer gewundert, daß er nie kandidiert hat.«

Mich überraschte das nicht. Nicht, wenn das, was Nan vermutet hatte, stimmte und nur darauf wartete, von einem Journalisten aufgedeckt zu werden. »Er war einmal Sozialist«, sagte ich. »In den dreißiger Jahren. Ein Idealist sogar. Ich frage mich, was passiert ist.«

David zuckte mit den Schultern. »Ideale tun sich mit dem Älterwerden genauso schwer wie die Idealisten. Die meisten von uns waren in ihrer Jugend sehr idealistisch. Das Problem ist, so zu bleiben.«

»Ihnen scheint es ja gelungen zu sein. Ich meine Ihre Arbeit im Farm Park.«

Er warf mir einen selbstironischen Seitenblick zu. »Das ist kein Idealismus. Das ist purer Pragmatismus.« Der rechte Tragegurt des Babysitzes begann an meiner Schulter zu reiben, und ich verschob ihn vorsichtig. Hinter mir gluckste Max zufrieden. Ich fragte David, ob er Benedict Mallaby mochte.

»Im großen und ganzen, ja. Aber er ist nicht die Art Mensch, mit dem man leicht warm wird. Ich habe immer das Gefühl, daß er irgend etwas zurückhält. Vielleicht einfach sich selbst. Er vermittelt mir den Eindruck, daß sich hinter all seiner gewandten ›Landadeligen-Höflichkeit‹ ungeheure Abgründe verbergen. In seinem Fall mag es zutreffen, daß Manieren den wahren Menschen verbergen. Mir gegenüber hat er sich jedoch immer sehr großzügig gezeigt. Mehr als das.« Er fragte mich, welchen Eindruck ich von Benedict hätte.

»Mir geht es so ähnlich wie Ihnen«, sagte ich. »Ich empfinde ihn auch als sehr zurückhaltend. Aber da ist noch mehr«, fügte ich, einem Impuls gehorchend, hinzu. »Ich glaube, er hat etwas zu verbergen.« Der Satz war kaum über meine Lippen gekommen, als ich mir schon wünschte, ihn nie ausgesprochen zu haben. Ich war mir unsicher über Davids Reaktion.

Er wirkte überrascht, sagte aber, daß ich recht haben könnte. »Wenn ich raten müßte, würde ich dahinter ein schlimmes Unglück vermuten. Aber immerhin sind drei ihrer vier Kinder schon gestorben, und...«

Rafe rief uns etwas zu. Er wollte uns ein paar Erdhügel zeigen, von denen der Hang zu unserer Linken übersät war. Halb verdeckt von den verkümmerten Büschen unter dem Stacheldrahtzaun, der die Weide von dem Tannenwäldchen trennte, waren sie von unserem Standort aus kaum zu sehen. David band Thatcher mit den Zügeln am Ast eines blühenden Kirschbaums fest. Als wir den Hang hinaufkletterten, um die Erdhügel zu untersuchen, trafen wir auf Rafe, der Spike krampfhaft festhielt. Das Frettchen stieß tiefe, glucksende Geräusche aus, während es versuchte, sich aus dem Beutel zu befreien.

»Kaninchen«, erklärte Rafe. »Er kann sie riechen.« Überall im Gras sahen wir jetzt die kleinen schwarzen Kaninchenköttel. Flache Erdhäufchen umgaben die Eingänge zu ihren Höhlen, welche den Hang in ein Stück Schweizer Käse verwandelten. In der Mitte des Hanges befand sich ein wesentlich größeres Loch. Es mußte die Höhle eines riesigen Tieres sein, die Erde davor war hart und flachgetreten. Ein scharfer Geruch ging von ihr aus. Spike konnte sich kaum noch zurückhalten, er bleckte seinen kleinen scharfen Zähne und stieß laute Pfiffe aus. Jetzt unterschied er sich in nichts mehr von seinen wilden Artgenossen.

»Es ist eine Fuchshöhle«, sagte David, als er in die Hocke ging, um sie zu untersuchen.

»Mitten zwischen Kaninchenbauten?« Ich war erstaunt. »Und sie leben trotzdem noch hier?«

»Kaninchen sind nicht gerade für ihre Intelligenz bekannt«, antwortete er trocken. »Der Fuchs läßt sie anfangs in Ruhe. Sie gewöhnen sich daran, daß er hier ein und aus geht, und fangen an, ihm zu trauen. Und eines Tages, wenn die Jagd schlecht war und sein Bauch vor Hunger grollt...«

Rafe war ein paar Meter weitergegangen, um Spike zu beruhigen. Die Leichtgläubigkeit der Kaninchen schien ihn erschüttert zu haben.

»Hey!« Plötzlich durchdrang ein Schrei die friedliche Stille. Gerald Fenton kam mit seinem braunen Labrador den Pfad entlang. »Kannst du nicht lesen, Junge?« schrie er Rafe an, der unsicher auf halbem Weg zum Pfad stehengeblieben war.

David erhob sich und drehte sich um. »Hallo, Fenton«, rief er fröhlich. »Bitte entschuldigen Sie, daß wir den Weg verlassen haben.« Er ging zu Rafe und legte einen Arm um seine Schulter, während wir alle den Hang hinunter zum Pfad zurückgingen.

»Oh, Sie sind es, Cornelius.« Gerald Fentons Stimme klang nicht mehr ganz so wütend. Doch als wir näher kamen, sah ich, daß die Haut um seine lange Nasenspitze weiß geworden war und seine Augen eisig blitzten. Der Hund hatte sich ruhig neben sein Herrchen gesetzt.

»Meinen Sohn Rafe kennen Sie ja«, sagte David, als wir auf dem Pfad voreinander standen. »Aber sind Sie schon Miss Treleven und ihrem Sohn vorgestellt worden?«

»Ja. Wie geht's?« Eine widerstrebende Wärme war in seine Stimme gekrochen.

»Gut, danke.« Obwohl er die Floskel sicherlich nicht als Frage gemeint hatte, trieb mich irgend etwas, so darauf zu antworten. Es war eine verkrampfte, mehr als lächerliche Szene. Wie ein Kind, das in Nachbars Garten erwischt wird, fühlte ich mich gleichzeitig trotzig und schuldbewußt. Fenton war wütend, weil wir den Weg verlassen hatten. Aber etwas veranlaßte ihn, seine Wut zu zügeln. Vielleicht war es der Wunsch, mit seinen Nachbarn in gutem Einvernehmen zu bleiben. »Sie züchten doch Fasane, oder?« fragte David ihn.

Fenton schaute verwirrt auf und schien nicht zu wissen, wie er diese aus dem Zusammenhang gerissene Frage einordnen sollte. »Ja. Wieso?«

David drehte sich um und deutete auf den halb hinter Schlehenbüschen verborgenen Fuchshügel. »Dann sollten Sie vielleicht etwas dagegen unternehmen.«

»Oh, jetzt sehe ich's. Nett, daß Sie mich darauf aufmerksam machen.« Die Wut war mittlerweile ganz aus seinem langen, blassen Gesicht verschwunden und hatte einem seltsamen Ausdruck Platz gemacht. Man hatte fast den Eindruck, daß der Versuch, freundlich dreinzublicken, sich nicht mit seiner gewöhnlichen Arroganz vereinbaren lassen wollte. Es war der Ausdruck eines Mannes, der zwar glaubt, die besseren Karten zu haben, aber trotzdem etwas von seinem Gegenüber will. »Tut mir leid wegen eben. Ich sollte mich Ihrem Jungen gegenüber nicht so gehenlassen.« Dann wechselte er abrupt das Thema. »Hat man Ihnen ausgerichtet, daß ich heute am späten Nachmittag zum Farm Park kommen wollte, um mit Ihnen zu reden?«

David nickte. »Ich wollte Ihnen die Mühe ersparen und bei Ihnen vorbeireiten.«

Die eisigen Augen blickten einen Moment lang nachdenklich, als würde er überlegen, ob dies ein bewußter Schachzug von David sei. »Nett von Ihnen«, sagte er dann kurz angebunden. »Sollen wir?« Wie ein Gastgeber, der seinen Besuch ins Wohnzimmer bittet, deutete er mit dem Arm an, daß wir gemeinsam weitergehen sollten. Zusammen mit Rafe, der in brütendem Schweigen verharrte, schritt ich vor den beiden Männern her, die ein oberflächliches Gespräch über Landwirtschaft anfingen.

Bald erreichten wir ein weiteres Tor, hinter dem sich das Tal zu einer weiten, abgeweideten Wiesenlandschaft öffnete, die sich an der Kirche von Withyford vorbei bis zum Fluß erstreckte. Plötzlich fiel mir auf, daß bis auf eine Ausnahme alle Teilnehmer der kleinen Szene, die ich am Nachmittag meiner Ankunft beobachtet hatte, wieder beisammen waren: Gerald Fenton und sein Hund, David und Thatcher. Nur Mela fehlte. Und trotzdem war ihre Präsenz unterschwellig spürbar. Wir waren alle still geworden, und ich fragte mich, ob auch die anderen an sie dachten, weil sie sich an die Szene erinnerten.

Rafe sagte unvermittelt, daß er mir in der Kirche etwas Interessantes zeigen wolle. »Wir können einfach reingehen, die Tür ist immer auf.« Während die beiden Männer sich vor der niedrigen Kirchhofmauer weiter unterhielten, schritten Rafe, Max und ich durch die verrostete Eisenpforte und einen ausgetretenen Pfad entlang auf die kleine Holztür im Südportal zu.

Wir drehten den Eisenring, der in die Tür eingelassen war, und betraten einen weißgetünchten Raum von anmutiger Einfachheit und Stille. Vor mir lagen schulterhohe Sitzreihen, eine wurmzerfressene Eichenkanzel und ein altes steinernes Taufbecken. Das Tageslicht fiel durch schmale Spitzbogenfenster herein, die aus rautenförmigen, pastellfarbenen Glasscheiben zusammengesetzt waren. Es herrschte eine Atmosphäre der Reinheit, wie sie allen kleinen und einfachen Grabstätten eigen ist; im kühlen, klaren Licht verbreitete sich eine Aura der Heiligkeit.

Was jedem Eintretenden sofort ins Auge fiel, war die Wandmalerei, die gegenüber der Eingangstür einen ganzen Teil der Nordwand bedeckte. Es waren drei gekrönte Männer in knielangen Roben und eine eher irdische, knochige Gestalt, die rechts von ihnen lauerte. Hinter diesem Symbol für den Tod erkannte man die Umrisse eines langen, flachen Hügels.

»War es das, was du mir zeigen wolltest?« fragte ich Rafe.

Er nickte. »Der Grabhügel. Das ist Goody Ridler's Tump.«

Auf einem Tisch neben der Tür lagen Handzettel, die über die Kirche und die mittelalterliche Wandmalerei informierten. Die Botschaft des gespenstischen Mannes am Bildrand lautete: »Schaut her, so wie ihr war ich auch einmal; und so wie ich werdet ihr bald sein.« Was der Hügel im Hintergrund zu bedeuten habe, so die Broschüre weiter, bleibe der eigenen Interpretation überlassen. Mit keinem Wort wurde erwähnt, daß es sich um einen Grabhügel handelte.

Ich fragte Rafe, woher er wußte, daß es Goody Ridler's Tump war. Er zuckte mit den Schultern und erwiderte mit der sicheren Gewißheit eines Elfjährigen: »Ich weiß es eben. Was sollte es denn sonst sein?«

Als wir wieder nach draußen traten, saß David allein auf der Steinmauer, während Thatcher in der Nähe graste. Gerald Fenton und sein Hund verschwanden eiligen Schrittes über den Pfad in Richtung Westen, wo Withyford Manor lag. Max begann sich in seinem Sitz zu beschweren, und ich bat David, mir das Tragegestell abzunehmen. Dann hob ich Max heraus und stellte ihn in das weiche, saubere Gras des Kirchhofs, damit er sich strecken konnte.

»Mr. Fenton will den Farm Park kaufen, stimmt's?« fragte Rafe seinen Vater, während ich Max' unsichere Schritte über den unebenen Boden verfolgte.

»Er hat mir ein Angebot gemacht. Ich habe geantwortet,

daß ich keinerlei Interesse hätte, ihm meinen Anteil zu verkaufen.«

»Gut. Ich mag Mr. Fenton nicht.«

»Ich auch nicht. Aber ich möchte gern weiterhin auf gutem Fuß mit ihm bleiben.«

»Er ist sehr reich, nicht wahr?«

»Sehr«, bestätigte sein Vater.

»Hat er mehr Geld als du?«

David lachte. »Viel mehr.«

»Woher hat er es?«

»Seine Frau ist reich. Böse Zungen sagen, daß er sie deshalb geheiratet hat. Aber er hat sie noch reicher gemacht.«

»Ich würde niemals wegen Geld heiraten«, sagte Rafe entschlossen. »Du etwa?«

»Nein.«

»Weswegen würdest du heiraten?«

»Um glücklich zu werden«, antwortete David unbefangen. Er streckte die Hand aus und zerzauste seinem Sohn das Haar. »Denkst du schon ans Heiraten, Rafe?«

Rafe wich seinem Blick aus. »In gewisser Weise«, murmelte er. Er riß einen Grashalm aus und begann darauf herumzukauen. »Aber ich bin es nicht, der heiraten will.«

»Ich kenne niemanden, der vorhat, in nächster Zeit zu heiraten«, sagte David jetzt in strengerem Ton. »In Ordnung?«

»In Ordnung.« Diesmal sah Rafe seinem Vater in die Augen und lächelte.

Als wir den Kirchhof verließen, weigerte sich Max mit Händen und Füßen, wieder in seinen Tragesitz gesteckt zu werden. David schlug vor, Max mit aufs Pferd zu nehmen, und versprach, ihn gut festzuhalten. Ich fand, daß es einen Versuch wert sei, also stieg David aufs Pferd, und ich reichte ihm Max hoch. Da saß er nun im Sattel vor David, der seinen linken Arm sicher und fest um ihn geschlungen hatte. Einen Moment lang schien Max protestieren zu wollen, aber dann änderte er seine Meinung. Er drehte sich erst zu David um und sah dann zu mir hinunter. Schließlich lachte er vergnügt über beide Backen und rief fröhlich. »Guh, guh.« Als David Thatcher zu einem forschen Trab antrieb, lachte er noch lauter.

So wanderten wir zurück bis zur Blacksmith Lane, wo David mir wieder Max übergab und erklärte, daß er übers Feld zum Farm Park reiten wolle. Ich bot an, Rafe nach Hause zu fahren. Als wir zwanzig Minuten später in die breite Kiesauffahrt von Summerhays bogen, stieg Mela gerade aus ihrem Range Rover.

»Was will die denn hier?« murmelte Rafe auf dem Rücksitz. »Sie sollte eigentlich in London sein.«

Mela kam auf mein Auto zu. Mit ihrem hellen Haar, das im Sonnenlicht leuchtete, und dem strahlenden Lächeln sah sie wunderschön aus, fast unwiderstehlich. Trotzdem schien Rafe entschlossen, sie zu ignorieren. Ich erkannte es an seinem energisch vorgeschobenen Unterkiefer, als er aus dem Auto stieg.

»Überrascht es dich, mich hier zu sehen?« fragte sie ihn. Er nickte, wobei er ihr einen trotzigen Blick zuwarf. »Mein Büro wird gerade neu gestrichen. Und man weiß nie, wann die Handwerker sich dazu herablassen aufzutauchen, stimmt's?« Der letzte Satz war mit einem Lachen an mich gerichtet. »Ich bin hierher geflüchtet. Seit es Faxgeräte gibt, sind Büros sowieso fast überflüssig. Außerdem gehen hier gerade einige interessante Dinge vor.«

Rafe murmelte kurz angebunden etwas über Hausaufgaben, die er noch zu machen habe, und lief über den Kies auf ein Holztor zu, das in die hohe Mauer eingelassen war. Als wir ihm nachblickten, zuckte Mela hilflos-amüsiert ihre hübschen Schultern. »Jungen sind mir einfach ein Rätsel. Aber du scheinst dich ja mit Rafe gut angefreundet zu haben.«

Ich sah sie durchs offene Autofenster an. »Ich hoffe es. Er ist ein netter Bursche und ein kluges Köpfchen. Interessanter als viele Erwachsene, die ich kenne.«

»Er hat eine erstaunliche Phantasie, nicht wahr? Wirklich

außergewöhnlich.« Sie warf mir einen Seitenblick zu. »Schön wäre nur, wenn er sie besser unter Kontrolle hätte. Er neigt dazu, alles ein wenig zu übertreiben. Er macht aus jeder Mücke einen Elefanten und aus jeder Kleinigkeit einen Kriminalfall.«

Dies, dachte ich, war eine höfliche Art, ihn als Lügner zu bezeichnen. »Stimmt, vorgestern beim Mittagessen hast du ja gesagt, daß du mit Kriminalfällen nicht viel anfangen kannst.«

»Habe ich das? Ich glaube, es sind nicht so sehr die Kriminalfälle, die ich nicht mag, sondern die Tatsache, daß die Leute ihre Nase dauernd in Dinge stecken, die sie nichts angehen. Diese krankhafte Neugierde.« In einem anderen Tonfall hätte ich dies als Warnung verstanden, aber aus Melas Mund klang es völlig unbekümmert. »Ich habe David vorgeschlagen, sich mal zu überlegen, ob für Rafe nicht ein Internat die beste Lösung wäre. Meine Brüder und ich sind mit neun Jahren ins Internat gekommen. Wir fanden es wunderbar. Hier auf dem Land kann ein Kind in Rafes Alter nur wenig anfangen, außer sich in Schwierigkeiten zu bringen.«

Auch wenn ich es nicht sagte, hatte ich doch den Eindruck, daß es für einen Jungen mit Rafes Interessen hier mehr als genug zu tun gab. Ich verstand jedoch, weshalb Mela daran lag, ihn in ein Internat zu schicken.

Als ich aus der Auffahrt setzte, erblickte ich Sophie und Anna, die die Straße herunter auf uns zukamen. Dem grimmigen Ausdruck auf Sophies Gesicht nach zu urteilen, war der Besuch bei ihrer Mutter kein Erfolg gewesen.

## 19

»Was ist passiert?« fragte ich Sophie, als ich neben ihr anhielt. Jedenfalls nichts Gutes, soviel war klar. Selbst Anna im Kinderwagen ließ ihr Köpfchen hängen und schaute unglücklich aus ihrem blassen, schmalen Gesicht. Jede auf ihre Weise, schienen Mutter und Tochter mit ihrer Geduld am Ende zu sein.

Sophie zuckte auf meine Frage nur die Schultern und sagte trocken: »Wir werden hier nicht übernachten. Anna und ich fahren nach London zurück.«

»Und wie?« fragte ich.

»Es gibt einen Bus nach Oxford, der um sieben in Wychley abfährt. Und von dort nehmen wir den Zug.«

Ich blickte Anna an. Sie sah so müde aus, daß ich Sophie spontan einlud, diese Nacht bei mir in Longbarrow Cottage zu bleiben. Als sie zögerte, sagte ich, daß sie mir damit sogar einen Gefallen täte. »Ich bin dort im Dunkeln nicht sehr gern allein und wäre Ihnen sehr dankbar, wenn Sie mir Gesellschaft leisten würden.«

Sie gab ein ungläubiges Geräusch von sich. »Sicher. Ich weiß schon, wer hier wem einen Gefallen tut. Aber danke, ich nehme Ihr Angebot an.« Sie warf den Kinderwagen in den Kofferraum und setzte sich mit Anna auf den Rücksitz. Wir waren gerade ein paar hundert Meter gefahren, als sie mir die Hand auf die Schulter legte und mich mit eindringlicher Stimme bat anzuhalten. Vor uns bog ein kleiner grüner Ford aus dem Feldweg, der laut Sophie zur Crookfield Farm führte, wo ihre Mutter lebte.

Sophie ließ Anna bei uns und stieg aus. Sie ging auf das andere Auto zu, das neben ihr anhielt. Am Steuer saß eine ältere Frau, die sich aus dem offenen Fenster lehnte, um mit Sophie zu reden. Das zerzauste Haar fiel ihr strähnig in das rot verquollene Gesicht. Es sah aus, als ob sie geweint hätte.

Mehrere Minuten lang redeten die beiden Frauen heftig aufeinander ein, wobei sie sich zweimal nach mir umblickten. Schließlich hob die ältere Frau die Hand, um Sophie über die Wange zu streicheln. Sophie beugte sich zu ihr hinunter und küßte sie. Dann drehte sie sich um und kam zum Auto zurück, während der andere Wagen wendete, um in die Richtung, aus der er gekommen war, wieder davonzufahren.

»Das war meine Mutter«, sagte Sophie, während sie zu Anna ins Auto kletterte. »Sie ist losgefahren, um uns zu suchen und nach Wychley zu bringen. Ich habe ihr gesagt, daß wir heute bei Ihnen übernachten.«

»Ist alles in Ordnung?«

»Nein. Aber jetzt geht's schon besser.« Das war alles, was sie dazu sagte, aber ihr Ton verbot mir weitere Fragen.

Als wir im Cottage angekommen waren, einigten wir uns, daß sie das Essen machen würde, während ich die Betten richtete und die Kinder badete. Das Bett im mittleren Zimmer sei groß genug für Anna und sie, meinte Sophie. Sie wollte es an die Wand schieben, damit Anna nicht rausfallen konnte. Als die Kinder zusammen in der Wanne planschten, stieg der Geruch von bratenden Zwiebeln und Kräutern die Treppe hoch.

Max, der sonst fast alle unbekannten Speisen ablehnte, aß zwei Portionen von dem Gericht, das Sophie uns aufgetischt hatte. Auch wenn man bei einem so blassen Kind wie Anna nicht davon sprechen konnte, daß die Farbe in ihre Wangen zurückkehrte, schien sie während des Essens deutlich aufzublühen. Sophie hatte ihnen einen einfachen Gemüseeintopf gekocht, in den sie als Eiweißzugabe Tofuwürfel geschnitten hatte. Wehmütig erzählte sie mir, sie habe den Tofu und die Gewürze morgens in einem Feinkostladen in Wychley gekauft, um ihre Mutter bekochen zu können.

Unser eigenes Essen war eine Erwachsenenversion des Kindereintopfs, dem sie Wein und schärfere Gewürze zugefügt hatte. Ich war darauf vorbereitet, den Tofu höflich und kommentarlos zu schlucken, aber sein neutraler, käsiger Geschmack paßte hervorragend zu der scharfen Soße und der Mischung aus weichen und knackigen Gemüsen. Es schmeckte wunderbar, und als ich es ihr sagte, schien Sophie sich ehrlich zu freuen. Sie sagte, sie hätte schon vor ein paar Jahren entdeckt, daß sie eine begeisterte Köchin sei.

»Früher habe ich hier in der Gegend bei Gesellschaften ausgeholfen, um mir ein wenig Taschengeld zu verdienen. Meist durfte ich den Nachtisch machen oder solche Sachen. Manchmal hat man mich auch gebeten, beim Servieren zu helfen, aber nachdem ich es einmal gemacht habe, habe ich es immer abgelehnt. Hat mir einfach nicht gefallen, wie einige Männer einen dabei anstarren. Als wäre man selber das Dessert.« Sie zog eine angewiderte Grimasse. »Aber am schlimmsten waren ein oder zwei Frauen, die mich rumkommandierten wie ein Dienstmädchen.«

Sophie erzählte mir nicht, warum sie sich geweigert hatte, bei ihrer Mutter zu bleiben, und ich fragte nicht. Vielleicht wollte ihre Mutter Annas Existenz nicht akzeptieren. Schließlich war Sophie vor Annas Geburt von zu Hause fortgegangen und hatte sie heute zum ersten Mal wieder besucht.

Als wir mit dem Eintopf fertig waren, leerten wir die Weinflasche zu einem Stück Camembert. Der Wein machte mich so schläfrig, daß ich zu gähnen begann. »Ich muß ins Bett«, sagte ich zu Sophie. »Lassen Sie das Geschirr einfach stehen. Das hat Zeit bis morgen.«

»Ich lasse nur etwas Wasser drüberlaufen. Sie gehen schon mal hoch.«

Ich war zu müde, um mich auf eine Diskussion einzulassen. Im Bett fielen mir sofort die Augen zu, und zum ersten Mal seit meiner Ankunft in Longbarrow Cottage schlief ich tief und traumlos. Als ich um fünf Uhr in der Früh aufwachte und nach unten ging, um Max sein Morgenfläschchen zu machen, war die Küche aufgeräumt. Kurz bevor Max und ich wieder eindösten, kam mir ein Gedanke.

Als ich wieder wach wurde, war es halb neun. Max' Bettchen war leer, aber durch die offene Schlafzimmertür konnte ich fröhliches Kindergeschrei hören, das vor allem von Anna zu kommen schien. Ich zog meinen Bademantel über und ging durch den Flur. Max, Anna und Sophie waren im Badezimmer. Sophie saß auf dem Toilettendeckel, Max auf ihrem Schoß, und versuchte gerade, Annas Gesicht mit einem

Waschlappen abzureiben. Anna jedoch drehte den Kopf weg und erklärte ihrer Mutter, warum sie sich nicht waschen lassen wollte. »Ohne Seife, Mama. Anna will keine Seife.« Sobald sie mich erblickte, hörte sie zu reden auf.

Sophie sah mich an. »Max hat in seinem Bettchen gestanden, als Anna und ich an Ihrem Zimmer vorbeigekommen sind. Ich hab' gedacht, Sie würden vielleicht gern mal ausschlafen, und hab' ihn mit uns frühstücken lassen. Das war doch in Ordnung, oder?«

»Wunderbar.« Ich streckte mich. Ich fühlte mich wieder normal und nicht so neurotisch wie an den letzten drei Morgen.

Sophie sagte, unten auf dem Herd würde eine Kanne Tee auf mich warten. Ich machte mir ein Frühstückstablett zurecht und nahm dann alles mit ins Wohnzimmer, um bei den anderen zu essen. In ihrer ruhigen Art hatte Anna bereits begonnen, Max zu bemuttern. Als er sich einen Socken auszog und in den Mund zu stecken versuchte, nahm sie ihn sanft aus seiner Hand und reichte ihn ihrer Mutter. Er schien nichts dagegen zu haben.

»Sophie«, begann ich. »Ich möchte Ihnen einen Vorschlag machen.« Es war die Idee, die mir gekommen war, nachdem ich Max sein erstes Fläschchen gegeben hatte. Je länger ich darüber nachgedacht hatte, um so attraktiver war sie mir erschienen. Es war nämlich an der Zeit, daß ich für mich wieder regelmäßige Arbeitszeiten einführte.

»Was denn?« Ihre Stimme klang neutral.

Ich erklärte, warum Max und ich nach Shipcote gekommen waren. »Es sollte auch ein Urlaub sein, aber gleichzeitig müßte ich dringend mit ein paar Arbeiten fertig werden. Erst habe ich gedacht, daß wir mindestens drei Wochen bleiben. Doch so ganz allein im Haus finde ich die Nächte sehr unangenehm. Ich wollte Sie fragen, ob Sie nicht Lust haben, zu bleiben und ein wenig auf Max aufzupassen, während Sie sich nach einer richtigen Stelle umschauen. Wir könnten uns sicher auf eine faire Bezahlung einigen. Was die Zeiten angeht, bin ich flexibel. Alles, was ich brauche, sind ein paar ungestörte Arbeitsstunden und nachts einen anderen Erwachsenen im Haus.«

Sie dachte einen Moment lang über meinen Vorschlag nach und erwiderte dann ganz sachlich, er käme ihr sehr gelegen. »Unter der Bedingung, daß jede von uns sagen darf, wenn es für sie nicht funktioniert.«

»Das soll mir recht sein.«

»Dann bin ich einverstanden.«

So einigten wir uns ohne große Umstände. Am nächsten Tag wollte sie nach London fahren, um ihre restlichen Sachen abzuholen, die sie bei einer Freundin deponiert hatte. Da ich ebenfalls nach London mußte, schlug ich vor, zusammen zu fahren. Ich wollte zu Goddard Grant gehen, der antiquarischen Buchhandlung, die mir im Auftrag eines ungenannten Kunden den Brief mit einem Angebot für *Herzblut* geschrieben hatte.

Als wir das Frühstücksgeschirr wegräumten, fiel mir ein, daß Val Lenthall mich für diesen Morgen zum Shipcote Farm-Park eingeladen hatte. Ich erzählte es Sophie und fragte, ob sie und Anna mitkommen wollten. Sie stimmte zu.

Nachdem wir Kinder und Kinderwagen im Auto verstaut hatten, fuhren wir die Blacksmith Lane hinunter und bogen nach links in eine enge Straße ein, die aus Shipcote raus führte. Hinter kleinen Vorgärten reihten sich hübsche Steinhäuser, die alle durch ein niedriges, von Efeu und Moos bewachsenes Mäuerchen verbunden waren. Vor einem der Häuser, das gerade renoviert wurde, stand der Lastkraftwagen eines Bauunternehmers. Die Fenster des Hauses standen in der warmen Frühlingsluft offen, und man konnte Gehämmere und Arbeiterstimmen aus dem Inneren hören. Im Vorgarten waren zwei Männer, die sich unterhielten. Den größeren der beiden erkannte ich an seiner unterkühlten Attraktivität und der langen Nase. Auch Sophie kannte ihn.

»Gerald Fenton«, sagte sie nicht gerade begeistert. »Das Cottage gehörte einmal den Eltern einer Freundin von mir. Vor ihnen hat es schon ihren Großeltern gehört und so weiter. Es haben mindestens drei Generationen der Familie dort gelebt. Aber Fenton hat ihren Eltern so viel für das Haus geboten, daß sie verkauft haben. Jetzt leben sie in Bournemouth.«

»Man hat mich gewarnt, daß er auch hinter Longbarrow Cottage her ist. Kennst du ihn gut?«

»Na ja, gut genug.« Das klang ganz unverbindlich. »Ich habe seiner Frau bei zwei oder drei Abendeinladungen in Withyford Manor geholfen. Sie schreibt Bücher über berühmte Gärten und redet die ganze Zeit von ›Vita‹ hier und ›Gertrude‹ da, als hätte sie sie persönlich gekannt. Sie hat ein Vermögen dafür ausgegeben, einen Garten ganz im Stil des Mittelalters anzulegen. Er war auch wirklich fantastisch, das muß man ihr lassen. Alle möglichen Kräuter, von denen ich zum Teil noch nie gehört hatte, waren in hübschen Mustern angepflanzt. Und weißt du, was Gerald Fenton gemacht hat? Er hat in eine Ecke des Kräutergartens eine riesige Parabolantenne gesetzt. Er behauptete, das sei der einzige Platz für einen guten Empfang. Wenn Susan Fenton die Leute auf die Terrasse geführt hat, um ihnen ihren Garten zu zeigen, haben alle immer nur gefragt, ob man mit dem häßlichen Ding auch Cricketübertragungen aus Indien empfangen könne.«

»Und er gehört zum lokalen Komitee für Heimatpflege und Brauchtum?«

»Nur weil er anderen Leuten gern erzählt, was sie alles nicht dürfen. Er hat das ästhetische Feingefühl eines Wassermolchs.« Sie kicherte. »Irgend jemand hat einmal gesagt, er hätte einen Baukomplex. Häuser bauen ist sein Sexleben.«

Die Straße stieg jetzt sanft an und wurde linker Hand von einer dichten Hecke begrenzt. Ein Fasan flog aus den trockenen, kupferfarbenen Blättern hoch und schwirrte in das Wäldchen auf der anderen Straßenseite. »Du mußt fast alle Leute hier in Shipcote kennen«, sagte ich.

»Früher schon. In einem Dorf kennt jeder jeden. Oder sie glauben es zumindest alle.« Ihre Stimme klang trocken.

»Aber?«

»Aber wenn man den Anblick der Leute so gewöhnt ist, macht man sich nicht mehr die Mühe, genauer hinzuschauen.«

Als sie mich fragte, welche Einheimischen ich bis jetzt kennengelernt hätte, erwähnte ich die Ebborns, die sie auch sehr gerne mochte, und die Mallabys. Ich erzählte ihr, daß Benedict und mein Großvater Cousins gewesen seien. In kurzen Worten umriß ich mein Mittagessen in Summerhays und versuchte dabei möglichst neutral zu bleiben. »Sie sind eine interessante Familie«, schloß ich. »Aber ich bin mir nicht ganz sicher, was ich von ihnen halten soll.«

Da Sophie auf dem Rücksitz saß, konnte ich ihr Gesicht nicht sehen, aber ihre Stimme rutschte in etwas, was für meine ungeübten Ohren wie eine spöttische Cockney-Kopie klang. »Bei der Bande ist Vorsicht geboten. Sie fressen dich zum Frühstück.«

Ich lachte. »Bitte übersetzen.«

Mit normaler Stimme sagte sie nur: »Trau ihnen einfach nicht.«

Als ich sie kurz über die Schulter hinweg anblickte, sah ich, daß sie keine Witze machte. Ich schaute wieder auf die Straße. »Warum nicht?«

»Weil sie alle Menschen und Dinge nur danach beurteilen, was sie ihnen persönlich bringen. Ganz besonders Mela Mellaby.« Ihre Stimme war scharf geworden. Feindseligkeit und noch etwas anderes, Wut vielleicht, schwangen in ihr. Genau wie Rafe schränkte sie dann ihr Urteil ein: »Die alte Dame ist nicht übel. Aber was den Rest der Familie angeht... Paß auf«, rief sie plötzlich, »da vorne ist die Einfahrt.«

Die Straße hatte den Hügelkamm erreicht und uns ins weite, windgepeitschte Hochland gebracht. Links zweigte ein Feldweg ab, den ein Schild als Zufahrt zum Shipcote Farm

Park kennzeichnete. Er führte wieder ins Tal hinunter und dann in Richtung Westen über einige kleine Hügel zu einem Plateau, auf dem mehrere Steinhäuser lagen. Ein Schild wies das größte der Häuser als Besucherzentrum aus. Dort gab es einen Andenkenladen, ein Café, einen Vortragssaal und die Büros. Dahinter lagen eine große, neue Scheune und ungefähr zwei Hektar sanft gewelltes Land, meist eingezäunte Weiden, auf denen die Tiere grasten.

Ein kräftiger Wind blies uns ins Gesicht und trug den Geruch von frischem Gras, das Blöken kleiner Lämmer und den klagenden Baß einer Kuh zu uns herüber. Als wir über die als Parkplatz ausgeschilderte Wiese fuhren, trat Val Lenthall gerade aus einem der kleineren Schuppen. Er winkte und kam mit seinem kleinen schwarzweißen Shetland-Schäferhund, der ihm auf den Fersen folgte, auf uns zugelaufen.

»Wir sind Ihrer Einladung gefolgt und haben auch noch Freunde mitgebracht«, sagte ich, als er bei uns angekommen war. Ich stellte Sophie und Anna vor. »Ich hoffe, wir kommen nicht ungelegen.«

»Ganz und gar nicht. Kommt, ich zeige euch unsere Babys.« Er führte uns durch ein Tor auf einen Pfad, der zwischen den Weidegattern entlanglief. In den einzelnen Verschlägen gab es die unterschiedlichsten Tiere: Ziegen, Schweine, Schafe, Kühe und Pferde. Viele von ihnen hatten Junge, und das durchdringende Geschrei von Lämmern und Zicklein war überall zu hören.

Wir hielten an, um eine Ziege mit zottelig goldenem Fellmantel zu bewundern. Sie hatte einen langen, großväterlichen Bart und riesige Hörner, die ihr wie zwei Flügel aus der Stirn wuchsen. Val erklärte uns, daß dies eine Golden Guernsey sei. Die Ziege hatte sich auf die Hinterbeine gestellt und die Vorderbeine auf das Gatter gestützt. Sie blickte auf Max hinunter, der sich am untersten Brett festklammerte und zu ihr hinaufstarrte. Einen Moment lang musterten sich Ziege und Kind. Dann streckte die Ziege den Kopf vor und zog Max die

Mütze vom Kopf. Überrascht ließ Max das Gatter los und fiel auf den Hintern.

»Komm, du hast schon gefrühstückt!« rief Val und rettete die Mütze, bevor die Ziege mehr als den Bommel probieren konnte. Er führte uns weiter und zeigte uns in einem kleinen Verschlag neben der Scheune Zwillingslämmer. Sie waren noch winzig klein und sahen mit ihren staksigen Beinen, dem flauschigen Fell und den großen schwarzen Augen, die wie Knöpfe in den weißen Löckchen steckten, wie Spielzeugtiere aus. Das Muttertier, das ruhig und fast nachdenklich neben ihnen im Gras lag, war mit seinem langen, lockigen Pelz fast genauso reizend wie die Jungen.

Von der anderen Seite des Hofs rief ein Farmarbeiter Val etwas zu. Er sagte uns, er käme sofort zurück, wir sollten uns in der Zwischenzeit einfach weiter umschauen. Der Hund zögerte und schien nicht zu wissen, ob er lieber seinem Herrchen folgen oder bei uns bleiben sollte. Sophie kniete neben ihm nieder und kraulte ihn zwischen den Ohren. Anna hatte mittlerweile entdeckt, daß das Scheunentor einen Spalt weit offenstand. Bevor wir sie aufhalten konnten, war sie schon hineingeschlüpft. Wir folgten ihr, und der Hund folgte uns.

Die Scheune war warm und hell, und es roch nach Heu und Tieren. Weiter hinten stand ein Mann über ein Gatter gebeugt. Er hatte uns den Rücken zugekehrt, aber als der Hund auf ihn zuschoß, fuhr er wütend herum. Es war David Cornelius. Als er uns erblickte, entspannte sich sein Gesichtsausdruck. Er packte den Hund am Halsband und kam durch die Scheune auf uns zu.

*»Quelle casserole!«* flüsterte Sophie neben mir. Ich blickte sie verwirrt an. »Toller Typ!« übersetzte sie und machte mit einer Handbewegung klar, daß sie David meinte.

»Sie sollten eigentlich nicht hier drinnen sein«, sagte er zu mir. »Wir haben hier ein sehr nervöses Schaf, das gerade Junge gekriegt hat. Und es hat die schlechte Angewohnheit, die eigenen Lämmer totzutrampeln, wenn es gestört wird.«

Auch wenn er dies in ruhigem Ton sagte, war in seinem Gesicht eine Spur von Verärgerung zu lesen. Sophie schaute mich an und zog ein Gesicht wie ein gescholtenes Schulmädchen. Während er uns nach draußen begleitete, hielt David den Hund fest im Griff und schloß diesmal das Scheunentor fest hinter sich zu. Val Lenthall kam herbeigeeilt. »Tut mir leid«, sagte er zu David, »ich hätte es ihnen sagen müssen.«

»Schon in Ordnung«, erwiderte David und ließ den Hund los. »Ich glaube, Medea hat sich entschlossen, dieses Lamm leben zu lassen.« Er sah müde und blaß aus, die Farbe war aus seinen gestern noch so glühenden Wangen gewichen. Trotzdem gab er sich Mühe, Sophie freundlich zu begrüßen, nachdem ich sie vorgestellt hatte. Für Anna und Max hatte er sogar ein Lächeln übrig.

Die beiden Männer führten uns weiter an den Gattern vorbei und erklärten die verschiedenen Tierarten. Es war jedoch vor allem Val, der redete. Schließlich weigerte sich Max weiterzugehen, weil er von drei weißen Zicklein, die in der Nähe des Zauns herumsprangen, fasziniert war. Während Val mit Sophie und Anna zu einem anderen Verschlag ging, um Anna ein paar kleine Ferkel zu zeigen, blieb David bei Max und mir. Er wirkte abwesend und sprach nur wenig. Ich überließ es ihm, Konversation zu machen oder nicht, denn ich war der Meinung, daß einem alleinerziehenden Elternteil auch Launen zustanden. Statt dessen konzentrierte ich mich auf die Zicklein, die wie winzige Ballerinas mit staksiger, langbeiniger Eleganz über die Wiese tanzten.

Val und Sophie lachten, als sie zusammen mit Anna zu uns zurückkamen. Sophie sah sehr hübsch aus; ihre Wangen hatten im Wind einen rosigen Schimmer bekommen, und die dunklen Augen funkelten. Val schien sehr von ihr begeistert zu sein. »Sie weiß mindestens genauso viel über Schweine wie wir«, sagte er voller Bewunderung zu David.

»Wenn nicht ich, wer denn dann?« antwortete sie. »Schließlich bin ich auf einem Bauernhof groß geworden.«

»Hier in der Gegend?« fragte Val. Sie nickte. »Auf welchem denn?«

»Crookfield Farm.« Als sie dies sagte, schaute sie die beiden Männer genau an. Davids Gesichtsausdruck blieb gleichmütig, aber Val errötete und blickte auf Anna hinab. Es war klar, daß er zumindest einen Teil von Sophies Geschichte kannte. Einen Moment lang schwiegen alle, doch dann wurde die peinliche Stille von einer Frau unterbrochen, die David vom Tor aus zurief, daß er am Telephon verlangt werde. Er entschuldigte sich und ging.

Val fragte, ob wir eine Kleinigkeit essen wollten. »Viel gibt es nicht, weil wir noch nicht offiziell eröffnet haben. Aber der Kuchen ist ganz frisch.« Als wir zusammen auf das Hauptgebäude zugingen, entschuldigte er sich für Davids zurückhaltende Begrüßung.

»David hatte das Pech, letzte Nacht, als Medea ihr Lamm warf, Dienst zu haben. Sie versucht immer, ihrem Namen gerecht zu werden. Ihre Lämmer sind alle wunderschön – wenn sie die Aufmerksamkeiten ihrer Mutter überleben. Und dann ist heute morgen noch Mela aufgetaucht, die sich über irgend etwas fürchterlich aufgeregt hat. Der Tag hat für ihn also nicht gerade gut begonnen.«

Im Hauptgebäude gab es einen geräumigen Empfangsbereich. An der einen Seite lag das Café, gegenüber der Andenkenladen und ein kleiner Vortragssaal. Die Stühle im Café standen noch auf den Tischen, aber in der kleinen Küche hinter der Theke dampften aus zwei großen Behältern Tee und Kaffee, und daneben stand ein Teller mit Kuchen. Wir bedienten uns, gossen den Kindern aus einer Extrakanne Milch ein und nahmen mit Val am großen Küchentisch Platz.

Ich überließ Sophie und Val den Großteil der Unterhaltung, fütterte Max mit Kuchen und half Anna, aus ihrer Milchtasse zu trinken. Val und Sophie hatten den gleichen, etwas schrägen Sinn für Humor, und es stellte sich heraus, daß sie beide Jazzfans waren und besonders Klaviermusik liebten.

Ich erzählte Sophie, wie Val am Sonntag im Salon der Mallabys die Jagd auf Spike mit der passenden Klaviermusik unterlegt hatte. Daraufhin sagte sie, daß sie ihn gerne auch einmal spielen hören würde, was Val zu freuen schien. Nachdem wir schließlich den Kindern die letzten Kuchenkrümel aus den Mundwinkeln getupft hatten, schoben wir die Stühle zurück und gingen.

Wir standen noch mit Val im Empfangsbereich und bedankten uns für die Führung, als David aus seinem Büro kam. Er gab den Kindern ein schwarzes Stofflamm, das ein Glöckchen um den Hals trug. Es sei ein Soay-Schaf, erklärte er, eine Rasse, die dem ersten, von den Menschen des Neolithikums domestizierten Schaf glich. »Schafe haben einen schlechten Ruf«, fügte er hinzu. »Aber einige Rassen, wie diese hier zum Beispiel, sind recht kluge Tiere.«

»Na ja, aber wer will schon intelligente Lammkoteletts?« fragte Sophie frech. »Ich meine, keiner will Fleisch essen, das klüger ist als er selbst.«

Wir lachten noch, als ein Farmarbeiter durch den Haupteingang kam und David zu sich winkte. Sophie und ich nahmen dies zum Anlaß, uns zu verabschieden, und gingen.

»Ich glaube, das wäre ein Mann, für den ich mich wieder mit Schweinen anfreunden könnte«, sagte Sophie.

»Welchen?«

»Ich bin nicht wählerisch, Schweine generell.«

»Nein, ich will wissen, welchen Mann du meinst.«

»Ach so. Nun, deiner ist attraktiv, aber ich räubere nicht in fremdem Revier. Ich meine den anderen, Val.«

»Meiner? Wie kommst du denn darauf?«

»Na, so wie du dich bemüht hast, ihn *nicht* anzuschauen...« Sie unterbrach sich, weil etwas in der Ferne ihre Aufmerksamkeit in Anspruch nahm. »Oh, Gott«, murmelte sie leise.

Sie starrte zum Parkplatz, wo zwei Männer in eine hitzige Diskussion verwickelt waren. Der jüngere Mann trug eine grobe Arbeitsjacke und Gummistiefel. Er hatte die Hände in den Jackentaschen vergraben und die Ellbogen dicht an den Körper gepreßt. Der andere, ein stämmiger Mann in greller Karojacke mit passender Schirmmütze, die er sich über das graugelockte Haar tief in die Stirn gezogen hatte, gestikulierte wild mit beiden Armen. Auf dem Rücksitz eines Landrovers in ihrer Nähe bellte ein Hund. Die beiden Männer drehten sich um und kamen auf uns zu. Auch wenn sie jetzt schwiegen, waren sie sichtlich wütend. Der mit der Mütze war Carl Jope. Als er uns erkannte, setzte er ein grimmiges Lächeln auf.

Er nickte mir zu und blickte dann Sophie an. »So, so. Du scheinst dich ja doch noch für Landwirtschaft zu interessieren, Soph.« Sophie nahm Anna auf den Arm und antwortete nicht. Die plötzliche Erkenntnis, daß Carl Jope ihr Stiefvater war, traf mich wie ein Schlag.

Inzwischen waren David und Val nach draußen gekommen und traten zu uns. »Was können wir für Sie tun, Mr. Jope?« fragte David mit ausgesuchter Höflichkeit.

»Das ist eine gute Frage, wenn man bedenkt, daß Ihr Mann hier meinen Hund geklaut hat.«

»Das ist der da hinten im Landrover«, sagte der andere Mann. »Ich habe ihn erwischt, wie er unten im Barrowacre den Schafen hinterherjagte. Darum habe ich ihn an die Leine genommen und mitgebracht.«

Mit beleidigender Bedächtigkeit und verstellter Vernunft sagte Carl Jope: »Eure Schafe waren auf der falschen Seite des Zauns. Auch wenn ihr nicht in der Lage seid, eure Zäune in Ordnung zu halten, könnt ihr nicht von anderen erwarten, auf eure streunenden Tiere aufzupassen. Oder?«

Der junge Farmarbeiter warf David einen bekümmerten Blick zu. »Der Zaun war zerschnitten. Wir haben es gerade erst entdeckt, weil das Loch von den Hecken verborgen wurde. Ein halbes Dutzend Tiere ist entwischt, und sein Hund hat sie noch weiter auseinandergetrieben.«

Val und David blickten sich an. »Habt ihr alle einfangen können?« fragte Val.

Der Arbeiter nickte. »Sie sind zwar ziemlich aufgeschreckt, aber der Hund hat keins gerissen.«

»Gerissen!« sagte Jope verächtlich. »Warum sollte er sie reißen? Der Hund hat mehr Verstand als mancher Mensch.«

Mit ruhiger Stimme wies David den Farmarbeiter an, Jope seinen Hund zurückzugeben. »Dies ist schon das zweite Mal, daß wir mit Ihrem Hund Ärger hatten, Mr. Jope. Und es scheint mir ein eigenartiger Zufall zu sein, daß Sie ausgerechnet in dem Gebiet waren, wo der Zaun zerschnitten wurde.«

Jetzt wurde Jope ungehalten. »Wollen Sie etwa andeuten, daß ich etwas damit zu tun habe? In diesem Land gibt es ein Gesetz gegen üble Nachrede, Cornelius. Vielleicht sollten Ausländer wie Sie es mal lesen.« Seine Empörung klang jedoch gespielt. Sie erinnerte mich an die übertriebene Dramatik, mit der er mir am Abend meiner Ankunft in Longbarrow Cottage vom Tod Evelyn Allertons erzählt hatte.

»Es gibt aber auch Gesetze gegen Landfriedensbruch«, erwiderte Val hitzig. »Und gegen Brandstiftung.«

Jope lief dunkelrot an, und jetzt war er wirklich wütend. Er wollte gerade zu einer Antwort ansetzen, überlegte es sich dann aber anders und zuckte nur mit den Schultern. Bevor er dem jungen Mann zum Auto folgte, um seinen Hund in Empfang zu nehmen, lächelte er Sophie säuerlich an. »Paß nur auf, Soph. Einige dieser Rassen scheinen gar nicht so selten zu sein. Du mußt drauf achten, was sich da miteinander vermischt.« Sie starrte ihn mit ausdruckslosem Gesicht an. Er grinste und ging dann laut pfeifend seinen Hund holen.

Verlegen verabschiedeten wir uns von den beiden Männern. Nachdem wir eine Weile schweigend im Auto gefahren waren, sagte Sophie: »Das ist der Grund, weshalb ich nicht sehr oft hierher zurückkomme.«

»Es ist sicherlich nicht leicht«, sagte ich etwas unbeholfen, »jemanden wie Carl Jope zum Stiefvater zu haben.«

»›Vater‹ ist ein Wort, daß ich in bezug auf Carl nicht in den Mund nehme.« Sie schwieg einen Moment lang und erzählte mir dann, daß ihre Mutter Jope geheiratet habe, als sie, Sophie, fünfzehn war. »Zwei Jahre lang habe ich ihn ausgehalten, dann bin ich abgehauen.«

»Hat er denn gar keine angenehmen Seiten?«

»Sein Anlageberater könnte sicher eine nennen. Carl hat immer Geld. Wo es herkommt, weiß allerdings keiner so genau.«

Sie erzählte, daß sie nur nach Shipcote gekommen sei, weil sie angenommen hätte, Jope wäre nicht da. Ihre Mutter hatte geschrieben, daß er zu einer Zuchtschau nach Bristol fahren und dort übernachten wolle. Es sei ihr wie ein Wink des Himmels erschienen, als sie gerade in Paris ihre Koffer packte. Aber als Anna und sie dann auf der Crookfield Farm eintrafen, mußten sie feststellen, daß er seine Pläne geändert hatte und früher heimgekommen war. Er war fürchterlich schlechter Laune gewesen, weil sein Wagen unterwegs Schwierigkeiten gemacht hatte. Nach einem heftigen Streit hatte Sophie Anna genommen und war gegangen.

»Warum hat deine Mutter ihn geheiratet?«

»Das habe ich mich auch gefragt, als ich noch jünger war. Ich habe immer geglaubt, weil er nach dem Tod meines Vaters die Farm gerettet hat. Heute weiß ich, daß es etwas ganz anderes war – das Bett.« Einen Moment lang hielt sie inne. »Na ja, wie's halt so geht. Jetzt soll er eine Frau in Cirencester haben.«

»Ich verstehe.«

»Ich will es nicht verstehen. Und deshalb bin ich gegangen.«

Darauf konnte ich nichts mehr sagen. Als wir in die Einfahrt nach Longbarrow Cottage bogen, fragte sie, warum Val etwas von Gesetzen gegen Brandstiftung gesagt hatte. Ich erklärte es ihr, und sie reagierte überrascht. »Das klingt nicht nach Carl. Kleine Gemeinheiten jederzeit, aber Brandstiftung ist ihm ein zu großes Risiko.«

Nach einer Weile fügte sie jedoch unsicher hinzu: »Aber ich weiß nicht, Carl ist wahrscheinlich zu allem fähig.«

## 20

Am nächsten Morgen fuhren wir unter einem eisig grauen Himmel zum nächstgelegenen Bahnhof in eine kleine Stadt nicht weit von Wychley. Das zweifelhafte Vergnügen, mit Kindern zu reisen, hatte den Segen von British Rail; es war billiger, mit Max zu reisen als allein, vorausgesetzt, wir nahmen bestimmte Züge. Am Zeitschriftenstand kaufte Sophie für uns alle Saft und Croissants, während ich einen kleinen London-Stadtführer erstand. Im Zug fanden wir gegenüberliegende Plätze mit einem Tisch dazwischen, auf dem wir unsere Snacks und die Spielsachen ablegen konnten, die wir für die Kinder mitgenommen hatten. Wir verstauten die Kinderwagen unter den Sitzen und ließen uns nieder. Um uns herum gingen die Zeitungen hoch wie Barrikaden.

»Was steht denn bei euch beiden heute auf dem Programm?« fragte Sophie, während der Zug beschleunigte.

»Antiquariate abklappern. Und vielleicht ein Besuch im British Museum.« Von der Bibliothekarin aus Wychley wußte ich, daß der Reading Room des Museums eine Copyright-Bibliothek war. In knappen Worten erzählte ich Sophie von meiner Suche nach Nans Buch. Als ich erwähnte, daß ein deutscher Luftangriff einen Großteil der Auflage zerstört habe, ehe das Buch die Buchhandlungen erreichte, zeigte sie mitfühlendes Interesse; sie hatte über die Bombenangriffe gelesen. »Ich glaube, es war George Bernard Shaw, der einmal sagte, die Deutschen hätten geschafft, was seinen Verlegern nie gelungen sei«, meinte sie. »Eine Auflage innerhalb von vierundzwanzig Stunden loszuwerden.«

Mein Lächeln war ein bißchen gequält. »Er konnte es sich leisten, Witze darüber zu machen. Er wußte ja, daß sein Werk nachgedruckt werden würde. Im Gegensatz zu dem von Nan.«

»Also hoffst du auf die Bibliotheken?«

»Und auf die Antiquariate. Vielleicht finde ich irgendwo ein Exemplar, das die Bomben überlebt hat. Aber ich habe einen Konkurrenten.« Ich erzählte ihr von Mays mysteriösem Gentleman und von dem Brief von Goddard Grant Ltd. »Ich hoffe, die Buchhandlung verrät mir den Namen ihres Auftraggebers. Dann könnte ich wenigstens in Erfahrung bringen, was das Buch so wertvoll macht.«

Sophies kleines, intelligentes Gesicht glühte inzwischen vor Interesse. »Das klingt ja wie ein Krimi!«

»Genau«, antwortete ich. »Denn das Buch selbst ist wahrscheinlich auch ein Krimi; es handelt von einem Mord. Zumindest war May Armitage dieser Meinung. Aber ich weiß nichts Näheres darüber.« Ich zögerte, Sophie von meiner Vermutung zu erzählen, Nan könnte in ihrem Buch den Tod von Evelyn Allerton beschrieben haben; ich befürchtete, sie würde es sich vielleicht noch einmal überlegen, bei uns im Cottage zu bleiben.

Sophie wischte ein paar Croissantkrümel aus Annas Gesicht. »Weißt du zufällig, wo das Buch deiner Großmutter spielt?« fragte sie.

»In Shipcote, glaube ich.«

Sie sah mich prüfend an. »Vielleicht hast du es schon erwähnt, aber ich habe vergessen, wann deine Großmutter in Longbarrow Cottage lebte.«

»Ich habe es noch nicht erwähnt. Das war 1939 und 1940. Sie ist im Herbst 1940 mit meiner Mutter ausgewandert.«

»Verstehe.« Beiläufig fragte sie mich, ob ich je von einer Frau namens Evelyn Allerton gehört hätte.

Ich lächelte gequält. »Ja, allerdings. Ich vermute, in dem Buch geht es um ihren Tod.« Ich hätte mir eigentlich denken können, daß Sophie nicht der Typ war, der wegen eines fünfzig Jahre zurückliegenden Mordes Reißaus nahm.

Als ich ihr meine Bedenken gestand, erklärte sie lachend, sie habe dieselben Befürchtungen gehabt. »Wenn dir der Name Evelyn Allerton kein Begriff gewesen wäre, hätte ich den Mund gehalten. Keiner hört gern, daß in seinem Haus solche Sachen passiert sind. Aber ich machte mir natürlich so meine Gedanken, weil ich wußte, daß deine Großmutter früher in Longbarrow Cottage lebte.«

»Was weißt du über den Mord?«

»Der Vater meiner Mutter war damals Dorfgendarm in Shipcote. Deswegen bekam ich so manches mit. Großvater hat mir immer gern von seinen alten Fällen erzählt.«

»Lebt er noch?«

Sie schüttelte den Kopf. »Er ist vor sechs Jahren gestorben, kurz vor meinem Vater. Ich bin froh, daß er Moms Heirat mit Carl nicht mehr erlebt hat. Er wäre todunglücklich darüber gewesen.« In diesem Moment verschüttete Anna ihren Apfelsaft über den ganzen Tisch, und wir mußten die Bücher und Spielsachen vor dem sich ausbreitenden Teich retten. Anschließend waren wir beide so damit beschäftigt, den klebrigen Saft aufzuwischen, Max trockenzulegen und mit Anna aufs Klo zu gehen, daß wir bis London keine Zeit mehr hatten, unser Gespräch fortzusetzen.

Sophie lehnte mein Angebot ab, ihr ein Taxi zum Haus ihrer Freundin zu spendieren; sie sagte, die U-Bahn sei für sie kein Problem, und bestimmt werde ihre Freundin sie und ihre Habseligkeiten hinterher zum Bahnhof fahren. Bevor wir uns trennten, vereinbarten wir Zeit- und Treffpunkt für die Rückfahrt.

Max und ich nahmen ein Taxi zu Goddard Grant. Das Antiquariat befand sich in einem schmalen Haus aus braunem Sandstein, nicht weit von Piccadilly. Der Laden selbst bestand aus einem schmalen, langgestreckten Raum, der weiter hinten in einen zweiten, größeren Raum überging. Dort stand ein fetter junger Mann in einem viel zu engen Anzug auf einer Leiter und ordnete Bücher. Im Laden selbst unterhielt sich ein zweiter, ziemlich geschniegelt wirkender Mann mit einer schwarzhaarigen Frau. Er hatte ein Buch in der Hand und war im Begriff, sie in ein Büro zu geleiten, als er uns hereinkommen sah. Er rief nach dem Verkäufer, der daraufhin nach vorne kam, wo ich mit Max wartete.

Der Verkäufer hatte ein pausbäckiges, eiförmiges Gesicht und sanfte braune Augen. Als er fragte, wie er mir helfen könne, erzählte ich ihm von dem Brief, den ich bekommen hatte. »Die Unterschrift ist schwer zu entziffern, deshalb weiß ich nicht, an wen ich mich wenden soll. Leider habe ich den Brief nicht dabei.«

»Das macht nichts. Es dürfte kein Problem sein, diese Information im Computer zu finden. *Herzblut* sagten Sie, von J. M. Morrile?«

»Genau.«

Der Computer stand auf dem Tisch hinter der Ladentheke. Während er um die Theke herumging, öffnete sich die Ladentür, und ein sehr alter Mann kam herein; sein Gang war langsam und unsicher, und am linken Arm hatte er ein Einkaufsnetz hängen. Als der Verkäufer ihn mit einem »Guten Morgen!« begrüßte, drehte er sich um und nickte uns zu, ehe er zu einem Tisch hinübertapste, auf dem »Moderne Erstausgaben« angeboten wurden. Der junge Mann fragte mich, wie man den Namen der Autorin buchstabiere, und tippte dann ein paar Buchstaben in den Computer. Ein paar Sekunden später sagte er: »Da haben wir es ja. Miss Fitch hat den Brief im Auftrag unseres Kunden geschrieben. Leider ist sie heute nicht da.«

Ich erklärte ihm, daß ich nur heute in London sei und deswegen hoffte, er könne mir sagen, wer das Buch kaufen wolle. »Ich selbst besitze kein Exemplar davon. Aber die Autorin war meine Großmutter, und ich freue mich, daß sich jemand für ihr Werk interessiert. Ich würde mich gerne mit den Leuten in Verbindung setzen. Vielleicht wissen sie mehr über das Buch als ich.«

Sein pausbäckiges Gesicht drückte Bedauern aus. »Tut mir leid. Wir dürfen die Namen unserer Kunden nicht weitergeben. Um ehrlich zu sein«, fügte er leiser hinzu, während er sich zu mir vorbeugte, »es ist eine Frage der Provision. Sie verstehen, was ich meine?«

Ich nickte. »Aber ich besitze kein Exemplar, das ich verkaufen könnte, also brauchen Sie keine Angst zu haben, daß ich hinter Ihrem Rücken mit der betreffenden Person verhandle.«

Er zuckte mit den Achseln. »Tut mir leid. Vielleicht sprechen Sie besser mit Mr. Grant selbst, wenn er wieder frei ist...« Hinter mir krachte ein Stapel Bücher zu Boden. Als ich mich umdrehte, sah ich den alten Mann mit dem Einkaufsnetz voller Bedauern auf den Haufen Bücher zu seinen Füßen starren.

»O je«, murmelte der junge Mann und eilte hinter dem Tisch hervor. »Bemühen Sie sich nicht, Sir. Nein, nein, lassen Sie mich das machen...« Bei seinem Versuch, die Bücher aufzuheben, lehnte sich der alte Mann bedenklich weit vor. Es sah so aus, als würde er im nächsten Augenblick vornüberkippen.

Auf der anderen Seite der Theke summte der Computer leise vor sich hin. Ich sah mich vorsichtig um. Der Verkäufer drehte mir den Rücken zu und hatte sich über die am Boden liegenden Bücher gebeugt, während der alte Mann damit beschäftigt war, sich zu entschuldigen. Max in seinem Kinderwagen war der einzige, der mich beobachtete. Schnell beugte ich mich über die Theke und reckte den Hals. Die grünen Buchstaben leuchteten auf dem Bildschirm. Ich überflog die Eintragungen: Autor, Titel, Verlag und – darunter – der Name des Kunden.

Goddards Kunde war Willoughby Webb Springer.

Schnell richtete ich mich wieder auf. Der Verkäufer hatte nichts mitbekommen; er war damit beschäftigt, die Bücher auf Beschädigungen zu untersuchen und wieder auf den Tisch zu stellen. Nachdem er den betrübten alten Mann mit einem freundlichen »Schon gut, nichts passiert« beruhigt hatte, kam er zurück an die Ladentheke. Er warf einen Blick auf den Computer und dann auf mich, und in seinen braunen Augen glomm ein leiser Verdacht auf. Der verfestigte sich wahrscheinlich, als ich ihm erklärte, ich würde nicht auf Mr. Grant warten, sondern ein andermal wiederkommen, um die Sache mit ihm zu besprechen. »Seien Sie doch so freundlich«, fügte ich hinzu, »und richten Sie Miss Fitch aus, daß ich kein Exemplar des Buches besitze.«

Als ich den Laden mit Max verließ, empfand ich eine Mischung aus Schuldgefühl und Triumph. Und ein gewisses Unbehagen. Warum hatte Willoughby es für nötig gehalten, mich durch die Buchhandlung zu kontaktieren, statt selbst an mich zu schreiben? Und warum hatte er sein Interesse an *Herzblut* nicht erwähnt, als wir uns in Summerhays trafen?

Draußen auf dem Gehsteig sah ich im Index meines Stadtführers nach und stellte fest, daß es in der Charing Cross Road ein Antiquariat neben dem anderen gab. Wieder rief ich uns ein Taxi. Während Max sein Fläschchen trank und der westindische Fahrer vor sich hin redete, ohne eine Antwort zu erwarten, dachte ich über meine Entdeckung nach.

Aus irgendeinem Grund sollte ich nicht wissen, daß Willoughby an *Herzblut* interessiert war. Ich mußte an seine Einladung denken, nach Oxford zu kommen und den berühmten Illustrator kennenzulernen, mit dem er befreundet war. Vielleicht war das in Aussicht gestellte Gespräch über Buchillustration nichts als ein Köder, eine Möglichkeit, ein Treffen zwischen uns zu arrangieren, ohne daß jemand – und das schloß auch mich mit ein – den wahren Grund für dieses Treffen erfuhr. Aber warum?

Der Taxifahrer setzte uns am Ende der Charing Cross Road ab, wo es die meisten Antiquariate gab. Max und ich klapperten sie der Reihe nach ab, stellten in jedem Laden dieselbe Frage und erhielten immer die gleiche negative Antwort.

Schließlich kamen wir zu einer Buchhandlung, vor deren Tür ein Schild verkündete, man habe sich – unter anderem – auf Krimis spezialisiert. Mit neuer Hoffnung schob ich Max' Kinderwagen durch die Eingangstür.

Es war ein kleiner, ziemlich schäbig wirkender Laden, der nach alten Teppichen und staubigen Büchern roch. Ein Mädchen, das so aussah, als habe es die Schminke mit dem Spachtel aufgetragen, stand hinter der Ladentheke und trank aus einer Plastiktasse Kaffee. Sie sah mir ohne größeres Interesse zu, wie ich den Kinderwagen zwischen den Tischen hindurch auf sie zumanövrierte. Nachdem ich mein Anliegen vorgebracht hatte, riet sie mir in flachen, nasalen Vokalen, es im Tal der vergessenen Romane zu versuchen. »Die Treppe runter, auf dem langen Gang.«

Ich befreite Max aus dem Kinderwagen und trug ihn die steile Treppe in das niedrige, stark nach Schimmel riechende Kellergeschoß hinunter. Das Tal der vergessenen Romane war so trist wie sein Name, ein freudloser Gang, wo die Farbe von den Wänden blätterte und ein Bücherregal neben dem anderen stand – vollgestopft mit Büchern, deren runde Rücken und abgewetzte Umschläge den Eindruck des Ungeliebten vermittelten. Hier landeten nur Bücher, an die keiner mehr dachte. Ich war fast erleichtert, Nans Buch nicht unter ihnen zu finden.

Als Max und ich wieder nach oben kamen, war das Mädchen überraschend eifrig damit beschäftigt, einen Stapel Bücher durchzusehen. Ein Mann mittleren Alters, dessen Gesicht genauso abgetragen aussah wie der unförmige graue Pullover, der über seinen knochigen Schultern hing, warf gerade eine Plastiktasse in den Mülleimer. Da er eine Spur geschäftsmäßiger wirkte als das Mädchen, fragte ich ihn, ob die Buchhandlung einen Nachforschungsservice habe. Er nickte und reichte mir ein Formular; als er dann aber Titel und Autorin las, schüttelte er den Kopf auf dieselbe entmutigende Weise, die ich inzwischen schon gewöhnt war. »Ich fürchte, da besteht wenig Hoffnung. Trotzdem, man kann es ja mal versuchen.«

»Wissen Sie, wieviel es in etwa wert sein könnte?« fragte ich ihn. Ich erklärte ihm die Umstände, unter denen das Buch gedruckt worden war.

Er zuckte mit den Achseln. »Keine Ahnung. Aber ich kann nachsehen.« Er drehte sich um und griff nach einem Buch. Er blätterte es durch, hielt einmal kurz inne und schüttelte dann den den Kopf, ehe er es mit einem Knall zuschlug. »Hier steht es nicht drin. Das heißt aber nicht, daß das Buch nichts wert ist. Es bedeutet nur, daß es in letzter Zeit nicht zum Kauf angeboten wurde.«

Ich bedankte mich und ging. Auch in den anderen Buchhandlungen hatte ich kein Glück. Entmutigt und hungrig schleppte ich Max schließlich in ein Café, um eine Kleinigkeit zu essen. Ich bestellte Fish and Chips, und hinterher bekam Max sein Fläschchen. Während er trank, studierte ich den Stadtplan und beschloß, zu Fuß zum British Museum zu gehen. Unterwegs schlief Max ein; vielleicht war das seine Art, sich gegen das Meer aus Lärm und Beinen zu schützen, das ihn umbrandete.

In der riesigen Eingangshalle des Museums, wo es von Touristen und Schulkindern nur so wimmelte, ließ ich mir von einem Angestellten zeigen, wie man zu dem Büro kam, in dem die Benutzerausweise für den Lesesaal ausgegeben wurden. Dort erklärte man mir, daß mein Paß und ein Photo, das an Ort und Stelle kostenlos gemacht werde, ausreichten, um einen befristeten Benutzerausweis zu bekommen. Da Max schlief, durfte ich ihn mit hineinnehmen; wenn er allerdings aufwachte und zu schreien anfing, würden wir die Bibliothek verlassen müssen.

Der Lesesaal war ein riesiger, kreisförmiger Raum, eine Oase der Ruhe unter einem hohen Kuppeldach. Die einzigen Geräusche, die diese Ruhe störten, waren das Umblättern von Buchseiten, das Scharren von Füßen oder das gelegentliche

Kratzen von Stuhlbeinen auf dem Boden. Die Kuppel war in einem kühlen Himmelblau gestrichen und erhob sich – wie die höheren Regionen menschlichen Denkens – über den warmen Erdtönen der Buchrücken, die sich auf den Regalen rund um den Raum aneinanderreihten. Darunter saßen hinter einem kreisförmigen Schreibtisch die Bibliothekare. Die Tische für die Leser waren wie Radspeichen rund um diese zentrale Nabe angeordnet.

Ich ging den Buchkatalog durch, fand ohne Probleme einen Eintrag für Nans Buch, füllte einen Bestellschein aus und gab ihn ab. Während ich wartete, setzte ich mich neben Max, der immer noch schlief, und skizzierte den Raum. Als die Bibliothekarin zurückkam, hatte sie das Buch in der Hand. Sie reichte es mir, und ich schlug es vor ihren Augen auf.

Es war fein säuberlich ausgenommen worden.

Jemand hatte den Textteil der Seiten herausgetrennt und nur einen Rahmen aus vergilbtem Papier übriggelassen, so daß das zugeschlagene Buch intakt aussah. Das Buch war ausgehöhlt wie eine Melone, nur die Schale war übrig.

Die Bibliothekarin sah meine Reaktion und fragte, was denn los sei. Wortlos hielt ich ihr das Buch hin. Sie war wütend und verstand meine Enttäuschung, aber dann erzählte sie mir mit einer Geste müder Resignation, daß sie schon öfter solch mutwillige Beschädigungen zu Gesicht bekommen habe. Ich fragte sie, ob es eine Möglichkeit gebe, herauszufinden, wer das Buch vor mir bestellt hatte.

Bedauernd schüttelte sie den Kopf. »So wie es aussieht, liegt dieser Vandalismus schon eine Weile zurück. Sie sehen, wie vergilbt die Schnittränder sind. Ich bezweifle, daß wir den Bestellschein noch haben. Aber natürlich werden wir der Sache nachgehen.«

Müde, frustriert und wütend auf den unbekannten Vandalen verließ ich mit Max das Museum. Am vereinbarten Treffpunkt, Paddington Station, warteten Sophie und Anna bereits mit ihrem Gepäck auf uns. Zum Glück hatten die beiden großen Koffer Räder, so daß Sophie und ich jeweils einen davon hinter uns herziehen konnten, während wir die Kinderwagen den Bahnsteig entlang zu unserem Zug schoben. Wir waren früh dran und fanden problemlos ein leeres Abteil in einem altmodischen Nichtraucherwaggon zweiter Klasse. Fluchend hievten Sophie und ich die schweren Koffer in die Gepäcknetze über unseren Sitzen. Nachdem die Kinder versorgt waren, ließ sich Sophie auf ihren Platz sinken. »Erzähl, hast du das Buch deiner Großmutter gefunden?«

»Das, was davon übrig war.« Ihr Gesicht wurde immer betrübter, als ich ihr das verstümmelte Exemplar beschrieb. Bevor ich ihr erzählen konnte, daß ich als kleine Entschädigung wenigstens den Namen von Goddard Grants geheimnisvollem Auftraggeber herausbekommen hatte, legte Max den Kopf zurück und begann zu schreien. Ich sah nach, ob seine Windeln naß waren, bot ihm erst sein Fläschchen und dann einen Cracker an – ohne Erfolg. Schließlich ging ich mit dem Schreihals auf den Gang hinaus, um Sophie und Anna eine kleine Ruhepause zu gönnen. Sobald ich mich mit ihm in Bewegung setzte, hörte er zu schreien auf, fing aber sofort wieder an, wenn ich mich hinsetzen wollte. Abwechselnd gingen Sophie und ich mit ihm den Gang auf und ab. Die Fahrt nach Shipcote verlief nicht viel besser. Sobald wir im Auto saßen, schlief Max ein, aber dafür fing Anna an zu weinen. Als wir das Cottage endlich erreichten, waren Sophie und ich völlig erschöpft. Ein einziger Gedanke drang durch meine Müdigkeit: Es war schön, nach Hause zu kommen.

Auf dem Fußabstreifer lag ein weißer Umschlag. Ich warf ihn auf den Tisch in der Diele, weil ich erst einmal alles ins Haus schaffen und dann das Abendessen für die Kinder vorbereiten wollte. Später, als Sophie und ich uns gerade zu unserem eigenen Abendessen niederließen, fiel mir der Brief wieder ein. Er war von Willoughby Webb Springer; Willoughby lud mich für den kommenden Montag zum Mittagessen in sein College ein.

Sophie sah, wie ich das Gesicht verzog. »Schlechte Nachrichten?«

»Eine Einladung zum Lunch. Ins Martyrs Hall College.«

»Man sagt nur Martyrs Hall, meine Liebe.« Sophies Stimme klang übertrieben vornehm; sie machte sich über ihre eigene Bemerkung lustig. »Man sagt auch The Hall. Aber das darf man nur, wenn man selbst dort studiert hat.«

Ich schaute sie an, und mir fiel plötzlich ein, daß Willoughby sie eine vielversprechende Studentin genannt hatte. »Man selbst hat, nicht wahr?«

»Hmm. Aber nur kurz. Bis Anna kam. Ich bin das klassische Beispiel«, sagte sie trocken, während sie sich Butter aufs Brot schmierte, »das Mädchen, das dachte, ihm könne so etwas nie passieren.« Eine Heirat sei nicht in Frage gekommen, fügte sie hinzu, ohne sich näher darüber auszulassen; eine Rückkehr nach Hause auch nicht. »Aber ich wollte das Baby. Das war das einzige, was ich sicher wußte. Seltsam.«

Mir erschien das gar nicht so seltsam. In meinen Augen war Sophie eine Frau, die wußte, was sie wollte oder nicht wollte, auch wenn ihr die Gründe nicht immer klar waren.

Nach und nach erzählte sie mir ihre Geschichte, oder zumindest den Teil davon, den sie zu erzählen bereit war. Im vierten Monat schwanger, hatte sie ihr Studium aufgegeben, um in Paris für die verheiratete Schwester einer Freundin als Kindermädchen zu arbeiten. Das Paar war im diplomatischen Dienst tätig und hatte bereits etwas größere Kinder. Da die beiden viele gesellschaftliche Verpflichtungen hatten, brauchten sie jemanden, der im Haus lebte und sich um die Kinder kümmerte. Deshalb, und weil es nette Leute waren, nahmen sie Sophie gerne bei sich auf – trotz des Babys, das sie erwartete. Und sie waren hocherfreut, als sie feststellten, daß sie in ihr auch eine gute Köchin hatten. Aber zwei Jahre später wurde das Paar in die Vereinigten Staaten versetzt. Sie fanden für sie eine neue Stelle als Kindermädchen bei Freunden von Freunden – den Leuten, die sie vor vier Tagen verlassen hatte.

»Sie wußten nicht, daß der Mann ein BH war«, erklärte Sophie, während wir das schmutzige Geschirr in die Küche trugen.

»BH?«

»Mit diesem Kürzel versieht der diplomatische Dienst die Akten von Männern, die gerne ihre Sekretärinnen betatschen. ›Braucht Hautkontakt.‹«

Amüsiert blickte ich von dem Teller auf, den ich gerade abkratzte. »Wie der berühmte schwarze Fleck? Das Ende ihrer Karriere?«

Sophie lachte kurz. »Wohl kaum. Eher ein Hinweis, welche Sekretärin die richtige sein könnte. Wenn sie verheiratet sind, bekommen sie eine häßliche. Wenn nicht, dann nicht.« Sie drehte die Wasserhähne auf und spritzte einen Schuß grünes Spülmittel ins Spülbecken. »Das ist allerdings nur eine Vermutung von mir.«

Auch wenn Sophie ihren Zynismus durch Scherze abschwächte – bestimmt hatten die zynischen und abfälligen Bemerkungen, die sie von Zeit zu Zeit über Männer fallenließ, mit ihrem letzten Arbeitgeber, dem BH und mit Carl Jope zu tun. Und wahrscheinlich auch mit Annas namenlosem Vater.

Nachdem wir mit dem Abspülen fertig waren, nahmen wir unsere Kaffeetassen mit ins Wohnzimmer hinüber. Während ich noch überlegte, ob ich Sophie von Willoughby Webb Springer erzählen sollte, sagte ich halb scherzhaft zu ihr, daß ich der Einladung in ein Oxforder College mit gemischten Gefühlen entgegensähe. »Vielleicht solltest du mir ein paar Tips geben, wie man sich dort richtig verhält.«

»Du willst doch wohl keine Tips von jemandem wie mir. Ich habe Schimpf und Schande über mich gebracht, hast du das vergessen?«

»*So* mittelalterlich geht es da noch zu?«

»Es war keine Frage der Moral, sondern der Intelligenz. Schwanger zu werden war eine Dummheit. Das Baby zu bekommen war noch dümmer. Du kannst dir nicht vorstellen, wie oft man mir das unter die Nase gerieben hat. Als wäre ich durch irgendeinen Intelligenztest gerasselt.« Mit tiefer Stimme fuhr sie fort: »Eine schlechte Drei, Miss Dymock. Wir hatten Besseres von Ihnen erwartet.« Dann zuckte sie mit den Achseln. »Wenn du mich fragst, ist Anna eine glatte Eins. Und was Martyrs Hall angeht – das College ist nicht von dieser Welt. Im wahrsten Sinne des Wortes. Du wirst schon sehen, was ich meine. Es ist sehr reich und schön. Man hat dort das Gefühl, ebenfalls reich und schön zu sein. Als hätte man eine Art gottgegebenes Recht auf sämtliche Privilegien, ohne dafür bezahlen zu müssen.« In ihrer Stimme lag so viel Bitterkeit, daß ich mich fragte, ob Annas Vater vielleicht ein Kommilitone Sophies gewesen war. »Heinrich VIII. hat das College gegründet«, fügte sie hinzu, und um ihre Mundwinkel zuckte ein ironisches Lächeln, »und sein Geist lebt weiter.«

Sie nahm einen Schluck von dem heißen Kaffee. »Andererseits fragt man sich manchmal, wie man dort nur hingekommen ist und warum sie einen bleiben lassen. Man wartet darauf, daß einem jemand auf die Schulter tippt und sagt: ›Entschuldigen Sie, aber hier liegt eine Verwechslung vor. Sie sind nicht die richtige Sophie Dymock. Verlassen Sie sofort das College-Gelände.‹ Ich fühlte mich fast erleichtert, als ich merkte, daß Anna unterwegs war.«

Das überraschte mich. Ich hatte nicht den Eindruck, daß es ihr an Selbstbewußtsein mangelte. Ein weiteres Indiz für die Widersprüchlichkeit ihres Charakters. Aber das behielt ich für mich. Ich sagte nur, daß das alles nicht gerade einladend klinge.

»Ich wollte dich nicht abschrecken. Auf jeden Fall ist das College ein bemerkenswerter Ort – du solltest es dir ansehen. Du denkst doch wohl nicht daran abzusagen, oder? Wegen Max brauchst du dir keine Sorgen zu machen, ich passe schon auf ihn auf.«

»Ich überlege nur gerade, wieso der Mann, der mich eingeladen hat, so nett zu mir ist. Nein, nicht, was *du* denkst«, fügte ich schnell hinzu, als sie mich frech angrinste. »Er ist sicher schon über siebzig.«

»Na und? Das Alter sagt gar nichts. Wer ist es denn?«

»Willoughby Webb Springer.«

»In diesem Fall allerdings...« Kichernd machte sie es sich auf dem Sofa bequem. »Der alte Webbed Sphincter. Stimmt, von ihm hast du nichts zu befürchten.« Sie sah meinen fragenden Blick. »So hieß er bei uns, bei den Studenten, meine ich.«

»Mela Mallaby nannte ihn ›den ewigen Faun‹.«

»Das gefällt mir. Der Mann hat tatsächlich etwas von einem Faun. Wo hast du ihn kennengelernt?«

»Bei den Mallabys«, antwortete ich, »am Sonntag, als ich dort zum Essen eingeladen war.« Ich erzählte ihr, was er über sie gesagt hatte – daß sie eine vielversprechende Studentin gewesen sei. Ihre dunklen Augen verengten sich. »Wie seid ihr auf mich zu sprechen gekommen?«

»Also, eigentlich haben wir über deinen Stief... über Carl Jope gesprochen. Und irgendwie kam die Rede dann auf dich.« Um unserem Gespräch eine etwas interessantere Richtung zu geben, und weil mich ihre Meinung interessierte, fragte ich sie, was sie von Willoughby halte.

»Er ist ein Relikt aus alten Zeiten. So, wie Martyrs Hall früher einmal war. Die Dozenten seines Schlages sind eigentlich schon längst ausgestorben.« Sie lächelte verschmitzt. »Sie sollten ihn ausstopfen, wenn er mal abtritt. Und neben der Dronte im Universitätsmuseum ausstellen.« Ihr Gesichtsausdruck wurde wieder ernst. »Er ist ein Sammler, seltene Bücher und solche Sachen. Darüber hinaus soll er noch eine unsichtbare Sammlung haben.«

»Wie meinst du das?«

»Er sammelt wenig bekannte Fakten über alle möglichen Leute.«

»Schließlich ist er Biograph«, gab ich zu bedenken.

»Diese Fakten sind nicht zur Veröffentlichung bestimmt. Er sammelt sie, damit er etwas gegen die Leute in der Hand hat.«

»Das klingt ja nach Erpressung.«

»Nicht ganz. Eher nach Macht.«

Ich mußte an den korrekten, schafsgesichtigen kleinen Mann denken, den ich beim Essen kennengelernt hatte. Könnte sein, dachte ich. Er hatte tatsächlich etwas Beunruhigendes an sich. Als ich Sophie erzählte, daß er gerade seine Memoiren schreibe, grinste sie. »Dann paß bloß auf, daß du ihm nichts erzählst, was du nicht gedruckt sehen möchtest.«

»Da ist noch etwas. Ich wollte es dir schon sagen, als Max im Zug seinen Anfall bekam. Ich habe herausgefunden, daß Willoughby derjenige ist, der sich für Nans Buch interessiert.«

Nun hatte es offenbar auch Sophie gepackt, denn sie äußerte die Vermutung, daß möglicherweise *er* die Ausgabe im British Museum verstümmelt habe.

»Das erscheint mir etwas weit hergeholt, Sophie. Du hast doch gesagt, er sammle Bücher.«

»Sammler können ziemlich brutal sein. Schließlich ist ein seltenes Buch wertvoller, je weniger Exemplare es davon gibt.«

»Aber das Buch ist doch überhaupt nicht wertvoll.«

»Vielleicht weiß er etwas, das du nicht weißt.«

Als ich mich später fürs Bett fertigmachte, dachte ich diesen Gedanken noch einen Schritt weiter. Der Brief von Goddard Grant Ltd. sollte mich neugierig machen, wieso jemand anderer das Buch wollte. Er sollte mich vielleicht sogar neugierig genug machen, das Buch zu lesen, falls ich es noch nicht getan hatte. Aus irgendeinem Grund mußte ich an Melas Bemerkung denken, schlafende Hunde solle man nicht wecken. Aber es gab noch eine weitere mögliche Interpretation für Willoughby Webb Springers Interesse an Nans Buch. Statt diese schlafenden Hunde in Ruhe zu lassen, hatte er vielleicht ein persönliches Interesse daran, sie wachzurütteln.

## 21

Am nächsten Morgen brachte der Postbote einen großen braunen Umschlag von meiner Mutter. Vor meiner Abreise aus Toronto hatte ich sie angerufen und ihr von meinem Besuch bei May erzählt. Sie war überrascht, von der Existenz des Buches zu hören, denn Nan hatte es ihr gegenüber nie erwähnt; sie versprach, Nans Papiere durchzusehen und mir alles zu schicken, was von Interesse sein könnte.

Der Umschlag enthielt einen Brief, an den vier photokopierte Seiten und mehrere Zeitungsartikel geheftet waren. »Was für ein Chaos!« beschrieb meine Mutter ihre Suche. »Kein Wunder, daß ich mich bisher nicht dazu aufraffen konnte, Nans Sachen durchzusehen. Graham hat mir erst gut zugeredet und hinterher meine Tränen getrocknet. Nans Buch habe ich nicht gefunden, aber dafür drei Rezensionen, in denen es besprochen wird. Zwei davon sind niederschmetternd! Weiß der Himmel, warum sie sie behalten hat. Immerhin erklären sie, warum Nan nie über das Buch gesprochen hat.

Ich dachte mir, daß Du den Brief Deines Großvaters auch gerne sehen würdest. Ich schicke nur eine Photokopie – das Original würde ich ungern verlieren. Der Brief zeigt, was für komplizierte Wesen wir Menschen doch sind. Wie kann ein Mann einen solchen Brief schreiben und dann ohne ein Wort verschwinden? Nan muß sehr gelitten haben; mal davon überzeugt, daß er irgendwann wiederkommen würde, im nächsten Moment sicher, daß sein Verschwinden nur mit seinem Tod zu erklären war. Beides ein schwacher Trost. Ich glaube nicht, daß Dich ihre anderen Papiere interessieren – Zeugnisse, Briefe von May (lieb, aber langweilig!), lauter solche Sachen. Trotzdem werde ich nichts davon wegwerfen.«

Nun folgte der Brief meines Großvaters. Seine ordentliche, fließende Handschrift war leicht zu lesen. Der Brief trug das Datum vom 8. November 1938.

Mein Liebling,
schon lange ist mir nichts mehr so schwer gefallen wie der Abschied von Dir letzte Woche. Aber ich bin froh, Dich jetzt sicher in London zu wissen, weit weg von dem Chaos und dem Elend hier. Du schreibst in Deinem Brief, Du kämst Dir vor wie ein Deserteur, aber so darfst Du das nicht sehen. Deine Arbeit hier war mutig und aufopfernd. Wenn ich Dir sagen würde, wie sehr man Dich hier vermißt, würdest Du Dich nur noch schlechter fühlen, aber vielleicht tröstet es Dich trotzdem ein bißchen, zu wissen, daß Du nicht nur mir, sondern auch vielen anderen eine große Hilfe warst.
Vor ein paar Tagen bekam ich einen Brief von meinem alten Freund Benedict Mallaby. Der Brief ist schon ein paar Monate alt und muß unterwegs hängengeblieben sein. Ich habe mich sehr gefreut, von Benedict zu hören, denn als ich ihn das letzte Mal sah, war er ziemlich böse auf mich. Er hat geschrieben, um mir von dem Mord an Stephen Allertons Frau zu berichten, die letzten März umgebracht wurde, kurz nachdem ich England verlassen hatte. Ich habe hier zu viele Tote gesehen, und sie war eine zu unsympathische Frau, als daß ich mehr empfinden könnte als erneutes Mitleid für Stephen, der sterben mußte, bevor er von ihr befreit war.

Benedict zufolge hat sie ihm das Manuskript von Stephens Buch geschickt, bevor sie starb. Ich weiß zwar, daß Benedicts Überredungskünste erstaunlich sind, aber ich bin trotzdem überrascht. Sie schien so entschlossen, die Veröffentlichung des Buches zu verhindern, so voller Haß gegenüber Stephens Arbeit und seinen Freunden. Ungeachtet der Tatsache, daß sie umsonst in Longbarrow Cottage wohnte. Evelyn fühlte sich niemals jemandem verpflichtet. Sie war eine Frau, die alles, was man ihr anbot, ohne ein Wort des Dankes annahm, um sich dann darüber zu beklagen, daß es nicht gut genug sei.

Benedict und ich hatten vorgehabt, sie am Vorabend meiner Abreise aus England aufzusuchen, um sie noch einmal zu bitten, das Manuskript uns zu geben. Ich war auf dem Weg nach Liverpool, um mich von Mutter zu verabschieden. Wir fuhren mit meinem Wagen nach Shipcote, Benedict und ich, weil wir vorhatten, die Nacht bei Clarissa Allerton, Stephens Schwester, zu verbringen. Aber plötzlich setzte ein Schneesturm ein, und da ich befürchtete, am nächsten Morgen im Schnee steckenzubleiben, setzte ich Benedict an der Hauptstraße ab; er wollte sich zu Fuß ins Dorf durchkämpfen. Er schreibt, der Sturm sei immer schlimmer geworden, so daß er darauf verzichtet habe, Evelyn noch am selben Abend aufzusuchen. Bald darauf sei sie getötet worden, allem Anschein nach von einem Landstreicher.

Ich muß gestehen, daß ich an jenem Tag erleichtert war, um den Besuch bei Evelyn herumzukommen; auch war ich froh, mich von Benedict verabschieden zu können. Wir hatten während der ganzen Fahrt gestritten. Seiner Meinung nach war es ein schrecklicher Fehler, nach Spanien zu gehen. Stephens Tod sei sinnlos gewesen, erklärte er mir, und ich würde mein Leben genauso sinnlos aufs Spiel setzen. Darüber hinaus beschuldigte er mich, ihn im Hinblick auf unseren Plan, die Longbarrow Press nach London zu verlegen, im Stich zu lassen. Er argumentierte, ich könne durch den Verlag viel mehr Einfluß auf den Lauf der Dinge nehmen, als dadurch, daß ich mich in einem fremden Krieg hinters Steuer eines Krankenwagens setzte. Starrsinnig, wie ich bin, wurde ich durch seine Argumente nur in meinem Entschluß bestärkt. Ich warf ihm vor, alles aufzugeben, woran wir einmal geglaubt hatten. So trennten wir uns: jeder wütend und vom anderen enttäuscht.

Inzwischen erscheint mir jener Abend irgendwie sinnbildlich für alles, was seitdem in diesem schrecklichen

Krieg passiert ist. Die Wut, die Bruder von Bruder trennt, die Verwirrung der Motive, die einen die Wahrheit aus den Augen verlieren läßt, und die Gleichgültigkeit der Welt gegenüber unseren nichtigen Plänen und Wünschen. Aber Benedict schreibt in versöhnlichem Ton. Er sagt, wir würden Stephens Buch nach meiner Rückkehr zusammen herausbringen. Vielleicht sind die Träume, die wir hatten, doch noch nicht ganz gestorben.

Benedict hat die Schlüssel für Longbarrow Cottage. Ich habe sie ihm vor meiner Abreise gegeben. Du mußt ihn danach fragen, wenn Du in das Cottage umziehen und dort auf mich warten möchtest. Es steht jetzt leer; Clarissa und Benedict haben Evelyns Habseligkeiten ausgeräumt. Wir beide, Du und ich, haben hier so viele Tote gesehen; der Tod einer einzelnen unglücklichen Frau dürfte uns nicht schlimmer zusetzen als der aller anderen.

Inzwischen sind die Nächte hier sehr kalt geworden, und wir müssen im Freien schlafen. Zum Zudecken haben wir nur unsere Mäntel; Decken gibt es keine. Während ich auf den Schlaf warte, muß ich meist an die Toten denken. Wie oft, frage ich mich, habe ich versagt und das Leben eines Menschen verloren, der in den Händen eines anderen vielleicht überlebt hätte? Unser Krankenwagen ist schlecht ausgerüstet, die Straßen sind von Schlaglöchern übersät, die die Qualen der Verwundeten noch vergrößern, und mir fehlen die nötigen Fachkenntnisse und Medikamente, die ihre Schmerzen lindern könnten. Du kennst das alles zur Genüge; trotzdem lassen mich diese Gedanken jetzt, kurz vor meiner Abreise, nicht zur Ruhe kommen.

Morgen werden wir den Krankenwagen nach Ripoll fahren, um sicherzustellen, daß er bei den richtigen Leuten landet. Das Schlimmste wäre, ihn in die Hände des Feindes fallen zu lassen. Ich nenne diese Menschen immer noch ›den Feind‹, aber in Wirklichkeit hat mich dieser Krieg in gewisser Weise zu einem Pazifisten gemacht; vielleicht liegt es auch nur daran, daß ich nicht mehr in der Lage bin, die Wahrheit so klar zu sehen, wie ich sie einmal zu sehen glaubte. Ich sehne mich nach Frieden und danach, wieder bei Dir zu sein. Du fehlst mir mehr, als ich sagen kann.

Ich ließ die Seiten in den Schoß sinken und lehnte den Kopf gegen die Rückenlehne des Sofas. Ein paar Tage nachdem mein Großvater diesen Brief geschrieben hatte, wurde er gefangengenommen und von den Francisten eingesperrt. Er war fünf Monate, bis zum Ende des Bürgerkriegs, im Gefängnis. Als er nach Francos Sieg freikam, war er blau geschlagen und halb verhungert, schaffte es aber trotzdem, die Pyrenäen zu überqueren und sich langsam über Frankreich bis nach England durchzuschlagen. Aber anscheinend hatten seine Erfahrungen in Spanien Wunden hinterlassen, die nicht mehr heilten.

Mir stiegen die Tränen in die Augen. Ein Mann, der mein ganzes Leben lang nur ein unglücklicher Schatten gewesen war, hatte nun plötzlich Substanz gewonnen, schien in seiner ganzen lebendigen Menschlichkeit vor mir zu stehen und zu mir zu sprechen. So einen Brief schrieb kein Mann, der seine schwangere Frau im Stich lassen würde; so einen Brief schrieb nur ein Mann, dessen Prinzipien für sein Privatleben genauso galten wie für seine politischen Überzeugungen. Da war ich mir ganz sicher.

Ich schaute Nans Rezensionen an: drei lange Streifen vergilbten Zeitungspapiers, jeder auf ein quadratisches Blatt verblaßten grünen Papiers geheftet; darauf stand der Name der Agentur, die ihr die Zeitungsausschnitte geschickt hatte, The General Press Cutting Association. Da Nan noch vor der Veröffentlichung von *Herzblut* nach Kanada ausgewandert war, mußte sie die Agentur damit beauftragt haben, ihr eventuelle

Besprechungen des Buchs nachzusenden. Der Name der Zeitung oder Zeitschrift, aus der die Rezensionen stammten, *The Sunday Times, The Manchester Guardian* und *The Times Literary Supplement*, war zusammen mit dem Erscheinungsdatum auf dem grünen Papierquadrat vermerkt. Alle drei waren im Dezember 1940 erschienen.

Ein Verfassername auf dem Ausschnitt aus der *Sunday Times* sprang mir ins Auge. Ich blinzelte ungläubig, als hätte ich nicht richtig gelesen, und sah noch einmal hin. Unter der Überschrift »Neue Krimis« und den darunter aufgelisteten vier Titeln und Autoren prangte fett und unmißverständlich der Name des Rezensenten. Es war Willoughby Webb Springer.

Mein erster Gedanke war, daß es sich unmöglich um den Mann handeln konnte, den ich kannte. Dann rechnete ich schnell nach. Wenn er jetzt Anfang Siebzig war, mußte er 1940 Anfang Zwanzig gewesen sein – sicher, für einen Rezensenten der *Times* war das sehr jung, aber wahrscheinlich nicht *zu* jung. Außerdem gab es bestimmt nicht viele Männer dieses Namens, es sei denn, es handelte sich um seinen Vater.

Die Zweifel, die ich noch hatte, verschwanden, als ich die Besprechung selbst las, die mit dem Untertitel »Predigt auf dem Hügelgrab« erschienen war. Sofort erkannte ich den hochnäsigen Ton wieder, der sich in fünfzig Jahren nicht geändert zu haben schien. Seine Besprechungen der anderen drei Bücher begannen jeweils mit einer knappen Zusammenfassung der Handlung, nannten die Namen der wichtigsten Personen und lieferten eine kurze Beschreibung der Schauplätze. Seine Besprechung von *Herzblut* war dagegen schmerzlich kurz.

> Predigten findet man an den unmöglichsten Orten, aber man erwartet sie nicht in einem Krimi, wie bleiern er auch sein mag. *Herzblut* von Miss J. M. Morrile gibt vor, ein Krimi zu sein, ist aber in Wirklichkeit ein Sermon

über Treue und Verrat, überzuckert mit nicht uninteressanten Abschweifungen über Druiden und Hügelgräber. Irgendwo in dieser seltsamen Mischung begegnet uns ein Mord, der die Geschichte beleben soll, wo sie allzu schulmeisterlich zu werden droht.

Der Plot als Ganzes krankt an einem unangebrachten Versuch, den Leser durch endloses Predigen in einen Zustand moralischer Entrüstung zu versetzen. Obwohl die Personen der Handlung gelegentlich mit einem feinen, trockenen Humor ausgestattet sind, sind sie insgesamt zu grob gezeichnet. Insbesondere der Schurke des Stücks ist ein stereotypes Monster, eine Kreatur aus einem Groschenroman. Obwohl ich über seine wahre Identität nie im Zweifel war, konnte er mich nicht einen Moment lang überzeugen.

Miss Morrile beweist durchaus ein gewisses schriftstellerisches Talent. Für ihr nächstes Buch kann ich ihr nur raten, ihre beträchtliche Begabung als Predigerin auf die Kanzel zu beschränken.

Kein Wunder, dachte ich, daß es nach einer solchen Besprechung nie ein nächstes Buch gab. Die unsignierte Rezension aus dem *Times Literary Supplement* war noch schlimmer. Auch hier wurde *Herzblut* zusammen mit anderen Romanen besprochen. Es kam als letzter Titel an die Reihe. Wie die erste Besprechung zeichnete sich auch diese vor allem durch ihre Kürze aus.

Miss J. M. Morrile, der Autorin von *Herzblut*, muß man zu ihrer Fähigkeit gratulieren, den würzigen Stoff des Melodrams in halbfertige Puddingprosa zu verwandeln, die einem schwer und unverdaulich im Magen liegt. Ich konnte weder den Stil dieses Romans goutieren noch seinen unwahrscheinlichen Plot schlucken. Sollte der Leser dem irrigen Glauben anhängen, ein einmal begonnenes

Buch müsse zu Ende gelesen werden, dann würde ich ihm raten, eine kräftige Dosis Abführmittel bereitzustellen.

Die dritte Rezension aus dem *Guardian* war länger – und freundlicher. So viel freundlicher sogar, daß man hätte meinen können, der Rezensent spreche über ein völlig anderes Buch. Aufgeregt stellte ich fest, daß diese Besprechung eine Inhaltsangabe enthielt.

> *Herzblut* von J. M. Morrile ist ein Krimi, der es sich zum Ziel gesetzt hat, dem intelligenten Leser mehr zu bieten als der durchschnittliche Groschenroman. Diese Zielsetzung löst er auf bewundernswerte Weise ein. Das Buch erzählt die nicht ganz neue Geschichte von drei Freunden, jungen Männern, die – zumindest auf den ersten Blick – alle drei Idealisten sind und geloben, sich zusammen für das Wohl der Menschen einzusetzen. Wie in vielen solchen Bruderschaften beginnen schon bald Gier und Verrat ihr zerstörerisches – wenn auch leicht melodramatisches – Werk.
>
> Zwei der Freunde beschließen, im Spanischen Bürgerkrieg zu kämpfen. Einer von ihnen stirbt als Held und hinterläßt als Vermächtnis neben einer verbitterten Witwe ein Romanmanuskript. Der zweite, John Mayhew, überlebt und muß nach seiner Rückkehr aus jenem traurigen Krieg feststellen, daß sich der Dritte im Bunde inzwischen des Romans bemächtigt und ihn mit großem Erfolg als sein eigenes Werk veröffentlicht hat. Die Witwe des toten Helden ist zuvor in ihrem einsam gelegenen Cottage ermordet worden. Die Identität des Mörders ist von Anfang an zu offensichtlich, um für Spannung zu sorgen. Trotzdem gelingt es dem Autor, das Interesse des Lesers am weiteren Vorgehen des Schurken wachzuhalten.

John Mayhew, die Hauptfigur, wird durchweg sympathisch dargestellt. Da er ein Mann mit großen Idealen ist, beunruhigt ihn nicht nur die komplexe Realität des Krieges, dessen Fronten ihm einst so klar erschienen, sondern auch die enttäuschende Erkenntnis, von einem Freund verraten worden zu sein. Sein Handeln ist allein von seinem Gewissen bestimmt. Er muß die Wahrheit ans Licht bringen, selbst wenn er dadurch sein eigenes Leben aufs Spiel setzt. J. M. Morrile behandelt die schwierigen Themen des sozialistischen Idealismus und eigennützigen Opportunismus mit beträchtlichem Geschick. Seine Figuren mögen gelegentlich ein bißchen grob gezeichnet sein – etwas mehr Subtilität in der Charakterisierung hätte nicht geschadet –, aber ihr Verhalten ist gleichbleibend interessant. Obwohl die Dialoge manchmal ein wenig steif wirken, schafft es der Autor bis zum Schluß, das Interesse des Lesers wachzuhalten. Wer Soufflés mit Biß bevorzugt, bekommt mit diesem Krimi einiges zwischen die Zähne.

Hoffentlich hatte diese Besprechung den Schmerz gelindert, den Nan bei der Lektüre der beiden anderen empfunden haben mußte. Seltsamerweise war der Rezensent des *Guardian* der Meinung, bei J. M. Morrile handle es sich um einen Mann. Willoughby hatte es besser gewußt. Ich fragte mich, wer ihn aufgeklärt hatte. Nans Verleger? Oder ein anderer?

Unruhig stand ich auf und ging nach draußen. Warm schien die Sonne auf die Eingangsstufe und lockte die ersten grünen Triebe der Irispflanzen heraus, die May entlang des Weges gepflanzt hatte. Kleine Bienenwolken summten zwischen den gelben Blüten der Buchsbäumchen neben der Tür. Im Garten lief Anna im Kreis um Max herum, der schwankend nach Sophies Bein griff und sie anlachte. Beide Kinder trugen Kränze aus den Dotterblumen, die überall auf der Wiese wuchsen.

Plötzlich empfand ich ein Gefühl der Bitterkeit, fast schon Wut. Etwas, oder jemand, hatte Nan und Charles um die Chance betrogen, nebeneinander in diesem Garten zu stehen und ihre Tochter mit Blumen im Haar über die Wiese laufen zu sehen.

Sophie starrte mich an. »Was ist los, Jo? Schlechte Nachrichten?«

Ich schüttelte den Kopf. »Schlechte Rezensionen. Sieh dir mal die beiden an.« Ich gab ihr die negativen Besprechungen. Max begann seine Krone zu zerpflücken und beäugte sie dabei nachdenklich, als überlege er, ob sie eßbar sei. Ich behielt ihn im Auge, während Sophie las.

Nachdem sie die unsignierte Rezension aus dem *Times Literary Supplement* überflogen hatte, verzog sie das Gesicht. »Deine arme Großmutter. ›Puddingprosa‹ und ›Abführmittel‹! Nach einer solchen Besprechung wäre mir jede Lust aufs Weiterschreiben vergangen.«

»Sie hat auch nichts mehr geschrieben, soviel ich weiß. Die andere Besprechung ist genauso schlecht. Sieh mal, von wem sie stammt.«

Als sie den Namen des Rezensenten las, weiteten sich ihre Augen. »Er schon wieder!« Als sie zu Ende gelesen hatte, sah sie mich an, eine Augenbraue hochgezogen. »Wenn das seine Meinung über das Buch war, wieso sucht er jetzt danach?«

»Das würde ich auch gern wissen. Aber vielleicht war das Buch gar nicht so schlecht, wie er es darstellte.« Ich reichte ihr den dritten Zeitungsausschnitt, setzte mich auf die Treppe und nahm Max auf den Schoß.

Sophie warf mir einen nachdenklichen Blick zu. »›Verbitterte Witwe‹, steht hier. Das ist Evelyn Allerton, stimmt's?«

»Ich nehme an. Gestern hast du gesagt, dein Großvater sei hier Dorfgendarm gewesen, als sie ermordet wurde. Kannst du dich noch erinnern, was er dir darüber erzählt hat?«

»Ja, sehr gut sogar.« Sie setzte sich neben mich auf die Treppe. »Granddad hat immer gern von seinen alten Fällen erzählt, und besonders von diesem. Es war sein erster richtiger Fall, weißt du, und dann gleich so ein grausiger. Als Gran noch lebte, schimpfte sie ihn immer, weil sie dachte, seine Geschichten würden mir angst machen. Aber natürlich quengelte ich so lange, bis er weitererzählte. Ich wollte alle Einzelheiten hören, je blutrünstiger, desto besser.« Sie hielt inne, um Annas Strauß aus Löwenzahn und Dotterblumen zu bewundern. »Wunderschön, Annakins. Warum pflückst du nicht noch ein paar von den Veilchen dazu, die wir vorhin drüben bei der Mauer gesehen haben?« Sobald Anna losgezogen war, um die Veilchen zu suchen, erzählte sie weiter. »Granddad war damals noch ein ganz junger Bobby. Das Aufregendste, womit er bis dahin zu tun gehabt hatte, war das Verschwinden des örtlichen Cricket-Pokals. Kurz zuvor war ein heftiger Schneesturm über das Dorf gefegt, und ihm fiel auf, daß ihre Haustür offenstand...« Sie hielt inne; zweifellos war sie sich genau wie ich der Tür hinter uns bewußt, deren gestrichenes Eichenholz einen so stabilen und sicheren Eindruck machte. »Sag mal, Jo, bist du sicher, daß du das hören willst?«

»Ja, aber vielleicht ist es anderswo leichter. Laß uns einen Spaziergang machen.« Wir beschlossen, in den Dorfladen hinunterzugehen und Eis für die Kinder zu kaufen. Die warme Sonne und der rumpelnde Rhythmus des Kinderwagens machten Anna so schläfrig, daß sie einnickte, kaum daß wir in den Weg bogen.

»Also«, begann Sophie, »zwei Tage zuvor hatte es heftigen Schneesturm gegeben. Es war bereits Ende März, aber hier muß man bis in den April hinein mit Schnee rechnen. Plötzlich fällt die Temperatur, und ein Sturm bläst von den Hängen herunter. Ein Ort, der wie Shipcote in einem Tal liegt, kann vom Schnee richtiggehend begraben werden. An einem Tag wie heute klingt das unvorstellbar, nicht wahr?«

Sie hatte recht. Ein Schneesturm schien in dieser warmen und sanften Landschaft genauso unvorstellbar wie ein gewaltsamer Tod. Das einzige Zeichen von Leidenschaft weit und breit war der Streit um einen Wurm, den zwei Rotkehlchen im Gras neben der Hecke ausfochten.

»Granddad drehte gerade seine Runde, um bei den alten und alleinstehenden Dorfbewohnern nach dem Rechten zu sehen. Er kommt den Feldweg nach Longbarrow Cottage herauf und sieht die offene Tür. Und denkt: Oh-oh. Auf dem Weg zur Haustür liegt der Schnee kniehoch, und es ist offensichtlich, daß seit dem Sturm niemand ein- oder ausgegangen ist. Aber er zögert. Er ist jung, und sie hat den Ruf, jeden anzuschnauzen, der seine Nase in ihre Angelegenheiten steckt.

Er beschließt, später noch einmal herzukommen. Wenn die Tür dann immer noch offensteht, kann er sicher sein, daß etwas nicht stimmt. Er will in Richtung Ashleaze Farm weitergehen, aber dann sieht er, mit welcher Gewalt der Wind über die Schneeverwehungen fegt. Kein Mensch, nicht einmal ein so verrücktes Wesen wie sie, würde an so einem Tag die Haustür offenlassen. Außerdem steigt kein Rauch aus dem Kamin. Also zwingt er sich, zum Cottage hinaufzugehen.

Die Tür steht weit offen. Der Sturm hat den Schnee bis in die Diele hineingeweht. Drinnen ist es bitter kalt. Wie in einem Grab, denkt er und weiß plötzlich, daß hier etwas Schreckliches passiert ist. Er ruft ihren Namen, aber die ganze Zeit über denkt er: Wieso rufe ich überhaupt? Die Kälte muß sie längst umgebracht haben, dessen ist er jetzt ganz sicher. Er hofft bloß noch, sie im Bett zu finden, so daß es kein allzu schlimmer Anblick sein wird. Also geht er die Treppe hinauf, und das erste, was er sieht, sind Kleider, die überall herumliegen. Ihr Schlafzimmer ist völlig verwüstet, aber sie selbst ist nirgends zu sehen. Jedenfalls nicht hier oben im ersten Stock.

Er hat inzwischen ziemliche Angst und würde am liebsten wieder gehen, aber er weiß, daß er bleiben muß. Also geht er hinunter und wirft einen Blick ins Wohnzimmer. Dort findet er sie. Am Boden neben dem Kamin, in einer großen Blutlache. Und sie starrt ihn an. Zumindest sieht es für ihn so aus. Er läuft hinaus und muß sich draußen im Schnee übergeben.«

Wir hatten das Ende des Weges erreicht. Sophie brach einen kleinen Zweig von einem Fliederstrauch, der über eine Gartenmauer wucherte, und reichte ihn mir; sie schien mir anzusehen, daß ich das Blut und das Erbrochene fast riechen konnte. Als wir auf die Hauptstraße in Richtung Dorf einbogen, war mir dank des süßen Fliederdufts schon wieder etwas wohler.

»Nach einer Weile«, fuhr Sophie fort, »ging Granddad wieder in das Cottage und tat, was er tun mußte. Als erstes überprüfte er, ob sie tatsächlich tot war. Er sagte, sie sei mit dem Schürhaken getötet worden; die Mordwaffe lag neben ihr auf dem Boden. Im ganzen Raum herrschte ein unvorstellbares Chaos. Die Bücher waren aus den Regalen gerissen worden, das Geschirr zerdeppert. Und die Küche sah noch schlimmer aus. Ein Fenster war eingeschlagen, und jemand hatte alle Schränke durchwühlt. Durch das kaputte Fenster hatte der Wind eine Menge Schnee hereingeweht, und drinnen war es genauso kalt wie draußen. Natürlich nahm er an, daß sie von einem Einbrecher getötet worden war, der anschließend das ganze Haus auf den Kopf gestellt hatte.

Er war zu jung und unerfahren, um die Untersuchung zu leiten. Das übernahm die Polizei in Wychley. Aber er war an den Nachforschungen beteiligt. Allem Anschein nach waren aus dem Kühlschrank Nahrungsmittel entwendet worden – später, als der Schnee schmolz, fand man auf dem Weg ein paar fallengelassene Konservendosen. Ein paar Monate später tauchten mehrere Sachen aus ihrem Besitz bei einem Pfandleiher in Liverpool auf. Deswegen ging die Polizei davon aus, daß es ein Landstreicher gewesen war. Obwohl die meisten Leute sie für etwas gestört hielten, gab es keinerlei Beweise dafür, daß jemand aus dem Ort ein Motiv hatte, sie umzubringen.«

»Konnten sie den Zeitpunkt ihres Todes feststellen?«

»Ich weiß noch, daß Granddad sagte, im Cottage sei es wie in einem Kühlschrank gewesen. Dadurch sei die Leiche länger als üblich konserviert worden. Aber der Beamte von der Mordkommission habe gesagt, sie sei am Abend des Schneesturms gestorben. Jemand hatte sie zur Teezeit noch draußen im Garten gesehen. Und ein Junge aus dem Dorf gestand, am nächsten Tag Schneebälle über die Mauer geworfen und dabei die offene Tür bemerkt zu haben. Er hatte niemandem etwas davon erzählt, weil er sich so vor ihr fürchtete.

Danach hätten die Leute hier eine Zeitlang ihre Türen abgesperrt, erzählte mein Großvater, bis sie über dem Krieg die Sache vergaßen.«

Evelyn war an dem Abend ermordet worden, an dem Benedict und Charles vorgehabt hatten, sie zu besuchen. In seinem Brief an Charles hatte Benedict jedoch angedeutet, daß es irgendwann später passiert sei. Er hatte gelogen.

## 22

Ein Hund, der hinter einer niederen Mauer zu bellen begann, als wir vorbeispazierten, weckte Anna und erschreckte Max so sehr, daß er zu schreien begann. Die beiden gaben keine Ruhe mehr, bis wir ihnen zur Ablenkung erlaubten, Steine in den Bach zu werfen, der durch die Dorfwiese floß. Nicht weit davon stand eine dieser leuchtend roten Telephonzellen, und während Sophie auf die Kinder aufpaßte, rief ich bei British Telecom an, um nachzufragen, warum das Telephon im Cottage immer noch nicht angeschlossen sei. Man erklärte mir, der Auftrag sei im Computer und der Servicewagen müsse entweder heute oder morgen bei mir auftauchen. Nur teilweise beruhigt, hängte ich ein und schloß mich wieder Sophie und den Kindern an, die inzwischen im Bach nach Elritzen Ausschau hielten.

Auf der anderen Seite der Wiese lag der Dorfladen mit der

Poststelle; beides war in der einen Hälfte von zwei zusammengebauten Steincottages untergebracht. Sophie erzählte, daß die meisten Dörfer von der Größe Shipcotes längst keinen eigenen Laden mehr hätten. Dieser hier habe früher einem älteren Ehepaar gehört, das von den mageren Erträgen mehr schlecht als recht lebte, bis die Eröffnung eines riesigen Supermarktes außerhalb von Wychley dem kleinen Laden fast den Todesstoß versetzte. Eine pakistanische Familie habe das Cottage mit seinem maroden Geschäft gekauft und samt dem Postamt übernommen.

Der winzige Laden erfüllte vielleicht nicht unbedingt die Wünsche aller Kunden, aber seine Besitzer gaben sich immerhin Mühe. Jeder Winkel war vollgestopft mit Waren; neben Ständern mit Zeitungen und Zeitschriften standen Regale, auf denen sich Mehl, Zucker und ähnliches stapelten. Außerdem gab es allen möglichen Krimskrams wie Postkarten, Packpapier, Nähgarn, Süßigkeiten mit großen Glasbehältern und eine Kühltruhe mit Eis und Tiefkühlkost. Der ganze Laden duftete nach Gewürzen und Schokolade.

Eine rundliche, hübsche Frau in einem langen blauen Pulli, unter dem sie einen pinkfarbenen Sari trug, kam hinter dem Postschalter an der Rückseite des Ladens hervor, um uns zu begrüßen. Ihr dickes schwarzes Haar war sorgfältig gescheitelt und hochgesteckt. Als sie Sophie entdeckte, strahlte sie; ihre gesunden, kräftigen Zähne hoben sich weiß von ihrer dunklen Haut ab. »Amir«, rief sie nach hinten, »komm und schau, wer hier ist.«

Ein dünner, ziemlich gebeugt gehender Mann trat durch einen Vorhang, der den Laden vom Rest des Erdgeschosses abtrennte; er hatte graues Haar und ein freundliches Gesicht. Beide waren wegen Sophies Besuch sehr aufgeregt und wiederholten immer wieder, wie erfreut sie seien, sie wiederzusehen. Dann wandten sie sich Anna zu. »Wir freuen uns so, sie endlich kennenzulernen«, sagte Mrs. Hussein. »Deine Mutter zeigt uns immer die Photos, die du ihr schickst.«

Sophie erkundigte sich nach den drei Hussein-Kindern, die noch in der Schule waren, und stellte Max und mich vor. »Jo ist in Longbarrow Cottage eingezogen. Ihr wißt schon, wo bis vor kurzem Miss Armitage gelebt hat. Anna und ich wohnen momentan bei Jo.«

»Ach ja«, antwortete Mr. Hussein, »wir haben schon davon gehört. Wir waren sehr traurig, Miss Armitage zu verlieren. Aber«, an dieser Stelle warf er einen wohlwollenden Blick auf Max und Anna, »die liebe alte Dame wäre sicher auch der Meinung gewesen, daß es ein Segen ist, so reizende Kinder im Dorf zu haben.« Beide Husseins drängten uns Süßigkeiten für die Kleinen auf. Ich kaufte mehr, als ich tatsächlich brauchte, denn der kleine Laden war mit seiner gemütlichen Atmosphäre sehr verführerisch.

Als wir gerade zahlen wollten, kam eine großgewachsene Frau mittleren Alters in den Laden gestürmt. Sie trug eine Steppjacke, hatte ein gemustertes Tuch um den Kopf gebunden und hielt einen kleinen weißen Hund an die Brust gepreßt. »Ah, da sind Sie ja, Mr. Hussein«, begann sie laut, als hätte er versucht, sich vor ihr zu verstecken. Ihr Gesicht war gerötet, aber schön geschnitten. Nur die Nase störte ein bißchen; sie erinnerte an den Schnabel eines Raubvogels.

Neben mir sahen sich Sophie und Anna einen Comic an, während wir warteten, bis Mrs. Hussein meine Rechnung fertig hatte. Als Sophie die Stimme der Frau hörte, riß sie den Kopf hoch und fluchte leise. Mr. Hussein, der gerade einen Drehständer mit Postkarten ordnete, begrüßte die neue Kundin freundlich, aber ohne die Wärme, die er Sophie gegenüber an den Tag gelegt hatte.

»Wie geht es Ihnen heute, Mrs. Fenton?«

»Schrecklich. Heute ist einer von diesen Tagen, an denen einfach alles schiefgeht. Meine Köchin ist krank, und die Pony-Club-Mütter kommen zu Lunch. Und ich habe gerade entdeckt, daß mein Mann heute morgen auf und davon ist und mich ohne…« Dann bemerkte sie Sophie und hielt inne. »Na so was, das ist ja Sophie Dymock. Ich habe schon gehört, daß du wieder da bist.«

»Hallo, Mrs. Fenton«, sagte Sophie ohne große Begeisterung.

Mit abschätzendem Blick musterte die Frau den schwarzen Schichtenlook und das rotgefärbte Haar und schaffte es dabei, Anna zu übersehen. »Ich hätte dich fast nicht wiedererkannt, Sophie.«

»Ich trage inzwischen ein paar Extrapfunde mit mir herum«, erwiderte Sophie trocken. Sie legte die Arme noch fester um Anna.

Mrs. Fentons verlegener Blick glitt an Anna vorbei. »Ja. Soso. Wie ich höre, warst du in Paris.«

»Stimmt.« Sophie warf mir einen Blick zu, den ich als Bitte interpretierte, mich zu beeilen, und schob sich an der Frau vorbei Richtung Tür. Ich packte meine Einkäufe ein; Mrs. Hussein half mir dabei, gab mir mein Wechselgeld und lächelte uns zum Abschied zu, während ich ihr dankte und Sophie folgte.

»Wo du jetzt wieder da bist«, rief die Frau hinter Sophie her, die bereits die Tür geöffnet hatte, »hast du vielleicht Lust, mir am Freitag ein bißchen zur Hand zu gehen? Wir geben eine Dinner-Party, und mein Mann schwärmt immer noch von deinen Windbeuteln...«

Sophie blieb stehen, drehte sich um und sagte in unschuldigem Ton: »Dann hat er Sie also nicht verlassen?«

»Was?« Mrs. Fentons Blick war überrascht und, wie ich fand, ein bißchen erschrocken.

»Wo um Himmels willen hast du...«

»Aber Sie haben doch eben gesagt...«

»Ach so.« In ihrem Lachen schwang eine Spur Erleichterung mit. »Nein, nein, da hast du mich falsch verstanden. Ich wollte nur sagen, daß Gerald heute morgen die letzte Dose Hundefutter an Carlyle verfüttert hat und mich ohne ein Krümelchen Futter im Haus zurückgelassen hat. Der arme Carlyle ist schon ganz ausgehungert. Deswegen bin ich hier, Mr. Hussein. Ich habe es schrecklich eilig. Wegen der Pony-Club-Einladung, Sie wissen schon.«

Mr. Hussein neigte höflich den Kopf. »Sicher, Mrs. Fenton.«

Der kleine Hund ließ ein leises Knurren hören, als Mr. Hussein an seinem Frauchen vorbei in eines der Regale griff. »O je«, war ihr Kommentar, als sie das Etikett auf der Dose sah. »Carlyle ist ziemlich anspruchsvoll. Aber wenn Sie nichts anderes da haben... Oh«, ihr Blick war auf die flüchtende Sophie gefallen, »wegen der Dinner-Party, Sophie...«

»Wie nett von Ihnen, mich einzuladen, Mrs. Fenton«, fiel ihr Sophie mit honigsüßer Stimme ins Wort. »Aber ich fürchte, ich habe an dem Abend schon etwas vor.« Sie winkte den Husseins zu und verschwand durch die Tür.

Mrs. Fenton sah ihr verblüfft nach. Den Hund an sich gedrückt, starrte sie auf die Tür, als sei sie sich nicht ganz sicher, ob Sophies Antwort unverschämt oder nur naiv gewesen war.

Draußen wartete Sophie neben einem großen schwarzen Peugeot, der den Zugang zum Briefkasten versperrte. Als sie meinen fragenden Blick sah, meinte sie mit einer Stimme, die halb zerknirscht, halb stolz klang: »Das war ungezogen, ich weiß, aber sie hat durch Anna hindurchgesehen, als wäre sie unsichtbar.«

»Ich hätte nicht gedacht, daß sich Gerald Fenton für irgend etwas begeistern kann«, bemerkte ich, »und schon gar nicht für Windbeutel.«

»Oh, er ist sehr begeisterungsfähig, wenn es um Geld geht. Oder um Immobilien. Auf Immobilien ist er ganz versessen. Nach dem Tod meines Vaters hat er uns ein Angebot für die Farm gemacht. Carl hat es meiner Mutter ausgeredet – es hätte seine eigenen Pläne durchkreuzt. Aber manchmal wünschte ich, meine Mutter hätte Fentons Angebot angenommen.« Sie sah auf Annas blonden Kopf hinunter, so daß ich ihre Bitterkeit zwar hörte, aber nicht sah. »Carl haßt Fenton. Er sagt, Fenton wolle das ganze Dorf aufkaufen. Allerdings hat Carl für niemanden ein gutes Wort übrig.« Sie schwieg einen Augenblick und fügte dann leise hinzu, ihrer Meinung nach sei im Dorf schon längst mal wieder ein Mord fällig.

Ich sah sie an. »An wen hattest du denn gedacht?«

»Oh, ich wüßte schon ein paar Kandidaten.« Ihre Stimme klang jetzt boshaft. »Zu schade, daß wir das Buch deiner Großmutter nicht haben. Es würde mich interessieren, warum sie eigentlich über einen Mord geschrieben hat.«

»Ich glaube, ich weiß, warum«, antwortete ich. »Sie wollte sich rächen.«

»Rächen?« Fragend starrte Sophie mich an. »Wie meinst du das?«

Ich erzählte ihr von Nans Geschichte über die drei Brüder und von den Parallelen, die ich zwischen dieser Geschichte und der Beziehung meines Großvaters zu Stephen Allerton und Benedict Mallaby immer deutlicher zu sehen glaubte. »Ich bin davon überzeugt, daß sie das, was sie wußte oder vermutete, als Rahmenhandlung von *Herzblut* verwendete.«

Diese Erklärung drängte sich mir immer stärker auf, erschien mir aber andererseits mehr und mehr an den Haaren herbeigezogen. Es war wie eine Geschichte aus Alice im Wunderland: absolut logisch für den, der sie erzählt, aber völlig absurd für den Zuhörer. »Ich behaupte nicht, daß irgend etwas davon wahr ist. Benedict hat Stephen Allertons Werk eindeutig nicht gestohlen. Wenn überhaupt, ist eher das Gegenteil der Fall – ohne ihn gäbe es das Buch vermutlich gar nicht. Trotzdem fühlte sich Nan aus irgendeinem Grund dazu veranlaßt, ihn zum Schurken zu machen.«

Sophie half Anna aus dem Kinderwagen und sah ihr nach, wie sie über die Wiese zur Haustür hinauflief. Dann wandte sie sich mir zu. »Sie wollte sich rächen, hast du gesagt. Aber wofür?«

»Dafür, daß er ihren Mann umgebracht hat.« Dann nahm

ich die Photokopie von Charles' Brief aus meiner Tasche und reichte sie Sophie. »Ich sage nicht, daß er es wirklich getan hat, aber ich glaube, daß das hier vielleicht der Grund war, warum sie es glaubte.«

Nachdem Sophie den Brief gelesen hatte, gab sie ihn mir zurück und sagte: »Ich verstehe, was du meinst. Dein Großvater wußte, daß Benedict plante, Evelyn an dem Abend aufzusuchen, an dem sie ermordet wurde.«

»Benedict schrieb ihm, er habe es nicht bis zum Cottage geschafft. Vielleicht entsprach das nicht der Wahrheit. Möglicherweise fand Charles bei seiner Rückkehr nach England heraus, daß Benedict ihn angelogen hatte. Und stellte ihn zur Rede.«

Als wir ins Haus gingen, war Sophies Blick sehr nachdenklich. »Die Benedict-Figur tötet demnach die Evelyn-Figur. Dann tötet sie die Charles-Figur, um den ersten Mord zu vertuschen. Aber was ist der Grund für den Mord an der Evelyn-Figur?« Ehe ich etwas sagen konnte, beantwortete sie ihre Frage selbst. »Das Manuskript, stimmt's?«

»Ich glaube schon.«

»Das ist ein bißchen extrem, findest du nicht?«

»Vielleicht war es ein Unfall«, gab ich zu bedenken, während wir die Treppe zum Bad hinaufgingen, wo wir nacheinander Max und Anna von den Spuren des Eises befreiten. »Vielleicht wollte sie ihm das Manuskript nicht geben. Oder drohte, es zu verbrennen. Das würde erklären, warum sie neben dem Kamin getötet wurde.«

»Ein Unfall mit einem Schürhaken?« Sophies Stimme klang ungläubig. »Vielleicht, wenn er auf einem Holzscheit gelandet wäre. Aber auf dem Kopf eines Menschen?«

»Das sind sowieso alles nur Spekulationen. Wir reden von einem Roman, und der muß nicht der Realität entsprechen. Oh, Max, das ist eigentlich nicht zum Essen gedacht.« Ich zog das Seifenstück aus seinem Mund und mußte daran denken, was für eine Anziehungskraft die durchscheinende Pears-

Seife auf mich selbst gehabt hatte, als ich noch ein Kind war. Sie war mir immer wie ein übergroßer, verlockender Fruchtgummi vorgekommen. Max schien vom Geschmack der Seife überrascht; er ließ ein abschätzendes Schmatzen hören, als prüfe er gerade das Ergebnis seines Versuchs.

»Wenn das die Handlung ihrer Geschichte war, dann mußte sie mit einer Verleumdungsklage rechnen, oder?« Sie reichte mir ein Handtuch für Max.

»Nicht, wenn sie die Fakten geschickt tarnte. Ich bin nur deswegen auf diese Idee gekommen, weil sie mir die Geschichte immer und immer wieder erzählte, als ich noch ein Kind war. Vielleicht würde jemand anderer die Parallelen gar nicht sehen.«

»Außer Benedict. Und allen, die sonst noch eingeweiht waren.«

»Genau darum ging ihr es natürlich. Sie wollte ihnen zeigen, daß sie Bescheid wußte.«

Max schob das Handtuch weg und legte mir die Arme um den Hals. Während wir alle zusammen hinuntergingen, fügte ich hinzu: »Vielleicht befriedigte sie allein schon der Gedanke, daß Benedict nichts dagegen unternehmen konnte. Schließlich erregt eine Verleumdungsklage immer Aufsehen. Aber Benedict hatte Glück – die Deutschen sorgten dafür, daß kaum jemand das Buch zu Gesicht bekam.«

»Und Rezensionen wie die von Webb Springer besorgten den Rest.« Nachdenklich sah sie mich an. »Was für eine Rolle spielt der alte Webbed Sphincter überhaupt dabei? Zumindest kannte er alle beteiligten Personen, und er schrieb die Rezension.« Inzwischen waren wir in der Küche angekommen. Es roch bereits köstlich nach der Suppe, die während unseres Spaziergangs vor sich hin geköchelt hatte, nachdem Sophie sie am Morgen zubereitet hatte.

Als ich ihr antwortete, daß ich mir selbst schon über die Rolle von Willoughby Webb Springer Gedanken gemacht hätte, äußerte sie die Vermutung, daß er auch die zweite, anonyme Rezension verfaßt haben könnte. Dann kam ihr ein anderer Gedanke; aufgeregt fuchtelte sie mit dem Kochlöffel in der Luft herum. »Womöglich hat Benedict ihn sogar damit beauftragt, um sicherzustellen, daß das Buch nicht allzu viele Leser fand. Allem Anschein nach war der Roman ja nicht halb so schlecht, wie er ihn besprochen hat. Nicht, wenn an der positiven Besprechung etwas Wahres ist.«

»Eine interessante Idee.« Ich stellte die Suppenteller der Kinder zum Abkühlen auf die Anrichte. Ungeduldig schlugen Max und Anna mit ihren Löffeln auf den Tisch. »Aber warum«, fragte ich über den Lärm hinweg, »hätte Willoughby da mitspielen sollen?«

»Aus allen möglichen Gründen. Um seinem Freund Benedict einen Gefallen zu tun. Für Geld. Weil er deine Großmutter haßte. Wer weiß?« Sie band den Kindern Lätzchen um und stellte die Teller vor sie hin. Nun kehrte Stille ein; nur die Geräusche, die die Kinder beim Auslöffeln ihrer Suppe machten, waren noch zu hören: das Klicken von Metall auf Porzellan, ein leises Schlürfen von Anna, ein lauteres von Max.

Sophie äußerte die Vermutung, Nan könne wegen Benedict recht gehabt haben. »Wenn Granddad ein Bierchen oder zwei intus hatte, fing er immer damit an, daß er sicher sei, der Mörder von Evelyn Allerton sei kein Landstreicher, sondern jemand aus dem Dorf gewesen. Aber die Polizei fand nie ein Motiv, das irgend jemanden mit dem Mord in Verbindung hätte bringen können. Die Leute hatten Angst vor ihr, einige sagten sogar, sie wäre eine Hexe, aber das allein reichte natürlich nicht aus, um einen Menschen zu verhaften. – Und ich sage dir noch etwas«, fügte sie hinzu. »Er war der Meinung, daß an dem Abend möglicherweise zwei Leute bei Evelyn gewesen waren.«

»Zwei? Wie kam er denn auf die Idee?«

»Wegen der offenen Tür. Der Mörder hätte sie geschlossen, um die Entdeckung der Leiche hinauszuzögern. Warum die Aufmerksamkeit auf das Cottage lenken?«

»Nachlässigkeit?«

»Vielleicht. Aber Granddad sagte, ihm sei etwas aufgefallen, als er das Cottage verließ. Eine Vertiefung im Schnee, neben dem vorderen Fenster – dem Fenster, durch das man ins Wohnzimmer sehen kann. So, als habe jemand eine Weile dort gestanden. Obwohl es seitdem wieder geschneit hatte, konnte man den Unterschied noch sehen. Das Problem war nur, daß ihm das erst wieder einfiel, als die anderen längst überall herumgetrampelt waren. Deswegen konnte er es nicht mehr überprüfen.«

»Vielleicht war es der Mörder, der darauf wartete, daß sie nach oben ging.«

»Warum hat er dann nicht dieses Fenster eingeschlagen, sondern das in der Küche? Schließlich ist das Wohnzimmerfenster größer, und näher am Boden.«

Unsere Diskussion fand ein abruptes Ende, als Anna uns auf Max aufmerksam machte, der strahlend in seinem Hochstuhl saß, den Suppenteller auf dem Kopf.

## 23

Am Nachmittag schaute Rafe bei uns vorbei. Der Schulterbeutel hing flach an seiner Seite. »Kein Spike?« fragte ich, als ich ihn hereinbat. Er deutete auf eine Ausbuchtung in einer der tiefen Taschen seiner übergroßen Armeejacke. »Er schläft.«

Im Wohnzimmer saß Max auf dem Boden, während Sophie und Anna im Kreis um ihn herumliefen und »Ringel-Ringel-Rose« sangen. Max' Beitrag zu dem Spiel war ein fröhliches, durchdringendes Kreischen, das noch lauter wurde, als er Rafe erblickte. »Der arme Spike«, sagte ich zu Rafe. »Lange wird er nicht mehr schlafen.«

Rafe versicherte mir, daß der Lärm sein Tierchen nicht stören werde. »Frettchen schlafen so tief, daß man meinen könnte, sie seien tot. Man kann sie hochheben, und sie fühlen sich ganz schlaff an. Es dauert auch eine Weile, bis sie richtig wach sind, deshalb muß man aufpassen, daß man sie nicht erschreckt. Denn dann können sie gefährlich werden.«

Während er sprach, starrte er mit einer Mischung aus Bewunderung und Unbehagen auf Sophie, als gehöre sie ebenfalls zu einer exotischen und nicht ungefährlichen Spezies.

Sie trug ein langes schwarzes T-Shirt, auf dem hinten ein leuchtend orangefarbener Tiger prangte, dazu schwarze Strümpfe und bis zum Knie reichende hellgrüne Legwarmer. Den Ohrring mit dem Schiffsanhänger hatte sie durch einen winzigen goldenen Vogelkäfig an einem feinen Goldkettchen ersetzt, den ihr ein amerikanischer Verehrer in Paris geschenkt hatte. Der Käfig enthielt etwas, das aussah wie der Schädel einer winzigen Kreatur; Sophie beteuerte jedoch, daß es sich nur um eine getrocknete Samenhülse handle.

Als ich Rafe meine Gäste vorstellte, schien er bereits zu wissen, daß sie bei mir und Max wohnten; vielleicht hatte sein Vater es ihm erzählt, denn er bemerkte höflich, daß es schön für Max sei, jemanden zum Spielen zu haben. »Selbst wenn es nur ein…« fing er an, sprach den Satz aber nicht zu Ende, sondern wurde statt dessen rot. Das Wort »Mädchen« hing unausgesprochen in der Luft. Ich wollte verhindern, daß Sophie etwas noch Unfreundlicheres dahinter vermutete, etwas, das mit Annas Vater zusammenhing; deshalb erklärte ich ihr, daß Rafe seit der Geburt seiner kleinen Schwester gewisse Vorbehalte gegen weibliche Wesen habe.

»Tatsächlich?« Sophie schaute ihn an, während sie Anna die Nase putzte. »Ich dachte, heutzutage würden sie euch Jungs besser erziehen.«

Rafe nahm sie ernst und begann nervös zu versichern, daß er im Prinzip nichts gegen Mädchen habe, nur gegen Schwestern… Dann sah er den Schalk in ihren Augen. Grinsend fügte er hinzu: »Na ja, ich glaube, wenn sie mal so fest zuschlagen kann wie die Mädchen in meiner Schule, werde ich schon mit ihr klarkommen.« Mit einem leicht vorwurfsvollen Gesichtsausdruck wandte er sich wieder an mich. »Ich habe gestern nach der Schule hier vorbeigeschaut. Aber ihr wart nicht da.«

Während ich ihm erklärte, daß wir in London gewesen seien, fing ich Sophies halb fragenden, halb amüsierten Blick auf. Ihr war Rafes besitzergreifender Ton aufgefallen. »Es tut mir leid, daß du uns nicht angetroffen hast«, sagte ich. »Ich bin aber froh, daß du heute gekommen bist. Sophie und ich haben nämlich gerade festgestellt, daß wir einen starken Mann brauchen könnten, weil wir ein paar Möbel umstellen wollen.« Wir waren zu dem Schluß gekommen, daß die kleine Kommode, die in dem ungenutzten Zimmer im Erdgeschoß stand, Platz für Sophies und Annas Sachen bieten würde, die größtenteils noch nicht ausgepackt waren.

Eifrig bot Rafe an, sofort damit zu beginnen; vorsichtig zog er seine Jacke aus und sah sich nach einem Platz um, wo er sie ablegen konnte. Er schüttelte den Kopf, als ich das Sofa vorschlug. »Jemand könnte vergessen, daß er in der Jacke steckt, und sich draufsetzen.« Er sah Sophies fragenden Blick und klärte sie über den Inhalt der Jacke auf, wobei er ihr versicherte, daß Spike ganz zahm sei. Dann drehte er sich zu mir um und fragte mich ernst, ob ich wisse, was bei Frettchen die häufigste Todesursache sei.

»Leute, die sich auf sie draufsetzen?« riet ich.

»Schaukelstühle mit Fußsack.«

Sophie und ich konnten uns ein Lachen nicht verkneifen. »Heißt das, sie schaukeln sich in einen so tiefen Schlaf, daß sie nicht mehr aufwachen?« fragte ich.

Sein tadelnder Blick beschämte mich. »Sie kriechen gerne hinein und schlafen ein. Dann kommt jemand vorbei, setzt sich hin, und…«

Mit gespieltem Entsetzen hob Sophie die Hand vor den Mund und erklärte, den Rest könne sie sich vorstellen. Der Korb neben dem Kamin, in dem ein paar alte Zeitungen lagen, schien der sicherste Platz für Spike zu sein. Sanft legte Rafe seine Jacke ab und half uns dann, die Kommode nach oben zu schleppen. Hinterher setzten wir uns um den Eßtisch und verspeisten den mit Marmelade gefüllten Kuchen, den Sophie gebacken hatte, während die Kinder ihr Nickerchen machten. Während wir aßen, diskutierten Sophie und Rafe über die Tierwelt der Gegend, insbesondere über eine bestimmte Nachtfalterart. Rafe war begeistert, als Sophie ihm verriet, wo man rund um Shipcote am ehesten die Larven dieses Falters finden konnte. Ihrer Beschreibung nach schien es sich dabei um ein ziemlich aggressives und wenig sympathisches Insekt zu handeln; es versprühe eine Art Ameisengift, informierte mich Rafe, das sogar einen kleinen Vogel betäuben könne. Während ein drittes Stück Kuchen in seinem Schlund verschwand, erlag Rafe offensichtlich Sophies Zauber.

In der Zwischenzeit war Spike aufgewacht und aus der Jakkentasche geschlüpft. Ein paar Mörtelbrocken, die auf den Boden fielen, machten uns auf ihn aufmerksam. Als wir uns umsahen, beschnupperte Spike gerade den Spalt, der ihn schon bei seinem letzten Besuch so fasziniert hatte. Plötzlich schien er sich – wie ein verwunschener Houdini – in den Stein hineinzuzwängen. Einen Augenblick später war er verschwunden.

»O nein!« stöhnte Rafe und rannte zum Kamin hinüber.

»Ich kann nicht glauben, daß er da wirklich durchgekommen ist«, sagte Sophie. Wir starrten beide auf die Stelle, wo das Frettchen eben noch gewesen war. Zwischen den Steinen war ein langer Spalt zu sehen, aber er war höchstens drei Zentimeter breit, und es schien unmöglich, daß ein so großes Tier wie Spike sich durch eine so schmale Lücke zwängen konnte.

»Frettchen können sich überall durchzwängen. Ihr Kopf gibt nach.« Rafes Blick war düster; Stolz auf die Fähigkeiten seines Tieres mischte sich mit Angst. Als ich ihn fragte, ob

Spike von allein wieder herauskommen werde, gestand er kleinlaut, daß das Frettchen durchaus beschließen könne, sich noch einmal zu einem Schläfchen zusammenzurollen; das könne möglicherweise Stunden dauern. Ziemlich verzweifelt über diese Antwort, fragte ich ihn, ob man ihn irgendwie herauslocken könne.

Rafes Gesicht hellte sich auf. »Habt ihr etwas Süßes? Am besten Honig. Auf Honig ist er ganz wild.«

Ich holte das Honigglas und einen langen Löffel aus der Küche und reichte ihm beides. Er tauchte den Stiel des Löffels in das Glas, streifte den überschüssigen Honig ab, kauerte sich vor den Mauerspalt und schob den Löffelstiel hinein. Er bewegte den Stiel hin und her, machte dazu ein schnalzendes Geräusch und hielt den Löffel dann ruhig. Er wartete, aber nichts passierte. Entweder wollte sich Spike nicht herauslokken lassen, oder er hatte sich schon wieder schlafen gelegt; vielleicht war er hinter dem Stein auch irgendwie festgeklemmt. Rafe schien inzwischen den Tränen nahe.

»Vielleicht bekommen wir den Stein raus«, sagte ich. »Der Mörtel sieht aus, als wäre er rundherum locker.« Der Stein selbst war ein rauhes, rußgeschwärztes Rechteck, etwa von der Größe eines Brotlaibes. Mit Hilfe eines Schraubenziehers und eines schweren Küchenmessers kratzten Rafe und ich den bröckelnden Mörtel heraus. Nach ein paar Minuten hatten wir das meiste davon entfernt.

Als ich versuchte, den Stein mit dem Schraubenzieher freizulegen, bat mich Rafe, vorsichtig zu sein; er hatte Angst, Spike könnte zu wenig Raum haben, um auszuweichen. Behutsam lockerte ich den Stein wie einen wackelnden Zahn, bis ich ihn herausheben konnte. Dahinter war nichts als gähnende Leere. Dann hörten wir von links plötzlich ein kratzendes Geräusch, und hinter der schmiedeeisernen Abdeckung, die die Öffnung des Kamins verschloß, war aufgeregtes Quieken zu vernehmen. Irgendwie hatte Spike es fertiggebracht, in den Kamin zu gelangen.

»Ich glaube nicht, daß wir es allein schaffen, die Abdekkung zu entfernen«, erklärte ich Rafe, der versuchte, die rostigen Bolzen zu bewegen, mit denen die Metallplatte am Kamin befestigt war. Unglücklich nickte er und bot an, seinen Vater anzurufen.

Ich erklärte ihm, daß das Telephon immer noch nicht angeschlossen sei; ich würde zum Farm Park hinüberfahren. Er solle bei Sophie und den Kindern bleiben, für den Fall, daß Spike von allein wieder auftauchte. Aber als ich zum Wagen hinausging, kam gerade William Ebborn mit seinem Traktor den Weg hochgefahren. Auf mein Winken und Rufen hin bog er in unsere Auffahrt ein. Als er die Geschichte hörte, lachte er einmal kurz und ungläubig, bot aber sofort seine Hilfe an; er versprach, von der Ashleaze Farm ein paar Werkzeuge zu holen und so schnell wie möglich wiederzukommen.

Bei seiner Rückkehr schien er nicht überrascht, Sophie und Anna im Cottage vorzufinden. Er begrüßte beide freundlich, auf seine übliche sachliche Art. Dann stellte er seine Werkzeugtasche ab und untersuchte die Eisenplatte und die Bolzen. Es werde eine Weile dauern, sagte er, weil er kein elektrisches Werkzeug benützen könne. »Wir wollen den Kleinen doch nicht verletzen.«

Während er geduldig vor sich hin arbeitete, konnten wir Spike hinter der Platte rascheln und kratzen hören. »Glaubt ihr, daß er den Kamin hinaufklettern wird?« fragte Rafe ängstlich.

»Er wird nicht weit kommen«, antwortete William. »Nicht, wenn die Luftklappe zu ist. Außerdem ist oben bestimmt ein Netz vorgespannt, damit keine Mauersegler oder Stare hineinfliegen können. Er wird sicher nicht aufs Dach kommen.«

Nach einer halben Stunde harter Arbeit hatte er den letzten Bolzen entfernt. Ich half ihm, die schwere Metallplatte wegzuheben, und kaum hatten wir das getan, sprang auch schon Spike heraus. Er setzte sich auf die Hinterbeine und fiepte uns glücklich an; in seinem Fell hingen dürre Blätter, Spinnweben und alter Vogeldreck. Strahlend vor Erleichterung nahm Rafe ihn hoch, schimpfte ihn mit zärtlicher Stimme, kraulte seinen Kopf und trug ihn dann in die Küche hinüber, um ihn sauberzumachen.

»In dem Kamin sieht es ziemlich schlimm aus«, stellte William fest. »Ein Bekannter von mir ist Kaminkehrer. Wenn ihr wollt, schicke ich ihn mal vorbei. Dann könnt ihr ihn bestimmt wieder benutzen.« Den Kuchen, den ich ihm anbot, lehnte er ab, und meinen Dank wischte er beiseite. Als ich sagte, ich wünschte, ich könnte mich irgendwie erkenntlich zeigen, antwortete er, daß sich dafür bestimmt noch ausreichend Gelegenheit bieten würde.

Bevor er ging, lud er Sophie ein, mit Anna auf der Ashleaze Farm vorbeizuschauen. »Schön, daß du wieder da bist«, fügte er fast verlegen hinzu. »Meine Frau hat erst gestern gesagt, daß du viel zu lange weg warst.« Ihr Lächeln war herzlich, als sie versprach, sie bald zu besuchen.

William und ich trugen die Platte in den Schuppen, um sie aus dem Weg zu schaffen. Sie wieder anzubringen könnte schwierig werden, meinte er, die Bolzen seien in einem sehr schlechten Zustand. Dann begleitete ich ihn zu seinem Traktor. »Nettes Mädchen, die Sophie«, sagte er, als wir den Weg hinuntergingen. »Hoffentlich bleibt sie eine Weile. Ich finde es immer schade, wenn die jungen Leute den Ort verlassen. Es ist ein bißchen so, als ob das Leben mit ihnen ginge. Aber ihr Stiefvater… der wird sie wohl kaum mit offenen Armen empfangen. Carl Jope kann ziemlich nachtragend sein.« Während er das sagte, rieb er sich mit einer Hand den Nacken, und sein wettergegerbtes Gesicht wirkte ernst. »Laßt es mich wissen, falls es Probleme mit ihm geben sollte. Ich werde tun, was ich kann.«

Beunruhigt fragte ich ihn, ob er glaube, daß Jope ihr Schwierigkeiten machen werde.

Er zuckte mit den Schultern, während er auf seinen Traktor kletterte. »Ich denke, daß er es eher an ihrer Mutter ausläßt.«

Dann ließ er den Motor an, hob zum Abschied die Hand und fuhr langsam die Auffahrt hinunter. Als ich wieder ins Haus kam, war Rafe damit beschäftigt, einen Teil des herausgefallenen Schmutzes mit einem Besen aufzukehren; Spike steckte wieder in seinem Schulterbeutel. Rafes zerknirschtem Gesichtsausdruck nach zu urteilen, fühlte er sich für Spikes Missetat verantwortlich. Ich beruhigte ihn damit, daß Spike uns einen Gefallen getan habe; jetzt hätten wir wieder einen offenen Kamin.

»Der Kamin ist groß genug, um einen Ochsen darin zu rösten«, stellte Sophie fest, während sie in den gemauerten Innenraum hineinspähte. Plötzlich lehnte sie sich vor; etwas an der rechten Innenseite hatte ihre Aufmerksamkeit erregt. »Da ist eine Art Vertiefung.«

Als Rafe und ich hineinschauten, sahen wir die kleine quadratische Nische in der Kaminwand. Sie war etwa dreißig Zentimeter tief und lag gut sechzig Zentimeter über dem Boden des Kamininneren. »Vielleicht wurde sie benutzt, um etwas langsam zu garen oder warmzuhalten«, vermutete ich. Rafe streckte eine Hand hinein und ließ sie über die Steine gleiten. »An der Rückwand ist eine Öffnung. So ist Spike wahrscheinlich in den Kamin geraten.« Er wischte seine schmutzige Hand an seiner Jeans ab und hinterließ dabei einen langen dunklen Fleck auf dem Stoff.

Anna und Max hatten die ganze Zeit fasziniert zugesehen, als hätten wir die ganze Aktion zu ihrer Unterhaltung inszeniert, aber jetzt kam Anna zu ihrer Mutter herüber und verkündete mit leiser Stimme, daß sie ihr Abendessen wolle. Als wäre es sein Stichwort gewesen, begann Max zu quengeln. Rafe nahm seine Jacke und verabschiedete sich. Mein Angebot, ihn nach Summerhays hinüberzufahren, lehnte er höflich, aber entschieden ab; er wirkte immer noch niedergeschlagen, obwohl ich versucht hatte, ihn davon zu überzeugen, daß ihm niemand wegen Spikes Abenteuer böse war.

Stunden später, als die Kinder bereits schliefen und wir mit dem Abspülen fertig waren, fand ich schließlich Zeit, meinen Skizzenblock zur Hand zu nehmen. Sophie war oben und räumte den Inhalt ihrer Koffer in die Kommode. Ich hatte eine Idee für ein neues Bilderbuch; der Anblick des geretteten Spike auf Rafes Arm hatte vor meinem geistigen Auge eine Szene entstehen lassen. Aber während ich zeichnete, schweiften meine Gedanken unaufhaltsam zu dem Rätsel um Nans Buch ab.

Ausgehend vom Bericht ihres Großvaters, hatte Sophie den Mord heute morgen so lebhaft geschildert, daß ich das Gefühl hatte, alles selbst miterlebt und nicht erst aus zweiter Hand erfahren zu haben. *Herzblut* kam mir gar nicht mehr wie ein fiktives Werk vor. Andererseits war das Buch auch kein richtiger Tatsachenbericht. Es existierte in jener unbestimmten und von Träumen beherrschten Region, die irgendwo dazwischen liegt, dort, wo die Vorstellungskraft den Stoff der Phantasie mit dem dünnsten aller Fäden spinnt.

Ich legte die Zeichnung beiseite und stand auf. Zum erstenmal verfluchte ich meine eigene Phantasie. Ich war nach Shipcote gekommen, um einen Schlußstrich unter meine sinnlosen Spekulationen zu ziehen, und jetzt verstrickte ich mich hier immer tiefer in eine genauso sinnlose Obsession. Eigentlich wollte ich arbeiten, mich durch neue Ideen weiterentwikkeln, aber statt dessen versank ich in einer Vergangenheit, die nicht einmal meine eigene war.

Als es an der Haustür klopfte, dachte ich erst, Sophie habe oben eine Schublade zugeschlagen. Als es erneut klopfte und mir klar wurde, woher das Geräusch kam, mußte ich sofort an das denken, was William Ebborn heute nachmittag zum Abschied gesagt hatte. Ich hoffte, daß es sich bei dem Besucher nicht um Carl Jope handelte.

Es war David Cornelius. Er wirkte leicht überrascht, aber durchaus erfreut, weil meine Begrüßung so herzlich ausfiel. Er komme wegen seines Sohnes, erklärte er mit zerknirschtem Gesichtsausdruck. »Wie ich höre, sind er und Spike heute nachmittag hiergewesen und haben etwas kaputtgemacht. Er hat deswegen ein ziemlich schlechtes Gewissen.«

»Rafe nimmt die Sache viel zu tragisch. Ich habe schon versucht, ihm sein schlechtes Gewissen auszureden, aber er ließ sich nicht überzeugen.«

David hatte einen Ofenschirm aus Drahtgitter mitgebracht, eine Art Wiedergutmachung, wie er erklärte. »Rafe und ich wußten, daß Sie sich wegen der Kinder Sorgen machen würden. So ein offener Kamin verlockt natürlich zum Hineinklettern. Wissen Sie«, fügte er hinzu, während er den Ofenschirm vor den Kamin stellte, »ich könnte es Ihnen nicht verdenken, wenn Sie Rafe aus dem Haus verbannen würden, solange es noch aus einem Stück besteht.«

»Dann wäre es hier doch viel zu langweilig. Außerdem inspirieren mich die beiden. Und wenn sie wirklich mal über die Stränge schlagen, drohe ich ihnen einfach, sie in einem Buch zu verewigen.«

Er lachte. »Das wird sie nicht besonders abschrecken. Rafe sieht sich ja jetzt schon als den Helden seiner eigenen Geschichten. Entweder als Indiana Jones oder als Oliver Twist, je nachdem, wie er gerade aufgelegt ist.« Mit gespielt förmlicher Miene fügte er hinzu: »Als weitere Wiedergutmachung lädt Rafe Sie und Max ein, morgen abend mit uns zu essen. Fairerweise muß ich Sie warnen, daß Rafe vorhat, das meiste selbst zu kochen. Trotzdem hoffen wir beide, daß Sie ja sagen.«

Ich käme sehr gern, antwortete ich wahrheitsgemäß, fügte aber hinzu, daß ich Max lieber zu Hause ließe, falls Sophie Zeit habe, auf ihn aufzupassen. Man mußte David zugute halten, daß auf seinem Gesicht keine Spur von Erleichterung zu entdecken war, als er mir antwortete, daß er das ganz mir überließe; Rafe und er seien mit allem einverstanden. Dann verabschiedete er sich mit dem Hinweis, daß er Rafe versprochen habe, ihm bei seinen Hausaufgaben zu helfen.

Nachdem er gegangen war, spürte ich eine Unruhe in mir,

ein undefinierbares Gefühl – den leichten Schauder einer noch kaum spürbaren Freude, wie die Ahnung eines weit entfernten, aber beständig näher kommenden Glücks. In einem Anfall von Tatendrang nahm ich erneut einen Skizzenblock zur Hand und vollendete die Zeichnungen für das Geraldine-Buch. Es war bereits spät in der Nacht, als ich schließlich aufstand, um ins Bett zu gehen. Mein Blick fiel auf den losen Stein, der immer noch neben dem Kamin lag. Besser, ich setzte ihn wieder an seinen Platz, dachte ich, bevor sich eines der Kinder daran verletzt.

Ohne bestimmten Grund tastete ich in der Lücke nach dem Durchlaß, der es Spike erlaubt hatte, ins Innere des Kamins vorzudringen. Hinten links war ein erstaunlich breiter Spalt zwischen den Steinen. Ich tastete mich so weit vor, wie der Spalt es zuließ, und plötzlich stießen meine Finger auf etwas Metallisches. Langsam erforschte ich mit den Fingerspitzen die Form des Gegenstandes, bis ich – inzwischen ziemlich aufgeregt – zu dem Schluß kam, daß es sich um ein Metallkästchen handeln mußte. Aber es saß so fest, daß ich es nicht herausziehen konnte.

Ich änderte meine Stellung, hockte mich auf den Boden des Kamins und griff durch den Spalt, den Rafe an der Rückseite der kleinen Mauernische entdeckt hatte. Ich spürte die andere Seite der Metallbox. Meine tastenden Finger fanden einen kleinen Griff. Mit einem festen Ruck zog ich daran und hoffte, das Kästchen nicht noch fester einzuzwängen. Aber von dieser Seite aus ließ es sich problemlos herausziehen.

Zum Vorschein kam ein kleiner schwarzer Behälter, etwa fünf Zentimeter tief und fünfzehn breit, mit einem Schlüsselloch. Er war mit einer dicken Schicht aus Staub und Ruß überzogen. Ich blies einen Teil der Staubschicht in den Kamin hinein und versuchte dann, das Kästchen zu öffnen, aber es war entweder zugesperrt oder zugerostet. Ich schüttelte es vorsichtig. Irgend etwas in seinem Inneren bewegte sich raschelnd hin und her.

Ich trug das Kästchen in die Küche hinüber und versuchte es mit dem Messer aufzustemmen. Aber die Klinge paßte nicht in die Ritze zwischen Deckel und Seitenteil, und ich wollte keine Gewalt anwenden, um die Box nicht zu beschädigen. Frustriert beschloß ich, am nächsten Morgen einen Schlosser aufzusuchen. Mit einem feuchten Lappen wischte ich das Kästchen sauber und studierte es eingehend. Es gab keine Anhaltspunkte über das Alter oder den Zweck des Behälters. Ich wußte nur, daß sich jemand die Mühe gemacht hatte, ihn zu verstecken, und daß sich etwas in seinem Inneren befand.

Am nächsten Morgen fuhren Sophie und ich nach dem Frühstück mit den Kindern nach Wychley. Während Sophie und Anna ein paar Einkäufe erledigten, machten Max und ich uns auf die Suche nach Timms, dem Schlosser, dessen Namen ich im Branchenbuch entdeckt hatte. Das Schild über seiner Ladentür klärte uns darüber auf, daß er zugleich auch Eisenwarenhändler war. Der Laden selbst war schmal und lang und hatte den eigenwilligen Charme eines Eisenwarenladens, in dessen Regalen sich die vertrauten Haushaltsgegenstände mit obskuren Objekten vermischten.

Als ich die Tür öffnete, klingelte irgendwo in den hinteren Regionen des Ladens eine Glocke. Einen Augenblick später erschien ein verschrumpelter alter Mann mit dem Gesicht eines freundlichen Trolls. Ich zeigte ihm das Kästchen und erklärte mein Problem. Ruhig betrachtete er das Schloß, schlurfte dann wieder in den hinteren Teil des Ladens und gab uns ein Zeichen, ihm zu folgen. Er ging hinter einen Tisch, träufelte irgendein Öl auf die Scharniere und eine andere Sorte in das Schlüsselloch. Das überschüssige Öl wischte er mit einem Lappen weg. Dann suchte er aus einer Reihe von Werkzeugen eines aus, das an ein Instrument erinnerte, mit dem Zahnärzte widerspenstige Zähne bearbeiten, und beugte sich stirnrunzelnd über das Kästchen.

Geschickt machten sich seine Hände ein paar Sekunden

lang an dem Schloß zu schaffen; dann ließ er einen kleinen, zufriedenen Seufzer hören. Taktvoll verzichtete er darauf, den Deckel selbst zu öffnen; statt dessen reichte er mir das Kästchen. »Jetzt müßte es eigentlich problemlos aufgehen.«

Die Versuchung war groß, aber ich wartete, bis Max und ich den Friedhof am Fluß erreicht hatten, wo wir allein und unbeobachtet waren. Der Deckel widersetzte sich nur den Bruchteil einer Sekunde, ehe er knarrend aufging. Seltsamerweise mischte sich eine Spur von Angst in meine Aufregung.

Im Kästchen lag ein Stück Papier, das dreimal gefaltet war; es hatte das Gewicht und die Maserung von handgemachtem Papier, dick und ein bißchen steif. Vorsichtig faltete ich es auseinander. Ein kleiner Holzstich oben auf der Seite zeigte einen mit Bäumen bestandenen Grabhügel, den ich sofort als Goody Ridler's Tump erkannte. Darunter war in einer Zeile »Longbarrow Press, Shipcote, 1937« gedruckt. Die auffallende Schrift stach klar und schwarz von dem cremefarbenen Papier ab. Zwei Absätze in derselben Schrift folgten.

> Ausgehend von der Überzeugung, daß die Arbeit eines jeden Menschen gleich viel wert ist, daß jeder Mensch seine Stimme erhebt, um sich Gehör zu verschaffen, und daß alle Menschen an dem gemeinsamen Gut teilhaben sollten, geloben wir, die Unterzeichnenden, unser Leben und unsere Talente nicht nur füreinander, sondern auch für unsere Mitmenschen einzusetzen. Wir betrachten uns nicht länger als einzelne Individuen, die selbstsüchtig ihre persönlichen Ziele verfolgen. Statt dessen verbinden wir uns zu einer Bruderschaft, die sich zukünftig die Longbarrow-Bruderschaft nennen wird. Der hauptsächliche Zweck ihrer Arbeit und der Geist ihrer Werke wird sein, das Los der Menschen auf dieser Erde zu verbessern.
>
> Wir halten Longbarrow Press für das Instrument, mit dem unsere Arbeit und unsere Überzeugung andere er-

reichen wird. Der Verlag wird neben verschiedenen anderen Texten ein langes, von der Longbarrow-Bruderschaft verfaßtes Prosawerk mit dem Titel *Trauriges Zeremoniell* veröffentlichen, sobald das Manuskript fertiggestellt ist. Jeglicher Gewinn aus Werken, die von den Unterzeichnenden verlegt werden, ist Eigentum der Longbarrow-Bruderschaft und soll dazu verwendet werden, die Arbeit der Bruderschaft weiterzuführen.

Darunter waren drei Unterschriften in schwarzer Tinte: Stephen Allerton, Benedict Mallaby und Charles Lorimer.

Langsam faltete ich das Dokument zusammen und legte es zurück in das Kästchen, das ich wieder in meiner Tasche verstaute. Während Max die Enten auf dem Fluß beobachtete, dachte ich über meinen Fund nach.

Das Dokument war ein idealistisches Credo und ein Manifest, und außerdem ein interessanter Geschäftsvertrag. Davon einmal abgesehen, gab es mir ein Rätsel auf. Denn während es einerseits klarstellte, daß Charles Lorimer nicht nur zu seinem Cousin Benedict, sondern auch zu Stephen Allerton eine enge Beziehung gehabt hatte, stellte es etwas anderes in Frage: die Urheberschaft von *Trauriges Zeremoniell.*

Aber egal, ob es sich bei diesem Buch um das Werk von einem oder von drei Männern handelte, das Dokument machte meinen Großvater ausdrücklich zum Teilhaber an den Rechten von *Trauriges Zeremoniell.*

Zwei Jahre nach Stephens Tod, und nur ein paar Monate nach Charles' Verschwinden, war der Roman im Mallaby-Verlag erschienen. Hatte Benedict abgewartet, ob Nan mit Charles' Kopie des Vertrages auftauchen würde, der Kopie, die ich jetzt zweifellos in Händen hielt? Und war er, als sie das nicht tat, davon ausgegangen, daß es ihm und Clarissa freistand, allein über den Gewinn zu verfügen? Oder hatte er befürchtet, daß Charles eines Tages zurückkommen und das Dokument vorlegen könnte, um sein Drittel einzufordern?

Ich war sicher, daß Benedict nichts dergleichen befürchtet hatte. Er wußte, daß Charles tot war, weil er selbst ihn umgebracht hatte.

*Trauriges Zeremoniell* war zu seiner Zeit ein Bestseller gewesen und hatte sich seitdem stetig weiterverkauft. Der Erfolg des Buches legte den Grundstein für die Zukunft des Mallaby-Verlages. Die Einkünfte aus seinen Verkäufen hatten es Clarissa und Benedict außerdem ermöglicht, Summerhays zurückzukaufen und renovieren zu lassen. All das war jedoch erst nach dem Verschwinden meines Großvaters geschehen. Niemand hätte den enormen Erfolg des Buches vorhersagen können. Es war absurd zu glauben, Benedict habe Charles umgebracht, um die ungewissen Einnahmen aus dem Verkauf eines noch unveröffentlichten Buches nicht mit ihm teilen zu müssen.

Nein, dachte ich, Benedict hatte ihn ermordet, um zu verhindern, daß er der Polizei erzählte, was er wußte: daß sich Benedict an dem Abend, als Evelyn Allerton ermordet wurde, in Shipcote aufgehalten hatte. Der finanzielle Erfolg von *Trauriges Zeremoniell* war einfach nur Glück. Dasselbe Glück, das Benedict gehabt hatte, als die Bomben der Deutschen so viele Exemplare von *Herzblut* zerstörten.

Mit plötzlichem Widerwillen stand ich auf und schüttelte das Gras aus meinen Kleidern. Schon wieder erging ich mich in Spekulationen und erklärte jemanden zum Mörder, der sich vielleicht nichts anderes hatte zuschulden kommen lassen als Gier und harte Geschäftspraktiken. Daß Benedict Nan um ihren Anteil betrogen hatte, war so gut wie sicher. Das bedeutete jedoch nicht automatisch, daß er ihren Mann ermordet hatte.

Manche Männer verschwinden einfach, sagte ich mir, während ich Max' Kinderwagen Richtung Stadtmitte schob. Manche öffnen eine Tür und gehen, um anderswo ein neues Leben zu beginnen; andere wiederum beschließen, bei schlechtem Wetter segeln zu gehen. Vielleicht war mein Großvater ja noch am Leben, ein alter Mann, den nur hin und wieder ein Alptraum im Schlaf störte. Oder er hatte an jenem lange zurückliegenden Sommertag den gleichen Weg ins Vergessen gewählt wie mein eigener Mann? Wer wußte das schon?

## 24

Auf dem Rückweg zum Cottage erzählte ich Sophie von meiner Entdeckung. »Wer, glaubst du, hat es versteckt?« fragte sie mich. »Charles?«

»Möglich. Aber wenn er es war, warum hat er Nan nichts davon erzählt? Sie kann es nicht gewußt haben – sie hätte es nie zurückgelassen. Nein, ich halte es für wahrscheinlicher, daß es Stephen oder Evelyn Allerton war.«

»Warum?«

»Ich weiß es nicht. Vielleicht werden wir es nie erfahren.«

Sie erkannte schnell, was für eine Bedeutung das Dokument hatte, sowohl für die Vergangenheit als auch für die Gegenwart. »Es ist eine Zeitbombe. Was wirst du damit machen?«

Aber auch darauf hatte ich noch keine Antwort.

Am Nachmittag brachte der Postbote eine kurze Nachricht von Robin Mallaby. Darin erklärte er, daß er die für morgen versprochene Besichtigungstour in die nähere Umgebung leider absagen müsse. Er begründete seine Absage durch berufliche Verpflichtungen, schrieb aber dann, er hoffe trotzdem, es bald einmal nach Shipcote zu schaffen. Falls ich mich in der Zwischenzeit dazu entschließen sollte, daß Cottage zu verkaufen, solle ich ihn doch bitte durch Tony Munnings über meine Pläne informieren.

Als ich nach unten kam, bereits fertig angezogen für mein Abendessen mit Rafe und David Cornelius, saß Sophie im Schneidersitz auf dem Sofa und las in der Biographie von Stephen Allerton. Sie blickte auf und musterte mich von Kopf bis Fuß. »Sehr schön. Tolles Kleid. Und sogar Lidschatten, wie ich sehe. Rafe wird bestimmt beeindruckt sein.« In ihren Augen lag keine Spur von Ironie. »Ich habe hier mal reingelesen«, fuhr sie fort und blätterte durch die Seiten der Biographie. »Ich verstehe jetzt, wieso die Mallabys den alten Webbed Sphincter als ›ewigen Faun‹ bezeichnen. Er war verrückt nach Stephen Allerton, nicht wahr?«

»Meinst du?«

»Es ist doch auffallend, daß er nicht ein einziges negatives Wort über ihn schreibt. So, wie er ihn darstellt, muß er ja ein Traummann gewesen sein. Ein Dichter, Held und Märtyrer. Und dann auch noch gutaussehend. Kein Wunder, daß die arme Evelyn mit den Nerven am Ende war.« Dann wurde ihre Stimme wieder ernst. »Ich weiß jetzt auch, was du gemeint hast, als du sagtest, Willoughby habe deinen Großvater absichtlich nicht erwähnt. Es gibt tatsächlich eine Menge Stellen in dem Buch, wo es sinnvoll gewesen wäre, etwas über ihn zu erzählen, aber Willoughby geht einfach darüber hinweg.«

Ich antwortete, daß ich hoffte, den Grund dafür am Montag herauszufinden, wenn ich mich mit ihm zum Essen traf. Heute abend aber wollte ich nicht mehr an die Sache denken. »Max ist endlich eingeschlafen«, fuhr ich fort. »Im Kühlschrank steht ein fertiges Fläschchen, für den Fall, daß er aufwacht. Jetzt ist er noch trocken, aber manchmal wacht er auf, wenn er in die Windeln gemacht hat. Ich habe die Creme neben…« Ich hielt inne; genau dasselbe hatte ich schon vor einer Stunde mit ihr besprochen. »Tut mir leid. Ich weiß nicht, warum ich dir das jetzt zum zweitenmal sage.«

»Macht doch nichts«, antwortete sie und sah mich dabei offen an. »Elfjährige Jungs haben auf mich genau die gleiche Wirkung.« Sie lachte und wünschte mir einen schönen Abend.

Rafe saß in der Abendsonne auf der Steinmauer vor Summerhays und wartete auf mich. Er trug eine frisch gebügelte dunkelblaue Hose und ein weißes Polohemd, sein Haar war ordentlich gekämmt; ich war froh, mich ebenfalls ein bißchen feingemacht zu haben.

Er öffnete die Holztür in der Steinmauer und führte mich über einen schmalen, gepflasterten Weg in einen großen Gemüsegarten, der durch buchsbaumgesäumte Pfade in vier gleichgroße Abschnitte geteilt war. In einem dieser Abschnitte wuchsen Brombeer- und Stachelbeersträucher, in einem anderen waren breite Spargelbeete angelegt, im dritten standen Spaliere für Stangenbohnen und Erbsen bereit, und im vierten schoben sich schon die frischen grünen Triebe verschiedener Gemüsesorten durch den lehmigen Boden. Rafe versicherte mir, daß man hier wunderbare Kröten finden könne.

Auf drei Seiten wurde der Garten von einer hohen Steinmauer begrenzt, an der vierten Seite stand Oldbarn, wo Rafe und sein Vater lebten. Vor dem Umbau mußte das massive Gebäude große Ähnlichkeit mit der mittelalterlichen Scheune auf der Ashleaze Farm gehabt haben, mit dem Unterschied allerdings, daß Oldbarn unter seinem großen steinernen Giebelvordach einen Taubenschlag beherbergte. Die kleinen, rechteckigen Nisthöhlen der Vögel, unter denen ein paar hölzerne Sitzstangen angebracht waren, bildeten eine Pyramide über einer modernen Verandatür, die auf eine kleine, etwas höher gelegene Terrasse hinausging.

Am anderen Ende der ehemaligen Scheune führte eine Treppe zu einer zweiten Tür hinauf. Wie mir Rafe erklärte, handelte es sich dabei um den Eingang zu einem kleinen Apartment, in dem Mela wohnte, wenn sie sich in Shipcote aufhielt.

Als wir die Terrasse betraten, wehte uns bereits der Duft von gebratenem Fleisch und Kräutern entgegen, und irgendwo im Haus erklang die Musik von Griegs »Peer Gynt Suite«. Durch die offene Terrassentür betraten wir ein langes, cremefarben gestrichenes Wohnzimmer; auf der einen Seite des Raumes befand sich eine Eßecke mit einem Tisch aus Pinienholz, der bereits für drei Personen gedeckt war. Die Einrichtung war die in möblierten Mietwohnungen übliche: stabile, moderne Möbel, strapazierfähige Stoffe und neutrale Farben, die keine größeren Anforderungen an das Auge stellen, ein gesprenkelter, beigefarbener Teppich und hübsche, ländliche Drucke an der Wand. Einiges deutete darauf hin, daß vor kurzem eine außerplanmäßige Reinigungsaktion stattgefunden hatte: Stapel von Zeitungen und Magazinen, die einfach in ein Bücherregal geschoben worden waren, Teile einer Lego-Konstruktion, die unter einem Sessel hervorragten, und ein angefangenes Halmaspiel auf einem Kartentisch vor dem Kamin. Rafe fragte mich, ob ich Lust hätte, nach dem Essen eine Runde mit ihm zu spielen. Dabei sah er mich so bittend an, daß ich nur mit Ja antworten konnte; allerdings würde er mir die Regeln erst wieder beibringen müssen, fügte ich hinzu. »Die sind ganz einfach«, erklärte er, während er eine Schwingtür aufschob. In der Küche ging es drunter und drüber, was aber mehr mit kreativem Chaos als mit Schmutz zu tun hatte, denn es war eigentlich ziemlich sauber. Bestimmte Dinge im Raum ließen keinen Zweifel daran, daß diese Küche fest in Männerhand war. Inmitten der üblichen Küchenutensilien entdeckte ich artfremde Gegenstände wie Angelruten, verschiedene Werkzeuge und – neben einem Küchenbrett auf der Tischplatte – die ausgebreiteten Innereien eines kleinen Motors.

David Cornelius war gerade damit beschäftigt, eine Bratenform mit einer Lammhaxe aus dem Ofen zu nehmen; dabei pfiff er zur Musik von Grieg vor sich hin. Nun sah ich auch, wo die Musik herkam: Ganz hinten auf der Arbeitsplatte stand eine kleine Stereoanlage. Als er uns hereinkommen hörte, blickte er auf und lächelte. »Ihr kommt gerade recht. Ich glaube, es ist fertig, Rafe.«

Sein Lächeln war unwiderstehlich, ich mußte es einfach erwidern, aber plötzlich wurde ich ein bißchen verlegen, so daß ich meinen Blick auf das gebratene Lamm richtete. »Das sieht aber lecker aus, und es riecht wundervoll.«

»Rafe ist der Chefkoch. Ich bin nur für das Timing zuständig.« Er legte das Fleisch auf eine Porzellanplatte, rollte dann die Ärmel seines Hemds herunter und knöpfte die Manschetten zu. Wie Rafe hatte er sich fürs Essen feingemacht; zu einer khakifarbenen Hose trug er ein weißes Hemd. Er griff nach dem marineblauen Blazer, der über einer Stuhllehne hing, und zog ihn an. Während ich ihm zusah, kam es mir so vor, als habe jede seiner Bewegungen eine besondere Bedeutung. Vielleicht lag es bloß daran, daß ich schon lange keinen Mann mehr so genau betrachtet hatte.

Aber ich wußte, daß es nicht nur das war. David war einfach schön. Diese Feststellung war, wie ich mir selbst einzureden versuchte, ein objektives Urteil, eine Frage der Ästhetik, das Ergebnis des Zusammenspiels von Licht und Farbe und einer bestimmten, vorteilhaften Anordnung von Winkeln, Kurven und Linien. Körperliche Schönheit berührt mich immer; eigentlich sollte ich inzwischen wissen, daß die Empfindung, die sie unvermeidlich in mir hervorruft, zwar beunruhigend, aber vorübergehend ist. Und daß ich sie am besten auf Papier banne.

Rafe zeigte mir den Salat, den er gemacht hatte. Als ich ihn lobte, weil er das Abendessen allein zubereitet hatte, gestand er mir, daß er eigentlich nicht mehr habe tun müssen, als das Lamm und die Kartoffeln in den Ofen zu schieben. »Das einzig Schwierige war der Salat. Dad wollte unbedingt, daß ich den grünen Salat vorher wasche. Es dauert ewig, ihn wieder trocken zu bekommen.«

»Nicht jeder ist so leicht zufriedenzustellen wie du, Rafe«, sagte sein Vater. »Andere Leute lassen sich nicht durch eine interessante Schleimspur darüber hinwegtrösten, daß sie in ihrem Salat eine Schnecke gefunden haben.« Er hielt eine Flasche Rotwein in die Höhe. »Ist Médoc in Ordnung, Jo? Wir haben die üblichen Alternativen, wenn Sie lieber einen anderen möchten.« Der Rotwein sei schon recht, antwortete ich, und er schenkte sich selbst auch ein Glas ein. »Wollen wir nicht alle drei du zueinander sagen?« schlug er vor. Rafe, der ein Glas Coke in der Hand hatte, bestand darauf, daß wir anstießen. »Cheers«, sagte er mit einem schüchternen Lächeln.

Nachdem wir uns hingesetzt hatten, fragte ich Rafe, wie es denn in der Schule so laufe. Ganz gut, antwortete er; er stecke gerade mitten in einem Projekt über Grabhügel, das sich als recht interessant erweise.

David legte auf jeden Teller zwei Lammscheiben und eine gebratene Kartoffel. Lächelnd sah er seinen Sohn an. »Du wirst allmählich Experte auf diesem Gebiet, nicht wahr, Rafe?«

Das stritt Rafe vehement ab. »Aber ich habe viel Interessantes herausgefunden.« Man mußte ihn nicht lange bitten, davon zu erzählen. Er erklärte uns die unterschiedlichen Theorien, die es im Lauf der Zeit über Hügelgräber gegeben habe, angefangen bei dem mittelalterlichen Glauben, es wären Grabstätten von Heiligen, bis hin zu der modernen Theorie, sie wären von sternkundigen Priestern angelegt worden, hätten astronomische Bedeutung und stünden in Beziehung mit den Kultstätten der stehenden Steine, von denen Stonehenge wohl am berühmtesten sei. Diejenigen, die in solchen Hügeln begraben lägen, seien höchstwahrscheinlich Angehörige der herrschenden Klasse oder Priester gewesen, erklärte er uns mit ernster Miene, oder aber Menschenopfer.

Er sah von seinem Teller auf und fragte seinen Vater mit unschuldiger Miene: »Weißt du, daß sie sogar Babys geopfert haben sollen? Wir könnten eine Menge von ihnen lernen.«

David sah mich vielsagend an. »Ich habe versucht, Rafe klarzumachen, daß es ein Zeichen von Zivilisation und Reife ist, wenn die Starken die Schwachen beschützen, statt sie zu opfern. Aber er ist gerade in dem Alter, in dem man dem Überleben der Stärkeren viel mehr abgewinnen kann.«

Als ich Rafe fragte, ob er schon einmal einen Grabhügel von innen gesehen habe, nickte er nur heftig, weil er gerade den Mund voll hatte. »Humblebee Barrow«, antwortete er, nachdem er hinuntergeschluckt hatte. Das sei eine riesige Grabstätte auf einem Hügel in den westlichen Cotswolds, fügte er hinzu, etwa eine halbe Autostunde von Shipcote entfernt. Als ich beiläufig bemerkte, daß ich mir das unbedingt einmal ansehen wolle, stellte er sich und seinen Vater sofort als Fremdenführer zur Verfügung. David schien nichts dagegen zu haben und schlug auf Rafes Drängen hin den kommenden Sonntag nachmittag und ein anschließendes Picknick vor, falls das Wetter halte. Als ich ihn fragte, ob wir Sophie und Anna dazu einladen könnten, schlug er vor, Val Lenthall ebenfalls mitzunehmen.

Im Verlauf des Essens fiel mir immer stärker auf, wie einfühlsam David mit seinem Sohn umging; er hielt sich selbst zurück, so daß Rafe den Gastgeber spielen konnte, und führte die Unterhaltung so geschickt, daß Rafe sich mit eingeschlossen fühlte, das Gespräch aber nicht dominierte. Er schlug dem Jungen gegenüber einen humorvollen Ton an, nahm ihn aber gleichzeitig sehr ernst, beispielsweise, wenn er mit ihm über seine Theorien diskutierte wie mit einem Erwachsenen. Es war offensichtlich – und sehr rührend –, wieviel Freude sie aneinander hatten.

Nachdem jeder von uns noch eine zweite Portion verdrückt hatte, trug Rafe die leeren Teller in die Küche hinüber. Einen Augenblick später kam er ganz aufgelöst zurück. »Dad! Wir haben vergessen, den Kuchen in den Ofen zu schieben. Jetzt wird es ewig dauern, bis er fertig ist.«

»Keine Angst, der braucht nicht lange. Der Ofen ist bestimmt noch heiß. Warum zeigst du Jo nicht dein Projekt, während ich mich darum kümmere?«

Ich folgte Rafe in die Diele, wo sich die eigentliche Haustür befand; von hier aus führte eine Treppe nach oben. Rafes Zimmer lag im ersten Stock, gleich gegenüber der Treppe. Es war möbliert mit einem schmalen, zerknuddelten Bett, einem Schreibtisch und mehreren Regalen, in denen ein ziemliches Chaos herrschte. Neben Büchern, Comics, verschiedenen Lego-Konstruktionen und mehreren Reihen winziger Zinnsoldaten entdeckte ich alles Mögliche und Unmögliche, was Rafe bei seinen Streifzügen durch die Natur gesammelt hatte, sowie einen kompliziert aussehenden Glasbehälter zum Fangen von Insekten. Eine Ecke des Zimmers beherbergte Spikes großen, aus mehreren Ebenen bestehenden Käfig, zu dessen Einrichtung ein kleines Stück Schaffell, eine gepolsterte Schlafröhre und eine Hängematte gehörten. Spike selbst war nirgends zu sehen; Rafe zufolge schlief er in der Röhre. Im ganzen Zimmer roch es intensiv, aber im großen und ganzen nicht unangenehm, nach einer Mischung aus Junge und Frettchen.

Auf dem Schreibtisch lag Rafes Projekt, eine große Collage aus verschiedenen Zeichnungen, ein paar Textabschnitten und mehreren Photos. Er und sein Vater hatten die Photos gemacht, als sie Humblebee Barrow besuchten. Ein paar davon waren aus einiger Entfernung aufgenommen und zeigten einen großen, grasbewachsenen Hügel, der sich wie eine Schwellung vom Boden erhob. Auf einem der Photos sah man Rafe, wie er unter einem tiefen Überhang aus grauem Stein im Halbschatten des Eingangs kauerte, über sich das sanft ansteigende Grün des Hügels, hinter sich Dunkelheit. Unter dem Hügel, erklärte mir Rafe, befinde sich ein langer Gang mit drei Kammern. Zwei lägen links und rechts des Gangs, die dritte am Ende.

Eine der Zeichnungen stellte den Hügel von oben dar, und zwar ohne die ihn bedeckende Erdschicht, so daß der Gang und die Kammern zu sehen waren. In nord-südlicher Richtung gelegen, war der Hügel ziemlich lang und leicht trapezförmig, wobei das nördliche Ende das breitere war.

»Siehst du das hier?« Rafe deutete auf ein Photo, auf dem ein portalartig zurückgesetzter Eingang zwischen zwei konvexen, aus Trockenmauer bestehenden Pfeilern zu sehen war – allem Anschein nach der Haupteingang zum Grabhügel. In Wirklichkeit sei das ein falscher Eingang, erklärte Rafe. »Dort ist zwar ein langer Tunnel, aber er führt nirgendwo hin. Vielleicht sollten dadurch Grabräuber oder fremde Stämme in die Irre geführt werden, um zu verhindern, daß sie die Grabkammern zerstörten. Am Eingang war ein Totenkopf angebracht, sozusagen als Warnung. Vielleicht diente der Gang aber auch als Kultstätte für irgendeinen heiligen Ritus.« Er ließ einen leisen, frustrierten Seufzer hören. »Weißt du, in Goody Ridler's Tump könnte etwas Ähnliches existieren. Ich würde alles dafür geben, das herauszufinden.«

Viele Kinder in Rafes Situation, die wie er mit dem Auseinanderbrechen ihrer Familie fertig werden mußten, hätten sich wahrscheinlich in Video- oder Computerspiele geflüchtet. Rafes persönlicher Fluchtweg bestand darin, sich Wissen anzueignen; dieser Gedanke ging mir durch den Kopf, während ich ihm zuhörte. Er tauchte in Theorien ein, wie er am liebsten auch in Goody Ridler's Tump eingetaucht wäre.

Ein weiterer Trost war natürlich Spike. Rafe öffnete die Käfigtür und versuchte, das Frettchen durch sanftes Rufen aufzuwecken. Unten klingelte es an der Tür, und wir hörten, wie sich die Haustür öffnete und fast gleichzeitig eine weibliche Stimme Davids Namen rief.

Rafes Nacken versteifte sich, während er über Spikes Käfig gebeugt stand. »Mela«, sagte er mit belegter Stimme.

Ich antwortete ihm, daß wir wohl besser wieder nach unten gingen. Er wandte sich erneut der Käfigtür zu. »Nur noch einen Augenblick. Ich möchte Spike mitnehmen.«

Unten hörte ich David in die Diele kommen, um Mela zu begrüßen. Ihre Stimmen waren auch oben noch deutlich zu hören; die von Mela klang aufgeregt. »Du weißt, daß Benedict Geralds Angebot abgelehnt hat«, sagte sie in vorwurfsvollem Ton.

»Ja, ich habe davon gehört.« Davids Stimme war leiser, aber trotzdem noch gut zu hören. »Es überrascht mich nicht.«

»Nun, mich schon«, entgegnete Mela. »Es war eine Menge Geld.«

»Benedict und Clarissa betrachten Shipcote Farm Park als Phils Denkmal. Es ist sehr schwer für sie, ihren Anteil zu verkaufen.«

»Ich hoffe, du hast sie nicht noch in dieser Haltung bestärkt.« Melas Stimme klang hitzig. »Wenn du schon nicht bereit bist, den Anteil der Familie zu kaufen, dann solltest du wenigstens darauf verzichten, anderen Interessenten Steine in den Weg zu legen.«

»Vor einem Jahr hättest du das noch nicht gesagt.«

»Das war vor einem Jahr. Wir reden von jetzt.«

Rafe, der sich ganz darauf konzentrierte, Spike aufzuwekken, schien nicht auf das Gespräch zu achten, aber ich fühlte mich unbehaglich, als belauschte ich die beiden. Ich wollte gerade ohne Rafe hinuntergehen, als das Frettchen schläfrig den Kopf aus der Röhre streckte und Rafe erlaubte, es hochzunehmen. Er drapierte das Tierchen über seine Schulter, und zusammen gingen wir nach unten.

»Sie leben in der Vergangenheit«, sagte Mela gerade, als wir Rafes Zimmer verließen. »Benedict glaubt, daß man einen Verlag heute noch so betreiben kann wie vor zwanzig Jahren. Er ist sich nicht bewußt...« Sie brach den Satz abrupt ab, als sie uns oben an der Treppe erblickte. In ihrem Gesicht spiegelten sich in schneller Abfolge verschiedene Empfindungen wider; der letzte Ausdruck war amüsiert und zugleich etwas argwöhnisch. »Jo. Ich habe mich schon gefragt, wem der Wagen draußen gehört.«

Sie stand unter dem gleißenden Licht der Deckenlampe, was ihre schöne Haut und die Vollkommenheit ihrer Gesichtszüge nur noch besser zur Geltung brachte und die kühle Aura unterstrich, die ein Bestandteil ihres Wesens zu sein schien. Die langen, glänzenden Haare waren im Nacken lokker mit einem Schal zusammengehalten; ein paar Strähnen waren entwischt und umspielten weich das Gesicht. Sie trug einen Hosenanzug aus schwarzem Leder, der auf eine so perverse Art männlich wirkte, daß er den perfekten Hintergrund für ihre Weiblichkeit abgab. Er verlieh ihr das Aussehen einer Botticelli-Nymphe, die von Karl Lagerfeld eingekleidet worden war. Auf ihre eigene Art, dachte ich, forderte sie das Auge des Betrachters genauso heraus wie Sophie.

»Rafe hat mich zum Essen eingeladen«, erklärte ich, während wir die Treppe hinuntergingen. Es erschien mir wichtig, zu betonen, daß meine Anwesenheit auf Rafes Einladung zurückzuführen war, und nicht auf die seines Vaters. »Er ist ein ausgezeichneter Koch.«

»Rafe steckt voller Überraschungen.« Sie richtete ihren kühlen, amüsierten Blick auf David. »Genau wie sein Vater.«

»Was ist aus deinen Plänen geworden?« erkundigte sich David, als wir zu viert ins Wohnzimmer hinübergingen. »Ich dachte, du wolltest das Wochenende bei den Craddocks verbringen.«

»Ich habe abgesagt.« Sie warf ihre Lederjacke über eine Stuhllehne. Darunter trug sie eine einfache, bis oben zugeknöpfte weiße Bluse, deren Strenge einen interessanten Kontrast zu der engen schwarzen Hose bildete. »Da du deine geliebten Schafe nicht verlassen wolltest, wäre ich als einzige Frau solo gewesen. Eine undankbare Rolle.« Sie wandte sich an mich. »David läßt seine Schafe nie im Stich. Einerseits wirklich rührend, aber andererseits wird es dadurch ziemlich schwierig, gesellschaftliche Kontakte zu pflegen. Die Leute verstehen es nun mal nicht, wenn man ihnen sagt, man könne die Einladung wegen Blähsucht oder einer Fliegeninvasion nicht annehmen.«

David lächelte nachsichtig. »Daß ich nicht mitkommen wollte, hatte nichts mit den Schafen zu tun, dafür aber eine Menge mit dem Gastgeber. Craddock ist doch nur zufrieden, wenn er als einziger redet und alle anderen dazu nicken.«

»Du hättest zum Angeln gehen können. Denk an das lange Stück Flußufer, daß den Craddocks gehört; das hättest du ganz für dich gehabt. Du hättest nach Lust und Laune dem Alleinsein frönen können. David ist der geborene Trappistenmönch«, wandte sie sich in vertraulichem Ton an mich, als wolle sie mich warnen. »Er fühlt sich am wohlsten, wenn er allein ist.«

Der Apfelkuchen sei fertig, verkündete David mit sanfter Stimme. Vielleicht wolle sie sich uns anschließen und ein Stück mitessen? Sie schüttelte den Kopf, sagte dann aber, daß sie gerne einen Drink hätte. »Ein Glas Weißwein, wenn du welchen da hast.«

Wir aßen den Apfelkuchen im Wohnzimmer. Der Großteil der Unterhaltung wurde von Mela bestritten. Erst saß sie mit am Tisch, aber nach kurzer Zeit stand sie auf und begann unruhig im Raum auf und ab zu gehen, ihr Weinglas in der Hand; offenbar war es ihr unmöglich, einfach nur dazusitzen. Sie schien zu glitzern, als würde sie vor lauter nervöser Energie Funken sprühen, fast wie ein Feuerrad. In ihrem Fall bestanden die Funken aus boshaften Scherzen über gemeinsame Bekannte von ihr und David, über ihre Kollegen, die Autoren, mit denen sie arbeitete, die ganze Londoner Szene. Davids Miene war unergründlich. Aber ich glaubte in der Art, wie er sie betrachtete, eine Spur Argwohn zu entdecken, als habe er irgendwie Angst vor ihr oder vor dem, was sie tun könnte. Rafe schaufelte beharrlich ein Stück Kuchen nach dem anderen in sich hinein, während Spike auf seiner Schulter schlief.

Plötzlich setzte sich Mela neben mich aufs Sofa und sagte ohne ersichtlichen Anlaß: »Wie ich höre, wohnen Sophie Dymock und ihr Kind jetzt bei dir. Es ist schrecklich nett von dir, sie aufzunehmen.«

»Es ist ein Arrangement, von dem wir alle profitieren. Sophie kümmert sich ein bißchen um Max. Auf diese Weise habe ich mehr Zeit für meine Arbeit, und Max findet es toll, in Anna eine Spielkameradin zu haben.«

»Verstehe. Das klingt ja sehr gemütlich. Ich nehme an, ein Mann würde in diesem häuslichen Idyll nur stören?«

Ich starrte sie an, nicht sicher, ob sie tatsächlich meinte, was ich glaubte, daß sie meinte. Sie lächelte ganz unschuldig, und da wußte ich, daß ich ihre Bemerkung absolut richtig verstanden hatte. Zum erstenmal entdeckte ich eine Ähnlichkeit zwischen Mela und ihrer Tante Cece. Beide Frauen hatten etwas im Blick und in der Stimme, eine Spur von Bosheit, die sich nicht darauf beschränkte, Unruhe zu stiften, sondern dem Wunsch entsprang, andere zu verletzen. Obwohl Melas Augen durch ihre dichten, langen Wimpern sanfter wirkten, konnten sie genauso kalt blicken wie die von Cece Breakspear.

»Aber ich sollte dich warnen«, fuhr sie mit einem Ausdruck leichter Besorgnis fort, während sie sich vorlehnte, um ihre Zigarettenasche in ihr Glas zu klopfen, »falls du nicht selbst schon entdeckt hast, daß Sophie eine Zigeunerin ist. Als Kind lief sie ständig von zu Hause fort. Nicht gerade das zuverlässigste Mädchen in der Gegend.« Mit einem perlmuttrosa schimmernden Fingernagel schnippte sie eine Strähne silbrigen Haars aus dem Gesicht. »Läßt du Max mit ihr allein?«

»Mela…« begann David in warnendem Ton.

»Ich halte es einfach nicht für klug, jemanden, der einem etwas bedeutet, mit einer Frau allein zu lassen, die man nicht sehr gut kennt.« Sie musterte mich mit einem abschätzenden Blick. »Man weiß nie, was passiert, wenn man ihr den Rücken zudreht.« Die Bedeutung ihrer Worte war klar, und ich wußte, daß sie nicht das geringste mit Sophie zu tun hatten.

David stand auf und verkündete, er wolle Kaffee machen. Ich bemerkte Rafes sehnsuchtsvollen Blick in Richtung Halmaspiel. Dankbar für einen Grund, die Unterhaltung mit Mela nicht fortsetzen zu müssen, erinnerte ich Rafe daran, daß er versprochen habe, nach dem Essen eine Runde mit mir zu spielen. Bei diesen Worten leuchteten seine Augen auf, und er schob seinen Teller beiseite, obwohl er erst die Hälfte seiner letzten Portion gegessen hatte. Mela tat, als müsse sie gähnen, und sagte dann, sie werde David mit dem Kaffee helfen.

Rafe setzte sich mir gegenüber an den Tisch. Spike hing immer noch über seiner Schulter; mit einer Hand stützte Rafe das Frettchen, fast so, wie ich Max als Baby gehalten hatte, wenn er aufstoßen sollte. Das Tier wirkte völlig leblos, und mir fiel wieder ein, daß Rafe mir beschrieben hatte, wie Frettchen schliefen: so tief, daß man meinen konnte, sie wären im Koma. Nachdem er mir die Regeln erklärt hatte, begannen Rafe und ich zu spielen, und für kurze Zeit war im Raum nur das Klicken der Steine auf dem Zinnspielbrett zu hören.

Nach ein paar Minuten kam David mit Mela aus der Küche zurück; er trug ein Tablett mit einer Kaffeekanne und ein paar Tassen. Als Mela an Rafe vorbeiging, rümpfte sie die Nase. »Badest du dieses Tier gelegentlich, Rafe?« Obwohl ihre Bemerkung eher scherzhaft gewesen war, veranlaßte sie Rafe trotzdem dazu, das Tierchen zu verteidigen. In höflichem Ton erklärte er, Spike werde einmal wöchentlich gebadet; häufigeres Waschen, fügte er entschieden hinzu, würde Spikes Haut zu sehr austrocknen. »Außerdem finde ich Spikes Geruch viel angenehmer als die Parfums, die manche Frauen verwenden.«

Mit einem leichten Schulterzucken nahm Mela die Kaffeetasse entgegen, die David ihr reichte. Sie nippte nur einmal kurz, stellte die Tasse dann auf dem Kaminsims ab und zündete sich eine weitere Zigarette an. Dann wandte sie sich an David: »Weißt du, ich finde es ziemlich ärgerlich, daß du so stur bist.« Offenbar griff sie damit ein Gespräch auf, das David und sie in der Küche geführt hatten.

»Das schottische Blut in meinen Adern schlägt eben manchmal durch.« Seine Stimme klang gutgelaunt. Er fragte, ob ich Milch und Zucker nehme, brachte mir die Tasse dann herüber und stellte sie auf dem Tisch ab. Unsere Blicke trafen sich kurz. Er lächelte, als wolle er sich bei mir entschuldigen.

»Trotzdem«, fuhr Mela fort, »könntest du versuchen, die Situation erst mal von meinem Standpunkt aus zu sehen.«

»Vielleicht könnte ich das, wenn sich dein Standpunkt nicht ständig ändern würde. Außerdem würde ich mich lieber aus dieser Angelegenheit heraushalten, die eigentlich Sache deiner Familie ist.« Er legte eine leichte Betonung auf das Wort »deiner«, so als sei seine Geduld allmählich zu Ende.

»Das fällt dir ein bißchen spät ein, findest du nicht?«

»Für dich muß das ziemlich langweilig sein, Jo«, bemerkte David leise. Um ihn nicht ansehen zu müssen, sah ich zu Rafe hinüber. Mit gerunzelter Stirn starrte er auf das Spielfeld; ich vermutete, daß er froh war, die Erwachsenen nicht beachten zu müssen.

»Langweilst du dich, Jo?« fragte mich Mela. Ich lächelte bloß und schüttelte den Kopf. Ungeduldig kam sie herüber, stellte sich neben Rafe und starrte mich an. Ihre Bewegungen wirkten jetzt hektisch; die fließende Grazie, mit der sie sich gewöhnlich bewegte, war verschwunden. Ruckartig führte sie die Zigarette zum Mund. »Ich glaube, Jo interessiert sich inzwischen sehr für die Mallabys. Und für unseren Besitz. Stimmt's, Jo?«

»Bitte?« Ich tat so, als wäre ich ganz auf das Spiel konzentriert. »Sieh dir das an. Rafe hat mich eingesperrt. Ich weiß gar nicht mehr, wie ich fahren soll.«

»Du scheinst mir nicht der Typ zu sein, der so leicht aufgibt.« Abrupt fuhr sie mit der Hand, mit der sie die Zigarette hielt, an Rafes Arm vorbei, als wolle sie einen der Steine bewegen. Die ruckartige Bewegung oder die brennende Zigarette mußte Spike erschreckt haben, denn plötzlich schnellte der kleine Kopf vor und schnappte nach Melas Hand.

Sie schrie auf und riß die Hand zurück. Die Zigarette fiel auf den Teppich. Auf ihrem Handrücken bildeten sich helle rote Bluttropfen, die langsam über die weiße Haut liefen. »O Gott«, stöhnte sie leise.

Während ich die Zigarette aufhob, die einen kleinen Brandfleck auf dem Teppich hinterließ, griff David nach einem frischen Geschirrtuch und wickelte es um Melas Hand. »In der Küche haben wir etwas zum Desinfizieren«, sagte er. Im Hinausgehen wandte er sich zu Rafe um und befahl ihm mit ruhiger Stimme, Spike nach oben zu bringen und in seinen Käfig zu sperren.

»Hoffentlich bekomme ich keine Blutvergiftung«, sagte Mela, während David sie hinausführte, einen Arm um ihre Schulter gelegt.

Leise murmelte Rafe: »Wenn einer eine Blutvergiftung bekommt, dann Spike.« Unglücklich schaute er mich an. »Er hat es nicht absichtlich getan. Sie hat ihn erschreckt.«

Inzwischen wirkte das Frettchen alles andere als verschreckt; schlitternd tobte es durch den Raum, prallte regelrecht von den Wänden ab und hatte dabei sein Fell so aufgeplustert, daß es doppelt so groß aussah wie normal. Ich rechnete schon fast damit, daß es, wie Rikki-tikki-tavi, in einen kleinen Triumphgesang ausbrechen würde. Rafe fing es wieder ein und ging langsam die Treppe hinauf.

Als David und Mela ins Wohnzimmer zurückkamen, war ihre Hand bandagiert. Seltsamerweise schien ihre fiebrige Ruhelosigkeit mit dem Biß verschwunden zu sein. Sie wirkte bleich und still, aber sehr beherrscht. Meine Frage, wie sie sich fühle, tat sie mit einem Schulterzucken ab. Sie hätte vorsichtiger sein sollen, sagte sie; es sei ihre eigene Schuld. Eine ihrer Nachbarinnen sei Ärztin, erklärte mir David; er habe sie angerufen und werde Mela jetzt zu ihr hinüberfahren; die Ärztin wolle sich den Biß sicherheitshalber ansehen.

Während er Mela in den Mantel half, kam Rafe wieder die Treppe herunter. »Es tut mir leid, daß Spike dich verletzt hat, Mela.«

»Wahrscheinlich hat er gerade von Kaninchen geträumt«, sagte sie trocken. Von ihrem versöhnlichen Ton überrascht, wagte Rafe ein vorsichtiges, entschuldigendes Lächeln, das sie erwiderte. Sein Vater schien über dieses Zeichen der Versöhnung erleichtert. Sie würden nicht lange weg sein, erklärte er; würde ich auf sie warten? Seine Stimme hatte einen bittenden Unterton. Ich nickte. Als die Tür sich hinter ihnen geschlossen hatte, schlug ich Rafe vor, zusammen abzuspülen und dann weiterzuspielen. Nach knapp einer Stunde kam David allein zurück.

»Es tut mir wirklich leid, Dad«, sagte Rafe. »Wie geht es Mela?«

»Sie wird es überleben«, meinte er lakonisch. »Aber die nächsten paar Tage solltest du ihr Spikes Anblick lieber ersparen, glaube ich.« Dann fügte er hinzu: »Zeit fürs Bett, okay?«

»Okay. Gute Nacht, Jo.«

»Gute Nacht, Rafe. Danke fürs Abendessen, es war wunderbar. Bring das Halmaspiel doch mal mit rüber nach Longbarrow Cottage. Du schuldest mir eine Revanche.«

Er sah mich zweifelnd an. »Hast du mich auch bestimmt nicht gewinnen lassen?«

»Das würde ich nie tun. Ich hasse es zu verlieren.«

Er grinste. »Ich auch.«

Nachdem er den Raum verlassen hatte, sah mich David mit einem philosophischen Lächeln an. »Ich habe mir sagen lassen, daß nicht alle elfjährigen Jungen so sind wie Rafe. Es besteht also noch Hoffnung für Max.«

»Rafe erinnert mich daran, wie ich mich in seinem Alter fühlte. Ich wollte erwachsen sein, wußte aber irgendwie, daß es besser war, ein Kind zu sein. Damals fand ich das sehr verwirrend.« Suchend sah ich mich nach meinem Mantel um. »Ich gehe jetzt wohl besser.«

Er rührte sich nicht von der Stelle. »Ich kann mir nicht vorstellen, daß du jemals verwirrt bist. Du machst immer den Eindruck, als wärst du bei allem, was du tust, sehr sicher.«

Überrascht entgegnete ich, daß diese Beschreibung meiner Meinung nach eher auf ihn zuträfe als auf mich.

»In manchen Dingen bin ich mir tatsächlich sehr sicher. Aber in anderen...« Er schwieg einen Augenblick. Als er fortfuhr, klang aus seiner Stimme eine plötzliche Entschlossenheit: »Es gibt etwas, das ich gerne klären würde. Ich wollte dir schon die ganze Zeit sagen...« In diesem Augenblick klingelte das Telephon. »Verdammt«, murmelte er. Er trat in die Diele hinaus und rief nach Rafe, aber oben hörte man Wasser laufen; Rafe war wahrscheinlich gerade im Bad. Das Telephon läutete beharrlich weiter.

Ich zog meinen Mantel an. »Ich glaube, ich sollte jetzt wirklich fahren. Geh ruhig ans Telephon. Ich finde schon hinaus.« Als ich ihn dort stehenließ und durch die Verandatür auf die Terrasse hinaustrat, spürte ich ein dumpfes Gefühl von Feigheit und Versagen; ich wußte, daß ich vor etwas davonlief. Was genau es war, darüber wollte ich nicht nachdenken.

## 25

Am nächsten Morgen ließ ich Max bei Sophie und fuhr nach Oxford, um die Bodleian Library und die Antiquariatsbuchmesse zu besuchen. Die Nacht hatte uns Wolken und kühle, feuchte Luft beschert, was sowohl den Feldern als auch dem Himmel das weiche, unbestimmte Aussehen von feuchtem Löschpapier verlieh. Auf Sophies Rat hin parkte ich mein Auto etwa einen halben Kilometer vom Stadtzentrum entfernt in einer kleinen Seitenstraße und fuhr die restliche Strecke mit dem Minibus. Vollgepackt mit Kauflustigen und ausländischen Studenten, brauste er die Straße hinunter, vorbei an Blumenampeln, viktorianischen Ziegelvillen, mittelalterlichen Steinfassaden und einem großen roten Doppeldekkerbus, den er genüßlich überholte, wie ein frecher kleiner Schuljunge, der sich über einen Kardinal lustig macht.

In der Nähe des Zentrums stieg ich aus und bog links in die Broad Street ein. Eine lange Reihe eng aneinandergedrängter, in Ocker-, Malven- und Cremetönen gestrichener Läden blickte auf die glatten, von Toren unterbrochenen College-Mauern hinüber, die die andere Seite der breiten Straße säumten. Schlaksige Studenten, die fast alle Jeans trugen und einen Pulli um die Hüften gebunden hatten, gelangweilte französische Teenager und mit Kameras und Gürteltaschen bewaffnete Touristen bevölkerten die Gehsteige. Die verschiedensten Sprachen schwirrten durcheinander.

Ganz am Ende der Straße lag die imposante Ansammlung von Universitätsgebäuden – alle mit Giebeln, Säulen und Statuen geschmückt –, die die Bodleian Library beherbergten. Die Bibliothek war von einem schützenden Eisengitter umgeben, von dessen Höhe eine Reihe riesiger, bärtiger Steinköpfe herabblickte; auf ihren Gesichtern lag ein feierlicher, leicht mißtrauischer Ausdruck, so als hätte sie das lange Betrachten studentischen Lebens gelehrt, wachsam zu sein.

Im Anmeldungsbüro der Bibliothek warteten mehrere Leute darauf, von einer akademisch gewandeten Dame befragt zu werden. Als ich an der Reihe war, erklärte ich ihr auf Sophies Rat hin, daß ich für ein Buch recherchiere und in diesem Zusammenhang die Bestände der Bibliothek einsehen wolle, was ja zumindest teilweise der Wahrheit entsprach. Nachdem sie mir höflich zugehört hatte, stellte sie mir ein paar Fragen. Mit meinen Antworten offenbar zufrieden, reichte sie mir ein Formular, das ich ausfüllen sollte, und winkte den nächsten Wartenden zu sich heran.

Als ich das Blatt überflog, stellte ich fest, daß die Zulassungsbedingungen zwar insgesamt recht liberal waren, daß sie aber eine schwere Hürde enthielten: Das Formular mußte von einem Bürgen unterschrieben werden, jemand Offiziellem, der mich eine gewisse Zeit kannte und für meine Integrität bürgen konnte. Aber alle, die ich normalerweise gefragt hätte, lebten auf der anderen Seite des Atlantiks. Da ich im Moment nichts weiter tun konnte, nahm ich das Formular mit und tröstete mich mit dem Gedanken, daß ich es an Paulina, meine Lektorin in Toronto, faxen konnte.

Ich spielte eine Weile Touristin, wanderte aufs Geratewohl durch die engen Gäßchen des alten Oxforder Universitätsviertels, das für die meisten Autos gesperrt, dafür aber voller Fahrräder und Tauben war. Die kühle Luft roch nach Fish and Chips und Pfeifenrauch, und man spürte die Kälte, die von den feuchten Mauern ausging. Überall waren Schönheitsreparaturen im Gange. Gerüste und grüne Netze verhüllten eine reichverzierte Fassade wie ein Schleier das Gesicht einer schönen Frau; unter einem Torbogen bearbeitete ein Maurer eine Wand, indem er die geschwärzten und schadhaften Mauerblöcke wegfräste.

Nachdem ich ein paarmal falsch abgebogen war, kam ich schließlich auf die High Street. Entlang ihrer sanft geschwungenen Biegung erhoben sich Türme und Kuppeln in die Luft – ein kompliziertes, mäanderndes Gebilde aus grauem und gelbem Stein vor dem Blau des Himmels. Die Stadtbibliothek war ein paar Gehminuten entfernt in einem modernen Einkaufszentrum untergebracht. Im Lesesaal ließ ich mir vom Computer alle Katalogeinträge zu *Herzblut* ausdrucken, fand aber weder unter J. M. Morrile noch unter Joanna Margaret Lorimer einen Eintrag. Mir kam der Gedanke, daß Nans Verleger vielleicht noch lebte und ein Exemplar ihres Romans besaß, das ich eventuell photokopieren könnte. Bestimmt behielten die Verlage zumindest ein Exemplar von jedem ihrer publizierten Bücher. Nachdem die junge Bibliothekarin hinter dem Informationsschalter in mehreren Nachschlagewerken nachgesehen hatte, teilte sie mir jedoch mit, daß der Verlag in den späten Fünfzigern aufgelöst worden sei. Es war sowieso nur ein Versuch gewesen, tröstete ich mich, als ich die Bibliothek verließ. Und außerdem gab es immer noch die antiquarische Buchmesse.

Die Messe fand im Randolph Hotel statt, einem massiven Sandsteinbau, der wie eine Kreuzung aus französischem Château und gotischer Kathedrale aussah. Ein Schild leitete die Messebesucher über einen kleinen Parkplatz zu einem Eingang an der Rückseite des Gebäudes, wo ich mir eine Eintrittskarte kaufte und einen Führer für die Bücherstände erhielt, die in drei großen und ziemlich düsteren Räumen untergebracht waren.

Insgesamt waren es fast hundert Stände; Buchhändler aus dem ganzen Land stellten hier aus. Im Messeführer waren sie nach Schwerpunktthemen aufgelistet. Unter der allgemeinen Überschrift »Literatur des zwanzigsten Jahrhunderts« fand ich zehn, die vielversprechend klangen. Leider schien sich keiner auf Krimis spezialisiert zu haben. Auf der Rückseite des Führers war ein Plan der Messe mit den durchnumerierten Ständen abgedruckt.

Es war elf Uhr, und die Stände waren bereits bevölkert; vor allem, wie mir schien, von Männern. Sie riefen mit lauten, fröhlichen Stimmen durcheinander, schlugen Kaffeepausen vor und begrüßten herzlich ihre alten Freunde. Wie die Bücher selbst wirkten sie an den Rändern ein bißchen mitgenommen, auf eine sympathische Weise schäbig, und teilweise recht interessant, auch wenn sie alle den Eindruck erweckten, als würden sie nach altem Zigarettenrauch und muffiger Kleidung riechen. Ein paar von ihnen hatten das lässige, zufriedene Aussehen von Menschen, die sich aus Liebe, und nicht des Geldes wegen für ihren Beruf entschieden haben.

Mit meinem Kugelschreiber markierte ich diejenigen Stände auf der Karte, die mir am vielversprechendsten erschienen, und steuerte dann den nächstgelegenen an. Neben dem Stand waren zwei Männer in eine angeregte Unterhaltung vertieft. Sie unterbrachen ihr Gespräch, um sich mein Anliegen anzuhören, sahen sich dann an, schüttelten einhellig den Kopf und nahmen ihre Unterhaltung wieder auf. An den nächsten vier Ständen ging es mir nicht anders.

Eine Weile ließ ich mich durch einen Stand mit illustrierten Kinderbüchern ablenken, die alle höchst verlockend, aber viel zu teuer waren. Schließlich riß ich mich los und ging zu dem fünften Stand, wo ein zerknittert wirkender Mann mit Schnurrbart auf einem Stuhl saß und Zeitung las. Er zeigte ein gewisses Interesse, als ich ihm von meiner Suche erzählte, erklärte mir aber dann, daß er nur die bekannteren Schriftsteller führe.

»Schon möglich, daß auf irgendeinem Speicher noch ein Exemplar liegt. Aber die Chancen stehen schlecht. Während des Krieges wurden so viele Bücher eingestampft, Sie wissen schon, wegen der Papierknappheit. So manches Buch hat seine Kritiker überlebt, nur, um dann den Vandalen von Whitehall in die Hände zu fallen.« Der Gedanke schien ihm ein fast schon wehmütiges Vergnügen zu bereiten. Er riet mir, es drüben bei seinen Kollegen von Desmond Clitheroe Books zu versuchen. »Des und Sylvia entdecken ab und zu recht ausgefallene Sachen.«

Des war nicht da, aber dafür Sylvia. Sie wirkte selbst ziemlich ausgefallen, zumindest im Rahmen der Buchmesse, denn sie war eine freche, extravagant gestylte Schönheit, hatte die kühnen Umgangsformen einer Barfrau und die genau dazu passende Stimme. Sie mußte die Fünfzig schon überschritten haben, war aber gekleidet wie eine Zwanzigjährige aus den sechziger Jahren: Sie trug ein weißes Minikleid mit einem Pop-Art-Muster aus schwarzen Halbkreisen und dazu weiße Lederstiefel. Das enge Kleid mit dem kurvigen Muster betonte ihre bemerkenswerte Figur. Mehrere Männer drängten sich um ihren Stand und begleiteten die Geschichte, die sie ihnen offenbar erzählte, mit lautem Gelächter. »Jetzt aber Schluß, ich habe eine Kundin«, sagte sie fröhlich, als sie mich entdeckte. »Und ihr Jungs verzieht euch jetzt.« Gehorsam brachen die Männer zu anderen Ständen auf. Sie lächelte mich an. »Was kann ich für Sie tun, meine Liebe?«

Ich erklärte ihr mein Problem und fügte dann hinzu, daß die meisten Buchhändler offenbar der Meinung seien, ich suche die Nadel im Heuhaufen. Sie lachte verächtlich. »Quatsch. Faule Säcke sind das, sonst gar nichts. Die meisten jedenfalls. Die bewegen ihren Arsch nur dann, wenn es gar nicht anders geht. Ich dagegen schätze eine richtige Herausforderung. Schreiben Sie mir alles Wichtige auf diesen Zettel. Ich werde sehen, was ich für Sie tun kann. Aber versprechen kann ich Ihnen nichts. Suchen Sie inzwischen selber weiter.«

»Wenn Ihnen jemand helfen kann, dann Sylvia«, sagte plötzlich eine sanfte Stimme zu meiner Rechten. »Wenn es um Bücher geht, ist sie ein richtiges Frettchen.« Überrascht fuhr ich herum. Neben mir stand Willoughby Webb Springer. Er neigte zur Begrüßung den Kopf, ein kleines Lächeln auf den schmalen Lippen.

Mit seinem marineblauen Nadelstreifenanzug, der roten Weste mit passender Seidenkrawatte und seinem langen, krausen Haar, das er sorgfältig gescheitelt hatte, sah er aus wie ein pensionierter Dandy; auf jeden Fall war er mit Abstand der gestylteste Mensch im Raum, von Sylvia einmal abgesehen.

Sylvia funkelte ihn entrüstet an. »Das klingt aber nicht gerade schmeichelhaft, Willoughby.«

»Mrs. Treleven wird Ihnen bestätigen, daß Frettchen heutzutage in gewissen Kreisen sehr *en vogue* sind«, antwortete Willoughby höflich. Er betrachtete sie mit einem abschätzenden Blick. »Heute haben Sie sich aber besonders hübsch gemacht, Sylvia.«

»Des schätzt es, wenn ich mich bei solchen Anlässen von meiner besten Seite zeige.« Mit einem gespielt bescheidenen Flattern ihrer dichten und offensichtlich falschen Wimpern ließ sie eine plumpe, mit Ringen überladene Hand über den engen Rock ihres Kleides gleiten.

»Wo ist Des?«

»Im Norden der Stadt unterwegs. Dort hat kürzlich eine alte Dame das Zeitliche gesegnet. Besaß eine ansehnliche Bibliothek. Der Sohn hat Des gebeten, einen Blick drauf zu werfen und ihm ein Angebot zu machen.«

»Vergessen Sie nicht, alle Schätze für mich wegzulegen, Sylvia.«

»Wie Sie wissen, lege ich meine Schätze nicht weg, sondern biete sie zum Verkauf an, Willoughby.« Sie zwinkerte ihm zu; es war ein gewagtes, extravagantes Zwinkern, mit dem sie sich über sich selbst lustig machte.

»Ich weiß nur, daß sie nicht billig sind, meine Liebe.«

Keineswegs beleidigt, schien sie sich über seine Bemerkung köstlich zu amüsieren. »Wenn Sie nicht so ein Geizkragen wären, könnten Sie viel öfter in den Genuß kommen.« Ein anderer Kunde, ein dünner kleiner Mann mit Fahrradklammern an seinen grauen Hosenbeinen, unterbrach das Gespräch, um nach dem Preis eines Buches zu fragen. Bevor Sylvia sich ihm zuwenden konnte, gab ich ihr den Zettel, auf den ich meine Adresse und alle wichtigen Angaben zu *Herzblut* notiert hatte. Mit einer forschen Zuversicht, die mich seltsam optimistisch stimmte, versprach sie, mir das Buch zu schicken, sobald sie es aufgetrieben habe. Dann schenkte sie ihren Charme dem kleinen Mann, der sie mit dem gebannten, faszinierten Blick eines hypnotisierten Kaninchens anstarrte.

Während wir zusammen weitergingen, sagte Willoughby leise: »Des war früher Professor in Merton. Er trank, bis er zusammenbrach. Sylvia heilte ihn, half ihm, das Geschäft aufzubauen und machte ihn zu einem sehr glücklichen Mann. Des ist der Experte, was die Bücher selbst angeht, aber Sylvia weiß, wie man sie verkauft. Unter anderem.« Er zupfte seine Manschettenknöpfe zurecht. Dann fragte er beiläufig: »Suchen Sie etwas Bestimmtes?«

Die Wahrheit, hätte ich beinahe gesagt.

Ich wußte natürlich, wie seine Frage gemeint war; daß sich mir eine tiefgründigere Interpretation aufdrängte, lag an meiner lebhaften Phantasie, die durch Sophies Charakterisierung Willoughbys und durch meine eigenen Spekulationen angeregt worden war. Es gab so vieles, womit ich ihn gerne konfrontiert hätte – jene grausame Besprechung von *Herzblut*, sein eigenes heimliches Interesse an dem Buch, die Tatsache, daß er meinen Großvater in Stephen Allertons Biographie nicht einmal erwähnt hatte –, aber ich zog es vor, selbst über den geeigneten Zeitpunkt zu entscheiden, statt ihn mir von einem Mann aufzwingen zu lassen, der mit seinen eigenen Geheimnissen hinter dem Berg hielt.

»Einen Roman mit dem Titel *Herzblut*«, sagte ich und versuchte, mich seinem unverbindlichen Ton anzupassen, »verfaßt von meiner Großmutter.« Wenn das eine Reaktion in ihm auslöste, verstand er es, sie nicht zu zeigen. Der Blick unter seinen schweren Lidern war unergründlich, und sein einziger Kommentar bestand in einem unverbindlichen Räuspern. Zögernd erzählte ich ihm, daß ich bisher nicht sehr erfolgreich gewesen sei, und erklärte meine Schwierigkeiten, einen Benutzerausweis für die Bodleian Library zu bekommen.

Das schien ihn zu interessieren. »Haben Sie das Formular zufällig dabei? Gut. Dann, wenn Sie erlauben…« Er streckte seine Hand aus, und nachdem ich ihm das Blatt gegeben hatte, zog er zu meiner Überraschung seinen kleinen goldenen Füller aus der Brusttasche, legte das Formular auf einen Tisch und unterschrieb es an der geforderten Stelle. Als er es mir zurückgab, sagte er: »Ich glaube, daß zwischen uns eine gewisse Wesensverwandtschaft besteht, meine Liebe. In einem solchen Fall spielt es keine Rolle, wie lange man sich kennt.« Er fügte hinzu, daß er sich auf unser Mittagessen am Montag freue; bevor ich etwas erwidern konnte, hatte er sich schon umgedreht und war in der Menge verschwunden.

Ich stand ziemlich verdattert da und hatte das eigenartige Gefühl, daß er mir nur deswegen den Gefallen getan hatte, das Formular zu unterschreiben, weil er mich manipulieren wollte. Offenbar wollte er aus irgendeinem Grund sicherstellen, daß ich *Herzblut* las. Der Brief von Goddard Grant Ltd. war nur ein Köder gewesen, der mein Interesse wecken sollte; genauso sorgte er jetzt mit seiner Unterschrift dafür, daß ich Zugang zu dem Buch erhielt. Vor fünfzig Jahren aber hatte er alles in seiner Macht Stehende getan, um die Leute davon abzuhalten, den Roman zu lesen. Warum hatte er seine Meinung geändert? Ich sah auf meine Armbanduhr. Das Anmeldungsbüro der Bodleian Library schloß samstags schon um halb eins, also in knapp einer Stunde, die Bibliothek selbst um eins. Ich würde mich beeilen müssen.

Auf dem Weg zum Ausgang kam ich an einem Stand vorbei, der sich auf Heimatgeschichte und Archäologie spezialisiert hatte; eines der ausgestellten Bücher fiel mir ins Auge. »Hügelgräber in den Cotswolds: Eine Abhandlung über Hügelgräber, Steinkreise und andere megalithische Denkmäler« stand auf dem dunkelgrünen Umschlag. Das Buch war sehr schön gemacht; auf feinem Büttenpapier gedruckt, enthielt es zahlreiche Photos, Landkarten und Illustrationen. Als die Frau, die für den Stand zuständig war, mein Interesse bemerkte, erklärte sie, daß das Buch durch Feuchtigkeit leicht beschädigt und aus diesem Grund nicht teuer sei. »Trotzdem ist es eine schöne Arbeit. Vor allem die Illustrationen sind ausgezeichnet.« Ich dachte an Rafe und entschloß mich spontan, das Buch zu kaufen.

Im Anmeldungsbüro gab ich das Formular ab, zahlte eine kleine Gebühr, ließ mich photographieren, schwor, in der Bibliothek kein Feuer zu legen, und verließ das Büro mit meinem Benutzerausweis in der Hand. Jetzt schien alles ganz leicht zu gehen. Der Bibliotheksangestellte, der den Aufgang zu der alten Steintreppe kontrollierte, winkte mich mit einem Lächeln durch. Niemand hinderte mich daran, den ruhigen, lichtdurchfluteten Raum zu betreten, in dem die Katalogbände standen. Mit Hilfe eines kleinen Bibliotheksführers gelang es mir relativ schnell, dem alten System der ledergebundenen Kataloge seine Geheimnisse zu entreißen. Voller Stolz fand ich schließlich den gesuchten Eintrag. Aufgeregt füllte ich einen Bestellschein aus und trug ihn zu einer der Bibliothekarinnen hinüber, die am Hauptschalter saßen.

Samstags sei die Ausleihe geschlossen, erklärte sie, während sie das Formular in einen Korb fallen ließ, in dem schon ein ganzer Stapel anderer Bestellscheine lag. Ich würde am Montag morgen wiederkommen müssen. Ich schluckte die unflätigen Ausdrücke hinunter, die mir vor Enttäuschung auf der Zunge lagen, bedankte mich und ging.

Meine Arbeit und Max hatten mich gelehrt, geduldig zu

sein, auch wenn es mir noch so gegen den Strich ging; trotzdem hatte ich keine Lust, ein zweites Mal die Buchmesse zu besuchen, um die restlichen Händler abzuklappern. Noch so ein desinteressiertes Kopfschütteln hätte ich nicht verkraftet. Ein Brief oder ein Anruf mußten genügen. Zumindest für heute hatte ich genug von alten Büchern.

Trotzdem – der ganze Morgen war so frustrierend gewesen, daß ich noch irgendein Erfolgserlebnis brauchte. Sophie hatte gesagt, ich solle mir ruhig Zeit lassen, also fuhr ich, statt die Ausfahrt nach Shipcote zu nehmen, bis Wychley weiter. Ich wollte noch einen Abstecher in die hiesige Bibliothek machen, um die alten Zeitungsbestände durchzusehen.

Die Bibliothekarin erklärte mir, daß die alten Nummern des Lokalblattes, *The Wychley Clarion*, auf Mikrofilm gespeichert seien. Sie fand die Filme für 1938 und zeigte mir, wie man das Lesegerät bediente, mit dem man auch ausdrucken konnte. Ich spulte bis zu der ersten Nummer vor, die nach Evelyn Allertons Ermordung erschienen war. Sowohl die Nachricht über den Mord als auch der Bericht über den Schneesturm prangten als Schlagzeilen auf der ersten Seite, aber der gewaltsame Tod hatte die gewaltsame Natur um einige Spalten überrundet.

Der Zeitungsbericht über den Mord enthielt wenig, was ich nicht schon von Sophie oder aus Willoughbys Schilderung in der Biographie wußte. Im letzten Abschnitt aber enthielt der Artikel eine Information, die die Behauptung meines Großvaters untermauerte, er habe Benedict am späten Nachmittag an der Hauptstraße aussteigen lassen. »Kurz nach achtzehn Uhr wurde ein Mann beobachtet, der an der Abzweigung nach Withyford aus einem blauen Rover ausstieg. Er trug einen Hut und einen langen Mantel. Der Fahrer des Wagens und alle anderen Personen, die diesen Mann möglicherweise kennen, werden gebeten, sich bei der Polizei zu melden.«

Ich ließ mir den Artikel ausdrucken und überflog den Rest der Ausgabe. Ein paar Seiten weiter hinten stieß ich auf eine kurze Meldung, die meinen Atem stocken ließ. »Der MG des in Oxford studierenden Mr. Willoughby Webb Springer wurde gestern morgen in Shipcote von einem Pferdegespann unter den Ästen einer riesigen Eiche hervorgezogen. Wagen und Baum waren Opfer des Schneesturms geworden. Man nimmt an, daß der ehrwürdige Baum während des heftigen Orkans unter der Last des Schnees zusammenbrach und den Wagen unter sich begrub. Mr. Webb Springer, der zu dem Zeitpunkt nicht in seinem Wagen war, hält sich gegenwärtig als Gast bei Freunden im Dorf auf.«

Willoughby war in Shipcote gewesen, als Evelyn Allerton ermordet wurde.

Während ich überlegte, was diese Entdeckung bedeutete, mußte ich wieder daran denken, wie seine Schilderung des Mordes auf mich gewirkt hatte: so lebendig, als stamme sie aus erster Hand. Hatte er sie womöglich vom Mörder selbst? Wenn dem so war, wenn Willoughby, der Geheimniskrämer, tatsächlich ein solches Wissen besaß, wie war er an dieses Wissen gekommen? Und was hatte es ihm genutzt? Hatte er Benedict all die Jahre damit erpreßt? Ich dachte an das sonntägliche Essen in Summerhays. Die beiden Männer schienen ein recht gutes Verhältnis zu haben; im Grund war Willoughby wie ein Familienmitglied behandelt worden. Mörder oder nicht – würde ein Mann wie Benedict zulassen, daß ein Erpresser so engen Kontakt mit den Menschen pflegte, die er liebte? Vielleicht, wenn er keine andere Wahl hatte.

Ich ließ die Seite ebenfalls ausdrucken und ging dann die weiteren Ausgaben der Zeitung durch. Eine Weile fand ich nichts Interessantes, doch dann stieß ich auf einen Artikel, der einen Monat später berichtete, daß Evelyn Allertons Medaillon in einem Pfandhaus in Liverpool aufgetaucht sei, was die Theorie der Polizei zu bestätigen schien, daß nur ein Landstreicher als Täter in Frage komme. In dem Artikel hieß es weiter, mehrere Gegenstände, die aus dem Cottage entwendet worden waren, würden immer noch vermißt, unter anderem ein Paar Ohrringe aus Perlen mit Amethyst, die einst der Schwiegermutter des Opfers gehört hätten, sowie eine goldene Taschenuhr, die ihrem Mann gehört habe. Diese Gegenstände seien von Clarissa Allerton, der Schwägerin der Ermordeten, als fehlend gemeldet worden. Ich ließ mir auch diese Seite ausdrucken. Inzwischen war es schon fast zwei Uhr, und ich war müde und sehr hungrig.

Als ich nach Longbarrow Cottage zurückkam, standen in der Auffahrt bereits zwei Wagen, ein Landrover und dahinter ein Pickup-Truck. Sophie, Anna und Max waren mit Val Lenthall und einem mageren, ganz in Schwarz gekleideten Mann mit rußverschmiertem Gesicht im Wohnzimmer. Eine zusammengerollte Plane und mehrere Bürsten lagen ordentlich gestapelt neben dem Kamin. Während ich Max umarmte und Anna und Val begrüßte, stellte Sophie mir den Mann in Schwarz vor. Es war, wie konnte es anders sein, der von William Ebborn geschickte Kaminkehrer. Er war gerade dabei, nach getaner Arbeit, seine Ausrüstung zusammenzupacken. »Jetzt zieht er wieder«, versprach er, als ich ihn bezahlte. »In dem Kamin muß es mal richtig gebrannt haben. Sie können sich gar nicht vorstellen, wie es da drinnen ausgesehen hat.«

Nachdem er gegangen war, erzählte Sophie, sie und die Kinder hätten Val beim Spazierengehen getroffen, und er habe sie heimgefahren. »Zum Glück, denn sonst hätten wir den Kaminkehrer verpaßt.« Auf dem Herd stehe ein Topf mit Suppe für mich, fügte sie hinzu.

Während ich aß, leisteten sie mir alle am Eßtisch Gesellschaft. Sophie schien zu ahnen, daß ich über den heutigen Vormittag nichts sagen wollte, solange Val da war, deswegen redeten wir über andere Dinge. Obwohl Sophie und Val sich erst seit kurzem kannten, sprachen sie in einem so lockeren und neckenden Ton miteinander, daß es eine Freude war, ihnen zuzuhören.

Hinterher bot Val an, die abgebrochenen Äste und Zweige unter den Apfelbäumen aufzusammeln und Kaminholz daraus zu machen. Falls wir eine Säge hätten, meinte er, bräuchte er nicht extra zum Farm Park zurückzufahren, um eine zu holen. Wir inspizierten gemeinsam den Schuppen und fanden eine rostige Säge und eine alte, aber noch brauchbare Schubkarre. Während ich Max und Anna für ihr nachmittägliches Nickerchen fertig machte, gingen Sophie und Val in den Garten, um die Äste einzusammeln. Als ich einen Blick aus dem Fenster warf und die beiden sah, stellte ich zu meiner Überraschung fest, daß ich einen leichten Anflug von Neid verspürte.

Ich ließ mich auf dem Sofa nieder, um an ein paar halbfertigen Zeichnungen weiterzuarbeiten, aber als ich sie aus der Mappe nahm, fand ich eine Skizze, die ich anhand von Sophies Schilderung der Mordszene angefertigt hatte. Ich starrte sie eine Weile an, und plötzlich entstand ein anderes Bild vor meinem geistigen Auge; gleichzeitig nahm es auf einem neuen Blatt Papier Gestalt an. Es zeigte die Vorderseite von Longbarrow Cottage bei Nacht, während des Sturms. Bei einem Fenster waren die Vorhänge nicht zugezogen, und Licht fiel auf den Schnee. Eine Gestalt mit Hut und einem langen Mantel kroch ins Bild, den Rücken zum Betrachter, und spähte durchs Wohnzimmerfenster. Sie schien ein Eigenleben zu besitzen, eine seltsame Unabhängigkeit, die meine Finger lenkte.

Als sich die Hintertür öffnete und gleich darauf Stimmen zu hören waren, schreckte ich auf, als hätte ich geschlafen. Gerade, als ich die Zeichnung in die Mappe zurückschob, kamen Sophie und Val ins Zimmer.

»Schau«, sagte Sophie und deutete stolz auf den Stapel Holz auf Vals Arm. »Wir können uns heute abend ein Feuer machen.«

Val legte das Holz vorsichtig vor dem Kamin ab. »Apfelholz riecht gut. Aber ihr werdet zusätzlich ein langsamer brennendes Holz brauchen. Mal sehen, vielleicht kann ich euch morgen vor dem Picknick welches vorbeibringen.« Er fügte hinzu, daß er heute noch Besorgungen zu machen habe und deswegen vor Ladenschluß in Wychley sein müsse. Nachdem Sophie ihm als Dankeschön ein Stück von ihrem Kuchen in die Hand gedrückt hatte, verabschiedete er sich. Als er weg war, herrschte kurze Zeit Schweigen. Sophie stapelte das Holz neben dem Kamin.

»Wie war noch mal der Ausdruck, den du benutzt hast?« fragte ich sie. »*Casserole? Boeuf bourguignon*, wenn du mich fragst.«

Zu meiner Überraschung wurde Sophie rot.

Später, nachdem ich ihr meine Erlebnisse vom Vormittag geschildert und die ausgedruckten Zeitungsartikel gezeigt hatte, fragte ich, ob sie jemanden von der Polizei in Wychley kenne. Ich wollte herausfinden, ob sich Benedict bei der Polizei als der Mann gemeldet hatte, der an der Abzweigung nach Withyford aus dem Wagen gestiegen war. Außerdem wollte ich Näheres über die goldene Taschenuhr erfahren, und ob man sie jemals gefunden hatte.

Es gebe einen Sergeant, der als junger Mann mit ihrem Großvater befreundet gewesen sei, sagte sie. Er sei inzwischen Inspektor. Ihn könne sie fragen. Ob er aber bereit oder in der Lage sein werde, meine Fragen zu beantworten, stehe auf einem anderen Blatt. Wir wußten beide nicht, ob es über einen fünfzig Jahre zurückliegenden Mord überhaupt noch Unterlagen gab, aber die Tatsache, daß der Fall nie aufgeklärt worden war, ließ uns hoffen, daß die Akte noch existierte.

## 26

Am Sonntag morgen schien die Sonne von einem wolkenlosen Himmel, die Luft roch süß, die Vögel sangen. Es war das perfekte Wetter für ein Picknick. Als ich mit Max hinunterkam, war Sophie schon mit Anna in der Küche und machte Mürbteig für kleine Teigtaschen. Ein Teil würde mit der Mischung aus feingehacktem Lamm, Kartoffeln, Zwiebeln und Kräutern gefüllt werden, die in einer Pfanne auf dem Herd vor sich hin köchelte, der Rest als Nachtisch mit Marmelade oder Apfelscheiben und Zucker. Während Sophie den Teig ausrollte, saß Anna am Tisch und aß die gekringelten Apfelschalen. Wir würden heute zu einem Picknick fahren, erklärte sie mir mit ernster Miene.

»Seit sie aufgestanden ist, redet sie von nichts anderem mehr«, sagte Sophie und nahm Anna schnell in den Arm, wobei sie darauf achtete, sie nicht mit ihren mehligen Händen zu berühren. »Gott sei Dank ist das Wetter schön.«

Nach dem Frühstück machte Sophie alles für das Picknick fertig, während ich mit Max und Anna zum Laden der Husseins fuhr, um die Sonntagszeitung und ein Päckchen Zucker zu besorgen. Mr. Hussein und ich unterhielten uns ein bißchen über Toronto, wo er Verwandte hatte; dann verließen die Kinder und ich mit den Einkäufen den Laden. Als wir in den Sonnenschein hinaustraten, hielt gerade ein silbergrauer Jaguar hinter meinem Wagen.

Benedict Mallaby hatte mich die ganze letzte Woche über beschäftigt. In meiner Phantasie hatte ich ihn nicht nur zu einem überlebensgroßen, sondern auch zu einem wesentlich jüngeren Mann gemacht, als hätte ich vergessen, wie er in Wirklichkeit aussah. Als ich ihn jetzt aus dem Jaguar steigen sah, empfand ich es fast als Schock, daß er so viel kleiner und älter war als das Bild, das ich mir von ihm gemacht hatte. Wie der Anblick einer Berühmtheit, die man plötzlich leibhaftig vor sich sieht, rief auch sein Anblick Verwirrung in mir hervor: Es überraschte mich, daß er trotz allem menschlich war, und zugleich hegte ich einen leisen Verdacht, daß irgendein Trick dahintersteckte, der mir das Gewöhnliche statt des Außergewöhnlichen andrehen wollte. So pflegt sich die Realität über die wilderen Höhenflüge der Phantasie lustig zu machen.

Trotzdem hätte ich die Begegnung mit ihm gerne vermieden. Er aber sah mich sofort und begrüßte mich mit einem Hallo, während er die Straße überquerte. Mit Max auf dem Arm und Anna an der Hand gab es kein Entkommen; ich war gezwungen, mit geheuchelter Freundlichkeit auf sein liebenswürdiges Lächeln zu reagieren. Er erkundigte sich nach den Kindern und dem Leben in Longbarrow Cottage; wenn er von Sophies Anwesenheit wußte, war er wohlerzogen genug, nicht direkt danach zu fragen. Langsam entspannte ich mich. Es war schwer, den Mörder aus meiner Phantasie mit diesem weltmännischen und irgendwie melancholischen Mann in Einklang zu bringen. Seine Haut wirkte weniger rosig als bei unserem letzten Treffen, und er hatte gelbliche Tränensäcke unter den Augen, als würde er schlecht schlafen. Er sah nahezu krank aus.

Clarissa werde sich freuen, daß wir uns über den Weg gelaufen seien, sagte er; sie wolle mich zum Tee einladen. Ich murmelte irgendeine höfliche Floskel. Das Sonnenlicht ließ die goldene Kette auf seiner Weste glitzern, und eine leichte Ausbuchtung der cremefarbenen Wolle verriet, wo die Taschenuhr an seiner Brust verborgen lag. Plötzlich schienen die Worte der Eingravierung in ihrer feinen, schnörkeligen Schrift vor meinen Augen aufzuflackern wie eine Botschaft oder eine Warnung. Ich stellte mir vor, wie Herzblut und Zeit im Einklang miteinander pulsierten, dann immer dicker und langsamer wurden, bis der Puls schließlich ganz aufhörte.

»Würde Ihnen Dienstag passen?« Benedicts Stimme erschien mir sehr laut, und der gemessene Rhythmus seiner Worte klang in meinen Ohren wie das langsame Schlagen einer Uhr. »Sagen wir, gegen halb vier?«

Max begann zu quengeln. Ich sagte, Dienstag sei mir recht, aber jetzt wolle ich die Kinder lieber nach Hause bringen, bevor Max die Sonntagsruhe störe. Eine Art plappernde Verzweiflung ergriff von mir Besitz, aber er schien es nicht zu bemerken, verabschiedete sich und ging in den Laden. Auf dem Rückweg nach Longbarrow Cottage begannen sich die vielfältigen Bilder von Benedict Mallaby vor meinem geistigen Auge aufzufächern wie ein Satz Spielkarten. Idealist, treuer Freund, liebender Ehemann, Familienvater, Landbesitzer, raffgieriger Geschäftsmann, Verräter, Mörder. Zieh einfach eine, schienen die Gesichter auf den Karten zu rufen, aber sei dir nicht zu sicher, daß du die richtige erwischst.

Gegen halb zwölf hielt ein Wagen vor dem Cottage. Vom Wohnzimmerfenster aus sah ich David, Rafe und Val aus dem grünen Range Rover aussteigen. David drehte sich um, um noch jemandem beim Aussteigen zu helfen. Es war Mela.

»Sind sie das?« Sophie stand in der Küchentür und schraubte gerade den Deckel eines Senfglases zu.

Ich nickte. »Mela Mallaby ist auch dabei.«

»In diesem Fall mußt du mich entschuldigen«, erklärte Sophie entschieden; ihr Gesicht wirkte plötzlich verbissen. »Anna und ich bleiben zu Hause.«

Überrascht protestierte ich, daß das nicht gehe. »Die ganze Arbeit, die du dir für das Picknick gemacht hast. Außerdem gehörst du einfach mit dazu. So schlimm ist sie nun auch wieder nicht«, schloß ich lahm.

»Doch, das ist sie.« Sophie machte auf dem Absatz kehrt und verschwand in der Küche. Mit einem leisen Seufzer ging ich die Haustür öffnen.

»Ich habe mich selbst eingeladen«, sagte Mela im Hereinkommen. »Euer Picknick klang einfach unwiderstehlich.« Sie schenkte mir ihr engelsgleiches Lächeln. Sie trug eine blaßgrüne Wolljacke über einer Leinenhose in einem dunkleren Grünton, und hatte die Haare à la Alfons Mucha locker aufgetürmt. In diesem Outfit sah sie aus wie eine langstielige Blume. An ihrer rechten Hand entdeckte ich einen kleinen Verband. Als David hinter ihr ins Haus trat und mich begrüßte, war sein Blick unergründlich, aber Rafe verdrehte dramatisch die Augen, bevor er sich vor Max hinhockte, der ihn mit seinem klebrigen Mund anstrahlte.

»Sophie ist in der Küche«, sagte ich zu Val. »Sie bekommt

kalte Füße wegen des Picknicks. Ich glaube, die ganzen Vorbereitungen haben sie zu sehr gestreßt.« Seinem sommersprossigen Gesicht war die Enttäuschung deutlich anzumerken; er sagte, er werde versuchen sie umzustimmen und schob die Küchentür auf.

Während Mela ihren Blick durchs Wohnzimmer schweifen ließ und sich meine Skizzen und die anderen Veränderungen ansah, die Sophie und ich im Haus vorgenommen hatten, holte ich meine Tasche, die neben Max' Utensilien und dem Buch für Rafe auch eine alte Decke enthielt, die ich im Wäschetrockenschrank gefunden hatte.

In diesem Moment kam Val mit Sophie und Anna aus der Küche, beladen mit den zahlreichen Plastiktüten, die in Ermangelung eines Korbes das Essen für unser Picknick enthielten. Er warf mir einen zufriedenen, leicht triumphierenden Blick zu. Ich fragte mich, was er angestellt hatte, um sie zu überzeugen. Lächelnd begrüßte Sophie David und Rafe. Dann nahm sie Anna an der Hand und wandte sich an Mela.

»Es wird Zeit, daß du meine Tochter kennenlernst. Das ist Anna.« Ihre ganze Haltung war sehr kalt, fast schon herausfordernd. Sie starrte die andere Frau mit unverhohlener Ablehnung an.

»Sie ist ja eine richtige kleine Schönheit«, sagte Mela voller Enthusiasmus, oder der perfekten Imitation davon. »Ganz entzückend.« Die Art, wie Sophie sie behandelte, schien ihr nichts auszumachen. Die Hände in die Taschen ihrer langen, weiten Jacke geschoben, lächelte sie Anna an, die Mela mit ernstem Blick anstarrte. Angesichts der deutlichen Ablehnung, mit der Sophie ihr begegnet war, fand ich Melas Gelassenheit fast bewundernswert.

Anna entschärfte die Situation, indem sie mit besorgter Stimme verkündete, daß Max gleich weinen würde, wenn wir mit dem Picknick noch lange warteten. »Tomm, Mama«, bettelte sie. »Jetzt.« Plötzlich grinste Sophie und nahm sie auf den Arm. »Also gut. Brechen wir auf?«

Sophie und Anna fuhren mit Max und mir, die anderen im Range Rover. Im letzten Moment kam Rafe angelaufen, um zu fragen, ob er auch noch bei uns Platz habe. »Wenn es dir nichts ausmacht, dich mit Anna und mir auf den Rücksitz zu quetschen«, antwortete Sophie und hielt ihm die Tür auf.

»Das ist mir wesentlich lieber, als mit *ihr* zu fahren«, verkündete er mit finsterer Miene, während er in den Wagen kletterte. Dann erzählte er, Mela habe in Oldbarn vorbeigeschaut, als sein Vater und er gerade das Picknick zusammenstellten. »Er konnte nicht anders, er mußte sie fragen«, erklärte er. »Spike darf nicht mitkommen, aber sie schon.« Seine Stimme ließ keinen Zweifel daran, daß er diese Regelung höchst ungerecht fand. Sophie fragte, warum Spike zu Hause bleiben müsse.

»Wegen Mela.« Er erzählte ihr, was Spike getan hatte.

»Jetzt ist mir klar, warum du Spike so gern hast.« Sophies Stimme klang trocken.

Rafes Antipathie gegen Mela war nur zu verständlich; schließlich stellte sie in vielfacher Hinsicht eine Bedrohung für ihn dar. Sophies Haltung gegenüber Mela schien dagegen mehr zu sein als eine kindliche Abneigung, die sich mit zunehmendem Alter verfestigt hatte. Da gab es irgendeine Geschichte zwischen den beiden Frauen, und ich hätte viel dafür gegeben, sie zu erfahren. Jetzt aber sagte ich nur, wie sehr ich mich freue, daß Sophie sich doch noch zum Mitkommen entschlossen habe.

»Anna hatte sich so darauf gefreut«, antwortete sie. »Deswegen beschloß ich, ihr die Freude von niemandem verderben zu lassen.«

Obwohl David mir eine Karte gegeben hatte, auf der der Weg nach Humblebee Barrow eingezeichnet war, folgte ich seinem Wagen. Etwa die Hälfte der Strecke fuhren wir auf einer Hauptstraße, dann bogen wir in einen Weg ein, der sich durch kleine bewaldete Täler schlängelte oder Hügel erklomm, die allmählich immer steiler wurden und den Blick auf ein fernes, sonnenbeschienenes Hochland freigaben. Eine mittägliche Sonntagsruhe hielt die Landschaft in ihrem schläfrigen Griff.

Während der Fahrt unterhielten sich Rafe und Sophie über Hügelgräber. Zu Rafes großer Freude schien sie ebenfalls eine Menge darüber zu wissen. Er fragte sie, ob sie jemals versucht habe, Goody Ridler's Tump zu erkunden.

»Als ich noch ein Kind war, wurde uns immer unmißverständlich klargemacht, daß der Hügel für uns absolut tabu sei«, antwortete sie. »Außerdem hatte ich zu viele Geschichten gehört, um mich auch nur in die Nähe zu trauen.«

»Was für Geschichten?«

»Oh, das Übliche. Daß darin ein Riese im Stehen beerdigt sei. Und natürlich die Story über Goody Ridler und diese armen...« Sie machte eine Pause, und ich konnte mir vorstellen, wie sie auf Annas Kopf hinuntersah. »Einmal kletterten ein paar von uns nach Einbruch der Dunkelheit auf den Hügel, sozusagen als Mutprobe. Aber es kam uns irgendwie falsch vor. Was allerdings nicht daran lag, daß wir das Verbot mißachtet hatten. *Der* Teil gefiel mir.« Ihrer Stimme war anzumerken, daß sie das mit einem Grinsen sagte.

»Woran lag es dann?« fragte Rafe.

»Ich hatte das Gefühl, ein Sakrileg zu begehen. Als hätte ich auf einem Friedhof Grabsteine umgestoßen.«

Schon seit einiger Zeit hatte sich der schmale Weg, auf dem wir fuhren, stetig einen Hügel hinaufgeschlängelt. Jetzt, wo der Gipfel vor uns lag, blinkte der Range Rover, wurde langsamer und bog in eine Parkbucht ein. Ich parkte hinter ihm. Zu unserer Rechten fiel das Land zu einem weiten Tal ab; grüne, von Dickicht und Hecken unterbrochene Felder lagen in einer Wiege aus sanft ansteigenden Hängen mit saftigen Weiden; hinter einer dichten Baumplantage lugten die grauen Dächer eines großen Anwesens und ein Kirchturm hervor.

Auf der anderen Seite des Weges stand ein schwarzweißes Schild mit der Aufschrift: »Humblebee Barrow, historisches

Monument«; es wies einen steilen, baumbestandenen Hügel hinauf. Mit unseren Picknickutensilien beladen, folgten wir dem Fußweg durch den frischgrünen Buchenwald. Max thronte in seinem Tragesitz auf Davids Rücken, und Anna auf Vals Schultern. Nach ein paar Minuten führte der Weg aus dem Wald heraus und an einer großen Wiese vorbei, deren hohes Gras im Wind wogte. Weit unter uns lag hell leuchtend die breite, grüne Mulde des entfernten Tals im Sonnenlicht.

»Los, schneller«, drängte Rafe, als wir uns dem Gipfel näherten. Sophie nahm die Herausforderung an und spurtete hinter ihm her. Aus Sympathie begannen Max und Anna aufgeregt auf- und abzuhüpfen; ihre Träger beschleunigten ihr Tempo, bis sie schließlich joggten und die Kinder vor Vergnügen krähten. Mela legte eine Hand auf meinen Arm und hielt mich zurück. »Hat Sophie dir erzählt, wer Annas Vater ist?«

Die Frage kam so unerwartet, daß ich vor Überraschung zunächst nicht wußte, was ich antworten sollte. »Nein«, sagte ich schließlich, »das hat sie nicht.« Aber ich wollte nicht hinter Sophies Rücken über sie reden, und schon gar nicht mit Mela. Kalt fügte ich hinzu: »Und es geht mich auch überhaupt nichts an.«

Der Ton meiner Stimme hinderte sie nicht am Weitersprechen. »Sie behauptet, es sei mein Bruder.«

»Robin?« Ich war so geschockt, daß ich den Namen aussprach, ohne darüber nachzudenken.

»Ja.« Überrascht sah sie mich von der Seite an. »Ich wußte nicht, daß du ihn kennst.«

»Wir sind uns mal im Dorf über den Weg gelaufen.« Bevor sie weitersprechen konnte, fügte ich hinzu: »Wenn Sophie darüber reden will, kann sie das. Aber die Entscheidung liegt allein bei ihr.«

»Ich sage dir das nur, damit du weißt, daß Sophie nicht sehr objektiv ist, was unsere Familie angeht. Sie ist wütend auf uns. Du darfst nicht alles glauben, was sie dir über uns erzählt.«

Ich blieb stehen und sah ihr ins Gesicht. »Die Wahrheit über deine Familie interessiert mich nur, soweit sie auch meine Familie betrifft.«

Die blauen Augen verengten sich. »Was meinst du damit?«

»Die Beziehung deines Großvaters zu meinen Großeltern. Nicht nur, daß er und mein Großvater Cousins waren. Sondern darüber hinaus.«

»Da war nichts darüber hinaus«, sagte sie in entschiedenem Ton.

Ich setzte mich wieder in Bewegung. »Hast du je von der sogenannten Longbarrow-Bruderschaft gehört?«

»Ach, das«, meinte sie wegwerfend und lachte. »Ein Haufen romantischer Dreißiger-Jahre-Unsinn, der ziemlich schnell verpuffte. Dabei kam nichts heraus.«

Inzwischen hatten wir die anderen eingeholt, was unserer Diskussion ein Ende setzte. Während wir alle gemeinsam weitergingen, dachte ich über Melas Rolle bei der ganzen Sache nach. Auch wenn sie im Verlag arbeitete, bedeutete das noch nicht automatisch, daß sie etwas über seine Anfänge oder das Dokument wußte, das eine Bedrohung für ihn darstellte. Der einzige Mensch, der meine Fragen beantworten konnte, war Benedict selbst.

Am Ende des Anstiegs kamen wir durch ein Tor in einer Weißdornhecke auf ein weites Plateau, eine Wiese, die mit den weißen Pusteblumen und gelben Köpfen tausender Löwenzahnblüten übersät war. Mehrere hundert Meter zu unserer Linken erhob sich der sanft ansteigende grüne Hügel von Humblebee Barrow wie ein riesiger Wal. Rundherum war eine Trockensteinmauer errichtet, eine Barriere, die die Grabstätte vor größeren Tieren schützte. Es herrschte allgemeine Übereinstimmung, der sich nur Rafe lautstark widersetzte, daß wir erst essen und dann das Gelände erkunden wollten. Die Mehrheit siegte, und wir breiteten unsere Decken im Windschatten der Hecke aus. Rafe ließ sich vom Anblick des Festmahls trösten, das aus den verschiedenen Päckchen zum

Vorschein kam: Brotlaibe, große Stücke weißer und gelber Käse, Sophies Teigtaschen, deren wellige Oberseiten goldbraun gebacken waren, verschiedene Salate in Plastikschüsseln und ein runder, mit Zuckerguß verzierter Kirschkuchen.

Eine Unterhaltung wollte zunächst nicht recht in Gang kommen, so als ob die unterschwelligen Spannungen zu stark wären, um locker miteinander umzugehen. Aber aus irgendeinem Grund ließ Mela ihren Charme spielen, und bis zu einem gewissen Grad hatte sie damit auch Erfolg, denn ihre gute Laune steckte uns alle an. Sogar Sophie schien sich zu entspannen. Allmählich entstand eine gesellige, faule Atmosphäre, die durch das gute Essen, den Wein und die warme Sonne noch verstärkt wurde. Rafe war als erster fertig und zog los, um auf eigene Faust auf dem Hügel herumzuklettern. An meiner Seite lag Max auf der Decke und saugte an seiner Flasche, während seine Augen langsam schwerer wurden, bis ihm die Flasche schließlich aus der Hand fiel und er eingeschlafen war. Anna kroch auf den Schoß ihrer Mutter, während Sophie und Val aus den Löwenzahnblüten, die rundherum wuchsen, Ketten für sie machten.

Mela trug eine Sonnenbrille, so daß es unmöglich war festzustellen, wohin sie sah. Aber irgend etwas, vielleicht ihre stille Haltung und die leichte Wendung ihres Kopfes in Sophies Richtung, ließ vermuten, daß sie Sophie und Anna musterte. Sophies »Behauptung« konnte durchaus zutreffen, dachte ich. Aus einem bestimmten Blickwinkel erinnerte die Form von Annas Wangen und der Schwung ihrer Augenbrauen tatsächlich an Robin Mallaby.

Abrupt stand Mela auf und wischte ein paar Brösel von ihrer Hose. »So viel zu essen. Jetzt brauche ich dringend ein bißchen Bewegung. David?« Ihre Stimme hatte einen rauhen, sinnlichen Unterton, in dem neben einer Einladung auch eine Frage mitschwang. Langsam nahm sie die Sonnenbrille ab und fixierte ihn mit ihren blauen Augen. Val sah erst sie und dann Sophie an, die eine Augenbraue hochzog.

Auf einen Ellbogen gestützt, hatte sich David neben Val auf der Decke ausgestreckt, einen Stiel gekräuselter Petersilie zwischen den Zähnen. Er sah mit zusammengekniffenen Augen zu ihr auf, weil ihn die Sonne blendete; dann nahm er die Petersilie aus dem Mund und warf sie weg. »Vielleicht später. Es ist sehr angenehm, hier zu sitzen.«

»Sei nicht so faul.« Sie streckte ihm die linke Hand hin. Näher, dachte ich, würde sie einer direkten Aufforderung nie kommen. Sie auszuschlagen wäre flegelhaft gewesen.

Er sah sie ein paar Sekunden lang an und stand dann auf, wobei er die ausgestreckte Hand ignorierte. »So ist es schon besser«, sagte sie mit ihrer klaren, silbrigen Stimme. Sie warf mir einen schrägen Blick zu, bevor sie sich bei David unterhakte und mit ihm davonspazierte.

Es herrschte ein kurzes Schweigen, bis Val zu pfeifen anfing. Nach ein paar Takten erkannte ich den Triumphmarsch aus *Aida*. Sophie und ich sahen uns an und prusteten los. Anna blickte überrascht von ihren Löwenzahnblüten auf. Genau in diesem Augenblick kam Rafe angerannt. »Sind von den Apfeltaschen noch welche da?« Er verputzte die letzten drei und verkündete dann, daß es Zeit für eine Führung sei. Sophie erklärte, daß sie damit zufrieden sei, den Hügel aus der Ferne zu bewundern, und bei Max bleiben würde. Val sagte seinerseits, daß er bei Sophie und den Kindern bleiben wolle. Nachdem ich Max' Sonnenhut zurechtgerückt hatte, stand ich auf und folgte Rafe quer über die Wiese.

Der Hügel schien aus dem Boden zu wachsen; seine lange grüne Flanke wirkte wie der riesige Oberschenkel einer trägen, lymphatischen Göttin. Wir gingen durch das Tor und dann entlang des niedrigen Steinwalls, der den Grabhügel umgab, bis wir den Eingang am nordöstlichen Ende erreichten. Dort war der Boden mit schmalen Stücken bleichen Gesteins übersät, die aussahen wie Knochen. Flankiert von schlanken Säulen, die die dicke Sturzplatte stützten, lag die dunkle Mündung des Portals weit zurückgesetzt zwischen zwei langen, gebogenen Hörnern aus grasbedeckter Erde. Als wir dem Eingang genau gegenüberstanden, erhob sich der Grabhügel vor uns wie ein Körper mit gespreizten Beinen.

Ich spähte hinein. Das Tageslicht erhellte nur ein kleines Stück des Ganges, ehe der Fels es absorbierte. Ich fragte Rafe, ob er eine Taschenlampe mitgebracht habe.

»Oh, die habe ich vergessen. Sie ist in meiner Jacke. Ich hole sie schnell.« Er rannte zu unserem Picknickplatz hinüber und traf unterwegs auf Mela und seinen Vater. Sie kamen auf den Hügel zu, offenbar in ein Gespräch vertieft.

Ich zog den Kopf ein und betrat die Grabstätte. Das Steindach war zunächst so niedrig, daß man sich hinkauern mußte, aber nach ein oder zwei Metern wurde der Gang höher, so daß ich schließlich aufrecht stehen konnte. Ich konnte nichts sehen, aber als ich die Arme ausstreckte, spürte ich zu beiden Seiten feuchte Steinwände, an denen ich mich orientieren konnte. Langsam tastete ich mich weiter in den Gang hinein. Der Boden schien abschüssig, und nach ein paar Metern blieb ich stehen, weil ich ohne Rafes Taschenlampe nicht weiter hineingehen wollte. Allmählich wich die Schwärze einem grauen Nebel, der verschwommen die Trockensteinmauern und die breiten Dachplatten darüber enthüllte. Der heftige Geruch saurer Erde stieg vom Boden auf. Ich schloß die Augen, während ich die Handflächen weiterhin gegen den feuchten Stein preßte. Vor meinen geschlossenen Augenlidern bewegten sich die Schatten der unbekannten Menschen, die hier auf jenes uralte Zeichen der Wiedergeburt gewartet hatten, auf ihr Symbol des heranreifenden Jahres. Eine tiefe Stille, aus der der Stein und die ihn umschließende Erde jedes Geräusch herausgefiltert hatten, erfüllte die Dunkelheit. Ohne Licht schien die Zeit stillzustehen oder zumindest verzerrt zu werden, zugleich in die Länge gezogen und komprimiert. Zunehmend orientierungs- und atemlos, begann ich einen seltsamen und immer stärker werdenden Druck zu spüren, so als wäre die Erde ein Muskel, der sich langsam um mich zusammenzog. Irgendeine Flüssigkeit tropfte plötzlich auf meine Hand.

Ich fuhr herum und stolperte zum Eingang zurück; plötzlich sehnte ich mich verzweifelt nach dem Tageslicht.

Eine dunkle, von Licht umgebene Masse versperrte das Ende des Gangs. Nach dem ersten Schreck erkannte ich David. Verzweifelt, als wäre er meine einzige Verbindung zum Licht, streckte ich ihm eine Hand entgegen. Als er mich Richtung Eingang zog, spürte ich, wie kalt meine Hand im Vergleich zu seiner war.

»Es ist verdammt dunkel hier drinnen«, sagte eine laute Stimme hinter David. Dann fuhr die zusammengekauerte Gestalt eines Mannes hoch und stieß gegen David, so daß wir beide zurücktaumelten. »Na so was! Ich habe Sie gar nicht gesehen.«

Der Mann drückte sich gegen die Wand, um uns vorbeizulassen. Als wir blinzelnd ins Freie traten, stand neben dem Eingang eine Frau in Wanderausrüstung. Sie schüttelte sich in gespieltem Schreck. »Ooh, Sie sehen aus, als hätten Sie einen Geist gesehen«, sagte sie zu mir. Mit einem Lachen beugte sie sich über den Eingang und rief zu dem Mann hinunter: »Bist du da noch am Leben, Tim?« Kichernd zog sie den Kopf ein und folgte ihm hinein.

Rafe kam mit der Taschenlampe angelaufen. »Max weint«, erklärte er atemlos. »Sophie sagt, du sollst bitte zurückkommen.«

Max war von einem Insekt gestochen worden. Der Stich schien nicht weiter schlimm zu sein, er schwoll kaum an, aber es dauerte trotzdem eine Weile, bis Max getröstet war. Als Mela langsam über die Wiese spaziert kam und verkündete, sie wolle rechtzeitig zum Tee zurück in Summerhays sein, begannen wir unsere Sachen aufzusammeln. Um Rafes Enttäuschung darüber zu mildern, daß er keine Gelegenheit gehabt hatte, mir das Innere des Grabhügels zu zeigen, erzählte ich ihm, daß ich einen kleinen Teil davon selbst erforscht hätte und neugierig sei, mehr über das zu erfahren, was mir entgangen war. Auf dem Weg zurück zum Wagen ließ er sich darüber in allen Einzelheiten aus.

Auf Wunsch seines Vaters, der uns vielleicht weitere Informationen ersparen wollte, fuhr Rafe mit den anderen im Range Rover zurück. Als er gerade einsteigen wollte, rief ich ihn zurück und gab ihm das Buch, das ich für ihn gekauft hatte. »Vielleicht schreibst du eines Tages selbst ein Buch über dieses Thema«, sagte ich lächelnd. Diese Vorstellung schien ihm zu gefallen, ebenso wie das Geschenk.

Während der ersten paar Kilometer redeten Sophie und ich vorsichtig um das Thema Mela herum. Nachdem Anna schließlich eingeschlafen war, fragte sie mich unvermittelt: »Hat sie es dir gesagt?«

Ich tat gar nicht erst so, als hätte ich sie nicht verstanden. »Sie sagte, du würdest behaupten, Robin Mallaby sei Annas Vater. So hat sie es ausgedrückt. Mehr ließ ich sie nicht sagen.«

»Es stimmt.«

»Das glaube ich dir. Ich kann die Ähnlichkeit sehen.«

»Du kennst Robin?«

»Ich bin ihm einmal über den Weg gelaufen.« Da fiel mir das Telephongespräch zwischen Mela und ihrem Bruder wieder ein, das Gespräch, in dem sie ihn gedrängt hatte, seinen Flug nicht zu verpassen. Ich erzählte Sophie davon.

»Sie hat ihn weggeschickt«, sagte Sophie flach. »Da bin ich mir sicher. Sie kann sehr besitzergreifend sein, selbst wenn ihr das, worum es geht, im Grunde völlig egal ist.«

Sie habe Robin aus Paris angerufen, erzählte Sophie, und ihm gesagt, daß sie nach Shipcote komme. Und daß es an der Zeit sei, über Anna zu sprechen. Sie hätten vereinbart, daß er sie in Wychley abhole, aber als sie in Summerhays anrief, um ihm zu sagen, daß sie angekommen sei, habe Mela ihr erklärt, daß er geschäftlich in New York sei. Ich hatte damals zufällig Sophies zornige Antwort gehört, als sie Mela eine alte Hexe nannte, hatte aber geglaubt, sie habe mit ihrer Mutter gesprochen.

»Er hat keinerlei Stehvermögen«, sagte Sophie. »Das wußte ich schon immer, sogar, als wir noch klein waren. Aber ich dachte, die Universität hätte ihn verändert. Dem war aber nicht so.« Sie waren im selben Dorf aufgewachsen, ohne sich wirklich zu kennen, weil Robin die meiste Zeit in einem Internat verbrachte; dann waren sie sich wieder begegnet, als Sophie nach Martyrs Hall kam, wo Robin sein letztes Studienjahr absolvierte. Anna war das Ergebnis ihrer kurzen Affäre.

»Seine Schwester möchte, daß er eine gute Partie macht. Das ist seine Aufgabe im Leben. Früher machte er sich darüber lustig, aber ich glaube, inzwischen ist er ihrer Meinung. Wie auch immer, ich will ihn sowieso nicht heiraten. Ich möchte nur, daß er sich zu Anna bekennt.«

Sie seufzte. »Ich war am Anfang ziemlich stur. Redete mir ein, daß ich nichts von ihm wolle. Inzwischen weiß ich, daß das lächerlich ist. Es geht ja nicht nur um mich, es geht um Anna. Wenn mir etwas passiert, muß er die Verantwortung für sie übernehmen. Er ist kein schlechter Mensch, aber er hat keine Phantasie. Deswegen ist es leicht für ihn, die Augen vor den Tatsachen zu verschließen. Aber wenn er sie erst einmal gesehen hat, wird er anders empfinden.«

Ja, dachte ich, wahrscheinlich würde er das; mir war eingefallen, wie er auf Max reagiert hatte.

»Davor hat Mela Angst. Wahrscheinlich hat sie ihn deswegen weggeschickt. Solange ich in Shipcote bin, wird sie ihn nicht in meine Nähe lassen.«

»Was ist mit Benedict und Clarissa?«

»Mela sagt, sie glauben mir nicht.« Sie schwieg einen Moment. »Jetzt weißt du«, fuhr sie dann in trockenem Ton fort, »warum ich die Mallabys nicht mag.«

## 27

Am Montag morgen stieg ich die ausgetretenen Stufen der Bodleian Library hinauf, um nach *Herzblut* zu fragen. An den langen Tischen, die in Reihen den Raum durchzogen, standen tweedgekleidete Rücken über Bücher gebeugt. Ein magerer Junge in einem schmuddeligen Pulli stand hinter dem Reservierungsschalter und sortierte Papierstreifen. Als ich ihm meinen Namen nannte, nahm er ein kleines Buch mit einem senfgelben Leinenumschlag, überprüfte den eingelegten Papierstreifen und reichte es mir. »Herzblut« war in goldenen Buchstaben auf den Rücken geprägt, und darunter »J. M. Morrile«. Das Gewicht in meiner Hand schien einem Buch dieser Größe zu entsprechen. Als ich rasch die Seiten durchblätterte, stellte ich mit Erleichterung fest, daß das Exemplar intakt war. Diesmal, so schien es, hatte ich Glück.

Ich schlug das Buch weiter auf, um mir die Titelseite anzusehen. Der Buchrücken krachte laut, und der Junge hinter dem Schalter blickte auf. »Das hat wohl schon länger niemand mehr gelesen«, sagte er lächelnd. Aber ich hörte ihn kaum. Statt »Herzblut« lautete der Titel »Sturm in Oxford«. Und der Autor war nicht J. M. Morrile, sondern jemand namens E. Tangye Lean. Enttäuscht und ungeduldig blätterte ich das Buch durch, den Blick auf die linke Seite geheftet, wo der Titel jeweils als Kopfzeile gedruckt war. Seite für Seite, bis zum Ende des Buches, erschienen immer wieder dieselben drei Worte, »Sturm in Oxford«. Der Inhalt des Buches, das ich in Händen hielt, hatte nicht das geringste mit dem Titel auf dem Buchrücken zu tun. In diesem Moment löste sich der Buchblock vom Umschlag. Während ich dastand und hilflos auf das Bündel Seiten in meiner Hand starrte, hörte der Junge mit dem Sortieren auf und kam zu mir herüber, um nachzusehen, was los war. Frustriert wies ich ihn auf die Diskrepanz zwischen Titel und Inhalt hin.

»Höchst merkwürdig«, sagte er. In diesem Augenblick kam ein Mann mit schulterlangem, weißem Haar und einem riesigen Bauch, der seine zugeknöpfte Tweedjacke fast zu sprengen schien, aus einer Tür hinter dem Reservierungsschalter. Der Junge winkte ihn herüber. »Mr. Belston, würden Sie sich das hier bitte einmal ansehen?«

Der Mann ließ sich Umschlag und Inhalt geben und untersuchte beides sorgfältig und mit ernster Miene. »Offensichtlich hat jemand das Original herausgeschnitten und das hier«, er hielt den Buchblock in die Höhe, »hineingeklebt. Höchst merkwürdig.«

»Das gleiche habe ich auch gesagt«, versicherte ihm der Junge.

»Dann steckt also Absicht dahinter«, fragte ich, »und kein Irrtum der Druckerei?«

»Nein, nein, es steckt eindeutig Absicht dahinter. Daran besteht kein Zweifel. Jemand hat es hier sehr sauber abgeschnitten«, er deutete auf die Papierränder, die an die Innenseite des vorderen und hinteren Umschlagdeckels geklebt waren, »und dann den Ersatz ziemlich stümperhaft an den Buchrücken geklebt. Nach dem Aussehen des Klebers zu urteilen, würde ich sagen, daß das Ganze schon eine Weile zurückliegt. Höchstwahrscheinlich sind Sie die erste, die sich seitdem für das Buch interessiert hat. Es mußte beim Aufschlagen zwangsläufig auseinanderfallen. Haben Sie eine Ahnung, worum es in dem Original ging?«

Ich schüttelte den Kopf. »Das hoffte ich ja gerade herauszufinden. Ich weiß bloß, daß es ein Krimi war.«

»Offenbar wollte da jemand einen Krimi aus einem Krimi machen«, meinte der Junge forsch. »Allem Anschein nach ein Dekonstruktionist.« Ein strafender Blick des Bibliothekars ließ ihn hinter seinen Schalter zurückkehren, wo er wieder zu sortieren begann.

»Es tut mir wirklich leid«, fuhr Mr. Belston fort. »Vielleicht wurden die beiden Bücher bei irgendeinem Streich ausgetauscht. Studenten, Sie wissen schon.« Er warf einen düsteren Blick in Richtung des mageren Assistenten. Aber für mich war das ausgeschlachtete Exemplar in der British Library Beweis genug, daß das vertauschte Buch in der Bodleian Library nichts mit einem Studentenstreich zu tun hatte. Wer auch immer dafür verantwortlich war, hatte sich die Mühe gemacht, einen Roman zu finden, der das gleiche Format hatte wie das Original, damit er genau in den Umschlag paßte. Da er das Buch nicht einfach stehlen konnte, hatte er sich mit Ersatzseiten ausgerüstet. Das deutete auf eine gewisse Planung hin.

Der Bibliothekar erklärte, daß sie versuchen würden, per Fernleihe in einer anderen Bibliothek ein Exemplar für mich aufzutreiben, und schrieb eine Nummer auf, unter der ich ihn am nächsten Tag anrufen sollte, um nachzufragen, ob die Seiten von *Herzblut* in der Bodleian-Ausgabe von *Sturm in Oxford* aufgetaucht seien.

»Den British Museum Reading Room können Sie sich sparen«, sagte ich, während ich den Fernleiheantrag ausfüllte. Als ich ihm erklärte, was mit dem dortigen Exemplar passiert war, sah er mich erstaunt an. In diesem Fall, meinte er, seien die einzig erfolgversprechenden Alternativen die Universitätsbibliothek in Cambridge oder die British Library in Yorkshire.

Ich vermutete jedoch, daß die dortigen Exemplare längst ein ähnliches Schicksal ereilt hatte.

Während ich durch die Straßen Richtung Martyrs Hall ging, um mich mit Willoughby Webb Springer zum Essen zu treffen, stellte ich fest, daß von all meinen Empfindungen der Ärger überwog. Er war sogar noch größer als meine Enttäuschung. Die deutschen Bomben, die so viele Exemplare von *Herzblut* zerstört hatten, hatten nicht Nan persönlich gegolten. Diese beiden Akte des Vandalismus sehr wohl. Einer allein hätte ein unglücklicher Zufall sein können; bei zweien mußte Absicht dahinterstecken.

Der Mensch, der die beiden *Herzblut*-Ausgaben zerstört

hatte, hatte das aus Angst getan. Aus Angst, daß das Buch gelesen würde. Aus Angst, daß die Wahrheit damit ans Licht käme.

In einer kopfsteingepflasterten Seitenstraße, wo kein Gebäude jünger als dreihundert Jahre zu sein schien, überragte der riesige, mit Zinnen versehene Turm von Martyrs Hall seine gesamte Nachbarschaft. Wasserspeier und Grotesken mit rausgestreckter Zunge starrten hämisch von ihren Sitzen herunter, als machten sie sich über die Vorbeigehenden lustig. Auf einer Steinrosette neben dem Tor sah ich das halb von Laub verdeckte Gesicht eines Fauns, aus dessen offenem Mund lange Ranken wuchsen. Das Gesicht eines Voyeurs.

Ein kräftiger Mann in einem langen, dunklen Mantel und einem Bowler stand mit verschränkten Armen am Tor; sein Gesicht wirkte ebenso beängstigend wie die Grimassen der Skulpturen über ihm. Ich verstand auf einmal, wieso Sophie sich damals, als sie noch hier studierte, als Eindringling gefühlt hatte. Bevor ich als Losung Willoughbys Namen nennen konnte, sah ich ihn höchstpersönlich quer über den grünen Innenhof jenseits des Tores auf mich zukommen. Wie immer war er elegant gekleidet; heute trug er einen blaßgrauen Tweedanzug mit pflaumenfarbener Weste. Seine graue Seidenkrawatte war mit einer perlenbesetzten Nadel festgesteckt.

»Es ist sehr schade«, begann er, nachdem wir uns begrüßt hatten, »aber mein Bekannter kann sich uns leider nicht anschließen. Den Ärmsten plagt der Ischias. Aber das gibt uns die Gelegenheit zu einer ungestörten kleinen Unterhaltung.« Hinter ihm kauerte ein Zwerg auf einem Bewässerungsrohr und biß sich auf die Zunge.

Ich bezweifelte, daß Willoughbys Bekannter je eingeladen worden war. Aus Gründen, die nur er kannte, war Willoughby genauso begierig auf unsere »kleine Unterhaltung« wie ich. Ob wir uns für die gleichen Themen interessierten, mußte sich erst noch herausstellen.

»Ich dachte, wir essen in meinen Privaträumen«, erklärte Willoughby, während wir quer über den Hof an einem Springbrunnen vorbeigingen. »Es ist hier nicht üblich, müssen Sie wissen, im Speisesaal der Dozenten mit privaten Gästen zu sprechen. Die Unterhaltung dort muß sich in einem allgemeinen Rahmen bewegen. Das wäre in unserem Fall eher hinderlich, meinen Sie nicht auch?«

Bevor ich antworten konnte, erzählte er die Geschichte des Colleges, seine Gründung durch Heinrich VIII. nach einem schlechten Essen in Christ Church, seine »Flexibilität« während der Jahre des Civil War, als es sich diplomatisch nach dem jeweiligen Wind gerichtet hatte und auf diese Weise den Vergeltungsmaßnahmen sowohl der Royalisten als auch der Parlamentarier entgangen war. Dank einer Reihe gewitzter Schatzmeister, sagte er, sei Martyrs Hall eines der reichsten Colleges geworden, mit Farmen in Devon und Weinbergen in Portugal; es sei berühmt für die besondere Rebenmischung seines Portweins. Während er mich einen kleinen Durchgang neben einer Art Klostergarten entlangführte, erzählte er mir, daß seine Wohnung im viktorianischen Anbau des Colleges liege, der unglücklicherweise zur Zeit renoviert werde. Ein paar Arbeiter waren gerade damit beschäftigt, lautstark eine Mauer einzurüsten. »Man kann hier gar nicht mehr in Ruhe leben«, sagte Willoughby entnervt. Wir stiegen eine enge Treppe zu einer kleinen Rundbogentür hinauf; er sperrte auf und ließ mir dann den Vortritt.

Das große und sehr schöne Wohnzimmer, in das ich eintrat, war der Traum jedes Bücherfreunds. Willoughby hatte sich den Ausspruch, Bücher würden einen Raum wohnlich machen, offenbar zu Herzen genommen. Ledergebunden, goldgepunzt, mit schönen Einbänden und Leinenrücken versehen, alt oder modern, füllten sie die vielen Bücherregale oder lagen in Stapeln auf diversen Tischen herum; eine Ausgabe von William Morris' *The Wood Beyond the World* lag aufgeschlagen in einem Glaskasten.

»Wie Sie sehen«, sagte Willoughby mit selbstzufriedenem Lächeln, »sind mir Bücher sehr teuer.«

»›Das teure Herzblut eines großen Geistes‹« zitierte ich automatisch. Als er mich überrascht ansah, erinnerte ich ihn daran, daß ich die Worte auf Benedict Mallabys Uhr gesehen hätte. »Glauben Sie nicht auch, daß sich meine Großmutter im Titel ihres Buches auf diese Worte bezieht?« Diese Frage rutschte mir heraus, bevor ich über die möglichen Folgen nachdenken konnte.

Aber Willoughby zog es vor, sie nicht direkt zu beantworten. Den Blick in die Ferne gerichtet, zitierte er auswendig: »›Wer einen Menschen tötet, tötet ein vernunftbegabtes Wesen, Gottes Ebenbild; wer aber ein gutes Buch zerstört, tötet die Vernunft selbst, löscht gleichsam das Ebenbild Gottes aus. So mancher Mensch ist nur eine Last für die Erde; aber ein gutes Buch ist das teure Herzblut eines großen Geistes.‹« Er sah mich mit seinem täuschend sanften Schafsblick an. »Milton ging es darum, die Freiheit des Druckgewerbes zu verteidigen, aber man könnte, ausgehend von seinen Worten, auch argumentieren, daß ein Meisterwerk mehr wert sei als ein Menschenleben.«

»Das wäre aber eine extreme Verzerrung dessen, was Milton sagen wollte, oder?«

Er breitete die Hände weit aus. »So mancher würde Ihnen darauf wahrscheinlich antworten, daß für ein literarisches Werk von bleibendem Wert kein Opfer zu groß sei.«

»Bei dem Wort ›Opfer‹ muß ich immer an die Geschichte von Abraham und Isaak denken. Opfer gehen oft zu Lasten Unschuldiger. Und am Ende stellt sich dann womöglich heraus, daß sie gar nicht nötig waren.«

Er lächelte nur und forderte mich auf, den Blick aus zwei großen, etwas zurückgesetzten Fenstern unter einem gotischen Spitzbogen zu genießen. Die Fenster gingen auf die von Mauern umgebenen Collegegärten hinaus; dahinter sah man eine Wiese mit grasenden Kühen, die gerade von Touristen photographiert wurden. Die idyllische Szenerie stand in krassem Gegensatz zu der modernen Stadt jenseits der Collegetore.

Nachdem ich den Blick und den Raum selbst gebührend bewundert hatte, sagte Willoughby: »Diese Räume sind unter den Fellows hier sehr begehrt. Eigentlich hätte ich sie schon vor ein paar Jahren einem jüngeren Mann überlassen müssen. Aber die Aussicht, nach meinem Tod meine Sammlung zu bekommen, hat die Verantwortlichen dazu gebracht, mich bleiben zu lassen.« Liebevoll ließ er seinen Blick über die Regale schweifen. »Ich verdanke meinen Büchern sehr viel.« Er sprach von ihnen fast so, als seien sie seine Kinder, die Stütze seines Alters.

Auf Willoughbys Bitte hin hatte ich zwei von meinen eigenen Büchern mitgebracht, die er jetzt zu sehen wünschte. Er behauptete, sie »bezaubernd« zu finden, stellte intelligente Fragen über Zeichentechniken und Druckverfahren und interessierte sich sowohl für die Illustrationen als auch für die Geschichten, die in beiden Fällen auf kanadischen Sagen basierten. Er zeigte so viel Verständnis für mein Werk, daß ich unweigerlich begann, ihn netter zu finden. Trotzdem war ich sicher, daß meine Bücher nicht der Grund waren, warum er mich zum Essen eingeladen hatte. Aber ich konnte warten.

In der Nähe der Fenster stand ein kleiner runder Tisch, gedeckt mit Porzellangeschirr und Silberbesteck, einer Schale Äpfel und einer entkorkten Rotweinflasche. Auf einem kleinen Beistellwagen brannte eine Spirituslampe unter einem silbernen Rechaud, und daneben standen eine Porzellanplatte mit einer Quiche, eine Schüssel grüner Salat und ein mit einem Tuch bedeckter Korb Brötchen; das alles sei von der Collegeküche zubereitet worden, erklärte er. Er bat mich, auf einem der schönen verschnörkelten Stühle Platz zu nehmen, die um den Tisch gruppiert waren.

Während wir aßen, registrierte ich die Details um mich herum. Genau wie die Bücher und die schönen dezenten Möbel waren auch alle anderen Gegenstände im Raum mit einem Sinn für leise und unauffällige Schönheit ausgesucht. Zu diesen Gegenständen gehörten etwa ein Dutzend silbergerahmte Miniaturscherenschnitte aus dem achtzehnten Jahrhundert, eine Sammlung von Kameen auf blauem Samt und drei kleine, exquisite Modelle von Druckpressen aus dem neunzehnten Jahrhundert; wie Willoughby mir erklärte, handelte es sich dabei um Musterstücke mit Sammlerwert. Es gab im Raum nichts Aufregendes, Dramatisches, aber zusammengenommen erzeugten seine Sachen eine Atmosphäre von feinem, unaufdringlichem Luxus. Jeder, der in einem solchen Raum lebte, mit den Büchern und dem Blick auf Wiese und Fluß, mußte eigentlich zufrieden sein. Und trotzdem verriet mir irgend etwas an Willoughby, vielleicht sein bissiger Humor, daß dem nicht so war.

»Jetzt erzählen Sie mal«, sagte er, »hatten Sie in der Bodleian Erfolg?«

Wenn jemand mir Informationen über *Herzblut* geben konnte, dann war es dieser Mann. Allerdings bezweifelte ich, daß ich irgend etwas von ihm erfahren würde, wenn ich nicht gleichzeitig seine eigene Neugierde befriedigte. Deswegen versuchte ich, während ich ihm von meinen Besuchen im British Museum Reading Room und in der Bodleian Library erzählte, ein kleines Drama aus der traurigen Angelegenheit zu machen, sozusagen, um seinen Appetit anzuregen. Zuerst hörte er mir mit freundlicher, etwas nachdenklicher Miene zu, scheinbar unbeteiligt, aber allmählich glomm in seinen Augen so etwas wie Interesse auf. Ob dieses Interesse dem Ergebnis meiner Suche oder der Art meiner Erzählung galt, war schwer zu sagen. Obwohl er behauptete, über die Zerstörung der Bücher in den beiden Bibliotheken bestürzt zu sein, wirkte er nicht überrascht, eher so, als sähe er sich durch meinen Bericht in einem Verdacht bestärkt.

»Ich weiß nicht, wie ich jetzt weitermachen soll«, sagte ich, als ich fertig war. »Ich habe nicht viel Hoffnung, daß bei der

Fernleihe etwas anderes herauskommt. Ich gehe jede Wette ein, daß diejenigen, auf deren Konto die Zerstörung der beiden Exemplare geht, nicht versäumt haben, auch alle anderen Bibliotheksexemplare zu vernichten. Wahrscheinlich haben sie auch die wenigen antiquarisch angebotenen Exemplare aufgekauft.«

Diese Bemerkung trug mir einen scharfen Blick von Willoughby ein, aber er beschränkte sich auf die Bemerkung, ich dürfe die Hoffnung nicht aufgeben. Genauso hätte er wahrscheinlich eine Studentin mit einem schwierigen Interpretationsproblem ermutigt – mit distanziertem Interesse dafür, wohin ihre Recherchen sie führen würden. »Im Lauf der Jahre bin ich auf ein, zwei Bücher gestoßen, die andere längst verloren gegeben hatten. Am Ende bekam ich sie, weil ich nie aufhörte, nach ihnen zu forschen.«

»Sie glauben also, das Buch sei es wert, daß man danach forscht? Trotz der Rezension, die Sie bei seinem Erscheinen geschrieben haben?« Das war ein kalkuliertes Risiko. Ich wollte ihn nicht wütend machen, aber irgendwie mußte ich den Widerspruch zwischen der Rezension und seinem Interesse an dem Buch klären.

Gelassen hob er den Deckel von dem silbernen Rechaud. Darunter kamen dünne Lammfleischscheiben mit Salbei zum Vorschein, die er auf zwei Teller verteilte. »Wie uns unsere alten Sünden doch immer wieder einholen. Jetzt, da ich älter bin, muß ich zugeben, daß ich mich für die aggressive Sprache meiner Jugend schäme.« Er setzte eine zerknirschte Miene auf, aber sein Ton klang eher amüsiert als beschämt. »Ich war damals zu hart.«

»Dann war das Buch besser, als Sie es in Ihrer Besprechung darstellten?« Ich versuchte meine Stimme genauso unbeteiligt zu halten wie er seine.

»Sagen wir mal, es enthielt Abschnitte, die es verdienten, gelesen zu werden.«

Ich versuchte, die Dinge ein wenig zu forcieren. »Ich wäre

Ihnen sehr dankbar, wenn Sie mir erzählen würden, woran Sie sich im Zusammenhang mit dem Buch erinnern.«

Aber er ließ sich kein schnelleres Tempo aufzwingen. »Nein, ich glaube nicht, daß ich das tun sollte«, antwortete er sanft. »Das würde Ihrer Lektüre den Überraschungseffekt nehmen. Ich halte sehr viel davon, ohne Vorkenntnisse an einen Text heranzugehen.«

Während ich mich bemühte, meine Enttäuschung zu verbergen, empfand ich plötzlich Mitleid mit den Generationen von Studenten, die mit ihren Arbeiten in der Hand hilfesuchend in diese Räume gekommen waren. Ihre mentalen Qualen mußten Willoughby viele unterhaltsame Stunden bereitet haben. Ich ließ meinen Blick über die langen Bücherreihen schweifen. »Sie selbst haben nicht zufällig ein Exemplar davon, oder?«

Sein Lächeln war schwer zu deuten. »Leider nicht. Vor ein paar Jahren hatte ich noch eines. Aber ich muß es verlegt haben.«

Schweigend aßen wir unser Lamm. Da ich entschlossen war, ihm wenigstens irgend etwas zu entlocken, erwähnte ich beiläufig, daß ich angefangen hätte, seine Biographie über Stephen Allerton zu lesen, und sie sehr interessant fände, nicht zuletzt wegen meines derzeitigen Wohnsitzes.

»Ich nehme an, das Kapitel über Evelyn Allertons Ermordung war für Sie ein bißchen beunruhigend – falls Sie schon so weit sind. Wenn ich mit meinen Memoiren fertig bin, muß ich das Buch unbedingt überarbeiten. Seit der Veröffentlichung ist neues Material gefunden worden.«

Überrascht sah ich von meinem Teller auf. »Über den Mord?«

»Ich dachte eigentlich mehr an das Leben.«

»Das meines Großvaters zum Beispiel?«

Diesmal war es an ihm, überrascht dreinzublicken. »Ja«, gab er zu und trank einen Schluck Wein. »Unter anderem.«

»Ich finde es seltsam, daß Sie ihn nie erwähnen. Schließlich gehörte ihm Longbarrow Cottage, als die Allertons dort lebten. Er ist sogar auf einem der Photos zu sehen, die im Cottage aufgenommen wurden, aber sein Name taucht nirgends auf.«

Willoughby goß mehr Wasser in mein Glas; den Wein hatte ich abgelehnt. »Das ist Ihnen aufgefallen?«

»Unter anderem. So richtig habe ich mich eigentlich erst gewundert, als ich herausfand, daß er mit zur Longbarrow-Bruderschaft gehörte. Es hat den Anschein, daß er in der Biographie absichtlich nicht erwähnt wird.«

Willoughbys Antwort war ausweichend. »Bruderschaft klingt ein bißchen antiquiert, finden Sie nicht? So etwas ist heute ziemlich aus der Mode gekommen. Aber Sie wissen ja, damals war die Wut groß. Durch den Generalstreik und die Depression hatten die Leute eine gewisse Sympathie für die Arbeiterklasse. Leider trieb Stephen es zum Extrem. Benedict war im Grunde ein Pragmatiker. Und Charles...? Nun, ich nehme an, er war der Angelpunkt, der das Gleichgewicht zwischen den beiden anderen herstellte.«

»Warum haben Sie das in Ihrem Buch nicht geschrieben?«

»Lassen Sie es mich so sagen: Wahrscheinlich habe ich die wahre Natur der Beziehung damals nicht verstanden. Ich glaube allerdings, daß ich Ihren Großvater sehr wohl ein- oder zweimal erwähnt habe. Und wie ich schon sagte, das Buch muß überarbeitet werden. Er sollte zu seinem Recht kommen.« Er stand auf, als wolle er unserer Unterhaltung damit ein Ende setzen, griff nach den leeren Tellern und stapelte sie ordentlich im unteren Fach des Rollwagens. Plötzlich hörte man ein lautes Klopfen im Treppenhaus. Willoughby blickte verärgert zur Tür. Genauso abrupt endete das Geräusch wieder.

»Als wir uns in Summerhays trafen«, sagte ich, »erwähnte ich meinen Großvater. Niemand schien besonders erpicht darauf, über ihn zu sprechen...«

»Sie müssen verstehen, daß Clarissa und Benedict sehr

empfindlich sind, was Ihren Großvater angeht. Ursprünglich stand Charles den beiden sehr nahe. Um ehrlich zu sein, er war ein bißchen in Clarissa verliebt, zumindest eine Zeitlang.« Das Klopfen begann erneut und zwang Willoughby, lauter zu sprechen. »Natürlich war jeder in sie verliebt. Viele haßten Benedict von ganzem Herzen, als er sie heiratete.« Als das Klopfen noch lauter wurde, verfinsterte sich Willoughbys Miene. »Also wirklich, das ist unerträglich. Wenn Sie mich entschuldigen, ich gehe nur schnell hinaus, um mit den Leuten ein Wörtchen zu reden.«

Während er draußen war, stand ich auf, um einen Blick auf seine diversen Büchersammlungen zu werfen. Über dem Glaskasten, der die Kelmscott-Ausgabe des Morris-Textes enthielt, befand sich einer von den etwa zehn viktorianischen Bücherschränken, die rund um den Raum herum in die Wände eingelassen waren; ihre spitzbogenartigen Glastüren waren mit einem Filigranmuster aus Holz verziert. Der Bücherschrank, den ich gerade betrachtete, schien Romane aus dem zwanzigsten Jahrhundert zu enthalten; die Bücher waren alphabetisch nach Autoren sortiert.

Ohne mir etwas dabei zu denken, spähte ich durch das Glas in die Regale. Ich machte mir keine Hoffnungen; schließlich hatte Willoughby gesagt, sein Exemplar sei nicht mehr da. Trotzdem hielt ich nach dem Buchstaben »M« Ausschau. Und da stand es, in einem verblaßten cremefarbenen Umschlag, dessen Rücken mit schwarzen Lettern bedruckt war.

*Herzblut* von J. M. Morrile.

Reflexartig streckte ich die Hand nach dem Griff des Bücherschranks aus. Aber natürlich war er abgesperrt. Draußen im Treppenhaus hörte das Hämmern plötzlich auf. Mein Herz raste; schnell ging ich zum Fenster hinüber. Willoughby hatte gelogen, aber dennoch keinen Versuch unternommen, das Buch zu verstecken; statt dessen hatte er es absichtlich für jeden sichtbar stehenlassen. Warum?

Verzweifelt überlegte ich, was ich tun sollte. Ihn mit seiner

Lüge zu konfrontieren, schien mir riskant. Wenn ich die Beherrschung verlor, verlor ich womöglich auch jede Chance, mehr von ihm zu erfahren. Aber wenn ich geduldig war und das Spiel auf seine Art spielte, wurde ich am Ende vielleicht mit dem Buch selbst belohnt. Und es konnte gut sein, daß Willoughbys Exemplar das letzte seiner Art war.

Das Klopfen setzte wieder ein, als Willoughby in den Raum zurückkam. »Der Lärm wird so schnell nicht aufhören. Ich schlage vor, wir setzen unser Gespräch draußen fort. Ich mache nach dem Essen sowieso gerne einen Verdauungsspaziergang.« Ein Spaziergang wäre schön, sagte ich wahrheitsgetreu. Nur raus hier, an die frische Luft, weg von dem Buch, das unweigerlich meine Blicke auf sich ziehen würde.

Wir verließen das Collegegelände durch eine Tür in der Mauer, durch die man auf den breiten Sandweg gelangte, der die collegeeigenen Gärten von der Wiese trennte. Willoughby schlug vor, dem Weg zu folgen, der zum Fluß hinunter und von dort aus wieder zurückführte. Während wir dahinspazierten, spielte er noch einmal den Fremdenführer; er beschrieb mir die verschiedenen Colleges, deren Rückseiten die Wiese säumten, und wies mich auf das Cottage hin, in dem Auden seine letzten Jahre verbracht hatte. Als wir den Fluß erreichten, sauste gerade ein Skullboot mit einem extrem schmächtigen Bootsführer vorbei, der die muskulösen Ruderer heftig anbrüllte. Auf der anderen Seite des Flusses begleitete der Coach das Boot auf dem Fahrrad.

Nahe am Ufer glitt ein Stechkahn vorüber. Der Junge, der auf dem flachen Heck stand, handhabte die lange, sperrige Stange ziemlich ungeschickt, und seine Passagiere, zwei Mädchen in Jeans und knalligen Sweatshirts, sahen mit bedauerndem Kichern zu, wie die Stange einen Augenblick lang im Flußboden steckenblieb. In letzter Sekunde gelang es dem Jungen, sie aus dem Schlamm zu ziehen; dabei verlor er das Gleichgewicht und fiel laut fluchend vornüber in das Boot, begleitet vom kreischenden Lachen der Mädchen.

Neben mir schüttelte sich Willoughby unwillig. »Der verdammte Idiot. Er hätte in den Fluß fallen können.«

»Ist das Wasser hier tief?«

»Tief genug, um darin zu ertrinken. Aber weit gefährlicher sind die Wasserpflanzen.« Wieder schüttelte er sich. »Ich fürchte, ich habe noch nie verstanden, was daran so schön sein soll, in solch einem Boot herumzukurven.«

Ich erzählte ihm, daß mein Mann beim Segeln ertrunken sei. Sobald ich die Worte ausgesprochen hatte, fragte ich mich, welcher Teufel mich nun geritten hatte.

Er sah mich schockiert an. »Wie entsetzlich. Das tut mir schrecklich leid, meine Liebe.« Es war das erste Mal, daß ich ein Zeichen echten Gefühls bei Willoughby feststellte. War das der Grund, warum ich es ihm erzählt hatte – weil ich mir irgend etwas davon versprach, sein Mitleid zu erregen? Ich schämte mich vor mir selbst.

Der Weg führte jetzt an der dritten Seite des Rechtecks entlang, zwischen der Wiese und dem Nebenarm des Flusses, durch ein Dickicht aus Bäumen und Büschen. Zwei Kinder und ihre Mutter fütterten die Enten mit Brot, das sie mitten in die schnatternde Schar warfen. Weitere Enten landeten klatschend auf dem Wasser, um sich der Fütterung anzuschließen. Der Junge, ein pausbäckiges Kind mit fröhlichen Augen, erinnerte mich an Max. Beide Kinder standen bedenklich nahe am Flußufer.

Willoughby fragte mich, ob ich je *The Water Babies* gelesen hätte. Ich antwortete ihm, daß es zu meinen Lieblingskinderbüchern gehöre.

»Zu meinen auch. Obwohl mir die Vorstellung, unter Wasser zu sein, ein Greuel ist.« Für einen Mann mit einem so wäßrigen Namen schien mir das eine seltsame Abneigung zu sein. »Wissen Sie, manchmal frage ich mich, wie viele Kinder Kingsley mit diesem Buch wohl umgebracht hat.« Überrascht fragte ich ihn, was um Himmels willen er damit meine. Er lächelte bitter. »Waren Sie, nachdem Sie es gelesen hatten, nie versucht, in einen Fluß zu springen, fest darauf vertrauend, daß die Wasserbabys Sie retten würden?«

Nein, antwortete ich, aber es sei eine interessante Theorie. »Bücher können eine große Macht über uns gewinnen.«

»Dieser Meinung war Ihre Großmutter auch. Sie wollte ihr eigenes Buch als höchst effektive Waffe einsetzen.«

Einen Moment lang war ich durch seine Wortwahl und das Eingeständnis an sich so schockiert, daß ich mir nicht sicher war, ob ich ihn richtig verstanden hatte.

»Gegen Benedict Mallaby? Ist es das, was Sie meinen?«

»Das haben Sie herausgefunden, ohne das Buch gelesen zu haben?« Er sagte das so, als wäre ich eine kluge Studentin. »Ja, gegen Benedict.«

»Hat er Sie damals gebeten, die Rezension zu schreiben? Und auch die andere, die anonyme aus *The Times Literary Supplement*?«

»Jetzt ziehen Sie voreilige Schlüsse. Genau wie Ihre Großmutter.« Seine Stimme hatte einen mißbilligenden Klang. »Wenn Sie es genau wissen wollen: Nein, das hat er nicht. Es war Clarissa. Nach Meinung Clarissas hatte Ihre Großmutter den Roman geschrieben, um Lügen über Benedict zu verbreiten. Deswegen verdiente sie es, von der Presse grob behandelt zu werden.«

Düster sagte ich: »Und Sie haben Nan ebenfalls gehaßt.«

Er blieb stehen, um mich erstaunt anzusehen. »Wie naiv Sie sind, meine Liebe. Jeden Tag werden weitaus grausamere Rezensionen als meine von Leuten geschrieben, die dem Autor freundschaftliche Gefühle entgegenbringen und sich dann wundern, wieso er oder sie ihnen beim nächsten literarischen Essen die kalte Schulter zeigt. Ich habe Ihre Großmutter kaum gekannt, und ich habe sie bestimmt nicht gehaßt. Aber ich stand damals in Clarissas Schuld, und die Rezension war meine Art, ihr einen Freundschaftsdienst zu erweisen. Eine ritterliche Tat sozusagen.«

»Ritterlich würde ich das nicht gerade nennen.«

»Im Gegenteil. Ich handelte nach alter Tradition: Genauso ging der Redcrosse-Ritter mit Duessa um.«

»Ich weiß nicht, was Sie meinen.«

Er ließ die Zunge gegen den Gaumen schnalzen, um seiner Mißbilligung über meine Ignoranz Ausdruck zu verleihen. »Duessa ist eine Schurkin in Spensers *Faerie Queene*. Sie ist die Falschheit in Person. So hat Clarissa Ihre Großmutter genannt.«

Ich hatte die Bedeutung seiner Worte kaum erfaßt, als eine Frauenstimme Willoughbys Namen rief. Aus der Gegenrichtung kam die Tochter der Mallabys, Cece Breakspear, auf uns zu. Sie war in Begleitung eines kleinen, glatzköpfigen Mannes mit rundem Gesicht und vorstehender Unterlippe, was ihm das Aussehen eines schmollenden Babys gab. Cece trug einen wallenden blauen Umhang, der ihre Ausmaße noch unterstrich. Ihr Begleiter sah daneben aus wie ein Zwerg. »Was für ein schöner Tag«, verkündete sie laut, als sie näher kamen. »George und mich hat es unwiderstehlich zum Fluß gezogen, nicht wahr, George?«

»Cece! Was für eine freudige Überraschung«, sagte Willoughby. »George, mein Lieber, wie geht es dir?« Ohne auf eine Antwort zu warten, stellte er mich George Breakspear vor, der mich seinerseits anblinzelte, ohne zu lächeln. Cece schien überrascht, mich in Willoughbys Gesellschaft anzutreffen, nickte kurz und wandte sich dann wieder an ihn. Offenbar übte der Fluß jetzt keine so große Faszination mehr auf sie aus, denn sie verkündete, sie würden mit uns zurückspazieren. Nachdem sie sich bei Willoughby untergehakt hatte, eilte sie mit ihm im Schlepptau voraus, eine große Barke, die ein kompaktes kleines Dingi zieht. George Breakspear und ich bildeten die Nachhut. Da er auf meine zugegebenermaßen nicht gerade brillanten Bemerkungen nur mit einem Grunzen reagierte, geriet unsere Unterhaltung bald ins Stocken. Mir fiel ein, daß Mela ihn als den schweigsamsten Mann in ganz England beschrieben hatte.

Cece war ganz begierig darauf, Willoughby irgendwelchen Klatsch über gemeinsame Freunde zu erzählen. Aus ihrer schrillen Stimme klang das Selbstvertrauen eines Menschen, der sich in seinem Element bewegt. Ein- oder zweimal drehte sie sich zu ihrem Mann um, um seine Bestätigung einzuholen, und jedesmal wirkte er völlig abwesend, wie ein Kind, das die Erwachsenen ausgesperrt hat, um sich auf seine eigenen Gedanken zu konzentrieren.

Vor uns erhob sich Ceces Stimme in die Luft. In vertraulichem, aber lauten Ton sagte sie: »Mutter hat mir erzählt, daß du morgen nach Summerhays fährst.«

»Ja, für ein, zwei Wochen«, antwortete Willoughby. »Deine Mutter hat mir großzügigerweise angeboten, das Gartenhaus zu benutzen. Ich werde in ländlichem Frieden an meinen Memoiren arbeiten. Es wird eine Wohltat sein, dem Gehämmere zu entkommen.«

Willoughby in Shipcote. Das war keine besonders angenehme Aussicht. Hier in Oxford, in sicherer Entfernung, kam er mir weniger bedrohlich vor. Andererseits schien er, als uns die Breakspears unterbrachen, gerade zu weiteren Enthüllungen anzusetzen. In Shipcote ergab sich vielleicht eine Gelegenheit, mehr von ihm zu erfahren. Inzwischen hatten wir die Wiese umrundet und standen wieder vor dem Rundbogen, der in Willoughbys Treppenhaus führte. Cece sagte: »Der arme George muß jetzt einen Kurs halten, aber ich komme noch auf einen Sprung mit zu dir hinauf. Es gibt etwas, das ich unbedingt mit dir besprechen muß, Willoughby.«

Willoughby sah mich an und ließ ein verlegenes Räuspern hören. Rasch erklärte ich, daß es Zeit für mich sei, zu Max heimzukommen, und dankte ihm für das köstliche Essen. »Vielleicht, wenn Sie in Shipcote sind…«

»Dann werden wir unser höchst interessantes Gespräch bestimmt fortsetzen.« Willoughbys Lächeln verhieß weitere Enthüllungen. Ein sechzehnjähriger Schwerenöter hätte eine Menge von ihm lernen können, dachte ich bei mir.

Ich verabschiedete mich. Cece warf mir einen seltsamen, fast triumphierenden Blick zu, den Blick eines Menschen, der gerade einen Feind in die Flucht geschlagen hat. Ihr Mann wirkte einfach nur erstaunt, wie jemand, der aus tiefem Schlaf erwacht und feststellt, daß ein Fremder ihn anstarrt.

## 28

Als ich am nächsten Tag von der öffentlichen Telephonzelle auf der Dorfwiese aus Mr. Belston in der Bodleian anrief, teilte er mir mit, daß ihre Ausgabe von *Sturm in Oxford* völlig intakt sei. Er sagte weiter, daß er in einer anderen Sache mit einem Kollegen von der Cambridge University Library telephoniert und bei dieser Gelegenheit nach *Herzblut* gefragt habe. Ihr Exemplar sei ähnlich verstümmelt wie das im British Museum.

»Jemand scheint definitiv etwas gegen das Buch zu haben«, sagte er, und aus seiner Stimme klang neben Verblüffung auch Neugierde. »Wir werden sehen, was wir tun können, um es zu ersetzen. Aber in der Zwischenzeit würde ich es an Ihrer Stelle in den Antiquariaten versuchen.«

Schlecht gelaunt fuhr ich weiter nach Summerhays, wo ich mit Clarissa zum Tee verabredet war. Ich war entschlossen, mit ihr über Charles zu reden, und – wenn sie dazu bereit war – über eine Frau, die sie gehaßt hatte. Meine Erfahrung mit Willoughby hatte mich allerdings gelehrt, pessimistisch zu sein. Keiner der drei, die sowohl Nan als auch Charles gekannt hatten, war ein zuverlässiger Chronist, wenn die Rede auf ihre gemeinsame Vergangenheit kam.

Mrs. Blackwell, die Haushälterin, brachte mich zu Clarissa in den Garten hinter dem Haus. Gepflasterte, in Gras gebettete Wege wanden sich zwischen großen Lavendelbüschen und dicht bepflanzten Blumenbeeten hindurch. Auf einer Seite war der Garten durch eine hohe, mit Glyzinien und

Kletterrosen bewachsene Steinmauer vor dem Nordwind geschützt. Im Osten und Süden jedoch hatte man freie Sicht über die Felder, hinunter auf den Fluß und die flachen, fließend ineinander übergehenden Hügel jenseits des Flusses.

Aufrecht und anmutig saß Clarissa auf einer Bank unter einem Spalier und sah auf den Fluß hinunter, der ein paar hundert Meter entfernt am unteren Ende des Gartens vorüberfloß. Ihre Rechte ruhte auf dem Knauf ihres Gehstocks, und in der anderen Hand, die sie in den Schoß gelegt hatte, hielt sie eine Gartenschere. Um sie herum hingen gelbe Blütendolden wie goldener Regen vom Gitterwerk des Spaliers und verströmten ihren honigsüßen Duft.

Den grimmigen, konzentrierten Blick starr geradeaus gerichtet, schien sie unser Kommen zunächst nicht zu bemerken. Als Mrs. Blackwell sie jedoch ansprach, wandte sie sich zu uns um, und der grimmige Blick verschwand sofort. Sie begrüßte mich lächelnd und bat mich, neben ihr auf der Bank Platz zu nehmen. »Wir werden den Tee im Gartenhaus trinken, Blackie«, sagte sie in ihrem üblichen ruhigen Ton zu der Haushälterin. »Wenn es nicht zu viele Umstände macht.«

Ganz und gar nicht, antwortete Mrs. Blackwell gutmütig; sie werde ihn gleich servieren. Als ich eine Bemerkung über den schönen Garten machte, sah sich Clarissa mit einem Blick ruhiger Zufriedenheit um. »Ja, er ist wunderschön, nicht wahr? Dieser Garten ist mein Refugium. Das war er schon, als ich noch ein Kind war. Ich hatte eine Gouvernante nach der anderen, müssen Sie wissen, und hier im Garten bin ich ihnen immer entwischt. Als ich älter war, fragte ich meine Mutter einmal, warum ich so viele Gouvernanten gehabt hätte. Wissen Sie, was sie mir antwortete? ›Nun, sie mochten dich nicht, mein Liebling. Du warst ein anstrengendes Kind.‹« Sie zuckte mit den Schultern und lachte in sich hinein. »Ich nehme an, sie hatte recht. Stephen war derjenige, den sie alle anbeteten. Ich dagegen machte ihnen bloß das Leben schwer, fürchte ich. Ich überredete Stephen immer dazu, mit mir zusammen davonzulaufen. Wir waren wie Zwillinge. Wir wollten ständig zusammen sein. Die jeweilige Gouvernante suchte dann nach uns, während wir uns dort drüben im Gartenhaus vor ihr versteckten.«

Sie deutete mit der Gartenschere auf ein kleines Steinhäuschen mit steil abfallendem Dach, das sich am anderen Ende des Gartens, nicht weit vom Flußufer entfernt, an die Steinmauer schmiegte. Wie ein überdimensionales Puppenhaus thronte es auf einem grasbewachsenen Hügel. Ein paar steinerne Stufen führten zu der kleinen Haustür mit dem gemauerten Vordach hinauf.

»Es ist unser Familienschlupfloch«, sagte sie. »Ein Rückzugsort, wenn man gerade in Greta-Garbo-Stimmung ist. Ich habe das Häuschen Willoughby versprochen, damit er ungestört seine Memoiren schreiben kann. Der arme Willoughby, er läßt sich so leicht aus der Ruhe bringen.«

»Bestimmt ist es ein idealer Ort zum Schreiben.« Das einzige, was er hören würde, waren das Geräusch der Wellen, die gegen das Ufer schlugen, und die Wasservögel, die zwischen den Wasserpflanzen herumschwammen.

Clarissa nahm die Gartenschere vom Schoß und legte sie neben sich auf die Bank. »Ich wünschte nur, er würde etwas anderes als seine Memoiren schreiben. Die Versuchung, in der Vergangenheit zu leben, ist so stark, vor allem in unserem Alter. Man sollte dem nicht nachgeben. Ich für meinen Teil denke nie an die Vergangenheit. Ich ziehe die Gegenwart vor.«

Der Tod von dreien ihrer vier Kinder machte Reisen in die Vergangenheit für sie sicher sehr schmerzvoll; kein Wunder, daß sie die Gegenwart vorzog; mir selbst ging es nicht anders. Um sie auf das Thema von Willoughbys Memoiren zurückzubringen, sagte ich: »Vielleicht ist er der Meinung, seine Memoiren würden andere Leute interessieren?«

Die großen violetten Augen betrachteten mich amüsiert. »Oh, ich kann mir gut vorstellen, daß Willoughbys Memoiren

Interesse erregen. Welcher Art dieses Interesse sein wird – ob gesund oder krankhaft –, steht allerdings auf einem anderen Blatt. Genau wie die Frage, wie realitätsgetreu seine Memoiren sein werden.« Ihre Stimme klang beißend, nicht wirklich tadelnd, aber leicht abfällig, als spreche sie über den dubiosen Journalismus irgendeines Revolverblatts. »Das Gedächtnis spielt uns so oft einen Streich.«

»Der Trick besteht darin«, sagte ich bedächtig, »sorgfältig zu unterscheiden, wessen Gedächtnis man trauen kann.«

Wenn sie in diese Bemerkung all das hineinlas, was ich damit andeuten wollte, zeigte sie es jedenfalls nicht. In heiterem Ton antwortete sie: »Trauen Sie gar keinem Gedächtnis, meine Liebe. Zu jedem Ereignis können Sie ein Dutzend verschiedene Geschichten hören. Jede davon ist auf ihre Art wahr. Es bleibt Ihnen überlassen, darüber zu urteilen.« War dieses »Ihnen« allgemein gemeint, fragte ich mich, oder ganz konkret?

Mit Hilfe des Gehstocks stand sie auf; als ich ihr helfen wollte, schüttelte sie den Kopf. »Hochmut kommt vor dem Fall, sagt Blackie immer zu mir. Aber solange es noch irgendwie geht, versuche ich, alleine zurechtzukommen.«

Langsam führte sie mich durch den Garten; mit der Gartenschere deutete sie auf Rosensorten, die nach toten Königinnen benannt waren, auf Akeleien, einen breiten Streifen Maiglöckchen unter einer Mehlbeere und auf die dicken, mit Ameisen gesprenkelten Knospen der pinkfarbenen und weißen Pfingstrosen. »Ordinäre Blumen, diese Pfingstrosen«, sagte sie. »Ich mag lieber Blumen, die einen überraschen, die etwas von sich verborgen halten. Die Iris zum Beispiel, oder die Tulpe.« Sie blieb stehen, um ein paar vorwitzige Triebe eines Geißblattstrauches zu kappen; sie waren um eine steinerne Statue herumgewachsen, die so stark verwittert war, daß man ihre Gesichtszüge nicht mehr erkennen konnte. »Ich mache das gerne. Bäume und Sträucher zu stutzen ist eine Kunst, müssen Sie wissen. Man muß genau wissen, wo man schneiden darf, und man muß kühn sein, manchmal richtig brutal. Für einen ängstlichen Menschen ist in einem Garten kein Platz.« Unter dieser ruhigen Bemerkung spürte ich einen enormen, unbeugsamen Willen durchschimmern. Kein sehr beruhigendes Gefühl. Zum Glück, dachte ich, war ich kein Unkraut in Clarissas Garten. Als ich mich hinunterbeugte, um die zu Boden gefallenen Triebe aufzuheben, sagte sie, ich solle sie ruhig liegen lassen; der Gärtner werde später durch den Garten gehen und alles aufsammeln.

»Ich habe heute morgen mit Cece telephoniert. Wie ich höre, hat sie Sie gestern in Martyrs Hall mit Willoughby getroffen.« In ihrer Stimme lag ein fragender Ton. Ich erzählte ihr, daß er mich zum Essen eingeladen habe. »Oh, tatsächlich? Offensichtlich haben Sie Eindruck auf ihn gemacht. Willoughby gibt sich nur mit Leuten ab, die er interessant findet.«

Vorsichtig antwortete ich: »Fragt sich nur, was für einen Eindruck. Aber er scheint jemand zu sein, der gerne andere Menschen studiert. Fast wie ein Sammler.«

»Sehr gut beobachtet, meine Liebe. Der Begriff Sammler trifft es genau. Danke, Blackie«, sagte sie zu der Haushälterin, die gekommen war, um zu sagen, daß alles für uns im Gartenhaus bereitstehe. Während wir langsam hinübergingen, fügte Clarissa hinzu: »Den Kindern machte es immer Spaß zu behaupten, Willoughby sei in mich verliebt. Nicht im geringsten. Oh, er mag mich, das weiß ich, aber geliebt hat er meinen Bruder Stephen. Er ist mir nur deswegen so ergeben, weil ich ein Relikt des Menschen bin, den er liebte. In mancher Beziehung ist Willoughby sehr altmodisch.«

Auf unserem Weg durch den Garten traf die Spitze ihres Gehstocks mehrmals krachend auf die Pflastersteine. Statt sie schwach oder tatterig wirken zu lassen, verlieh ihr der Stock ein vornehmes Aussehen, vielleicht, weil sie ihn schwang, als sei er mehr Dekoration als Stütze. »Verständlicherweise«, fuhr sie fort, »konnte er Evelyn nicht ausstehen. Haßte sie inbrünstig. Ich weiß noch, wie er immer auf sie schimpfte, solange sie noch am Leben war. Er war davon überzeugt, daß sie Stephen zerstöre. In vieler Hinsicht hatte er natürlich recht. Andererseits war Stephen sehr wohl in der Lage, sich selbst zu zerstören. Aber Willoughby war in bezug auf Evelyn nie besonders objektiv.«

Willoughby hatte Stephen also geliebt. Das würde den seltsamen Ton der Biographie erklären, die immer wieder spürbare, unterdrückte Emotion. Obwohl das Buch von Heiligenverehrung weit entfernt war, war es doch von einem Biographen geschrieben, der von seinem Thema fasziniert und eifrig bemüht war, dem Leser eine ähnlich bewundernde Sichtweise nahezubringen. Es würde auch erklären, wieso Evelyn in dem Buch so schlecht wegkam. Kein Wunder, daß die Beschreibung ihrer Ermordung so lebendig wirkte; Willoughby hatte es bestimmt genossen, sie zu schreiben. Möglicherweise, so schien Clarissa nahezulegen, hätte er es sogar genossen, die Tat auszuführen.

Langsam stiegen Clarissa und ich die kleine Treppe hinauf und traten durch die offene Tür des Gartenhäuschens in einen hübschen, wenn auch etwas überladenen Raum. Ein kleiner runder Tisch neben einem Fenster war mit einem silbernen Teeservice und Kuchen gedeckt; zwei geradlehnige Stühle waren an den Tisch geschoben worden. Nachdem sie mich aufgefordert hatte, Platz zu nehmen, setzte sich Clarissa und schenkte uns Tee ein. Die Gartenschere lag wie ein besonderes Kuchenmesser neben dem übrigen Silberbesteck. Durch das Fenster konnte ich die Rückseite des Haupthauses sehen, dessen Steinmauern in der Nachmittagssonne wie geronnene Milch aussahen.

»Ich habe nie irgendwo anders gelebt als hier«, erklärte mir Clarissa, als ich eine Bemerkung über die Schönheit von Summerhays machte. »Ich wollte auch nie weg. Leider denken meine Enkelkinder da anders. Mela bevorzugt London, genau wie Robin. Nur ihr Bruder Phil war anders. Er fühlte sich hier am wohlsten.« Sie reichte mir eine Tasse. »Wenn man einen Ort im Blut hat, ist man selber schuld, wenn man ihn verläßt. Man wird anderswo nie glücklich werden. Da bin ich mir ganz sicher.«

Als sei es nun an der Zeit, die Begrüßungsriten zu beenden und zur Sache zu kommen, sagte Clarissa ruhig: »Aber wenn Sie einer alten Frau ihre Neugierde verzeihen wollen, so sagen Sie mir doch bitte, meine Liebe, wieso Sie Ihre eigene Heimat verlassen haben, um hierherzukommen.«

Ich versuchte, offen und beiläufig zu klingen, ohne Untertöne. »Ich kam einfach, weil ich Longbarrow Cottage geerbt habe und in Ruhe darüber entscheiden möchte, ob ich das Haus behalte oder nicht. Aber inzwischen möchte ich auch mehr über die Vergangenheit meiner Familie erfahren.« Ich nahm ein Stück Kuchen von der Platte, die sie mir hinhielt. »Mehr über meine Großeltern.«

Die violetten Augen musterten mich aufmerksam. »Wollen Sie die Wahrheit hören? An Ihrer Stelle würde ich das lieber bleibenlassen. Schließlich läßt sich an der Vergangenheit nichts mehr ändern. Es ist besser, die Dinge ruhen zu lassen.«

Mela hatte etwas Ähnliches zu mir gesagt. Den Mallaby-Frauen schien viel daran zu liegen, daß ich die Vergangenheit ruhen ließ. Dazu ist es zu spät, hätte ich beinahe zu Clarissa gesagt; ich weiß zu viel, und gleichzeitig zu wenig, um sie ruhen zu lassen. Einen Augenblick lang war ich versucht, ihr von dem seltsamen Dokument zu erzählen, dem Vertrag der Longbarrow-Bruderschaft, mit seiner potentiellen Macht, das gegenwärtige Leben ihrer Familie – und möglicherweise auch das meine – zu ändern. Aber das war etwas, womit ich ihr nur im äußersten Notfall drohen wollte, das einzige Druckmittel, das ich einsetzen konnte – und dessen Macht sich erst noch herausstellen mußte –, wenn ich die Mallabys dazu bringen wollte, mir die Wahrheit zu sagen. Es gab mir jedoch genug Selbstvertrauen, Clarissa jetzt nicht vom Haken zu lassen.

Ich sagte: »Die Wahrheit könnte mir helfen, gewisse Dinge

im Zusammenhang mit meiner Familie zu verstehen. Was meinen Großvater angeht, kann sie mir eigentlich keine Illusionen mehr nehmen. Er wurde mir nicht gerade als leuchtendes Vorbild geschildert.«

Ihr Blick war nachdenklich. »Was hat man Ihnen über ihn erzählt?«

»Nur ganz wenig. Ich weiß, daß er meine Großmutter verlassen hat, bevor meine Mutter geboren wurde. Sie wissen wahrscheinlich mehr darüber als ich.«

Sie neigte den Kopf. »Vielleicht. Ich kann mich noch gut an den Tag erinnern, an dem er Shipcote verließ. Es war noch aus einem anderen Grund ein denkwürdiges Datum. Es war der Tag, an dem der Krieg erklärt wurde.« Vorsichtig, um keine Brösel fallen zu lassen, nahm sie einen der kleinen Teekuchen und brach ihn in der Mitte auseinander. Dann fuhr sie fort: »Charles kam sehr aufgeregt zu mir. Er habe die Nase voll vom Krieg, sagte er, und er werde nicht in diesem neuen Krieg kämpfen, nur weil die Politiker einen schrecklichen Schlamassel angerichtet hätten und jetzt erwarteten, daß der einfache Mann von der Straße für sie das Aufräumen besorge.

Er hatte recht, nehme ich an. Und trotzdem glaubte ich damals, und glaube es noch heute, daß man kämpfen muß, um das, was einem gehört, zu verteidigen. Man überläßt es nicht einfach denen, die es einem abnehmen wollen.« Die Worte waren leidenschaftlich, aber die Stimme, diese müde, vornehme Stimme, machte es einem schwer zu glauben, daß sie jemals für etwas hatte kämpfen müssen. Vielleicht erriet sie meine Gedanken, denn sie lächelte und sagte: »Wenn man mich jetzt so sieht, würde man nicht glauben, daß ich viel ausrichten könnte, nicht wahr? Das habe ich meinem unseligen Herzen zu verdanken. Hin und wieder läßt es mich einfach im Stich. Aber in meiner Jugend war ich sehr stark. Und ich hatte Mut. Ich hätte einen guten Soldaten abgegeben.« Sie lächelte bei dem Gedanken und griff dann nach der silbernen Teekanne. »Noch etwas Tee?«

»Ja, bitte.« Wir tanzen ein Menuett über den Teetassen, dachte ich, diese rätselhafte alte Frau und ich.

»Charles gestand mir, daß er mich liebe«, sagte sie plötzlich, für mich völlig unerwartet, während sie den Tee in meine Tasse goß. »Er sagte, daß er mich schon immer geliebt habe. Daß er nach Spanien gegangen sei, um mich zu vergessen; daß er seine Heirat mit Nan schon nach kurzem bereut habe. Er wollte, daß ich mit ihm davonlief. Nach Kenia, glaube ich. Natürlich sagte ich nein. Die bloße Vorstellung erschreckte mich. Ich war in Benedict verliebt. Zucker?« Ich schüttelte den Kopf. Sie änderte ihre Haltung ein wenig, behielt aber den kleinen Abstand zwischen ihrem Rücken und der Stuhllehne bei, so als würde der Kontakt sie schwächen.

»Der arme Charles war am Boden zerstört. Er sagte schreckliche Dinge. Drohte sogar, sich umzubringen. Damals fand ich das alles reichlich melodramatisch. Ich sagte ihm, er solle sich wie ein Mann benehmen. Ich fürchte, ich war ziemlich hart zu ihm.« Reue schimmerte in ihren schönen Augen, fast wie ungeweinte Tränen. »Ich war noch sehr jung, und ich glaube nicht, daß ich damals alles richtig gemacht habe. Ich hätte weniger abweisend sein sollen.«

»Sie meinen, er hat Selbstmord begangen?« Ich nippte an meinem Tee und überlegte, ob ich ihr glauben sollte.

»Vielleicht. O nein, nicht meinetwegen. Aber er schien wirklich Angst vor dem Krieg zu haben. Nach seinen Erfahrungen in Spanien hatte er irgendeinen Knacks weg. Außerdem machte er sich große Gewissensbisse, weil er Ihre Großmutter geheiratet hatte, ohne sie zu lieben.«

Wie glaubhaft das alles klang. Und nach Peters Selbstmord fand ich es nicht schwer zu akzeptieren, daß möglicherweise auch mein Großvater diesen Weg gewählt hatte.

»Als ich jung war, war mir der Gedanke an Selbstmord ein Greuel«, sagte sie. »Einfach undenkbar. Jetzt bin ich mir nicht mehr so sicher. Gelegentlich ertappe ich mich bei dem Gedanken, daß es keine schlechte Sache wäre, sich zu verabschieden, bevor man allzu gebrechlich wird. Trotzdem hängt man am Leben, selbst in meinem Alter. Und außerdem«, fügte sie mit einem kleinen Lachen hinzu, während sie sich zu mir herüberbeugte und dabei einen Moment lang fast wie Mela aussah, »die meiste Zeit über vergißt man einfach, daß man schon so alt ist. Wenn ich an einem Spiegel vorbeikomme, denke ich oft: ›Oh, wer ist denn die alte Frau da?‹«

Clarissas vertrauliche Art mußte einmal sehr verführerisch gewesen sein, noch dazu in Verbindung mit der Schönheit, deren Überreste immer noch eine beunruhigende Macht ausübten; auch auf mich verfehlte sie ihre Wirkung nicht. Ich verspürte den Wunsch, ihr wie ein Liebhaber zu versichern: Du bist immer noch schön, du hast immer noch Macht über andere. Aber dann mußte ich an Willoughbys Rezension und die verstümmelten Bücher denken. Ich fragte sie kalt, ob Benedict von dem Versuch seines Cousins gewußt habe, mit seiner Frau davonzulaufen.

Sie registrierte den Ton. Obwohl sich ihr Gesichtsausdruck nicht veränderte, zog sie sich leicht zurück, während sie ihre langen, schmalen Hände im Schoß faltete. »Ich mußte es ihm sagen, nachdem Charles verschwunden war. Verständlicherweise fühlte er sich verraten. Er war sehr verletzt, und sehr wütend. Charles war für ihn wie ein Bruder gewesen. Charles' Name wurde in diesem Haus nie mehr erwähnt. Bis Sie kamen.«

»Eigentlich hätte man dann doch seine Leiche finden müssen. Wenn es Selbstmord war.« Ich dachte laut nach, sprach mehr mit mir selbst als mit ihr.

»Ja, eigentlich schon«, antwortete sie langsam. »Ich habe mich manchmal gefragt, ob er in jener Nacht nach London zurückgefahren ist und sich in der Themse ertränkt hat. Dann hätte es seinen Körper wahrscheinlich ins Meer hinausgespült.«

»Zurück nach London? Lebten er und Nan denn damals nicht in Longbarrow Cottage?«

»Nein, sie lebten zu der Zeit in London. Charles war herausgefahren, um am Cottage irgendwelche Reparaturen vorzunehmen. Ich glaube, sie planten, in Kürze hierher zu ziehen. Wenn ich mich richtig erinnere.«

Ich hörte ihre Worte kaum noch. Inzwischen hatte ich Kopfschmerzen, und mein Mund schmeckte nach Tannin und Zucker. Der Raum schien mich zu erdrücken. Ich sehnte mich danach, ein Fenster aufzureißen und frische Luft hereinzulassen. Kurz entschlossen erklärte ich, daß es Zeit für mich sei, zum Cottage zurückzufahren. Als sie mit mir aufstand, fiel der Stock, den sie gegen ihren Stuhl gelehnt hatte, zu Boden. Ich beugte mich, um ihn aufzuheben. Der runde Knauf aus vergilbtem Elfenbein fühlte sich kühl und glatt an; er war von blassen, haarfeinen Linien durchzogen, winzigen Sprüngen, die sich mit den Jahren gebildet hatten.

»Er ist mir manchmal ziemlich lästig, dieser Stock«, sagte sie, als ich ihn ihr zurückgab, »ständig fällt er um. Andererseits kann er sehr nützlich sein. Ohne ihn wäre ich bei weitem unbeweglicher.«

Sie begleitete mich zur Tür des Gartenhauses. Spontan sagte ich: »Man hat mir erzählt, daß Sie meine Großmutter haßten. Aus welchem Grund?« Sobald ich die Worte ausgesprochen hatte, erkannte ich ihre Sinnlosigkeit.

»Ich würde mich freuen, wenn wir Freunde werden könnten, meine Liebe, aber Sie zwingen mich, Ihnen unangenehme Wahrheiten zu sagen.« Ihr Gesicht wirkte jetzt so müde wie ihre Stimme, und sie stützte sich mit beiden Händen auf ihren Stock. Trotzdem blieb ihr Rücken gerade, so als hielte sie weniger ihre Wirbelsäule als ihr Wille aufrecht. »Ihre Großmutter war eine unglückliche Frau, die sich in ihrem Unglück gegen andere wendete. Sie erzählte Lügen. Ihr Buch war eine schreckliche Lüge. Aber ich glaube, das wissen Sie bereits.«

»Ich weiß überhaupt nichts. Ich versuche gerade, die Wahrheit herauszufinden.«

Da sagte sie etwas Seltsames, bevor sie sich abwandte, um

ins Gartenhaus zurückzugehen. Sie sagte: »Vielleicht entdekken Sie, was Sie wissen wollen, aber ich glaube nicht, daß Sie es je verstehen werden. Und vielleicht werden Sie Ihre Neugierde noch bereuen.« Ihre Stimme klang fast mitleidig.

## 29

Niedergeschlagen ging ich nach Longbarrow Cottage zurück. Clarissa hatte sich mir gegenüber sehr geschickt verhalten. Ich konnte mich eigentlich nicht beklagen, sie hätte sich geweigert, mir zu sagen, was ich wissen wollte, aber trotzdem fühlte ich mich der Wahrheit keinen Schritt näher. Clarissa war wie das Gestein, das hier überall herumlag: schön, wandelbar und absolut unergründlich. Auf unterschiedliche Art und aus unterschiedlichen Gründen verbargen Clarissa, Mela und Willoughby sich hinter einer Fassade aus wohlerzogener Herzlichkeit, um eine falsche Vertrautheit vorzuspiegeln. In gewisser Hinsicht waren sie alle drei emotionale Falschspieler, die anderen Menschen etwas zu entlocken versuchten, während sie selbst es tunlichst vermieden, irgend etwas preiszugeben. Uneingeweihte wie ich, die die Regeln dieses Gesellschaftsspiels nicht wirklich kannten, ließen sich durch ihre gespielten Freundschaftsangebote auf subtile Weise in die Irre führen. Zweifellos behielt jemand wie Clarissa in einer Beziehung immer die Oberhand.

Trotzdem, dachte ich, während ich eine aus Steinen aufgeschichtete Gartenmauer betrachtete, in deren Ritzen Moos und kleine Wildblumen wuchsen, mit Zähigkeit und Beharrlichkeit fand sich vielleicht doch ein Weg über die hinderliche Mauer zur Wahrheit. Wenn diese drei alten Zeugen der Vergangenheit, Clarissa, Benedict und Willoughby, nur lange genug lebten.

Zu Hause erzählte mir Sophie, daß ihre Mutter dagewesen sei. »Carl mußte unerwartet nach Nottingham. Er wird über

Nacht wegbleiben. Und dieses Mal ist es sicher, daß er es sich nicht anders überlegt. Sie möchte, daß Anna und ich bis morgen zu ihr kommen. Hast du etwas dagegen? Ich weiß, daß du es nicht magst, mit Max hier allein zu sein.«

Obwohl ich sie beruhigte, zögerte sie noch. Erst als ich ihr sagte, sie solle nicht albern sein und sich einen netten Abend mit ihrer Mutter machen, ging sie schließlich nach oben, um ein paar Sachen für Anna und sich in ihren Rucksack zu packen. Um die Kinder und mich selbst abzulenken, griff ich nach der Mappe mit den Skizzen zu Nans Geschichte von der Kirchturmmaus, an der ich in den letzten Tagen gearbeitet hatte. Da Anna neugierige Fragen zu den Zeichnungen stellte, erzählte ich ihnen die Geschichte.

»Es war einmal ein kleines Dorf mit einer alten Kirche namens St. Sebastian, zu der ein sehr schöner Kirchturm gehörte. Oben im Turm hingen viele Glocken, und unten am Boden lebte eine kleine graue Maus. Die Leute im Dorf waren arm, aber sie liebten das Glockengeläute. Niemand aber liebte es so sehr wie die Maus, Matilda. Matilda war sehr stolz auf ihre Kirche und noch stolzer auf ihren Glockenturm. Von ihrem Mauseloch aus konnte sie die Füße der Glöckner tanzen sehen, während die Glocken läuteten.

Der Pfarrer von St. Sebastian war ein freundlicher alter Herr, der nie vergaß, ein paar Krumen von seinem Abendessen vor Matildas Mauseloch zu legen. Matilda war so glücklich, wie eine Maus nur sein konnte. Sie hatte die Krumen des Pfarrers als Nahrung für ihren Körper und seine Predigten als Nahrung für ihren Geist – zumindest dann, wenn sie sie nicht verschlief. Die einzige Bedrohung in ihrem friedlichen Leben war der fette, rote Kater des Pfarrers. Aber er war sehr faul und verbrachte die meiste Zeit damit, auf den Grabsteinen in der Sonne zu schlafen.

Eines Tages wurde festgestellt, daß der Glockenturm von St. Sebastian, der schon sehr alt war, baufällig war. Bis er renoviert sei, erklärte man den Leuten, dürften die Glocken nicht mehr geläutet werden. Aber es gab kein Geld für die Renovierung. Eine traurige Stille legte sich über das kleine Dorf, und die Leute fanden ihre Armut schwerer zu ertragen als früher.

Als der Pfarrer eine Versammlung einberief, drängte sich das ganze Dorf in die Kirche, und die Bänke waren bis auf den letzten Platz besetzt. Matilda saß unter einer Bank, wo sie unbemerkt zuhören konnte. Eifrig schlugen die Dorfbewohner Möglichkeiten vor, Geld für ihren Glockenturm aufzutreiben: ein Kirchenfest, einen Flohmarkt, einen Kuchenverkauf. Aber sie wußten, daß all das nicht ausreichen würde, um die Kosten für die Renovierung auch nur annähernd zu decken.

Schließlich sagte der Pfarrer, daß sie einfach Vertrauen haben müßten. Der Herr werde schon einen Weg finden. ›Laßt uns hoffen, daß der Herr statt dessen den Kirchenschatz findet‹, meinte eine alte Frau, die für ihre unverblümte Ausdrucksweise bekannt war. Dieser Schatz, zu dem unter anderem eine sehr wertvolle Bibel gehörte, war während eines Krieges von einem früheren Pfarrer in Sicherheit gebracht worden; leider war dieser Pfarrer ein sehr vergeßlicher Mann, der nicht mehr wußte, wo er den Schatz versteckt hatte.

Verzweifelt gingen die Leute wieder heim. Am traurigsten war Matilda. Schweren Herzens kehrte sie in ihr Mauseloch zurück; sie hatte nicht einmal Appetit auf die Krumen des Pfarrers und ließ sie unberührt liegen. Die ganze Nacht über raschelte sie ruhelos in ihrem Nest herum und überlegte, wie sie dem Dorf helfen konnte. Am nächsten Morgen huschte sie wieder hinaus, keineswegs schlauer, aber sehr hungrig. Vor lauter Vorfreude auf ihr Frühstück bemerkte sie nicht, daß die Kirchentür offenstand. Ebensowenig bemerkte sie den roten Kater des Pfarrers, der auf leisen Sohlen hereinschlich.

Der rote Kater machte einen Satz. Aber weil er so fett war, war er zu langsam. Im letzten Augenblick sah ihn Matilda aus dem Augenwinkel und sprang gerade noch rechtzeitig beiseite. Aber jetzt war er zwischen ihr und ihrem Mauseloch.

Auf der Suche nach einem Zufluchtsort raste Matilda in panischer Angst unter den Kirchenbänken hindurch, verfolgt von dem roten Kater, dessen Krallen wütend über den Boden kratzten. Matilda konnte seinen heißen Atem schon im Nakken spüren. Als bereits festzustehen schien, daß er sie zum Frühstück verspeisen würde, entdeckte sie einen kleinen Spalt in den Steinen unter dem Altar, gerade groß genug für eine kleine Maus. Als der rote Kater sein Maul aufriß, um zuzuschnappen, verschwand sie in dem Loch. Er biß in die Luft, und dann auf seine Zunge. Vor Wut und Schmerz jaulend, vollführte er einen Luftsprung und ließ sich dann neben dem Loch nieder, um zu warten.

Unter dem Stein war ein kalter, dunkler Hohlraum, der zum Teil mit sperrigen Gegenständen verstellt war. Nachdem sie dem Tod so knapp entronnen war, saß Matilda erst einmal eine Weile zitternd und mit angezogenen Vorderpfoten da. Erst als ihre Nase nicht mehr vor Angst zuckte, begann sie sich ein wenig umzusehen; sie wollte herausfinden, ob es aus ihrem Versteck noch einen zweiten Ausgang gab. Da sah sie in der Dunkelheit etwas funkeln. Matilda fiepte vor Aufregung, als sie merkte, daß es ein silberner Becher war. Daneben lag ein in Wachstuch gewickeltes Päckchen. Matilda nagte ein Loch in den Stoff und steckte ihren Kopf hindurch. Drinnen lag die juwelenbesetzte Bibel.

Sie hatte den Kirchenschatz gefunden!

Dem roten Kater wurde es mit der Zeit langweilig; er zog ab, um sich etwas anderes zu suchen. Als Matilda roch, daß er gegangen war, kroch sie vorsichtig aus ihrem Versteck. Jetzt drohte ihr keine Gefahr mehr, aber dafür hatte sie ein neues Problem. Wie sollte sie den Pfarrer auf ihre Entdeckung aufmerksam machen? Wer würde schon auf eine kleine Maus hören?

Während sie so dasaß und nachdachte, fiel ein Strahl der Morgensonne durchs Ostfenster der Kirche. Das bunte Glas zeigte den heiligen Sebastian, der ein paar Pfeile mit einer

Hand umklammerte. Bei diesem Anblick kam Matilda eine glänzende Idee.

Die unberührten Krumen lagen um ihr Mauseloch verstreut. Eine nach der anderen trug sie sie vor den Altar und ordnete sie sorgfältig auf dem Boden an. Obwohl sie sehr hungrig war, fraß sie keinen einzigen Krümel, denn sie wußte, daß sie jeden davon brauchen würde. Als ihr Werk schließlich vollbracht war, versteckte sie sich unter dem Altartuch und wartete.

Gegen fünf kam der Pfarrer, um den Abendgottesdienst zu halten. Ein paar Strahlen der Nachmittagssonne fielen auf den Altar und die Steine darunter. Als der Pfarrer den Kopf neigte, bemerkte er etwas Seltsames. Dort auf den Steinen, angestrahlt von der Spätnachmittagssonne, lag ein Pfeil.

Erstaunt stellte der Pfarrer fest, daß die Spitze des Pfeils auf einen Spalt zwischen den Steinen zeigte. Er kniete sich hin, legte die Finger in den Spalt und hob den Stein an. Von ihrem Versteck unter dem Altartuch aus sah ihm Matilda mit jubelndem Herzen zu.

›Halleluja!‹ rief der Pfarrer, als er sah, was unter dem Stein verborgen lag. ›Ein Wunder! Der heilige Sebastian hat seine Kirche gerettet.‹ Er und Matilda führten neben dem Altar einen kleinen Freudentanz auf.

Zur Feier des Tages legte der Pfarrer an diesem Abend ein großes Stück Käse neben Matildas Mauseloch. Und es dauerte nicht lange, da hörten Matilda und alle Dorfbewohner wieder das Läuten der Kirchenglocken.«

Max rutschte vom Sofa und krabbelte zu seinen Spielsachen hinüber, bevor die Geschichte zu Ende war, aber Anna hörte bis zum Schluß zu; als es so aussah, als würde die Katze Matilda erwischen, legte sich ihr Gesicht in kummervolle Falten; als dann der Schatz entdeckt wurde, lächelte sie mich von unten herauf an. Möglich, daß ich *Herzblut* niemals finden würde, sagte ich mir, aber immerhin hatte ich Nans Geschichten. Etwas von ihr überlebte.

Sophie kam wieder herunter, als ich gerade mit meiner Geschichte fertig war. Sie sagte, im Kühlschrank stehe Eintopf, den sie schon für das Abendessen vorbereitet habe.

»Du ißt ihn, ja? Dann habe ich nicht so ein schlechtes Gewissen, weil ich dich allein lasse.«

»Möchtest du ihn nicht lieber zu deiner Mutter mitnehmen?«

Sie schüttelte den Kopf. »Ich werde irgendwas improvisieren. Das gibt mir Gelegenheit, ein bißchen anzugeben.«

Auf dem Weg zur Crookfield Farm schilderte ich Sophie meine Unterhaltung mit Clarissa; zum Schluß erzählte ich ihr, was Clarissa über das Verschwinden meines Großvaters gesagt hatte. Vom Rücksitz ertönte ein leises Pfeifen. »Was für eine tolle Geschichte! Daraus ließe sich ein phantastischer Film machen.« Sophies Stimme troff vor Ironie. »Du glaubst ihr doch nicht, oder?«

»Ich bin mir nicht sicher. Die Geschichte ist nicht ganz absurd. Aber wenn ich an den Brief denke, den er Nan geschrieben hat…«

»Und wenn sie lügt?«

»Dann tut sie es, um ihren Mann zu schützen. Und das müßte sie nicht, wenn nicht…«

»Genau.«

»Sophie, hältst du mich eigentlich für verrückt? Ich komme hierher und verdächtige einen alten Mann und seine Frau der schrecklichsten Dinge, und das alles nur wegen ein paar Geschichten aus meiner Kindheit und ein paar Parallelen zum wirklichen Leben. Schau dir die Mallabys doch einmal an. Sie wirken so ehrbar.«

»›Wirken‹ ist genau das richtige Wort«, antwortete sie trocken. »Und um auf deine Frage zurückzukommen: Nein, du bist nicht verrückt. Es sei denn, du glaubst tatsächlich, daß alle Leute, die ehrbar ›wirken‹, auch wirklich ehrbar sind.«

Inzwischen hatten wir den Feldweg erreicht, der zur Crookfield Farm abzweigte. Die Farm war von Bäumen umgeben und lag in einer kleinen Mulde, aus der die weiten Felder sanft anstiegen. Das Haus war von einer ramponierten Schönheit; die vielen windschiefen Verschläge rundherum störten das Bild ebenso wie die Wracks rostiger Farmmaschinen und die eingedellten, mit blauer Plastikfolie abgedeckten Öltonnen. Nur der Garten neben dem Haus, der Stolz ihrer Mutter, wie Sophie sagte, zeigte Anzeichen liebevoller Pflege.

Die Haustür öffnete sich. Ich rechnete halb damit, Carl Jope zu sehen, aber dann war es doch Sophies Mutter, die herauskam, um uns zu begrüßen. Klein und schlank, mit schön geschnittenen Gesichtszügen und schwarzen Augen, schien ihr, genau wie ihrem Haus, die liebevolle Pflege zu fehlen; der unglückliche Gesichtsausdruck und die hängenden Schultern ließen ihre Schönheit nur ahnen. Aber das Lächeln, das der Anblick von Sophie und Anna auf ihr Gesicht zauberte, machte die Ähnlichkeit mit ihrer Tochter unübersehbar.

Scheu begrüßte sie mich, als Sophie uns vorstellte. Ich hatte vorgehabt, gleich wieder zu fahren, weil ich wußte, daß die beiden sich viel zu erzählen hatten, aber sie bat mich, mit Max hereinzukommen. Sie habe etwas für ihn. »Und für dich auch, mein Schatz«, sagte sie liebevoll zu Anna. In ihrer sanften Stimme schwang ein leises Echo von Sophies Wärme mit.

Wir gingen durch eine düstere Diele in einen Raum, der früher vielleicht einmal schön gewesen war, inzwischen aber nur noch schäbig wirkte. Schmutz war nicht das Problem, der Raum war tadellos sauber; es war die Atmosphäre der Hoffnungslosigkeit, die ihn so trist erscheinen ließ. Alles wirkte abgenutzt und trostlos, und es war kein Versuch unternommen worden, das Ganze mit frischer Farbe oder ein paar Blumen aus dem Garten etwas aufzuheitern. Mrs. Jope nahm zwei in Seidenpapier gewickelte Päckchen und reichte eines davon mir. Ich könne es jetzt gleich aufmachen, sagte sie, oder erst später. Wie es mir lieber sei. Ihre Zaghaftigkeit tat fast weh. Sie wirkte auf beunruhigende Weise wie eine Sophie, aus der man alles Leben und alle Energie herausgepreßt hatte.

»Los, mach schon, Jo«, drängte Sophie. »Warte nicht auf Anna. Sie läßt sich gerne viel Zeit.« Anna hatte sich auf den Boden gesetzt und betrachtete andächtig das Päckchen in ihrem Schoß.

Max' Geschenk war eine Arche Noah, die ganz aus bunter Wolle gestrickt war. Die Arche enthielt acht Paar Tiere in Schwimmwesten, eine Mrs. Noah mit einem Regenschirm und Noah selbst, der einen großen schwarzen Regenhut mit hochgestülpter Krempe trug. In die Seiten der Arche waren je vier Taschen eingestrickt, in denen die Tierpaare steckten. Max verliebte sich sofort in die Elefanten, deren graue Rüssel sich so gut um seine kleinen Finger wickeln ließen. Es war eine wundervolle Handarbeit mit vielen hübschen Details, offensichtlich mit Liebe gemacht. Mrs. Jope wurde vor Freude rot und senkte wie ein Kind den Kopf, als ich das sagte und mich für das Geschenk bedankte.

Als ich jedoch erklärte, daß es Zeit für uns sei, zum Abendessen aufzubrechen, lud uns Mrs. Jope ein, doch mit ihnen zu essen, und Sophie unterstützte sie. Ich lehnte aber dankend ab, weil ich fest entschlossen war, die beiden miteinander allein zu lassen.

Als es Schlafenszeit war, klammerte sich Max ans Wachsein wie ein Seemann, der die Regionen umrundete, die auf alten Karten einst mit der Warnung »Hier werden Ungeheuer sein« versehen waren. Bei »Wynken, Blynken und Nod« wurden seine Augen endlich glasig, und seine Unterlippe begann zu zittern. Er trieb in die weite See des Schlafes hinaus und hielt dabei so lange den Atem an, daß man hätte meinen können, er werde nie wieder ausatmen. Als er es dann doch tat und die Luft mit einem langen Seufzer herausließ, öffnete sich seine Hand plötzlich wie eine Seeanemone, und die kleinen Tentakel seiner Finger ließen meine Hand los. Ich bin gut drüben angekommen, du kannst jetzt gehen, lautete die Nachricht seines friedlich entspannten Körpers. Ich schlich auf Zehenspitzen aus dem dunklen Zimmer.

Während ich aß, schwoll die Stille um mich herum bedrohlich an und erfüllte das Cottage mit Einsamkeit. Die Wärme des Tages ebbte ab, absorbiert von Schatten und Stein. Ich schauderte und trank mein Weinglas aus. Urplötzlich fühlte ich mich jeder menschlichen Nähe beraubt. Das Amulett, das mir normalerweise gegen die Einsamkeit half, lag oben im Bett und schlief; es konnte mich jetzt nicht trösten. Ich spürte, wie das Selbstmitleid, das immer in den Winkeln meiner Einsamkeit herumschnüffelte, langsam auf mich zukroch – wie ein schmeichlerischer Köter auf der Suche nach einem Zuhause. Um es abzuschütteln, ging ich hinaus, um noch ein bißchen im Garten spazierenzugehen, bevor das Tageslicht ganz verschwand.

Im Westen versank die Sonne langsam zwischen den Hügeln, die mit einem Band violett-grauer Wolken gesäumt waren. Irgendwo sang eine Drossel; ihr süßes Lied vermischte sich mit dem Duft des Flieders, der von den Büschen neben dem Gartentor herüberwehte. Wie durch Zauberhand verlieh das ersterbende Licht den Sträuchern und Schatten ein eigenartiges Leben; plötzlich meinte ich ein gnomenhaftes Gesicht zu sehen, den neckenden Blick eines halb abgewandten Kopfes, der lachend wieder verschwand. Am Ende des Gartens stand dichtgedrängt eine Gruppe knorriger Apfelbäume, deren weiße Blütenpracht an Spitzenhauben erinnerte; sie steckten die Köpfe zusammen wie alte Frauen, die sich auf einen Plausch getroffen haben. Der Wind, der über das hohe Gras strich, klang wie das Säuseln ihrer dünnen Stimmen, die einander Geheimnisse zuflüsterten.

Vor mich hin träumend, starrte ich auf die Apfelbäume, auf die weiche, weiße Masse, die wie Schnee über den verkrüppelten Stämmen schwebte. Ein dürrer, abgestorbener Zweig bewegte sich langsam im Wind wie der knotige, mahnende Finger einer Hexe. Darunter schien ein Körper Gestalt anzunehmen; zwischen den Schatten im Gras glaubte ich im Zwielicht das ätherische, gespenstisch leuchtende Bild einer Frau zu sehen.

Mir gefror fast das Blut in den Adern. Ich machte einen Schritt auf die Apfelbäume zu. Geh weg, schrie ich die bleiche Gestalt an, du gehörst nicht hierher, aber mein Mund war zu kalt, um einen Laut herauszubringen, und die Worte wehten wie Schneeflocken lautlos davon. Einen Moment lang flackerte ein Lichtschein durch das Gras, dann war die Erscheinung verschwunden. Zitternd ging ich den sanft abfallenden Garten hinunter bis zu den Apfelbäumen. Jetzt leuchteten dort nur noch die Blütenblätter, die der Wind ins Gras wehte.

Schaudernd wandte ich mich ab. Im Norden, jenseits des Feldes, das an die Gartenmauer angrenzte, lag der Grabhügel. Er sah jetzt aus wie ein großes Schiff, das in die Dunkelheit der Wälder segelte, das Heck von der untergehenden Sonne beleuchtet; die Bäume obenauf wirkten wie Segel, die sich in der Abendbrise blähten. Darüber hing ein durchscheinender Vollmond am blaßblauen Himmel. Die einzigen Laute, die die Stille störten, waren das entfernte Schreien von Lämmern und das Motorengeräusch eines Wagens, der langsam die Straße heraufkam.

Der Wagen bog in die Auffahrt ein, und ein Mann stieg aus. Einen endlos scheinenden Moment lang stand er neben der offenen Wagentür und starrte zum Haus hinüber, während ich, von ihm unbemerkt, zwischen den Apfelbäumen verharrte und ihn beobachtete. Dabei fühlte ich mich wie der Geist der Frau im Gras. Starr vor Kummer, gelähmt durch alte Ängste.

Im Westen versank die Sonne, und in einem letzten großen Aufflammen berührten ihre Strahlen den Mann und tauchten ihn in Gold. Er schien plötzlich richtig zu glühen. Und wie jeder im Schattenreich frierende Geist sehnte ich mich mit jeder Faser meines Seins nach dieser glühenden Verheißung von Leben und Wärme. Als er sich umdrehte, um wieder einzusteigen, brachte irgend etwas in mir das Eis zum Schmelzen.

Als ich Davids Namen rief, klang es wie ein Hilferuf. Ich trat aus dem Kreis der Bäume. Er hob den Kopf und sah mich. Begleitet von den letzten Lichtstrahlen aus dem Westen, kam er quer über die Wiese auf mich zu. Dabei schien er zu brennen, sein Gesicht leuchtete so hell, daß es mich blendete. Mein eigenes Gesicht muß dieses Bild des Begehrens widergespiegelt haben, denn plötzlich schlang er die Arme um mich, und sein Mund suchte den meinen. Seine Berührung schickte einen feurigen Schauer über meine Haut.

»Du wolltest wieder fahren«, flüsterte ich, während ich mich an ihn schmiegte. »Das hätte ich nicht ertragen.«

Er hielt mich ein bißchen von sich weg und sah mich mit fragenden Augen an. »Ich hatte Angst, du könntest denken... Nun, die Wahrheit ist – daß ich genau deswegen gekommen bin.« Er beugte den Kopf zu mir herunter, und sein Mund glitt sanft über mein Gesicht wie ein herabfallendes Apfelblütenblatt. »Und deswegen«, murmelte er, und ich spürte seinen Atem wie kaltes Feuer auf meiner Haut. Dann trat er einen Schritt zurück und sah mir ins Gesicht. »Jo, ich wollte dir sagen...«

Ich legte meine Hand gegen seine Lippen. »Später. Sag es mir später. Kannst du ein bißchen bleiben?«

Er nickte. »Rafe ist in London, bei seiner Mutter. Er kommt erst übermorgen zurück.«

Ich sagte ihm, daß Sophie und Anna ebenfalls über Nacht weg seien. »Ich möchte nicht allein sein.« Ernst antwortete er, daß er bei mir bleiben werde.

Hand in Hand gingen wir hinein und die enge Treppe hinauf. Gemeinsam bezogen wir Sophies Bett mit frischen Laken. Von einem Himmel, dessen Blau immer dunkler wurde, schien der Mond ins Zimmer und wies uns mit seinem Licht einen silbrigen Pfad ins Bett. Ich ließ meine Hand über Davids Gesicht gleiten, berührte die Konturen seines Mundes und seiner Schläfe, studierte ihn mit meinen Fingerspitzen. Plötzlich war ich wieder Studentin, begierig darauf, die Lektionen des Körpers neu zu lernen, statt des Schmerzes jetzt das Glück zu erlernen.

Sanft zog er mich zu sich heran und strich mir die Haare aus dem Gesicht. Wie brave Kinder kannten wir den Katechismus der neuen Zeit auswendig, stellten einander die traurigen Fragen und befolgten gehorsam die Rituale, die nötig sind, um die moderne Liebe sicher zu machen. Dann legten wir uns auf die schmale Matratze, einander zugewandt wie die nackten Liebenden auf alten Manuskripten, deren lange, bleiche Körper auf das neue Gefühl einer ungewohnten Leidenschaft zunächst mit Verlegenheit reagieren. Ausgehungert ließ ich meinen Mund über seine Haut gleiten; dabei spürte ich zuerst nur die Vergangenheit, das bittere Salz halb vergessener Sorgen. Aber sein Körper war so süß und fest wie das Fruchtfleisch eines Apfels, und er steckte voller Gegenwart. Er war ein Geschenk des Himmels, golden wie die Äpfel aus dem Garten der Hesperiden. Und ganz allmählich schmolzen die alten Erinnerungen weg wie Schnee.

Später, als ich in seinen Armen lag, sagte David ruhig: »Damals in London, als ich dich das erste Mal sah, dachte ich: Das ist sie – endlich. Ich denke das jedesmal, wenn wir uns sehen.« Er ließ seine Hand an meinem Arm hinuntergleiten und schlang seine Finger in meine. »Ich habe mich so nach dir gesehnt. Aber du schienst immer so weit weg.«

»Andere Leute standen im Weg«, sagte ich. Einer davon war ein Geist. »Sie versperrten mir die Sicht.«

Er schwieg einen Moment, ehe er weitersprach. Der Mond war weitergewandert und hatte sein Licht mitgenommen, so daß David jetzt als warme Dunkelheit neben mir lag wie eine Verheißung neuen Lebens. Er sagte: »Ich wollte dir erklären, daß alles nicht so war, wie es aussah. Aber wie sagt man das, ohne treulos zu klingen? Oder arrogant?«

»Mela und du... Ich dachte...«

»Ja, ich weiß.« Seine Stimme klang düster. »Aber es war schon vorbei, bevor du gekommen bist.«

Er erzählte mir, daß Mela sich nach dem Tod ihres Bruders Phil ihm zugewandt habe. Ihn selbst habe Phils Tod auch sehr getroffen. Er und Phil seien gute Freunde gewesen, hätten zusammen gearbeitet und Pläne für den Farm Park geschmiedet. Er und Mela hätten sich gegenseitig geholfen, eine schwere Zeit durchzustehen. »Aber sie hat es nie lange mit jemandem ausgehalten, und ich war da keine Ausnahme. Ich glaube, wir haben beide auch gar nicht erwartet, daß es halten würde.« Er stützte den Kopf auf eine Hand und schaute mich an. Sein Blick war ernst. »Sie hat jetzt jemand anderen, aber wenn sie unglücklich ist...«

Dann kam sie zu ihm. Mir fiel ein, was Sophie gesagt hatte: daß Mela nichts aufgeben konnte, was ihr einmal gehört hatte, selbst wenn sie seiner längst überdrüssig geworden war. Und ich wußte, was für eine Macht das Unglück eines anderen Menschen über uns haben konnte.

Ich erzählte ihm von Peter. Nicht alles, aber genug. Er hörte schweigend zu, und als ich fertig erzählt hatte, nahm er mich in die Arme und küßte mich voller Zärtlichkeit. So, als könne er mich mit seinem Mund, seinen Händen heilen und mit seinem Körper den Qualen meiner Seele ein Ende setzen. Und als er sich an mich schmiegte, bedächtig, aber beharrlich, drängte er mich, in die Zukunft aufzubrechen, weg von der Vergangenheit.

Max weckte uns lange vor sechs Uhr morgens. David stand mit mir auf und machte Kaffee, während ich Max sein Fläschchen gab. Als Max auf meinem Schoß saß und seine Milch nuckelte, folgten seine Augen Davids Bewegungen. David stellte eine Tasse vor mich hin und setzte sich uns gegenüber. Er sah Max beim Trinken zu und amüsierte sich über das zufriedene Grunzen, das er dabei von sich gab. »Ich habe schon Lämmer mit der Flasche gefüttert, die genau das gleiche Geräusch machten«, sagte er. »Ich wußte nicht, daß sich das bei Babys auch so anhört.«

Seine Stimme klang bedauernd, als er mir sagte, daß er sich kaum an die Zeit erinnern könne, als Rafe in Max' Alter war. »Ich war fast nie zu Hause, wenn er wach war. Ich sah ihn beim Frühstück und manchmal am Wochenende, aber das war es dann auch schon. Seine Mutter und ich hatten eine stillschweigende Übereinkunft getroffen – ich verdiente genug Geld, um ihr das Leben bieten zu können, das sie sich vorstellte, und dafür kümmerte sie sich um alle häuslichen Angelegenheiten. Darin war sie sehr gut.« Er ließ seine Kaffeetasse von einer Hand in die andere wandern, während sein Blick auf ihren Inhalt gerichtet war. »Es dauerte acht Jahre, bis uns klar wurde, daß es für uns alle drei ein lausiges Arrangement war.«

»Rafe scheint es erstaunlich gut überstanden zu haben«, sagte ich, während ich Max' Kinn sauberwischte.

»Das hat er seiner Mutter zu verdanken. Ich hatte nur sehr wenig damit zu tun.«

Er geht mit sich selbst zu hart ins Gericht, dachte ich. Was er als Vater auch falsch gemacht haben mochte, Rafe hatte trotzdem genug Liebe von ihm bekommen, um einen stabilen Charakter ausbilden zu können.

»Übrigens, du hast Rafe doch dieses Buch geschenkt. Es bedeutet ihm viel, daß du ihn ernst nimmst.«

»Als ich es sah, mußte ich sofort an ihn denken. Ich habe gehofft, daß es ihm gefallen würde.«

»Er sagte, du hättest es auf einer Antiquariatsbuchmesse in Oxford entdeckt. Hast du für dich selbst auch etwas gesucht?«

Ich lächelte. »Meinst du das metaphorisch oder wörtlich?«

Er lächelte ebenfalls. »Beides.«

Ich wurde wieder ernst und sah ihm direkt in die Augen. »Die metaphorische Bedeutung scheint keine Rolle mehr zu spielen. Nach dieser Nacht...«

Seine Augen hielten meinen Blick fest, hielten ihn fest, bis ich das Blut durch meinen ganzen Körper pulsieren spürte. Dann sah er Max an, der seine Milch inzwischen ausgetrunken hatte und sich schläfrig an mich kuschelte.

»Glaubst du, er wird wieder einschlafen?«

»Ich hoffe es.«

Pflichtbewußt tat Max, was von ihm verlangt wurde. So kam es, daß wir selbst auch wieder ins Bett gingen.

Als David später aufbrach, sagte er, daß er nach London müsse und erst morgen wieder zurückkäme. Aber sobald sie wieder hier wären, würden Rafe und er uns besuchen. Als ich ihn zu seinem Wagen hinuntergehen sah, hätte ich ihn gerne zurückgerufen und ihm von *Herzblut* erzählt, und was es für mich bedeutete. Egal, ob er meine Theorie für richtig hielt oder nicht, auf jeden Fall würde das Wissen um diese Dinge sein Verhältnis zu den Mallabys beeinträchtigen. Er mußte schließlich mit ihnen arbeiten, er war der Freund ihres Enkelsohns gewesen und lebte in ihrem Haus.

Irgendwann würde ich es ihm sagen müssen. Aber noch war es zu früh.

## 30

Nach dem Mittagessen kamen Sophie und Anna von der Crookfield Farm zurück. Max krähte vor Vergnügen, als er die beiden sah. Sophie erzählte mir, sie und ihre Mutter hätten fast die ganze Nacht lang geredet; nach der zweijährigen Trennung habe es ihnen beiden gutgetan, sich die alltäglichen Einzelheiten ihres Lebens zu erzählen; sie hätten sogar, wenn auch nur ganz vorsichtig, über eine eventuelle gemeinsame Zukunft gesprochen. Ihr müdes Gesicht glühte vor Glück.

Auf unterschiedliche Weise hatten wir beide, Sophie und ich, wieder Grund zur Hoffnung gefunden. Mein eigenes Glück hing mit dem bloßen Gedanken an David zusammen und mit der Erinnerung an unsere gemeinsame Nacht; beides erfüllte meine Phantasie mit hellen, strahlenden Bildern.

»Ich bin todmüde«, sagte Sophie und gähnte. »Aber es ist ein gutes Gefühl.« Auch wenn sie vor Müdigkeit Ringe unter den Augen hatte, war der Blick dieser dunklen Augen doch triumphierend. »Mum wird sich von Carl trennen. Sie will es schon lange. Das Wiedersehen mit mir und Anna hat sie in ihrem Entschluß bestärkt.« Sophie hatte ihrer Mutter gesagt, daß sie auf die Crookfield Farm zurückkommen und dort mit ihr leben werde, sobald Carl weg sei. »Ich liebte die Farm, solange mein Vater noch lebte. Aber als Carl kam, fühlte ich mich dort nicht mehr wohl.«

Ihre Mutter habe vor, einen Großteil des Farmlandes zu verkaufen und neben dem Farmhaus selbst nur so viel Land zu behalten, daß es für ein ungestörtes Leben und einen Garten reichte. Ein Teil des Verkaufserlöses werde an Carl gehen, damit er sich der Scheidung nicht widersetzte. Sophie selbst schien damit nicht einverstanden; sie klang sehr resigniert, als sie von den Plänen ihrer Mutter berichtete. »Ich habe ihr gesagt, daß sie Carl überhaupt nichts schuldet. Schließlich hatte er ständig irgendwelche Freundinnen; ein guter Anwalt würde Hackfleisch aus ihm machen. Aber sie sagt, sie will fair sein.« Mit ihrem Anteil wollte sie aus der Farm eine Bed-and-Breakfast-Pension machen; man werde dort auch zu Abend essen können, und sie, Sophie, werde die Chefköchin sein. Falls sie damit Erfolg haben sollten, hätten sie vor, später einmal ein richtiges Restaurant daraus zu machen – Sophies Traum.

»Val hält es für eine großartige Idee.«

Ich sah sie an. »So, tut er das? Und das ist wichtig für dich?«

»Ja, ich glaube schon.« Sie sagte, daß sie ihm von ihrem Plan erzählt habe, als er Anna und sie von der Crookfield Farm abgeholt und zum Cottage zurückgefahren habe.

Sie mußte schon wieder gähnen, und ich empfahl ihr, sich

ein bißchen hinzulegen. Als sie drei Stunden später wieder aufstand, kochten wir zusammen ein frühes Abendessen und beschlossen hinterher, zum Mason's Arms hinunterzuspazieren. Es war ein schöner Abend, warm wie im Sommer, mit goldenem Dunst am Horizont. Die Kinder könnten die Schwäne und Enten füttern, und Sophie und ich würden uns einen Drink genehmigen, um die Entscheidung ihrer Mutter zu feiern.

Als wir aus dem Haus traten, kam gerade Vals Wagen die Auffahrt herauf. Bei seinem Anblick strahlte Sophie; ihr Gesichtsausdruck ließ keinen Zweifel daran, daß er mit ihrem plötzlichen Glück genausoviel zu tun hatte wie der Entschluß ihrer Mutter, sich von Carl zu trennen. Sie warf mir einen dankbaren Blick zu, als ich ihn einlud, sich uns anzuschließen.

Beim Pub angekommen, gingen wir erst einmal zum Flußufer hinunter, damit die Kinder das mitgebrachte alte Brot verfüttern konnten. Mit dünnen, wilden Schreien stürzten sich Schwalben in die Mückenschwärme, die über dem Fluß schwebten. Ich hielt Max an seinen Hosenträgern fest, während er auf dem Brot herumkaute, das eigentlich für die Enten bestimmt war, und eine Schwanenfamilie beobachtete, die in Ufernähe nach Futter suchte. Val zeigte Anna, wie man das Brot in kleine Stückchen riß, damit die Enten es besser fressen konnten. Er schlug ihr gegenüber genau den richtigen Ton an; auf eine sanfte, spielerische Art lockte er sie langsam aus der Reserve. Von Zeit zu Zeit lächelte sie ihn scheu von der Seite an. Einmal, als er gerade neben ihr kauerte, flüsterte sie ihm sogar etwas zu, das nur für seine Ohren bestimmt war.

Nachdem Max und die Enten das letzte Stück Brot vertilgt hatten, gingen wir zum leeren Vorhof des Pubs zurück. Ich setzte mich mit den Kindern an einen Tisch, während Sophie und Val hineingingen, um Drinks für uns zu holen. Nach ein paar Minuten kam Sophie allein zurück. Val unterhielt sich im Pub mit ein paar Freunden. »Rate mal, wer noch drin ist«, sagte sie, als sie unsere Biergläser abstellte. »Willoughby Webb Springer, piekfein herausgeputzt. Ich hatte ganz vergessen, was für ein Dandy er ist.«

Kaum hatte sie das gesagt, kam er auch schon höchstpersönlich aus dem Pub. Er trug eine pfauenblaue Paisley-Weste mit grüner Seidenkrawatte und hatte eine Flasche unter dem Arm. Als er uns sah, kam er zu unserem Tisch herüber und begrüßte sowohl Sophie als auch mich derart wortreich, daß ich mich fragte, ob er mehr als eine Flasche gekauft hatte. Aus Höflichkeit lud ich ihn ein, sich zu uns zu setzen, hoffte aber insgeheim, daß die Anwesenheit der Kinder ihn abschrecken würde. Zu meiner Überraschung nahm er die Einladung an.

Gerade als Willoughby sich setzte, stieß auch Val wieder zu uns. Er sah, daß Willoughby kein Glas hatte, und fragte ihn, ob er ihm etwas zu trinken holen solle. Willoughby schüttelte den Kopf. »Nein, danke. Ich möchte einen klaren Kopf haben, wenn ich mit der Arbeit beginne. Falls die Inspiration mich im Stich läßt, wird das hier sie wiederbeleben.« Er stellte die Flasche auf den Tisch. »Eine Gedächtnisstütze sozusagen. Bei manchen mag das ja mit Madeleines funktionieren, aber ich finde, Laphroaig ist trockenem Biskuit bei weitem vorzuziehen. Morgen werde ich mich an meinen Schreibtisch setzen und gleich mal so richtig Dampf ablassen.« Er lachte, mit seiner Wortwahl offenbar zufrieden. Seine Whiskeyfahne schlug mir wie eine Wolke entgegen. »Wenn man seine Autobiographie schreibt, ist das schließlich so eine Art Rache an der Vergangenheit. Ich werde kein noch so kleines Detail auslassen, egal, wie unangenehm.«

Die Worte schienen nur so aus ihm herauszusprudeln, getragen auf einer Welle Whiskeyatems. Aufgeregt, fast fieberhaft, erzählte er uns Geschichten über berühmte Memoirenschreiber der Vergangenheit und über das Unbehagen, das sie denen bereitet hatten, deren vertrauliche Geständnisse und Geheimnisse sie enthüllten. Dazu lächelte er ständig und fast schon schadenfroh, so als treffe das alles irgendwie auch auf ihn selbst zu, aber nur er wisse, inwiefern. Irgendwann sah Sophie mit hochgezogener Augenbraue zu mir herüber. Mir fiel ein, was sie über ihn gesagt hatte: Tatsächlich machte er den Eindruck eines Menschen, der ein delikates, skandalöses Geheimnis mit sich herumtrug.

Als ich später aufgefordert wurde, die knappe Viertelstunde zu beschreiben, die er mit uns verbracht hatte, fiel mir spontan die Formulierung »an der Schwelle« ein. So kam er mir rückblickend vor. Welche Schwelle das genau war, ließ sich schwer sagen. Vielleicht die Schwelle zur Wahrheit. Möglicherweise stand er an dem Tag kurz davor, mit der Wahrheit herauszurücken, wenn auch vielleicht nur in dem Buch, das er am nächsten Tag beginnen wollte.

Als Val sah, daß unsere Gläser leer waren, ging er wieder hinein, um noch eine Runde zu holen. In dem Moment raste ein Pickup-Truck viel zu schnell über die kleine Brücke. Im Vorbeifahren sah Carl Jope vom Fahrersitz zu uns herüber. Als er Sophie erkannte, verzog er das Gesicht. Der Truck verschwand um die Ecke. Wir hörten, wie er mit quietschenden Reifen in den kleinen Parkplatz neben dem Pub einbog.

Sophie starrte mich an; ihr Gesicht war ernst. »Er hält an. Bestimmt wird es Streit geben.« Willoughby betrachtete sie aufmerksam. Der interessierte Ausdruck seines Gesichts wirkte nahezu gierig; auf jeden Fall ungesund, wie der Blick eines Voyeurs.

Sie wolle mit Anna hineingehen, sagte Sophie, um Val zu suchen. Aber bevor sie Anna auch nur aus ihrem Kinderwagen befreien konnte, kam Jope schon mit wehender Jacke um die Ecke; darunter trug er ein beigefarbenes Hemd, das über seinem Hängebauch spannte. Unter dem lockigen grauen Haarschopf war sein Gesicht rot vor Wut. Resigniert richtete sich Sophie auf, Anna auf dem Arm. Wahrscheinlich brachte sie die unvermeidliche Szene lieber hier draußen hinter sich als drinnen im Pub, wo die Zuhörerschaft noch größer war.

Jope trat in den kleinen Vorhof und blieb gleich neben dem Tor stehen, so daß keiner mehr hinauskonnte. Ohne auf uns zu achten – er schien uns überhaupt nicht zu sehen –, ließ er sofort eine schreckliche Schimpfkanonade los; wütend beschuldigte er Sophie, sich zwischen ihre Mutter und ihn zu stellen.

»Du tust wirklich alles, um sie gegen mich aufzuhetzen!« schrie er.

»Ich habe ihr zugehört, falls du das meinst«, antwortete Sophie kühl, während sie Anna in ihren Armen drehte, so daß der Kopf des Kindes an ihrem Hals ruhte. »Es war höchste Zeit, daß das mal jemand getan hat.«

Von seinem Stuhl aus beobachtete Willoughby Sophie und Jope mit unverhohlener Faszination. Sein Blick ging zwischen den beiden hin und her, als säße er bei einem Tennismatch auf der Zuschauertribüne. Auf seinen schmalen Lippen lag die Andeutung eines Lächelns, und einmal sah ich, wie er sich mit der Zunge in den Mundwinkel fuhr.

»Wenn du glaubst, du kannst hier herkommen und mir Schwierigkeiten machen«, sagte Jope mit wutverzerrtem Gesicht, »dann hast du dich aber verdammt getäuscht. An deiner Stelle würde ich mich da lieber raushalten. Hast du mich verstanden, du unverschämtes Luder?«

»Laß uns in Ruhe, Carl«, sagte Sophie. »Du machst den Kindern angst.« Ihre Stimme klang ruhig und flach; so redete man, wenn man einem brutalen Menschen gegenüberstand, von dem man sich nicht einschüchtern lassen wollte.

Ich hatte Max auf den Arm genommen und wollte gerade hineingehen, um Val zu holen, als Willoughby sich erhob; vielleicht war er zu dem Schluß gekommen, daß es sich hierbei doch nicht um einen reinen Zuschauersport handelte. Im selben Augenblick setzte sich Jope in Bewegung, um auf Sophie loszugehen. Die beiden Männer stießen zusammen. Die Flasche Laphroaig entglitt Willoughbys Arm und krachte auf die Pflastersteine, der Inhalt spritzte an Jopes Hose hoch.

Jope blinzelte ein paarmal und starrte dann Willoughby an, als sähe er jetzt nur noch ihn. Dann blickte er an seiner fleckigen Hose hinunter. »Verdammter Mist! Was, zum Teufel, ist das?«

»Das«, sagte Willoughby eisig, »ist erstklassiger Whiskey, der ein Vermögen gekostet hat und jetzt das Pflaster bewässert.«

»Du solltest mal deine Augen untersuchen lassen, Opa«, sagte Jope wütend. »Statt wie blind hier herumzulaufen und andern Leuten im Weg zu stehen.«

Willoughbys Gesicht bekam vor Zorn rote Flecken. »Wenn ich ein bißchen jünger wäre...«

Bei diesen Worten begann Carl Jope, Willoughby von oben bis unten zu mustern. Besonders lange verweilte sein Blick auf der Weste und der sorgfältig drapierten Krawatte. »Auf jeden Fall gibst du dir große Mühe, jünger zu wirken. Siehst aus wie ein alter Bock, der sich als Lamm verkleidet hat.« Seine Stimme klang hämisch.

Willoughbys weltmännisches Auftreten war plötzlich verschwunden. »So eine Unverschämtheit! Ich habe es nicht nötig, mich hier von einem Feuerwerkskünstler beleidigen zu lassen. Einem Mann, der mit Zündhölzern spielt...«

»Was hast du gesagt?« unterbrach ihn Jope barsch. Bei dem Wort »Feuerwerkskünstler« waren seine Augen schmal geworden. Er trat einen Schritt auf Willoughby zu.

»Ich gehe hinein und hole Hilfe«, sagte ich zu Sophie. »Ich nehme Anna mit.« Aber als ich mich mit den Kindern umdrehte, stellte ich fest, daß der Eingang von einem Paar versperrt wurde, das gerade herauskam. Hinter ihnen stand Val mit unseren Drinks. Offenbar merkte der Mann sofort, daß etwas Unangenehmes im Gange war, denn er sagte zu der Frau, sie solle den Wirt holen. Val gab der Frau im Vorbeigehen seine Drinks und kam zu uns heraus.

Inzwischen hatte Jope Willoughby zwischen einen Tisch und die Mauer gedrängt, wo er ihn mit dem Gewicht seines massigen Körpers festhielt. Sophie forderte ihn auf, Willoughby in Ruhe zu lassen. Mit verzerrtem Gesicht fuhr er herum. »Halt's Maul!« schrie er wutentbrannt. In seinen hervorstehenden Augen flackerte ein gefährliches Licht.

Dann drehte er sich wieder zu Willoughby um. »Und du solltest besser auf deine Gesundheit achten, Opa. Ein loses Mundwerk kann tödlich sein, wie du vielleicht weißt.« Mit einem seiner fetten Finger schnippte er Willoughbys Krawatte aus der Weste.

Bevor er mehr anrichten konnte, zwang ihn Val mit einem festen Griff um sein Handgelenk, einen Schritt zurückzutreten und Willoughby freizulassen. Val ließ Jope los, der fluchend sein feuerrotes Handgelenk rieb. Im selben Augenblick erschienen der Wirt und mehrere Männer vor dem Pub. Der Wirt warf einen schnellen Blick auf die Szene und schritt dann ein, wie er in der Vergangenheit schon oft eingeschritten sein mußte. Seine laute, energische Stimme übertönte die von Jope und dämpfte dessen Wut. Widerstrebend ließ er sich zu seinem Truck geleiten.

Deutlich angeschlagen, blinzelte Willoughby in die kleine Runde, die sich im Vorhof versammelt hatte. »Haben Sie gehört, wie er mich bedroht hat?« fragte er. Jetzt, da die Zornesröte aus seinem Gesicht gewichen war, war er aschfahl und um Jahre gealtert. Er schien so wackelig auf den Beinen zu sein, daß ich ihn überredete, sich hinzusetzen, während der Wirt einen Brandy und eine Tasse Kaffee für ihn holte. »Auf Kosten des Hauses«, erklärte er Willoughby. Dann beugte er sich hinunter, um die Glasscherben aufzukehren.

Ohne den Kaffee eines Blickes zu würdigen, nahm Willoughby den Brandy und kippte ihn hinunter. Dann stand er auf, immer noch etwas zitterig, und brachte seine Krawatte wieder in Ordnung. Er wirkte so lädiert und so sehr in seiner Kaltblütigkeit erschüttert, daß er mir plötzlich leid tat. Als Val sagte, er werde ihn nach Summerhays begleiten, schüttelte Willoughby den Kopf. »Vielen Dank. Ich komme schon zurecht.« Er sah uns kaum an und ging mit einem kurzen Gruß davon.

## 31

In dieser Nacht hing der Vollmond tief und silberschwer über dem Hügelgrab. Vom Küchenfenster aus sahen die dunklen Schatten der Bäume wie in Mäntel gehüllte Gestalten aus, die in einer Reihe dastanden und quer über das Feld zum Cottage herüberblickten. Sie schienen dort zu warten oder zu wachen.

Während Sophie und die Kinder schliefen, wanderte ich ruhelos durch das stille Haus, legte Wäsche zusammen, hob Spielsachen auf und dachte an David.

Schließlich ließ ich mich auf dem Sofa nieder, den Zeichenblock in der Hand. Die häßliche Szene im Pub ließ mir keine Ruhe. Obwohl die Wut auf Carl Jopes Gesicht erschreckend genug gewesen war, handelte es sich dabei doch um einen spontanen Gefühlsausbruch, den ich einordnen und benennen konnte. Willoughbys Gesicht dagegen war viel beunruhigender gewesen. Es war das Gesicht eines Voyeurs, eines Menschen mit Geheimnissen, die er entweder für sich behalten oder ausplaudern konnte – das Gesicht eines Menschen, der verletzt worden war und der dafür andere verletzen würde. Aber darüber hinaus war noch etwas anderes in seinen Augen gewesen, eine Bitte, fast schon ein Flehen. Und ich fühlte mich, als hätte ich mich absichtlich geweigert, ihn zu verstehen.

Als ich zu zeichnen begann, ließ ich meinem Stift seinen eigenen Willen, wie die Verfasser automatischer Texte es taten. Allmählich entstand unter meinen Fingern eine Kletterpflanze, deren Zweige über das gesamte Papier wuchsen. Zwischen den Blättern spähte mir das Gesicht eines Wasserspeiers entgegen, Willoughby als laubüberwucherter Faun, aber ein Faun mit verdörrten Blättern, der an der Kletterpflanze starb. Tote Blätter fielen von ihren Stengeln und verhüllten sein Gesicht.

Andere Gesichter nahmen zwischen dem Laub Gestalt an, Carl Jope, Benedict, Clarissa, Mela, May, Nan, Charles, Evelyn und Stephen Allerton; jedes dieser Gesichter wurde von meinem Stift in eine groteske Version des Originals verwandelt. Aus den Zügen von wilden Tieren oder Vögeln, Dämonen oder Engeln blickten mich ihre Augen an – manche wütend oder traurig, andere argwöhnisch, amüsiert, liebevoll oder warnend.

Aber da war noch ein anderes Augenpaar. Böse Augenschlitze, in einem Gesicht, dessen Züge unter dem Dickicht der Blätter verborgen blieben; nur die Augen waren zu sehen, die mich mit unversöhnlichem Haß anstarrten. In ihrem Blick lag sowohl eine Drohung als auch eine Warnung. Eine Drohung von jemandem, dessen Identität ich nur erraten konnte; eine Warnung, die an mich gerichtet war. Ich steckte meine Nase in eine Vergangenheit, die mehr Gefahren barg, als ich ahnte.

Aufgewühlt legte ich den Skizzenblock beiseite und ging nach oben. Angezogen legte ich mich auf mein Bett, starrte in die Dunkelheit und versuchte mir auf das Ganze einen Reim zu machen. Aus dem Garten drang der schrille Schrei eines Nachtvogels durch das offene Fenster neben meinem Bett. Das Geräusch drang durch die tiefe Stille der Nacht in meinen Schlaf und verwandelte sich in den Schrei einer Frau. In meinem Traum schlug eine verschwommene Gestalt immer wieder mit einem Buch auf Evelyn Allerton ein. Als diese schließlich zusammenbrach, warf der Mörder das Buch ins Feuer. Beißender Rauch quoll in dicken grauen Wolken aus dem Kamin in meinen Traum.

Ich setzte mich auf. Die Luft um mich herum war erfüllt von dem beißenden Rauchgeruch aus meinem Traum. Der Geruch schien durch das offene Fenster hereinzudringen und immer stärker zu werden. Ich rannte auf den Gang hinaus. Gott sei Dank war hier von dem schrecklichen Geruch nichts zu bemerken.

Verzweifelt rüttelte ich Sophie wach. Sie setzte sich auf und blinzelte mich benommen an, das Gesicht vom Schlafen ganz zerknittert. Aber als sie das Wort »Feuer« hörte, sprang sie aus dem Bett und griff nach dem langen Pulli, den sie als Morgenmantel benutzte. Während sie den Pulli überzog, sagte ich, daß das Feuer meiner Meinung nach draußen sei und nicht im Haus. »Aber ich glaube, wir sollten Max und Anna trotzdem ins Freie bringen. Für alle Fälle.«

Eilig wickelten wir beide Kinder in Decken und trugen sie nach unten. Im Hinuntergehen machten wir überall Licht. Im Haus roch es nicht nach Rauch, aber als wir die Tür öffneten, schlug er uns beißend entgegen. Sophie legte Anna auf den Rücksitz des Wagens, setzte sich dann neben sie und ließ sich Max hineinreichen. Die beiden blinzelten uns kurz an, schliefen aber gleich wieder ein.

Ich steckte den Schlüssel ins Schloß und sagte zu Sophie, daß ich nachsehen wolle, woher der Rauch komme. »Wenn es ernstlich brennt, fahren wir zu den Ebborns und rufen die Feuerwehr.«

»Sei vorsichtig«, sagte Sophie; im Mondlicht wirkte ihr Gesicht fast weiß.

Der beißende Geruch verstärkte sich, als ich die Rückseite des Cottages erreichte. Aus den Ritzen rund um die schlecht schließende Tür des Schuppens drang Rauch. Ich legte den Arm vor Nase und Mund und faßte dann vorsichtig an den Türgriff. Das Metall war noch kalt. Ich riß die Tür auf und sprang schnell zurück, weil eine dicke Rauchwolke aus dem Schuppen quoll. Nachdem sich der Rauch etwas verzogen hatte, sah ich, daß zwischen ein paar übereinandergeworfenen Jutesäcken hinten im Schuppen ein kleines Feuer brannte; die Flammen griffen bereits hungrig nach dem darüber angebrachten Holzregal.

Mehrere Farbdosen ohne Deckel und eine offene Flasche Terpentin standen gefährlich nahe beim Feuer. Unter einer glänzenden Schicht aus gelbem Öl schwappte flüssige weiße Farbe hin und her, als ich die Dosen ins Freie trug. Ich packte einen Spaten, nahm eine Schaufel Erde und erstickte damit das Feuer. Sicherheitshalber warf ich noch ein paar Spaten voll Erde obendrauf und holte anschließend im Haus einen Eimer Wasser, den ich über den Erdhaufen schüttete. Das Ergebnis war ein unappetitlicher Mischmasch aus versengten Jutesäcken und Schlamm, der zwar widerlich roch, aber mit Sicherheit nicht mehr brennen würde.

Nachdem wir die Kinder wieder in ihre Betten gebracht hatten, gingen Sophie und ich noch einmal hinaus, um einen Blick auf die kalten Überreste des Feuers zu werfen. »Die Jutesäcke lagen schon da«, sagte ich, »aber an die Farbdosen und das Terpentin kann ich mich nicht erinnern. Sind sie dir aufgefallen, als du am Sonntag nachmittag mit Val im Garten gearbeitet hast?«

Sie überlegte einen Augenblick, die Arme fest um die Taille geschlungen; ihre Hände steckten in den Ärmeln ihres Pullovers. Sie schüttelte den Kopf. »Ich glaube nicht. Aber beschwören kann ich es nicht.« Einen Augenblick lang schwieg sie, dann fragte sie: »Wie kann so etwas einfach von selbst zu brennen anfangen?«

Unsere Blicke trafen sich. Beide kannten wir die Antwort. Plötzlich senkte Sophie die Augen. Mit hängenden Schultern und dünner Stimme flüsterte sie: »Es tut mir so leid, Jo. Daran bin nur ich schuld. Wenn ich nicht hier wäre…« Einen Augenblick lang war sie ihrer Mutter so ähnlich, daß es mir richtig weh tat. Schnell nahm ich sie in den Arm. Sie war viel zu klein und zerbrechlich, um es mit jemandem wie Carl Jope aufnehmen zu können; unter dem dünnen Pullover fühlten sich ihre Knochen wie die eines Kindes an. »Ich bin froh, daß du hier bist, Sophie«, sagte ich. »Nichts wird mich dazu bringen, das zu bereuen.«

Wir stellten die Farbdosen und das Terpentin auf ein Regal in der Speisekammer, weil wir nicht riskieren wollten, daß sich draußen noch einmal jemand daran zu schaffen machte. Obwohl es höchstwahrscheinlich sinnlos war, zogen wir vorher Gartenhandschuhe an, um eventuelle Fingerabdrücke nicht zu verwischen. Danach fuhr ich zur Ashleaze Farm hinüber, um die Polizei anzurufen. Ein schläfriger William öffnete mir die Tür; hinter ihm kam Pat die Treppe herunter und knotete den Gürtel ihres Morgenmantels zu. Nachdem ich mich für die späte Störung entschuldigt hatte, erklärte ich ihnen, was passiert war. Mit grimmiger Miene sahen sie sich an.

Während Pat die Polizei informierte, fuhr William mit mir zum Cottage zurück. Obwohl ich ihm versicherte, daß jetzt alles in Ordnung sei, ließ er sich nicht davon abbringen, mich zu begleiten. »Eine schlimme Sache«, sagte er düster, während er das Innere des Schuppens betrachtete. »Trotzdem, selbst wenn der Schuppen in Flammen aufgegangen wäre – das Haus selbst war wahrscheinlich nicht in Gefahr. Das ist das Schöne an Stein und Schiefer. Da braucht es schon mehr als das hier, um so ein Haus von außen abzubrennen.«

»Wie sind die anderen Feuer ausgebrochen?« fragte ich ihn. »Die in den leerstehenden Cottages, meine ich.«

»In Bauschutt. Im Freien. Aber da niemand da war, der die Flammen hätte bemerken können, hatten sie Zeit, richtigen Schaden anzurichten.«

Sophie erzählte ihm von dem Vorfall im Pub und Carl Jopes Benehmen. »Er ist es gewesen«, sagte sie flach. Auf eigene Faust, fragte ich mich, oder wurde er von jemandem bezahlt, der daran interessiert war, in Shipcote Immobilien aufzukaufen, wie zum Beispiel Gerald Fenton? William antwortete Sophie nur mit einem Grunzen, aber er widersprach ihr nicht. Ein paar Minuten später bog ein Polizeiwagen in die Auffahrt ein. Der junge Constable, der ausstieg, inspizierte den Schuppen und suchte den ganzen Garten gründlich ab. Er war verärgert darüber, daß ich die Farbdosen nicht hatte stehen lassen, gab dann aber widerwillig zu, daß ich keine andere Wahl gehabt hatte. Die Experten von der Brandkommission würden am Morgen vorbeikommen, erklärte er, bevor er ging; in der Zwischenzeit sollten wir alles so lassen, wie es war.

Nachdem William ebenfalls gefahren war, saßen Sophie und ich in der Küche und tranken den letzten Rest einer Flasche Wein. Wir sprachen nichts, jede hing ihren eigenen Gedanken nach. Mit einem einzigen Streichholz hatte Carl Jope die leisen Hoffnungen zunichte gemacht, die gerade erst in uns aufgekeimt waren.

»Ich kann nicht länger hierbleiben«, sagte Sophie dumpf. »Wir können nicht warten, bis Carl es noch mal versucht. Schließlich bin ich es, die er vertreiben möchte.«

»Vielleicht will er mich genauso loswerden. Wenn man bedenkt, was er von Zuzüglern hält... Ich finde, wir sollten kein Risiko eingehen. Allein schon wegen Max und Anna.«

Sie nickte mit trübem Gesicht. »Ja, ich weiß.«

»Max und ich werden in ein Hotel gehen, bis ich wegen des Cottages alles geregelt habe. Was wirst du machen?«

»Nach London fahren, schätze ich. Bei meinen Freunden bleiben.« Dann fügte sie wütend hinzu: »Genau das will er natürlich. Uns beide vertreiben. Diese Genugtuung gönne ich ihm einfach nicht.« Ich fragte sie gar nicht erst, wen sie meinte. Und ich wußte, daß sie recht hatte.

Zu frustriert, um noch länger zu reden, sahen wir nach, ob im Erdgeschoß alle Fenster geschlossen waren, rückten Sessel vor die Vorder- und Hintertür und gingen dann nach oben; die Lichter ließen wir an. Sophie verabschiedete sich mit einem gedämpften gute Nacht, bevor sie in ihr Zimmer verschwand. Angst und Wut ließen mich nicht zur Ruhe kommen; unruhig wälzte ich mich auf meinem Bett hin und her. Als Max kurz nach fünf aufwachte, zog ich ihn an, machte sein Fläschchen warm und hinterließ für den Fall, daß Sophie aufwachen sollte, einen Zettel auf dem Küchentisch, auf dem stand, daß wir einen Morgenspaziergang machten.

Mit müden Augen schob ich den Kinderwagen Richtung Dorf, während Max, in eine Decke gewickelt, friedlich an seinem Fläschchen nuckelte. Noch widersetzte sich die Dunkelheit an manchen Stellen dem ersten Licht, während die aufgehende Sonne bereits die Baumwipfel berührte, von glänzenden Schieferdächern herabblinkte und die Kämme der Hügel wärmte. In den Hecken wurden die Vögel munter und begrüßten zwitschernd den neuen Tag. Die frische Frühlingsluft versprach neues Leben. Aber dieses Versprechen galt jemand anderem, nicht mir. Ich würde nach Toronto zurückgehen, das war sicherer.

Carl Jopes bösartige Tat erschien mir in gewisser Weise sinnbildlich. Auch ich hatte mit dem Feuer gespielt. Sogar ein fünfzig Jahre zurückliegender Mord war noch gefährlich. Ich hatte kein Recht, Max' Leben aufs Spiel zu setzen, nur weil ich meine Neugierde befriedigen und Nan rächen wollte. Die Lebenden sollten einem immer wichtiger sein als die Toten.

Ich versuchte, nicht an David zu denken. Es war naiv von mir gewesen zu glauben, daß zwischen uns eine Beziehung möglich sei oder daß ich in Shipcote bleiben könnte, solange Benedict Mallaby hier lebte. In einer Stadt wäre es vielleicht etwas anderes gewesen; dort hätte man Benedict leicht aus dem Weg gehen können. Hier aber war er eine ebenso große Bedrohung für mein Glück, wie Carl Jope es für meine Sicherheit war.

Außerdem mußte ich auch an meine Arbeit denken. Genau wie Max brauchte ich einen festen Zeitplan, um mich wohl zu fühlen; ich konnte am besten arbeiten, wenn in meinem Leben Ruhe und Ordnung herrschten. Es schien unwahrscheinlich, daß das in Shipcote jetzt noch möglich war.

Während diese Gedanken durch meinen Kopf wirbelten, überlegte ich, ob die nervöse Dünnhäutigkeit, die ich mit Max' Geburt entwickelt hatte, mich jetzt überreagieren ließ. War ich gerade dabei, eine mögliche Zukunft zugunsten einer unbegründeten Angst vor der Vergangenheit zu opfern?

Wir spazierten durch das schlafende Dorf, vorbei an der Kirche. Ich wollte bis zur Brücke gehen und dann umkehren, aber als ich um die Ecke des Mason's Arms bog, sah ich vor dem Pub zwei Polizeiwagen stehen. An der Brücke stand ein Krankenwagen mit weit geöffneten Hintertüren. Zwei Männer schoben eine mit einem weißen Tuch bedeckte Gestalt auf einer Bahre in den hinteren Teil des Wagens.

## 32

Eine Gruppe von Männern stand am Flußufer, gleich unterhalb des Pubs, wo die Kinder am Abend zuvor die Enten gefüttert hatten. Einer von ihnen, ein Photograph, packte gerade seine Ausrüstung zusammen; ein anderer sperrte den Platz mit Seilen ab. In einem der Streifenwagen sprach ein junger uniformierter Polizist in sein Funkgerät. Es war der Constable, der wenige Stunden zuvor bei uns in Longbarrow Cottage gewesen war. Durch das offene Wagenfenster hörte man das Knacken einer antwortenden Stimme; was sie sagte, konnte ich nicht verstehen.

Neben dem Krankenwagen sprach der Pubbesitzer mit einem großen, rothaarigen Mann mittleren Alters, der sich immer wieder Notizen machte. Als der Wirt mich sah, sagte er etwas zu dem anderen Mann, das diesen veranlaßte, sich umzudrehen und in meine Richtung zu sehen. Er schloß sein Notizbuch und kam zu mir herüber. Er hatte ein schmales, sympathisches Gesicht und wirkte sehr gelassen. Unter anderen Umständen hätte ich seine Anwesenheit als beruhigend empfunden.

»Miss Treleven?« Als ich bejahte, stellte er sich als Detective Inspector Terrant vor und zeigte mir seinen an das Notizbuch gehefteten Ausweis.

»Was ist passiert?« fragte ich.

»Im Fluß ist eine Leiche gefunden worden. Ein Mr. Willoughby Webb Springer. Harry Shankman, der Wirt, sagt, Sie hätten ihn gekannt.«

Ich war so schockiert, daß ich kein Wort herausbrachte, sondern nur nicken konnte.

»War er ein Freund von Ihnen?«

Ich schluckte; mein Hals war staubtrocken. »Nein, kein Freund. Ein Bekannter. Ich kannte ihn kaum zwei Wochen.« Fast gegen meinen Willen fragte ich noch einmal, was denn passiert sei. »Ich meine, mir ist klar, daß er ertrunken sein muß. Aber wie?«

Er antwortete, daß sie noch nicht sicher seien. »Es würde uns helfen, wenn Sie uns ein paar Fragen beantworten könnten. Würde es Ihnen etwas ausmachen, einen Moment mit ins Pub zu kommen?« Er sagte das sehr höflich, fast freundlich; man hätte meinen können, er habe mich auf einen Drink eingeladen.

»Ja, ich meine, nein. Natürlich komme ich mit.«

Autotüren wurden zugeschlagen. Einen Moment später fuhr der Krankenwagen über die Brücke davon. Etwas Schreckliches war geschehen, und trotzdem erstreckten sich die grün-goldenen Felder weiterhin beschaulich bis zu den Hügeln, der friedliche Fluß floß ruhig unter der Brücke hindurch, und hinter der Biegung des Weges schlief das Dorf, ohne von alledem etwas mitzubekommen.

In diesem Moment stieg der junge Constable, der in das Funkgerät gesprochen hatte, aus dem Wagen und kam zu uns herüber. Wir begrüßten uns, und der Constable, der Skeffington hieß, erklärte Terrant, unter welchen Umständen wir uns kennengelernt hatten. Der ältere Mann hörte mit unbewegter Miene zu.

»Waren die Leute von der Brandkommission schon dort gewesen?« fragte er den Constable.

»Noch nicht, Sir.«

»Sorgen Sie dafür, daß sie gleich hinübergeschickt werden. Sagen Sie ihnen, der Fall habe Vorrang.«

»Gut.« Der Constable nickte und ging zu seinem Wagen zurück.

»Wie sieht's mit einem Kaffee aus, Harry?« fragte Inspector Terrant den Pubbesitzer, der im Vorhof neben dem Tisch stand, an dem Willoughby am Abend zuvor mit uns gesessen hatte. Der Angesprochene hob als Antwort die Hand und verschwand im Pub. Dem Inspector folgend, schob ich den Kinderwagen über die Türschwelle in die Bar, einen kleinen, cremefarben gestrichenen Raum mit einer leicht schiefen Decke und einem Boden aus breiten Holzplanken. Ich fand es in dem Raum sehr kalt. Max war zwar warm eingepackt, aber ich wickelte ihn trotzdem noch fester in seine Decke.

Wir setzten uns an einen Tisch nahe an der Wand; gleich daneben stand eine wurmzerfressene Standuhr. Inspector Terrant nahm sein Notizbuch heraus und notierte erst einmal meine Personalien. Dann, nach ein paar einleitenden Fragen darüber, wann und wie ich Willoughby kennengelernt hatte, befragte er mich zu der Szene vor dem Pub, zu der es am Vorabend gekommen war.

So objektiv wie möglich schilderte ich das Treffen zwischen Carl Jope und Willoughby, wobei ich Sophies Rolle bei der Auseinandersetzung weitgehend auszuklammern versuchte. Inspector Terrant war höflich, aber hartnäckig, und er fragte sehr gezielt. Gerade hatte er wieder zu einer Frage angesetzt, als Harry Shankman zwei Tassen Kaffee auf den Tisch stellte. Der Inspector dankte ihm. »Wie steht's denn mit dem jungen Mann da?« fragte er und machte eine Kopfbewegung Richtung Max.

Ich wandte mich an den Pubbesitzer. »Haben Sie vielleicht ein Brötchen oder ein Stück Brot und ein bißchen Käse? Dann wäre er beschäftigt.«

»Natürlich«, antwortete er. »Bin sofort wieder da.« Während ich ihm nachsah, ging mir die Frage durch den Kopf, wieviel der Wirt eines Pubs wohl über die Leute in einem so kleinen Dorf wußte. Schätzungsweise alles.

Nachdem ich einen Schluck Kaffee getrunken hatte, wurde mir ein bißchen wärmer. In knappen Worten beendete ich meinen Bericht über die Auseinandersetzung der beiden Männer.

»Sie würden also sagen, daß der Streit von Mr. Jope ausging?« fragte mich Terrant.

»Auf jeden Fall. Er war sehr grob zu Mr. Webb Springer, richtig beleidigend.«

Er bat mich, ihm Näheres über die Beleidigungen zu erzählen, und notierte sich jedes einzelne Schimpfwort. Dann forderte er mich auf, ihm noch einmal Willoughbys Reaktion zu schildern; aufmerksam hörte er zu, während ich meine Aussage wiederholte. »Hatten Sie den Eindruck, daß die beiden sich kannten, Miss Treleven?«

Ich versuchte mich an das Essen bei den Mallabys zu erinnern, wo Carl Jopes Name zur Sprache gekommen war. Obwohl Willoughby Sophie erwähnt hatte, war ich mir fast sicher, daß er zu dem kurzen Gespräch über Carl Jope selbst nichts beigetragen hatte. »Ich glaube nicht, daß sie sich kannten. Aber beschwören kann ich es nicht. Die Mallabys müßten das wissen.« Mir fiel etwas ein. »Er wohnte bei ihnen. Wissen sie dort schon, was passiert ist?«

In ruhigem Ton antwortete er, daß sie auf jeden Fall informiert würden. Der Pubbesitzer erschien mit einem Teller voll Weißbrot und Käse. Max hatte angefangen, in seinem Kinderwagen herumzuzappeln, beruhigte sich aber wieder, als ich ihm ein Stück Brot gab.

»Nun zu Mr. Jopes Stieftochter, Sophie Dymock«, fuhr der Inspector fort. »Sie sagen, Carl Jope habe angehalten, um mit ihr zu reden, und sei sich dann mit Mr. Webb Springer in die Haare geraten?« Ich nickte. »Haben die beiden sich in freundlichem Ton unterhalten, Miss Dymock und Carl Jope?«

»Seit ich hier bin, habe ich noch nie gehört, daß Carl Jope sich mit jemandem in freundlichem Ton unterhalten hätte.« Terrant sah von seinem Notizbuch hoch und lächelte. Der

Blick aus den blaßblauen Augen mit den hellen Wimpern war beunruhigend clever. Ich sprach weiter: »Sie wollte nur, daß er sie in Ruhe ließ. Wir beide wollten das. Aber vielleicht lassen Sie sich dieses Gespräch lieber von Sophie selbst schildern. Sie wohnt momentan bei mir.«

»Das werde ich. Aber erst einmal interessiert mich, was Sie gehört haben.«

»Die beiden haben eigentlich gar nicht besonders viel miteinander geredet. Er warf ihr vor, daß sie ihre Mutter zu überreden versuche, ihn zu verlassen. Und er beschimpfte sie.« Auf seine Bitte hin wiederholte ich die Schimpfworte, an die ich mich erinnern konnte.

Dann sagte Terrant: »Mr. Webb Springer behauptete, Carl Jope habe ihn bedroht. Stimmt das?« Vermutlich hatte ihm der Pubbesitzer davon erzählt. Ich antwortete, daß Carl Jope tatsächlich Drohungen gegen Mr. Webb Springer ausgestoßen habe. »Und selbst wenn er es nicht in Worte gekleidet hätte – sein Verhalten war bedrohlich genug.«

»Könnten Sie mir das etwas genauer beschreiben?«

»Er war schrecklich wütend. Ich glaube, wir hatten alle Angst um Mr. Webb Springer. Daß Mr. Jope ihm gegenüber handgreiflich werden könnte.« Ich schilderte, daß Val Lenthall sich gezwungen gesehen hatte, Willoughby zu Hilfe zu kommen. »Hinterher, als Mr. Jope davonfuhr, bot Val an, Willoughby nach Summerhays zurückzubringen. Aber er lehnte ab.« Ich hielt Max ein Stück Käse hin, aber er drehte den Kopf weg. »Weiß man schon, wann er gestorben ist?«

»Noch nicht. Nur, daß er die ganze Nacht im Fluß war. Aber lassen Sie uns noch einmal über diese Drohungen reden. Können Sie sich an die genauen Worte erinnern?«

Ich dachte einen Moment lang nach. »Er sagte zu Mr. Webb Springer, er solle auf seine Gesundheit achtgeben. Und daß ein loses Mundwerk tödlich sein könne.«

Terrant zog eine sandfarbene Augenbraue hoch. »Ein loses Mundwerk? Was glauben Sie, hat er damit gemeint?«

»Willoughby – Mr. Webb Springer – nannte Carl Jope einen Feuerwerkskünstler. Ich nehme an, daß er damit auf Brandstiftung anspielte. Daß er andeuten wollte, Mr. Jope wäre der Brandstifter. Mr. Jope fühlte sich dadurch beleidigt, um es vorsichtig auszudrücken.« Während Terrant seine Notizen machte, redete ich weiter. »Wenn ich richtig informiert bin, hat es in Shipcote in letzter Zeit ein paar ungeklärte Brände gegeben. Wie das Feuer auf meinem Grundstück. In Cottages, deren Besitzer nur am Wochenende hier sind. Und da ich selbst auch nicht von hier bin, dachte ich…«

»Daß derjenige, der die anderen Feuer gelegt hat, auch für das Ihre verantwortlich sein könnte?« sprach Terrant den Satz für mich zu Ende.

»Das scheint mir die logische Schlußfolgerung. Gibt es wegen der anderen Brände irgendwelche Verdächtigen?«

»Das könnte man sagen.« Einen Augenblick lang schwiegen wir beide. Das Ticken der Uhr erschien mir plötzlich sehr laut.

»Carl Jope?«

In freundlichem Ton antwortete Terrant: »Das darf ich Ihnen nicht sagen, Miss Treleven.«

Constable Skeffington kam herein und bat den Inspector um eine kurze Unterredung unter vier Augen. Mit einer Entschuldigung erhob sich der ältere Mann. Während er draußen war, hob ich Max aus seinem Wagen; ich hielt ihn an beiden Händen fest, während er schwankend zwischen den Tischen hindurchsteuerte. Die ganze Zeit über hatte ich Willoughbys Gesicht vor Augen, wie er am Flußufer stand und mir von seiner Angst vor dem Wasser erzählte.

Nach ein paar Minuten kam Inspector Terrant zurück. »Ich würde jetzt gerne mit Miss Dymock sprechen. Wenn Sie soweit sind.« Seine Höflichkeit war entnervend; man hatte das Gefühl, mit Samthandschuhen angefaßt zu werden, unter denen der harte Stahl zu spüren war.

Constable Skeffington fuhr uns mit seinem Streifenwagen

nach Longbarrow Cottage. Der Inspector saß neben ihm auf dem Beifahrersitz, Max und ich auf dem Rücksitz. Max fuchtelte mit seinem Fläschchen herum und genoß das unerwartete Vergnügen, ausnahmsweise einmal nicht in einem Kindersitz festgezurrt zu sein. Während der Fahrt erkundigte sich der Inspector nach Willoughbys Beziehung zu den Mallabys. Ich antwortete, ich wisse nur, daß sie seit den dreißiger Jahren befreundet seien und daß er eine Biographie über Mrs. Mallabys Bruder, Stephen Allerton, geschrieben habe. »Mr. Webb Springer wohnte vorübergehend in ihrem Gartenhaus. Er wollte hier seine Memoiren schreiben.«

Vorsichtig fügte ich hinzu: »Ich weiß nicht recht, wie ich es sagen soll...«

Der Inspector drehte sich zu mir um. »Raus damit.«

»Ich wollte eigentlich nur sagen, daß er sich im Pub seltsam benommen hat. Willoughby, meine ich. Verglichen mit seinem sonstigen Verhalten.«

»Aber Sie kannten ihn doch erst seit kurzem, haben Sie gesagt.«

»Ja, aber... Wahrscheinlich ist es völlig unwichtig, aber er erschien mir irgendwie aufgedreht. Als stehe er kurz davor, eine Schwelle zu überschreiten. Jedenfalls kam es mir so vor.«

»Wie meinen Sie das? Was für eine Schwelle?«

»Er wollte hier seine Memoiren schreiben. Ich glaube, er hatte vor, damit einigen Schaden anzurichten.«

Die beiden Männer sahen sich an. Mit ruhiger Stimme meinte Terrant: »Wollen Sie damit sagen, daß er möglicherweise etwas über Carl Jope wußte, das er ausplaudern wollte?«

Auf diese Idee war ich noch gar nicht gekommen. »Nein, ganz und gar nicht. Ich glaube wirklich nicht, daß die beiden sich vorher schon einmal gesehen haben. Tut mir leid, es war nur so ein Eindruck von mir.«

Skeffington blieb im Wagen sitzen, während Terrant mit Max und mir ins Cottage ging. Als Sophie uns hörte, kam sie aus der Küche. Und begann beim Anblick von Inspector Terrant breit zu lächeln. »Hallo, Terry. Bist du neuerdings der Experte bei der Brandkommission?« Sie drehte sich zu mir um. »Terry war Großvaters Freund. Der, von dem ich dir erzählt habe. Wenn jemand in der Lage ist, den Brandstifter zu finden, dann er.«

»Er ist nicht wegen des Feuers hier, Sophie. Es geht um Willoughby.«

»Oh?« Fragend sah sie von mir zu ihm. In ein paar knappen Worten erzählte er ihr, was mit Willoughby passiert war. Sie schlug die Hand vor den Mund. »Mein Gott, wie schrecklich.«

Terrant sagte: »Ich muß dir ein paar Fragen stellen, Sophie. Wegen eures Pubbesuchs gestern abend.«

»Ja, natürlich.« Sie hatte sich wieder gefangen. »Hört mal, drüben steht das Frühstück für die Kinder bereit. Könnten wir nicht in der Küche weiterreden?« Er habe nichts dagegen, antwortete er. Anna saß schon am Küchentisch und aß Toast. Ich setzte Max in seinen Hochstuhl und zog mir einen Stuhl heran, um ihn mit seinem Frühstücksbrei zu füttern. Sophie schenkte uns Tee ein und stand dann mit dem Rücken gegen die Arbeitsplatte gelehnt, während Terrant seine Fragen stellte. Er sprach mit ihr über die gleichen Punkte wie mit mir, und sie wiederholte viel von dem, was ich ihm bereits erzählt hatte; nur auf den Wortwechsel mit ihrem Stiefvater ging sie etwas genauer ein: »Du weißt ja, wie er ist, Terry«, sagte sie zum Schluß. Er nickte. Dann fügte sie hinzu: »Daß Willoughby ertrunken ist, war kein Unfall, oder? Sonst hätte man dich wohl kaum eingeschaltet.«

»Er bekam einen Schlag auf den Hinterkopf, bevor er im Wasser landete. Das ist Grund genug, uns einzuschalten. Vielleicht war es ein Unfall, aber der Gerichtsmediziner ist anderer Meinung.«

Sie fragte ihn rundheraus, ob die Polizei Carl Jope in Verdacht habe, für Willoughbys Tod verantwortlich zu sein.

Er lächelte nachsichtig. »Du solltest eigentlich wissen, daß ich diese Frage nicht beantworten darf, Sophie.«

»Versteh doch, Terry, Mum ist mit ihm allein. Ich kann nicht zu ihr, das würde ihn nur noch mehr aufregen. Aber wenn er...«

Er unterbrach sie mit ruhiger Stimme. »Carl ist vorläufig festgenommen worden. Soviel kann ich sagen. Und deiner Mum geht es gut. Als ich sie verließ, telefonierte sie gerade mit deinem Onkel. Sie will, daß er kommt und bei ihr auf der Farm bleibt.« Im Aufstehen sagte er: »Ach übrigens, ihr wolltet doch eine Information zum Mordfall Evelyn Allerton. Allem Anschein nach hat sich der Fahrer des Wagens nie gemeldet. Und sein Beifahrer auch nicht. Ihr wolltet außerdem wissen, was mit der verschwundenen Uhr passiert ist. Sie ist nie wieder aufgetaucht.«

Sophie sah zu mir herüber. »Hatte die Uhr eine Gravur?« fragte ich ihn.

Verblüfft sah er mich an. »Ja, tatsächlich. Ich habe mir den Text aufgeschrieben.« Er blätterte in den hinteren Seiten seines Notizbuchs. »Da haben wir es ja: ›Ein gutes Buch ist das teure Herzblut eines großen Geistes.‹«

Benedicts Uhr. Durch meine Müdigkeit hindurch spürte ich eine kleine heiße Flamme der Bestätigung. Ich fragte Terrant, wie die Polizei herausgefunden habe, daß die Uhr gestohlen worden war.

»Die Distrikt-Krankenschwester hatte sie am Tag vor dem Mord gesehen. Sie hatte Evelyn Allerton hier besucht, weil sie krank war. Die Uhr hatte auf einem Tisch neben dem Bett gelegen, und die Schwester sagte, die Kranke habe sie ihr gezeigt.« Er starrte mich an. »Warum interessieren Sie sich so für den Fall?«

»Wenn man in diesem Cottage lebt, ist es schwer, sich nicht dafür zu interessieren.« Vielleicht lag es an Willoughbys Tod, daß ich hinzufügte: »Aber es gibt noch einen anderen Grund. Zum Zeitpunkt des Mordes gehörte das Cottage meinem

Großvater. Die Allertons hatten es von ihm gemietet. Eineinhalb Jahre später verschwand er spurlos. Ich glaube, daß zwischen den beiden Fällen ein Zusammenhang bestand.«

Er war zu höflich, um seine Skepsis offen zu zeigen, und außerdem wohl zu beschäftigt mit Willoughbys Tod, um sich um einen fünfzig Jahre zurückliegenden Mord zu kümmern, aber ehe er antworten konnte, klopfte es an der Vordertür. Die Experten der Brandkommission waren gekommen; die beiden Männer trugen Segeltuchoveralls und ihre Spezialausrüstung. Während Sophie mit den Kindern in der Küche blieb, gingen der Inspector und ich mit den beiden zum Schuppen. Sie nahmen die Farbdosen und das Terpentin aus dem Regal in der Speisekammer mit, stellten mir eine Reihe Fragen, photographierten den Schuppen und stöberten meiner Meinung nach ziemlich willkürlich herum. Inspector Terrant nahm einen der Männer beiseite und sprach kurz mit ihm. Dann fuhren er und Constable Skeffington weg.

Sophie saß mit den Kindern im Wohnzimmer auf dem Boden. Als ich ins Zimmer kam, sah sie mich nachdenklich an. »Sie glauben, daß Carl ihn umgebracht hat. Ich wünschte, ich könnte das auch glauben. ...Der arme alte Webbed Sphincter. Wenn ich an das denke, was du mir erzählt hast – daß er solche Angst vor dem Wasser hatte –, dann tut er mir fast leid. Ertrinken. Es muß schrecklich sein, auf diese Weise zu sterben.«

Ich nahm Max hoch und setzte mich mit ihm aufs Sofa. In diesem Moment hatte ich einfach das Bedürfnis, ihn in meinen Armen zu spüren. Dann sah ich plötzlich Peters Gesicht vor mir – das erste Mal seit seinem Tod. Auf einmal liefen mir die Tränen übers Gesicht; ich konnte nichts dagegen tun.

Sophie, die mit Anna ein Puzzle machte, spekulierte über Jopes mögliche Schuld, wobei sie sich wegen Anna sehr vorsichtig ausdrückte. Als ihr auffiel, wie still ich plötzlich war, sah sie zu mir herüber. »Jo! Was ist denn los? Du weinst doch nicht wegen Willoughby, oder?«

Ich konnte nicht sprechen, schüttelte nur den Kopf. Max spielte mit einem Löffel, den er gegen mein Knie schlug. Mit geschlossenen Augen legte ich den Kopf zurück, aber die Tränen wollten trotzdem nicht versiegen.

»Ich gehe mit den Kindern ein bißchen in den Garten«, sagte Sophie. Mit Anna an der Hand und Max auf dem Arm verließ sie das Zimmer. Und ich weinte all die Tränen um Peter, die ich bisher nicht hatte weinen können.

Erschöpft stand ich schließlich auf und wusch mir das Gesicht mit kaltem Wasser; dann ging ich zu Sophie in den Garten hinaus. Sie und die Kinder suchten im Gras nach Veilchen. Ich setzte mich auf die Treppe und sah ihnen zu. Nach einer Weile ließ Sophie die Kinder allein weitersuchen und setzte sich neben mich.

»Besser?«

Ich nickte.

»Möchtest du darüber sprechen?«

»Ich habe wegen Max' Vater geweint. Er ist ertrunken. Genau wie Willoughby.« Sophie legte den Arm um meine Schultern. »Aber eigentlich war es ganz anders als bei Willoughby. Ich weiß, daß er Selbstmord begangen hat.«

Sophie sah mich erschrocken an. »Wie kann man nur so etwas Beschissenes tun!« Kaum hatte sie das gesagt, begann sie sich auch schon zu entschuldigen. »Tut mir leid, Jo, ich hätte das nicht sagen sollen...«

»Nein, nein, das ist schon in Ordnung. Du hast ja recht. Genau das war es.«

Es war, als wäre in meinem Kopf eine riesige Luftblase zerplatzt. Bis jetzt hatte ich immer nur Peters Unglück gesehen. Dieses Unglück hatte alles andere aufgefressen, bis es schließlich sogar unsere Ehe und Peters Freude über seinen Sohn zerstörte. Alle anderen Gefühle, selbst die Liebe, schienen zu schwach, um ihm zu widerstehen. Und nach Peters Tod hatte der Geist dieses Unglücks weiterhin so viel von mir gefordert, daß kein Raum für Wut blieb. Zumindest nicht für Wut auf

Peter. Wut auf mich selbst, das schon, und auf seine Eltern und alle anderen, die ihn meiner Meinung nach im Stich gelassen hatten. Aber auf ihn selbst war ich nie wütend gewesen, bis jetzt.

Ich wußte jetzt, daß diese Wut, wenn ich es zuließ, ihre Ranken um mich schlingen würde; wie der Faun in der Kletterpflanze würde ich eines Tages feststellen, daß mein ganzer Mund voll davon war und ich keine Luft mehr bekam. Ich konnte mich dagegen nur wehren, indem ich ihm verzieh. Wenn ich Peter verzeihen konnte, würde ich vielleicht wieder frei sein.

Sophie sagte: »Du siehst erschöpft aus. Hast du letzte Nacht überhaupt geschlafen?« Als ich den Kopf schüttelte, drängte sie mich, sofort ins Bett zu gehen.

Obwohl ich versuchte, ihr das auszureden, ließ sie keinen Zweifel daran, daß sie in diesem Punkt nicht nachgeben würde. Also stieg ich gehorsam die Treppe hinauf, zog meine Sachen aus, die immer noch ein bißchen nach Rauch rochen, und schlüpfte zwischen die kalten Laken. Mein Kopf fühlte sich vor lauter Kummer geschwollen an. Nach ein paar Minuten schlief ich ein.

Ich wachte erst wieder auf, als ich einen Wagen in die Auffahrt zum Haus einbiegen hörte. Ich warf einen Blick auf die Uhr neben dem Bett. Es war schon nach drei. Als ich nach unten kam, begrüßte mich Sophie mit einem triumphierenden Lächeln.

»Das war Terry. Er ist vorbeigekommen, um mir zu sagen, daß Carl in Untersuchungshaft ist. Er wird wegen Brandstiftung angeklagt.«

Zwei Zeugen hätten sich gemeldet, erzählte sie. Einer davon habe gesehen, wie Jope mit seinem Lieferwagen neben Willoughby anhielt, als dieser gerade an der Kirche vorbeiging, und ihm etwas zurief; das sei kurz nach dem Zwischenfall im Pub gewesen. Der andere Zeuge – ein Dorfbewohner, der auf einer nahegelegenen Farm Freunde besucht habe und auf dem Nachhauseweg gegen Mitternacht die Blacksmith's Lane heraufgekommen sei – habe Carl Jopes Wagen abseits von der Straße auf dem Weg parken sehen, der zum Hügelgrab führte.

Ausgerüstet mit einem Durchsuchungsbefehl, habe die Polizei die Crookfield Farm durchgekämmt. Sie hätten keine Beweise gefunden, daß Carl Jope Willoughby ermordet habe, aber dafür hätten sie ein Lager mit Farbdosen und Lösungsmitteln entdeckt, die unter ein paar Säcken Dünger versteckt waren. Unter Carl Jopes Fingernägeln und in seinem Lieferwagen habe man Spuren von Farbe gefunden, die zu den Farbresten paßten, die neben dem Feuer im Schuppen gestanden hatten. Mit diesen Fakten konfrontiert, habe er die versuchte Brandstiftung in Longbarrow Cottage zugegeben, behaupte aber weiterhin, nichts mit Willoughbys Tod zu tun zu haben.

»Auf jeden Fall ist er jetzt in Gewahrsam und kann niemanden mehr belästigen«, sagte Sophie froh. »Das heißt, du mußt das Cottage nicht verlassen.« Jedenfalls nicht sofort, dachte ich. Sie erzählte weiter, daß ihre Mutter von der Crookfield Farm herübergefahren sei, während ich geschlafen habe. »Mein Onkel ist aus Bristol gekommen und bleibt ein paar Tage bei ihr, um ihr bei der Farmarbeit zu helfen.« Sie zog eine Grimasse. »Er hat keinen Schritt auf die Farm gesetzt, solange Carl dort war. Mum und ich sind übereingekommen, daß ich jetzt, wo Onkel Robert da ist, erst einmal bei dir bleibe.«

Terrant habe ihr noch etwas gesagt, fügte sie hinzu. Willoughby sei schon tot gewesen, als er im Wasser landete; jemand habe ihm mit einem stumpfen Gegenstand einen Schlag auf den Hinterkopf versetzt. Die Polizei gehe davon aus, daß es sich um Mord handle.

## 33

Den Rest des Nachmittags waren Sophie und ich mit den Kindern und dem Haushalt beschäftigt. Die ganze Zeit über freute ich mich auf Davids Rückkehr. Mehr als nach seinen Berührungen sehnte ich mich nach der Zukunft, die sein Körper verheißen hatte, nach dem Glück, auf das er mich hoffen ließ. Die Vergangenheit schien nur Tod und Unheil bereitzuhalten. Aber erst gegen Abend erfuhr ich, daß David und Rafe zurück waren.

Sophie und ich spülten gerade in der Küche das Geschirr, als uns ein ungewöhnliches Geräusch aufblicken ließ. Das Fenster neben der Spüle war offen, und durch dieses Fenster drang eine verzweifelte Stimme herein, die meinen Namen rief. Bestürzt sahen wir uns an. »Das klingt nach Rafe«, sagte ich.

Wir rannten zur Hintertür und sahen ihn in rasendem Tempo über das Feld zum Cottage herunterkommen, eine schmale Gestalt mit wild rudernden Armen, die im Dämmerlicht viel zu lang für den kleinen Körper wirkten. Einmal stolperte er und fiel hin, rappelte sich aber sofort wieder hoch. Mit einem Satz sprang er über die Gartenmauer; ich lief ihm entgegen und fing ihn mit ausgebreiteten Armen auf.

»Rafe! Was ist denn los? Was ist passiert?«

Er befreite sich aus meinen Armen und schaute mich mit ängstlichen Augen an. »Spike«, platzte er heraus. »Er ist verletzt, und es ist alles meine Schuld. Ich habe ihn dort hingebracht, obwohl ich genau wußte, daß ich es nicht durfte.« Keuchend beugte er sich einen Augenblick vornüber, die Hand an die Seite gepreßt.

»Wohin hast du ihn gebracht? Zum Hügelgrab?«

Er nickte, immer noch atemlos. Er roch nach Schweiß und Erde, und seine Hände und Arme waren dreckig, als hätte er mit bloßen Händen gegraben.

»Komm erst mal rein und erzähl uns alles.«

»Nein, nein«, widersprach er und schüttelte wild den Kopf. »Ich kann ihn nicht lange allein lassen. Bitte, ich brauche eine Schaufel oder so was. Kannst du mitkommen, Jo?« Seine Brille war ganz verschmiert, und in seinem Haar hingen Zweige und Blätter. Ein langer blutiger Kratzer zog sich über seine linke Wange.

»Natürlich. Warte, ich sage nur Sophie Bescheid.«

Aber Sophie stand bereits hinter uns auf der Türschwelle und hatte alles gehört. Sie rannte los, um eine Schaufel zu holen, während Rafe sich soweit beruhigte, daß er sprechen konnte. Er erklärte mir, daß das Frettchen in Goody Ridler's Tump hinter einer eingestürzten Mauer gefangen sei. Noch während er sprach, steigerte er sich wieder in eine panische Angst. Nachdem er Sophie die Schaufel mit einem atemlosen Danke aus der Hand gerissen hatte, schien er allein zurücklaufen zu wollen, aber ich hielt ihn am Arm fest und bestand darauf, daß er wartete, bis ich eine Taschenlampe geholt hatte.

Sophie blieb im Cottage, um auf die Kinder aufzupassen, während ich mit Rafe quer über das Feld Richtung Hügelgrab trabte. Schnell wich das Tageslicht der Nacht. Die Seite des Hügels, die von uns aus zu sehen war, lag bereits in tiefem Schatten. Im Wald zogen sich die Krähen in ihre Nester zurück; ihr Flügelschlagen klang wie das Rascheln trockenen Laubs.

Der Stacheldrahtzaun, der die Grabstätte umgab, schien auf den ersten Blick intakt. In Wirklichkeit war er fein säuberlich durchtrennt worden; die losen Enden lagen zwischen den dichten Zweigen eines Holunderstrauchs verborgen. Als Rafe den Draht weghielt, damit ich durch die Öffnung schlüpfen konnte, kam mir ein Gedanke.

»Sag mal, Rafe, hast du etwa auch die anderen Zäune aufgeschnitten?« Wortlos nickte er, ohne mich anzusehen. »Aber warum?«

»Weil ich wollte, daß wir wieder wegziehen«, antwortete er. »Ich wollte nicht hierbleiben.«

Bestürzt sah ich ihn an. »Wie kommst du darauf, daß ihr deswegen weggezogen wärt?«

»Bestimmt wäre es Dad bald zu dumm geworden. Er hätte etwas Neues in Angriff genommen, und wir wären umgezogen.«

»Glaubst du wirklich, daß dein Vater so leicht aufgibt?«

»Bei Mom hat er es doch auch getan. Bei ihrer Ehe und allem.« Ich biß mir auf die Lippe und suchte nach den richtigen Worten, aber er sprach weiter: »Das habe ich zumindest immer geglaubt. Ich schätze, inzwischen habe ich meine Meinung geändert. Jedenfalls will ich nicht mehr wegziehen. Eigentlich ist es hier gar nicht so übel.« Ich fragte mich, ob sein Meinungsumschwung etwas mit der Erkenntnis zu tun hatte, daß Davids Beziehung zu Mela sich anders entwickelt hatte, als er befürchtet hatte. Rafe ließ mir jedoch nicht viel Zeit, darüber nachzudenken; er trieb mich zur Eile an.

Auf der anderen Seite des Zauns schirmte ein Dickicht aus Büschen den unteren Teil des Hügelgrabes ab; das Gestrüpp erstreckte sich über eine Breite von etwa fünf Metern und reichte mir bis zum Kopf. Brombeersträucher, Heckenrosen, Hagedorn, Liguster und Spindel hatten ihre Äste zu einem Zaun verwoben, der viel effektiver war als jeder Stacheldraht. Dornröschen war durch ihre Dornenhecke bestimmt nicht besser geschützt als Goody Ridler's Tump durch dieses undurchdringliche Gestrüpp. Zumindest schien es auf den ersten Blick so.

Rafe bat um die Taschenlampe. Er schaltete sie ein, ließ sich dann auf die Knie fallen, schob ein paar Äste beiseite und legte auf diese Weise den Eingang zu einem niederen Tunnel frei, der durch das Unterholz geschlagen war. Er habe ihn eigenhändig angelegt, erklärte er mir stolz, ehe er sich umdrehte, um hineinzukriechen. Auf allen vieren kroch ich hinter ihm durch den dunklen Tunnel auf die Flanke des Hügelgrabs zu. Der Strahl der Taschenlampe erleuchtete das Dikkicht aus Ästen und Ranken, das um uns herum wucherte. Mir fiel Rackhams Zeichnung einer Hexe ein, die mit den langen Strähnen ihres Haars in einem Brombeerstrauch hängenbleibt; sofort zog ich den Kopf ein. Durch den intensiven Kompostgeruch verrottenden Laubes drang der unangenehm süßliche Geruch von blühendem Liguster und die Duftnote irgendeines Tiers.

Nach etwa drei Metern erreichte der Tunnel den Rand des Hügelgrabs. Hier hatte Rafe die Sträucher und Büsche so weit entfernt, daß ein kleiner Halbkreis entstanden war, in dem man aufrecht stehen konnte. Auf der mächtigen Flanke des Hügelgrabs wirkte der grüne Dschungel wie das verfilzte Fell eines schlafenden Tieres. Über uns am Himmel zeigten sich die ersten blassen Sterne; sie schienen unendlich weit weg zu sein. Abgesehen vom gelegentlichen Rascheln eines Nachttiers im Unterholz herrschte absolute Stille.

»Schau«, flüsterte Rafe. Er richtete den Strahl der Taschenlampe auf den Eingang des Grabes. Direkt vor uns war das dichte Pflanzengewirr ausgeschnitten und gab den Blick frei auf ein großes Stück Trockenmauer, das von zwei Steinpfeilern begrenzt wurde, auf denen eine Deckplatte ruhte. Das sei seine Entdeckung, sagte Rafe. Während der letzten Monate habe er sich entlang der Flanke von Osten nach Westen vorgearbeitet, bis er auf das gestoßen sei: den Eingang zu einer Seitenkammer. Den Gang, durch den wir gerade gekrochen waren, hatte er freigehackt, um problemlos kommen und gehen zu können und vor neugierigen Blicken sicher zu sein. Zu beiden Seiten des Eingangs hatte er die Erde abgetragen, um die dünnen Steinschichten freizulegen, die wahrscheinlich zur Hauptmauer des Hügelgrabes gehörten. Diese Steine schienen viel fester und glatter ineinandergefügt als diejenigen, die den Zugang versperrten. Letztere sahen aus, als habe sie jemand in großer Eile hineingeschoben, um den Eingang möglichst schnell zu verschließen.

Nachdem er vor ein paar Stunden aus London zurückgekommen war, hatte Rafe angefangen, die oberste Schicht der Steine herauszunehmen, die den Eingang blockierten. »Dann ist es passiert«, sagte er düster. »Ich dachte, ich hätte Spikes Leine fest genug angebunden, aber er hat sich losgerissen. Ich hatte nur noch Zeit, nach dem Ende der Leine zu greifen, bevor er durch die Öffnung verschwand, die ich freigelegt hatte. Ich versuchte, ihn wieder herauszuziehen, aber die Leine hatte sich verfangen. Dann sind ein paar Steine nach innen gestürzt.« Sein Gesicht lag im Dunkeln, aber ich konnte an seiner Stimme hören, wie verzweifelt er war.

Da bemerkte ich, daß einer der beiden Tragepfeiler – der auf der rechten beziehungsweise östlichen Seite – etwas kürzer war als sein Pendant. Der Höhenunterschied war durch ein paar Schichten Trockenmauer ausgeglichen worden. Diese hatte es nach innen gedrückt, und dadurch war die Deckplatte auf der einen Seite etwas abgesunken. Da die Deckplatte nun schief lag, konnte leicht die ganze Mauer einstürzen. Rafe hatte Glück gehabt, dachte ich, daß ihm nichts passiert war. Genausogut hätte er bei der Sache ums Leben kommen können.

Er hatte das Ende der Leine um den Stamm eines jungen Baumes gebunden, der neben dem Eingang wuchs. Von dort aus schlängelte sich das dünne gelbe Nylon wie eine Schlange die Mauer hoch, um durch die schmale Öffnung zu verschwinden, die Rafe direkt unter der Deckplatte freigelegt hatte. Jetzt hielt er den Kopf ganz nahe an diese Öffnung. Er lauschte einen Augenblick und machte dann ein lautes, zirpendes Geräusch, das sehr nach Spike klang. Dann lauschte er noch einmal und wiederholte das Geräusch.

Diesmal kam eine Antwort, sehr schwach, aber hörbar. Rafes Gesicht strahlte vor Freude. »Er lebt!«

Die Schaufel, die wir mitgebracht hatten, nützte uns nichts, denn wir konnten weder graben noch uns anderweitig damit einen Weg bahnen. Wenn wir versuchten, die übrigen Steine zu entfernen, ohne die Deckplatte vorher abzustützen, würde höchstwahrscheinlich noch mehr von der Mauer einstürzen. Wir brauchten ein paar Holzbalken, um die Decke zu sichern; erst dann konnte die darunterliegende Trockenmauer vorsichtig Stein für Stein herausgenommen werden. Als ich Rafe erklärte, daß wir das alleine nicht schaffen würden, flehte er mich an, niemandem von der Sache zu erzählen.

»Ich dürfte doch eigentlich gar nicht hier sein. Wenn sie erfahren, daß ich das alles getan habe…« Mit hängenden Schultern und unglücklicher Miene stand er vor mir, ohne mich anzusehen. Verlegen zupfte er an einem Moospolster herum, das an der Steinmauer wuchs.

»Sie« waren zweifellos die Mallabys und sein Vater. Ich konnte mir schon denken, wer sich mehr ärgern würde. Daß Rafe diesen Ärger riskiert und sich über das Verbot der Mallabys hinweggesetzt hatte, zeigte, wie groß seine Unzufriedenheit gewesen war und was für eine Anziehungskraft das Geheimnis des Hügelgrabs auf ihn ausgeübt hatte. Und überhaupt – was für eine Chance hatte die Androhung einer vagen und möglicherweise vermeidbaren Strafe gegen die verführerische Aussicht auf den Schatz eines Wegelagerers? Wäre ich elf gewesen, hätte ich bestimmt an Rafes Seite gegraben.

So sanft ich konnte, erklärte ich ihm, daß wir meiner Meinung nach kaum eine andere Wahl hatten, als seinem Vater davon zu erzählen. »Wenn wir Spike retten wollen.«

Rafe kaute auf seiner Unterlippe herum, während er überlegte, konnte aber mit keiner praktikablen Alternative aufwarten. Schließlich gab er widerstrebend zu, daß ich recht hatte. »Also gut«, sagte er niedergeschlagen, »du kannst es Dad sagen.« Dann fügte er hinzu: »Aber du sagst ihm nicht, daß ich die Zäune aufgeschnitten habe, oder?«

»Nein. Aber ich hoffe, du wirst es ihm selbst sagen. Okay?«

Er sah mich an und nickte dann. »Okay.«

Ich deutete auf den Tunnel. »Übernimmst du wieder die Führung?«

Er schüttelte den Kopf. »Ich kann Spike nicht allein lassen.« Das war eine Feststellung, keine Bitte.

»Ich weiß, wie du dich fühlst, aber er kann doch sowieso nicht weg.«

»Du verstehst nicht.« Seine Stimme klang wieder beschwörend. »Er könnte verletzt sein, und ein anderes Tier könnte versuchen, zu ihm hineinzugelangen. Ein Fuchs oder ein Dachs zum Beispiel. Ich muß ihn beschützen.« Sein entschlossener Gesichtsausdruck sagte mir, daß es sinnlos war, mit ihm zu diskutieren. Obwohl ich ihn nur ungern allein ließ, ging ich davon aus, daß ihm hier draußen nicht viel passieren konnte.

Also gut, stimmte ich zu; er dürfe hierbleiben, wenn er mir verspräche, mit den Rettungsarbeiten nicht ohne uns anzufangen. Ich versuchte ihm einzuschärfen, wie gefährlich es für ihn und Spike wäre, wenn die ganze Mauer einstürzen würde, und versprach, seinen Vater so schnell wie möglich herzubringen. »Ist er zu Hause, Rafe?«

»Ich glaube schon.« Seine Stimme klang zögernd. Dann fügte er hastig hinzu: »Vielleicht ist er auch bei Mela. Sie kam rüber, als wir aus London zurückkamen. Sie sagte, sie habe etwas mit ihm zu besprechen. Er ist nach dem Abendessen zu ihr hinübergegangen. Als er weg war, habe ich mich auf den Weg gemacht.«

»Okay.« Ich umarmte ihn kurz und wollte dann aufbrechen.

Er hielt mich am Arm fest. »Jo?«

»Ja?«

»Er mag sie nicht mehr.«

Da ich nicht wußte, was ich darauf antworten sollte, nickte ich bloß; dann kroch ich durch den Tunnel im Dornengestrüpp zurück und rannte über das Feld zum Cottage. Sophie wartete neben der Küchentür. In knappen Worten erklärte ich ihr, was passiert war, und daß ich jetzt nach Summerhays hinüberfahren müsse, um David zu holen. Das einzige, was sie tun könne, sagte ich, sei, nach Rafe Ausschau zu halten. Ich hatte ihm geraten, sofort zu Sophie zu laufen, falls er nervös würde.

Als ich Oldbarn erreichte, brannte auf Davids Seite kein Licht, aber bei Mela schien Licht aus einem Fenster im ersten Stock und aus der Doppeltür, die auf ihre Terrasse führte, eine kleinere Version von Davids Terrasse. Als ich die Hand hob, um gegen das Glas zu klopfen, trat Mela in den Raum.

Als sie mein Klopfen hörte, sah sie überrascht auf. Einen Moment lang starrte sie unentschlossen auf die Tür, aber dann kam sie schnell herüber, um mir zu öffnen. »Jo«, sagte sie, und aus ihrer Stimme sprach genausoviel Mißtrauen wie aus ihrem Gesicht. »Was tust du hier?« Sie trug einen grünen Seidenkimono und Hausschuhe; ihr Haar war zerzaust, ihr Gesicht gerötet. Sie sah aus, als komme sie gerade aus dem Bett. Und sie hatte das undefinierbare Aussehen einer Frau, die dort nicht allein gewesen war.

»Ich suche David«, sagte ich.

»Das kann ich mir vorstellen.« Sie streckte sich wohlig und hob eine Hand, um sich das Haar aus dem Nacken zu streichen. Dabei fiel die grüne Seide weit genug auseinander, um zu verraten, daß sie darunter nichts anhatte. »Er *war* hier«, gab sie zu und sah mich vielsagend an.

Ich fühlte, wie ich langsam ungeduldig wurde, bemühte mich aber, dieses Gefühl zu unterdrücken. »Weißt du, wo er jetzt ist? Rafe braucht ihn.«

»Und du bist Rafes Botin? Wie nett von dir!« Sie gähnte und lächelte mich aus halb geschlossenen Augen an. »Es heißt, der Weg zum Herzen eines Mannes führt durch seinen Magen, aber wenn man nicht kochen kann – du hast doch gesagt, du haßt Kochen, nicht wahr? –, dann ist der Weg über seinen Sohn bestimmt eine gute Alternative.«

In meinem Kopf herrschte ein solches Durcheinander von Gefühlen, daß ich keinen klaren Gedanken fassen konnte. Da mir keine geeignete Antwort einfiel, starrte ich sie nur an.

Doch dann mußte ich an Rafe denken, der allein in der Dunkelheit wartete; das gab mir die Kraft, meine Frage zu wiederholen.

»Wieso brauchst du ihn so dringend?« fragte sie mit einem boshaften Lächeln. »Abgesehen von dem offensichtlichen Grund.«

Ehe ich ihr antworten konnte, rief irgendwo im Haus eine Männerstimme. »Mela, ich habe es mir wegen des Drambuie anders überlegt. Es ist Zeit, daß ich gehe.« Gerald Fenton kam ins Zimmer; er band gerade seine Krawatte. Als er mich sah, blieb er abrupt stehen. Der offene Mund verlieh seinem gut geschnittenen Gesicht einen fast dümmlichen Ausdruck.

»Du erinnerst dich doch an Jo Treleven, Gerald?« sagte Mela. »Sie hat die unerfreuliche Angewohnheit, immer im unpassendsten Moment aufzutauchen.«

Er wirkte so verlegen, wie wohl jeder Mann in dieser Situation gewirkt hätte, und nickte nur.

Ich wandte mich an Mela. »Du hast David also nicht gesehen?«

»Er ist bei Benedict, in der Bibliothek«, sagte Fenton kurz angebunden. »Zumindest war er dort, als ich die beiden vor einer Stunde verließ.«

»Danke.« Ich fühlte mich plötzlich sehr glücklich, so daß es mir leichtfiel, Mela anzulächeln. »Dir möchte ich auch danken. Ich sehe jetzt ein paar Dinge klarer.«

»Schade«, sagte sie, als ich mich abwandte. »Wir hätten Freundinnen sein können.«

Vielleicht, dachte ich; aber ich bezweifelte es.

Als ich den Weg zur Eingangstür von Summerhays hinaufging, fiel das Licht des Vollmonds weiß auf die glatte Steinfassade. In dem kalten Licht hoben sich die Giebel scharf ab, während die Täler dazwischen in schwarzem Schatten lagen. Die Kamine sahen aus wie kurze, dicke Finger, die mahnend erhoben waren, als wollten sie mich vor etwas warnen. Entgegen aller Vernunft hoffte ich, daß Mrs. Blackwell aufmachen würde. Ich klingelte. Der letzte Mensch, den ich jetzt sehen wollte, war Benedict Mallaby.

Aus der dichtbelaubten Kletterpflanze, die sich wie ein langer, sehniger Muskel an die Steine rund um die Tür klammerte, drangen die winzigen Laute nächtlichen Lebens: Käfer und Nachtfalter schwirrten zwischen den Blättern herum, und ein größeres Tier kratzte im Vorbeihuschen mit seinen Krallen über den Stein. Schließlich, als ich gerade ein zweites Mal klingeln wollte, ging die Tür auf.

Auf der Schwelle stand Benedict.

Einen Moment lang wußten wir beide nicht, was wir sagen sollten. Mein Anblick schien ihn aus der Fassung zu bringen; er blinzelte ein paarmal, als müßten sich seine Augen erst an die Dunkelheit gewöhnen. Mir verschlug es bei seinem Anblick ebenfalls die Sprache. Willoughbys Tod hatte bei ihm sichtbare Spuren hinterlassen. Er wirkte alt und unendlich müde; er hatte die gebeugte Haltung und das klägliche Aussehen eines Mannes, der einen schrecklichen Schlag hatte einstecken müssen. Er kam mir vor wie eine Strohpuppe, die jeder starke Wind sofort umblasen würde.

Ich fing mich als erste wieder und erklärte ihm, daß man mir gesagt habe, ich könne David in Summerhays finden. Abwesend antwortete er, David sei in der Bibliothek. Statt mich hereinzubitten, machte er plötzlich einen Schritt auf mich zu. Instinktiv wich ich zurück und stolperte dabei. Als er eine Hand nach meinem Arm ausstreckte, wahrscheinlich, um mich zu stützen, stieß ich ihn erschrocken zurück. Etwas an meiner Reaktion, vielleicht auch mein Gesichtsausdruck, erregte seine Aufmerksamkeit. Plötzlich kam wieder Leben in das graue Gesicht. Wütend funkelte er mich an.

»Seien Sie nicht albern!« stieß er hervor. »Sie haben von mir nichts zu befürchten.« Dann fügte er mit einem scharfen Blick hinzu: »Sie haben dieses irrsinnige Buch gelesen, nicht wahr?«

Ich schaffte es irgendwie, mir zumindest den Anschein von

Selbstbeherrschung zu geben, und gab ihm die ausweichende Antwort, daß ich es bestimmt nicht ihm zu verdanken hätte, falls ich es wirklich gelesen hätte. »Sie haben sich ja alle Mühe gegeben, es zu vernichten.«

Er schien mir gar nicht zuzuhören. Müde rieb er sich den Nacken. »Glauben Sie mir, Ihre Großmutter lag falsch. Völlig falsch. Ihre Lügen hätten schrecklichen Schaden anrichten können....« In seinen Worten, und in der Art, wie er sie sagte, lag die Andeutung einer Bitte; fast schien es, als wolle er sich vor mir rechtfertigen.

Das machte mich nur noch wütender. Voller Bitterkeit sagte ich, daß sie den Rest ihres Lebens gelitten habe. »Und zwar Ihretwegen. Wegen der Dinge, die Sie getan haben.«

Er machte eine ungeduldige, abwehrende Geste, so als könne er meinen Vorwurf mit einer Handbewegung beiseite wischen. Wahrscheinlich hätte ich ihn auch all der anderen Dinge bezichtigt, all der kleinen und großen Verbrechen, derer ich ihn für schuldig hielt – wäre da nicht der Gedanke an Rafe gewesen, der auf seinen Vater wartete.

Plötzlich stand David in der Eingangshalle. »Benedict? Hören Sie, ich störe Sie nur ungern, aber ich fürchte, wir müssen unser Gespräch morgen fortsetzen. Ich gehe jetzt besser. Rafe wird...« Als er mich entdeckte, brach er überrascht ab. »Jo!«

»Rafe hat mich geschickt«, sagte ich schnell. »Es geht ihm gut, aber er braucht deine Hilfe.« Ich warf einen nervösen Blick auf Benedict; hoffentlich würde David keine weiteren Erklärungen von mir verlangen. In diesem Moment erschien Clarissa oben an der Treppe und rief mit matter Stimme nach ihrem Mann.

Angetan mit einem langen dunkelroten Hausmantel, stand sie direkt unter dem riesigen Porträt Josiah Allertons, ihres viktorianischen Vorfahren. Auf ihre Art wirkte sie in diesem Moment genauso furchterregend wie er; aus ihrem kerzengeraden Rücken und der Haltung ihres Kopfes sprach dieselbe stählerne Unnachgiebigkeit. »Was geht hier vor?« fragte sie.

Ohne seine Antwort abzuwarten, kam sie die Treppe herunter, die eine Hand auf das Geländer, die andere auf ihren Stock gestützt.

Benedicts Gesichtsausdruck wurde plötzlich ängstlich; schnell drehte er sich um und ging ihr durch die Eingangshalle entgegen. »Nichts, Worüber du dir Sorgen machen müßtest. Du solltest längst im Bett sein.«

»Ich verstehe nicht. Was will sie hier?« In ihrer Stimme lag plötzlich ein nörglerischer Ton, der so wenig zu ihr paßte, daß er zu einer anderen Frau zu gehören schien. »Haben wir nicht schon genug durchmachen müssen...?«

Leise fragte mich David, was mit Rafe los sei. Als ich ihm von Spike erzählte, fluchte er leise. »Wie oft habe ich ihm schon gesagt, daß er vom Hügelgrab wegzubleiben hat!« Er trat noch einen Schritt auf mich zu und nahm mich am Arm. »Was glaubst du, werden wir brauchen?«

Hinter uns rief Clarissa: »Ist mit dem Jungen alles in Ordnung, David?«

David drehte sich zu ihr um. »Es geht ihm gut. Er steckt ein bißchen in der Klemme, aber es ist nichts Ernstes.«

»In der Klemme? Wieso? Wo?« Die Fragen kamen abgehackt, und ihre Stimme klang plötzlich ängstlich. Inzwischen stand sie im grellen Licht der Eingangshalle, und ich sah, daß sie genauso schlecht aussah wie ihr Mann, als habe Willoughbys Tod sie körperlich ebenso mitgenommen wie ihn. Sie war sehr bleich, und ihr linkes Augenlid hing stark herunter, so daß man das Auge kaum sehen konnte.

Ruhig sagte David: »Ich fürchte, er hat sich beim Hügelgrab herumgetrieben.«

Einen Augenblick lang schwiegen alle. Clarissa und Benedict standen reglos da, als hätten sie sich plötzlich in Stein verwandelt. Benedict räusperte sich. »Darf ich fragen, was passiert ist?«

»Sein Frettchen sitzt irgendwo fest. Er möchte, daß wir es retten.«

»Auf oder in dem Grab?«
»In.«
Benedict hatte plötzlich einen hochroten Kopf. »Ich verbiete euch, dort zu graben. Das kommt überhaupt nicht in Frage.« Seine Stimme wurde immer lauter, und ohne auf Clarissas Protest zu achten, kam er wieder an die Tür; er zitterte am ganzen Körper, allem Anschein nach vor Wut. »Ist euch klar, daß ihr wichtiges archäologisches Material zerstören könntet? Und das alles wegen eines Frettchens? Nein, diese Vorstellung ist grotesk!«
Ruhig erwiderte David: »Ich muß erst mal nachsehen, was passiert ist – vielleicht können wir Spike befreien, ohne etwas kaputtzumachen. Aber Rafe ist dort allein. Wir müssen jetzt gehen.« Er sprach respektvoll mit dem älteren Mann, ließ aber keinen Zweifel daran, daß er alles Notwendige tun würde, um Rafe zu helfen.
Wortlos gab sich Benedict geschlagen. Sein Gesicht wirkte plötzlich so eingefallen, daß ich an eine Totenmaske denken mußte. Mit gesenktem Kopf wandte er sich ab und ging zu seiner Frau zurück. David und ich brachen auf. Im Gehen drehte ich mich noch einmal nach den beiden um. Hand in Hand standen sie an der Treppe, reglos wie zwei Skulpturen auf einem Grab; ihre Gesichter hatten das kalte weiße Aussehen von Alabaster. Gegen meinen Willen, und gegen jede Vernunft, empfand ich plötzlich Mitleid mit ihnen.
Von Oldbarn aus rief David Val Lenthall an, der im Shipcote Farm Park Nachtschicht hatte. Er schilderte ihm, was passiert war, und bat ihn, zum Cottage zu kommen und die Ausrüstung mitzubringen, die wir wahrscheinlich brauchen würden: unterschiedlich lange Holzbalken, von denen der längste etwa einen Meter zwanzig lang sein sollte, und eine große Gartenschere; außerdem Arbeitshandschuhe und ein paar starke, batteriebetriebene Taschenlampen. Außerdem bat er Val, den Erste-Hilfe-Kasten und einen kleinen Transportkorb mitzubringen für den Fall, daß Spike verletzt war.

Wir fuhren mit zwei Autos nach Langbarrow Cottage zurück. Als Sophie die Wagen hörte, kam sie aus dem Haus gelaufen. »Gott sei Dank seid ihr endlich da. Ich dachte schon, ihr würdet gar nicht mehr kommen.« Von Rafe habe sie nichts gehört, erklärte sie; die Vorstellung, daß er dort oben allein sei, mache sie ganz krank.

Noch während sie sprach, kam hinter uns Vals Landrover die Auffahrt heraufgefahren.

Schnell beschrieb ich David und Val, wo sich Rafes Tunnel befand; während die beiden Männer die Ausrüstung zum Hügelgrab hinauftrugen, ging ich mit Sophie ins Haus, um die Brote und die heiße Schokolade zu holen, die sie für Rafe zusammengepackt hatte. Als ich das Feld überquerte, sah ich bereits den Schein der großen Taschenlampen am Hügelgrab; aus der Ferne hatte man den Eindruck, als glimme im Unterholz ein Feuer. Als ich zu den dreien stieß, hatten sie bereits begonnen, die Deckplatte abzustützen. Dankbar verschlang Rafe die mitgebrachten Brote; nachdem er die heiße Schokolade ausgetrunken hatte, half er mir, die Steine wegzutragen, die David und Val herausnahmen, und sie an einer Stelle zu stapeln, wo sie nicht im Weg waren.

Wir sprachen nur ganz wenig miteinander, vielleicht, weil wir uns bewußt waren, daß das, was wir taten, an Grabschändung grenzte, und zwar sowohl in spiritueller als auch in archäologischer Hinsicht. Auch waren wir uns bewußt, daß wir alle bei dem Gedanken an das, was hinter dem versiegelten Eingang liegen mochte, eine unterdrückte, fast verstohlene Erregung verspürten. Schweigend bewegten wir uns im Lichtkreis der Taschenlampen, pendelten zwischen blendender Helligkeit und Dunkelheit hin und her; um uns herum herrschte absolute Stille. Die jungen Bäume und das Gewirr aus Ästen und Ranken warfen seltsam konturlose Schatten gegen das Hügelgrab; ihre schlanken Triebe sahen aus wie dünne, knochige Arme, die sich zu einem seltsamen Tanz ineinander verschlungen hatten.

Wir waren gerade dabei, die mittleren Steinschichten abzutragen, als Val plötzlich innehielt und einen Schritt zurücktrat, um mit Hilfe seiner Taschenlampe die Oberfläche der verbliebenen Wand genauer zu untersuchen. Als er sprach, klang er leicht irritiert. »Ich könnte schwören, jemand ist vor uns hier gewesen. Und zwar vor nicht allzu langer Zeit. Am Alter des Grabes gemessen, meine ich.«

David, der gerade eine weitere Holzstütze aufstellte, richtete sich auf und wischte sich den Schmutz von den Händen. »Dieser Gedanke ist mir auch schon gekommen. Verglichen mit dem Mauerwerk rechts und links von den Stützpfeilern, sieht dieser Teil der Mauer ziemlich chaotisch aus, als wären die Steine einfach nur schnell hineingeschoben worden.«

»Vielleicht habe ich recht«, meinte Rafe und vergaß vor Aufregung einen Moment lang seine Angst um Spike. »Vielleicht hat Dick ohne Hand den Grabhügel tatsächlich als Versteck benutzt.« Hinter den Brillengläsern wurden seine Augen riesengroß. Ich konnte seine Gedanken fast lesen – seine plötzliche Vision des Schatzes, den der Wegelagerer zusammengetragen und hier in der Flanke des Hügelgrabes versteckt hatte, wo er nie entdeckt worden war. Bis jetzt.

»Vielleicht«, antwortete Val mit einem kleinen Lächeln. »Aber jemand anderer ist noch später hier gewesen. In diesem Jahrhundert, würde ich sagen. Das Ganze müßte viel stärker verwurzelt sein, wenn die Steine seit dem achtzehnten Jahrhundert nicht mehr angerührt worden wären. Sie lassen sich viel zu leicht herausnehmen.«

Rafes Vision verpuffte, und sein Gesicht wurde immer länger. Wenn jemand vor uns in die Kammer eingedrungen war, hatte er bestimmt alles Wertvolle mitgenommen. Galant meinte er: »Der Schatz ist mir sowieso nicht so wichtig. Für mich zählt nur Spike.«

Wir machten uns wieder an die Arbeit, bis wir schließlich eine Öffnung geschaffen hatten, die groß genug war, um hineinzuspähen. Da Val am nächsten stand, reichte David ihm eine kleine Taschenlampe. Val ging in die Hocke und leuchtete hinein. Drinnen war ein trockenes Rascheln zu hören. Vorsichtig schob Val seinen Oberkörper durch die Öffnung; dabei achtete er darauf, sich nicht an den scharfen Kanten der vorstehenden Steine zu verletzen.

Dann zuckte er zurück, als habe er einen Schlag ins Gesicht bekommen.

»Verdammt noch mal!«

Hektisch rieb er sich die Stirn und den dichten Haarschopf, der ihm ins Gesicht fiel, als klebe daran etwas, das er schleunigst loswerden müsse. »Irgend etwas hat mich berührt«, erklärte er. »Ich habe es deutlich gespürt. Brrr!« Davids Angebot, selbst einen Blick hineinzuwerfen, lehnte er jedoch ab. Vorsichtig schob er sich wieder durch die Öffnung. Diesmal richtete er den Strahl der Taschenlampe nach oben statt nach unten. Einen Augenblick später ließ er ein verlegenes Lachen hören. »Herabhängende Wurzeln. Das muß es gewesen sein. Himmel, sie fühlten sich an wie Finger.«

»Ich glaube, dieser Ort schlägt uns allen aufs Gemüt«, sagte David. »Je schneller wir hier wegkommen, desto besser.«

Durch den Stein klang Vals Stimme leise und gedämpft, als er sagte, er könne Spike sehen. »Seine Augen sind offen. Der Ärmste, seine Leine hat sich in einer Wurzel verfangen. Kein Wunder, daß er sich nicht bewegen kann. Aber er scheint nicht verletzt zu sein, Rafe.« Er zog den Kopf aus der Öffnung und drehte sich zu uns um. »Um an ihn heranzukommen, werden wir das Loch noch ein bißchen größer machen müssen.«

Es waren noch einmal zwanzig Minuten geduldiger, behutsamer Arbeit nötig, um die Öffnung so groß zu machen, daß sich jemand ganz hindurchzwängen konnte. Wir kamen nur langsam voran, weil wir die Position der Holzstützen immer wieder ändern mußten, um sicherzugehen, daß die verbleibende Mauer nicht einstürzte.

Während wir arbeiteten, wurde die Luft um uns herum seltsam drückend; die Atmosphäre schien sich zu verdichten wie ein Nebel, obwohl die Nacht klar war. Außerdem hatte ich plötzlich das Gefühl, beobachtet zu werden. Ich glaube, wir alle spürten es, denn ich war nicht die einzige, die sich von Zeit zu Zeit umdrehte. Am Nachthimmel funkelten unzählige Sterne; seine samtige, lichtübersäte Weite ließ uns unsere finstere Winzigkeit und die dichte, dschungelhafte Schwärze, die uns umgab, nur noch stärker spüren. Die dunklen Umrisse des Hügelgrabes erinnerten an ein riesiges, verwundetes Tier, das sich in die Büsche kauerte und nur darauf wartete, seine Peiniger anzuspringen. In der Luft lag der süßliche Verwesungsgeruch des Todes, die ungezähmte Präsenz verborgenen Unheils. Obwohl wir zu viert waren, fühlte ich mich auf einmal allein und verletzlich.

Schließlich sagte David, die Öffnung sei jetzt groß genug. Er zog ein Paar dicke Arbeitshandschuhe an. »Sprich mit Spike, Rafe. Der Klang deiner Stimme wird ihn beruhigen.« Während Rafe besänftigende Geräusche machte, ließ sich David Vals Taschenlampe reichen, kniete sich hin und zwängte sich durch die schmale Öffnung.

Mit einem Gefühl von Angst sah ich ihn verschwinden. Plötzlich verspürte ich den starken Drang, ihn zurückzurufen, stechend wie einen körperlichen Schmerz, und ich mußte mir auf die Lippen beißen, um nicht laut aufzuschreien.

Drinnen hörten wir ihn beruhigend auf das Frettchen einreden. Nach ein paar Augenblicken tauchte er zu meiner unsagbaren Erleichterung mit Spike wieder auf.

Rafes Miene drückte eine Mischung aus Erleichterung und Freude aus, als er sein Tierchen entgegennahm. Er schmiegte eine Wange an sein Fell und legte das kleine Wesen dann vorsichtig in den mit sauberen Tüchern ausgelegten Korb. Nachdem er es noch einmal liebevoll gestreichelt hatte, drehte er sich zu uns um und umarmte uns alle drei.

Während Rafe und Val Spike genauer untersuchten, um sicherzugehen, daß er unverletzt war, verschwand David wieder in der Kammer, um sich etwas eingehender umzusehen, wie er sagte. Trotz seiner Träume von einem Schatz war Rafe jetzt so sehr damit beschäftigt, sich um Spikes Wohlergehen zu kümmern, daß er gar nicht mitbekam, wie sein Vater erneut in das Hügelgrab kroch. Eine ganze Weile drang kein Laut aus dem Grab; während ich wartete, sagte ich ein stilles Gebet.

Nach ein paar Minuten, die mir wie eine Ewigkeit vorkamen, tauchte David wieder auf. Sein Gesichtsausdruck verhieß nichts Gutes.

## 34

Zufällig blickte Val in diesem Moment gerade auf. Als er Davids vom Strahl der Taschenlampe grell erleuchtetes Gesicht sah, öffnete er den Mund, um etwas zu sagen. Aber mit einem warnenden Blick auf Rafe schüttelte David schnell den Kopf. Rafe hatte nichts davon mitbekommen, er war zu sehr mit dem Frettchen beschäftigt. David stand auf, klopfte sich den Schmutz von der Kleidung und bat mich dann in normalem Tonfall, Rafe und Spike zum Cottage zurückzubringen, während er und Val hier aufräumten.

»Aber ich möchte euch helfen«, protestierte Rafe und drehte sich zu seinem Vater um. »Außerdem möchte ich ins Innere...«

»Du tust, was ich gesagt habe, Rafe!« fiel David ihm scharf ins Wort. Rafe blinzelte und ließ den Kopf sinken. In freundlicherem Ton fügte David hinzu, Val und er würden bald nachkommen. Als ich sagte, daß Spike bestimmt etwas Wasser vertragen könne, nickte Rafe stumm und schloß folgsam den Korb.

Wir ließen die beiden Männer am Hügelgrab zurück und machten uns schweigsam auf den Weg zum Cottage. Inzwischen war ein leichter Wind aufgekommen; er strich flüsternd durch das hohe Gras und brachte aus dem Osten Wolken mit, die den Mond verdunkelten. In meinem Kopf schwirrten Gesichter durcheinander, die sich so schnell ablösten wie die Bilder in einem Kaleidoskop; wie Blitze aus Licht und Schatten legte sich eins über das andere. Die Mienen dieser Gesichter verschwammen und waren oft kaum zu erkennen, weil sie wie Wasser ineinanderliefen. Ein bestimmter Ausdruck aber war ihnen allen gemeinsam. In jedem der Gesichter stand – wenn auch aus verschiedenen Gründen – Angst: die Angst vor Enthüllung, die Angst, daß das Verborgene ans Licht kommen könnte. Für Rafe bedeutete diese Enthüllung möglicherweise nur das Ende seiner Schatzsuche, aber für Benedict, und vielleicht für alle Mallabys, würde sie weitaus katastrophalere Folgen haben.

Kurz bevor wir das Cottage erreichten, blieb Rafe stehen. »Ich möchte dir etwas geben«, sagte er. Mit gebeugtem Kopf begann er in seiner Hosentasche zu graben. Schließlich kam das kleine Werkzeug aus Flintstein zum Vorschein. Er hielt es mir hin. »Für das, was du heute nacht getan hast. Und für alles andere.«

Ich wußte, daß es ihm schwerfallen mußte, es herzugeben, und wollte es deshalb nicht annehmen. Aber er bestand darauf. Also steckte ich es ein, erklärte ihm jedoch, daß ich es als eine Leihgabe betrachte, die er irgendwann wieder zurückfordern könne.

Während Rafe Spike Wasser gab – das Abenteuer schien der Neugierde des Frettchens keinen Abbruch getan zu haben –, ging ich mit Sophie ins Wohnzimmer hinüber.

Wir setzten uns aufs Sofa, und ich erzählte ihr, wie David nach seinem Ausflug in das Hügelgrab reagiert hatte. Mit angewidertem Gesichtsausdruck äußerte sie die Vermutung, daß die Geschichten über Goody Ridler vielleicht doch stimmten. »Vielleicht«, antwortete ich. »Aber ich glaube, daß es etwas anderes ist.«

Ich wollte ihr gerade erzählen, wie Benedict reagiert hatte, als Rafe mit dem schlafenden Spike auf dem Arm das Zimmer betrat. Er ließ sich auf dem Teppich vor dem Kamin nieder. Seine Freude darüber, daß seinem Tierchen nichts passiert war, hatte sich inzwischen so weit gelegt, daß er allmählich begann, sich über eine eventuelle Bestrafung Sorgen zu machen. Er harrte seines Schicksals mit stoischer Resignation und einem gewissen Hang zum Drama, denn er stellte mit wilder Miene fest, daß Spikes Rettung es auf jeden Fall wert gewesen sei, egal, wie schrecklich seine Strafe auch ausfallen möge.

»Dein Vater kommt mir nicht wie ein Scharfrichter vor«, sagte ich und unterdrückte ein Lächeln.

Als er zu mir aufblickte, waren seine Augen aller Tapferkeit zum Trotz plötzlich ängstlich. »Am meisten Angst habe ich vor den Mallabys.«

Sophie riet ihm, das Ganze nicht so tragisch zu nehmen. »Wenn sie dir recht zusetzen, laufen wir einfach zusammen davon. Ich bin eine Expertin im Davonlaufen.«

Das entlockte Rafe ein erfreutes, wenn auch leicht verlegenes Grinsen; seiner Miene nach zu schließen, hatte die Vorstellung, mit Sophie davonzulaufen, für ihn durchaus etwas Verlockendes. In diesem Moment ging die Hintertür auf, und wir hörten David und Val in die Küche kommen. Als wir zu ihnen hinübergingen, standen sie bereits am Spülbecken und wuschen sich. Sophie deckte die Platte mit Sandwiches ab, die sie vorbereitet hatte, und wir setzten uns alle an den Küchentisch, während die beiden Männer die Brote verschlangen.

»Auf jeden Fall hast du den Archäologen die Arbeit erleichtert, Rafe«, bemerkte Val zwischen zwei großen Bissen Brot mit ernster Stimme. »In deinem Tunnel steckt ein schönes Stück Arbeit, da bin ich mir sicher. Und wie du den Stacheldraht durchtrennt hast! Alle Achtung, sauberer geht's nicht. Dein Vater und ich sagten vorher gerade, daß wir deine Talente drüben im Farm Park gut gebrauchen könnten. Habe ich nicht recht, David?«

Während Rafe Val einen fragenden Blick zuwarf, als sei er sich nicht ganz sicher, wie seine Worte gemeint waren, übersetzte David für ihn. »Zwei Wochen harte Arbeit im Farm Park, jeden Tag nach Schulschluß. Das ist deine Strafe, Rafe. Du wirst Boxen ausmisten, im Stall aufräumen, uns bei allem zur Hand gehen. Okay?«

»Sonst nichts?« Rafe blickte von einem zum anderen, als könne er sein Glück nicht ganz fassen.

Sein Vater nickte, fügte aber warnend hinzu: »Natürlich könnte Benedict auch ganz andere Vorstellungen haben.« Dann sagte er zu Rafe, er solle Spike nehmen und draußen im Wagen auf ihn warten. Rafe verabschiedete sich mit einer schnellen, scheuen Umarmung von mir, dankte Sophie für das Essen, das sie ihm zum Hügelgrab hinaufgeschickt hatte, und verschwand durch die Hintertür; dabei sah er wesentlich glücklicher aus als noch vor drei Stunden.

Nachdem er gegangen war, erzählte uns David, was er gefunden hatte: die Leiche eines Mannes, die mit über der Brust gefalteten Händen in der Mitte der kleinen gemauerten Kammer unter Goody Ridlers Tump gelegen habe. »Nach dem zu urteilen, was von den Kleidern übrig ist, stammt er aus dem zwanzigsten Jahrhundert. Nicht aus vorgeschichtlichen Zeiten.«

Ein eisiger Finger schien meine Wirbelsäule zu berühren. Sophie und ich sahen uns an.

»Nicht einmal aus dem achtzehnten Jahrhundert«, meinte Val. Er saß rittlings auf einem der Küchenstühle und hatte den Arm auf die Rückenlehne gestützt. »Schatz war auch keiner zu sehen. Für Rafe tut es mir leid. Die ganze Arbeit für nichts und wieder nichts.«

David lächelte amüsiert. »Ich vermute, die Leiche wird ihn für einiges entschädigen.« Dann wurde seine Miene wieder ernst. »Allerdings möchte ich nicht, daß er heute schon davon erfährt. Für heute hat er genug Aufregung gehabt. Ich habe ihm noch nicht einmal von Webb Springers Tod erzählt. Ein Mord, ganz in unserer Nähe...« Als Sophie ihn fragte, ob er glaube, daß die Leiche im Hügelgrab ebenfalls ein Mordopfer sei, antwortete er, daß er sich keine andere Erklärung denken könne.

»Schließlich muß ihn jemand eingemauert haben. Und warum sollte sich jemand diese Mühe machen, wenn nicht aus Angst, daß die Leiche entdeckt werden könnte? Aber wenn es sich tatsächlich um einen Mordfall handelt, dann um einen, der uns nicht allzu sehr tangieren dürfte. Er muß schon viele Jahre zurückliegen.«

Ich war mir sicher, daß er sich da irrte, daß die Leiche in Goody Ridler's Tump auf die eine oder andere Weise schwerwiegende Folgen für uns alle haben würde. Und noch etwas glaubte ich sicher zu wissen. Es konnte sich nur um die Leiche eines bestimmten Mannes handeln: die meines Großvaters, Charles Lorimer. Die Art, wie Benedict heute abend reagiert hatte, ließ daran keinen Zweifel.

Val sagte gerade, daß wir die Polizei erst am Morgen informieren sollten. »Auf diese Weise bekommen wir alle wenigstens ein paar Stunden Schlaf. Wer weiß, wann wir ins Bett kommen, wenn wir sie jetzt gleich rufen. Außerdem werden sie auch mit Rafe reden wollen. Schließlich hat der arme Kerl schon so lange da drin gelegen, daß ihm eine weitere Nacht auch nichts mehr ausmachen wird.« Sophie und David gaben ihm recht.

Ich wandte mich von den anderen ab. Daß Val den Toten einen »armen Kerl« genannt hatte, machte aus ihm eine Person, einen Menschen, den ich hätte kennen können, jemanden, dessen Blut in meinen Adern floß. Mich erfüllte plötzlich eine schreckliche Traurigkeit. Als ich durch das Küchenfenster über die Felder zu dem dunklen Hügelgrab hinübersah, mußte ich daran denken, daß ich jetzt genau dort stand, wo Nan in den langen Monaten hoffnungslosen Wartens auf die

Rückkehr ihres Mannes so oft gestanden haben mußte. Und er hatte die ganze Zeit dort gelegen, eingemauert in sein Grab unter dem Hügel, ganz in ihrer Nähe.

David streckte sich und stand auf. »Ich bringe jetzt Rafe nach Hause.« Er fügte hinzu, daß er morgen früh als erstes die Polizei anrufen werde; Sophie und ich sollten uns darauf einstellen, daß sie wahrscheinlich ziemlich früh bei uns auftauchen würden. Er selbst werde kommen, sobald er könne.

Zu viert gingen wir hinaus. Der Mond war vom Haus verdeckt, und die schwarze Weite des Himmels erstreckte sich über uns wie ein Tuch, das vom Licht der Sterne durchbohrt wurde. Es war zugleich Leichentuch und Decke; seine sternenübersäte Weichheit senkte sich über Schlaf und Tod gleichermaßen. Von irgendwoher war plötzlich der Gesang eines Nachtvogels zu hören.

Während Sophie und Val noch in der Tür standen und sich unterhielten, ging ich mit David den Weg zu seinem Wagen hinunter. Rafe war auf dem Vordersitz eingeschlafen, den Kopf an die Seite gelehnt. Spikes Käfig hatte er auf dem Schoß. Der Schlaf ließ ihn viel jünger und verletzlicher aussehen, so daß ich an Max denken mußte. Wie bei Max hatte ich plötzlich das Bedürfnis, ihn zu beschützen, als wäre er mein eigener Sohn, aber zugleich war mir schmerzhaft bewußt, daß ich weder Max noch ihn jemals ganz vor den Sorgen des Lebens beschützen konnte – und durfte.

»Du wirst doch nicht zulassen, daß die Mallabys ihm zu sehr zusetzen?«

David lächelte und schüttelte den Kopf. »Die haben jetzt Wichtigeres im Kopf.«

In der Annahme, daß er den Mord an Willoughby meinte, bemerkte ich, daß sein Tod offenbar ein großer Schock für sie gewesen sei. »Clarissa und Benedict sahen beide ganz krank aus.«

»Der Zeitpunkt hätte nicht ungünstiger gewählt sein können.« Als ihm bewußt wurde, wie sich das anhörte, lächelte er grimmig, als wolle er sich bei Willoughbys Geist für seine Worte entschuldigen. »Sie hatten kurz zuvor eine weitere schlechte Nachricht erhalten. Und beides zusammen...« Er brach ab. Nach einer langen Pause sagte er: »Du hast mir gefehlt, Jo.«

»Du hast mir auch gefehlt.«

Wir standen da und sahen uns an, während der stärker werdende Wind in den Bäumen rauschte und die Nacht uns umspülte wie ein dunkler Fluß, in dem verborgene Strömungen zum Leben erwachten. Als er auf mich zutrat, sah ich mit der verzweifelten Hoffnung einer Ertrinkenden das rettende Licht in seinem Gesicht. Mit seinem Mund rettete er mich vor dem Ertrinken.

Wir fuhren auseinander wie zwei schuldbewußte Teenager, als wir Vals Schritte hörten. »Es wird Sturm geben«, sagte er im Vorbeigehen. Sophie stand immer noch in der Tür und sah ihm nach, eine helle Gestalt im Licht der Diele. Als sein Landrover um die Ecke gebogen war, drehte sie sich um und ging hinein. Rafe wurde beim Geräusch des Motors unruhig, wachte aber nicht auf.

David nahm seinen Schlüsselbund aus der Tasche. Während er nervös daran herumspielte, sagte er: »Ich wollte schon heute nachmittag zu dir kommen, Jo. Gleich, als Rafe und ich aus London zurückkamen. Aber Benedict und Clarissa brauchten mich.«

Bei diesen Worten wurde mir ganz kalt. Waren die Wünsche der Mallabys immer so dringend und wichtig, daß jeder in ihrer Umgebung unweigerlich das Bedürfnis hatte, sie zu erfüllen? Besaßen sie, und Mela, tatsächlich so viel Macht über ihn?

Als ich ihn fragte, was passiert sei, antwortete er, daß der Verlag in Schwierigkeiten sei. »In ernsthaften finanziellen Schwierigkeiten. Offenbar schon eine ganze Weile. Aber Benedict merkte erst vor kurzem, daß irgend etwas im Busch ist. Er war außer sich vor Wut, weil man es so lange vor ihm geheimgehalten hat.« Der Mallaby-Verlag habe sich zu sehr vergrößert, sagte er. Eine zu optimistische Expansionspolitik, gefolgt von schlechten Umsätzen, habe den Verlag geschwächt. Steigende Produktionskosten und hohe Zinsen hätten zu dem nunmehr drohenden Zusammenbruch geführt. »An der Oberfläche sah alles ganz gut aus, aber sie konnten nicht mehr genug reinvestieren. So etwas kommt heutzutage häufiger vor. Vor allem bei kleinen, unabhängigen Verlagen wie Mallaby.«

»Wußte Mela Bescheid?«

»Anscheinend. Sie ist schon seit einiger Zeit die eigentliche Leiterin des Verlages, und sie bestand darauf, Benedict zu schonen. Ich bin mir allerdings nicht sicher, ob ihre Motive ganz uneigennützig waren. Sie sagt schon seit längerem, Mallaby habe eine ungute Größe, und man solle sich besser nach einem Partner umsehen. Einem erfolgreichen großen Bruder sozusagen. Sie schlägt vor, Gerald Fenton in die Familie aufzunehmen.« Er sagte das sehr trocken, als wüßte er ebensogut wie ich, daß Fentons Beziehung zu Mela alles andere als brüderlich war. »Benedict weigert sich strikt, einen Verkauf auch nur in Betracht zu ziehen. Aber wahrscheinlich hat er gar keine andere Wahl, wenn Mallaby überleben soll. Und wenn er und Clarissa Summerhays behalten wollen.«

»So schlecht stehen die Dinge?«

Er nickte. »Er hat mir den Mallaby-Anteil am Shipcote Farm Park zum Kauf angeboten. Als du vorhin kamst, sprachen wir gerade darüber. Mela hatte mich schon die ganze Zeit gedrängt, den Familienanteil zu kaufen. Jetzt weiß ich, warum.«

»Was wirst du tun?«

»Das hängt von mehreren Dingen ab.« Er schien noch etwas sagen zu wollen, zögerte dann aber und ließ vier oder fünf Sekunden verstreichen. In seiner Stimme lag die Andeutung einer Bitte, als er mich schließlich fragte: »Wirst du bleiben?«

Am liebsten wäre ich in seine Arme gefallen und hätte gesagt, daß ich natürlich bleiben würde. Aber das ging nicht. Solange Benedict am Leben war, würden Max und ich in Shipcote nicht heimisch werden. Wenn die Leiche im Hügelgrab tatsächlich die meines Großvaters war, würde ich mit Sicherheit wissen, daß Benedict ihn umgebracht hatte. Wie konnte ich angesichts der Neuigkeit, daß sein Geschäft vor dem Ruin stand und er vielleicht sein Zuhause verlieren würde, etwas anderes empfinden als wütende Genugtuung? Aber das konnte ich David unmöglich sagen. Ich durfte nicht zulassen, daß mein Ärger und mein Mißtrauen alles zerstörten, was er sich hier aufgebaut hatte; aber genausowenig konnte ich mit ihm zusammen etwas aufbauen, solange ich ihm die Wahrheit vorenthielt.

Nach Peters Tod hatte ich mir geschworen, daß ich nie wieder einem anderen zuliebe ein Leben voller Ausflüchte und gutgemeinter Lügen führen würde. Der gemeinsame Anfang, den David und ich gemacht hatten, erschien mir falsch. Eine einzige Nacht, der bloße Akt körperlicher Liebe, war noch keine Garantie für die Zukunft. Und wenn unsere Körper uns trotzdem eine gemeinsame Zukunft zu versprechen schienen – nun, körperliche Empfindungen trogen nur allzuoft.

David hielt mein Schweigen für Unentschlossenheit. Sanft sagte er: »Heute nacht ist nicht der richtige Zeitpunkt, um darüber zu reden. Morgen, wenn du ausgeschlafen hast.« Er nahm mich in den Arm und küßte mich zärtlich auf den Mund, bevor er mit Rafe davonfuhr. Während ich ihm nachsah, kroch das alte Gefühl des Verlustes wieder in mein Herz.

Als ich ins Cottage kam, erschien Sophie im Schlafanzug oben an der Treppe, ihre Zahnbürste in der Hand. Sie sagte: »Weißt du, es könnte auch der Landstreicher sein.«

Ich verstand nicht, was sie meinte, und starrte sie fragend an.

»Die Leiche in Goody Ridler's Tump«, erklärte sie, während ich nach oben ging. »Es könnte der Landstreicher sein. Vielleicht ist er dort hinaufgegangen, nachdem er Evelyn Allerton umgebracht hatte; vielleicht suchte er Schutz vor dem Schneesturm und ist dann erfroren.«

Möglicherweise hatte die Polizei die ganze Zeit über recht gehabt, dachte ich. Dann fiel mir das goldene Medaillon wieder ein, das in einem Liverpooler Pfandhaus aufgetaucht war. Ich erinnerte Sophie daran und an die Tatsache, daß jemand die Leiche in die Kammer eingemauert hatte.

Sie schaute mich zerknirscht an. »Meine grauen Zellen schlafen schon. Der Rest von mir sollte sich ein Beispiel daran nehmen. Und du gehst jetzt besser auch ins Bett. Du siehst ziemlich erledigt aus.« Vielleicht sah sie irgend etwas in meinen Augen, was sie veranlaßte, mich zu umarmen; in demselben Ton, den sie manchmal anschlug, um Anna zu trösten, sagte sie: »Es kommt alles wieder in Ordnung, Jo. Du wirst schon sehen.«

Ein kurzer, aber heftiger Sturm fegte in dieser Nacht über das Cottage, peitschte den Regen gegen die Fenster und trommelte stürmisch gegen das Haus. Am Morgen funkelte die ganze Welt in neuem Glanz. Kurz nach dem Frühstück kamen David und der Polizeiwagen hintereinander die Auffahrt heraufgefahren. In den hektischen Stunden, die folgten, konnten wir nur ein paar Worte miteinander wechseln. Er sagte, Rafe habe die Neuigkeit mit der Kaltblütigkeit eines Elfjährigen aufgenommen; er habe sich begierig nach den Einzelheiten erkundigt und den Wunsch geäußert, der Polizei bei der Arbeit zuzusehen. David hatte schlichtweg abgelehnt. Was den Mord an Willoughby betraf, hatte sich der alte Mann seine Abneigung gegen Spike zu sehr anmerken lassen, als daß Rafe mehr empfunden hätte als einen leichten Schock über seinen Tod sowie Erleichterung darüber, daß der Mörder bereits hinter Gittern saß.

David ging mit den Polizisten – einer Prozession, bestehend aus einer Frau und einem halben Dutzend Männern, die verschiedene Ausrüstungsgegenstände geschultert hatten – über das Feld zum Hügelgrab hinauf, um ihnen die Grabkammer zu zeigen. Ich überlegte, ob ich mit ihnen gehen sollte, um als längst überfälliger Trauergast am Grab meines Großvaters zu stehen. Aber ich fühlte mich einer so tristen Totenwache nicht gewachsen.

Sophie rief aus der Küche, daß sie Scones mache – ob wir ihr helfen wollten. Später, als wir die Scones gerade aus dem Ofen holten, traf der Servicemann von British Telecom ein. In schweigender Übereinkunft weigerten Sophie und ich uns, seine offensichtliche Neugierde wegen der Anwesenheit der Polizei zu befriedigen; das war unsere Rache dafür, daß es so lange gedauert hatte, bis er es zu uns heraus geschafft hatte. »Sie müssen wissen«, erklärte sie ihm streng, als er sich daran machte, den Telephonapparat in der Diele anzuschließen, »dieses Haus wäre kürzlich beinahe abgebrannt, weil ihr Telecom-Leute so langsam wart.«

Er murmelte etwas von einem Computer, der den Auftrag ständig als bereits ausgeführt registriert habe. »So etwas kommt gelegentlich vor. Da können wir wirklich nichts dafür. Aber«, fügte er entschuldigend hinzu, »es tut mir trotzdem leid, wenn Sie Unannehmlichkeiten hatten.« Er warf einen Seitenblick auf den Teller voll Scones, den Sophie in der Hand hatte. Schließlich erbarmte sie sich und servierte ihm eines davon zu einer Tasse Tee.

Sobald er fertig war und sich verabschiedet hatte, weihte Sophie das Telephon ein, indem sie ihre Mutter anrief. Während sie telefonierte, klopfte Inspector Terrant an die Tür. Er habe keine Neuigkeiten für uns, sagte er, sondern wolle bloß fragen, ob er mich einen Augenblick sprechen könne. Ich führte ihn ins Wohnzimmer, wo Max und Anna zusammen spielten. Im Vorbeigehen winkte er Sophie zur Begrüßung zu.

Er setzte sich aufs Sofa. »Ein friedliches kleines Dörfchen, in das Sie da gekommen sind, nicht wahr?«

»Die Zahl der Leichen scheint ständig zu wachsen.« Ich ließ mich neben den Kindern auf dem Boden nieder und stapelte mit Anna Plastiktassen, die Max umstoßen durfte.

Er sei hier, erklärte der Inspector, weil ich ihm von Charles Lorimers Verschwinden erzählt hätte. »Ich würde gerne hören, was Sie darüber wissen. Lassen Sie uns mit den Personalien Ihrer Großeltern anfangen: vollständiger Name, Alter, soziales Umfeld, all das.« Nachdem ich ihm alles gesagt hatte, woran ich mich erinnern konnte, fragte er mich, ob ich das genaue Datum von Charles' Verschwinden wisse.

»Es war der Tag, an dem Großbritannien Deutschland den Krieg erklärte. Ich weiß das deswegen so sicher, weil Clarissa Mallaby es mir erst kürzlich gesagt hat.« Ich erzählte ihm die Geschichte, die sie mir über das Verschwinden meines Großvaters erzählt hatte. Kommentarlos schrieb er sich alle Einzelheiten auf; ein- oder zweimal unterbrach er mich, um mich etwas wiederholen zu lassen.

Während wir sprachen, kam David vom Hügelgrab zurück. Als er sah, daß ich mit dem Inspector beschäftigt war, sagte er nur, daß er mit einem der Beamten nach Hause fahre, weil Rafe jetzt befragt werden sollte. Er werde später wiederkommen. Wehmütig sah ich ihm nach; die Distanz zwischen uns schien bereits zu wachsen.

»Sie haben nicht zufällig ein Photo von Ihrem Großvater, oder?« fragte mich Inspector Terrant.

»Doch, ich habe eins. Allerdings kein besonders gutes.« Ich nahm Willoughbys Biographie über Stephen Allerton aus dem Bücherregal, schlug die Seite mit dem Gruppenphoto auf, das Charles halb versteckt hinter Benedict und Clarissa zeigte. Er fragte, ob er es mitnehmen dürfe. Es handle sich um ein Buch aus der Bibliothek, erklärte ich ihm. Lächelnd versprach er, daß das Buch nicht zu Schaden kommen werde.

Während Inspector Terrant und ich miteinander sprachen, spürte ich die ganze Zeit über, wie sich in mir ein Druck aufbaute, eine Art Zwang. Als Sophie ihr Telephongespräch beendet hatte, bat ich sie, mit den Kindern einen Moment hinauszugehen.

»Ich möchte Ihnen eine Geschichte erzählen«, sagte ich, als

wir allein waren. »Es geht um den Mord an Evelyn Allerton, und darum, wie dieser Mord mit dem Verschwinden meines Großvaters zusammenhängen könnte. Sie werden mir vielleicht nicht glauben, und wenn doch, dann gibt es wahrscheinlich nichts, was Sie in der Sache unternehmen können, aber ich muß trotzdem mal mit jemandem darüber reden.« Jemandem, der mit den Mallabys nichts zu tun hatte und in der Lage war, Nachforschungen anzustellen, falls sich genügend Beweise finden ließen. Ich selbst würde Shipcote verlassen, aber ich wollte, daß die Wahrheit dort zurückblieb.

Ich erzählte ihm alles, was ich wußte, alles, was ich vermutete. Obwohl es ewig zu dauern schien, hörte er mir geduldig zu, ohne eine Miene zu verziehen. Als ich fertig war, fühlte ich mich, als wäre eine Last von meiner Seele genommen. Inspector Terrant schwieg einen Moment und fragte dann, ob ich schon mit jemand anderem über die Sache gesprochen hätte. »Sophie kennt einen Teil der Geschichte. Nicht alles.« Wegen Anna tat es mir inzwischen leid, daß ich Sophie überhaupt etwas davon erzählt hatte. Eines Tages war Robin Mallaby vielleicht bereit, zu seinen Pflichten zu stehen; vielleicht würde er irgendwann versuchen, Anna ein Vater zu sein. Wie konnte sich Sophie bei allem, was sie inzwischen wußte oder vermutete, jemals mit den Mallabys versöhnen?

»Verstehe. Also, an Ihrer Stelle würde ich niemand anderem davon erzählen.« Seine Stimme klang vorsichtig, obwohl aus seiner Miene außer einer Andeutung von Sorge nichts herauszulesen war. »So wie ich es sehe, sind die einzig stichhaltigen Fakten, die Benedict Mallaby zu einem Verdächtigen im Mordfall Evelyn Allerton machen, die Uhr und der Brief Ihres Großvaters, dem zufolge Mallaby am Abend des Mordes in Shipcote war. Der Rest ist Spekulation.« Er fuhr sich mit der Hand durchs Haar und sah mich dabei nachdenklich an. »Um ehrlich zu sein, ich bekäme ziemliche Probleme, wenn ich versuchte, aus dem, was Sie mir gesagt haben, einen Fall zu konstruieren. Und nach fünfzig Jahren...«

»Ich weiß. Ich hatte auch nicht erwartet, daß Sie in der Sache viel unternehmen können.« Ich dankte ihm, daß er mir zugehört hatte.

Er stand auf. »Ich sage nicht, daß das alles nicht stimmt. Ich sage nur, daß das meiste davon nicht sehr stichhaltig ist. Sie können einen Menschen nicht aufgrund von Geschichten anklagen.«

In der Art, wie er das Wort »Geschichten« betonte, schwang eine Spur von Mißbilligung mit. Trotzdem hatte ich nicht das Gefühl, daß er mir überhaupt keinen Glauben schenkte. Irgend etwas drang durch die offizielle Fassade, ein Aufflackern von Interesse. Eine Tür war aufgegangen, und er hatte sie nicht mehr ganz geschlossen.

In diesem Augenblick klingelte das Telephon. Der Klang war so ungewohnt, daß ich erschrocken aufsprang. Während ich den Hörer abnahm, sagte Inspector Terrant, er finde schon allein hinaus. Außerdem habe er sowieso noch eine Frage an Sophie.

»Hallo?«

»Spreche ich mit Jo Treleven? Hier ist Sylvia Clitheroe. Ich hatte einen der Stände auf der Buchmesse letzte Woche, Desmond Clitheroe Books. Erinnern Sie sich?«

Was für eine Frage, war ich versucht zu antworten. Ihre Stimme klang am Telephon genauso derb-herzlich, wie die ganze Frau in natura gewesen war. »Natürlich erinnere ich mich an Sie«, sagte ich. »Ich hatte Sie gebeten, ein Buch für mich aufzuspüren.« Der Grund ihres Anrufs konnte nur sein, daß sie jetzt ein Exemplar von *Herzblut* zu verkaufen hatte. Ich versuchte, mir meine Aufregung nicht anmerken zu lassen.

»Ich habe gerade einen Blick in die Zeitung geworfen. Schockierende Nachricht! Der arme alte Willoughby! Er war zwar nicht gerade der gütigste aller Menschen, aber immerhin kannte er sich mit Büchern aus, soviel steht fest. Tja, eigentlich rufe ich an, um Ihnen zu sagen, daß ich das Buch gefunden habe, das Sie suchten. Das Problem ist nur, daß ich es Willoughby mitgegeben habe. Jetzt wollte ich sichergehen, daß Sie es bekommen haben, weil... naja, Sie wissen schon.«

Mit wachsender Enttäuschung antwortete ich, daß ich das Buch nicht hätte. »Willoughby hat es mir gegenüber mit keinem Wort erwähnt.«

»Herrgott noch mal. Ich hätte mir eigentlich denken können, daß der ausgebufften Tunte nicht zu trauen ist.«

»Wo haben Sie das Buch aufgetrieben?«

»Das war reiner Zufall. Eine alte Dame in North Oxford hatte ein Exemplar in ihrer Bibliothek stehen. Ich fand es, als ich zusammen mit Des die Romane durchsah. Des ist mein Mann. Dann lief mir Willoughby über den Weg, und ich erzählte ihm von unserem Glück. Er sagte, daß er an dem Nachmittag sowieso nach Shipcote fahre; er könne es für Sie mitnehmen. Ich habe versucht, Sie anzurufen, um Ihnen zu sagen, daß das Buch unterwegs sei, aber Sie hatten wohl Probleme mit Ihrem Telephon, oder?«

»Ja«, sagte ich, »die hatten wir. Vielleicht ist das Buch bei Willoughbys Sachen. Sind Sie sicher, daß er es mit hierhergebracht hat?«

»Ganz sicher. Er war schon auf dem Weg nach Shipcote, als er bei uns im Geschäft vorbeischaute. Er sagte, er fahre jetzt schnurstracks nach Shipcote.«

»Verstehe. Nun, ich werde versuchen herauszufinden, wo das Buch geblieben ist. Aber jetzt sagen Sie mir erst mal, was ich Ihnen schulde, damit ich Ihnen einen Scheck schicken kann.«

»Das brauchen Sie nicht. Nicht, wenn Sie das Buch gar nicht bekommen haben.«

Ich bestand darauf; das Buch werde bestimmt wieder auftauchen, sagte ich mit gespieltem Optimismus. Also gut, antwortete Sylvia Clitheroe; fünf Pfund, das sei der Preis. »Sind Sie sicher, daß Sie nicht mehr bekommen?« fragte ich sie überrascht, weil ich an Willoughbys anonymes Angebot denken mußte. Aber sie versicherte mir, daß es tatsächlich nicht mehr wert sei als fünf Pfund. »Das soll aber nicht heißen, daß es in schlechtem Zustand ist. Es hat sogar noch den Originalschutzumschlag.« Ich dankte ihr für ihre Mühe.

Nachdem ich aufgelegt hatte, stand ich da und verfluchte Willoughby mit jedem Schimpfwort, das ich kannte. Daß er mir nichts von dem Buch erzählt hatte, hatte nichts mit der Vergeßlichkeit des Alters zu tun, da war ich mir ganz sicher.

Ich würde vielleicht nie erfahren, wie lange Willoughby vorgehabt hatte, *Herzblut* vor meiner Nase baumeln zu lassen, und was seine Motive dafür waren. Eines aber wußte ich sicher: daß er das Buch – und zweifellos auch andere Geheimnisse – benutzt hatte, um andere Menschen zu quälen und zu kontrollieren. Daß er mich manipulieren konnte, mußte auf ihn wie ein Droge gewirkt haben. Und wenn er dieses Spiel mit mir gespielt hatte, dann hatte er es bestimmt auch mit den Mallabys gespielt.

Im Garten hörte ich jemanden rufen. Es war Sophie, die meinen Namen rief. »Sieh dir Max an«, jubelte sie, als ich an die Tür kam. Mit ausgestreckten Armen und einem halb triumphierenden, halb überraschten Blick kam er quer über die Wiese auf mich zu. Ganz ohne fremde Hilfe, auf seinen eigenen zwei Beinen. Ich ging die Treppe hinunter, kniete mich hin und wartete auf ihn. Nach drei weiteren schwankenden Schritten ließ er sich mit einem wilden Freudenschrei in meine Arme fallen. Dann schob er mich weg und wankte wieder davon. Während der nächsten Viertelstunde, in der Max, angestachelt durch den Beifall seiner Fans, immer mehr Selbstvertrauen gewann, saß ich im Gras und schaute meinem Kind zu; ich dachte nicht einmal daran, diesen einzigartigen Ritus des Übergangs mit dem Zeichenstift festzuhalten. Der Anblick von Max, der diesen glorreichen Moment in vollen Zügen genoß, war Balsam für meine Seele. Ich spürte, wie etwas in mir zu heilen begann, das noch vor kurzem fast zu zerbrechen drohte.

## 35

Sophie wollte auf einen Sprung zur Crookfield Farm, um ihre Mutter zu besuchen. Ich schlug ihr vor, gemeinsam hinüberzufahren; ich würde dann mit Max nach Wychley weiterfahren, um unsere Einkäufe zu erledigen. Während sie sich mit Anna auf die Eingangsstufe setzte und eine Einkaufsliste machte, nahm ich Max mit hinein, um ihn zu wickeln.

Während der paar Minuten, die ich mit Max oben war, kam ein Wagen die Auffahrt herauf. Durch das offene Fenster drangen Stimmen herein; Sophie sprach mit einem Mann. Überrascht erkannte ich die Stimme Robin Mallabys. Er schien den Großteil der Unterhaltung zu bestreiten, aber was er sagte, konnte ich nicht verstehen. Da ich die beiden nicht stören wollte, setzte ich mich mit Max aufs Bett und las ihm aus einem Kinderbuch vor, so daß ich nur noch meine eigene Stimme hörte. Bei dem Gedanken an Robins Aussehen und Charme bangte ich plötzlich um Val. Hatte er da noch eine Chance?

Nach etwa zehn Minuten rief Sophie zu mir herauf. »Jo? Bist du da oben?«

Als ich aus dem Fenster sah, stand sie mit Anna auf dem Arm unten. Robins Wagen bog gerade um die Ecke. »Alles klar?« fragte ich.

»Jedenfalls nicht mehr ganz so verworren. Du kannst wieder herunterkommen.«

Als ich nach draußen kam, versuchte ich, mein Neugierde zu verbergen und unbeteiligt auszusehen, aber Sophie lachte mich einfach aus. »Was für ein Pokerface! Gib es schon zu, du stirbst fast vor Neugierde.«

»Ich platze gleich«, gestand ich, fügte dann aber würdevoll hinzu: »Du mußt es mir aber nicht erzählen.«

»Natürlich muß ich«, sagte sie grinsend. »Was sonst *kann* ich dir erzählen?« Sie wirkte so fröhlich, daß meine Besorgnis wegen Val wuchs. Auf der Fahrt zur Crookfield Farm berichtete sie mir über das Gespräch mit Robin, das sehr kurz ausgefallen war und einige Dinge gezwungenermaßen nur hatte anreißen können. Aus Sorge, daß Anna manches davon verstehen und sich aufregen könnte, hatte Sophie Robin nicht alles sagen lassen, was er sagen wollte. »Aber das macht nichts. Mir war klar, worauf er hinauswollte.«

Wie ich vorausgesehen hatte, war er von Anna begeistert. Sophie zufolge schien er sein Verhalten zu bereuen und den Wunsch zu haben, alles wiedergutzumachen. »Weißt du, was er zu mir gesagt hat? Daß er Longbarrow Cottage von dir kaufen wollte, damit wir hier zusammen leben könnten, er und ich und Anna.«

»Ich nehme an, das ist auch der Grund, warum er nicht wollte, daß seine Familie von seinem Kaufangebot erfährt.«

»Typisch Robin«, sagte Sophie in demselben amüsiert-verzweifelten Ton, den manche Eltern anschlagen, wenn sie von ihren Teenagern sprechen. »Impulsiv, wohlmeinend und absolut egozentrisch. Er verschwendete keinen Gedanken daran, was ich dazu sagen würde, sondern ging einfach davon aus, daß ich ihm vor Dankbarkeit um den Hals fallen würde.« Nach einer kurzen Pause fügte sie hinzu: »Immerhin zeigt es, daß er sich wegen Anna Gedanken gemacht hat.«

Wir näherten uns der Abzweigung zur Crookfield Farm. Ich warf einen schnellen Blick zu ihr hinüber. »Ich muß vielleicht wirklich verkaufen. Falls dir der Gedanke, dort mit Robin zu leben…«

»Keine Angst. Ich habe ihm sofort klargemacht, daß das für mich nicht in Frage kommt.« Sie sagte das so entschieden, daß ich wieder für Val zu hoffen begann. »Aber ich bin froh, daß er gekommen ist, denn als ich ihn sah, wußte ich, daß es endgültig vorbei ist. Er ist nicht meine Zukunft, aber ich freue mich, daß er an Annas Zukunft teilhaben will. Seine eigene scheint im Moment allerdings auf etwas wackeligen Beinen zu stehen. Anscheinend herrscht in Summerhays gerade ziemliche Aufregung. Das ist mit ein Grund, warum er hier ist. Er sagt, sie haben eine Familienkonferenz einberufen.«

»Laut David ist die Firma in Schwierigkeiten.«

»Aha. Armer Robin.« Aus ihrer Stimme klang echtes Mitgefühl, aber dann fügte sie spöttisch hinzu, daß sie in diesem Fall ja gut daran getan habe, keine Alimente von ihm zu erwarten. »Ich schätze, es ist an der Zeit, daß ich mir eine richtige Arbeit suche, Annakind. Und uns ein paar Brötchen verdiene.«

»Honigbrötchen?« hakte Anna nach.

Sophie lachte. »Du kümmerst dich um den Honig, Süße, und ich sorge für die Brötchen.« Das würde sie, dachte ich. Sophie war eine Überlebenskünstlerin.

Als wir die Crookfield Farm erreichten, schlug Sophie vor, Max bei ihr zu lassen, während ich die Einkäufe erledigte. Sie und ihre Mutter würden für die Kinder kochen. Mrs. Jope pflichtete ihr bei. Für eine Frau, deren Mann wegen Brandstiftung im Gefängnis saß und eines Mordes verdächtigt wurde, wirkte sie erstaunlich ruhig. Sie machte den Eindruck eines Menschen, der mit neuem Schwung sein Leben angeht. Als ich sie verließ, waren sie und Sophie gerade dabei, die Kinder zum Hühnerhaus hinüberzutragen, um ihnen ein paar frisch geschlüpfte Küken zu zeigen.

Das Einkaufen ohne Max war schnell erledigt. Kurz nach eins fuhr ich gerade durchs Dorf zurück, als ich den Jaguar aus der Zufahrt von Summerhays biegen und in die andere Richtung davonfahren sah. Am Steuer saß Benedict, neben ihm Mela und auf dem Rücksitz Robin.

Bei Benedicts Anblick spürte ich, wie meine Wut von neuem aufflammte; sofort mußte ich wieder an die Leiche im Hügelgrab denken. Benedict hatte Nan um so vieles gebracht. Eines aber konnte ich zurückfordern – und würde es auch tun. Einer spontanen Eingebung folgend, bog ich in die Summerhays-Auffahrt ein.

Meine Suche nach Nans Buch hatte mich einiges gelehrt,

was mich selbst und meine Vergangenheit anging. Vor allem aber hatte sie mich gelehrt, daß letztendlich niemand das Recht hat, das Werk eines anderen Menschen zu vernichten. Peters Selbstporträts mochten mich verletzen und andere glauben machen, daß ich ihn verletzt hatte; trotzdem durfte ich seine Gemälde nicht einfach zerstören, nur weil andere Leute sie möglicherweise falsch oder zu meinen Ungunsten interpretieren würden. Sein Werk sollte gesehen werden, genauso, wie das von Nan hätte gelesen werden sollen. Wenn Max und ich wieder in Toronto waren, würde ich eine Ausstellung seiner Werke organisieren, bei der auch die Selbstporträts nicht fehlen sollten.

Und wenn ich schon nichts anderes aus der Vergangenheit retten konnte, würde ich wenigstens *Herzblut* retten.

Daß Benedict und Clarissa das Buch hatten, schien außer Frage zu stehen. Willoughby hatte es mitgebracht; wenn es nicht bei seinen Sachen war, dann hatte einer von beiden es genommen. Ich war fast sicher, daß Clarissa sich weigern würde, es mir zu geben, aber in diesem Fall würde ich den Vertrag der Longbarrow-Bruderschaft benutzen, um sie zu überzeugen. Falls die Mallabys gezwungen waren, einen Teil der Firma an Gerald Fenton zu verkaufen, um den Verlag als Ganzes zu retten, dann waren sie bestimmt nicht scharf darauf, mit meinem eventuellen Anspruch den Verkauf zu erschweren. Ich hatte im Grunde kein Interesse daran, mit meinem Anspruch vor Gericht zu gehen, es sei denn, sie zwangen mich dazu. Alles, was ich wollte, war das Buch.

Mrs. Blackwell öffnete die Tür. Sie wirkte niedergeschlagen, als wisse oder spüre sie, daß die Familie in Schwierigkeiten war, und ihr Verhalten mir gegenüber war eine Spur weniger herzlich als beim letztenmal. Nachdem sie mich hereingebeten hatte, erklärte sie mir mit ernster Miene, daß Mrs. Mallaby möglicherweise nicht in der Verfassung sei, heute morgen Besucher zu empfangen, daß sie ihr aber sagen werde, daß ich hier sei.

Zehn Minuten vergingen, bis Mrs. Blackwell wiederkam. Sie sagte, daß Clarissa mich jetzt sehen wolle und in der Bibliothek auf mich warte. »Sie dürfen sie auf keinen Fall anstrengen«, ermahnte sie mich. »Sie hatte eine schlechte Nacht.«

Ich entgegnete, daß die Angelegenheit, die ich mit Mrs. Mallaby zu besprechen hätte, nur ein paar Minuten in Anspruch nehmen werde. Irgend etwas an meinem Ton veranlaßte sie dazu, mir einen fragenden Blick zuzuwerfen, aber sie sagte nichts mehr, sondern hielt mir bloß die Tür zur Bibliothek auf.

Clarissa saß in einem geradlehnigen Stuhl vor dem Kamin. Ein paar große Scheite knisterten im Feuer, und ein seltsamer, unangenehm beißender Geruch lag im Raum, als wäre das Holz mit einer Chemikalie behandelt worden. Obwohl mir der Raum überheizt vorkam, hatte sie sich in einen weißen Mohairschal gewickelt. Wie immer saß sie sehr aufrecht da, den Gehstock gegen ihre Beine gelehnt. Sie wirkte jedoch um Jahre gealtert, fast geschrumpft, und das hängende linke Augenlid sah heute morgen besonders schlimm aus. Plötzlich war mir das, was ich vorhatte, selbst zuwider. Eigentlich sollte ich Benedict zur Rede stellen, und nicht diese zerbrechliche alte Frau.

»Setzen Sie sich, meine Liebe.« Sie deutete auf das Ledersofa gegenüber. »Das ist für uns alle eine schlimme Zeit.« Obwohl ihre Stimme müde klang, hatte sie immer noch diesen Unterton ruhiger Autorität.

»Das kann man wohl sagen«, antwortete ich. Ihre Aufforderung bewußt ignorierend, blieb ich stehen und fingerte nervös an Rafes Flintwerkzeug in meiner Tasche herum; ich wollte so schnell wie möglich zur Sache kommen, das Buch nehmen und wieder gehen. »Ich möchte das Buch meiner Großmutter«, sagte ich geradeheraus. »Ich weiß, daß Willoughby es mitgebracht hat.«

Sie heuchelte keine Überraschung und schien wegen der

unausgesprochenen Beschuldigung auch nicht beleidigt, sondern neigte lediglich den Kopf. »Es erzählt solche Lügen.«

»Es ist fiktiv.« Meine Stimme ließ keinen Zweifel daran, daß ich selbst anderer Meinung war.

Sie preßte die Lippen zusammen und faltete die Hände im Schoß. »Ihre Großmutter legte es darauf an, mit diesem Buch nicht nur Benedicts Seelenfrieden zu stören, sondern auch seinen Ruf zu ruinieren. Sie war so schlau, jede Verleumdung zu vermeiden, aber wir wußten, daß alle, die uns kannten, die Parallelen sehen und falsche Schlüsse daraus ziehen würden. Daß sie mit ihrer blühenden Phantasie den guten Namen eines anderen Menschen zerstören wollte, ist unverzeihlich.«

»Nicht, wenn sie tatsächlich glaubte, daß Benedict ihren Mann umgebracht hatte«, stieß ich wütend hervor.

Sie betrachtete mich mit kalter Verachtung. »Erzählen Sie mir, warum Sie das glauben. Sie werden mich nicht schockieren, das verspreche ich Ihnen. Es gibt jetzt nichts mehr, was mich noch schockieren könnte.«

»Am allerwenigsten wahrscheinlich die Identität des Mannes, der in Goody Ridlers Tump begraben war.«

»Sie sind davon überzeugt, daß es Charles ist, nicht wahr? Wahrscheinlich wird es Sie ziemlich enttäuschen zu hören, daß dem nicht so ist.« Sie wirkte fast amüsiert, und ich begann mich unbehaglich zu fühlen. »Setzen Sie sich doch endlich. Es ermüdet mich, zu Ihnen aufzusehen.«

»Dann machen wir es kurz. Geben Sie mir *Herzblut*, und ich verschwinde sofort.«

»Und wenn ich mich weigere?«

»Ich habe den Vertrag der Longbarrow-Bruderschaft. Ich werde damit zu einem Anwalt gehen.« Meine Antwort kam so schnell und mit einem so starken Gefühl der Befreiung, daß ich wahrscheinlich eine gewisse Genugtuung darüber empfunden hätte, mich für das an Nan begangene Unrecht gerächt zu haben – wenn ich mit Charles' Mörder gesprochen hätte, und nicht mit der Frau des Mörders.

Während ich sprach, beobachtete ich Clarissa genau; ich war mir sicher, daß sie die Bedeutung meiner Worte verstand. Und sie verstand sie. Zum ersten Mal sah ich Angst auf ihrem Gesicht. Das hängende Lid begann unkontrolliert zu zittern und verschleierte das schöne veilchenblaue Auge.

»Aber ich...« begann sie. Dann hielt sie inne und betrachtete die ineinander verkrampften Hände in ihrem Schoß. Sie drehte die Handflächen nach oben, berührte den goldenen Ehering an ihrem Finger und legte dann eine Hand auf den Knauf des Gehstocks. Die andere Hand ließ sie in den Falten des Schals ruhen. Ich wurde langsam ungeduldig. Einen Augenblick später sah sie wieder zu mir hoch; diesmal musterte sie mich mit fast klinischem Interesse, als hätte ich eine unerwartete Metamorphose durchgemacht. »Sie sind anscheinend doch in der Lage, mich zu überraschen.«

Ich ignorierte diese Bemerkung. »Ich würde den Vertrag nur ungern benutzen, aber wenn Sie mich dazu zwingen... Ich verlange nur, was eindeutig mir gehört. Willoughby hatte das Buch mitgebracht, um es mir zu geben.«

»Bevor ich es Ihnen gebe, möchte ich Ihnen eine Geschichte erzählen. Eine wahre Geschichte.« Sie bemerkte meinen ungläubigen Blick und zog eine Augenbraue hoch. »Oder sind Sie an der Wahrheit gar nicht interessiert?«

Zähneknirschend setzte ich mich aufs Sofa, so weit wie möglich vom Feuer entfernt, und nahm das Flintwerkzeug aus der Tasche. Während sie sprach, drehte ich es immer wieder in meinen Händen, als wäre es eine Art Lügendetektor.

»Was den Mann im Hügelgrab angeht, haben Sie unrecht«, begann Clarissa ruhig. »Es ist nicht Ihr Großvater, sondern mein Bruder. Die polizeiliche Untersuchung wird das zweifelsfrei ergeben.«

Mit offenem Mund starrte ich sie an. »Aber ich dachte, Stephen Allerton ist in Spanien ums Leben gekommen?«

»Das dachten wir zunächst alle. Man versicherte uns, daß er tot sei. Seine Leiche wurde nie gefunden, aber damals wurden viele Leichen nicht gefunden; wir hatten keinen Grund zu der Annahme, daß er überlebt haben könnte.« Die Worte kamen langsam, das Sprechen fiel ihr offenbar schwer. Ihre Hand hielt den Knauf des Gehstocks umklammert; ruhelos strichen ihre Finger über die Rundung aus Elfenbein. »Aber wie es scheint, ist er damals desertiert.« Sie schwieg. Beinahe trotzig, als erwarte sie eine Reaktion, sah sie mich an. »Ich glaube, Ihre Generation findet daran nichts Schändliches. Aber ich versichere Ihnen, daß wir damals anders dachten.

Er wurde jedoch gefangengenommen und eingesperrt. Schließlich gelang ihm die Flucht, und er schlug sich bis zu uns durch. Aber zu diesem Zeitpunkt war er bereits todkrank; er erreichte Shipcote in einer stürmischen Nacht... der Nacht, in der Evelyn starb. In jenen Tagen lebte ich in einem kleinen Cottage im Dorf. Summerhays war natürlich verkauft worden.«

»Ihr Bruder ist zu Ihnen gekommen. Nicht zu seiner Frau?«

»Natürlich.« Ihr Blick war ruhig und melancholisch; ein kleines Lächeln lag auf ihren schmalen Lippen. »Wie ich Ihnen schon einmal gesagt habe, hätten Stephen und ich genausogut Zwillinge sein können, so nahe standen wir uns, und so ähnlich waren wir uns in unserem Denken. Evelyn war eine Verirrung, ein weiteres Indiz für seine Schwäche für Obdachlose und Streuner. Er erkannte seinen Fehler schon kurz nach der Heirat, war jedoch zu anständig, um sie zu verlassen. Aber als es zu Ende ging, wollte er bei mir sein.« In ihrer Stimme lag so viel Stolz, daß sie fast schon triumphierend klang.

»Stephen war sehr krank, aber er weigerte sich, einen Arzt kommen zu lassen. Er sei nach Hause gekommen, um zu sterben, sagte er, und zwar in Frieden. Außerdem wollte er nicht, daß jemand von seiner Feigheit erfuhr.« Ich dachte kurz, ob es nicht eher Clarissa gewesen war, die so empfunden hatte, und nicht Stephen. »Er begann zu phantasieren, und in seinem Delirium verlangte er nach dem Manuskript von *Trauri-*

*ges Zeremoniell*; er wollte sich davon überzeugen, daß es in Sicherheit war. Nun, das Manuskript hatte natürlich Evelyn. Zum Glück war Willoughby damals gerade bei mir und erklärte sich schließlich bereit, nach Longbarrow Cottage hinaufzugehen und Evelyn um das Manuskript zu bitten. Mir hätte sie es nie gegeben. Sie haßte mich.«

Das Kaminfeuer heizte den Raum immer stärker auf. Am liebsten hätte ich sie aufgefordert, schneller zu erzählen und zum Ende zu kommen. Ungeduldig fragte ich: »Wollen Sie damit andeuten, daß Willoughby Evelyn getötet hat?«

»Ich nehme an, daß es so war. Wir haben allerdings nie darüber gesprochen. Er kehrte mit dem Manuskript zurück, und Stephen starb in dem Wissen, daß es in Sicherheit war. Das war alles, was für mich zählte. Als ich später von Evelyns Tod erfuhr, war ich nur allzugern bereit, die Erklärung der Polizei zu akzeptieren.«

»Und ihnen zu erzählen, Willoughby habe den Abend bei Ihnen verbracht?«

»Ja.« Sie fixierte mich. Ihr Blick war weder reuevoll noch trotzig; man hätte meinen können, sie habe irgendeine kleine gesellschaftliche Notlüge zugegeben, und nicht einen Meineid, der dazu diente, einen Mörder zu schützen. »Stephen starb zwei Tage später«, fuhr sie fort. »Schon als Kinder hatten wir uns gewünscht, zusammen im Hügelgrab beerdigt zu werden. Als der Schnee etwas geschmolzen war, lud ich seine Leiche auf ein Pferd und brachte sie hinauf. Wenn er ein richtiges Begräbnis bekommen hätte, hätten die Leute Fragen gestellt. Das wollten wir nicht.«

»Fragen über den Mord an Evelyn, meinen Sie?«

»Und über Stephen. Für die Leute war er als Held gestorben. Willoughby und ich wollten es dabei belassen.« Das ging so weit, daß sie nicht einmal einen Arzt riefen, um ihn behandeln zu lassen, dachte ich. »Als ich später Benedict heiratete, erzählte ich ihm alles. Er mußte schließlich wissen, warum am Hügelgrab nie Ausgrabungen stattfinden durften.«

»Aber Benedict wußte doch von Anfang an Bescheid. Er war doch an jenem Abend bei Ihnen.«

»So, war er das?« Das hängende Augenlid flatterte, aber Clarissas Gesichtsausdruck verriet nur amüsierte Neugierde.

»Mein Großvater und Ihr Mann fuhren an dem Abend, als Evelyn ermordet wurde, von London herauf. Ich weiß das aus einem Brief, den mein Großvater geschrieben hat. Charles war unterwegs nach Norden, nach Liverpool, um sich von seiner Mutter zu verabschieden, ehe er nach Spanien aufbrach. Benedict kam wegen des Manuskripts von *Trauriges Zeremoniell*. Er wollte Evelyn darum bitten, es ihm zu geben. Mein Großvater erwähnt das in seinem Brief.«

»Sprechen Sie nur weiter.« Ihre Stimme klang noch müder als zuvor. Sie hatte beide Hände auf den Knauf des Gehstocks gelegt, den sie neben ihren Knien aufgerichtet hatte. Ihr Körper lehnte sich leicht nach vorne, als habe die starre Achse, die sie aufrecht hielt, plötzlich begonnen nachzugeben.

»Sie gerieten in den Schneesturm«, fuhr ich fort. »Charles befürchtete, in den Schneeverwehungen steckenzubleiben; deswegen ließ er Benedict an der Hauptstraße aussteigen. Benedict benutzte den Fußweg, der an der Kirche von Withyford vorbeiführt; zu Fuß kam er auf diesem Pfad schneller voran als auf der Straße. Als er Longbarrow Cottage erreichte, gerieten er und Evelyn wahrscheinlich in Streit, und als sie drohte, das Manuskript zu zerstören, muß er sie getötet haben. Vielleicht war es ja ein Unfall.«

»Wie nett von Ihnen, diese Möglichkeit immerhin in Betracht zu ziehen«, sagte sie trocken.

»Zuerst dachte ich, er habe seine Spuren selbst verwischt, aber inzwischen bin ich anderer Meinung; sein Schock muß so groß gewesen sein, daß er mit dem Manuskript fluchtartig das Cottage verließ. Nicht ahnend, daß ihn jemand bei dem Mord beobachtet hatte.«

»Willoughby?«

»Willoughby. Ich glaube, er verwischte Benedicts Spuren

und erpreßte ihn dann. Charles ging nach Spanien, ohne zu wissen, daß Evelyn tot war. Erst bei seiner Rückkehr erfuhr er die näheren Umstände und machte sich klar, was sie bedeuteten. Ich glaube, daß er schließlich zu Benedict gegangen ist und ihn zur Rede gestellt hat. Und daß Benedict ihn getötet hat.«

Clarissa sah einen langen Augenblick zu mir herüber. »Höchst genial. Und genauso verleumderisch und fiktiv wie das Werk Ihrer Großmutter.«

»Es gibt einen Beweis. Die Uhr Ihres Bruders, die er von meinem Großvater bekommen hatte. Dem Polizeibericht zufolge wurde sie gestohlen und tauchte niemals wieder auf, aber in Wirklichkeit befindet sie sich in Benedicts Besitz. Er muß sie in der Mordnacht mitgenommen haben.«

»Sie irren sich. Stephen hat sie meinem Mann gegeben, bevor er nach Spanien ging.«

Ich starrte sie an. Daß diese Lüge ziemlich durchsichtig war, schien sie nicht zu stören; anscheinend war es ihr inzwischen völlig egal, ob ich ihr glaubte oder nicht.

»Und mein Großvater?« fragte ich; meine Stimme troff vor Ironie. »Hat Willoughby *ihn* ebenfalls getötet?«

Clarissas Schulterzucken bedeutete wohl, daß es für sie keine Rolle spielte, ob er es getan hatte oder nicht. »Vielleicht. Charles und Willoughby kamen nie besonders gut miteinander aus. Charles war ziemlich spießig, was Willoughbys Gefühle für Stephen anging; er hat sich immer darüber aufgeregt. Ich persönlich bin ja seit jeher der Meinung, daß wir an anderen Menschen das am meisten verabscheuen, was wir auch in uns selbst zu finden fürchten.« Sie lächelte böse. »Vielleicht hatte Charles Willoughby wegen des Mordes an Evelyn in Verdacht und stellte ihn zur Rede.«

In diesem Moment ging die Tür auf, und Mrs. Blackwell kam herein. Sie sagte, Clarissa müsse sich jetzt hinlegen und ich solle doch ein andermal wiederkommen, aber Clarissa hob eine Hand, um ihren Redefluß zu stoppen. »Mir geht es ausgezeichnet, Blackie«, erklärte sie entschieden. »Lassen Sie uns allein.« Das war ein Befehl, keine Bitte. Widerwillig gehorchte Mrs. Blackwell, murmelte im Hinausgehen aber vor sich hin, daß Mr. Mallaby, wenn er hier wäre, darauf bestehen würde, daß sie sich hinlegte. Die Tür schloß sich hinter ihr.

Ich sagte: »Anscheinend wollte Willoughby, daß ich *Herzblut* las, aber gleichzeitig sorgte er dafür, daß ich das Buch nicht in die Hände bekam. Haben Sie dazu auch eine Theorie?«

Sie lächelte schwach. »Willoughby hat es immer genossen, den Fuchs in den Hühnerstall zu lassen. Es amüsierte ihn, andere Menschen zu beunruhigen. Wahrscheinlich war es für ihn ein Vergnügen, zuzusehen, wie Sie sich wegen des Buches Illusionen machten.«

»Selbst wenn er seine Freunde damit verletzte?«

Sie wischte meinen Einwand mit einer abfälligen Handbewegung beiseite. »Das hat ihm bestimmt kein Kopfzerbrechen bereitet. Ganz im Gegenteil, ich bin mir ziemlich sicher, daß das für ihn einen Teil des Vergnügens ausmachte. Je älter und einsamer er wurde, desto schlimmer wurde er. Ich glaube, am Schluß verursachte ihm der Anblick eines glücklichen Menschen schon fast körperliches Unbehagen. Vielleicht war das der Grund, warum er und Cece so gut miteinander auskamen – das arme Kind ist niemals glücklich gewesen.« Einen Augenblick lang verkrampfte sich ihr Gesicht vor Kummer oder Schmerz, entspannte sich aber sofort wieder. »Willoughby war es gewöhnt, kultivierte Menschen zu quälen, Menschen, die keine Möglichkeit hatten, sich zu wehren. Vielleicht ließ ihn das die nötige Vorsicht vergessen, als er auf Carl Jope traf – einen Mann, der keine solchen Skrupel hatte.«

»Wenn Sie so über Willoughby denken, warum haben Sie die Freundschaft zu ihm dann aufrechterhalten?«

»Nun, natürlich stand ich in seiner Schuld. Außerdem war er früher ein charmanter Mann. Sehr amüsant und witzig.«

Sie sah meinen ungläubigen Blick. »Man kann einem Menschen so manches verzeihen, wenn er einen zum Lachen bringt. Außerdem wird man mit zunehmendem Alter immer mehr zum Gewohnheitstier. Man lernt Dinge zu akzeptieren, die andere absolut inakzeptabel finden.«

Ich fühlte mich müde und verwirrt; inzwischen wußte ich überhaupt nicht mehr, was ich glauben sollte. Der Raum war hoffnungslos überheizt und die Luft extrem stickig; zum muffigen Geruch des alten Raumes kam der seltsam chemische Geruch des brennenden Holzes. Um mich herum Regale voller Bücher. Vielleicht verbarg sich in ihrer Mitte das eine, nach dem ich suchte. Ich rechnete schon halb damit, daß sie plötzlich von den Regalen purzeln und sich auf mich stürzen würden, um wie die Spielkarten in *Alice im Wunderland* ihre Besitzer zu verteidigen. Ich mußte so schnell wie möglich diesen Raum verlassen; ich brauchte dringend frische Luft.

Ich stand auf. »Sie haben gesagt, Sie hätten Nans Buch. Bitte geben Sie es mir.«

Einen Moment lang lächelte sie mich einfach nur an. Und dieses Mal war ihr Lächeln richtig bösartig. »Wir beide genießen es schon eine ganze Weile.«

»Wie meinen Sie das?« In mir flackerte plötzlich eine unbestimmte Angst auf. Immer noch lächelnd, sah sie zum Feuer hinüber. Während ich entsetzt ihrem Blick folgte, schoß mir der Gedanke durch den Kopf, daß Mela und Cece dieses bösartige Lächeln geerbt hatten.

»Es war ein explosives Buch. Ein einziges Streichholz genügte.«

Aber ich hörte ihre Worte kaum noch. Ich kniete bereits vor dem Kamin, griff nach dem Schürhaken und schob die brennenden Scheite beiseite. Funken sprühten, und die Hitze der Flammen versengte mein Gesicht. In der Asche unter den umgestürzten Scheiten lagen die verkohlten und noch glimmenden Überreste von *Herzblut*. Da war nichts mehr zu retten.

Rasend vor Wut, mußte ich daran denken, was die Mallabys alles zerstört hatten. Die Hitze schien meinen Blick zu vernebeln. Voller Mordlust sah ich mich nach Clarissa um.

Sie stand direkt hinter mir, den Gehstock mit beiden Händen hoch über den Kopf erhoben.

## 36

»Clarissa! Nein!«

Benedict stand in der Tür. Sein Ruf ließ sie einen Augenblick zögern. In dem Moment, als sie mit dem Gehstock zuschlug, riß ich den Arm hoch, um den Schlag abzuwehren. In der Hand hielt ich immer noch das Flintwerkzeug; der Stein schrammte an den Knöcheln ihrer geballten Fäuste entlang, während der Gehstock von meiner Schulter abprallte. Mit einem Schmerzensschrei ließ Clarissa den Stock auf den Teppich fallen und brach dann auf ihrem Stuhl zusammen, eine Hand an die Brust gepreßt. Benedict war bereits an ihrer Seite, während ich mich schwankend hochrappelte.

Ich ließ das Flintwerkzeug in meine Tasche gleiten und bückte mich dann automatisch nach dem Gehstock. Als sich meine Hand um den Elfenbeinknauf legte, spürte ich eine seltsam rauhe Stelle. Das Elfenbein war stark angeschlagen. Zusätzlich zu den haarfeinen Rissen wies die Rundung des Griffs einen langen Sprung auf. Dieser Sprung war nicht durch den Schlag auf meine Schulter entstanden, da war ich mir sicher, denn in seinem Inneren befand sich – ebenso wie in den feineren Rissen – eine seltsam rostig aussehende Substanz, als wäre eine Flüssigkeit in die Risse gedrungen und dort eingetrocknet. Es sah aus wie Blut.

Plötzlich wußte ich instinktiv, daß der Stock schon einmal als Waffe gedient hatte, daß damit von hinten auf den Kopf eines anderen Menschen eingeschlagen worden war. Ich starrte Clarissa an. »Sie haben Willoughby getötet!«

»Sag kein Wort!« stieß Benedict heftig hervor.

Aber ihre Stimme übertönte die seine. Sie klang nicht mehr müde, sondern war von einer gewaltigen Kraft erfüllt. »Natürlich habe ich ihn getötet!« schrie sie mich an. »Er hätte uns zerstört. Seine verdammten Memoiren! Nichts als gemeine Lügen und Anspielungen! Alle erzählten sie Lügen. Evelyn, Charles, Willoughby. Sie versuchten uns zu schaden, aber ich habe ihnen das Maul gestopft.« Triumphierend sah sie zu mir auf; ihr Gesicht wirkte wie das eines kleinen, verschrumpelten Affen mit bösen veilchenblauen Augen. Sie zitterte am ganzen Körper; ihr Schal lag wie eine weiße Pfütze zu ihren Füßen.

»Charles habe ich im Fluß versenkt, nachdem ich ihn umgebracht hatte«, sagte sie voll hämischer Freude. »Ich habe ihn mit Steinen beschwert. Danach mußte ich immer lachen, wenn ich die Fischer über die Größe ihres Fangs reden hörte. Später habe ich versucht, auch Ihre Großmutter zu töten; eigentlich hätte sie verbrennen sollen, die Hexe!«

»Das ist genug!« Benedict packte sie am Arm. »Um Himmels willen, Clarissa, halt endlich den Mund!« Aber sie ließ sich nicht aufhalten, obwohl sie inzwischen mehr oder weniger unzusammenhängende Sätze ausstieß; sie sprach davon, wie sie Evelyn umgebracht habe, um Stephens Buch zu retten; davon, daß Evelyn den Tod verdient habe – daß jeder, der ihre Familie bedrohe, den Tod verdient habe. Die bösartigen Worte brachen aus ihr heraus wie ein lange aufgestautes Gift.

Meine Schulter schmerzte von Clarissas Schlag. Eine tödliche Kälte ergriff von mir Besitz – eine Kälte, die sich durch die Hitze des Kaminfeuers nicht vertreiben ließ; fast kam es mir so vor, als würde diese Kälte von dem Stock in meinen Händen ausgehen. Ich sollte ihn ins Feuer werfen, dachte ich, und mit dem Buch verbrennen lassen.

Während Clarissas Ausbruch waren drei Leute durch die Tür gekommen und wie angewurzelt stehengeblieben. Obwohl ich sie aus den Augenwinkeln hatte eintreten sehen und ihre Anwesenheit auch irgendwie spürte, schien Clarissa im Verlauf ihres Zusammenbruchs die Energie des gesamten Raumes anzusaugen, wie ein schwarzes Loch, das uns alle in sich hineinzog. Wir sahen und hörten nur noch sie.

Dann ließ David Mela und Robin stehen und kam quer durch den Raum auf mich zu. Wortlos legte er den Arm um mich. Und irgendwie brach diese einfache Geste den Bann.

Sie sank in ihren Stuhl zurück, den Blick unter den schweren Lidern verschleiert. »Ich fühle mich nicht gut. Ich will, daß sie geht.« Ihre Stimme war plötzlich so weinerlich wie die eines erschöpften Kindes – ein müdes Flüstern in der Stille des Raumes.

»Ja, mein Liebling.« Benedict beugte sich über sie und hob den Schal auf. Mit zitternden Händen legte er ihn zärtlich um ihre Schultern. Dann wandte er sich zu seinen Enkelkindern um. »Robin!« sagte er barsch. Robin Mallaby starrte mit verständnislosem Entsetzen auf Clarissa; sein Jungengesicht war durch den Schock plötzlich erwachsen geworden. Beim Klang seines Namens zuckte er zusammen und sah seinen Großvater benommen an. »Hör mir genau zu«, sagte Benedict zu ihm. »Ruf Dr. O'Brien an. Sag ihr, sie soll sofort kommen. Und sag Blackie, daß Clarissa sich hinlegen muß, weil es ihr nicht gutgeht.« Robin nickte stumm.

»Es ist alles ihre Schuld, nicht wahr?« stieß Mela zornig hervor, während ihr Bruder den Raum verließ. Sie sah mich anklagend an. Von ihrer sonst so starken Ausstrahlung war nicht mehr viel übriggeblieben. Ihr ungeschminktes Gesicht wirkte farblos, das blonde Haar war streng zurückgekämmt und im Nacken zu einem festen Knoten geschlungen. »Was hast du ihr getan?« fragte sie und trat einen Schritt auf mich zu.

Ehe ich etwas sagen konnte, befahl ihr Benedict in schroffem Ton, den Mund zu halten. »Das kann warten. Deine Großmutter braucht dich jetzt. Begleite sie in ihr Zimmer.«

Mela biß sich auf die Lippen, trat dann aber an Clarissas Seite, um den Arm um sie zu legen und ihr beim Aufstehen zu helfen. »So ist es gut«, sagte sie mit sanfter Stimme. »Laß dir Zeit.« Auf der anderen Seite legte Benedict eine Hand unter Clarissas Ellbogen, um sie zu stützen.

»Wo ist mein Stock?« fragte Clarissa quengelig, während sie sich von ihrem Stuhl erhob. »Ich brauche meinen Stock.«

Benedict und Mela sahen zu mir herüber. Unfähig, ein Wort herauszubringen, konnte ich nur den Kopf schütteln und den Stock fest mit beiden Händen umklammern. Noch immer schien eine böse Macht den Raum zu erfüllen. Mir war plötzlich übel – nicht nur von der unheilvollen Atmosphäre, sondern auch von dem Mitleid, das ich gegen meinen Willen zu empfinden begann: Das Werk der Zerstörung, das von dieser alten Frau ausgegangen war, hatte sich am Ende gegen sie selbst gerichtet, und gegen die Menschen, die sie liebte.

Als könne sie meine Gedanken lesen, hob Clarissa den Kopf und starrte mich an. »Sie haben nie erlebt, wie es ist, wenn einem ein geliebter Mensch genommen wird, wenn er von einem anderen besessen ist und von ihm zugrunde gerichtet wird. Sonst würden Sie mich verstehen. Aber ich bin für meine Taten bestraft worden. Meine Kinder...« Ihre Stimme versagte, und sie schaute mit einem herzzerreißenden Blick ihren Mann an. »O Benedict, unsere lieben Kinder...« Sie verzog schmerzlich das Gesicht, während er ihr ein paar tröstende, beruhigende Worte ins Ohr flüsterte; dabei hatte er die Augen geschlossen, als würde er beten.

Bevor er sie nach oben brachte, sagte er in fast flehendem Ton, daß er mir sehr dankbar wäre, wenn ich warten würde, bis er wiederkomme. Dann führten er und Mela Clarissa langsam aus dem Zimmer. Ihr Rücken, dieser stolze, gerade Rükken, war jetzt krumm wie ein Bogen.

Ich drehte mich zu David um, legte meinen Kopf gegen seine Brust und lauschte dem regelmäßigen Rhythmus seines Herzens. Bald spürte ich, wie mein eigenes, wild pochendes

Herz allmählich langsamer und regelmäßiger schlug, wie die Übelkeit nachließ, bis fast so etwas wie Ruhe über mich kam. Schließlich trat ich einen Schritt zurück und sah ihn an. »Hast du es gehört?« fragte ich ihn ängstlich. »Hast du gehört, was sie gesagt hat?«

Mit ernster Miene nickte er. »Am besten erzählst du mir jetzt der Reihe nach, was passiert ist.«

Ich sagte, daß ich vorher gerne Sophie anrufen würde. Ich mußte unbedingt wissen, wie es Max ging, daß er mich nicht vermißte, daß er nicht nach mir weinte – als würde mir das Wissen, daß es ihm gutging, dabei helfen, das hier durchzustehen. Auf Benedicts Schreibtisch stand ein Telephon. Als Sophie abnahm, erklärte ich ihr, daß ich in Summerhays aufgehalten worden sei und daß es unter Umständen noch eine Weile dauern werde, bis ich hier wegkönne. Ich solle mir ruhig Zeit lassen, antwortete sie; Max gehe es gut. »Er schaufelt gerade Bohnen und Toast in sich hinein, als wäre er ein Brummifahrer auf Fernfahrt.« Dann fügte sie hinzu: »Ist bei dir alles in Ordnung? Du klingst so seltsam.«

»Jetzt geht es mir wieder gut. Außerdem ist David bei mir.« Unsere Blicke trafen sich, und wir lächelten. »Ah«, antwortete Sophie bloß, weil sie wußte, daß sie sich um mich keine Sorgen machen mußte.

Als wir uns verabschiedeten, kam Mrs. Blackwell mit einem Tablett herein, auf dem ein Teller mit Sandwiches und zwei Suppentassen standen. »Mr. Mallaby meinte, Sie haben vielleicht Hunger«, sagte sie zu David, während sie das Tablett auf einem Tisch abstellte. Mich würdigte sie keines Blikkes. »Die Ärztin ist gerade gekommen. Mrs. Mallaby geht es gar nicht gut... Man hätte sie nicht so anstrengen dürfen.« Erst im Hinausgehen warf sie mir einen anklagenden Blick zu.

Angesichts des Geständnisses seiner Frau und seiner eigenen Mitwisserschaft erschien diese höfliche Geste Benedicts fast grotesk. Nichtsdestotrotz stellte ich beim Anblick des Essens fest, daß ich plötzlich einen Bärenhunger hatte. David und ich setzten uns auf das Ledersofa, und während ich aß, erzählte ich ihm alles. Er hörte mir ruhig zu und unterbrach mich nur gelegentlich, um nachzufragen, wenn die Geschichte zu kompliziert wurde. Ein- oder zweimal fluchte er leise, aber ansonsten gab er keinen Kommentar von sich. Kein einziges Mal fragte er: »Bist du sicher?« oder ließ sich sonst irgendwie anmerken, daß er an meinen Worten zweifelte, und das, obwohl ihm vieles von dem, was ich sagte, unglaublich vorkommen mußte. Dafür, und für seine bloße Anwesenheit, war ich ihm unendlich dankbar.

»Ich habe dir vorher nie etwas davon erzählt«, sagte ich, nachdem ich geendet hatte, »weil es mir unfair erschien, dich da mit hineinzuziehen. Schließlich bist du mit ihnen befreundet, und du mußt dort leben. Du arbeitest mit ihnen zusammen…«

»Das ist vorbei. Val und ich haben heute morgen ihren Anteil gekauft. Abgesehen von ein paar gesetzlichen Formalitäten gehört der Park jetzt ihm und mir zu gleichen Teilen.« Zum ersten Mal an diesem Tag lächelte er.

»Dann werden Benedict und Mela den Verlag also retten können?«

Er zuckte mit den Schultern. »Wahrscheinlich werden sie sich irgendwie mit Fenton arrangieren müssen. Es sei denn, er macht jetzt einen Rückzieher.« Er nahm meine Hand, verschränkte seine Finger mit meinen. Nach einer kurzen Pause sagte er nachdenklich: »Ich habe mich immer gefragt, woher Mela ihre skrupellose Zielstrebigkeit hat. Phil hatte sie nicht, und Robin besitzt sie ebensowenig. Benedict ist willensstark, aber nicht skrupellos.«

»Höchstens, wenn es darum geht, die Augen vor der Wahrheit zu verschließen.«

Er sah mich an. »Er wird dich fragen, was du zu tun gedenkst. Darüber bist du dir doch im klaren?« Ich nickte. »Was auch passiert, du bist nicht allein. Ich bin bei dir. Ich habe gehört, was Clarissa gesagt hat.«

»Ich kann nicht zulassen, daß Jope wegen eines Mordes verurteilt wird, den er nicht begangen hat. Egal, was für ein widerlicher Kerl er ist. Soviel weiß ich. Was den Rest betrifft...« Ich starrte auf den Kamin, auf die glühenden Überreste des Buches. Eine Idee nahm in meinem Kopf Gestalt an – eine Möglichkeit, doch etwas aus der Asche zu retten. Aber bevor ich mit David darüber sprechen konnte, kam Benedict ins Zimmer und schloß leise die Tür hinter sich. Er war vor Erschöpfung ganz grau im Gesicht; seine blaßblauen Augen wirkten stumpf und abwesend. David wollte aufstehen, aber Benedict gab ihm ein Zeichen, zu bleiben, wo er war, und setzte sich in den Sessel gegenüber.

»Clarissa?« begann David.

»Die Ärztin ist bei ihr. Sie meint, sie sollte besser ins Krankenhaus. Ein Krankenwagen ist schon unterwegs.« Ein paar Sekunden lang saß er einfach nur da und pfiff tonlos vor sich hin. Er sah aus wie ein Mann, dem alles genommen worden war, was er im Laufe seines Lebens aufgebaut hatte, und der jetzt inmitten der noch glimmenden Ruinen stand und um das Gewesene trauerte. Trotzdem hatte ich den Eindruck, daß ein anderer Teil von ihm bereits damit beschäftigt war, den Schaden zu schätzen und zu überlegen, was noch zu retten war.

Er hob den Kopf, blickte zu mir herüber – wobei er mir nicht direkt in die Augen sah – und bestätigte diesen Eindruck. »Sie haben jedes Recht, uns zu hassen und Vergeltung zu fordern. Und ich habe kein Recht, Sie zu bitten, großzügig zu sein. Aber ich bitte Sie trotzdem darum.«

Ich starrte ihn an. »Ich verstehe nicht ganz. Sie meinen, ich soll nichts sagen? Aber Carl Jope...«

Benedict wischte meinen Einwand beiseite. »Ich weiß von der Polizei, daß sie nicht genügend Beweise haben, um ihn wegen des Mordes an Willoughby anzuklagen.«

»Verstehe.« Im Augenblick aber wollte ich gar nicht über Willoughbys Tod und Benedicts indirekte Bitte um Stillschweigen reden. Es gab einen anderen Tod, der mich viel mehr interessierte. Gespannt beugte ich mich vor. »Warum hat Clarissa meinen Großvater getötet? Wissen Sie das?«

»Ich habe sie gefragt, bevor die Ärztin kam. Einer der Gründe war, daß Charles uns nicht erlauben wollte, *Trauriges Zeremoniell* allein unter Stephens Namen zu veröffentlichen. Er sagte, wir müßten uns an den Vertrag halten und die Erlöse aus dem Buch unserem ursprünglichen Plan entsprechend verwenden. Andernfalls sei Stephens Opfer sinnlos gewesen. Er hatte seine Kopie des Vertrages dabei. Er zeigte Clarissa das Dokument und sagte, er werde dafür sorgen, daß der Vertrag eingehalten werde.

Aber Clarissa wollte, daß Stephen die ihm gebührende Anerkennung für sein Werk bekam. Sie hatte immer an das Buch geglaubt und war sicher, daß es ein Erfolg werden würde. Und sie hatte davon geträumt, mit seiner Hilfe eines Tages Summerhays zurückzukaufen. Sie dachte, sie könne Charles dazu bringen, seine Meinung zu ändern, aber er schaltete auf stur. Sie stritten sich, und dann kam irgendwie heraus, daß Charles glaubte, ich hätte Evelyn umgebracht. Clarissa war außer sich vor Angst und Wut. Da verlor sie den Kopf.«

»Wie hat sie ihn umgebracht?«

»Sie hat ihn erschossen. Sie ging gerne zur Jagd und hatte immer ein Gewehr…«

»Geladen?« fragte ich ungläubig. Das geladene Gewehr ließ keinen Zweifel daran, daß Clarissa Charles' Besuch erwartet hatte und darauf vorbereitet war, daß sich die Dinge nicht nach ihren Wünschen entwickeln könnten.

»Und der Vertrag«, fragte ich Benedict, »hat sie den vernichtet?« Er nickte. Dann mußte die Kopie, die ich gefunden hatte, Stephen Allerton gehört haben; vielleicht war sie nach seinem vermeintlichen Tod in Spanien zusammen mit seinen anderen Habseligkeiten an Evelyn geschickt und von ihr versteckt worden.

»Wußten Sie, daß sie ihn ermordet hatte?«

Er schüttelte den Kopf. »Ich nahm wie alle anderen an, er sei verschwunden, um dem Krieg zu entgehen. Außerdem war da noch etwas...«

Mir fiel die Geschichte ein, die Clarissa mir erzählt hatte; angeblich hatte Charles versucht, sie zu überreden, Shipcote mit ihm zu verlassen. »Sie hat Ihnen erzählt, Charles habe sie gebeten, mit ihm wegzugehen, nicht wahr?«

»Ja. Es war nicht schwer, ihr das zu glauben. Er hatte sie einmal sehr verehrt.«

»Warum soll ich Ihnen glauben?« fragte ich bitter. »Sie wußten, daß sie Evelyn umgebracht hatte, und trotzdem haben Sie sich all die Jahre lang schützend vor sie gestellt.«

»Mir blieb keine andere Wahl.« Er wich meinem Blick aus. »Ich liebte sie.«

»Haben Sie Nan deswegen um ihren Anteil betrogen? Aus Liebe zu Clarissa?«

Er hörte die Verachtung in meiner Stimme; seine eigene Stimme klang wütend, als er mir antwortete. »Ich habe versucht, Ihre Großmutter am Gewinn zu beteiligen. Sie lehnte ab. Und als sie dann das verdammte Buch geschrieben hatte, in dem sie alles so falsch darstellte... Nun, da fand ich, daß sie das bekommen hatte, was ihr zustand.«

»Ich habe Sie ebenfalls für einen Mörder gehalten«, sagte ich bloß. »Wessen Schuld ist das? Nans oder Clarissas?«

Zum ersten Mal sah er mir direkt in die Augen. »Als Sie herkamen, waren wir sicher, daß Sie etwas vermuteten. Und uns Schwierigkeiten machen wollten. Aber Sie waren anfangs völlig ahnungslos, nicht wahr?« Er lachte bitter. »Das ist die schreckliche Ironie an dem Ganzen. Wenn wir Sie in Ruhe gelassen hätten...«

»Willoughby hätte schon dafür gesorgt, daß ich es herausfinde.«

»Natürlich. Wie dumm von mir, das zu vergessen.« Er begann wieder tonlos vor sich hin zu pfeifen. Während ich ihn beobachtete, hatte ich plötzlich das seltsame Gefühl, einem

Mann gegenüberzusitzen, der sich jahrelang darauf getrimmt hatte zu vergessen – und der im Lauf der Zeit ein solcher Experte im Vergessen geworden war, daß er selbst in diesem Augenblick schon wieder dabei war, das Geschehene zu vergessen, damit er seine Frau weiter lieben konnte.

Neben mir wurde David plötzlich unruhig. Er hatte unserem Gespräch zugehört, ohne etwas zu sagen, und die ganze Zeit über meine Hand gehalten. Jetzt fragte er Benedict, ob er wisse, wieso Clarissa Willoughby umgebracht habe.

»Um Stephen zu schützen. Besser gesagt, sein Andenken. Es ist keine Übertreibung, wenn ich sage, daß Willoughby Stephen angebetet hat. Er verehrte ihn, solange er lebte, und nach seinem Tod verehrte er sein Andenken. Ich glaube, er hat sich eingeredet, daß seine Liebe erwidert wurde. Vor etwa zehn Monaten jedoch tauchten ein paar Briefe auf, die versteigert werden sollten, Briefe, die Stephen in Spanien an einen Freund geschrieben hatte. Willoughby erstand sie in Clarissas Namen. Unglücklicherweise las er sie, bevor Clarissa es tat. In einem dieser Briefe machte sich Stephen auf ziemlich grausame Weise über Willoughby lustig. Bezeichnete ihn als ›den ewigen Faun‹. Ich fürchte, das war in unserer Familie ein gängiger Witz. Aber von Stephen selbst so bezeichnet zu werden... Clarissa glaubte, sie hätte ihn dazu gebracht, Stephen zu verzeihen, aber wie sich inzwischen herausgestellt hat, war dem nicht so. Als Willoughby am Mittwoch ankam, erklärte er uns, daß er vorhabe, die Biographie zu überarbeiten. Wir wußten, wie er das meinte. Er würde Stephen als Feigling entlarven, seinen guten Ruf zerstören, vielleicht sogar enthüllen, daß Clarissa Evelyn getötet hatte.«

»Aber wer wäre bereit gewesen, ein solches Buch zu verlegen?« fragte ich ihn. »Hätte ein Verleger da nicht befürchten müssen, gerichtlich belangt zu werden?«

»Willoughby war schlau. Er hätte schon einen Weg gefunden, die Dinge zu umschreiben... Außerdem spielte es kaum eine Rolle, ob das Buch tatsächlich erscheinen würde oder nicht. Es reichte bereits zu wissen, daß andere das Manuskript lesen würden.« Zögernd sprach Benedict weiter: Am Abend seines Todes, also vor zwei Tagen, sei Willoughby mit Clarissa im Garten von Summerhays spazierengegangen, unten am Fluß. »Er verspottete Clarissa, wie es seine Art war – mit dem, was er wußte. Was er alles preisgeben konnte. Als er ihr sagte, daß er ein Exemplar des Buches Ihrer Großmutter habe und es Ihnen geben wolle, bekam sie Angst. Sie ließ neben der Uferböschung ihren Schal fallen. Er beugte sich, um ihn aufzuheben. Da schlug sie ihn auf den Kopf. Und er fiel in den Fluß.«

Diese schrecklichen Worte, die den einfachen Rhythmus eines Kinderverses hatten, schienen Benedict nur widerwillig über die Lippen zu kommen, so verzerrt und undeutlich klangen sie. Wie Evelyn und Charles, dachte ich, hatte Willoughby den Fehler begangen, Clarissas Lebensinhalt, ihre Familie, zu bedrohen. Und er war sich ihrer scheinbaren Ohnmacht zu sicher gewesen.

Ich wußte, daß Benedict mich noch einmal bitten würde, Stillschweigen zu bewahren und den Gehstock herauszugeben, den Beweis, daß sie des Mordes an Willoughby schuldig war – des einzigen Mordes, für den sie aller Wahrscheinlichkeit nach gerichtlich belangt werden konnte. Aber wie konnte ich das tun? Wie konnte ich mich an einer Verschwörung beteiligen, die verhindern würde, daß Nan und Charles endlich Gerechtigkeit widerfuhr?

Doch bevor irgend jemand etwas sagen konnte, ging die Tür auf. Mrs. Blackwell stand auf der Schwelle; Tränen liefen ihr übers Gesicht. »Oh, Mr. Benedict«, begann sie verzweifelt, »es ist mir unerträglich, Ihnen diese Nachricht...«

Mit einem Aufschrei war Benedict aufgesprungen. »Was ist mit ihr? Ist sie...?« Er hielt inne, als könnten die Worte seine Befürchtung wahr machen. Aber das Gesicht der Haushälterin und die Art, wie sie ihn ansah, hatten diese Befürchtung wohl schon bestätigt.

»Es war ihr Herz«, stöhnte Mrs. Blackwell. »Es ist einfach stehengeblieben.«

Benedict bewegte sich mit stolpernden, unsicheren Schritten auf die Tür zu, fast wie ein Blinder. David murmelte, er komme gleich wieder, und folgte ihm.

Alles, was ich in diesem Augenblick empfinden konnte, war ein tiefes, überwältigendes Gefühl der Erleichterung. Clarissas Tod befreite mich von allen Rachegefühlen und allem Haß. Erschöpft saß ich auf dem Sofa und starrte ins Feuer, während die Gedanken in meinem Kopf durcheinanderwirbelten.

Ich blieb jedoch nicht lange allein. Mela erschien im Zimmer; ihr Blick war feindselig, anklagend. Ich stand auf, um mich der Konfrontation zu stellen. »Sie ist tot«, sagte sie ohne Umschweife. »Du hast sie getötet.« In ihrer bleichen Wut wirkte sie wie ein gefallener Racheengel, der einen angeblich gerechten Zorn benutzte, um das eigene Wissen um die Wahrheit zu verdrängen.

»Deine Großmutter hat drei Menschen ermordet«, sagte ich, absichtlich brutal. »Du solltest dankbar sein, daß es deinem Großvater erspart bleibt, mitansehen zu müssen, wie ihr der Prozeß gemacht wird.« Erbarmungslos nutzte ich meinen Vorteil und fuhr fort: »Und dir selbst kannst du eine andere Art von Prozeß ersparen.«

Sie hatte gerade zu einer scharfen Erwiderung angesetzt, aber meine letzten Worte nahmen ihr den Wind aus den Segeln. Die blauen Augen wurden schmal. »Was meinst du damit?«

Während sie mir zuhörte, ging sie ungeduldig im Raum auf und ab; dabei sah sie mich kaum an. Ich erzählte ihr vom Vertrag der Longbarrow-Bruderschaft und dem Anspruch, den ich möglicherweise auf den Verlag hatte. »Gerald Fenton könnte deswegen nervös werden. Und das ausgerechnet jetzt, wo du versuchst, ihn für den Verlag zu interessieren.«

Sie blieb stehen und starrte mich mit kalten Augen an.

»Das bezweifle ich. Gerald weiß, wie man mit solchen Drohungen fertig wird.« Aus einem Etui auf Benedicts Schreibtisch nahm sie eine Zigarette und Streichhölzer. Sie zündete sich die Zigarette an, kam dann zum Kamin herüber und schnippte das angebrannte Streichholz in die Asche, als wolle sie damit demonstrieren, wie wenig meine Worte sie berührten.

Ich ließ es darauf ankommen. »Bestimmt werde ich keine Schwierigkeiten haben, einen guten Anwalt zu finden, der bereit ist, den Fall zu übernehmen. Und die Presse dürfte das ebenfalls sehr interessant finden....« Plötzlich empfand ich Abscheu vor mir selbst, ich mußte an Willoughby denken und zögerte.

Aber Mela war schon überzeugt. Sie war auf ihre eigene Art skrupellos, hatte David gesagt; vielleicht erkannte ihre Skrupellosigkeit die meine. »Willst du Geld?« fragte sie mich voller Verachtung, während sie einen dünnen Streifen Rauch in die Luft blies. »Geht es dir darum?«

In diesem Augenblick verspürte ich den starken Wunsch, sie zu schlagen. Manchmal ist es bestimmt einfacher, ein Mann zu sein, dachte ich, und einfach die Faust vorschnellen zu lassen. Statt dessen tat ich, was die Mütter immer ihren kleinen Kindern raten: Ich benutzte Worte. Ich sagte: »Nein, es geht mir nicht um Geld. Sondern um Wiedergutmachung. Ich will, daß Mallaby – oder wie immer der Verlag dann heißen wird – *Herzblut* verlegt, den Roman meiner Großmutter.«

Über diesen Teil ihrer Familiengeschichte mußte sie zumindest teilweise Bescheid gewußt haben, denn sie sagte unbestimmt: »Aber dieses Buch existiert doch gar nicht mehr, oder? Ich dachte, alle Exemplare wären vernichtet worden.«

»Willoughby besaß ein Exemplar. Ich habe es in einem seiner Bücherschränke gesehen, als ich in Martyrs Hall war. Ich bin sicher, daß du oder Benedict das College überzeugen könntet, euch das Buch zu überlassen. Für das College ist es ohnehin wertlos. Wenn ihr es veröffentlicht und Werbung dafür macht, unterschreibe ich, daß ich keinerlei Anspruch auf den Mallaby-Verlag erhebe.«

Sie starrte mich durch eine Wolke aus Zigarettenrauch an. »Benedict sagte mir schon, daß du uns Schwierigkeiten machen würdest. Anscheinend hatte er recht.«

»Hat er dir von dem alten Vertrag erzählt?«

»Daß so etwas früher einmal existiert hat. Ich dachte, er wäre vielleicht in der Akte von Tony Munnings, aber da war er nicht. Wo hast du ihn gefunden?«

»In einem Versteck im Cottage. Dann hast also du die Akte genommen?«

Sie nickte. »Eines Tages sah ich sie auf Tony Munnings Schreibtisch liegen, als Benedict und ich in seinem Büro waren«, meinte sie wegwerfend. Das erklärte bis zu einem gewissen Grad Munnings' Unbehagen bei meinem Besuch. Wahrscheinlich hatte er bemerkt, daß die Akte etwa um die Zeit verschwunden war, als die Mallabys bei ihm im Büro waren, und zu Recht vermutet, daß sie sie genommen hatten.

»In der Akte war nichts Interessantes«, fuhr Mela fort, als würde das ihren Diebstahl weniger verwerflich machen.

»Vielleicht für dich nicht. Ich hätte sie trotzdem gerne zurück.«

Sie ignorierte meinen Einwand. »Ist das alles, was du willst? Daß der Mallaby-Verlag das Buch veröffentlicht?«

»Das ist alles. Ihr werdet diesen Punkt in den Vertrag miteinbeziehen müssen, den ihr mit Fenton aushandelt.«

Sie überlegte. Vielleicht erkannte sie, daß es sinnvoll war, mein Angebot anzunehmen, weil sie nichts in der Hand hatte, was sie hätte dagegensetzen können. »Also gut«, sagte sie gelassen. Clarissa hat unrecht gehabt, dachte ich; man mußte das Vergangene nicht einfach hinnehmen. »Und du wirst über alles andere schweigen?« fuhr Mela fort.

»Das kann ich nicht. Willoughbys Tod betrifft nicht nur deine und meine Familie.«

»Wenn du Carl Jope meinst, das läßt sich regeln. Da reicht ein Wort an die richtige Person. Nichts davon muß an die Öffentlichkeit gelangen.«

Stur beharrte ich darauf, daß ich lediglich einverstanden sei, meinen Anspruch auf den Verlag aufzugeben; was den Rest angehe, müsse die Polizei informiert werden. Danach könnten die Mallabys tun, was in ihrer Macht stehe, um die Sache zu vertuschen. Ich würde bestimmt nicht darüber reden und könne mir auch nicht vorstellen, daß David es tun werde. Ich sah zu ihm hinüber. Unbemerkt von Mela, war er ins Zimmer gekommen und ein Stück hinter ihr stehengeblieben.

Ihr Lächeln war nicht gerade freundlich. »Ach ja. David. An dem wirst du sicher viel Freude haben.«

Das sah ihr ähnlich – diese indirekte Andeutung, dieser Giftpfeil zum Abschied, der bei mir Zweifel wecken sollte.

Aber das Gift verfehlte seine Wirkung, und mein eigenes Lächeln war ungezwungen. »Ich glaube, ›Freude‹ ist genau das richtige Wort.«

Ich ging an ihr vorbei zu David hinüber. Zusammen verließen wir Summerhays und traten in den Sonnenschein hinaus. Keiner von uns sagte etwas, bis wir auf der Straße zur Crookfield Farm waren, ein ganzes Stück von Summerhays entfernt. Unvermittelt blieb David stehen, lehnte seinen Kopf gegen mein Haar und flüsterte: »Ich habe dich schon einmal gefragt, ob du bleiben willst. Damals hast du gesagt, du wüßtest es nicht. Diesmal ist es keine Frage, sondern eine Bitte. Ich wünsche mir, daß du bleibst, Jo. Glaubst du, du kannst hierbleiben – trotz allem?«

Bevor ich ihn küßte, gab ich ihm die Antwort, die er wollte. Sie kam ohne jeden Zweifel, mit einem Versprechen für die Zukunft, den Beginn einer neuen und glücklicheren Geschichte.

»Ja«, antwortete ich ihm. »Ja.«

*Ich bin Flora Davis, Emilie Jacobson und Susanne Kirk für vieles dankbar, aber ganz besonders für ihren Glauben an mein Werk. Danken möchte ich auch den Mitgliedern meiner Schreibgruppe für ihre Unterstützung und ihre guten Ratschläge sowie Adrienne Mayor und Josh Ober für Spike.*

*Und wie immer gilt mein unaussprechlicher Dank Ted.*